चतुरंग

वाणी प्रकाशन

नयी दिल्ली-110002

फोन : 3273167, 3275710 • फैक्स : 3275710

e-mail : vani_prakashan@yahoo.com

vani_prakashan@mantraonline.com

चतुरंग

शैलेन्द्र सागर

ISBN : 978-81-7055-784-5

वाणी प्रकाशन
21-ए, दरियागंज, नयी दिल्ली-110002
द्वारा प्रकाशित

प्रथम संस्करण : 2001

मूल्य : 395.00 रुपये

शुभम ऑफसेट, दिल्ली-110032
द्वारा मुद्रित

CHATURANG
by Shailendra Sagar

सर्वश्री श्रीलाल शुक्ल
राजेन्द्र यादव
और
गिरिराज किशोर
के लिए

भूमिका

यह कोई प्रेमकथा नहीं है। और न ही इसमें प्रेम कथाओं जैसी उत्तेजना – ऊष्मा, रहस्य-रोमांच, वादे-इरादे, हीरो-हीरोइन, वेंप-विलेन, उमड़ती-घुमड़ती घटनायें ही आप पायेंगे। वैसे भी लैला-मजनूं, सोहनी-महिवाल, शीरी-फरहाद, नल-दमयन्ती और पश्चिम में रोमियो-जूलियट के बाद न तो अब प्यार करने वाले दीख पड़ते हैं और न ही मुहब्बत की खिलाफत करने वाले उतने जालिम और खूंखार हैं जिनके कारनामे प्रेमी-प्रेमिका में वो शिद्दत पैदा कर सकें कि वे अपना जी-जान न्योछावर करने को तैयार हो जायें अथवा उनकी कहानी लिखी या पढ़ी जाय। फिर अब न तो प्यार का ढंग ही पारम्परिक है और न ही उसकी मुख़ालफत में वह संकीर्ण हठधर्मिता दिखलाई देती है।

लेकिन कहने का आशय यह कतई नहीं है कि अब प्यार होता ही नहीं है अथवा भौतिकतावाद या अस्तित्व और अस्मिता की लड़ाई ने दुनिया से प्यार का ज़ज्बा ही खत्म कर दिया है। शायद कुछ माने में इसका विस्तार अधिक हुआ है। मुम्बई और चेन्नई के विशाल समुद्र तटों से लेकर गलियों, कूचों और मुहल्लों तक प्यार करने वाली जोड़ियां हमें आज भी आश्वस्त करती हैं कि सब कुछ वैसा ही है–भले ही उसके ढांचे, प्रक्रिया, रूप-रंग में अवश्य बदलाव आ गया है...। अब जमाना है तुरत-फुरत निर्णय का–यानी रेडीमेड का...। शायद इसीलिये प्यार की कहानियों में अब उस रोमांच और गरमाहट का अभाव है जिसके कारण प्रेमकथायें सीना थाम कर पढ़ी जाती थीं...। धैर्य वर्तमान जीवन की सबसे बड़ी क्षति है। समय का अभाव हर क्षेत्र को प्रभावित कर रहा है। प्यार भी उससे अछूता नहीं है।

फिलहाल भूमिका को यहीं विराम देते हुये यह स्पष्ट किया जाता है कि यह कहानी उतनी ही सच है जितना मुहब्बत का कोई भी पुराना किस्सा, मसलन लैला-मजनूं का। दरअसल इस कहानी की घटनायें कहीं ज्यादा प्रामाणिक और वास्तविक हैं। इनमें कल्पना का सम्मिश्रण उतना ही है जितना दाल में नमक का। आज भी ठाकुरपुरवा में आप इस घटनाक्रम का बयान बच्चे-बच्चे की जुबान से इस प्रकार सुन सकते हैं मानो सब उसके सामने घटित हुआ हो या आंखों के सामने

चलती किसी वीडियो फिल्म की मात्र कमेंट्री वे दे रहे हों। यह पूरी कहानी सभी के दिलो-दिमाग में आज भी पूरी तरह रची-बसी है...। यह स्वाभाविक भी है। रमेश और आशा के परिवार, ग्राम प्रधान, ठाकुर परिवार, सरना चाचा, प्रमुख जी, प्रधानाचार्य, वे खेत-खलिहान, स्कूल, मंदिर, पंचायत घर, गलियां, कूचे सब कुछ वैसे ही तो मौजूद हैं। घटना चक्र के सारे के सारे पात्र गलियों या अपने-अपने घरों में हुक्का गुड़गुड़ाते या गपियाते आज भी आपको मिल जायेंगे। इतना ही नहीं, सीने को चीरती वो दहलाती चीख, आकाश से टकराता मर्मांतक आर्तनाद और धरती से अम्बर तक फैली रक्तरंजित लालिमा आज भी देखी अथवा सुनी जा सकती है।

1

पूरा गांव सन्न रह गया है। सभी के चेहरों पर दहशत की काली परछाईं मंडराती देखी जा सकती है। आतंकित करने वाली ऐसी घटनाओं से असम्बद्ध व्यक्ति भी कम प्रभावित नहीं होता। एक भयाक्रांत असुरक्षा सबके दिलों को दहला उठती है। यह असुरक्षा का भाव आज ठाकुरपुरवा के कण-कण में देखा और महसूस किया जा सकता है।

आकाश सूना और वीरान है। पक्षियों का कलरव भी न जाने कहां लुप्त हो चला है। आकाश पर एक अजीब सी उदास लालिमा छाई है जिसमें लालिमा कम पीलापन अधिक है। ऐसा लगता है कि मानो समूची सृष्टि ठहर सी गयी है। जिसमें भय, संत्रास और अनिष्ट की आंशका अपने भयावह रूप में बार-बार प्रकट हो रही है।

ठीक दस दिन पूर्व आरम्भ हुए घटनाक्रम का आज पटाक्षेप हुआ है। उत्तेजना उस दिन भी कम नहीं थी। अन्तर केवल उसके स्वरूप में था। वह शुरुआती नवम्बर की ठंडी सुबह थी। क्षितिज से उगते सूरज के लाल गोले से चारों ओर एक गुनगुना अहसास विस्तीर्ण हो रहा था। गांव के जीवन ने अंगड़ाई लेकर सक्रियता प्रदर्शित करना आरम्भ कर दिया था कि तभी पूरे गांव में यह खबर मन्द बहते समीर के साथ बह चली कि गांव का एक लड़का किसी लड़की को लेकर भाग गया है। जिसने सुना, रोमांचित हो उठा। अमूमन चमरौटी की कोई घटना गांववासियों के लिये महत्वहीन थी। किन्तु इस बारे में आज जिसने सुना एकबारगी सकपका जरूर गया। इस सूचना की कई खूबियां थीं... पहले तो यह एक रोमांटिक प्रकरण था—स्वाभाविक रूप से सबको रोचक लगा, दूसरे गांव के इतिहास में लड़के लड़की के भागने की यह पहली घटना थी और तीसरे दलितों में जाग्रत इस चेतना और साहस से सभी लोग हतप्रभ थे।

एकाएक चमरौटी के दो लोगों के नाम सभी की जिह्वा पर थे। गुमनामी से निकले रमेश व आशा अचानक सभी के ध्यान का केन्द्र बन चले थे। हालांकि उन्हें लेकर हुई एक घटना लोग भूले नहीं थे। छात्रों में झगड़ा-मारपीट,

आरोप-प्रत्यारोप सब याद आने लगा। कुछ लोगों का आक्रोश बढ़ना भी स्वाभाविक था। पुराने जख्म पर चोट जैसा अहसास हुआ उन्हें।

—अब सब सामने आ गया न...। लाला रामनिवास ने ललकारते स्वर में कहा—यह प्रधान बड़ी पैरवी करता था इनके चाल-चलन की। देख ली इन जाटवों की करतूत...। हमारे बच्चों ने जो कहा था ठीक ही तो था। तभी न झगड़ा हुआ...।

इसमें किसी को सन्देह करने की भला कहां गुंजाइश थी अब...। उनके अन्दर तो इन नीची जातियों के चरित्र को लेकर वैसे ही अनेक पूर्वाग्रह थे जो आज पुख्ता हो गये थे।

किन्तु चमरौटी वासियों के लिये तो यह जीवन की सबसे बड़ी त्रासदी थी—एकदम अकल्पनीय...। सुनकर वे सकते में आ गये थे। जिस रमेश को वह अपने समाज का गौरव मानकर चलते थे...उसी के द्वारा ऐसा घृणित कार्य...। छिःछिः...। उनके सिर शर्म से झुक गये। कोई कुछ बोलने की स्थिति में था ही नहीं। जिसने सुना वह वहीं ठस्स-सा ढह गया।

आशा के आचरण पर भी वह कम लज्जित नहीं थे। आशा... वो आशा जो अभी कुछ वर्षों पूर्व तक देवी की भांति पूजी जाती थी। जिस पर उठी एक उंगुली से एकाएक पूरा समाज उद्वेलित हो चला था। जिस आशा का विद्यालय में कक्षा छह में प्रवेश पूरे गांव के लिये राजनीति, वर्णगत भेद, महत्वाकांक्षा, तुच्छता, गुटबंदी, अहं आदि न जाने कितने संवेदनशील मुद्दों के इर्द-गिर्द घूमा था।

यह इत्तेफाक था कि उस वर्ष गांव के प्राइमरी विद्यालय की कक्षा पांच की परीक्षा में सर्वाधिक अंक पाने वाले दोनों ही छात्र चमरौटी से थे। रमेसर के पुत्र रमेश ने सभी छात्रों में सर्वोत्तम अंक पाये थे और दूसरे स्थान पर आशा थी। अमूमन जाटवों में लड़की का पांच पास करना कोई आम बात नहीं थी, फिर भी कुछेक लड़कियां कक्षा पांच तक अध्ययन कर चुकी थीं। किन्तु यह उनके अध्ययन की इतिश्री थी।

किन्तु उस वर्ष दलितों के प्रमुख ने पंचायत की बैठक बुलवाई थी। इसका एजेण्डा दोनों होनहार बच्चों को पुरस्कृत व प्रोत्साहित करना और ननकू और रमेसर जैसे गर्वोन्नत पिता को सम्मानित करना था। यह सुझाव संतोषी का ही था। हालांकि कुछ लोगों का मानना था कि ग्राम प्रधान गुलजार ने संतोषी के माध्यम से यह राजनैतिक चाल चली है। अपने वोट बैंक को पुख्ता करने के लिये उसने अपने अभिन्न मित्र संतोषी के माध्यम से यह बात चलाई थी जिससे दलितों में एक नई चेतना जागृत हो सके और वे ऊंची जातियों के आतंक व दबदबे से मुक्त हो सकें।

किसी सीमा तक गुलजार इसमें सफल भी हुआ था।

संतोषी इससे इनकार करता था। बच्चों व उनके मां बाप को पंचायत में बुलाकर सम्मानित करने के उसके सुझाव पर सभी चौंके अवश्य थे लेकिन सहमत

भी तत्काल हो गये। जहां समाज की प्रतिष्ठा को ऊंचा उठाने क प्रश्न था, उसमें भला कोई क्यों पीछे रहता। बैठक की तिथि व समय तय कर दिया गया। यह भी निश्चित हुआ कि इस संक्षिप्त कार्यक्रम में केवल प्रमुख जी व दो-एक लोग ही संक्षिप्त वक्तव्य देंगे। समाज की ओर से बच्चों को पुरस्कार स्वरूप एक सौ एक की धनराशि दी जायेगी और रमेसर व ननकू का माल्यार्पण कर सम्मान होगा।

और दरअसल हुआ भी यही। प्रमुख मंगलूराम ने अपने समाज में नवजागरण का आह्वान किया।

–इन बालकों ने हमें सोचने पर विवश किया है कि हम और हमारे बालक किसी से भी कम नहीं। जिस गरीबी और बदहाली के साथ हम पैदा हुये हैं उससे जूझने का एक ही रास्ता है–कड़ी मेहनत, आगे बढ़ने की जुस्तजू। परिश्रमी तो हममें से कई हैं लेकिन आगे जाने की इच्छा बहुत कम में है। जो है उसी से संतुष्ट होने का प्रयास करते हैं। संतोष भी जीवन का धर्म है, किन्तु संतोष प्रयास व परिश्रम का विकल्प नहीं। संतोष के नाम पर हम आगे बढ़ने की इच्छा ही छोड़ दें यह उचित नहीं है। यह प्रगति में भी बाधक है...।

प्रमुख जी ने एक लम्बी सांस ली, इधर-उधर देखा और फिर कहा–आज इन बालकों के जरिये ही सही हमें अपने भविष्य के लिये कुछ संकल्प लेना चाहिये। बच्चों को हमें पढ़ाना लिखाना है, हर माता-पिता का यह धर्म है। उनके उज्ज्वल भविष्य के बारे में सोचना है हमें।

रमेश और आशा को पुरस्कृत करने के बाद ननकू और रमेसर को माल्यार्पण किया गया और उनसे कुछ कहने के लिये कहा गया।

रमेसर का उत्तर तो सीधा-साधा था।

–ईश्वर ने उसे बुद्धि दी है तो जहां तक बस चलेगा, रमेश को पढ़ाऊंगा जरूर। भले ही कित्ती तकलीफ सहनी पड़े। भगवान मुझे ताकत दे, बस यही प्रार्थना है।

ननकू कुछ पलों के लिये शांत रहा। जीवन में पहली बार किसी आम सभा को सम्बोधित करने का अनुभव था। इसलिये अन्दर एक खदबदाहट सी बनी हुई थी।

–भाइयो, उसने कुर्ते की आस्तीन से माथे पर चुहचुहाया पसीना साफ करते हुए कहा–मेरी तो लड़की है, सो रमेसर चाचा की तरह तो कह न सकूं। ईश्वर ने उसे अच्छी बुद्धि दी है सो अच्छा घर-द्वार भी दे। बस यहाँ किरपा हो जाये। आप लोग भी यही दुआ करें। आप जानो कि लड़की के हाथ पीले कर अच्छे घर में चली जाये इससे बड़ा सुख और कौन सा है।

बुजुर्गों क्या, वहां मौजूद लगभग सभी व्यक्तियों के सिर सहमति में हिले थे। ननकू ने जो कहा था, उसमें अस्वीकृति तथा विवाद की गुंजायश ही कहां थी।

किन्तु संतोषी उठ खड़ा हुआ।

—बुजुर्गो, आप सबमें छोटा हूं इसलिये मेरी धृष्टता को क्षमा करें...। पर लड़की के नाम पर बस विवाह के अतिरिक्त और कोई विचार हमारे अन्दर क्यों नहीं आता। दुनिया कितनी आगे बढ़ गई है। लड़कियां किस क्षेत्र में पीछे हैं। अफसर से लेकर मंत्री और प्रधानमंत्री तक, इंजीनियर से लेकर डाक्टर तक कोई काम ऐसा है जो आज लड़कियों से अछूता हो। फिर हमारा समाज इतना पिछड़ा कब तक रहेगा। हम कुछ नया क्यों नहीं सोच सकते। और दरअसल नया क्या, जिस रास्ते पर और लोग आगे बढ़ चले हैं, कम से कम उसका अनुसरण तो कर लें। या उसमें भी कोई कठिनाई है। आज लड़कियां बढ़-चढ़कर समाज की विभिन्न गतिविधियों में भागीदारी कर रही हैं, पुरुषों से कंधे से कंधा मिलाकर। और हम यहां बैठकर कक्षा पांच पास बच्ची के विवाह के लिये प्रार्थना कर रहे हैं—सबके सब पूर्ण संतोष और तृप्ति के साथ...। क्या वर्तमान में आशा के लिए विवाह के अतिरिक्त और सब रास्ते बन्द हैं? क्या आशा के आगे अध्ययन करने में कोई बाधा है, कोई आपत्ति है? यदि ऐसा है तो कृपया मुझे बताएं। और यदि नहीं तो उस बच्ची को भी आगे पढ़ना चाहिये। मुझे बस यही कहना था।

संतोषी अपने उग्र तेवरों के लिये समाज में जाना जाता था। गुलजार की निकटता ने उसे और भी पैना बना दिया था।

लोगों ने अचरज से एक-दूसरे के चेहरों को ऐसे देखा गोया उनके अन्दर की बात जानने की कोशिश हो। हालांकि लोगों के अन्दर एक कशमकश भी होने लगी थी। संतोषी के वक्तव्य से वे कहीं सहमत अनुभव करते। किन्तु फिर एकाएक वह सहमति असहमति में बदलती महसूस होती।

सभा में कुछ पलों के लिये चुप्पी उतर आई।

—भाइयो, सरना चाचा ने सन्नाटा तोड़ा—संतोषी की बात में पूरा दम है। आशा बुद्धिमान कन्या है तो उसे भी आगे अध्ययन करना चाहिये। इसमें भला एतराज की क्या बात है, क्यों प्रमुख जी...?

—मैं भला क्यों आपत्ति करूंगा...? मंगलूराम ने कहा—जो सबकी राय हो। फिर यह निर्णय तो ननकू को लेना है। बोल ननकू...?

ननकू ने परेशान नजरों से इधर-उधर देखा। फिर कहा—मैंने तो कभी इस बारे में सोचा ही नहीं। गांव के विद्यालय में अभी दो-एक लड़कियां पढ़ती जरूर हैं, लेकिन हमारी किसी बच्ची ने वहां दाखिला नहीं लिया है। पता नहीं दाखिला भी होगा या नहीं...।

—प्रवेश क्यों नहीं होगा...? संतोषी फुंफकार कर बोला—विद्यालय ऊंची जातियों की बपौती नहीं है। सरकारी विद्यालय है। जो अच्छा विद्यार्थी है उसे वहां स्थान देना ही पड़ेगा...।

–तो ठीक है...। सरना चाचा बोले–मेरे विचार से इसमें किसी को आपत्ति नहीं होनी चाहिये। फिर यह भी अच्छा है कि उसी कक्षा में रमेश भी होगा...।

रमेश का प्रवेश तो अगले दिन ही हो गया, बाधायें आशा के प्रवेश में आ रही थीं। ननकू ने सोच-विचार में ही लगभग दस दिन निकाल दिये। जब हर कोई उसे आशा के दाखिले के बारे में दरयाफ्त करने लगा तब उसने आशा को आगे पढ़ाने का मन बनाया–मानो एक दबाव के तहत। वैसे भी सलाह देने को परिवार में तो कोई था नहीं। दोनों लड़के बंसी और मुरारी छोटे ही थे। फिर उन दोनों का अध्ययन के प्रति कोई लगाव नहीं था। मुरारी ने जस-तस कक्षा पांच पास की थी और एक चतुर्थ श्रेणी की सरकारी नौकरी पा गया था। बंसी उससे ही पहले अटक गया और अटका ही रहा। कन्या के मामले में पत्नी की राय सदैव बहुमूल्य होती है जो उसे उपलब्ध नहीं थी। आशा के जन्म के तीन वर्षों बाद ही उसका निधन हो गया था। तीनों बच्चों का लालन-पालन ननकू ने पूरे लगन और परिश्रम के साथ किया था। पत्नी की मृत्यु के समय उसकी आयु लगभग पैंतालीस वर्ष थी। सभी मित्रों और सम्बन्धियों ने उसे दूसरा विवाह करने की सलाह दी। एकाकीपन की वेदना थी ही। इसके बावजूद वह सभी को एक ही उत्तर देवता–देवी के समान आई है यह कन्या। पूरा समाज जानता है यह। कितना मान मनौव्वल किया था हमने। अब दुबारा शादी करने से बच्ची की दुर्दशा बन जायेगी। पता नहीं, दूसरी मां इसे प्यार दे या नहीं...!

अपने को भी वह इसी प्रकार समझाता रहा था। बहरहाल उसने पुनःविवाह न करने का निर्णय लिया–केवल अपनी बेटी के कारण...।

आज उसी आशा के सम्बन्ध में पूरे गांव की यही राय थी कि उसे आगे पढ़ना चाहिये। लेकिन फिर आगे...? कक्षा आठ पास लड़की के लिये वर ढूंढना क्या सरल होगा? उसका दायित्व तो केवल पिता पर ही पड़ना है।

प्रधानाचार्य ने पहले दिन तो यह कह कर ही उसे लौटा दिया कि कक्षा की सभी सीटें भर चुकी हैं और प्रवेश कार्य भी पूरा हो चुका है। बिना क्षोभ अथवा पश्चाताप के वह लौट आया था।

सरना चाचा ने सुना तो उसे ललकारा–तूने मुझे क्यों नहीं बतलाया? सब मिलकर बात करते। अभी तो जुलाई का महीना भी नहीं बीता है। बच्ची का दाखिला तो होना ही चाहिये...।

दो दिन बाद सरना चाचा साथ थे। प्रधानाध्यापक ने सरना चाचा के बारे में सुन रखा था। ननकू के साथ उन्हें भी समझाने की कोशिश की–देखो भाई, लड़की का मामला है, इसलिये मेरा फर्ज है तुम लोगों को समझाऊं...। प्राचार्य पंडित रामदयाल ने कहा–विद्यालय में अभी तीन कन्यायें हैं अवश्य लेकिन वो केवल नाम मात्र को...। वैसे तो यह बालकों का ही विद्यालय रहा है पर पिछले वर्ष पंडित

सुखदेव शर्मा की नातिन का प्रवेश हुआ और फिर दो अन्य छात्राओं का। इनका तो पढ़ना न पढ़ना एक जैसा है। कभी आती हैं कभी नहीं...। पर तुम्हारी बच्ची ऐसा नहीं कर सकेगी...। उसकी अंकतालिका से स्पष्ट है कि वह परिश्रमी और बुद्धिमान छात्रा है।

–सो तो सच है मास्साब...। सरना चाचा ने कहा।

–बेचारी एकदम अकेली अनुभव करेगी।

–रमेश भी तो उसी कक्षा में होगा। ननकू ने पूछा।

–अवश्य, पर लड़के लड़की का साथ एक सीमा तक ही हो सकता है।

–गुरु जी, दोनों एक घर के समझो...। ननकू ने बतलाया।

कुछ देर शांत रहकर प्रधानाचार्य मुंह में दबा पान चबाते रहे और फिर बोले–एक बार सोच समझ लो। एकाध साल में इसका ब्याह करना होगा। कक्षा छह-सात पास करके ही उसे या तुम्हें क्या मिलना है। फिर यहां बड़े बच्चे हैं। कुछ शैतान भी हैं। तुम्हें उसकी भी चिन्ता बनी रहेगी। इसलिए एक बार फिर विचार लो...।

ननकू तो जैसे आश्वस्त अनुभव कर ही रहा था।

उसने सरना चाचा की ओर देखा और उनकी कोई प्रतिक्रिया न देख कर धीरे से कहा–चाचा, अभी चलो...।

उधर शाम तक गांव में यह खबर फैल गयी कि विद्यालय में एक दलित लड़की का कक्षा छह में प्रवेश होने जा रहा है। अभी कुछ ही वर्ष से दलितों के लड़कों का इस विद्यालय में प्रवेश आरम्भ हुआ था। कानूनन यह निषिद्ध नहीं था। किन्तु किसी न किसी बहाने प्रवेश टाल दिया जाता था। तब गुलजार ने इसको एक राजनैतिक मुद्दा बनाया था और दलितों के बच्चों के प्रवेश के लिए संघर्ष करने का ऐलान किया। इसकी नौबत नहीं आयी। प्रवेश संभव हो गया। वैसे भी गांव में दलितों के कितने बच्चे आगे अध्ययन के इच्छुक थे। अधिकतर परिवार में तो बच्चे कक्षा पांच पास करके काम-धंधे में लग जाते अथवा तेज-तर्रार होते तो मुरारी की तरह छोटी-मोटी नौकरी पा जाते।

अब लड़कियों के प्रवेश को लेकर तरह-तरह की आशंकाएं व्यक्त की गयीं। लोगों को भय था कि धीरे-धीरे दलित अपने प्रभाव का विस्तार करने का प्रयास कर रहे हैं। लड़कों की शिक्षा का दुष्परिणाम वह देख चुके थे। कक्षा आठ पास तो दूर पांचवीं पास लड़का भी खेत में मजदूरी के लिए तैयार नहीं था। उन सभी की प्राथमिकता शहरी नौकरी थी और नई सरकार की विभिन्न योजनाओं के तहत उन्हें नौकरी पाने की काफी गुंजाइश भी थी। कुछ योग्यता के आधार पर तो कुछ

पैसा देकर नौकरी पाने में सफल हो जाते। एकाध की नौकरी गुलजार ने भी क्षेत्रीय विधायक से सिफारिश कर लगवा दी थी। इसके दो खराब नतीजे सामने आ रहे थे–मजदूरी करने वालों की तो किल्लत हो ही रही थी, ये नौकरीशुदा नवयुवक गांव में एक नई सामाजिक व राजनैतिक चेतना का भी प्रचार-प्रसार कर रहे थे। नए-नए विधानों, नियमों की जानकारी गांववासियों को उनके माध्यम से मिल जाती थी।

गांव के सवर्णों के कई लोग मिलकर ठाकुर हरपाल सिंह के पास गये। आशा के प्रवेश की बाबत बतलाया और अपनी चिंता जाहिर की।

–भइया, लड़कों की पढ़ाई का प्रभाव तो हम देख ही रहे हैं, अब जाटवों की लड़कियों की शिक्षा और आरम्भ हो रही है। रही-सही कसर भी समाप्त हो लेगी। लाला रामनिवास बोले।

ठाकुर हरपाल सिंह ने तत्काल कोई प्रतिक्रिया व्यक्त नहीं की।

–कहते नहीं हैं कि लड़का पढ़ा सो बस वह पढ़ा, पर लड़की पढ़ी तो समझो पूरी पीढ़ी पढ़ जाती है।

–लालाजी ठीक कहते हैं। सुखदेव शर्मा बोले–लड़कियां खुद तो पढ़ती ही हैं, बड़े होकर पूरे परिवार को पढ़ाती हैं। लाला, एक बात और बतलाऊं कि जो लड़की आठवां पास होती है उसके बच्चे कम से कम बारहवीं तक जरूर पढ़ते हैं। फिर जाटव जाटव थोड़े ही रहेंगे...।

–आखिर गांव में काम-काज, मेहनत-मजूरी करने के लिए भी आदमी चाहिए। सुखवीर सिंह ने चिंता जाहिर की।

–फिलहाल तो स्कूल में प्रवेश रोकने की समस्या पर विचार करो। लाला रामनिवास ने हस्तक्षेप किया–हरपाल, तुम कुछ मशवरा दो।

ठाकुर हरपाल सिंह गहरी सोच में डूब गये। नियमों व कानूनों से वह अच्छी तरह वाकिफ थे। जानते थे कि विद्यालय में जाति अथवा धर्म के आधार पर प्रवेश निषिद्ध नहीं किया जा सकता है। कानून बड़ा स्पष्ट और कड़ा है। किसी प्रकार का उल्लंघन दण्डनीय व संज्ञेय अपराध है। कुछ समय पूर्व ठाकुर हरपाल सिंह स्वयं एक कटु अनुभव से गुजर चुके थे।

उनका एक भट्ठा है जहां वर्षों से बिहार के मजदूर काम करते रहे हैं। ये सभी दलित जाति के हैं और पूरे-पूरे साल सपरिवार भट्ठों पर कार्य करते हैं। कुछ वर्षों पूर्व एकाएक काफी मजदूर वहां से गायब हो गये और एक सरकारी योजना के अन्तर्गत बन रही सड़क पर मजदूरी करने लगे। ठाकुर को पता चला तो उन्होंने आदमियों को भेजकर उन्हें पकड़वा लिया। पकड़ने का एक पुष्ट कारण यह भी था कि ये सभी मजदूर खर्चे के लिए बड़ी धनराशि पेशगी के रूप में अपने पास लिए रखते थे। इसलिए भट्ठे पर काम करवाना ठाकुर अपना अधिकार

भी मानते थे।

किन्तु इस मामले की शिकायत थाने पर कर दी गयी। दूसरे दिन थानेदार ठाकुर की हवेली पर पहुंच गया। थानेदार का हवेली पर आना कोई नई बात नहीं थी। दरोगा, सिपाही हवेली पर आते-जाते रहते थे। पर एक तो सुबह का वक्त और फिर दरोगा के तेवर देखकर ठाकुर क्या वहां मौजूद सभी लोग सशंकित हो उठे।

–आप के खिलाफ भट्ठे पर मजदूरों को बंधुआ रखने की शिकायत आई है, उसी की जांच में आया हूं। थानेदार ने घोषणा की। थानेदार अभी नया तैनात हुआ था, इसलिए ठाकुर की हैसियत का कोई प्रभाव उस पर नहीं दिखलाई दिया।

–पर यह गलत व झूठी बात है। मैंने किसी को बंधुआ नहीं बनाया। आप जांच कर लीजिए। जो लोग काम करते हैं उनको बराबर मजदूरी मिलती है।

–वो मुझे मालूम है। थानेदार आरम्भिक तहकीकात कर चुका था–मैंने दरयाफ्त कर लिया है कि आपने मजदूरों को इसलिए रोक लिया है क्योंकि वो आप से पेशगी में पैसा ले चुके हैं। ठाकुर साहब, यही बंधुआगिरी है, कानूनन जुर्म है। किसी को उसकी मर्जी के खिलाफ काम के लिए रोकना अब बड़ा सीरियस जुर्म है, शायद आप को पता नहीं। इसके लिए एक नया कानून भी बन गया है।

ठाकुर अंदर तक परेशान हो चले। आज तक पुलिस के किसी अधिकारी ने उनसे इन तेवरों से बात नहीं की थी। वह अंदर-ही-अंदर अपमान की अग्नि से जल उठे। पर वह यह भी जानते थे कि इस समय किसी भी प्रकार की चूक उनकी प्रतिष्ठा के लिए घातक हो सकती है।

–थानेदार साहब, यहां पर काम करने कराने का यही रिवाज है। आप कहीं भी पूछताछ कर लें। ये लोग खुद मेरे पास काम करने आये थे, मैंने नहीं पकड़े। पिछले दो सालों से काम कर रहे हैं, कोई नई बात नहीं है। हमेशा पैसा मांगते हैं और पैसा उनको दिया भी जाता है। बाद में उसका हिसाब किया जाता है। इसमें बंधुआ होने की बात...?

–ठाकुर साहब, आप बात समझ नहीं रहे। जमाने के साथ चलिए। आजकल यह जुर्म है। अभी तो मेरे पास शिकायत आई है, मैंने अभी मुकदमा कायम नहीं किया। कल को बड़े अफसरान या मानवाधिकार आयोग के पास शिकायत हो गई तो लेने के देने पड़ जायेंगे..., आपको ही नहीं हमें भी...।

ठाकुर हरपाल सिंह पहली बार पुलिस से भयभीत अनुभव करने लगे। माथे पर पसीना चुहचुहा आया। सीने की धड़कनें तेज हो गयीं... गले में जैसे कांटे उग आये और दिमाग चकरी की तरह घूम गया।

–सुना है औरतें और नाबालिग़ बच्चे भी हैं। दरोगा ने तहकीकात की।

–दरोगा जी, ये तो पूरे परिवार के साथ रहते हैं। बच्चे बीबी तो होंगे ही।

वह अटकते हुए बोले।

–पर बच्चों से काम कराना तो जुर्म है। दरोगा का स्वर कुछ कड़क हो गया–फिलहाल उन्हें फौरन छोड़ दीजिए। मैं आपकी मदद करने की पूरी कोशिश करुंगा लेकिन जानते हैं, कानून के सामने हम सब बौने हो जाते हैं।

थानेदार चेहरे पर हल्की मुस्कान लिए चला गया। अपमान से ठाकुर हरपाल सिंह का अन्तर्मन अंगारे की तरह धधक उठा। पहली बार एक घबराहट सी उनके अंदर पैदा हुई और वह परेशान होकर इधर-उधर घूमने लगे। तुरन्त अपने कारिन्दे उमानाथ को बुलाकर आदेश दिया कि भट्ठे पर जाकर सभी मजदूरों को छोड़ दिया जाय और भट्ठा फिलहाल बन्द रहे। यह भी कहा कि छोड़ने के बाद थाने पर भी इसकी इत्तला कर दी जाय।

सूचना के बावजूद रात को थाने से दो मुलाजमान हवेली पर आये थे। थानेदार का सलाम ठाकुर तक पहुंचाया और उन्हें थाने पर मिलने की हिदायत दी थी। आखिर अगले दिन ठाकुर हरपाल सिंह पहली बार थाने गये और पूरे पांच हजार थानेदार को अर्पित कर लौटे। तभी उनके चित्त को कहीं शान्ति महसूस हुई। हालांकि धमकी फिर भी साथ रही–भट्ठे पर मजदूरों को जोर जबदस्ती से बिलकुल मत रोकिए। जितना काम करें उतना पैसा दीजिए। ये एडवांस देकर फिर जबरदस्ती काम कराना जुर्म है। ये सब अनुसूचित जाति के लोग हैं। जरा सी शिकायत पर पूरा प्रशासन हिल जाता है। अभी तो मैंने मामला ठंडा कर दिया है।

आज आशा के विद्यालय में प्रवेश के मुद्दे पर उन्हें सब कुछ याद आया तो वह अंदर तक कसमसा उठे। थानेदार की हिदायत अभी स्मृति पटल से लुप्त होना तो दूर धुंधली भी नहीं पड़ी थी। वह भांप गये कि इसमें हाथ डालना अपने लिए अपमान व दुर्दशा का मार्ग प्रशस्त करने के समान है।

उन्होंने सोच समझ पर कहा–इन सभी कामों के लिए ही तो आपने नए प्रधान को चुना है। गुलजार ही इस समस्या का निदान करेंगे...। मुझे क्षमा करें।

–पर भइया, तुम्हारे दादा का बनाया गांव है। गांव के इस अहम मामले में बिलकुल हाथ धोकर तुम अलग तो नहीं हो सकते। सुखदेव शर्मा बोले।

–पंडित जी, हमें यह सब मत बतलाओ। जिसको प्रधान चुना है आपने, उसी को समस्या भी बतलाइये...।

चुनाव में हुई हार की कड़ुवाहट उनके चेहरे पर छा गई।

–पर यह तो गांव की परम्पराओं का सवाल है। इसमें प्रधान की क्या भूमिका है? लाला रामनिवास ने समझाया।

–क्यों नहीं है, लालाजी? इस मामले में प्रधान ही निर्णय करे कि विद्यालय में निचली जातियों या उनकी लड़कियों का प्रवेश होगा कि नहीं...।

–प्रधान क्या करेगा इसमें। आपके परिवार का बनाया विद्यालय है।

–पर चला तो मैं नहीं रहा हूं। फिर प्रधान एम.एल.ए. और हाकिमों से भी राय मशवरा कर सकते हैं। मैं किस हक से हस्तक्षेप करूं।

–गांव में मुखिया होने के नाते। सुखवीर बोले।

–भइया, अब मुखिया-वुखिया कुछ नहीं। आप सभी मुखिया हैं। और फिर असली मुखिया तो अब ग्राम प्रधान है। उसी से बात करो...।

आशा के विद्यालय में प्रवेश को लेकर हुआ विरोध टांय-टांय फिस्स कर गया। एक-दूसरे के सामने चिंता और आक्रोश के प्रदर्शन के अलावा इसका कोई परिणाम सामने नहीं आया। दो दिन तक पूरे गांव में खासी हलचल रही। छोटी बड़ी बैठकें हुईं। हालांकि सभी अपने प्रयास की नियति से भली-भांति अवगत थे। बुलवाया प्रधानाचार्य को भी लेकिन पंडित रामदयाल चौकन्ने थे।

–श्रीमान, प्रवेश के इनकार का कोई आधार नहीं है। उसका परीक्षाफल देखिए। हां, समझाया-बुझाया जा सकता है, सो मैंने किया।

–हैडमास्साब, आपको तनिक सावधानी और सतर्कता रखनी होगी...। गांव के एक बुजुर्ग चौधरी ने कहा।

–कैसी सावधानी...?

–आप जानो ही हो कि इन लोगों के चाल-चलन का कोई भरोसा नहीं। विद्यालय में कच्ची उम्र के बच्चे हैं। बहकने में देर नहीं लगती...।

सुनकर पंडित रामदयाल के चेहरे पर वितृष्णा भरी मुस्कान उतर आई। उन्होंने उसी कडुवाहट के साथ उत्तर दिया–कक्षा छह-सात के बच्चे तो छोटे ही हैं। किन्तु किसी के चरित्र पर दोषारोपण करना कतई उचित नहीं।

–मास्टर, मैंने किसी के चरित्र पर दोषारोपण नहीं किया है, चौधरी ने तीखे स्वर में उत्तर दिया–एक सामान्य बात कही है। इसे कौन नहीं जानता...?

वहां मौजूद सभी लोगों ने चौधरी का तत्काल समर्थन किया। प्रधानाचार्य अकेले पड़ गये। दलितों के प्रति दुराग्रह व दुर्भावना का अहसास उन्हें था, उसकी शिद्दत को भी महसूस करने लगे। आखिर पंडित रामदयाल को बात सम्हालनी पड़ी–श्रीमान, अनुशासन बनाए रखना तो मेरी प्राथमिकता है। विद्यालय चरित्र निर्माण की संस्था है। मैं पूरा ध्यान रखूंगा...।

वह उठ खड़े हुए। जानते थे कि विवाद से बात बढ़ सकती थी।

वहां मौजूद लोगों को प्राचार्य का व्यवहार अत्यंत शुष्क व सपाट नजर आया। वे एक-दूसरे के चेहरे देखने लगे। अंदर जल रही अपमान की ज्वाला की ताप का अहसास करने लगे। किन्तु इस विषय पर बोले कुछ नहीं।

कक्षा में अधिकतर पुराने ही सहपाठी थे जो पिछली कक्षाओं में भी रहे थे।

प्राइमरी विद्यालय में वैसे भी दलित बच्चों की संख्या खासी होती थी इसलिए वे लोग आपस में ही घुलमिल कर रहते और साथ खेलते-कूदते। सवर्ण परिवार के बच्चों को उनसे मेलजोल न बढ़ाने की वैसे ही हिदायत थी। किन्तु अपने विद्यालय में इन गरीब फटेहाल निचली जातियों के बच्चों के अस्तित्व को वह स्वीकार कर चुके थे। रमेश व आशा द्वारा अच्छे अंक पाने से विद्यालय में सभी उन्हें स्नेह और कुछ सहानुभूति की नजर से देखते थे। उन छोटे बच्चों में ईर्ष्या अथवा प्रतिस्पर्धा जैसे भी कोई भाव नहीं थे।

विद्यालय में आशा के प्रवेश को लेकर हुई हलचल से बच्चे भी अनभिज्ञ नहीं थे। इसका प्रभाव पहले ही दिन दिखलाई दिया। किसी भी छात्र ने उनसे बात करना तो दूर उन्हें पास फटकने तक नहीं दिया। कक्षा में बिलकुल पीछे एक बेंच खाली रखी गई और उन दोनों को उसी पर बैठने के लिए निर्देशित किया गया। कक्षा में खासी भीड़ थी। किसी भी बेंच पर पांच से कम छात्र नहीं बैठते थे। किन्तु रमेश और आशा के साथ कोई बैठने को तैयार नहीं था।

वे दोनों उस लम्बी बेंच पर अलग-थलग दो कोनों में सिमटे से बैठे रहते। साथ स्कूल आते, दिन भर साथ रहते और साथ ही वापस लौट जाते। सभी सहपाठी उनसे कटे-कटे से रहते। आशा व रमेश उनके व्यवहार पर न केवल हैरान वरन क्षुब्ध भी थे। अपनी तरफ से किसी से कुछ कहने या पूछने का प्रयास करते तो वह बुरा सा मुंह बनाकर दूसरी ओर मुड़ जाता। नतीजतन वे दोनों न केवल एक-दूसरे के करीब आते चले गये बल्कि एक-दूसरे पर पूरी तरह आश्रित भी रहने लगे।

बहुत जल्दी दोनों की घनिष्टता भी अन्य छात्रों के मध्य चर्चा व ईर्ष्या का विषय बन गई। अक्सर उन पर ताने मारे जाने लगे।

अन्य छात्र कभी उनका उपहास करते अथवा एकाध अवसर पर जाते-आते कागज की पुड़िया या कोई चाक जैसी अन्य वस्तु उनकी ओर फेंक देते। वे दोनों इसे समझने के लिए बड़े नादान थे। इसलिए शांत रह कर केवल अध्ययन में ही जुटे रहते।

परीक्षा में उनके अच्छे अंक आते। इसे लेकर भी छात्रों में उनके प्रति जलन व कटुता की भावना पैदा होती चली गयी। कक्षा छह की अन्तिम परीक्षा में जब रमेश के सर्वाधिक अंक आये तो प्रधानाध्यापक की पंचायत में पेशी हो गयी। पंडित रामदयाल अंदर बाहर सब तरह ब्राह्मण थे, जात-पात में भी विश्वास करते थे किन्तु साथ ही गुरु के महत्व और गुरु-शिष्य परम्परा को भी पूरी तरह मानते थे। कुशाग्र व परिश्रमी छात्र के प्रति उनके हृदय में सम्मान व स्नेह था भले ही वह निचली जाति का क्यों न हो। इस नाते रमेश व आशा दोनों ही उनके प्रिय शिष्य बन गये थे।

पंचायत में पेशी हुई तो इस बार वह अपने को रोक नहीं सके।

–बुद्धिमानी ऊंची जातियों की बपौती नहीं है, श्रीमान, वरना अम्बेडकर जैसे विद्वान नहीं होते। जिसे ईश्वर ने कुशाग्र बुद्धि दी है उसे तो आगे बढ़ना ही है। ये दोनों ही बच्चे काफी परिश्रमी हैं, इधर-उधर समय का दुरुपयोग न करके अध्ययनरत रहते हैं तो अच्छे अंक आयेंगे ही। इसमें कोई क्या कर सकता है?

–पर अंक देने वाले आप और आपके अध्यापक ही हैं।

–अवश्य, पर क्या आपका आशय है कि हम सही उत्तर पर भी कम अंक दें? मान्यवर, क्षमा करें, यह पाप है। मैं अध्यापक हूं। मुझे ईश्वर के सामने भी उत्तर देना है। मेरे हाथों यह घोर अन्याय न हो सकेगा।

–इसका मतलब तो यह है कि विद्यालय में हमारे बच्चों का अपमान होगा।

–इसमें अपमान सम्मान की बात तो मेरी समझ में आती नहीं। विद्यालय तो विद्या का मन्दिर है। इसमें अपमान का प्रश्न ही कहां उठता है...?

–यह अपमान नहीं है? लालाजी बोले–जाटवों के बच्चे विद्यालय में आगे बढ़ें तो हमारे बच्चों के लिए तो डूब मरने की बात है।

–क्षमा करें, यह सोच कदापि उचित नहीं है। अध्यापक का तो ऐसा सोचना पाप होगा। माफ करें, मैं यहां कुछ भी नहीं कर सकूंगा। मुझे आज्ञा दें।

कह कर हेडमास्टर उठकर चल दिये। न किसी ने उनसे रुकने के लिये कहा और न ही वे स्वयं रुके। कुछ देर तो पंचायत में मौन छाया रहा और फिर मानो पंचायत के अपमान का रहस्योद्घाटन एकाएक सभी को हुआ।

–यह पंचायत का सरासर अपमान है। सुखदेव शर्मा ने चीखकर कहा–पंचायत के सामने इस तरह दो टूक उत्तर देना और फिर उठकर चले जाना, इतना अनादर तो पहले हमारा कभी नहीं हुआ।

–पंडित ज़ी ठीक कहते हैं। लाला रामनिवास बोले–यह मास्टर अहंकारी प्रवृत्ति का है। अपने आगे किसी को कुछ समझ ही नहीं रहा। ऐसे हेडमास्टर के हाथों तो हममें से किसी का भी सम्मान सुरक्षित नहीं है।

–मैं इससे पूरी तरह सहमत हूं। सुखदेव शर्मा ने कहा–ऐसे आदमी का अब इस गांव में रहना ठीक नहीं है। एक तो तमाम विरोध के बावजूद जाटवों को प्रवेश दिया और फिर अपमान...। मेरा तो सुझाव है कि हमें इस मास्टर की तुरन्त यहां से बदली करवा देनी चाहिए।

–तुम ठीक कहते हो...। सभी ने समवेत स्वर में कहा।

–कल ही अफसरान से मिला जाय।

–ठीक है भाइयो। बुजुर्ग निरंकार चौधरी ने हाथ उठाकर शांत रहने की अपील की मुद्रा में कहा–कल ही हाकिमों से मिला जाय।

यह भी तय किया गया कि प्रधान को भी साथ लेना श्रेयस्कर होगा। प्रधान ने पहले आनाकानी की किन्तु गांव के बुजुर्गों के जोर के आगे फिर झुक गया। वैसे भी हेडमास्टर ब्राह्मण जाति के थे इसलिए उनका विरोध करने में उसे कोई आपत्ति नहीं दिखलाई दी।

पंचायत के निर्णय के अनुसार ही लाला रामनिवास, निरंकार चौधरी, सुखदेव शर्मा और सुखवीर गहलौत प्रधान को लेकर शहर की ओर रवाना हो गये। पहले जिलाधिकारी से भेंट की। जिलाधिकारी नवयुवक थे। अभी कुछ ही दिन पहले जनपद में आये थे। यह भी सुना गया था कि जिलाधिकारी के रूप में अपनी सख्ती व अनुशासन के लिए उन्होंने अपनी धाक जमा ली थी।

–डी.एम. साहब, गांव का इकलौता विद्यालय है, गांव क्या आसपास के पांच कोस में कोई और स्कूल है ही नहीं। और उस स्कूल की दुर्दशा का ही बयान करने हमने आपको तकलीफ दी है। सुखदेव शर्मा ने कहा।

–बताओ क्या बात है? क्या बिल्डिंग वगैरा नहीं है या मास्टरों की कमी है...? जिलाधिकारी ने सरकारी लहजे में पूछा।

–बिल्डिंग वगैरा की तो दिक्कत नहीं है। फिर हम लोग इस नजरिये से कमजोर भी नहीं हैं। ठाकुरपुरवा के बारे में आप दरयाफ्त कर लें। आपके क्षेत्र के सम्पन्न गांवों में माना जाता है। बिल्डिंग तो वैसे भी गांव के बड़े ठाकुर की बनवाई हुई है। दो-चार कमरे और लोगों ने भी जुड़वाये हैं।

–फिर क्या मास्टर वगैरा नही हैं?

–हैं जरूर पर ऐसे मास्टरों का होना न होना बराबर है। लाला रामनिवास ने कहा।

–देखिए, आप लोग साफ-साफ बात कीजिए, थोड़ा ब्रीफ...। अधिकारी का धैर्य तनिक टूटने लगा–क्या दिक्कत है, सीधे-सीधे बोलिए? प्रधानजी आप बतलाइये?

गुलजार अनिच्छा से ही आया था। कुछ बोलने की नीयत नहीं थी। पर अब बोलना ही था।

–साहब, दरअसल बात यह है कि हमारे गांव के स्कूल के हेडमास्टर ठीक आदमी नहीं हैं। गांव के बुजुर्ग उनसे कतई सन्तुष्ट नहीं हैं।

–पर क्यों? कुछ कारण तो बतलाइये।

–साहब, स्कूल का अनुशासन ठीक नहीं है। शिक्षा का स्तर भी ठीक नहीं लगता है।

–कलक्टर साहब। लाला रामनिवास अब रोक नहीं सके–प्रधानजी तनिक संकोच कर रहे हैं। जो हेडमास्टर गांव में हैं उसके रहते हमारे बच्चों का भविष्य अंधकारमय है। न विद्यालय ठीक तरह चलता है, न कक्षाएं समय से चलती हैं।

आधे मास्टर रोज छुट्टी पर रहते हैं। कोई दुकान चला रहा है तो कोई अपनी खेती बाड़ी में लगा है। बच्चे इधर-उधर घूमते रहते हैं। फिर अनुशासन खराब नहीं होगा तो क्या होगा। कक्षा आठ के बच्चे बीड़ी-सिगरेट पीते देखे जा सकते हैं। फिल्मी गाने गाते आवारा से घूमते हैं।

लाला रामनिवास शांत हो गये। कलक्टर भी कुछ देर गंभीर मुद्रा में उन्हें सुनते रहे और फिर पूछा–पर इस सब के लिए क्या केवल अध्यापक उत्तरदायी हैं? बच्चों के चरित्र निर्माण में मां-बाप की क्या कोई भूमिका नहीं है?

–अवश्य है। सुखदेव शर्मा बोले–पर विद्यालय का प्रभाव अपनी जगह है।

–मैं सहमत हूं। कलक्टर ने धीमे स्वर से कहा–चलिये इस विवाद में नहीं पड़ते। आप लोग क्या चाहते हैं?

–साहब, हमारे हेडमास्टर की बदली कर दीजिए...। बुजुर्ग चौधरी बोले–सारी समस्या की जड़ वही हैं।

–ठीक है, आप लोग लिखकर दे दीजिए। मैं जिला विद्यालय निरीक्षक को भेजकर जांच कराऊंगा और यदि आरोप सत्य हुए तो केवल स्थानान्तरण ही नहीं हेडमास्टर को दंडित भी किया जायेगा।

लाला रामनिवास ने पहले सुखदेव शर्मा फिर गुलजार की ओर देखा। गुलजार समझ गये कि मामला अब प्रशासनिक दांवपेंच में फंस जायेगा और कुछ उलट होने की भी संभावना है। मसलन जांच से आशा और रमेश के प्रवेश और फिर उन्हें लेकर गांव के सवर्णों की प्रतिक्रिया की बात खुलकर सामने आ सकती है। तब फिर न केवल कोई कानूनी जंजाल गले में फंस सकता है बल्कि गुलजार के राजनैतिक जीवन के लिए भी यह एक गहरा आघात साबित हो सकता है। गुलजार पहले ही कम बोलने का मन बनाकर आया था। और अब तो लिखकर देने की बात थी।

–सरकार, लिखकर तो हम कुछ लाये नहीं हैं। गुलजार ने धीमे से कहा।

–तो लिख दीजिए। बाहर बैठकर लिख लाइए। जो आरोप आप लोग लगा रहे हैं उनकी जांच तो होनी चाहिये।

–जांच तो जरूरी है। लाल रामनिवास बोले–लेकिन, बच्चों के भविष्य का प्रश्न है। लिखकर दिया और फिर कोई बात उन्नीस हो गई तो बच्चों का घना नुकसान हो सके। आप तो यह सब समझो ही...।

–प्रधान तो लिखकर दे ही सकते हैं। जिलाधिकारी ने कहा तो गुलजार को झटका सा लगा। वह सचेत हो गया।

–जैसा सरकार का आदेश होगा। लेकिन साहब, हम लोग चाहते यही थे कि उन्हें चार वर्ष हो भी चुके हैं, कहीं भी बदली कर दें। वैसे भी सहारनपुर के रहने वाले हैं, घर दूर पड़ता होगा, शामली तहसील के किसी विद्यालय में ट्रांसफर

हो जायेगा तो वह तो प्रसन्न ही होंगे।

–लेकिन ऐसे गलत आदमी को उसकी मनमर्जी की तैनाती दिया जाना प्रशासनिक हित में नहीं है। जिलाधिकारी ने कहा तो सभी लोग एकबारगी फिर शांत हो गये। किसी को कुछ सूझ ही नहीं रहा था। बार-बार एक-दूसरे के चेहरे देखते रहते।

जिलाधिकारी उनकी दुविधा को ताड़ गये। फिर मुलाकातियों की एक लम्बी भीड़ बाहर प्रतीक्षारत थी। इसलिए इससे अधिक समय देना संभव भी नहीं था।

–ठीक है, आप लोग जायें। मैं इसे दिखवा लूंगा। जरा विद्यालय व गांव का नाम इस कागज पर लिख दीजिए। हां, हेडमास्टर का भी ...। यह कहते हुए एक पैड उन्होंने प्रधान की ओर बढ़ा दिया। गुलजार ने तीनों सूचना एक कागज पर लिख दीं और अभिवादन के बाद सभी लोग बाहर चले आये।

गुलजार के सुझाव पर ही वे लोग जिला विद्यालय निरीक्षक से मिले और उन्हें शिकायतों की जानकारी देते हुए जिलाधिकारी से हुई भेंट का भी हवाला दे दिया।

–ठीक है! कलक्टर साहब का आदेश आने दीजिए।

इस भेंट के लगभग एक माह बाद वे लोग एक बार फिर दोनों अधिकारियों से मिले थे और उसके पन्द्रह दिन के अंदर हेडमास्टर का स्थानान्तरण आदेश निर्गत हो गया।

हेडमास्टर पंडित रामदयाल तो चले गये किन्तु उनके स्थान पर जो प्रधान अध्यापक तैनात हुए वह स्वयं जाति के गड़रिया थे। इसे लेकर गांव की ऊंची जाति वालों को बड़ा कष्ट हुआ किन्तु अब कर भी क्या सकते थे? नए प्रधानाध्यापक महेन्द्रपाल ने स्वयं इसी प्रकार की परिस्थितियों में अध्ययन किया था और पिछड़ी जातियों व दलित वर्गों के हितों की रक्षा के प्रति वह विशेष रूप से जागरूक थे। अपने कार्यकाल में उन्होंने न केवल रमेश व आशा को बहुत प्रोत्साहित किया बल्कि गांव के अन्य दलितों को भी बच्चों की शिक्षा पर ध्यान देने के लिए बराबर कहते रहते। नतीजतन उनके आने के अगले वर्ष ही दलित बच्चों की संख्या दो से बढ़कर ग्यारह हो गई।

•

कक्षा आठ तक आते-आते रमेश व आशा एक-दूसरे के अच्छे मित्र बन गये थे। उनका काफी वक्त साथ ही गुजरता। विद्यालय में वैसे भी उनसे कोई बात नहीं करता था। विद्यालय से लौटने पर भी अक्सर देर शाम तक दोनों साथ ही पढ़ते, खेलते अथवा बातचीत करते। आरम्भ में दोनों के मध्य चली अघोषित प्रतिस्पर्धा व ईर्ष्या भी अब लगभग समाप्त हो चली थी क्योंकि रमेश सभी परीक्षाओं में प्रथम

आया था। वह कक्षा का सर्वश्रेष्ठ छात्र घोषित हुआ था।

दूसरे आशा को उससे काफी सहायता भी मिलती थी। साथ जाने-आने के अतिरिक्त गणित और विज्ञान के विषयों में वह रमेश पर काफी आश्रित रहती।

धीरे-धीरे उनकी मित्रता अन्य सहपाठियों में द्वेष व जलन का कारण बनती गई। एक तो वैसे ही विद्यालय में छात्राओं का अकाल था और दूसरे दिनोंदिन आशा के रूप-रंग में निखार आया था। सांवले रंग के बावजूद उसके चेहरे पर लावण्य और तेज का लुभावना आलोक फैला था। कई छात्र मन ही मन उससे बात भी करना चाहते किन्तु उनके संस्कार व सीख उनका साथ नहीं देते। रमेश के प्रति उनके अन्दर शत्रुभाव पनपना स्वाभाविक था...।

वह तपती दुपहरी थी। हवा खासी गरम थी हालांकि यह हवा अभी लू में परिवर्तित नहीं हुई थी। हवा रुक जाती तो अजीब घुटन भरी उमस चारों ओर फैल जाती...। पूरा बदन बुरी तरह पसीजता रहता। स्कूल के मार्ग में ठाकुर का बाग था। आम की फसल के दौरान यह बाग बच्चों के विशेष आकर्षण का केन्द्र बन जाता। बच्चे स्कूल से लौटते तो एकाध कच्चा आम तोड़े बिना आगे नहीं बढ़ते।

आम की बौर छोटे-छोटे फलों में तब्दील हो गई थी। चारों तरफ एक खटमिट्ठी सुगंध फैल रही थी—एक ऐसी गंध जो अन्तस तक को लहलहा जाये...।

—चलो अमिया तोड़ें...। आशा ने कहा तो वे बाग में चले गये।

इधर-उधर से कंकड़ बीने और फलों का निशाना साधने लगे। कुछ फल नीचे झुके थे जिन्हें दोनों ने उछल-उछल कर तोड़ लिया था। फलों का आकार छोटा था इसलिए मात्रा पर भी ध्यान था जिससे खाने पर तृप्ति हो सके।

आशा उत्साह व आह्लाद से चूर-चूर थी। पिछले काफी समय से रमेश के सानिध्य ने उसमें एक नई चेतना जागृत हुई थी। अंधेरा होते जब रमेश घर चला जाता तब भी उसकी मौजूदगी लगातार उसका पीछा करती..., कभी बेचैन भी करती। रात को बिस्तर पर लेटते समय रमेश का चेहरा एकाएक उभर कर आंखों के सामने तैरने लगता और तब उसमें सुबह होने और विद्यालय की प्रतीक्षा अन्दर ही अन्दर एक अजीब सी अकुलाहट पैदा करती रहती।

...यह क्या था, इसका उसे तनिक भी तो आभास नहीं था...।

इस समय रमेश को फल तोड़ते देखना उसे कितना सुखद प्रतीत हो रहा था...। रमेश का छरहरा बदन, चेहरे पर इच्छा शक्ति की दृढ़ता और आंखों में अचूक आलोक उसे अन्दर ही अन्दर गुदगुदा रहे थे।

—बस काफी है। अब आ जाओ...। उसने रमेश को पुकारा और एक पेड़ के नीचे बैठकर कच्चे आम खाने लगी।

रमेश भी पास आकर बैठ गया। उसने आम को मुंह से काटा ही था कि विद्यालय के कुछ छात्र वहां दिखलाई दिये जो उनकी तरफ ही बढ़े आ रहे थे।

इनमें से कुछ सहपाठी थे तो कुछ चेहरे अपरिचित। उनकी चाल में लापरवाही और मस्ती का भाव था और आंखों में कुटिलता...।

रमेश सशंकित हुआ।

—तुम लोग यहां क्या कर रहे हो...? एक लड़के ने भद्दे ढंग से आंखें गड़ा कर पूछा।

रमेश को यह पूछना कतई अच्छा नहीं लगा। फिर भी उत्तर दिया—देखते नहीं, अमिया तोड़कर खा रहे हैं...।

—ये अमिया तोड़ रहा है या लौंडिया पटा रहा है...। एक दूसरे लड़के ने घिनौनी मुद्रा बनाते हुए कहा।

उन दोनों को झटका सा लगा, रमेश उठ खड़ा हुआ।

—जबान सम्हाल कर बोलो...। उसने कहा।

—साले चमार, तू हमें जबान सम्हालने के लिए कह रहा है...। एक लड़का पीछे से बढ़कर रमेश के एकदम सामने खड़ा हो उसे ललकारने लगा—एक तो गलत काम करता है। रोज स्कूल से लौट कर इस बाग़ में तफरीह करता है। यहां छिप कर क्या करते हो...?

आशा शर्म से जमीन में धंसा अनुभव करने लगी। उसका चेहरा लाल हो गया। आवाज गले में अटक गई। फिर भी वह खड़ी होकर साहस बटोर कर बोली—आप लोगों को ये बातें शोभा नहीं देतीं। हम दोनों कोई गलत काम नहीं कर रहे। सब बच्चे फल तोड़ते हैं। आज हमारा भी मन किया...।

—तू चुप कर...। एक लड़का गुर्राया—ज्यादा सती सावित्री मत बन...। रात दिन इसके साथ डोलती फिरती है। हम सब समझते हैं। स्कूल की कोई और लड़की तो कभी इस तरह नहीं घूमती...।

—यह घूमना है...? हम तो सीधे स्कूल से लौट रहे हैं...। आशा का स्वर अब रुआंसा था।

—कहा न हमें न समझा। तुम लोगों के बारे में हमें सब पता है...।

—क्या पता है तुम्हें जो बकवास कर रहे हो...। अब रमेश का खून उबलने लगा। हाथों की मांसपेशियां फड़फड़ाने लगीं...।

—साले हरामी, हमारे सामने जबान चलाता है। एक लड़के ने उसका गिरेबान पकड़ लिया—खुलेआम रंगरेलियां मना रहा है। हमें मालूम नहीं कि तुम लोगों में लड़कियां कितनी चालू हैं...।

रमेश ने हाथ का एक तेज वार उसके मुंह पर जड़ दिया। बस फिर क्या था...। मार कुटम्मस शुरू हो गई। रमेश अकेला और वे छह-सात लड़के थे। रमेश ने मुकाबले की कोशिश की किन्तु वे सब उस पर पिल पड़े। घूंसे, लातें...।

आशा दहाड़ें मार कर रोने लगी। भयाक्रांत सी वह बुरी तरह कांप रही थी...।

—अरे, इसे छोड़ दो...। वह कलपते स्वर में बोली—हमने कोई गलत काम नहीं किया।

—तू पीछे हट, छिनाल कहीं की...। एक लड़के ने उसे धक्का दिया और फिर पास आकर उसे बुरी तरह जकड़ लिया—इस चमार में ऐसा क्या है, हमें भी आजमा...। उसके हाथ आशा के बदन को टटोलने लगे।

उसे धक्का देकर आशा एक तरफ भागने लगी। 'बचाओ-बचाओ' की चीत्कार बाग में गूंज उठी किन्तु वहां सुनने वाला कौन था। कुछ दूरी पर रुक कर वह अपनी सांस बटोरने लगी। उसकी आंखें निरन्तर बह रही थीं, बदन थरथरा रहा था। उसने पीछे मुड़ कर देखा और रमेश को घिरा देखकर उसके पैर वहीं जम गये।

—भगवान, रमेश को बचाओ, उसे बचालो...। वह हाथ जोड़कर प्रार्थना करने लगी।

तभी एक मोटर साइकिल की फटफटाहट कानों में पड़ने लगी।

—चल बे...। लड़कों ने कहा और उल्टे पांव वे सब वहां से दौड़ चले।

रमेश जमीन पर पड़ा दर्द से कराह रहा था। घूसों और मुक्कों के प्रहार पीठ, पेट और हाथों में दर्द की टीस पैदा कर रहे थे। बाएं हाथ पर नाखून के निशान थे। वहां खून रिसने लगा था।

आशा पास नजर नहीं आई तो वह परेशान होकर उठ खड़ा हुआ।

—आशा...। उसने चीख कर पुकारा।

आशा एक पेड़ के पीछे दुबकी खड़ी थी। अपना नाम सुनने पर तुरन्त दौड़ कर उसके पास आई और आकर उससे लिपट कर फफक पड़ी...।

रमेश के अन्दर तो आग का समन्दर ज्वालामुखी की भांति उफन रहा था। उसका चेहरा लाल था, आंखों में भयावह उग्रता थी, हाथ फड़फड़ा रहे थे।

—रमेश, यह सब क्यों हुआ...? आंसुओं से डूबे स्वर में आशा बोली...।

रमेश पर न तो आशा की निकटता का प्रभाव हुआ और न ही उसकी पीड़ा उस पर कोई असर कर रही थी। उसका अन्तर्मन धधक रहा था। हमलावर छात्रों के चेहरे आंखों के सामने अत्यन्त वीभत्स ढंग से उभर कर आ रहे थे। बाग, समूचा परिवेश और आशा सब उसके दृष्टिपटल से ओझल हो चुके थे। चेहरा विकृत व तमतमाया था।

—रमेश, रमेश मेरी तरफ देखो...। मुझ से बात तो करो...। कातर दृष्टि से सिसकते स्वर में वह बोली।

रमेश के नेत्र जैसे शून्य में गड़े हुए थे। समूचे परिवेश से वह जैसे अनुपस्थित हो गया था।

आशा उसकी दशा देखकर परेशान अनुभव करने लगी।

–रमेश...। उसने उसे बुरी तरह झकझोर दिया।

रमेश ने उसकी ओर देखा...। फिर कहा–रो क्यों रही है? एक-एक से बदला लूंगा...। अकेला पाकर आज पीट लिया। मैंने भी इनके हाथ-पैर न तोड़े तो बाप की औलाद नहीं...। अपनी हथेलियों को उसने जोर से दबोचा।

–अररे, तुम्हारे हाथ से इतना खून बह रहा है।

लापरवाह नज़रों से रमेश ने अपने हाथ को देखा तथा जमीन से ईंट का एक टुकड़ा उठाकर बहते खून को सुखाने लगा।

–चच्च..., तुम बैठो। मैं खून पोंछती हूं...। उसने इधर-उधर नजर डाली और फिर अपनी चुन्नी का कपड़ा फाड़ कर हाथ पर रिसते खून को साफ करने लगी।

रमेश मानो उससे पूरी तरह असम्पृक्त था...। आशा का रुदन थम गया था। वह रमेश के प्राथमिक उपचार में पूरी तरह खोई थी...।

–रमेश, हमने कौन सा गलत काम किया है? ये लड़के हमसे क्यों जलते हैं...? पहली बार नज़रों में नजरें डाल कर आशा ने पूछा तो रमेश जैसे वर्तमान में लौट आया। उसके चेहरे पर पहचान उभर आई। चेहरे की मांसपेशियां तनिक शिथिल पड़ीं।

आशा ने नजरें झुका लीं। इसी पहचान व अपनत्व के लिए वह परेशान थी।

चुन्नी का कपड़ा फाड़कर अब वह हाथ पर पट्टी बांध रही थी।

–चलो...।

वे दोनों उठकर चल दिए...। निशब्द, भारी कदमों से...।

2

ठाकुरपुरवा में ठाकुर हरपाल सिंह का परिवार सबसे पुराने और प्रतिष्ठित परिवारों में है। इसे उनके घनघोर विरोधी और कट्टर राजनैतिक प्रतिद्वन्द्वी गुलजार तक स्वीकार करते हैं। दरअसल इस गांव को बसाने और उसका विकास करने में ठाकुर परिवार की बड़ी अहम् भूमिका रही है। वह मूल निवासी पास के कस्बे अमरपुर के हैं जहां आज भी उनके परबाबा अलबेल सिंह के नाम से एक बाजार बना है। कस्बे में पुरानी हवेली है जिसमें स्वास्थ्य विभाग का एक कार्यालय अब स्थापित है। अभी कुछ वर्षों पूर्व तक इसका किराया ठाकुर परिवार को मिला करता था। पर जब विभाग की ओर से उसकी खरीद का प्रस्ताव आया तो ठाकुर हरपाल सिंह ने उस जीर्णशीर्ण भवन से मुक्ति पाना ही उचित समझा। फिर किराया मिलता था मात्र 125 रुपए और कीमत लगी बाजार भाव से। ठाकुर परिवार के लिए यह लाभ का सौदा था। कस्बे में उनकी कोई विशेष रुचि भी नहीं थी। शेष सभी सम्पत्ति, दुकानें वह पहले ही बेच चुके थे। उसकी एवज में शहर में एक बड़ा प्लाट और एक मकान भी खरीद लिया था। सोचते थे कि इकलौते लड़के मनोज की रुचि गांव में शायद न रहे तो कम से कम शहर में कोई स्थान अवश्य हो।

ठाकुर अलबेल सिंह की गिनती अमरपुर के प्रमुख लोगों में थी। आज जहां ठाकुरपुरवा है वहां घना जंगल था। घने जंगल और जंगली जानवरों के भय से लोग यहां आने से डरते थे। अलबेल सिंह शिकार के शौकीन और अच्छे निशानेबाज थे। आज भी उनके शिकार और निशानेबाजी को लेकर गलत सही अनेक अफवाहें, किस्से-कहानियां प्रचलित हैं। शिकार पर पूरे लाव लश्कर के साथ जाते थे...। हाथी, घोड़ा, तम्बू, रसोइया, नौकर चाकर, साथ में एकाध मेहमाने ख़सूसी...। कभी मजिस्ट्रेट तो कभी पुलिस कप्तान, कभी चार दोस्त और कभी सिर्फ अकेले और साथ में कोई रखैल...।

कहा जाता है कि एक बार अंग्रेज कलक्टर के साथ शिकार करते समय एक शेर और उससे कुछ दूरी पर एक हिरन खड़े दिखलाई दिये। कलक्टर शेर मारना चाहता था पर उसका किशोर बेटा हिरन के शिकार में रुचि रखता था। एक के

बाद दूसरे को मारना सम्भव नहीं था क्योंकि एक शिकार के बाद दूसरे जानवर को पकड़ पाना आसान नहीं था...। गोली की आवाज जंगल में काफी देर तक गूंजती थी। ऐसे में सभी जानवर अपने-अपने ठिकानों में शरण पा लेते थे। दोनों में बहस होने लगी और बेटा जिद करने लगा। कलक्टर ने कभी शेर का शिकार नहीं किया था। इसलिए वह इस अवसर को खोना नहीं चाहता था। बहरहाल ठाकुर अलबेल सिंह इस बहस के चलते उठे और राइफल का निशाना लगा कर जो फायर किया तो गोली शेर को चीरते हुए दूर खड़े हिरन में जा लगी। हिरन गिर पड़ा–बस ठाकुर ने उस पर दूसरा निशाना दाग दिया। दोनों जानवर वहां ढेर हो गये। उधर बाप बेटे हतप्रभ से कभी ठाकुर को देखते, तो कभी उन मृत जानवरों को...। लड़का तो "अंकल यू आर ग्रेट" कह कर उछलने लगा। अंग्रेज कलक्टर को इस अजूबे से उबरने में कुछ देर लगी और फिर उसने उठकर ठाकुर अलबेल सिंह का हाथ कसके पकड़ कर बड़ी देर तक हिलाया–व्हाट ए ग्रेट शाट...। टुमसे बड़ा निशानेबाज हमने नहीं देखा, न कभी सुना...। रियली टुम फरेस्ट का किंग हो...। आयेम रियली प्लीज्ड...।

ठाकुर ने हाथ छुड़ाकर झुककर तीन बार सलाम किया।

–हाकिम की मेहरबानी है...।

–हम टुमको कुछ गिफ्ट करना चाहता है। बोलो?

–आपका दिया ही खाते हैं। जो हुजूर समझें...। वैसे ईश्वर का दिया सब कुछ है...।

–फिर भी...। वह कुछ सोचने लगा–ठीक है इधर की पूरा फरेस्ट लैन्ड टुमारे नाम कर दी जायेगी...।

और इस प्रकार आज जहां ठाकुरपुरवा है उस जमीन का आधिपत्य ठाकुर अलबेल सिंह को मिल गया। उन्होंने जल्दी ही एक भव्य आरामगाह का निर्माण कराया, स्थायी नौकर-चाकर व खाने-पीने की व्यवस्था की। अब अक्सर वह यहां आकर रुका करते...। जिले और क्षेत्र के आला अफसर भी कभी-कभार वहां शिकार–नाच गाने का आनंद लेने दौरा करते...जंगल में मंगल हो जाता।

शनैः शनैः जंगल में शिकार में कमी आई। दस-पन्द्रह साल बीतते क्षेत्र से जानवर खत्म होने लगे। ठाकुर अलबेल सिंह ने जंगल के एक हिस्से को कटवा कर वहां फलदार वृक्ष लगवा दिये और काफी बड़े हिस्से में खेतीबारी आरम्भ कर दी। वह जमीन क्या बिलकुल सोना निकली। पहली ही फसल से दूर तक हरियाली छा गई और जब फसल पैदा हुई तो ठाकुर मालामाल हो गये।

ठाकुर अलबेल सिंह के निधन के बाद उनके इकलौते लड़के राघवेन्द्र सिंह को विरासत में सारी चल और अचल सम्पत्ति मिली। दो बहनों के विवाह पिता अपने सामने कर ही गये थे। उनके निधन के बाद अब राघवेन्द्र सिंह का एकछत्र

राज्य स्थापित हो गया। किन्तु राघवेन्द्र में अपने पिता सरीखे न तो गुण थे और न ही योग्यता...। वह न अधिकारियों से मेलजोल रख पाये और न ही सामाजिक रूप से अपनी प्रतिष्ठा में अभिवृद्धि कर पाये हालांकि पिता से विरासत में पाई इज्जत भी कम नहीं थी। आरम्भ में उनके खर्चे और शौक भी कुछ अलग थे। पिता केवल नाच-गाने तक सीमित रहे किन्तु उन्होंने जंगल की उस कोठी में एक रखैल रख ली और अब वह आधा समय अमरपुर में रहते और आधा समय जंगल की कोठी में...। शराब के भी अच्छे शौकीन थे। उसका भी अच्छा-खासा खर्चा था।

उन्हीं दिनों क्षेत्र में भयंकर सूखा पड़ा। लगातार दो सालों की खेती नष्ट होती गयी। स्वाभाविक तौर पर इसका प्रभाव ठाकुर राघवेन्द्र की माली हालत पर पड़ना था। उन्होंने जंगल के कुछ क्षेत्र को दूसरों को बेचना शुरू कर दिया। अब आस पास क्षेत्र में और किसानों ने भी जमीन खरीद ली। उन लोगों ने खेतीबारी शुरू की और रहने के लिए झोपड़ियां और टप्पर भी डाल लिये। स्वतंत्रता प्राप्ति के बाद जब देश में भूमि परसीमन अधिनियम लागू हुआ तब सब जमीदारों, रईसों में काफी हड़कम्प मच गया। राघवेन्द्र सिंह ने भी जमीन इधर-उधर बांटी, कुछ नाते सम्बन्धियों को दी तो कुछ अपने पुराने कारिन्दों को। फिर भी सरकार ने काफी जमीन उनसे छीन ली और वह अनुसूचित जाति के भूमिहीन परिवारों को दे दी। ठाकुरपुरवा में आज जो दलित बसे हैं, अधिकांश वही लाभार्थी अथवा उनके परिवार जन हैं। किस्सा कोताह यह कि अंग्रेजों से भेंटस्वरूप मिली जंगल की काफी जमीन अनेक परिवारों में बंट गयी और इन लोगों ने अपने मकान, झोपड़े वहां बनवा लिए और बाकी क्षेत्र में खेती करने लगे। धीरे-धीरे वहां आबादी बसने लगी।

किन्तु अभी तक इस क्षेत्र को कोई नाम नहीं दिया गया था। इसे लोग अमरपुर जंगल के नाम से जानते थे और पत्राचार आदि भी इसी पते से होना आरम्भ हो गया था। उधर राघवेन्द्र सिंह का परिवार भी अब जंगल की कोठी में आकर रहने लगा। अमरपुर से नाता छूटता गया और फिर वहां की हवेली स्वास्थ्य विभाग को किराये पर दे दी गई। गांव का कोई अलग नाम न होने से कई बार मेहमानों व नवागन्तुकों को कठिनाई भी होती थी। एक बार परगना मजिस्ट्रेट का शीतकालीन दौरा हुआ और सौभाग्य से इसी क्षेत्र में उनके द्वारा कैम्प किया गया। तीन तम्बू लगे। खाने, पीने, प्रकाश, पानी की व्यवस्था की गई और इस सारी व्यवस्था में ठाकुर राघवेन्द्र सिंह की भूमिका बड़ी अहम रही। उन दिनों लगभग रोज ही ठाकुर की मेल-मुलाकात हाकिम परगना से होती थी। एक रात उन्होंने हाकिम परगना, तहसीलदार को अपनी कोठी में रात्रि भोजन के लिए आमंत्रित किया। मंहगी शराब की बोतलें और मुर्गे, मछली के स्वादिष्ट व्यन्जनों की व्यवस्था करवाई गई। उसी

रात भोजनादि से निवृत्त होकर हाकिम ने यह घोषणा कर दी कि इस क्षेत्र का नाम ठाकुरपुरवा रखा जायेगा। जिला परिषद में प्रस्ताव भेजकर इसका अनुमोदन करवा लिया गया और तभी से यह गांव ठाकुरपुरवा बन गया।

आज भी अधिकतर गांववासी ठाकुर परिवार को श्रद्धा व सम्मान की दृष्टि से देखते हैं। इसलिए स्वतंत्रता प्राप्ति के बाद जब गांवों में पंचायत का गठन हुआ तो ठाकुर राघवेन्द्र सिंह को सर्वसम्मति से गांव का मुखिया चुन लिया गया। वह इसके लिए राजी नही थे और इस दायित्व से दो कारणों से बचना चाहते थे–एक तो प्रधान बनना वह अपने सामाजिक स्तर के अनुकूल नहीं समझते थे, दूसरे उनकी अपनी जीवन शैली सामाजिक कार्यकलापों से विरत रही थी। गांव व समाज के सरोकारों से वह प्रायः दूर ही रहते थे। किन्तु उनकी अनिच्छा के बावजूद गांव वासियों ने उन्हें ही प्रधान चुना था। और जब तक जीवित रहे वह निर्विरोध प्रधान चुने जाते रहे।

आरम्भ में भले ही उन्होंने यह दायित्व अनिच्छा से ग्रहण किया किन्तु शीघ्र यह अहसास उन्हें हो गया था कि नई प्रजातांत्रिक व्यवस्था के अन्तर्गत यह कार्य कम महत्वपूर्ण नहीं है। क्षेत्र के विकास में उनकी महत्वपूर्ण भागीदारी दिखाई देने लगी। सड़क बनने, स्कूल, चिकित्सालय खुलने, बिजली-पानी की व्यवस्था करने सब में स्थानीय अधिकारी उनका परामर्श प्राप्त करते। क्षेत्र में अब बड़े अधिकारियों का दौरा होता तब भी उनकी पूछ होती–मात्र एक जागीरदार होने के नाते ही नहीं वरन क्षेत्र के प्रधान व जनता के प्रतिनिधि होने के नाते भी। ठाकुर राघवेन्द्र सिंह को तब यह कार्य अच्छा लगने लगा। गांव के कार्यों में वह रुचि लेने लगे। वहां के विवादों, झगड़ों को सुलझाने में उनकी अहम् भूमिका बनती चली गई। ठाकुर राघवेन्द्र के यह निर्देश थे कि कोई भी विवाद पुलिस या कोर्ट-कचहरी न जाय। नतीजतन आजादी के लगभग पच्चीस वर्षों तक इस गांव का कोई विवाद या मुकदमा किसी थाने, अदालत में कभी नहीं गया। ठाकुर स्वयं और पूरे गांववासी इसे बड़े गर्व से कहा करते थे। फौजदारी के मामले तक गांव स्तर पर निबटा लिए जाते थे। ठाकुर का निर्णय सर्वमान्य व अन्तिम होता।

जहां एक ओर आपातकाल में सरकार की निरंकुश कारवाईयों व नीतियों से भय और असुरक्षा का माहौल बना था वहीं दूसरी ओर सरकार का विरोध करने वालों की भी एक पूरी जमात पैदा हुई थी। नये राजनैतिक दल उभरे थे, विभिन्न दलों के नये समीकरण बने थे और यह कहना उचित होगा कि एक नई राजनैतिक जागरूकता पनपी थी। हमारे गांव इससे अछूते नहीं थे। पश्चिमी उत्तर प्रदेश में चौधरी चरण सिंह के नेतृत्व में बी.के.डी. का खासा प्रभाव गांवों के अनेक नवयुवकों

पर बड़ी तेजी से दिखलाई दिया था। वे नवयुवक सरकार के कार्यक्रमों का विरोध करते और नतीजतन पुलिसिया उत्पीड़न का शिकार बनते। कइयों को बुरी तरह पीटा गया, अनेक मीसा कानून में बिना कारण बन्द कर दिये गये। पर ये समस्त नवयुवक जनता में हीरो का दर्जा पा रहे थे।

ऐसे नवयुवकों में से था ठाकुरपुरवा का गुलजार। गांव के पास के एक मेले से लौट रहे आदमियों को पुलिस प्रशासन के लोगों ने पकड़कर जब जबरदस्ती नसबंदी करायी तो उसका उग्र रूप से विरोध करने वालों में गुलजार क्षेत्र के अन्य कुछ लोगों के साथ अग्रणी था। उस समय उसकी आयु यही कोई 18, 19 की रही होगी। कक्षा दस पास करके पास के कस्बे में ग्यारहवीं का छात्र था। गुलजार मध्यम वर्ग परिवार में पैदा हुआ है। परिवार के पास लगभग तीस बीघा जमीन है। इसलिए खाने-पीने की कोई दिक्कत नहीं है। उसके तीन भाई व दो बहनें हैं। गुलजार सबमें छोटा है। उसके दसवीं कक्षा पास करते तक सभी भाइयों बहनों की शादियां हो चुकी थीं। बहनें दूसरे गांवों में ब्याही थीं और बाकी सभी भाई खेती बाड़ी करते। छोटा होने के कारण उसे सबका भरपूर स्नेह मिला था। उसे काम काज की भी कोई विशेष चिंता नहीं करनी पड़ती। पिता और भाई सब चाहते थे कि पढ़ लिख कर कहीं अच्छी नौकरी पा जाये। पर उस पर राजनीति का भूत सवार होने लगा। विद्यालय के छात्रसंघ के चुनावों में भाग लेने से आरम्भ कर अब वह चौधरी साहब की बी.के.डी. पार्टी के सक्रिय सदस्य के रूप में काम करने लगा। आपातकाल में एक बार उसे जेल भी जाना पड़ा। पिता और भाइयों ने उसे काफी समझाने की कोशिश की किन्तु उस पर इसका कोई प्रभाव नहीं हुआ।

राघवेन्द्र सिंह की मृत्यु के बाद उनके बेटे हरपाल सिंह को निर्विरोध प्रधान चुन लिया गया। हरपाल सिंह का न तो वह प्रभाव था और न ही उतना सम्मान। इसलिए पिता की मृत्यु की सहानुभूति में पहली बार तो निर्विरोध चुन लिए गये लेकिन जब अगला चुनाव हुआ तो सुखदेव शर्मा उनके विरोध में खड़े हो गये। इस चुनाव में गुलजार भी काफी सक्रिय रहा हालांकि वह स्वयं यह चुनाव नहीं लड़ा था। वह न तो हरपाल सिंह को चाहता था और न ही पंडित सुखदेव शर्मा को ही जीतने देना चाहता था। आखिर उसने एक चाल खेली और काफी न नुकुर के बाद दलितों में से एक नवयुवक संतोषी को चुनाव में खड़ा करने में सफल रहा। संतोषी उसका सहपाठी रहा था। कक्षा 1 से 5 तक वे दोनों एक ही स्कूल में पढ़े थे। संतोषी अपेक्षाकृत उग्र प्रवृत्ति का नवयुवक था। कक्षा आठ पास कर पास के प्राइवेट इन्टर कालेज में चपरासी के पद पर नियुक्त था। गुलजार ने उसी के साथ मिल कर ठाकुर हरपाल सिंह व पंडित सुखदेव को हराने की योजना बनाई और यह निर्णय लिया कि सरना चाचा या मंगलू राम में से किसी को प्रधानी का चुनाव लड़ाया जाय। किन्तु जब ये दोनों पहले सरना चाचा और फिर मंगलू राम

से मिले तो वे न केवल चौंक गये बल्कि उन्हें काफी डांटा डपटा भी।

—सिरीपने की बात करते हो। या दो अक्षर का ज्ञान हो गया तो दिमाग ही खराब हो गया है। ठाकुर साहब का गांव है यह, उनके पिता का बसाया हुआ, हम तो उनकी रियाया हैं। उन्होंने जमीन दी, यहां घर द्वार जम गया और आज इज्जत की रोटी खा रहे हैं। बच्चे काम धंधा कर रहे हैं। आज जो कुछ है वह ठाकुर साहब का ही है। उनके खिलाफ चुनाव...। न बाबा...। सरना चाचा ने कान पकड़ कर कहा—तुम क्या जानो, कितने खराब दिन देखे हैं हमने। खानाबदोश की तरह कभी चार दिन यहां, कभी वहां। तभी एक अक्षर हममें से कोई पढ़ नहीं सका। दो जून की रोटी के जुगाड़ में ही पूरी जिन्दगी निकल जाती थी। ठाकुर देवता थे। हमें बसाया, जमीन दी...। कहते-कहते उनकी आंखों से आंसू बह निकले।

मंगलू राम ने भी उन्हें झिड़का—कैसे हिम्मत की यह सब सोचने की। यह हमारा काम है? औकात देखी है अपनी। संतोषी, तू इसके चक्कर में मत पड़। यह हमें भी मरवा देगा। इसका तो कुछ नुकसान होगा नहीं। हम लोगों की रोटी के लाले पड़ जायेंगे। अपने क्रोध को शांत करते हुए वह कुछ देर बाद बोले—गुलजार बेटा, क्यों गलत रास्ता सुझाते हो? हम गरीब हैं, दो जून की रोटी खायें और इज्जत से जी सकें, हमारे लिए इतना ही काफी है। हमें माफ करो।

पर गुलजार ने हिम्मत नहीं हारी। और आखिर संतोषी से प्रधानी का पर्चा भरवा दिया। संतोषी के चुनाव लड़ने से चुनाव काफी पेचीदा हो गया। वैसे भी यह गांव के इतिहास का पहला चुनाव था। टक्कर यदि केवल ठाकुर हरपाल और पंडित सुखदेव शर्मा के बीच होती तब हरपाल सिंह का जीतना काफी आसान था क्योंकि दलितों के लगभग सभी वोट उन्हें ही मिलने थे। पर संतोषी के खड़े होने से ठाकुर हरपाल सिंह का सचमुच पसीना निकल गया। इन लोगों के वोट पांच सौ से भी ज्यादा थे। ठाकुर ने सरना चाचा और भगौती प्रसाद दोनों से बुलाकर वार्ता की। वे दोनों ही संतोषी की मूर्खता और उद्दण्डता पर दुखी और शर्मिन्दा थे। पर अब खुलकर उसका विरोध करने का भी उनमें साहस नहीं था। आखिर समाज का मामला था। जाटवों की पंचायत पहले ही आमंत्रित की जा चुकी थी। उसमें संतोषी को समर्थन देने की बात भी सभी ने स्वीकार कर ली थी। संतोषी ने स्वयं ही बिना किसी से परामर्श किये पर्चा भर दिया था। पर उसके चुनाव लड़ने से पूरे समुदाय में आत्म सम्मान की भावना जागृत हुई थी। प्रधान का महत्व वे भली प्रकार समझते थे। यदि उनका आदमी ठाकुरपुरवा का प्रधान चुन लिया जाय तो...? सोच सोचकर वे सभी बड़े उत्साहित और पुलकित अनुभव करते...।

ठाकुर हरपाल सिंह का चुनाव जीतना लोहे के चने चबाने की तरह साबित हुआ। सौभाग्य से ब्राह्मणों के अतिरिक्त सुखदेव शर्मा को अन्य जातियों का समर्थन नहीं मिला। अहीरों, बनियों के यहां ठाकुर को स्वयं जाना पड़ा, राय की भीख मांगनी

पड़ी और उन्हीं के समर्थन से अन्ततः वह चुनाव में विजयी हो सके।

अपने प्रत्याशी की हार से गुलजार कतई निराश नहीं था। दरअसल उसे इस बात की प्रसन्नता थी कि संतोषी को पंडित सुखदेव शर्मा की तुलना में लगभग दोगुने वोट मिले थे। विजयी ठाकुर से भी उसके वोटों की संख्या केवल 150 कम थी। उसने हिम्मत नहीं हारी और अब वह खुले आम दलितों को संगठित करने, उनकी मांगों को उठाने में पूरी तरह सक्रिय हो गया। अगली फसल की कटान का समय आया तो उसने उनकी मजदूरी बढ़ाने की मांग की और किसी भी मजदूर को खेत में नहीं जाने दिया। इस संघर्ष में दलितों के अतिरिक्त अनेक गरीब परिवार के सदस्य भी साथ थे, जो मजदूरी करके अपना जीवनयापन करते थे। उसने गांव के बाहर एक प्रदर्शन भी आयोजित किया। उस दिन पहली बार ठाकुर हरपाल सिंह को पुलिस बुलवानी पड़ी। गुलजार को गिरफ्तार कर लिया गया और पूरे तीन दिन वह जेल में रहा। पर जेल से लौटने पर वह गांव के असली हीरो का दर्जा पा गया था।

अब गुलजार दलितों और गरीब मजदूरों का अघोषित मसीहा था। उनका जो भी मसला होता, गुलजार के संज्ञान में लाया जाता और उसमें गुलजार का हस्तक्षेप लगभग लाजमी था–चाहे वह मजदूरी बढ़ाने की बात हो या उनके लिए रास्ता बनाने अथवा बिजली पानी का प्रबन्ध करने की मांग...। लगन और शिद्दत इतनी कि जिस मांग को उठाता उसे पूरा कराने के लिए गांव से लेकर तहसील के हाकिमों तक रात दिन भाग दौड़ करता। क्षेत्र के विधायक भी उसी राजनैतिक दल से थे इसलिए उसके साथ भी उसने गहरी पैठ स्थापित कर ली थी। जब किसी कार्रवाई में स्वयं असफल हो जाता तो विधायक के पांवों पर गिर कर अपना काम करा लाता। शासक दल के विधायक थे, अपनी बदतमीजी और दुर्व्यवहार के लिए पूरा प्रशासन उन्हें जानता था। इसलिए जो काम कहते, सामान्यतः हो ही जाता। जाहिर है इसका लाभ गुलजार को मिलता। गुलजार दलितों में लोकप्रिय होता चला गया। ठाकुर और अन्य ऊंची जातियों की बन्दगी करते आये दलित अपने बीच एक ऐसा सहृदयी नेता पा रहे थे जो उनके साथ बैठकर कुल्हड़ में चाय सुड़क सकता था, घर के आंगन में कच्चे फर्श पर बैठकर आलू की झोल और मोटी रोटी खा सकता था। थाने, तहसील और ब्लाक जाने के लिए हरदम तैयार रहता और उनकी हर लड़ाई में मोर्चे पर डटा रहता।

प्रधानी का अगला चुनाव निकट आया तो गुलजार ने अपने को प्रत्याशी घोषित कर दिया। वह घर-घर वोट मांगने गया, सबकी ड्योढ़ी पर सिर रखता चाहे वह सरना चाचा हो या पंडित सुखदेव शर्मा अथवा निरंकार चौधरी...। वोट की भीख उसने अपने प्रतिद्वन्द्वी ठाकुर हरपाल से भी मांगी...। ठाकुर अंदर तक जल उठे, उसे बड़ा भला बुरा कहा, "कल के लौंडे" कहकर उसे सम्बोधित किया और साथ

ही उसे अपनी औकात में रहने की भी ताकीद की। गुलजार उनके इस व्यवहार से कतई परेशान नहीं हुआ, चेहरे पर मुस्कान लिए हाथ जोड़े खड़ा रहा, सब कुछ निर्लिप्त भाव से सुनता रहा और जब ठाकुर की वाणी को विराम लगा तो वह बोला–वोट मांगना मेरा फर्ज है ठाकुर साब, देना या न देना आपका अधिकार। आप बेवजह इतना नाराज होते हैं। अब प्रजातन्त्र में चुनाव तो कोई भी लड़ सकता है। धरतीपकड़ राष्ट्रपति पद का हर चुनाव लड़ता आया है तो क्या उसे गोली मार देंगे। बाकी निर्णय तो पब्लिक ही करेगी। जै रामजी...। वह मुड़कर चला आया।

गुलजार के तंज भरे लहजे, सीधी तनी छाती और तेज भेदती आंखों से ठाकुर अंदर तक तिलमिला उठे। कई दिनों तक उन्हें गुलजार की वह मुद्रा याद आती रही।

उधर जैसे-जैसे चुनाव नजदीक आया, नई-नई खबरें उनके कानों में पड़तीं। गुलजार का प्रचार-प्रसार अपनी चरम सीमा पर पहुंच रहा था। रोजाना कोई न कोई नेता या पार्टी का पदाधिकारी गुलजार के पक्ष में चुनाव सभा आयोजित करते। स्थानीय विधायक तो क्या, सांसद तक उसके पक्ष में गांव में वोट मांगने आये और तमाम वादे कर गये। उनके भाषणों में ठाकुर हरपाल और उनके परिवार की बड़ी छीछालेदर होती। उन्हें पुराने रजवाड़े, जमींदार कहकर सम्बोधित किया जाता जिनका जनता जनार्दन से कोई सरोकार नहीं रहता। पिछले पैंतीस वर्षों से अधिक से चली आ रही उनकी प्रधानी की असफलताओं और शून्य उपलब्धि पर भी जोर शोर से बोला जाता और अन्ततः इस बात पर जोर दिया जाता कि जनता पुराने राजे रजवाड़ों, जमींदारों से अपने को मुक्त करे और अपने में से एक को अपना प्रतिनिधि चुने। गुलजार इस दृष्टि से उपयुक्त था ही।

प्रचार-प्रसार केवल भाषणों तक ही सीमित नहीं था। चुनाव के तीन दिवस पूर्व से रोज ड्रमों में शराब भर कर लाई गई। नचनी के नाच का आयोजन किया गया और वहां कुल्हड़ों में शराब बांटी जाती। नमक चखाकर वोट देने का वादा भी कराया जाता।

ठाकुर को पता चला तो बुरी तरह परेशान हो चले। दो दिन पहले ही उन्होंने अपने हाथ पैर छोड़ दिये। घर से निकलना भी बन्द कर दिया और जो मिलने आता उससे दुखी होकर कहते–यह चुनाव है या खुली गुन्डागर्दी, अराजकता...। गांव में ये सब क्या हो रहा है? रंडियां डेरा डाले बैठी हैं, रात में नाच होता है और फिर चकलाघर बन जाता है। ड्रमों शराब आ रही है और लोग पागलों की तरह उधर भाग रहे हैं। इस गांव का सत्यानाश हो रहा है और यहां के सब बुजुर्ग, इज्जतदार लोग हाथ पर हाथ धरे बैठे हैं।

लोग शांत रह कर चले आते क्योंकि जो कुछ यहां हो रहा था, इस गांव

के लिए नया अवश्य था किन्तु लोगों के लिए नहीं। आसपास के गांवों में वे यह सब पिछले चुनाव में भी देखते सुनते आये थे।

चुनाव का परिणाम किसी के लिए भी अप्रत्याशित नहीं था। गुलजार विजयी रहा। ठाकुर हरपाल सिंह की करारी हार हुई थी। ठाकुर क्या उनका पूरा परिवार इस पराजय से बड़ा दुखी और विचलित था। इस अपमान से व्यथित होकर ठाकुर परिवार पूरे एक महीने गांव से बाहर रहा। लोगों ने तरह-तरह की अफवाहें फैलाईं। आरम्भ में तो इतना तक सुना गया कि इस पराजय के अपमान से क्षुब्ध होकर पूरे ठाकुर परिवार ने गंगा में जल समाधि ले ली है। फिर जमीन व हवेली बिकने तक की बातें कही गईं। हवेली पर एकाध कारिन्दे दिखलाई पड़ते जो कोई उत्तर नहीं देते। लेकिन एक दिन ठाकुर परिवार सहित गांव लौट आये। बतलाया कि वह अपनी बहन के पास दिल्ली और फिर शिमला चले गये थे।

ईश्वर की यह कृपा थी या अभिशाप कि ठाकुर परिवार में एक ही पुत्र जीवित रहता। ठाकुर अलबेल सिंह इकलौते पुत्र थे। उनके बारे में आज यह ठीक-ठीक पता नहीं कि उनके और भाई बहन पैदा हुए भी थे या नहीं। अलबेल सिंह के बारे में अनेक किस्से प्रचलित हैं, उनमें से एक उनके स्वयं के जन्म के सम्बन्ध में है। सच्ची बात तो किसी को भी मालूम नहीं है किन्तु कहा यही जाता है कि अलबेल सिंह के पिता सिपट्टर सिंह निःसन्तान थे और अलबेल सिंह को दरअसल गोद लिया गया था। अलबेल सिंह उनके दूर के किसी रिश्तेदार के यहां पैदा हुए थे और ठाकुर परिवार के निःसन्तान होने के कारण सबकी सलाह से अलबेल सिंह को गोद ले लिया गया। किन्तु गोद लेने के बाद ठाकुर सिपट्टर सिंह ने अपना गांव एकाएक एक रात छोड़ दिया और बिना किसी को कहे-सुने अपना सब कुछ अलबेल सिंह के असली पिता के नाम करके कुछ चल सम्पत्ति लेकर अमरपुर चले आये थे। अमरपुर के लिए वह अपरिचित थे किन्तु वह एक सम्पन्न कस्बा था और कभी-कभार व्यापारी वहां आते थे। सो सिपट्र सिंह का वहां आना कोई अजूबा नहीं था। सिपट्टर सिंह ने अपने परिवार, पत्नी के जेवरात आदि बेचकर सरसों का तेल निकालने का एक छोटा कोल्हू लगाया था। और उसी की आमदनी से फलते-फूलते गये। अगले दस वर्षों में उन्होंने छोटे-मोटे और कई काम बढ़ाये और आसपास काफी जमीन भी खरीद डाली। अलबेल सिंह की पूरी परवरिश अमरपुर में ही हुई। न अलबेल सिंह को कभी पता चला कि सिपट्टर सिंह उनके असली पिता नहीं हैं और न ही किसी और को ही इसकी जानकारी हुई। सिपट्टर सिंह काफी जमीन-जायदाद छोड़ कर गये थे। अलबेल सिंह का विवाह भी एक सम्पन्न परिवार में हुआ था। उनके पांच बच्चे पैदा हुए थे-तीन लड़कियां और

दो लड़के। पर जीवित रहे दो लड़कियां और एक पुत्र। ठाकुर राघवेन्द्र सिंह को भी चार लड़के पैदा हुए पर दो तो जन्म के साथ ही और एक लगभग तीन माह की आयु में गुजर गया। शेष बचे हरपाल सिंह। हरपाल सिंह के एक ही बहन है जो दिल्ली के एक सम्पन्न परिवार में ब्याही है।

मनोज हरपाल सिंह का इकलौता पुत्र है। पर ठाकुर परिवार के अन्य लड़कों से कई अर्थों में भिन्न है। उसके पिता हरपाल सिंह अवश्य कक्षा दस पास हैं किन्तु परिवार का अन्य कोई भी सदस्य कभी कक्षा छः, सात से ऊपर शिक्षा ग्रहण नहीं कर सका। जमाने को देखते हुए हरपाल सिंह ने मनोज को आरम्भ से ही अच्छी शिक्षा देने का मन बना लिया था। हालांकि इस शिक्षा का कोई उद्देश्य कभी वह स्वयं समझ नहीं सके थे। किसी भी प्रकार की नौकरी का तो ख्याल भी कभी उनके मन में नहीं आता था। मनोज ने हाईस्कूल के बाद पास के कस्बे शामली में इन्टर साईंस में प्रवेश ले लिया। अमरपुर में इन्टर कालेज तो था किन्तु वहां विज्ञान के विषय नहीं थे। इन्टर में मनोज प्रथम श्रेणी में उत्तीर्ण हुआ और तब उसके मन में इंजीनियर बनने की बात आयी थी। इंजीनियरिंग की सभी प्रवेश परीक्षाओं में वह बैठा भी किन्तु दुर्भाग्य से कहीं सफल नहीं हो सका। ठाकुर हरपाल सिंह ने तो इसे सामान्य तौर पर लिया किन्तु मनोज मन ही मन बड़ा दुखी हुआ। उसने अपने पिता से बैंगलौर के एक प्राइवेट कालेज में कुछ दान राशि देकर प्रवेश पाने की बात सुझाई। शामली के कुछ रईसों के बच्चे कर्नाटक के महाविद्यालयों में पहले से अध्ययनरत थे। ठाकुर हरपाल सिंह उसे इतनी दूर नहीं भेजना चाहते थे। उन्होंने मनोज के विद्यालय के प्राचार्य से भी बात की और जब उन्होंने भी इसका जोर देकर समर्थन किया तब वह इस पर राजी हो गये।

प्रवेश के लगभग एक माह बाद कालेज के छात्र संघ द्वारा म्यूजिक कार्निवाल के नाम पर एक छात्र मिलन समारोह आयोजित किया गया था। सभी छात्र/छात्राएं इसमें सम्मिलित हुए थे। माहौल पूरी तरह पश्चिमी था। तेज अंग्रेजी धुनों पर लड़के-लड़कियां थिरक रहे थे। समारोह में मदिरापान की अनुमति नहीं थी। किन्तु अधिकतर छात्र इधर-उधर छिपकर या शीतल पेयों में मिलाकर मदिरापान कर धुत्त थे। मनोज ने पहली बार इस तरह का वातावरण देखा था। वह चाह कर भी इस समारोह में कोई भागीदारी नहीं कर सका और अलग-थलग एक कोने में बैठा कोक पीता रहा था। अचानक एक लड़की ने पास आकर कहा।

–हाय, आप यहां अकेले क्यों बैठे हैं? व्हाई डोंट यू ज्वाइन...?

–मैं...। वह अचकचा उठा, कुर्सी से उठकर बोला–सॉरी, मुझे डांस नहीं आता और न ही इंगलिश म्यूजिक समझ में आता है।

–तो क्या आप सोचते हैं कि इनमें से मोस्टली ब्वायेज इसे समझते हैं? ज्यादातर लोग बस यूं ही इनज्वाय करते हैं–वह खिलखिलाकर हंस दी और देर

तक हंसती रही। उस शोरगुल भरे माहौल में संगीत की एक स्वर लहरी सी मनोज के अन्दर खनकती चली गई। अपलक वह उसे देखता रहा। गेहुंआ रंग और तीखे नाक-नक्श वाली उस लड़की में ग़ज़ब का आकर्षण था। उसके चेहरे पर एक स्वाभाविक खिंचाव और आंखों में आत्मविश्वास की एक तेज चमक थी।

—चलिए, मैं भी यहीं बैठती हूं। अपने लिए एक कोक ले आऊं।

—आप बैठिए, मैं ले आता हूं।

—आप क्यों? उसने कहा और मुड़ कर स्टाल से कोक लेने चली गयी।

उसे कोई उत्तर नहीं सूझा।

मनोज हतप्रभ सा देखता रहा। कुछ देर उसी मुद्रा में खड़ा रहा और जब तक वह कुछ और सोच पाता वह लौट आई थी।

—हमारा इन्ट्रो तो हुआ ही नहीं? उसने बैठते हुए कहा।

—मैं मनोज सिंह हूं। यू.पी. से...।

—आयम नयनी फ्राम नागपुर। यू.पी. में कहां रहते हैं?

—मैं एक गांव में रहता हूं। वेस्ट यू.पी. में मुजफ्फरनगर जिले के एक गांव ठाकुरपुरवा में...।

—ओह ग्रेट...। आई लव विलेजेस...। आपका गांव कहां है?

—कहां? मनोज चकरा गया।

—आई मीन नियर लखनऊ या वाराणसी?

—नहीं, मेरा गांव वेस्ट में है। हरिद्वार के पास...।

—मसूरी, हरिद्वार मैं गई हूं। लवली एरिया...।

मनोज ने राहत की सांस ली। कम से कम अपने क्षेत्र की एक पहचान उसने आज खोज ली थी। ठाकुरपुरवा कहते हुए वह स्वयं अटपटा महसूस करता था। न मुजफ्फरनगर जिले को ही लोग जानते थे।

वे लगभग एक घंटे साथ बैठे थे। कालेज के बारे में काफी बातचीत करते रहे थे हालांकि कालेज के बारे में नयनी भी उतनी ही अनजान थी जितना मनोज। पर बैंगलौर से नयनी काफी परिचित थी। इससे पूर्व तीन बार वह अपने परिवार के साथ यहां भ्रमण हेतु आ चुकी थी।

नयनी मनोज की सरलता और सहजता से प्रभावित हुई थी। अधिकतर छात्र अपने बारे में बढ़-चढ़ कर बोलते थे। मनोज इस माने में भिन्न था। उसने न कुछ छिपाया और न ही कुछ बढ़-चढ़ कर बखान किया। जितना जानता था, उसके बारे में पूरे आत्मविश्वास से बोलता था और जिस विषय से अनभिज्ञ होता, उसके सम्बन्ध में अपनी अज्ञानता बिना किसी संकोच के स्वीकार कर लेता।

इस परिचय के बाद जब भी नयनी मनोज से मिलती वह उसे निकटता व ऊष्मा का अहसास कराती। लेकिन इसके बावजूद उस प्रथम सत्र में मनोज

इतना साहस नहीं जुटा पाया कि वह कभी नयनी से मिलने उसके हॉस्टल जाय अथवा कभी पिक्चर या रेस्टोरेन्ट जाने का प्रस्ताव रखे। आज भी नयनी उसके इस संकोची स्वभाव का उपहास करने से नहीं चूकती। बाद में अक्सर कहा करती थी कि वह कितना घामड़ था कि इतना परिचय होने के बाद भी उसने कभी साथ घूमने का प्रस्ताव रखना तो दूर कभी उससे मिलने वह हॉस्टल तक नहीं आया। दूसरा सत्र भी लगभग आधा निकल चुका था जब एक दिन नयनी ने ही उसे शहर घूमने का निमंत्रण दिया था। यह उनकी पहली डेट थी।

उस रात मनोज ठीक तरह सो नहीं सका। एक अजीब सी उत्तेजना उसे अन्दर ही अन्दर उद्वेलित करती रही। कभी एक घबराहट भी उसको परेशान करती। नयनी ने उसे साथ घूमने को क्यों आमंत्रित किया, क्या नयनी मन ही मन उसे चाहने लगी है और उसे और जानने-समझने का अवसर चाहती है अथवा स्वयं मनोज को कुछ कहने-समझने का मौका दे रही है? वह उससे क्या बात करेगा, दो-तीन घंटे साथ कैसे बिताएगा? अपनी अनुभवहीनता पर उसे मन ही मन बड़ी कोफ्त हुई। काश कोई मित्र उसे कोई राह दिखा सकता।

पर ऐसा कोई अभिन्न मित्र वहां नहीं था। पूरे समय वह बड़ा सतर्क रहा। बस की दो वाली सीट पर खिड़की के पास सिमट कर बैठा रहा वह मानो नयनी का कोई स्पर्श उसके लिए घातक साबित हो सकता था। अधिकतर समय नयनी ही बोलती रही और या तो वह 'हां, हूं' करता अथवा नयनी के प्रश्नों के उत्तर देता।

–इतना चुप रहोगे तो मैं तो बोर हो जाऊंगी। मैं ही चैटर बाक्स की तरह बोले जा रही हूं।

वह नादान बालक की तरह झेंप कर मुस्करा दिया।

–हाऊ क्यूट...। नयनी ने उसकी आंखों में आंखें गड़ा कर कहा।

अब वह सचमुच शर्मा गया और उसने अपनी नजरें नीचे झुका लीं।

–यार, तुम तो गर्ल्स को मात दे रहे हो...।

वह धीरे से हंस दिया।

–नयनी, दरअसल मैं कभी किसी लड़की के साथ इस तरह घूमा ही नहीं हूं। न मुझे मालूम है कि लड़कियों से क्या और कैसे बात की जाती है...।

नयनी खिलखिला कर हंस दी, इतनी तेजी से कि आसपास के लोगों का ध्यान भी उसकी ओर आकृष्ट होना लाजमी था। मनोज अटपटा सा अनुभव करने लगा किन्तु नयनी पर इसका कोई प्रभाव नहीं था।

–मनोज, आई लाइक दिस इन्नोसेंस...। तभी तुम्हारे साथ घूमने का मन हुआ।

वह फिर हंसी...। उसके चेहरे पर लुभावने फूलों का गुलदस्ता जड़ गया था। आंखों में रस का सरोवर झिलमिला रहा था और उसकी हंसी की छनछनाहट पहाड़ से गिरते झरने की मानिंद देर तक उसके कानों में बजती रही थी।

मनोज मानो किसी स्वप्न लोक में भटक रहा था।

—चलो। आज तुम्हें माफ करती हूं। पर आयन्दा यह मौनी बाबा वाला रूप नहीं चलेगा। उसने अधिकार भरे स्वर में कहा।

रेस्टोरेन्ट से खाना खाकर जब वे बाहर निकले तो सामने पिक्चर हाल था और टिकटों की बिक्री जारी थी।

—चलो पिक्चर देखते हैं। नयनी ने अचानक कहा और उसका हाथ पकड़कर सड़क पार कर थियेटर में जाकर मिनटों में टिकट ले आई। मनोज उसके निर्मल, स्निग्ध हाथों और उंगलियों के स्पर्श के गुदगुदे अहसास से उबर भी नहीं पाया था और दिवास्वप्नों की रोमानी दुनिया में खोया हुआ था कि एकाएक उसे लगा कि टिकट उसे खरीदने चाहिए थे।

—अरे आप क्यों ले आईं? अचकचा कर पूछा उसने।

—क्यों, मैं टिकट नहीं खरीद सकती?

—नहीं, ऐसा नहीं है। काफी भीड़ है न...।

—सो व्हाट...।

फिल्म आरम्भ होने में कुछ देर थी। नयनी फिल्मों की बातें करती रही पर मनोज का मस्तिष्क तो कहीं और ही उलझा था। जीवन के एक नूतन व अनूठे अनुभव का साक्षात करने जा रहा था वह—एक ऐसा अनुभव जिसे लेकर हर नवयुवक के अंदर रंगीन कल्पनाओं का संसार उमड़ता रहता है, जिसका अहसास नशे की मानिंद अंदर ही अंदर चढ़ता जाता है। हाल में कई बार उसने रोमांस और प्यार के रोमांटिक से लेकर बड़े वीभत्स से दृश्य देखे थे। पर वह तो नयनी के हाथों के स्पर्श से ही बुरी तरह रोमांचित था। उसके हृदय की धड़कनें अभी से तेज हो चली थीं। ट्रेलर से लेकर, डायरेक्टर, कोरियोग्राफर व फिल्म निर्माण के सहयोगियों तक के नामों को पूरे मनोयोग से देखने वाले मनोज को आज फिल्म का आरम्भ होना ही पता नहीं चला। शोर-शराबे और संगीत की तेज आवाज में हाल डूबा हुआ था पर मनोज के कान जैसे बन्द थे। आंखों के सामने एक नया परदा था जिस पर केवल नयनी का चित्र बार-बार उभर कर आ जाता।

बार-बार उसे अपने को विश्वास दिलाना पड़ता कि वह नयनी के साथ बैठा है, हाल के अंधेरे में...जहां उत्तेजना है, गर्माहट है, भावनाओं का उफान है, अपने तरह का एकांत है।

ठीक सामने वाली सीट पर लड़का लड़की के गले में हाथ डाले बैठा था। मनोज का मन चाहा कि एक बार, सिर्फ एक बार नयनी के हाथों का स्पर्श करे वह। लेकिन इतना साहस भला कहां था उसमें...।

उधर नयनी फिल्म में पूरी तरह डूबी हुई थी—उसकी उपस्थिति से एकदम बेखबर, वातावरण से असम्पृक्त...। फिल्म के साथ हंसती, फिल्म के साथ गंभीर

होती...। अदभुत तादात्मय था...। फिल्म निर्देशक और उसके अदाकारों के लिए प्रेरणा बन सकती थी वह।

न जाने क्या प्रतीक्षा थी मनोज को? मिनट, फिर घंटा और तब मध्यान्तर...।

जैसे वर्तमान में लौट आई हो वो। आंखे मल कर उसने मनोज को देखा–अच्छी मूवी है न...?

–हां, हां अच्छी है...। अचकचा कर कहा उसने।

–क्यों, तुम्हें अच्छी नहीं लगी? हैरत भरी नजरों से पूछा नयनी ने।

–नहीं, ठीक है। अच्छी स्टोरी है, म्यूजिक भी ठीक-ठाक है...। वह आगे भी घिसे-पिटे वाक्यों को बोलना चाहता था किन्तु फिर अपने को रोका उसने। कहीं नयनी उससे कुछ प्रश्न न कर बैठे। आज फिल्म उसके अंदर पूरी तरह नदारद थी।

–कोल्ड ड्रिंक ...? उसने बात बदल दी।

–यस श्योर...।

बोतलें थामे वे अपनी अपनी तरह चुप रहे। मनोज डरा हुआ था। नयनी फिल्म के भविष्य में उलझी थी।

मध्यान्तर के बाद नयनी उसी मनोदशा में पहुंच गई थी। किन्तु मनोज एक अजीब सी खीझ, निराशा व अनमनेपन की गिरफ्त में था। लगा जैसे वह एक माध्यम मात्र है...। जड़, संवेदनशून्य माध्यम...। अपने अस्तित्व का नकार उसे अंदर तक टीस रहा था।

कई दिनों तक नयनी से उसकी कोई बातचीत नहीं हुई। मनोज ने एकाध अवसरों पर बात करने का प्रयास भी किया किन्तु नयनी उसके पास से 'हाय' कहती इस तरह निकल जाती जैसे उनका परिचय केवल 'हाय हैलो' तक सीमित है। नयनी की इस उदासीनता से वह बुरी तरह आहत महसूस करता। अन्दर ही अन्दर दुखी होता और देर रात तक नयनी के व्यवहार का विश्लेषण करता रहता...। बार-बार अपने को समझाता वह किंतु नयनी में ऐसा कुछ था जिसने उसके अंदर कुछ असर पैदा किया था...। उसके बात न करने पर वह निराश होता किंतु बिना देखे एक अलग तरह की बेचैनी उसे आ घेरती। नयनी की एक मुस्कान भरी नजर उसे एक नए ढंग से राहत पहुंचाती...। ये क्या था, वह स्वयं अनजान था।

सत्र बीतने को आ गया। परीक्षाएं समाप्त होने जा रही थीं और उसके बाद पूरे डेढ़ माह का ग्रीष्मावकाश था। नयनी से इतने दिनों तक दूर होने का मनोज को दुख था किन्तु नयनी गर्मियों की छुट्टियों को लेकर अत्यन्त उत्साहित थी।

कालेज बन्द होने में लगभग एक सप्ताह शेष था। छात्र/छात्राएं रेलवे के आरक्षण करा रहे थे। नयनी ने भी आरक्षण के लिए मनोज के साथ चलने का कार्यक्रम बनाया। रास्ते में नयनी मनोज से उसके गांव के बारे में पूछने लगी।

–कैसा है तुम्हारा गांव?

–मतलब...? मनोज ने आश्चर्य से पूछा।

–खूब हरा भरा। लहलहाते खेत, साफ हवा, शोर-शराबे से दूर, शांत, निर्मल वातावरण...। कहते-कहते वह जैसे किसी दूसरी दुनिया में विचरण करने लगी।

मनोज उसकी तन्मयता पर अचंभित था। गांवों के प्रति उसके अनुराग से अब वह अच्छी तरह परिचित था। किन्तु एकाएक इसका संदर्भ चौंकाने वाला था।

–हां, ये सब तो सभी गांवों में होता है। हमारा गांव तो समृद्ध व सम्पन्न क्षेत्र है। इसलिए प्राकृतिक छटा के साथ-साथ उस पर आधुनिकता का भी प्रभाव है। ट्रैक्टर, मोटर साइकिलें हैं, ट्यूबवेल, टीवी हैं। स्कूल हैं। बच्चे पढ़ते-लिखते हैं।

–वो तो तुम्हें देखकर लगता है। आंख बिचकाकर नयनी ने कहा।

–तुम तो मजाक करने लगती हो। पर यह सच है। गांव में पक्के रास्ते हैं। मकान भी काफी पक्के हैं। दैनिक जरूरत के सामान की दुकानें भी खुल गयी हैं। और क्या चाहिए?

–ओह ग्रेट। कितना अच्छा है। मेरा कितना मन करता है उसे देखने का। उसने चहककर कहा।

–तो फिर चलो। मेरे साथ चलो। कुछ दिन रह कर मम्मी-पापा के पास चली जाना। मनोज ने यों ही प्रस्तावित कर डाला।

–ओह रियली। व्हाट ए ग्रेट आइडिया। तुम मुझे ले चलोगे? नयनी चहक कर बोली।

–क्यों नहीं, इसमें पूछने की क्या बात है।

–ठीक है, मैं अपने मम्मी-पापा से बात करती हूं।

एक पी सी ओ के पास वे उतर गये। नयनी पी सी ओ बूथ के अन्दर गई और कुछ मिनटों बाद ही उछलती बाहर निकली।

–मम्मी हैज एलाउड मी...। उसने मनोज के दोनों हाथों को अपने हाथों से दबा कर कहा।

–सचमुच...। मनोज ने अपने अन्दर भी एक उछाल सा अनुभव किया। किन्तु दूसरे ही पल अपना गांव, गांववासी और अपने पिताजी का सख्त चेहरा उसकी नजरों के सामने तैरने लगा। एक झटका सा लगा उसे।

–चलो रिजर्वेशन करा लें...। आयम सो थ्रिल्ड...।

उसकी मन:स्थिति से पूरी तरह बेखबर थी नयनी।

3

विद्यालय में छात्रों का आपसी झगड़ा या मारपीट कोई असामान्य घटना नहीं थी। प्रायः रोज ही छोटे-मोटे विवाद होते थे। कभी वे मुंहजोरी और गाली-गलौज तक सीमित रहते तो कभी नौबत हाथापाई तक आ जाती। कभी मामला आपस में ही सुलझ जाता तो कभी क्लास टीचर तक पहुंच जाता। किन्हीं गंभीर मामलों में प्रधानाचार्य का भी हस्तक्षेप हो जाता। छात्र किशोर वय के थे–चंचल, चपल, संवेदनशील और भोले-भाले। आपस में लड़ते-झगड़ते और फिर बहुत जल्दी उनके सम्बन्ध सामान्य हो जाते।

किन्तु इस घटना के बाद ऐसा कुछ नहीं हुआ। न तो रमेश व आशा ही इस अकारण हमले व अपमान को कभी भूल सके और न ही दूसरे पक्ष की ओर से पश्चाताप या खेद की कोई पहल हुई। चाहकर भी आशा उन अपमानजनक शब्दों की चीत्कार से अपने को मुक्त नहीं कर पा रही थी। रह-रहकर एक टीस की भांति उन लड़कों के वीभत्स चेहरे उसके अन्दर कौंधते रहते थे।

रमेश के अन्दर तो मानो विस्फोट सा हो गया था। एक धधकती ज्वाला उसे अन्दर ही अन्दर बेचैन किये हुई थी। हमलावर छात्रों के चेहरे उसकी आंखों में तैरते रहते थे।

पहली बार अपने अन्दर इस समाज के विरुद्ध भारी आक्रोश अनुभव किया उसने...।

गुमसुम से वे घर लौट रहे थे। अन्दर-बाहर गर्मी थी। गरम हवा के थपेड़े अब उसमें और जलन पैदा कर रहे थे। चारों तरफ एक अजीब-सी वीरानगी-सी पसरी दिखलाई दे रही थी। मेंड़ों और खेतों के बीच का वह मार्ग जो रोज पलों में पार हो जाता था आज लम्बा दर लम्बा होता चला गया।

रमेश इस घटना के कारणों के बारे में सोच रहा था। अभी तक विद्यालय में उसका किसी छात्र से कोई विशेष झगड़ा नहीं हुआ था। सहपाठियों से उसके सम्बन्ध खराब भी नहीं थे। फिर क्या केवल आशा के कारण...? यदि ऐसा था तो वे आशा से क्या चाहते थे? आशा ने कभी उससे अपने सहपाठियों की कोई

शिकायत नहीं की थी। उससे ही क्या, अध्यापक गण से भी कुछ नहीं कहा था। फिर आशा के कारण यह सब क्यों...? एकाएक उसे उन छात्रों के वे सारे फिकरे याद आने लगे "लौंडिया पटाता है", "रात-दिन घूमती है इसके साथ...।" "क्या रखा है इस चमार में...।" उसके अन्दर कांटे ही कांटे उग आये।

—चुप क्यों हो? बस्ती में घुसने से पहले आशा ने मौन तोड़ा।

रमेश ने कोई उत्तर नहीं दिया। उसके कदम और धीरे हो गये।

—मेरे कारण ये सब हुआ। मैं...।

—क्या बेकार की बात करती हो। रमेश ने डपटते स्वर में कहा—गुण्डे हैं ये सब।

—पर गुण्डों के मुंह क्या लगना...। तुम बेवजह उनसे भिड़ गये। विद्यालय में तो ऐसे झगड़े हो ही जाते हैं। अभी कुछ दिन पहले सूरज प्रकाश के साथ भी तो मारपीट हुई थी।

—लेकिन हमारी इनसे क्या दुश्मनी है?

—कहा नहीं, खराब लड़के हैं। इनमें में कुछ तो दो साल से उसी कक्षा में फेल हो रहे हैं। यही गुण्डागर्दी करते हैं तभी न परीक्षा में अनुत्तीर्ण हो जाते हैं।

—मैं भी इसका बदला अवश्य लूंगा...।

—अरे पागल हुए हो। यही सब करने हम विद्यालय जाते हैं। तुमने कोई झगड़ा किया तो मेरी खुट्टी...।

—लेकिन...।

—लेकिन क्या, कहा न भूल जाओ इसे। बात बढ़ाओगे तो हमें ही नुकसान होगा। आगे कभी इन्होंने कुछ किया तो मैं स्वयं प्रधानाचार्य से शिकायत करूंगी।

रमेश ने कोई उत्तर नहीं दिया। वह आशा की बात से सहमत नहीं था किन्तु इस समय तर्क करने का भी मन नहीं था।

—ठीक है न। आशा ने ही आगे कहा और फिर कुछ क्षण रुक कर पूछा—बाबा पूछेंगे इस चोट के बारे में तो...।

पहली बार उनकी आंखें मिलीं। रमेश को आशा की बड़ी-बड़ी आंखों में एक अजीब-सी तरलता और कोमलता दिखलाई दी। आशा की पनियाई आंखों में पहली बार अपना अक्स दिखलाई दिया उसे। उसे अन्दर तक एक गुदगुदी-सी होने लगी। वह नीचे देखने लगा।

—कहना आम तोड़ते समय चोट लग गयी। आशा के चेहरे पर एक कौतुक भरी शरारत उतर आयी। पहली बार वह धीरे से मुस्कराई।

रमेश के अन्दर सब कुछ पिघल सा गया। उसके हृदय की धड़कनें बढ़ने लगीं, शरीर की टूटन और चोट का दर्द सब काफूर हो गया। उसे लगा कि वह अभी दौड़ने लगेगा। उछलने-कूदने का मन हुआ उसका।

–चुप क्यों हो? ठीक है न। मैं भी यही कहूंगी। कहकर आशा अपने घर की ओर चल दी।

–इन चमारों और जाटवों को पढ़ाने का यही परिणाम होता है। पण्डित सुखदेव शर्मा ने अत्यन्त उग्र स्वर में कहा–तभी मैं इन ससुरों के विद्यालय में प्रवेश का विरोध करता था। सालों के दिमाग खराब होने लगते हैं। जमीन से एकदम आसमान में उड़ने लगते हैं। आज देखी रमेसर के लौंडे की हिम्मत। हमारे बच्चों से भिड़ गया। उनसे मारपीट करने का साहस दिखलाया है। कभी सोच सकते हो तुम यह। जो बालक हमारे बच्चों के सामने आंख ऊपर न कर सके, आज उन पर हाथ उठाता है।

क्रोध से उनका स्वर कांपने लगा। उनकी बड़ी-बड़ी आंखें जैसे आग बरसाने लगीं। चेहरा लाल होकर तमतमाने लगा। मौसम में एक उमस-सी थी। उनका पूरा शरीर पसीने से तरबतर हो गया।

–गुलजार, तेरी परधानी में अब यही अपमान होना है। चौधरी मंगल सिंह ने खड़े होकर प्रधान गुलजार को ललकारा–आज जाटवों के लौंडे ने हमारे बच्चों पर हाथ उठाया है। कल ये हमारे साथ क्या करें, कुछ सोचा है।

गुलजार अपने घर की बैठक के एक कोने में चुप बैठा था। उम्र में वह वैसे भी इन सबसे छोटा था इसलिए इन बुजुर्गों के सामने कुछ बोलने या उनका प्रतिवाद करने का साहस उसमें नहीं था, न ही वह इसे आवश्यक समझता था। वैसे भी जब उसे इस घटना की जानकारी मिली तो वह समझ गया कि गांव के तमाम बुजुर्ग उसी को निशाना बनायेंगे। पंडित सुखदेव शर्मा चुनाव में हारने के बाद ऐसे मुद्दों को कभी हाथ से निकलने नहीं देते थे। इसलिए जब गांव में बच्चों के झगड़े की खबर उन्हें मिली तो शर्मा जी ने समस्त बुजुर्गों को जमा कर लिया।

दरअसल उस झगड़े का एकमात्र साक्षी भूपति यादव का लड़का बांके था जो शहर से दूध का निबटान करके अपनी मोटर साइकिल पर लौट रहा था। चलती मोटर साइकिल पर उसने गाली-गलौज का स्वर सुन लिया था और तभी 6-7 लड़के बाहर सड़क पर जाते मिले थे। उनमें से दो-तीन को मामूली चोटें भी थीं। बांके उनमें से लगभग सभी को पहचानता था। उसने रोककर उनसे बात भी करनी चाही किन्तु वे लड़के आगे बढ़ते चले गये। वे जाट व पंडित परिवारों के बालक थे। एक अहीर के लड़के के सामने अपनी बात कहना या शिकायत करना अपनी तौहीन समझते थे। वैसे भी वे शिकायत करने के मूड में नहीं थे। रमेश को अपमानित करने की मंशा लिए वे वहां आये थे, जो वे पूरी कर चुके थे। रमेश और आशा की मित्रता उनकी ईर्ष्या और जलन का कारण थी। यही उनकी योजना थी कि

आशा के सामने रमेश के लिए अपशब्द बोलकर थोड़ी-बहुत मारपीट से रमेश को अपमानित करेंगे, जिससे वे भयभीत अनुभव करें। हालांकि रमेश से इस प्रकार के प्रतिरोध की आशा उन्हें कदापि नहीं थी।

बांके ने तुरन्त यह बात अपने पिता भूपति को बतलाई और उसने पंडित सुखदेव शर्मा को। पंडितजी ने अन्य लोगों को बतलाया और तब लड़कों को बुलाकर इस घटना की जानकारी की गई। तब लड़कों ने इन लोगों के सामने आशा और रमेश के मध्य चल रहे 'चक्कर' के बड़े वीभत्स दृश्य प्रस्तुत किये। उनके चरित्र पर जम कर कीचड़ उछाली और घटना का कारण उनके द्वारा इस पर आपत्ति किया जाना बतलाया। एक काल्पनिक कथा गढ़ ली गई।

—ताऊ। एक लड़का बोला—हमें तो कहते हुए भी शर्म लगे है। पर जरा सा समझाया कि चढ़ गया, गाली गलौज इत्ती कि मुंह से कहते न बने। किसी को छोड़ा होगा उसने। एक सिरे से सभी को गाली बक रहा था। कहवे था बामनों और जाटों के एक-एक के गा...। वह रुक गया और शर्मसार होकर नीचे देखने लगा फिर बोला—मैं न कै सकूं। किसी को गाली बकने से छोड़ा उसने। पहले हमें गरियाता रहा, फिर बड़ों के लिए...।

वहां मौजूद सभी लोगों के अन्दर मानो एक उबाल-सा आ गया। सुखदेव शर्मा ने चौधरी मंगल सिंह को देखा। लाला रामनिवास की नजरें सुखवीर गहलौत से मिलीं। अपमान व क्रोध से वे एकबारगी जमीन में गड़ा-सा अनुभव करने लगे। उनके चेहरे क्रोध से लाल और भौंहें धनुष-सी तनी थीं। बालक की बात सुनकर एकाएक उन्हें अपने कानों पर विश्वास ही नहीं हुआ था। असंभव एकाएक विश्वसनीय भी तो नहीं बन सकता भले ही आंखों देखा या कानों सुना हो। विश्वसनीयता की पर्त में समाने में कुछ समय लगना स्वाभाविक था।

गांव में इस प्रकार की यह पहली घटना थी। दलित छात्र द्वारा सवर्ण छात्रों से भिड़ना और फिर सभी ऊंची जातियों के लिए अपशब्द बोलना अविश्वसनीय नहीं तो क्या था। निचली जाति के बुजुर्गों अथवा जवानों द्वारा भी इस प्रकार का साहस कभी नहीं प्रदर्शित किया गया था।

उनके बीच एक सन्नाटा उतर आया। काफी देर वे सभी शांत रहे। अपनी अस्मिता पर आंच आती महसूस की उन्होंने। निचली जातियों द्वारा शिक्षा ग्रहण करने का यह प्रभाव समझ में आया उन्हें।

—बोलो पंडितजी। सुन लिया न। अभी कुछ और सुनना बाकी है क्या...? क्रुद्ध स्वर में लाला रामनिवास ने मौन भंग किया—यह तो शुरुआत है। आगे देखियो...।

पंडित सुखदेव शर्मा मुंह नीचे लटकाये बैठे रहे। अन्दर एक अग्नि सी धधक रही थी। बदन का रोम-रोम जलन महसूस कर रहा था। किन्तु शब्द मुंह पर नहीं

आ रहे थे।

—अब यूं ही बैठना है क्या? चौधरी मंगल सिंह बोले—चलो प्रधान से बात करो। ये सारा करा-धरा उसी का है।

—मैं कहता तो तुम लोग न जाने क्या सोचते। सुखदेव शर्मा इसी अवसर की तलाश में थे। तुरन्त बोले—पर सच यही है उसी ने हरिजनों को इत्ता चढ़ाया है। चलो उसी से बात की जाय।

और तब ये लोग गुलजार के पास आये थे। गुलजार को घटना की जानकारी हो गयी थी किन्तु उसका जो वृतांत इन लोगों के सामने रखा गया था, उसका भला क्या पता चलता उसे। सभा जारी थी।

—बोल परधान, अब तो इज्जत पर आन पड़ी है। कल तक जो बालक हमारे बच्चों के सामने नहीं फटकते थे, आज उन पर हाथ उठा रहे हैं। और वो भी गलत हरकतें करने पर। इन निचली जातियों का कोई दीन धरम थोड़े ही है। बताओ बिरादरी की लड़की के साथ ऐसी घिनौनी हरकत और उस पर ये ऐंठ...। क्या कहवे हैं चोरी और सीनाजोरी...। लाला रामनिवास ने अत्यन्त उग्र स्वर में कहा। एक मिनट शांत रहकर लम्बी सांस ली—सचमुच कलयुग आ गया है। एकाएक उनका स्वर करुणामय हो उठा।

कुछ देर तक सभी शांत रहे। सभा में एक तनाव-सा फैला था। सभी के चेहरे तने हुए थे। कुछ लोग नीचे मुंह किये किसी सोच में डूबे थे।

—सुखवीर, तू भी कुछ बोल...। चौधरी मंगल सिंह ने सुखवीर गहलौत को सम्बोधित करते हुए कहा।

—क्या बोलूं चौधरी साहब। आज इस बालक ने किया है। कल ये चमार भंगी हमारे साथ ये सब हरकतें करेंगे। मैं तो प्राइमरी के बाद इन्हें स्कूल में दाखिला दिये जाने के पक्ष में ही नहीं था। मुझे मालूम था कि जरा-सा पढ़े-लिखे नहीं कि ससुरों के दिमाग खराब हो जाते हैं।

—अजी दिमाग जो खराब होवे सो होवे, पंडित सुखदेव शर्मा एकाएक खड़े होकर गुस्से में बोलने लगे—मुझे तो सबसे बड़ी चिन्ता यह है कि इन ससुरों के कारण हमारे बच्चों का चरित्र भी भ्रष्ट हो जायेगा। अभी इनकी उम्र ही क्या है। 13-14 के हैं। आगे इनकी हरकतें क्या गुल खिलायेंगी। कै कहते हैं कुसंगति किम न करोति...। एक मछली सारे तालाब को गंदा करती है। बस वही सामने आ रहा हैं

पंडित सुखदेव शर्मा पुराने समय के हाई स्कूल पास थे और उस नाते अपनी विद्वता का प्रदर्शन करने से नहीं चूकते थे भले ही भाषा का ठीक प्रयोग करें या नहीं, अथवा कहावतों, उद्धरणों को सही ढंग से उद्धृत कर पायें अथवा नहीं।

—सच कहते हो सुखदेव। चौधरी निरंकार ने कहा—यह तो घनी चिन्ता का

विषय है। क्यों प्रधान, तू भी कुछ बोल भाई?

गुलजार शांत रहकर एक तरफ बैठा था। इस घटना से वह अन्दर ही अन्दर उद्वेलित अनुभव कर रहा था। रमेश द्वारा ऊंची जाति के बालकों के साथ मारपीट करना सचमुच चिंताजनक था। वह इस पर भी चकित था कि सरना चाचा अथवा प्रमुख जी द्वारा उसे इस घटना की बाबत कोई जानकारी नहीं दी गई थी। पर इन्हीं लोगों की बदौलत आज वह प्रधान है। वे सब ही तो उसका असली वोट बैंक हैं। इसलिए उनके विरोध में कुछ कहना उसके लिए उचित नहीं था। किन्तु वह यह भी जानता था कि इस गंभीर घटना पर वह अलग-थलग भी नहीं रह सकता था।

सोचकर वह अन्दर ही अन्दर बड़ा बेचैन था। गांव के समस्त सवर्णों को वह नाराज भी नहीं कर सकता था। समझ ही नहीं पाया कि कहे तो क्या कहे...।

—हां प्रधान बताओ, अब क्या करना है या यों ही चुप कर जायें। बालक पिटते हैं पिटते रहें। कल हमारा भी अपमान हो तो देखते रहें।

गुलजार अब धीरे से खड़ा हुआ।

—बुजुर्गो, सबको जै राम जी करता हूं। मैं आप सबकी पीड़ा और दर्द को समझ सकता हूं। आज की यह घटना सचमुच बड़ी गंभीर है। घटना की थोड़ी बहुत जानकारी मुझे भी हुई थी पर जो कुछ आपने बतलाया, उसकी मुझे इत्तला नहीं थी। सच मानना मैं तो समझा था कि बालकों का मामूली झगड़ा है यह...। हालांकि इस तरह का झगड़ा होना नहीं चाहिए। रमेसर के लड़के का इतना साहस नहीं होना चाहिए और वो भी गलत हरकत पर...। मुझे पूरी बात पता होती तो आपको यहां आने की तकलीफ ही नहीं उठानी पड़ती। मैं स्वयं कुछ न कुछ सोचता। मैं माफी मांगता हूं अपनी अज्ञानता पर। आप सब में छोटा हूं, परधान हूं तो क्या। कइयों के तो बालक के समान हूं।

वह कुछ क्षणों के लिए रुका। जेब से रूमाल निकाल कर उसने मुंह पोंछा। अपने दिमाग के तन्तु जोड़े और फिर कहा—यह घटना तो हम सबके लिए अपमानजनक है, इसमें भला क्या संदेह है। फिर शिक्षा के मंदिर में इस प्रकार की घटना होना और भी दुर्भाग्यपूर्ण है। बच्चे वहां अध्ययन करने जाते हैं, ये सब गलत हरकतें करने नहीं और न ही मारपीट करने। मुझे लगता है कि विद्यालय के अनुशासन में कहीं भारी गिरावट आई है वरना छात्रों में इतनी गंभीर मारपीट हो जाये और हेडमास्टर ने हमें बतलाया तक नहीं। गांव का मामला है। उसे बतलाना था या नहीं।

सब के सिर सहमति में हिलने लगे।

—सो तो प्रधान ठीक कहता है। चौधरी निरंकार कहने लगे—विद्यालय में इस तरह की घटना तभी होती है जब वहां ढिलाई होती है। क्यों सुखदेव, तुझे याद

है सोम दत्त मास्साब की? मजाल है विद्यालय का बालक कोई हरकत कर दे।

—चौधरी साहब, वो जमाना गया। न वो अध्यापक हैं। पंडित सुखदेव शर्मा ने लम्बी सांस लेकर कहा—पर परधान यह सही है कि हमारे विद्यालय का अनुशासन ठीक नहीं है।

—तो हेडमास्टर को अभी गैल बुलवा, परधान...। चौधरी मंगल सिंह ने गुस्से से कहा।

—हां, हां, ठीक तो है...। सभी चीखने लगे। गुलजार ने प्रधानाचार्य को बुलवाने किसी को भेज दिया। राहत की एक लम्बी सांस ली उसने। मन ही मन वह बड़ा प्रसन्न था कि अपने सिर आई बला को उसने बड़ी सरलता से प्राचार्य के सिर मढ़ दिया है। उससे भी ज्यादा प्रसन्न वह इस बात से था कि उसे दलितों के विरोध में कुछ कहने की कोई आवश्यकता नहीं पड़ी थी।

चाय और बिस्कुट का दौर समाप्त भी नहीं हुआ था कि प्रधानाचार्य वहां आ गये। गुलजार ने अवश्य उनका खड़े होकर स्वागत किया और एक स्थान पर बैठने का निवेदन भी किया, किन्तु बाकी सभी ने उन्हें इस प्रकार तरेर कर देखा मानो वास्तविक दोषी वही हैं।

प्राचार्य ने चारों तरफ नजर डाली। आज पहली बार उन्हें इस प्रकार बुलाया गया था।

वह अपने को एक अटपटी स्थिति में महसूस करने लगे। गुलजार ने उनसे घटना के बारे में पूछताछ की। प्रधानाचार्य ने जब इस घटना के सम्बन्ध में अनभिज्ञता प्रकट की तो मानो धैर्य और संयम का बांध टूट गया। पंडित सुखदेव शर्मा खड़े होकर प्रायः चीखने से लगे—कैसे प्रधानाचार्य हैं आप? इतनी बड़ी और गम्भीर घटना हो जाये और आपको जानकारी तक नहीं है। लड़का-लड़की अनैतिक आचरण कर रहे हैं और उस पर छात्रों की मारपीट। खून-खराबा...। वो तो ईश्वर की कृपा समझो कि वह अकेला था और वे कई बालक, वरना दो-चार के हाथ पैर ही नहीं टूटते, शायद एकाध बालक ईश्वर को प्यारा ही हो जाता। और आप कहते हैं कि आपको सूचना नहीं।

—मास्साब। पंडित सुखदेव शर्मा के बैठने के पूर्व चौधरी मंगल सिंह बोलने लगे—यह बात केवल बच्चों तक सीमित नहीं है। हम लोगों के लिए किस प्रकार के अपशब्द बोले गये हैं, जरा आप ही बालकों को बुलवा कर पूछ लीजिए। कितना अपमान किया गया है हम लोगों का। इन लोगों को विद्यालय में यही सब करने प्रवेश दिया गया है। ससुरे पढ़ लिख कर हमारे ऊपर ही कीचड़ उछालेंगे। कल तक जो बच्चे हमारे बच्चों के सामने से गुजरते नहीं थे, नजरें नहीं उठाते थे, आज उन पर हाथ उठा रहे हैं। जरा सोचिए आप।

गुलजार प्राचार्य के संकट को समझ रहा था।

–प्रधानाचार्यजी, यह घटना सचमुच शर्मनाक है। आपको इसकी जानकारी होनी चाहिए थी। उसने सधे स्वर में कहा।

अब प्रधानाचार्य खड़े हुए। रूमाल निकाल कर माथे का पसीना पोंछा और सपाट स्वर में बोले–अवश्य प्रधानजी, सुनकर मैं हैरान हूं। पर संभवतः यह घटना विद्यालय परिसर में नहीं घटित हुई वरना...।

–कहना क्या चाहते हैं आप? सुखवीर गहलौत ने ललकारते स्वर में कहा–छात्र विद्यालय आते-जाते मारपीट करें, लड़का-लड़की अनुचित व अनैतिक आचरण करें और आप कहें कि घटना विद्यालय की नहीं है।

–नहीं, मेरा यह आशय नहीं है। मैं...।

–फिर क्या आशय है। विद्यालय विद्या मंदिर है। वहां बच्चे अच्छी बातें सीखने जाते हैं, अपना चरित्र निर्माण करते हैं और आप...।

–मान्यवर, मेरी बात तो सुन लें। मैंने पहले ही कहा है कि मैं इस घटना पर दुखी हूं। मैं तुरन्त इस मामले की जांच करता हूं और दोषी को दण्ड अवश्य दिया जायेगा।

–इसमें क्या जांच होगी। नीची जाति का बालक बेजा हरकत करे, हम सबको गाली-गलौज करे और उस पर आप क्या जांच करेंगे। पंडित सुखदेव शर्मा भुनभुना कर बोले।

–पर तथ्यों की जानकारी तो करनी होगी।

–इसका मतलब है कि आपको हमारी सूचना पर संदेह है।

–संदेह नहीं श्रीमान किन्तु...। उन्होंने गुलजार की ओर कातर दृष्टि से देखा।

–ठीक है। प्रधान ने हस्तक्षेप किया–आप जांच करें या कोई दरयाफ्त... यह आपका अंदरूनी प्रशासन है। पर ऐसे उदण्ड बालकों को कड़ी सजा दी जानी चाहिए। इस प्रकार के आचरण का प्रभाव अन्य छात्रों पर भी पड़ता है। आप एकाध दिन में कार्रवाई पूरी कर लें। यह अच्छी तरह समझ लें कि हम सब इस घटना से न केवल दुखी हैं वरन बुरी तरह आहत भी। उसने एक क्षण का मौन रखा और फिर कहा–बुजुर्गो, इन्हें जाने दें। हमारा काम इन्हें जानकारी देना था। अब देखते हैं कि विद्यालय के अनुशासन को बनाये रखने के लिए यह क्या कदम उठाते हैं। हेड मास्साब आप जायें।

प्रधानाचार्य तत्काल वहां से चले गये। अन्दर तक अपमानित महसूस किया उन्होंने। इस घटना के बारे में सोच-सोच कर वह बड़े दुखी थे। किन्तु इससे भी ज्यादा क्षुब्ध वह गांव के बुजुर्गों के नजरिये से थे। दलितों के प्रति उनके हृदय में जिस प्रकार का दुराभाव तथा घृणा थी, उसके बारे में सोचकर भी वह अपमानित महसूस कर रहे थे।

सभा में मौजूद लोग कतई संतुष्ट नहीं थे, उनके चेहरों से यह स्पष्ट झलक

रहा था। गुलजार कुछ देर पशोपेश में रहा कि किस प्रकार इन्हें विदा किया जाय। ऐसा क्या कदम उठाया जाय जिससे वे हल्का महसूस करें और संतुष्ट होकर अपने-अपने घर चले जायें। अब वह भी परेशान हो गया था। आखिर ये लोग चाहते क्या हैं, किस प्रकार की कार्रवाई की अपेक्षा करते हैं, गुलजार को किस जंजाल में फंसाना चाहते हैं। गुलजार समझ रहा था कि इस मामले को आवश्यकता से अधिक तूल दिया जा रहा है और उसे इसमें अनावश्यक रूप से घसीटा जा रहा है। वह और सतर्क हो चला। कहीं उसके किसी कथन या कार्रवाई से पूरा दलित समाज ही उसके विरुद्ध न हो जाये। उसके राजनैतिक कैरियर के लिए यह घातक सिद्ध हो सकता था।

–ये तो कोई बात बनी नहीं...। लाला राम निवास ने कुछ देर के मौन को तोड़ा–ये जांच-वांच तो सरकारी लटके-झटके हैं। बता सुखदेव?

पंडित सुखदेव शर्मा स्वयं असमंजस की स्थिति में थे। कुछ देर सोच-विचार में डूबे रहे। प्रधान के पास वे क्यों आये थे? क्या केवल प्रधानाचार्य को बुलाकर जांच का आश्वासन लेना ही उनका ध्येय था? गुलजार ने बड़ी सफाई से अपने को इससे बचा लिया था...। जांच होगी, जांच प्रधानाचार्य करेंगे और जांच का जो परिणाम होगा, उस पर कार्रवाई भी वही करेंगे। प्रधान हरिजनों का शुभचिन्तक है और हरिजनों का भला ही बना रहेगा।

–भइया गुलजार। उन्होंने कहा–कम से कम बालक के घर वालों को बुलवा कर तू भी तो बात कर ले। मुझे तो भविष्य की चिन्ता है। कल को कुछ और न हो जाये। लड़के ने कहीं कुछ और हरकत कर दी...।

गुलजार उलझन महसूस करने लगा। कुछ क्षण सोच में डूबा रहा। फिर कहा–ठीक है पंडितजी, मैं भगौती प्रसाद को बुलाता हूं। हरिजनों के मुखिया हैं। सब लोग उनका सम्मान करते हैं। वह अवश्य कुछ न कुछ करेंगे।

–ठीक है। चलो भइया...। कहकर पंडित सुखदेव शर्मा उठकर चल दिये। मन ही मन वह तनिक उल्लसित थे। किसी हद तक वे अपने उद्देश्य में सफल हुए थे।

अब गेंद गुलजार के पाले में थी।

स्कूल से लौटने के बाद रमेश ने जो चारपाई पकड़ी तो वह उठा नहीं। बदन में थकान और मन में खुमारी-सी छाई। मां ने घुसते ही उसके चोटिल हाथ को देखकर पचास सवाल कर डाले। उसके बतलाने पर कि वह आम तोड़ते हुए गिर पड़ा, उसे काफी डांटा-डपटा भी–विद्यालय में पढ़ने जाता है या यह सब करने। जरा देर में हड्डी-पसली एक हो जायेगी तो क्या होगा। परीक्षा में कितने दिन बचे

हैं। वो तो ईश्वर की किरपा है बांया हाथ है...। मां ने तुरंत हल्दी का लेप तैयार किया और पट्टी खोलकर लेप से मालिश कर दी थी। पट्टी के कपड़े को देखकर पूछा भी था–इत्ता साफ कपड़ा कहां मिला तुझे...?

रमेश इस प्रश्न के लिए तैयार नहीं था, सुनकर सकपका गया। फिर सोच कर उत्तर दिया–वहीं बाग में पड़ा था। आशा साथ में थी, उसी ने बांध दिया।

मां ने आगे कोई प्रश्न नहीं किया। एक गिलास हल्दी मिला दूध दिया और उसे आराम करने को कहा। तब से वह ऐसा लेटा कि उठने का मन ही नहीं किया। आंखों से नींद भी गायब थी। आंखें बन्द करने की कोशिश करता तो आशा का गोल मुखड़ा, उसकी बड़ी-बड़ी कजरारी आंखें, आंखों की तरलता में अपना अक्स नजर आने लगता। एक गुदगुदी सी उसके अन्दर होने लगती और वह उस में डूबा महसूस करता।

शाम को रमेसर के पास भगौती प्रसाद का बुलावा आया था। वहां सरना चाचा, मंगलू राम के साथ ननकू भी मौजूद थे। सभी लोग गुमसुम थे। 'जै राम जी' करके रमेसर वहां बैठा तो सबकी नजरों में एक बेगानापन दिखलाई पड़ा। कुछ देर तक वहां चुप्पी बनी रही जो रमेसर के लिए बड़ी रहस्यमय थी।

–प्रमुख जी। सरना चाचा ने चुप्पी को तोड़ा–काम की बात कर लो, बेवजह क्या समय खराब करना।

–ठीक है भइया। मंगलू राम ने गला खंखारा।

–रमेसर, आज की घटना पता चली तुझे? सरना चाचा ने पूछा।

–घटना...। रमेसर चौंक गया–कैसी घटना? सब ठीक तो है चाचा?

–ठीक तो नाही है। विद्यालय में बालकों का झगड़ा हुआ। एक ओर रमेश था और दूसरी ओर बामनों और जाटों के छोरे...।

–अररे, मुझे तो इलम भी नहीं। तभी रमेश के हाथ में चोट लगी दीखे है। मां ने पूछा तो बोला आम तोड़ने में गिर पड़ा।

–भइया, बालक तो झूठ बोलते ही हैं। और फिर जब अपनी गलत हरकत हो तब...। प्रमुख ने कहा।

–गलत हरकत, प्रमुख जी...?

–हां भइया, हो सकता है, बात को तिल का ताड़ बना दिया हो पर यह सब करने की जरूरत क्या है। विद्यालय जाओ और सीधे घर वापस लौटो। रास्ते में बाग बगीचे में इधर-उधर जाना ही गलत है। मंगलू राम सावधानीपूर्वक बोले।

–मुझे पूरी बात बतलाओ प्रमुख जी। मेरे पल्ले न पड़े यह सब...।

–तो सुन भइया, भगौती प्रसाद ने हुक्के का एक कश खींचा और नगाली को बायीं ओर खिसकाते हुए कहा–आज स्कूल से लौटते हुए आशा और रमेश ठाकुर साहब के बाग में बैठे हुए थे। तभी ये दूसरे लड़के आ गये। दोनों में झगड़ा

हुआ। रमेश ने भी हाथ-पैर चलाए।

—पर झगड़ा हुआ क्यों...?

—सो तो ठीक क्या मालूम। मुझे प्रधान ने अभी बुलवाया था। बामनों के बच्चों का तो कहना है कि रमेश...। वह रुक गये। दोनों तरफ बैठे लोगों को देखा। फिर कहा—ससुरे कुछ भी कह सकें। गुलजार तो खुद ही कह रहा था कि बात का बतंगड़ बनाया गया है। अररे बच्चे हैं दोनों। लौटते हुए अमिया तोड़ने खेत में चले गये होंगे। इस पर अंट शंट बातें। मुझे तो दोनों पर पूरा भरोसा है। पर हां, यह जरूर है कि बच्चों को विद्यालय से सीधे घर आना चाहिए। और फिर भइया, इन बड़े लोगों के बच्चों के ऊपर हाथ उठाना। पूरे गांव में बबेला सा मच गया है। आज तक कभी हुआ है ऐसा। इन्हीं की चाकरी करते हैं हम लोग, इन्हीं का दिया खाते हैं। हमारा बालक इन पर हाथ उठाये...।

—राम राम प्रमुख जी। सुन कर रमेसर अंदर तक कांप गया—ये क्या किया ससुरे ने। हम तो उन पर आंख उठा कर नहीं देखते और इस ससुरे ने...। उसका स्वर भरभरा उठा।

—प्रधान तो यह तक कह रहा था कि रमेश ने तमाम ठाकुरों, बामनों को बड़ी गालियां दीं।

—ससुरे को अभी सबक सिखलाता हूं। रमेसर अब बैठा न रह सका, उठ कर चलने को उद्यत दीख पड़ा।

—देख भाई। अब सरना चाचा बोले—गुस्सा करने से काम नहीं बनता। बच्चों से गलती भी होती है।

—चाचा, कैसी गलती। इसलिए विद्यालय जाता है, यही सब करने। मैं तो कल ही उसका नाम कटवा लूंगा।

—रमेसर, पागल मत बन। भगौती प्रसाद ने समझाया—एक गलती पर इतनी बड़ी सजा...। बुद्धिमान और परिश्रमी बालक है। परीक्षा पास हैं, स्कूल छुड़वाने का क्या मतलब है। आशा और रमेश हमारे समाज की शान हैं। पर हां, उसे समझाना जरूरी है। विद्यालयों का माहौल अब बड़ा खराब है। पता नहीं मास्टर लोग स्कूल में क्या पढाते हैं। मैं भी कल हेड मास्टर से मिलूंगा। कहीं उनके अनुशासन में कमी जरूर है। तभी न बालकों का इतना साहस हो सकता है।

आगे कुछ सुने बगैर रमेसर ने अपने कदम मोड़ लिए। क्रोध से वह कांपने लगा। आगबबूला होकर वह घर में घुसा और चारपाई पर लेटे रमेश पर पिल पड़ा—ससुरे यही करने स्कूल जाता है। सब जगै थू थू हो रही है। सारी इज्जत धूल में मिला दी तूने। यही सब करेगा पढ़-लिख कर...। आवारागर्दी सीख रहा है। वह कहता गया और जोर-जोर से मारता गया।

रमेश गठरी बन कर जमीन पर पड़ा पिटता रहा।

रामदेई परेशान होकर दहाड़ें मार-मार कर रोने लगी।

रमेसर का मारने का क्रम जारी था कि तभी अचानक ननकू ने पीछे से आकर उसके हाथ पकड़ लिए—पगला गये हो चाचा। मारोगे लड़के को...।

और तब स्वयं रमेसर का स्वर टूट गया। उसकी आंखें बहने लगीं और जोर-जोर से चीखने लगा—भइया, हरामखोर ने आज मेरी नाक कटवा दी है। पूरे समाज के सामने बेइज्जत किया है। गांव में मुंह दिखाने लायक नहीं छोड़ा ससुरे ने।

रमेश यों ही जमीन पर पड़ा रहा। उसकी आंखों में आंसू की एक बूंद भी नहीं आई। पहली बार उसके अंदर विद्रोह की चिन्गारी प्रज्ज्वलित हुई थी। आखिर उसका दोष क्या है, क्या गलत कार्य किया है उसने? लड़के उनके पीछे क्यों आये और क्यों उससे भिड़े? और उस पर उसको यह सजा...। क्या सिर्फ इसलिए क्योंकि वह समाज की नीची जाति का सदस्य है? उसकी आंखें जलने लगीं। अन्दर ही अन्दर एक घुटन सी महसूस हुई उसे। रात में उसका मन घर से भागने का हुआ। पर फिर जब आशा का चेहरा याद आया तो उसकी सारी पीड़ा दूर होने लगी। चोट पर बंधे आशा की ओढ़नी के कपड़े से उसे एक अद्‌भुत सी सुवास आती महसूस हुई।

महेन्द्रपाल को इस विद्यालय में तैनात हुए तीन वर्ष हो रहे हैं। इससे पूर्व वह लगभग पच्चीस वर्षों तक मेरठ जनपद के दो विद्यालयों में अध्यापक रह चुके हैं। अपने पूरे सेवाकाल में उन्होंने इतना अपमानित कभी नहीं महसूस किया जितना उस दिन प्रधान के आवास पर आमंत्रित सभा में...। वह प्रधान की इस बात से अत्यन्त क्षुब्ध हैं कि उन्हें सबके सामने बुलवाया गया और विद्यालय प्रशासन पर छींटाकसी की गई। हालांकि उनके हृदय में प्रधान के प्रति कहीं कृतज्ञता का भाव भी है। प्रधान ने ही उन्हें संकट से उबरने में मदद भी की थी इसका उन्हें अहसास है।

तीन वर्षों में वह गांव, इसके निवासियों और यहां की राजनीति से बखूबी परिचित हो गये हैं। आशा व रमेश का विद्यालय में प्रवेश और उससे जुड़ी तमाम गतिविधियों की उन्हें पूरी जानकारी है। गांव की अन्य बातों की जानकारी भी उन्हें मिलती ही है भले ही उनका इनसे कोई सरोकार न हो। इसलिए उस दिन सभा में गुलजार के घर जब उन्होंने पंडित सुखदेव शर्मा को मौजूद पाया तभी वह समझ गये थे कि अवश्य ही कोई पेंचीदा मसला आन खड़ा हुआ है। वहां हुए वार्तालाप से वह यह भी साफ़-साफ समझ गये कि राजनीति के दांवपेंच में फंदा उनके गले में डालने का प्रयास किया जा रहा है।

किन्तु इस सबसे वह अधिक परेशान व दुखी नहीं थे। कष्ट तो उन्हें जातिवाद

और ऊंच-नीच के नंगे नाच को देखकर था। आजादी के पचास वर्षों बाद भी जिस तरह अपने अन्तस की कुत्सित भावनाओं का खुलेआम इजहार किया जा रहा था, उसे देखकर वह बड़े विचलित व व्यथित हैं। वह जानते हैं कि यह लड़ाई केवल सवर्ण और हरिजन की ही नहीं है, यह गरीबी और अमीरी, ऊंच व नीच का भी द्वन्द्व है। समाज में ऊपर बैठे अमीर गरीब को ऊपर उठता देखना ही नहीं चाहते।

जाति से वह स्वयं गड़रिया हैं। बुलन्दशहर के मूल निवासी महेन्द्रपाल ने स्वयं विपन्नता और अभाव में रह कर अध्ययन किया था। घर में थोड़ी जमीन है और रोटी, घी, दूध की कोई कठिनाई परिवार को नहीं थी। किन्तु शहर से बी. ए. करके अध्यापकी का प्रशिक्षण ग्रहण करने वाले वह अपने परिवार में अकेले हैं। आज जब वह एक माध्यमिक विद्यालय के प्राचार्य हैं और समाज में उनकी खासी प्रतिष्ठा है फिर भी अपने गांव के उच्च जाति के लोगों के सामने चारपाई अथवा कुर्सी पर बैठने पर अब भी लोग आपत्ति करते हैं। आज भी गांव के सवर्ण जाति के बुजुर्ग उन्हें या तो आसन देते नहीं अथवा अपने आसन से नीचे की कोई चौकी या पाटी देकर ही संतुष्ट अनुभव करते हैं।

अपनी बाल अवस्था से ही वह यह सब देखते आये हैं और हास्यास्पद बात यह है कि न जाने कितने वर्षों यह आशा भी संजोये रहे कि अगले कुछ सालों में यह भेदभाव, ऊंच-नीच का भेद तिरोहित हो जायेगा। यह आशा महेन्द्रपाल में ही नहीं समाज के काफी लोगों में रही है। जब कक्षा आठ में उनके पूरे गांव में सर्वाधिक अंक आये थे और लोगों को यह कहते सुना था कि एक पिछड़े समाज का बालक कैसे सर्वोत्तम अंक पा सकता है तो दुखी महेन्द्रपाल को यही कहकर समझाया था गुरुजी ने -देखना जब तुम बड़े होगे तो सारे भेदभाव मिट जायेंगे। कोई ऊंचा-नीचा नहीं रहेगा। सवर्ण-हरिजन में कोई भेद नहीं मानेगा। सब जातियां एक समान होंगी। सबको एक तरह के अवसर उपलब्ध होंगे। सब लोग एक साथ मिलकर उठेंगे, बैठेंगे, खायेंगे, पीयेंगे...।

-इसका मतलब कोई भी गरीब नहीं होगा? उसने उत्सुकत प्रकट की थी।

-नहीं बेटा। अमीर-गरीब तो रहेंगे। ये हमेशा से रहे हैं, हर काल, हर समाज व देश में रहे हैं। प्रत्येक समाज की संरचना ही इस प्रकार की है। मेरा आशय यह है कि जातियों के आधार पर भेदभाव अवश्य समाप्त हो जायेगा।

वह स्वप्न उसके मस्तिष्क में कितने वर्षों तक ताजा और प्रेरणा का स्रोत रहा। जब कभी क्षेत्र में कोई बड़ा नेता अथवा विद्यालय में वरिष्ठ अधिकारीगण आते, वे भी यही सब कहते तो उसके विश्वास को बल मिलता।

पर वह समय कभी आया नहीं। उन्हें लगता है कि जो स्थिति तीस, पैंतीस वर्षों पूर्व अपने गांव में देखी थी, वही दशा आज वह ठाकुरपुरवा में देख रहे हैं। अब उनका मोहभंग हो चला है, पूरा विश्वास चरमरा कर टूट गया है।

छात्रों की मारपीट की घटना से वह अत्यन्त क्षुब्ध हैं। वह विद्यालय की पहली घटना नहीं है। छात्रों के मध्य कभी कभार झगड़े हो ही जाते हैं। यह बात और है कि इस झगड़े में दो पक्ष ऊंची और नीची जाति के हैं। किन्तु इस प्रकरण में एक नया मुद्दा भी शामिल है। विद्यालय के एक छात्र और छात्रा की चरित्रहीनता। सवर्ण छात्रों का यही आरोप है कि आशा और रमेश ठाकुर के बाग में अनैतिक हरकतें कर रहे थे और उनके द्वारा आपत्ति किये जाने पर ही रमेश ने झगड़े की पहल की। दूसरी ओर रमेश और आशा ने इससे इनकार किया और रोजमर्रा की तरह बाग में आम तोड़ने की बात कही थी। दोनों ओर से कोई स्वतंत्र साक्ष्य नहीं है। पर सवर्णों की ओर से रमेश और आशा के मध्य चल रहे 'चक्कर' के समर्थन में और छात्रों के भी बयान दिलवाये गये हैं। आशा और रमेश अब अलग-थलग पड़ गये हैं। हालांकि रमेश के एक तर्क का सवर्ण छात्रों के पास कोई उत्तर नहीं है। दरअसल बाग वाला रास्ता चमरौटी की ओर जाता था और सवर्ण छात्रों का उस ओर जाना संदेहास्पद था। वे इस प्रश्न के लिए तैयार नहीं थे। काफी पूछने पर केवल यह कहा कि आशा और रमेश के आचरण पर संदेह के समाधान हेतु ही वे उस दिन उस ओर गये थे। प्रधानाचार्य ने उनसे आगे दरयाफ्त की कि जब उन्हें इस प्रकार की जानकारी थी तो कक्षाध्यापक या उनसे शिकायत क्यों नहीं की तो इसका कोई संतोषजनक उत्तर वे नहीं दे सके। तब महेन्द्रपाल ने उनसे रमेश और आशा के चरित्र पर संदेह का आधार पूछा तो एक छात्र ने कहा—मास्साब, दोनों एक साथ स्कूल आते हैं, साथ जाते हैं। स्कूल में बैठते भी साथ हैं। कभी किसी से बात नहीं। कक्षा में बैठे दोनों खुसुर-पुसुर न जाने क्या बतियाते रहते हैं। एक-दूसरे की कापी में लिख-लिख कर न जाने क्या करते हैं...।

—पर इसमें आपत्तिजनक क्या बात है। फिर ये सब देखने के लिए तो अध्यापकगण हैं। अगर वे दोनों कुछ गलत कार्य करते हैं तो अध्यापक की नजर क्यों नही जाती?

—अवश्य जाती होगी मास्साब। पर दोनों पढ़ने में अच्छे हैं, परीक्षा में अच्छे अंक आते हैं इसलिए संभवतः मास्साब भी गुस्सा नहीं करते।

—फिर जो छात्र कक्षा में ध्यान देकर अध्ययन नहीं करता, उसके परीक्षा में अच्छे अंक कैसे आ जाते हैं, यह मेरी समझ में नहीं आता!

प्रधानाचार्य के इस प्रश्न का किसी छात्र के पास कोई उत्तर नहीं था। उन्होंने आगे पूछा—ये बतलाओ कि क्या तुम उनसे बात करना पसंद करते हो...?

कुछ देर सभी छात्र शांत रहे। एक-दूसरे के चेहरे देखने लगे। फिर एक बोला—मास्साब, हमें क्या पड़ी है उनसे बात करने की। कहां वो लोग और कहां हम। चमरौटी वाले सब गंदे लोग हैं...।

—गंदे क्यों हैं? क्या गंदगी करते हैं वो...? महेन्द्रपाल ने झल्लाकर पूछा।

उन्हें कोई उत्तर नहीं मिला।

–इसलिए क्योंकि वे निर्धन हैं। उनके पास तुम लोगों की तरह जमीन, सम्पत्ति, धन आदि नहीं है। निर्धनता से कोई व्यक्ति गंदा नहीं हो जाता। आदमी गंदा अपने आचरण से होता है। लाल बहादुर शास्त्री का नाम सुना है न। कितने महान व्यक्ति थे। देश के प्रधानमंत्री बने पर वह बहुत ही निर्धन परिवार से थे। निर्धनता न तो कोई अभिशाप है और न ही इसका अच्छाई-बुराई, जाति-धर्म से कोई सम्बन्ध है।

छात्रगण प्रधानाध्यापक के भाषण के अभ्यस्त थे, इसलिए नीचा मुंह किये खड़े रहे।

महेन्द्रपाल अन्दर ही अन्दर कसमसा उठे थे। अन्दर न जाने कैसे भाव उमड़ रहे थे। किन्तु इस विषय पर वह आगे कुछ नहीं बोले। इस समय उनका लक्ष्य जांच का निष्कर्ष निकालना था।

–अच्छा, जब तुम लोग उनसे बात करना पसंद नहीं करते तो वे दोनों आपस में नहीं बोलेंगे तो फिर क्या करेंगे?

–मास्साब, बोलें, पर उनकी हरकतें...।

–कैसी हरकतें? अब महेन्द्रपाल अपने को रोक नहीं सके–किसी के चरित्र पर अकारण आक्षेप लगाना पाप है। और वह भी एक कन्या के विरुद्ध...। पढ़ने लिखने वाले परिश्रमी व बुद्धिमान छात्र हैं वे दोनों और तुम लोग...।

सभी छात्र सिर नीचा किये खड़े रहे। कुछ देर बाद महेन्द्रपाल ने उन्हें चले जाने की अनुमति प्रदान कर दी।

आशा और रमेश के आचरण के सम्बन्ध में वह कक्षाध्यापक व अन्य सभी अध्यापकों से भी तहकीकात कर चुके थे। किसी ने भी उनके चरित्र पर उंगली उठाने से साफ इनकार कर दिया। सभी अध्यापक उन्हें मेधावी छात्र मानते थे। उल्टे आरोप लगाने वाले कुछ छात्रों का आचरण आपत्तिजनक बतलाया गया।

जांच पूरी हो गयी थी। महेन्द्रपाल ने आशा और रमेश के विरुद्ध ऐसा कुछ नहीं पाया जिसके आधार पर उनके विरुद्ध कोई कार्रवाई की जा सके। हालांकि वह इस बात से अवश्य त्रस्त थे कि अनेक सवर्ण छात्रों द्वारा आशा और रमेश के विरुद्ध दिये गये कथित चश्मदीद साक्ष्य को पूरी तरह किस प्रकार नकार दें। उस दिन की घटना के समय एक ओर अकेले वे दोनों थे और दूसरी ओर अन्य तमाम छात्र...।

तीसरे दिन प्रधान का बुलावा फिर आ गया। आज प्रधान के यहां पंडित सुखदेव शर्मा, लाला रामनिवास व अन्य कुछ प्रमुख व्यक्तियों के साथ जाटवों के प्रमुख मंगलू राम व भगौती प्रसाद भी मौजूद थे। प्रधान सोचते थे कि समय बीतने के साथ मामले में कुछ नरमी आ जायेगी किन्तु पंडित सुखदेव शर्मा के तेवर आज

भी तीखे थे।

—ऐसी कौन सी जांच की जा रही है जो तीन दिन में पूरी नहीं हो सकी या यह भी कोई आयोग है। पूरे गांव में इस घटना को लेकर कितना तनाव है, इसका अंदाजा है आप को? ये तो हम सब लोग अपने बच्चों को रोके हुए हैं वरना पता नहीं और क्या गंभीर घटना हो जाती। बालकों का तो खून खौल रहा है। पर हम लोग उन्हें समझा रहे हैं। बताइये जांच का क्या परिणाम रहा?

गुलजार ने भगौती प्रसाद की ओर देखा। वह जानता था कि भगौती प्रसाद को यह सब सुनना अच्छा नहीं लग रहा है। भगौती प्रसाद बुजुर्ग व्यक्ति हैं, पूरा संयम भी रखते हैं, मान-मर्यादा का भी पूरा ख्याल है उन्हें किन्तु धैर्य की सीमा टूटते क्या देर लगती है।

—मास्साब। गुलजार ने कहा—जांच तो आपने कर ली है। जो सही बात है उसकी जानकारी भी आपको मिल गई होगी। फिर कार्रवाई में क्यों विलम्ब हो रहा है। कम से कम यह विवाद तो समाप्त हो।

प्रधानाचार्य कुछ पल सोचते रहे। अन्दर ही अन्दर शब्दों का संयोजन करते रहे और फिर कहा—मान्यवर, जांच का काम तो करीब-करीब पूरा हो गया है। दोनों ओर से ही अपनी-अपनी बात कही गई है। कोई स्वतंत्र और निष्पक्ष साक्ष्य तो उपलब्ध है नहीं। दोनों ओर ही चोटें हैं। कुछ छात्रों के तो डाक्टरी मुआयने तक कराये गये हैं।

—डाक्टरी मुआयने...? गुलजार चौंक गया।

—जी मान्यवर। झगड़ा विद्यालय से बाहर लगभग एक कि.मी. की दूरी पर ठाकुर के बाग में हुआ है। मेरे विचार से तो इस मामले में पुलिस की तहकीकात होनी चाहिए।

—क्या पुलिस की तहकीकात...? वहां मौजूद लगभग सभी लोग उछल पड़े, आंखें फट पड़ीं।

—क्या कह रहे हैं आप? सुखदेव शर्मा बोले—बालकों के झगड़े में पुलिस जांच करेगी? आपको सोच-विचार कर कुछ कहना चाहिए। नादान, भोले बालक हैं। पुलिस की जांच और फिर कार्रवाई का क्या प्रभाव पड़ सकता है, कभी सोचा है आपने?

—बड़े मास्साब, आप की यह बात तो ठीक नहीं लगी। बच्चों के जीवन से खिलवाड़ करना चाहते हैं। आप को मालूम है न पुलिस की कारगुजारी...। लगता है कभी पुलिस से वास्ता नहीं पड़ा आपका। लाला राम निवास ने कहा।

—मास्साब, आपका यह सुझाव तो बड़ा चौंकाने वाला है। गुलजार ने कहा—बच्चों के मामले में पुलिस क्या करेगी? पूरा गांव और परेशान हो जायेगा। एकाध बालक का भविष्य चौपट हो जायेगा।

प्रधानाचार्य इसके लिए तैयार होकर आये थे। उन्होंने सधे स्वर में कहा–मैंने सोच-विचार कर ही कहा है।

–पर क्यों। लाला रामनिवास प्रायः चीखते हुए बोले–क्या आप जांच नहीं कर सकते या आपको अपनी जांच पर भरोसा नहीं है अथवा छात्रों के अनुशासन से आपका कोई नाता नहीं है। कैसे प्रधानाचार्य हैं आप। प्रधानाचार्य स्वयं बच्चों के मामूली झगड़े में पुलिस हस्तक्षेप की बात कहे। छि...छि...।

–यदि मामूली है तो फिर इसे इतना तूल क्यों दिया जा रहा है? अब प्रधानाचार्य का स्वर भी दृढ़ था–बच्चों के ऐसे झगड़े हो ही जाते हैं। कुछेक दिन में स्वतः निपट भी जाते हैं। यदि नहीं निपटते तो हम हैं इसे देखने के लिए। पर जिस तरह आप लोग इसे लेकर परेशान हैं, कम से कम वह तो मेरी समझ में नहीं आता। यदि आपको मुझ पर विश्वास है तो फिर इतनी बेचैनी क्यों है? और यदि विश्वास नहीं है तो इस मामले की जांच पुलिस ही करे। जिसने जो अपराध किया है, उसे दण्ड मिल जायेगा।

प्रधानाचार्य के वक्तव्य से एकबारगी सभी सन्न रह गये। प्रधानाचार्य का बदलता तेवर एकाएक उन पर भारी हो चला। लाला रामनिवास ने फटी-फटी आंखों से सुखदेव शर्मा को देखा जैसे उनसे पूछा हो कि अब आगे क्या रणनीति अपनानी है।

गुलजार अन्दर ही अन्दर काफी प्रसन्न था। वह जानता था कि बात को अनावश्यक रूप से तूल दिया जा रहा है। प्रधानाचार्य की दुविधा भी उसकी समझ में आ रही थी। उनकी जांच से कोई पक्ष सन्तुष्ट नहीं हो सकता था।

–प्रधानाचार्यजी। उसने कहा–हमें आप पर पूरा विश्वास है। गांव के विद्यालय के आप प्राचार्य हैं। हमारे बच्चों के गुरु...। उनका भविष्य आपके हाथों में है। इसलिए अविश्वास का प्रश्न ही नहीं उठता। लेकिन क्या इसे आप साधारण घटना मानते हैं?

प्रधानाचार्य ने इधर-उधर देखा, फिर सोच-समझ कर कहा–साधारण नहीं है पर ऐसा भी नहीं कि आप लोग उद्वेलित अनुभव करें। बालकों में झगड़ा हुआ है, मेरे संज्ञान में आ गया है। अब मुझे बिना किसी प्रभाव के देखने दीजिए अन्यथा मामला पुलिस के सुपुर्द कर दिया जाये।

–बड़े मास्साब। इस बार मंगलू राम बोले–आप बार-वार पुलिस को बीच में क्यों लाते हैं? बच्चों का झगड़ा है। आप जो निर्णय करें हमें मंजूर है।

–लेकिन केवल आपको ही मान्य होना पर्याप्त नहीं है।

सुखदेव शर्मा अपनी ओर इशारा समझकर अटपटा सा अनुभव करने लगे। पर कुछ तो उन्हें कहना ही था, सो बोले–आप ऐसा क्यों सोचते हैं? निष्पक्ष जांच में कौन विश्वास नहीं करेगा?

वह चुप हो गये। कुछ देर फिर कोई कुछ नहीं बोला। सामने रखी चाय को धीरे-धीरे सुड़कते रहे। गुलजार अवश्य बड़ा हल्का और संतुष्ट अनुभव कर रहा था, मानो उसके ऊपर से कोई भारी बोझ उतर गया हो। घटना के दिन से रोज ही सवर्णों का कोई न कोई बुजुर्ग उसके यहां आ धमकता और इस घटना की जांच के बारे में पूछताछ करता मानो जांच वह स्वयं कर रहा हो अथवा जांच उसके नियंत्रण में की जा रही हो। आज प्रधानाचार्य ने अपनी स्वायत्ता का प्रदर्शन कर उसके ऊपर से इस बोझ को हटा लिया था।

–ठीक है मास्साब। पर जांच कार्य में अधिक विलम्ब न हो तो अच्छा रहेगा। आपका निर्णय सर्वमान्य होगा, यह भरोसा रखें। कहकर गुलजार ने उन्हें ससम्मान विदा कर दिया।

महेन्द्रपाल लौटे तो उनमें एक नया विश्वास एवं आत्मबल था। पुलिस को मामला हस्तगत करने का सुझाव दरअसल गुलजार की ओर से ही आया था। प्राचार्य पहले इससे स्वयं सहमत नहीं थे पर जब जांच की पेचीदगी और राजनीति को समझाया गया तो उन्होंने इस शस्त्र का प्रयोग करना स्वीकार कर लिया। यह सब कहते हुए वह सचमुच दुखी थे, अन्दर तक बेचैन भी। हालांकि इस सुझाव ने पासा पलट दिया था। आज की भेंट के बाद वे अपने को बहुत मजबूत अनुभव करने लगे।

उधर पंडित सुखदेव शर्मा और लाला रामनिवास अजीब-सी परेशानी लिए वापस लौटे। काफी देर दोनों चुप रहे। पुलिस हस्तक्षेप की बात कह कर प्रधानाचार्य ने मानो बाजी मार ली थी। पराजय का कंटीला अहसास उन्हें अन्दर तक चुभता रहा। वे समझ गये कि गुलजार की हिदायतों के तहत ही प्रधानाचार्य ने ऐसा वक्तव्य दिया है। प्रधानाचार्य के मस्तिष्क में पुलिस हस्तक्षेप का विचार आना उन्हें अविश्वसनीय सा लगा।

–पर क्यों? लाला रामनिवास ने पूछा।

–इसलिए भइया कि पुलिस के नाम से हम लोग ढीले हो जायेंगे। हरिजन सवर्ण का मामला है। इस झगड़े की रिपोर्ट थाने पर हुई नहीं कि सवर्णों की जान पर आ जायेगी। ससुरों का नया कानून आ गया है, जरा सी गाली दोगे तो जेल...। हाथ उठाया नहीं कि हवालात में बन्द...। फिर सख्त सजा और भइया, इन चमारों के मामले में कोई बोलता भी नहीं। सब दूर रहते हैं।

–फिर तो पुलिस में रपट का मतलब हमारे बच्चों के खिलाफ कार्रवाई से था।

–और नहीं तो क्या। हम लोग भी लपेट लिये जाते...। यही खेल था गुलजार का। बहुत शातिर है यह लौंडा...। देखा कैसी चाल चल दी।

वे दुखी होकर अपने-अपने घरों को लौट गये।

रात में कब उसकी आंख लगी, उसे याद नहीं। बदन काफी दुख रहा था और मन बड़ा भारी और उदास था। उसका मन हुआ कि वह बुक्का मार कर रोये और देर तक रोता रहे। आंसू मन को कैसा हल्का कर जाते हैं जैसे भीगे कपड़े का पानी निचोड़ दिया हो। पर वह चाह कर भी रो नहीं पाया था। उसके अन्तस में एक अद्‌भुत दृढ़ता आ गई थी। बार-बार आशा का सांवला, सलोना चेहरा, उसके तरल पारदर्शी नेत्र, उसमें झलकता उसका अक्स उसकी आंखों के सामने तैर जाता था। आशा की सिसकियां उसके कानों में लगातार बज रही थीं। ओढ़नी से कपड़ा फाड़कर उसकी चोट को बांधते, आशा के हाथों का कोमल स्पर्श, दुखते बदन और पिता द्वारा पिटाई के बावजूद अब भी बड़ा ताजा और सुखकारी था।

आशा ने उसे सब कुछ भूल जाने को कहा था। छात्रों द्वारा मारपीट की घटना याद आती तो उसके मन का रेशा-रेशा सुलग उठता। किन्तु दूसरे पल ही आशा का बिम्ब अपने पूरे बदन पर ठंडी रुई के फाहे सा चलता महसूस होता। क्रोध और अपमान की ज्वाला उस पल शमित हो जाती और एक नई अनुभूति से उसका अन्तर्तम लहलहा उठता।

रमेश के लिए यह एक नई अनुभूति थी। बचपन से ही वे साथ खेले व बड़े हुए थे। रमेसर और ननकू के पारिवारिक सम्बन्ध थे। सही सम्बन्ध की उन्हें जानकारी नहीं थी किन्तु पूरा समाज उन्हें एक खानदान का अंग मानता था। शायद चार पीढ़ियों पूर्व दो सगे भाइयों के परिवार से वे सम्बन्धित थे। ननकू रमेसर से कुछ वर्ष छोटा था तथा उसे चाचा कहकर सम्बोधित करता था। रमेसर के बाबा किसोरू अपने गांव से निकलकर ठाकुर अलबेल सिंह की सेवा में आ गये थे। ठाकुरपुरवा की जब हवेली बनी तो किसोरू को हवेली की सफाई के लिये यहां रख लिया गया। उस समय हवेली और उसके चारों ओर दूर तक ठाकुर के खेत व बाग थे। मेहनत मजदूरी के लिए अक्सर आदमियों की आवश्यकता होती तो किसोरू अपने भाई बंधों को भी बुलवा लेता। बाद में जब ठाकुर ने जमीन बेचनी आरम्भ की तो किसोरू और उसके खानदानियों को भी काफी भूमि निःशुल्क प्रदान कर दी। धीरे-धीरे जाटवों के और परिवार भी यहां बस गये और ठाकुरपुरवा में चमरौटी पूरी तरह स्थापित हो गई।

अपने पिता को चाचा सम्बोधित किये जाने के कारण रमेश और ननकू में भाई का नाता था। हालांकि उम्र में काफी अन्तर होने के कारण बचपन से ही रमेश ननकू को भी 'चाचा' कह कर ही सम्बोधित करता। बचपन में आशा भी रमेश को भी चाचा कहकर पुकारती थी क्योंकि पारिवारिक रिश्ते में वह चाचा ही लगता था यद्यपि रमेश आशा से मात्र दो वर्ष बड़ा था। दोनों साथ खेलते थे इसलिए थोड़ा बड़ा होने पर यह सम्बोधन समाप्त भी हो गया।

गांव की सुबह सचमुच मोहक व सुहावनी होती है। अलस्सुबह दिशा मैदान

को जाते स्त्री पुरुष, मंद-मंद प्रवाहित होती समीर, रात को ओस से गीले ठंडे खेत, पक्षियों का मधुर कलरव, स्वच्छ प्रदूषण रहित जलवायु और खेत-खलिहान, बाग-बगीचों की भीनी-भीनी महक..., पूरा अन्तर्तम स्फूर्ति और ताजगी से भर जाता है।

रोज की तरह रमेश स्कूल के लिए तैयार हुआ। घर में एक संवादहीनता फैली थी। मां ने रोटी दूध सामने रख दिया किन्तु उसने छुआ नहीं था।

वह स्कूल पहुंचा तो आशा कक्षा में अपनी सीट पर पहले से उपस्थित थी। उसे देखकर रमेश को हैरानी हुई। अक्सर आशा रमेश के साथ ही कक्षा में आकर बैठती थी। उसकी नजरें किसी पुस्तक पर केन्द्रित थीं। रमेश उसके पास जाकर बैठा, लगा मानो कोई अपरिचित पास आ गया हो। माथे पर एक हाथ रखे, कोहनी डेस्क पर जमाये वह अध्ययन में यों ही तल्लीन रही। अभिवादन तो दूर रमेश की ओर देखा तक नहीं। आशा की मुद्रा और भावभंगिमा का अर्थ समझते उसे देर नहीं लगी। वह भी ठस्स सा बैठा रहा। प्रार्थना की घंटी बजी तो वे दोनों उठकर बाहर चल दिये। रमेश अपनी कक्षा की पंक्ति में जाकर खड़ा हो गया। आशा छात्राओं की पंक्ति में जाकर सम्मिलित हो गई।

प्रार्थना आरम्भ हो गई किन्तु रमेश का मन काफी विचलित था। आशा के शुष्क व्यवहार से वह बुरी तरह क्षुब्ध अनुभव करने लगा। आशा ने ही कहा था कि वह इस घटना को भूल जाये। तो फिर उसके व्यवहार में यह परिवर्तन क्यों...?

कक्षा में अध्यापन कार्य के दौरान वह बिना कुछ बोले अपने अध्ययन में लिप्त रही। दो कालांशों के मध्य अगर कोई समय होता तो तुरन्त कोई पुस्तक निकाल कर वह उसे पढ़ने लगती।

रमेश के अन्दर झुंझलाहट जमा होने लगी। मन में आया कि झिड़क कर उससे पूछे कि इस तरह के व्यवहार का आखिर क्या कारण है?

किन्तु फिर वह गंभीरता से इस बारे में सोचने लगा। आशा के व्यवहार में बदलाव अकारण तो संभव नहीं था। उसे रात का घटनाक्रम याद आया। पिताजी मारते समय उसके आचरण की भी शिकायत कर रहे थे। बाद में देर तक वह प्रलाप करते रहे थे-यही सब करने विद्यालय जाता है, क्या जरूरत है घर की लड़की के साथ इधर-उधर घूमने की, उसकी बदनामी नहीं होगी। कल को शादी होनी है, किसी ने कुछ लांछन लगा दिया तो...। ननकू चाचा कब आये व गये उसे पता नहीं। लेकिन इतना उसे अवश्य याद था कि उन्हीं के हस्तक्षेप से उसकी पिटाई रुकी थी। ननकू चाचा ने भी सब कुछ सुना होगा।

अब आशा की चुप्पी और उदासीनता का कारण समझने लगा वह।

रमेश की पिटाई देखकर ननकू बहुत दुखी था। रमेश के प्रति उसके हृदय में विशेष अनुराग था। फिर बचपन से ही वह परिवार के सदस्य की तरह घर में आता-जाता रहा था। रमेश और आशा की रुचि अध्ययन में होने के कारण दोनों में काफी पटती भी थी। विद्यालय से आने के बाद रमेश व आशा का काफी समय साथ बीतता। सच तो यह है कि रमेश के कारण ही उसने आशा को विद्यालय भेजने का निर्णय लिया था। उसके विरुद्ध कोई आरोप उसकी कल्पना से परे था।

रमेसर के भुनभुना कर चले जाने के बाद जब ननकू उठने को हुआ तो भगौती प्रसाद ने उसे रोक लिया–बैठ, तुझसे भी कुछ बात करनी है।

आश्चर्य से उसने भगौती प्रसाद की ओर देखा।

–देख भइया, जमाना खराब है। बालकों को नई हवा लग रही है। ससुरे टीवी, फिल्मों ने सारा का सारा माहौल खराब कर रखा है। जो बात हमने पन्द्रह साल तक नहीं जानी, अब दूसरी तीसरी कक्षा के बच्चे समझने लगे हैं। इसलिए बच्चों पर तनिक ध्यान देने की जरूरत है।

उलझन भरी दृष्टि से ननकू ने सभी लोगों को देखा।

–जो बच्चे घर में रहते हैं वो फिर भी कुछ चीजों से दूर हैं, पर विद्यालय के माहौल को तो तुम जानो ही हो। अध्यापक पढ़ाने में कोई ध्यान देते नहीं, इसलिए बच्चों के बिगड़ते देर नहीं लगती।

उन्होंने हुक्के से एक लम्बा कश खींचा। गले को हल्के से साफ किया। जाहिर था कि वह काफी सोच समझकर बोल रहे थे–रमेश और आशा हमारे समाज की इज्जत हैं। दोनों पढ़ने में भी अच्छे हैं। ऊंची जाति के सब लोग मन ही मन इनसे जलते भी हैं। इसलिए जरा सी गलती की नहीं कि तूफान खड़ा हो जायेगा। अब देख लो, विद्यालय में बालकों में झगड़ा होता ही रहता है। पर आज रमेश से हो गया तो आसमान सिर पर उठा लिया है। तुझे मालूम नहीं पंडितजी, लालाजी, चौधरी साहब सबने मिलकर मीटिंग की और प्रधान से शिकायत की। सब लोग लामबंद हो गये हैं मानों कोई बड़ी विपत्ति आन पड़ी हो...। तब प्रधान ने बुलाकर प्रमुख से बात की...।

–अच्छा? ननकू ने चकित होकर पूछा।

–तुम देखना अभी यह मामला खत्म थोड़े होगा, सरना चाचा ने कहा।

–मैं सब समझूं भइया। भगौती प्रसाद बोले–अब जो हुआ उसे तो भुगतना ही है। लेकिन आगे की तो सुधि लेना लाजमी है...।

–सो तो ठीक है।

–तो ननकू, हमारे दोनों बच्चे पढ़ने जाते हैं। हमारे लिए तो बच्चे हैं पर अब इत्ते छोटे भी नहीं हैं। आशा भी सयानी हो गई है। स्कूल में साथ पढ़ना, घर पर मिलना-जुलना ठीक है। पर रोज साथ स्कूल आना-जाना जरूरी नहीं। और फिर

स्कूल से बाग में जाकर उठना-बैठना, अमिया तोड़ना, ये सब उन्हें शोभा नहीं देता। क्यों सरना कुछ बेजा तो नहीं कहा मैंने...?

—नहीं, इसमें क्या बेजा बात है। बड़े होने पर तो भाई बहन में भी दूरी हो जाती है।

—ननकू, तुझे मालूम है, सारा झगड़ा ठाकुर के बाग में हुआ है। क्या जरूरत है रमेश और आशा को वहां जाने की? सीधे स्कूल जाओ और सीधे लौटो। वहां ये दोनों मौजूद थे, तभी न उन बालकों को कुछ कहने का मौका मिला...।

अब ननकू को सब समझ में आने लगा। उसके अन्दर खदबदाहट सी होने लगी। भगौती चाचा ने सत्य ही कहा था। आशा अब बड़ी हो गई है। रमेश के साथ इस तरह उसका घूमना-फिरना किसी भी तरह उचित नहीं है। मन ही मन वह बड़ा क्षुब्ध था। यह विचार स्वयं उसके दिमाग में पहले क्यों नहीं आया। लेकिन अपने बच्चे आदमी की निगाह में बढ़ते कहां हैं...। कल तक आशा उसकी गोद में खेलती थी, कंधे पर चढ़कर बैठ जाती थी और फिर खेत में घुमाने की जिद करती थी...। कब बड़ी हो गई, उसे पता ही कहां चला...।

आशा और रमेश बचपन से साथ खेले हैं, लड़ते-झगड़ते भी रहे हैं। गुट्टों से लेकर गेंदतड़ी तक खेलते थे, छिपन-छिपाई का हल्ला मचाये रखते थे।

फिर एकाएक...। न...न, ननकू के मन में कोई गलत विचार नहीं आया...।

—प्रमुख जी, आप जैसा कहें, वह ठीक है। कहो तो स्कूल छुटवा दूं। लड़की आठवीं तो कर ही लेगी। इम्तेहान नजदीक हैं। स्कूल जाने की कोई जरूरत तो है नहीं। बस इम्तेहान देने चली जायेगी।

—वही सिरीपन की बात। जैसे रमेसर वैसे तू...। अरे भइया, स्कूल छोड़ने को कौन कहता है। इससे तो सब गलत मतलब निकालेंगे। जैसा चल रहा है चलने दे। बाकी आठ के बाद क्या करे, ये तू बाद में सोच लेना। मैं तो कहता हूं रमेसर और तुम दोनों मिलकर आशा और रमेश को साथ बिठाकर समझा दो। दोनों समझदार बच्चे हैं, समझ जायेंगे। बच्चों को सही राय देना बड़ों का ही काम है। मंगलू राम ने समझाया।

—ठीक है प्रमुख जी...।

ननकू वहां से चला तो मन बड़ा उद्विग्न था। गांव के बुजुर्गों के सम्मुख अपने बच्चों के चरित्र का परीक्षण कम झकझोरने वाला नहीं था। एक विचित्र स्थिति आन खड़ी हुई थी जिसमें पशोपेश तो था ही, परिवार की प्रतिष्ठा भी जुड़ी थी। क्या कहेगा वह उन दोनों से, किस प्रकार समझा पायेगा वह...। रमेसर से विचार विमर्श कर इसकी योजना बनाने के उद्देश्य से ही वह वहां गया था किन्तु वहां का तो नजारा ही अलग था। उसने रमेसर को ऐसी विक्षिप्त दशा में पहले कभी

नहीं देखा था...। लगा ही नहीं कि वह अपने सबसे लाड़ले बेटे को पीट रहा है...। क्या नहीं कहा रमेश के लिए उसने...।

घर पर आशा भोजन के लिए प्रतीक्षारत थी। उसके घुसते ही थाली लगाकर उसने चारपाई पर रख दी। ननकू ने आशा को एक नई नजर से देखा। आशा सचमुच बड़ी हो गई है। प्रधान ठीक कहता है कि जवान लड़की को सोच-समझकर रहना पड़ता है। नवयुवती का आचरण मानो आम सम्पत्ति है, जो चाहे टीका-टिप्पणी कर दे। पर वह आशा से कहे भी तो क्या, किन शब्दों का प्रयोग करे जिससे उसके कोमल, संवेदनशील हृदय को ठेस भी न पहुंचे व उसका संदेश भी बच्ची के अन्दर उतर जाये...।

पिता के इस प्रकार देखने पर आशा अचकचा उठी। फिर पिताजी आज गम्भीर भी थे, उसे समझते देर नहीं लगी। स्कूल से लौटने के बाद धीरे-धीरे वह दिन की घटना को भूल रही थी। घर के कामकाज में भी व्यस्त रही। शाम को घर की सफाई, फिर खाने की तैयारी में उसे घटना के बारे में ज्यादा कुछ सोचने का अवसर ही नहीं दिया। हां, कभी-कभी रमेश का चेहरा उसकी आंखों में अवश्य कौंधता रहा था।

पिछले कई महीनों से रमेश को लेकर वह असहज अनुभव करने लगी थी। रमेश की बातों में उसे एक अद्‌भुत रस का आनन्द मिलता। विद्यालय में जाने का एक बड़ा आकर्षण रमेश ही था। रमेश के साथ छः सात घंटे का समय गुजारना उसे बहुत अच्छा लगता। मन करता कि विद्यालय भोर से शाम तक चलता रहे।

विद्यालय से लौटते ही उसे अगले दिवस की प्रतीक्षा बनी रहती। पहले अक्सर रमेश उसका हाथ पकड़ लेता या पीठ पर धौल जमा देता जिसका उस पर तनिक भी प्रभाव नहीं होता था, किन्तु अब उसका पूरा शरीर झनझना उठता। रमेश के स्पर्श से एक संगीत लहरी उसके अन्दर झंकृत हो उठती। वह एकाएक बड़ी सचेत हो चली थी। हालांकि रमेश के व्यवहार में उसे कोई परिवर्तन नहीं दिखलाई देता था। आज रमेश की चोट पर ओढ़नी का टुकड़ा बांधते हुए उसके हाथों का स्पर्श उसके अन्दर अभी तक गुदगुदाती उत्तेजना बनाए हुए था। शायद इसी अनुभूति के चलते मारपीट की सारी घटना वह भूल रही थी।

–रोटी लो, पिताजी। आखिर उसे कहना पड़ा।

ननकू जैसे सकपका गया मानो कोई तंद्रा भंग हुई हो...। उसने खाना शुरू कर दिया। रोटी कब टूटती, कब मुंह में जाती, खाने में क्या था, इस सबकी उसे सुध ही कहां थी।

भोजन से निवृत होकर उसने हिम्मत बांधी और आशा को अपने पास बुलाया।

–बैठ बेटी। आज विद्यालय में कुछ झगड़ा-फसाद हुआ था? सहज होकर उसने बात आरम्भ की।

आशा इस प्रश्न के लिये बिलकुल तैयार नहीं थी। वह चौंक गई।

—जी पिताजी, कुछ लड़कों ने रमेश के साथ मारपीट की थी।

—क्यों...?

—पिताजी, वो सब बड़े खराब लड़के हैं। परीक्षा में फेल होते हैं। केवल इधर-उधर घूमते हैं। अध्यापकों तक को परेशान करते हैं। आज स्कूल से लौटते हुए अचानक इन लड़कों ने हमें घेर लिया और करने लगे मुंहजोरी। रमेश से बड़े अपशब्द कहने लगे। बस झगड़ा हो गया।

—पर तूने बतलाया क्यों नहीं? तू इसे मामूली बात समझती है? किससे झगड़ा हुआ, जानती है। हम गरीब लोग हैं, वो सब ठाकुर-बामनों के लड़के हैं। पूरा गांव सिर पर उठा लिया है उन लोगों ने।

—पर पिताजी, झगड़ा तो उन्होंने किया। हमसे रास्ते में वे आकर भिड़े। उनका तो यह जाने-आने का रास्ता भी नहीं है? उसने हैरानी से पूछा।

—इससे क्या होता है। हमारा कोई मुकाबला है उनसे। वे जहां जायें, आयें उन्हें कौन रोक सकता है। और बेटी, स्कूल से सीधे घर आना चाहिए न। ठाकुर के बाग में जाने की क्या जरूरत है?

—रमेश तो आम तोड़ने गया था।

—बेटी, अब नन्हें बच्चे थोड़े हो। आठवीं करने जा रहे हो। लोगों को गलत बात करने का मौका मिलता है। रमेश भला बच्चा है, घर का बालक है, पर किसी को कुछ कहने का मौका क्यों दिया जाय।

आशा अब शांत थी। स्पष्ट था कि बाग में उनकी मौजूदगी को लेकर कुछ न कुछ आरोप अवश्य लगाये गये हैं। उन लड़कों के शब्द उसके कान में बजने लगे। क्या यही सब उन्होंने गांव में जाकर भी कहा होगा? एक झुरझुरी-सी उसके बदन में दौड़ गई।

—आज प्रमुख जी से रमेश की शिकायत की गई। रमेसर चाचा को भी बुलवाया गया। वह तो इतना नाराज हुए कि रमेश की बड़ी धुनाई की।

—पिटाई...। उसका स्वर कांप गया—पर पिताजी, रमेश की क्या गलती थी?

—गलती थी या नहीं, पर हमारा बच्चा ठाकुर-बामनों के बच्चों पर हाथ उठाए।

—पिताजी, मारपीट तो उन्होंने की थी। वो लोग लड़ने के इरादे से ही आये थे। आते ही गाली-गलौज करने लगे और फिर रमेश को मारने लगे। रमेश बेचारा अकेला और वो इत्ते सारे...। वह सिसकने लगी।

—रो मत बेटी, सब ठीक हो जायेगा। ननकू ने बात को समेटना ठीक समझा—कल से रमेश के साथ स्कूल आना-जाना बंद कर। घर में आओ, जाओ, खेलो, पढ़ो...। सड़क पर साथ घूमने से लोगों को चार बात कहने का मौका मिलता है। ननकू ने कहा और उठकर चला गया।

विद्यालय में चार घंटों के बाद पन्द्रह मिनट का मध्यान्तर होता है। छात्रों को उसकी कितनी बेताबी से प्रतीक्षा रहती है। रमेश को भी आज उसी की प्रतीक्षा है। मध्यान्तर में वह आशा से उसकी चुप्पी और बेरुखी का कारण अवश्य पूछेगा। किन्तु समय है कि बीतने का नाम ही नहीं लेता। समय की गति मनुष्य की कितनी विरोधी है...। जब आप उसे थामना चाहें तो उड़ता जाता है और उसके बीतने की कामना मानो उसे थाम लेती है। एक-एक कालांश न जाने कितना लम्बा होता जा रहा था। बीच में कई बार उसका मन वहां से चले जाने का हुआ। परन्तु एक तो अध्यापक का भय और दूसरा आशा से बात न कर पाने की पीड़ा उसे रोके रही।

मध्यान्तर की घंटी बजी तो पूरा स्कूल शोर-शराबे में डूब गया। बच्चे बाहर निकल-निकल कर भागने लगे। विद्यालय में एक बड़ा खेल का मैदान था। बच्चे अपनी-अपनी टोलियों के साथ विविध खेलकूदों में जुट गये। अन्य दिवसों पर प्रायः आशा और रमेश भी बाहर आकर कहीं बातचीत करते। पर आज आशा अपने स्थान पर बैठी रही और पुस्तक निकाल कर पढ़ने लगी। अब रमेश का धैर्य टूटने लगा।

–आज बात नहीं करोगी? उसने खीझ कर पूछा।

आशा ने कोई उत्तर नहीं दिया।

–मुझसे नाराज हो? कुछ पल प्रतीक्षा कर उसने दूसरा प्रश्न किया।

आशा अब भी शांत थी।

–आखिर बात क्या है? कल तो कह रही थी कि सब कुछ भूल जाना और आज मुंह फुलाये बैठी हो। कारण भी तो पता चले। उसका स्वर तनिक तेज हो चला था।

आशा ने एक बार निगाह उठाकर उसे देखा और फिर नजरें नीचे पुस्तिका में गड़ा दीं।

–क्या हो गया है तुम्हें? अब रमेश चीख कर बोला।

आशा पर इसका कोई प्रभाव नहीं दिखलाई पड़ा। वह यूं ही मौन धारण किये रही।

रमेश अन्दर तक झुंझला उठा। आशा में आये अचानक परिवर्तन से वह अन्दर ही अन्दर भुनभुनाता रहा। कल की पूरी घटना और आशा से विदा होने के क्षण उसे याद आते रहे। सुबह उठने पर जो सब कुछ उसके स्मृति पटल पर से विलुप्त सा हो गया था, एकाएक उसकी स्मृति में फिर ताजा हो उठा। पिताजी की पिटाई उसे अंदर तक दर्द करने लगी। उसका पोर-पोर दुखने लगा। वह अत्यन्त त्रस्त अनुभव करने लगा।

–क्या चाचा ने कुछ कहा...? उसने कातर स्वर में पूछा।

आशा अब भी चुप रही।

–कुछ बोलती क्यों नहीं...? क्रोधवश वह चीखने लगा–नहीं बोलना तो मत बोलो लेकिन कुछ कारण भी तो पता चले। उसकी आंखें भरने लगीं, आवाज भर्रा उठी।

उसके अन्दर से एक टीस सी उठी और वह अपने दोनों हाथों में सिर गड़ाकर वहीं बैठ गया।

कुछ पलों का सन्नाटा वहां छाया रहा। एक अजीब-सी घुटन महसूस की उसने। उसका मन वहां से भाग जाने का हुआ। लेकिन एक क्षीण आशा उसे थामे रही...।

–चोट कैसी है? आशा ने धीरे से पूछा।

रमेश को अपने कानों पर एकाएक विश्वास नहीं हुआ। वह यों ही जड़ावस्था में बैठा रहा।

–मैंने पूछा चोट कैसी है? आशा ने प्रश्न दोहराया।

रमेश ने नजरें उठाईं। उसकी आंखें डबडबाई हुई थीं। आशा की आंखों में भी तरलता की पर्त बिछी थी। उसे लगा कि वह बुरी तरह फूट पड़ेगा।

–शरीर बहुत दुखता है? आशा के स्वर में दर्द था, आंखें झिलमिला रही थीं।

रमेश टकटकी बांधे उसकी ओर देखता रहा। कुछ पलों के लिए समूची सृष्टि उनके नेत्रों के मध्य सिमट आई थी। उसे याद नहीं कि उनकी नजरें पहले कभी इस तरह जुड़ी थीं। आशा आंखें झुकाकर उन्हें अपने दुपट्टे से पोंछने लगी।

आज मुझसे बात नहीं करोगी...? रमेश ने पूछा।

आशा सिर झुकाए बैठी रही। तभी मध्यान्तर समापन की घंटी घनघना उठी। शोर मचाते, भागते-दौड़ते बच्चे कक्षा में आने लगे। और कुछ ही देर में अध्ययन कार्य आरम्भ हो गया।

रमेश छटपटा कर रह गया। अपने को अत्यन्त दयनीय महसूस करने लगा वह...। अंदर उग आई प्रश्नों की झाड़ ने उसे बड़ा बेचैन बना दिया था। क्या आशा ने स्वयं यह निर्णय लिया है? क्या आशा उसके आचरण को अच्छा नहीं मानती? क्या आशा उससे किसी प्रकार का सम्बन्ध नहीं रखना चाहती? अथवा ननकू चाचा ने आशा के साथ भी वैसे ही मारपीट की, या उसे रमेश से सम्बन्ध न रखने की हिदायत दी है...?

उसे अवकाश की प्रतीक्षा थी। कक्षा में संयम बनाये रखना कितना कठिन था। लेकिन स्कूल से लौटते समय वह पूरी बात किये बिना आशा को जाने नहीं देगा, उसने मन ही मन सोच लिया था।

अवकाश का घड़ियाल बजा तो कक्षा के द्वार पर बंसी को खड़ा देखकर रमेश दंग रह गया। आशा ने अपना बस्ता उठाया और उससे बिना कुछ कहे तेजी

से बंसी के साथ चली गई।

रमेश यूं ही ठगा-सा देखता रहा। उसका हृदय कसमसा कर रह गया।

अब आशा की चुप्पी का कारण वह समझ सकता था।

कल रात से ही रमेश ने अन्न का एक दाना पेट में नहीं डाला था लेकिन भूख मानो पूरी तरह गायब थी। मां के बहुत आग्रह पर उसने एक गिलास दूध अवश्य लिया था। कल की घटना की प्रतिक्रिया की अनेक कल्पनाएं उसके दिमाग में उपजती रही थीं। वह तमाम संभावनाओं पर सोचता रहा। यदि आज भी उन सबने कल जैसा व्यवहार किया तो वह क्या करे? पिताजी की पिटाई उसे याद आने लगी, उनके शब्द उसके कानों में गूंजने लगे। बहुत जल्दी ही वह इस निर्णय पर पहुंच गया था कि वह अन्याय सहन नहीं करेगा चाहे इसके लिए उसे कितना कठोर दंड क्यों न दिया जाय।

पर विद्यालय में जो कुछ हुआ, उसकी तो लेशमात्र भी आशा उसे नहीं थी। अधिकांश छात्र घटना से अनभिज्ञ अथवा उदासीन दिखलाई पड़े। हमलावर छात्रों में से कुछ आज अनुपस्थित थे और शेष ने उनकी ओर देखा तक नहीं। न ही किसी प्रकार की छींटाकशी, टीका-टिप्पणी की।

किन्तु रमेश एक कहीं गहरे आघात से जूझ रहा था।

घर लौटा तो जबरदस्त टूटन अनुभव की उसने। उसका हृदय तार-तार हो चला था। चारों ओर सब कुछ उजड़ा-उजड़ा सा महसूस हुआ उसे। स्कूल से अकेले लौटने में कदमों में भारी पत्थर से बंध गये। पिछले तीन वर्षों में आज पहला अवसर था जब वह अकेला लौट रहा था। रह-रह कर साथ में आशा के चलने का बोध उसे कचोटता रहता। कई बार वह पीछे मुड़कर देखता, उसे आशा की पुकार कानों में टकराती महसूस होती...कभी आशा उसके आगे रास्ता रोके मुस्कराती दिखलाई देती तो कभी गुस्साई उसे अकेला छोड़कर चल देने का कारण पूछती नजर आती। कभी वह रुक जाता तो कभी ठिठक कर पीछे देखने लगता। कभी रास्ते की मेड़ पर बैठ जाता। ठाकुर का बाग पड़ा तो काफी देर उस स्थान पर बैठा रहा जहां कल वे दोनों बैठे थे। कल जो बाग आमों से लदा, हरा-भरा, तथा भीनी गंध से सुवासित था, आज वह जंगल सदृश्य पीले, सूखे, चरमराते पत्तों से भरा बड़ा वीरान और भयावह लग रहा था। आम तोड़ना तो दूर नीचे गिरे फलों को बटोरने तक का कोई उत्साह उसके अन्दर नहीं था। एक अजीब-सी घबराहट लिए वह वहां से लौट आया।

घर पर न तो कोई विद्यालय का काम याद आया और बाहर खेलने के लिए जाने का तो प्रश्न ही नहीं था। वह चारपाई पर आकर लेट गया। रात की नींद

अन्दर जमा थी, आंखें बोझिल थीं। उसे लगा कि शीघ्र ही वह सो जायेगा किन्तु देर तक वह करवटें बदलता रहा। नींद दस्तक देकर लौट जाती। उसे आशा का चेहरा और उसकी बेरुखी याद आने लगती। एक तड़प-सी उसके अन्दर हाहाकार करती रही।

झुटपुटा फैल रहा था। रसोई के ईंधन के धुएं से आसमान घिर रहा था। गोधूलि की इस बेला में जानवर के घुंघरुओं के स्वर कानों में पड़ रहे थे। बस थोड़ी ही देर में चारों ओर नीरवता अपना साम्राज्य स्थापित करने जा रही थी। मां रसोई में खाना तैयार करने में व्यस्त थी और रमेसर कहीं बाहर चला गया था। एकाएक रमेश बिस्तर से उठा और घर से निकल पड़ा। संकरी गलियां पार करके वह गांव के बाहर निकल आया। एक पुलिया पर वह देर तक बैठा रहा। चारों ओर शून्यता छायी थी। आसमान बदरंग था और एक मनहूसियत चारों ओर पसरी दिखलाई दे रही थी। वह बड़ा परेशान था। वह घर से क्यों बाहर आया है, कहां जाये वह। अब धीरे-धीरे अंधेरा फैल रहा था। सड़क से लोग गुजरते तो वह अपने को बड़ा असहज अनुभव करता। एक अजीब-सी लक्ष्यहीनता से घिरा था वह। वह वहां से चल दिया और उसके पैर गांव की ओर मुड़ गये। निरुद्देश्य-सा वह चल रहा था। पतली संकरी गलियों से होता कब वह आशा के घर के सामने आ खड़ा हुआ, उसे पता ही नहीं चला।

वह स्वयं चकित अनुभव करने लगा। कुछ पल ठिठक कर वह उस घर को देखता रहा। वह घर उसके लिए न तो नया था और न ही अपरिचित। बचपन से वह यहां आता रहा है। बंसी उससे तीन वर्ष बड़ा है। वे दोनों साथ-साथ खेलते रहे हैं। पिछले तीन वर्षों में तो उसकी काफी शामें प्रायः यहीं पर गुजरती थीं। पर आज एकाएक अन्दर जाने का साहस नहीं हुआ उसका। कक्षा के द्वार पर खड़े बंसी का ठंडा, सपाट चेहरा और उसकी आंखों में अपरिचय का भाव वह भूला नहीं था। उसके कदम जम से रहे थे।

कुछ पल रुक कर वह अन्दर घुसा तो आशा को उसने बरामदे में खड़ा देखा। लालटेन का मद्धिम प्रकाश फैला था फिर भी आशा का चेहरा उसे साफ नजर आ रहा था। दोनों की नजरें मिलीं और आशा हड़बड़ा कर अंदर चली गई। उसके हृदय की गति भी तेज हो गई। उसे एकाएक कुछ सूझा ही नहीं।

घर के बाईं ओर स्थित खाली स्थान में हुक्के का स्वर उठ रहा था। वह उसी ओर बढ़ गया।

—पालागूं चाचा...। ननकू को पीछे से ही सम्बोधित करते हुए वह आगे आया और ननकू के पांव पर झुक गया।

—अरे रमेश तू...। ननकू चौंक गया—जीते रहो भइया। कब आया? बैठ...।

ननकू के स्वागत से उसे बड़ी राहत मिली। ननकू के व्यवहार को लेकर

भी वह कम आशंकित नहीं था। उसे भय था कि कहीं ननकू उसे बुरी तरह झिड़क न दे, अथवा इस समय आने का कारण ही न पूछ डाले। पर ननकू का व्यवहार सामान्य लगा उसे। उसका मनोबल बढ़ा था।

–बैठ, खड़ा क्यों है? आशा देख, रमेश आया है।

रमेश चारपाई के एक सिरे पर बैठ गया।

–चल, आज रोटी खा ले। मैं भी बस खाने जा रहा था।

–नहीं चाचा, मैं रोटी खा कर चला हूं। उसने झूठ बोलना ठीक समझा।

–तो बालक तो दो तीन बेर भी खा सके। ननकू ने हंस कर कहा।

–नहीं चाचा, फिर कभी।

–अच्छा आशा, गुड़ पानी दे जा।

रमेश को अब आशा के आने की प्रतीक्षा थी। उसकी नजरें लगातार उसे खोज रही थीं। आशा तेज कदमों से आई और गुड़ पानी रखकर उसी तेजी से अन्दर लौट गई।

गुड़ की छोटी-सी डली मुंह में डाल कर उसने लोटे से पानी पिया और कमीज की बांह से हाथ पोंछकर वह ठस्स-सा बैठा रहा। शाम की हवा में अब सुहावनी ठंडक थी। पत्ते बड़ी नाजुकता के साथ हिल रहे थे, कभी इतराते से लगते थे। पर रमेश गहरी सोच में डूबा था...। बात को कैसे आरम्भ करे, क्या कहे ननकू से...। मन के एक कोने में यह आशंका भी बुंदबुदा रही थी कि कहीं वार्ता का कोई प्रतिकूल परिणाम न निकले अथवा बात बनने के स्थान पर और न बिगड़ जाये।

ननकू ने उसकी दुविधा को हल कर दिया।

–ये विद्यालय में कल क्या बवाल हुआ था? सुना है तेरे साथ बड़ी मारपीट की...?

रमेश को अन्दर कुछ पिघलता-सा अनुभव हुआ। एकाएक उसे कुछ उत्तर ही नहीं सूझा।

–भइया, इन बड़े लोगों से भिड़ना ठीक नहीं है। तुझे इत्ती बात तो समझना चाहिए...।

–चाचा। अब रमेश ने कहा–मैंने तो कुछ नहीं किया। येई लोग हमसे आकर भिड़ गये। हम दोनों स्कूल से लौट रहे थे। बाग में आकर मुझे गाली-गलौज करने लगे। गंदी-गंदी बातें कहने लगे।

–तो तुम्हें तुरंत वहां से चले आना चाहिए था। उनसे टकराने का क्या मतलब है? पता है कल से इन्होंने पूरा गांव सिर पर उठा रखा है। फिर तरह-तरह के आरोप...। अमीर और गरीब की लड़ाई में तो गरीब ही पिसता है न...।

–पर चाचा, मैंने कहां लड़ाई की...? उसका स्वर रुआंसा हो चला।

–प्रमुख जी कह रहे थे कि तमाम लड़कों के चोटें हैं।

–चाचा, मैं अकेला, वो छः-सात थे।

–फिर भी तूने उन पर हाथ तो उठाया ही होगा।

–चाचा, क्या करता मैं। आशा के लिए बुरी–बुरी बातें कहने लगे। कैसे सुन पाता मैं।

ननकू ने तत्काल कोई प्रतिक्रिया नहीं की। उसने हुक्के की निगाली पकड़ कर लम्बे घूंट खींचे जैसे किसी सोच में डूब गया हो वह। उसकी इस मुद्रा पर रमेश तनिक चिंतित अनुभव करने लगा। उसे यह अहसास हुआ कि ननकू के सामने आशा के बारे में कुछ कहना उचित नहीं है। कोई पिता अपनी पुत्री के चरित्र पर आक्षेप नहीं सह सकता। रमेश परेशान होकर ननकू की प्रतिक्रिया की प्रतीक्षा करने लगा।

–देख भइया, एक तो मारपीट गलत है। ननकू ने सधे स्वर में कहा–दूसरे स्कूल से बाग जाने का क्या मतलब है? सीधे विद्यालय जाओ और सीधे लौटो। नन्हें बालक नहीं हो तुम...। उसके स्वर से नाराजगी झलकने लगी।

रमेश को कोई उत्तर नहीं सूझा।

–देख रमेश...। ननकू ने आगे कहा–घर के अन्दर और बाहर में फर्क होता है। बाहर चार लोग देखने वाले हैं। टीका टिप्पणी करते हैं। तुम लोग भी अब बड़े हो गये हो। ऐसा कोई काम नहीं करना चाहिए जिस पर लोग उंगुली उठा सकें।

–पर चाचा, हमने कोई गलत काम नहीं किया। रमेश की आंखों में आंसू आ गये, उसका स्वर भरनि लगा।

–मैंने कब कहा? पर अब इस तरह की घटना हो गई है तो समझाना तो मेरा फर्ज है न। रो मत। तुम दोनों ही अच्छे बच्चे हो। कैसी-कैसी परेशानी से पढ़ाई चल रही है। उस पर यह सब बवाल...।

रमेश की सिसकियां बह निकलीं।

–रमेश, रोने की कोई बात नहीं है। मैं तो तुझे समझा रहा था। कल को कुछ और बात न हो इस वास्ते स्कूल में थोड़ा लिहाज से रहो। बाकी दोनों एक खानदान के हो, साथ पढ़े, खेले हो। फिर मुझे यह भी मालूम है कि विद्यालय में तुमसे कोई बात भी नहीं करता, खेलना-कूदना तो दूर की बात है। पर भइया, यही हमारा भाग्य है। ऐसा ही नसीब लेकर हम पैदा हुए हैं। चार बात सुननी पड़ती हैं, भले ही वो गलत हों।

रमेश अब जोर-जोर से रो रहा था। पास के बरामदे से आशा के रुदन का स्वर भी उसके कानों में पड़ रहा था।

–तू रो मत। सब ठीक हो जायेगा। ले, पानी पी ले। आशा ने भी कल से

एक दाना पेट में नहीं डाला। मैंने तो उसे भी समझाया था। ये ससुरे हमारे बीच दीवार पैदा करना चाहते हैं। आज चाचा को भी समझाया मैंने। कल तो उस पे पागलपन का भूत सवार था। एक तो बालकों का मामला और फिर ठाकुरों-बामनों का खेल...। वो कब चाहें कि तुम दोनों स्कूल में पढ़ो...। पर तू परेशान मत हो। मैं हूं न तेरे साथ...। चल जा, घर जाकर आराम कर...। ननकू ने उसकी पीठ थपथपाई।

रमेश उठ खड़ा हुआ। उसने ननकू के पैर छुए और चल दिया। उसका अन्तस एकाएक बड़ा हल्का हो चला था। वह चला तो आशा फिर सामने थी। कुछ पल उसे देखती रही और फिर अन्दर चली गई।

बाहर निकल कर आया तो प्रसन्नता की एक लहर-सी उसके अन्दर दौड़ने लगी थी। अपने घर के लिए दौड़ पड़ा वह। घर पहुंचकर मां ने जब भोजन के लिए पूछा तो उस पर टूट पड़ा। भरपेट खाना खाया और फिर पुस्तकें लेकर अध्ययन करने बैठ गया।

ठाकुर हरपाल सिंह इस घटना से मन ही मन प्रसन्न थे। वह जानते थे कि यह प्रकरण गुलजार के लिए गले की हड्डी बन गया है जो न अन्दर खिसकती और न ही बाहर निकलती दीखती। इसलिए पूरे वाकयात की जानकारी होने पर भी जाहिरा तौर पर वह इससे अलग-थलग बने रहे।

घटना के दिन ही गांव के तमाम लोग उनसे मिले थे। पंडित सुखदेव शर्मा ने जब उनसे हस्तक्षेप की दरकार की तो वह उबल पड़े—पंडितजी, यह सब आपका ही किया दिया है। न आप चुनाव में खड़े होते और न ही गुलजार जीत पाता। ऊंची जाति के वोट बंट गये और दलितों के राय तो उसे मिलने ही थे। अब जब उन्हीं के वोट से प्रधान बना है तो यह सब तो होगा ही। इन सब मामलों में सलाह तो उसी की रहती है। याद नहीं है चुनाव की बैठकों में कैसी-कैसी बातें कहता था। वो क्या... कि आजाद देश के नागरिक हो, अब तुम लोग गुलाम नहीं हो, तुम्हारे हक बराबर हैं। अपने अधिकारों के लिए संघर्ष करना सीखो, बिना रोये मां भी बच्चे को दूध नहीं देती..., अपना हक मांगो, आगे बढ़ो मैं तुम्हारे साथ हूं और न जाने क्या क्या...। कहते-कहते उनका स्वर सचमुच उग्र हो चला। वह कुछ पलों के लिए रुके, माथे पर जमा पसीना पास रखे अंगोछे से पोंछा और भावनाओं को नियंत्रित करने का प्रयास करते हुए कहा—अब इसी का यह परिणाम है। यह तो होना ही था। और भइया, यह तो शुरुआत है। आगे देखना क्या होता है। सब ठकुराहट और चौधराहट भूल जाओ। आज तो बालक पर हाथ उठा है, कल हमारे सम्मान को ललकार दें तो भी अचम्भा न होगा...।

वहां मौजूद सभी के चेहरों पर चिंता के काले बादल घिर आये थे। विद्रोह के कुछ संकेत पिछले कुछ वर्षों से वे देख रहे थे। मजदूरी को लेकर मनमानी, काम के प्रति लापरवाही और आंखों में गांव के बड़े लोगों के प्रति झलकता अनादर...। पंडितजी कभी निरंकार चौधरी को देखते तो कभी लाला रामनिवास को...।

—तुम क्या समझते हो बिना प्रधान की शह के कोई यह साहस कर सकता है।

—सो तो ठाकुर सोलह आने ठीक बात है। लाला रामनिवास ने कहा—इन ससुरों को बढ़ाया तो गुलजार ने ही है। वही बढ़-चढ़ कर इन्हें नई जिन्दगी देने का वास्ता देता है।

—हरपाल, अब तुम्हीं बताओ कि क्या किया जाये? तेरी मदद के बिना बात नहीं बनती...। निरंकार चौधरी ने हताशा भरे स्वर में गुहार लगाई।

ठाकुर अभी तक भावनाओं में बह रहे थे, पर अब सतर्क हो चले। वह जानते थे पंडित सुखदेव शर्मा उन्हें बीच में डाल कर खुद किनारा काटना चाहता है। वह यह भी समझ गये कि इस मामले में अधिक कुछ सम्भव भी नहीं है। जो बीच में पड़ेगा, उसकी छीछालेदर ही होनी है। फिर हरिजनों के बारे में उनके व्यक्तिगत अनुभव थे ही। भट्टे वाली घटना उन्हें अक्सर ऐसे मौकों पर याद हो आती थी।

—चौधरी साहब, मैं तो साफ बात कहूं। पूरे गांव की बात है इसलिए जो गांव का प्रधान है वो ही इसे सुलटाये। उसका हस्तक्षेप करने का अधिकार भी है। मैं किस मुंह इसमें दखल दूं।

—नहीं भइया, ऐसा साहस कौन कर सके है। पंडित सुखदेव शर्मा ने कहा—तुम्हें कौन नहीं जाने है। बाप-दादा का गांव है। यह स्कूल भी तो बड़े ठाकुर की कृपा से ही बना था।

—पंडितजी, जो हुआ उसे भूल जाओ। अगर लोगों में यही भावना होती तो कल के छोरे से चुनाव नहीं हार जाता। वास्तविकता की बात करो। जो सच है वो मानना पड़ता है। और सच यही है कि इस तरह के मामले में हमारे दखल की कोई तुक नहीं है। इसलिए मुझे तो माफ ही करो।

तीन दिनों में गांव में जो कुछ घटित हुआ, उसकी सही जानकारी ठाकुर को मिलती रही थी। उमानाथ को उन्होंने इस काम में लगा रखा था। प्रधानाचार्य पर दबाव डालने की सूचना भी उन्हें मिल गई थी। उन्होंने उमानाथ को प्रधाचानार्य के पास भेजा और उनसे न्याय करने का आग्रह किया था। प्रधानाचार्य को यह भी भरोसा

दिला दिया कि उनकी न्यायपूर्ण कार्रवाई में ठाकुर का पूरा समर्थन उन्हें प्राप्त होगा। जब प्रधानाचार्य ने इस मामले में पुलिस जांच की मांग उठाई थी तो मन ही मन वे बड़े प्रसन्न हुए थे। उमानाथ को तुरन्त भेज कर प्रधानाचार्य को इस नैतिक साहस के लिए बधाई भी दी थी। उसी रात जब पूरा गांव गहरी नींद में डूबा था तो ठाकुर ने भगौती प्रसाद और रमेसर को हवेली पर बुलवाया था। दोनों ही इस बुलावे पर चकित थे। अनेक आशंकाओं से घिर गये थे। भगौती प्रसाद का मन हुआ कि इनकार कर दें पर ठाकुर के निमंत्रण को नकारने का साहस नहीं जुटा पाये। आखिर अंधेरी गलियों से गुजरते हुए वे हवेली पहुंचे थे।

–भगौती प्रसाद, माफ करना। ठाकुर उनकी प्रतीक्षा में बैठक में थे, देखते ही कहा–गलत समय पर बुलाना पड़ा। मजबूरी थी अपने को रोक नहीं सका।

बन्दगी करके वे दोनों सामने दरी पर बैठ गये। मन असमंजस से जकड़ा था। एकाएक कुछ कहने को सूझा ही नहीं। ठाकुर स्वयं भी वार्तालाप के सूत्र तलाशते रहे।

–हुकुम, ठाकुर साहब...। भगौती प्रसाद को ही मौन तोड़ना पड़ा।

–हुकुम नहीं...। इस वक्त हुकुम देने नहीं बुलाया। मैं तो यह जानना चाहता था कि गांव में यह क्या बवेला उठ खड़ा हुआ है। बालकों के साधारण विवाद ने पूरे गांव को परेशान कर रखा है। रोज बैठकें हो रही हैं। पंडितजी, लाला रामनिवास और चौधरी साहब को इसके सिवा कुछ काम ही नहीं सूझता। रात-दिन उसी में लगे रहते हैं। उधर तुम्हारा प्रधान भी उन्हीं के हाथों में खेल रहा है। अरे बालकों का झगड़ा है, क्या आवश्यकता है प्रधान को बीच में पड़ने की। विद्यालय में झगड़े नहीं होते क्या...। उसे प्रधान तक ले जाने की जरूरत मुझे समझ में नहीं आती। अरे स्कूल का मसला प्रधानाचार्य जाने। उस तक शिकायत पहुंच जाती तो वह स्वयं उसे देखेगा। लेकिन जरा-सी बात पर तूफान खड़ा कर दिया गया। आज सोचा तुम लोगों से भी पूछूं कि आखिर बात क्या है?

रात के दूसरे पहर में इस आशय से हवेली पर बुलाये जाने से भगौती प्रसाद तनिक सकते में थे। वह सोच में डूबे रहे। एकाएक समझ में ही नहीं आया कि क्या उत्तर दें।

–भइया। ठाकुर ने ही आगे कहा–वो लोग मुझे भी इस पचड़े में घसीट रहे थे। मैंने तो पहले ही दिन साफ-साफ कह दिया कि बच्चों के मामले में हमें नहीं पड़ना चाहिए। बच्चे ने जो गलती की है उसका दण्ड प्रधानाचार्य देंगे। पर नहीं...। सुना है आज भी गुलजार के यहां कोई बैठक थी। मैंने सोचा कि तुम लोगों से कुछ जानकारी कर लूं। दिन में बुलवाता तो पूरे गांव में हल्ला मच जाता। सो रात में तकलीफ दी।

–तकलीफ कैसी, हुजूर। भगौती के अन्दर कृतज्ञता का भाव जागा–हमारे माई

बाप हैं आप। हमारी ही मति फिर गई थी कि आपसे सलाह नहीं की। सच कहूं तो आप के पास आने का साहस भी तो नहीं होता।

—क्यों...?

—सरकार, मुझसे न कहलवाओ। हम लोग तो आज भी शर्मिन्दा हैं। आप का गांव है, आप ही के बसाये बाशिन्दे हैं पर...।

—तुम चुनाव की बात कर रहे हो। हरपाल सिंह ने एक बनावटी हंसी हंसी—चुनाव से सम्बन्ध तो समाप्त नहीं हो जाते। अररे ठीक है, चुनाव में हार जीत लगी रहती है। बड़े-बड़े नेता हारते हैं। इंदिरा गांधी किस बुरी तरह हार गई थी। वोट तो आदमी का अधिकार है। इस बार तुमने गुलजार को वोट दिया, अगली बार किसी और को दोगे। ये सब तो चलता रहता है। पर इसका मतलब यह तो नहीं कि हमारे सम्बन्ध समाप्त हो गये। अरे भइया, इतना बखेड़ा हुआ है, मेरे पास तो आते...।

चुनाव में पराजय की पीड़ा उन्हें एक बार फिर टीस पहुंचाने लगी।

—ठाकुर साहब, हम शर्मिन्दा हैं। भगौती प्रसाद ने हाथ जोड़कर कहा—यह घटना तो बालकों की ही थी। इसके लड़के ने गलती की है सो हेडमास्टर जो सजा दे मंजूर है। लेकिन...। कुछ कहते-कहते वह चुप हो गये।

—लेकिन क्या...?

—आप सब जाने हैं, हुजूर...।

—अच्छा मैं समझ गया...। हरपाल अन्दर ही अन्दर प्रफुल्लित हुए—प्रधान ने इन लोगों को क्यों नहीं समझाया? उसे इस तरह बीच में पड़ने की क्या आवश्यकता थी? ये रोज-रोज बैठकें और फिर प्रधानाचार्य पर जोर-जबरदस्ती...। ऐसी कौन-सी आफत टूट पड़ी है?

—बस महराज, हम तो कुछ न समझ पावें। हमें तो यह हुकुम दो कि ये करो। कहो तो बच्चों का नाम स्कूल से कटवा दें।

—अररे, यह क्या कहते हो? कुछ हुआ भी हो? तुम लोग हिम्मत से काम लो। तुम्हारा कोई कुछ नहीं बिगाड़ सकता। मैं हूं न। मैंने प्रधानाचार्य से भी कह दिया है कि जांच निष्पक्ष ढंग से करे। जो दोषी हो उन्हें सजा अवश्य मिले, लेकिन किसी के दबाव में आकर नहीं। रमेसर के लड़के ने अगर गलती की है तो दण्ड अवश्य मिलेगा पर प्रधान या पंडितजी के कहने से नहीं।

—मुझे मंजूर है महाराज...। रमेसर के आंसू बह निकले। रुंधे स्वर में वह बोला—ससुरे ने जो किया वो जरूर भोगेगा। बड़े लोगों पर हाथ उठाया है सो दण्ड का भागीदार तो है ही।

—ऐसा क्यों सोचते हो? विद्यालय में बड़ा छोटा कोई नहीं होता। विद्यार्थी सब बराबर हैं। क्या मालूम वह निर्दोष हो, वे लड़के बेवजह उससे जा भिड़े हों...।

इसीलिए सही जांच करने को कहा है मैंने।

–नहीं हुजूर...। रमेसर अभी भी सिसक रहा था–मेरे बालक से गलती हुई है। मैं क्षमा चाहता हूं। जो दण्ड देंगे, मुझे मंजूर है।

–फिर वही बात। भगौती समझाओ इसे। ये सब कहने की जरूरत नहीं है। अब जाओ। मैंने कहा न, किसी बात की चिन्ता न करो। ठीक है न।

उन दोनों ने सिर हिलाया और उठ खड़े हुए। रमेसर ने धरती पर लेटकर बन्दगी की और उठकर दोनों ने एक बार सिर झुकाया और पीछे मुड़ गये। अभी दो कदम ही चले थे कि ठाकुर का स्वर कानों में पड़ा–भगौती, एक बात का ध्यान रखना। आज की मुलाकात की जानकारी किसी चौथे को न हो वरना गांव के लोगों को तुम जानो ही। अर्थ का अनर्थ बना देते हैं।

–जी सरकार...। वे पुनः झुके और मुड़कर चले गये।

ननकू से मिलने के बाद रमेश को सब सामान्य लगने लगा था। विद्यालय में वह अब भी आशा के साथ बैठता था किन्तु न तो वे साथ आते-जाते और न ही विद्यालय में उनके मध्य कोई संवाद होता। इसके बावजूद रमेश अन्दर ही अन्दर अत्यंत आह्लादित अनुभव करता। एक लहलहाती तरंग उसके अन्दर प्रवाहित होती रहती जिससे उसके हृदय में एक उत्तेजना बनी रहती। एक अद्भुत रोमांच से वह भरा रहता। आशा की पतली, लम्बी उंगुलियां उसके हाथों में एक सनसनी की अनुभूति पैदा करतीं। आशा का गोल, सांवला चेहरा उसे बरबस आकर्षित करता। दो दिनों की चुप्पी के बाद तीसरे दिन उनके मध्य कापी पर संवाद का विनिमय आरम्भ हुआ। रमेश ने लिखा था–चाचा से बात करके बड़ा अच्छा लगा। पर उस दिन तुमने बात क्यों नहीं की?

आशा ने इस पर केवल उसकी ओर देखा। विचित्र-सी मादकता का अहसास हुआ रमेश को।

–तुम रोई क्यों थी? उसने पुनः लिखा और कापी उसकी ओर खिसका दी।

–तुम भी तो रोये थे। उसने भी लिख दिया।

–अब हम बात नहीं करेंगे...? रमेश ने पूछा।

रमेश ने कापी उसकी ओर खिसका दी। पर इस बार आशा ने कुछ लिखा नहीं। उसकी नजरें वहीं गड़ी रहीं। हालांकि रमेश को लगातार यह अहसास हो रहा था कि वह कनखियों से उसे ही देख रही थी। उसके चेहरे पर मुस्कराहट की हल्की छटा उतर आयी थी जिसमें मुस्कान भी थी और लाज की लालिमा भी...।

रमेश का हृदय उछल रहा था...। एक मीठी अनुभूति उसके अन्दर हिलोरें

लेने लगी। पहली बार उसका मन हुआ कि आशा का हाथ अपने हाथों में थाम ले।

उसने कापी अपनी ओर खींची और पुनः लिखा–तुमने उत्तर नहीं दिया?

–इसकी आवश्यकता है क्या...। आशा का उत्तर था।

–हां...। उसने लिखा।

इस बार आशा की दृष्टि ऊपर उठी और उसकी आंखों से टकरा गई। उसमें एक अजीब-सी शरारत व चपलता थी। कांपते होंठ न जाने क्या कह रहे थे।

–घर आना...। आशा ने कापी पर लिखा और कापी बंद कर दी।

रमेश चाहकर भी उस दिन उसके घर नहीं गया। एक बेचैनी उसे घेरे रही। वह एक नये अनुभव से गुजर रहा था।

अगले दिन आशा ने ही लिख कर पूछा–कल घर क्यों नहीं आये?

–आज आऊंगा...। रमेश ने उत्तर लिखा।

उसने सोचा था कि आज वह आशा के घर जायेगा। पर छुट्टी होने पर चपरासी ने उसे प्रधानाचार्य के पास चलने को कहा। वह घबरा गया। ढेर सारी आशंकाएं मन में लिए वह प्रधानाचार्य के पास गया।

–जाओ अपने पिताजी को बुलाकर ले आओ। उनसे कुछ बात करनी है। प्रधानाचार्य ने उससे कहा।

उसका मन हुआ कि कारण पूछे लेकिन हिम्मत नहीं कर सका। वह कुछ देर यों ही खड़ा रहा। परेशान और असमंजस में...।

–समझे नहीं क्या। जाकर अपने पिताजी को बुला लाओ।

–अभी...? कंपकंपाते स्वर में उसने पूछा।

–हां अभी...।

दौड़ता हुआ वह घर आया। उसे समझ में नहीं आया कि पिताजी से क्या कहे। वैसे भी पिछले तीन दिनों में उनके बीच कोई संवाद नहीं हुआ था।

रमेश ने आकर अपनी मां को प्रधानाचार्य का संदेश दे दिया और रामदेई ने रमेसर को तुरन्त बुलवा भेजा। फिर वे दोनों प्रधानाचार्य के पास गये।

–रमेसर, आपको पूरी बात की जानकारी तो है ही। आपके लड़के की हरकत से स्कूल क्या, पूरा गांव परेशान है। मेरे लिए तो यह सिरदर्द बन गया है। रात दिन लोग इसी बारे में बात करते हैं।

–हेड मास्साब, लड़के से गलती हुई है। उसे क्षमा कर दें। रमेसर ने हाथ जोड़ कर कहा।

–क्षमा...। तुम्हें पता है न कि गांव में लोगों ने इस मामले को कितना उछाला है। कोई और बच्चा होता अब तक उसे स्कूल से बाहर निकाल फेंकता। बवाल तो कटता...। पर रमेश पढ़ने में अच्छा है और फिर मैं यह भी समझता हूं कि

तुम लोग किस-किस तरह उसे पढ़ा रहे हो। मैंने उसे बचाने की पूरी कोशिश की है। जो संभव है कर रहा हूं। लेकिन मामले को सुलझाने के लिये मैंने निर्णय लिया है कि रमेश को इस सत्र में अब स्कूल आने की अनुमति नहीं होगी।

–मतलब, उसका नाम कट जायेगा? वह चौंक गया।

–नहीं, नाम नहीं काटा जा रहा है। सत्र में लगभग पन्द्रह दिन का अध्ययन शेष है। वह इसे घर पर ही पढ़े। हां, परीक्षाओं में वह बैठ सकेगा।

–लेकिन घर पर...?

–अधिकतर कोर्स समाप्त हो गया है। फिर भी कुछ पूछना चाहेगा तो विद्यालय के बाद मेरे पास चला आये। मैं समझा दूंगा।

–पर मास्साब, इससे तो इसका बड़ा नुकसान होगा...? रमेसर ने परेशान होकर पूछा।

–कोई नुकसान नहीं होगा। तुम चिंता मत करो। जो मदद मैं कर सकता हूं, करूंगा।

रमेसर किंकर्तव्यमूढ़-सा वहां खड़ा रहा। उधर रमेश के अन्दर आंसुओं का सैलाब उमड़ने लगा। काफी देर रोकने के बाद वह फूट पड़ा।

–देखो रमेश। प्रधानाचार्य ने द्रवित स्वर में कहा–जितना मैं कर सकता था, किया है। गांव वालों का बस चलता तो तेरा नाम ही कटवा देते। मेरे इस निर्णय से भी वे संतुष्ट कहां हैं। पर अब मुझे चिंता नहीं है।

–मास्साब...। रमेश ने सिसकियों में डूबे स्वर में कहा–मैंने तो कुछ भी नहीं किया। ये ही लोग हमें गाली देने लगे और फिर मुझे मारने लगे। मैं क्या करता।

प्रधानाचार्य उठकर पास आये और रमेश के सिर पर हाथ फेरने लगे।

–मुझे सब जानकारी है। मैंने जांच कर ली है। मेरी मजबूरी भी समझो। कल को कोई और गंभीर बात न हो, इस बारे में भी मुझे सोचना है। काफी सोच समझ कर तुम्हारे हित ही में मैं यह निर्णय दे रहा हूं।

रमेश की सिसकियां थम नहीं रही थीं। पहली बार रमेसर को अपने पुत्र के प्रति सहानुभूति हुई। उसने उसे अपने पास खींचा और गले से लगा लिया।

उसके गालों पर आंसू ढुलक रहे थे।

पूरे गांव में तरह-तरह की अफवाहें फैली थीं। कोई कहता कि रमेश का स्कूल से नाम काट दिया गया है तो कोई रमेश और आशा दोनों के नाम कटने की बात कहते। कईयों को यह भी सुनने को मिला कि ऊंची जाति के कुछ छात्रों के विरुद्ध भी कुछ कार्रवाई की गई है।

रमेसर ने तुरन्त ननकू और फिर सरना चाचा को प्रधानाचार्य के निर्णय से अवगत करा दिया था। ननकू की आंखों से आंसू बह चले और वह जोर से चीखने लगा–निर्दोष बालक को दण्ड दिया गया है...। घोर नाइन्साफी है ये। मैं तो कहूं, यह सब चौधरी, बामनों की साजिश है। वो तो पहले ही छोरे को पढ़ने न देना चाहे। एक तो पढ़ रहा है और वो भी अव्वल दर्जे से पास। ससुरों के सीने पर सांप लोटते हैं। साफ षडयन्त्र है यह। मैं अभी हेड मास्टर से बात करता हूं।

दुखी सरना चाचा भी थे। ननकू के आरोप से कहीं सहमत भी थे। पर समझाने लगे–भइया, सोलह आने ठीक कहे है तू। लेकिन यह पहली नाइन्साफी नहीं है। जाने कितनी ज्यादती सही है हमने। बात पहले से काफी बिगड़ी है। अब हम लोग कुछ करेंगे तो बात और बिगड़ेगी। दस-पंद्रह दिनों के स्कूल की बात है। सारी पढ़ाई तो खत्म हो चुकी है। परीक्षा के लिए तैयारी करना है सो कर लेगा। अच्छे नम्बरों से पास होगा तो सब के चेहरे शर्म से झुक जायेंगे। हम लोगों को समझदारी से काम लेना चाहिए। बात सम्हले अब, बिगड़े नहीं, ऐसा सोचो...।

–सरना चाचा ठीक कहते हैं ननकू भइया। रमेसर ने कहा–मामले को निबटाना है।

–पर बच्चे को कैसा लगेगा...? ननकू का स्वर अभी भी उग्र था।

–सो ठीक है। स्कूल से लौटा है तभी से रो रहा है। मैं समझा दूंगा। एक दो दिन में सब ठीक हो जायेगा।

ननकू कुछ देर चुप रहा और फिर धीरे से बोला–पर चाचा, प्रधान से बात करना जरूरी है। लड़के को बिना वजह सजा मिली है, उन लोगों के दबाव के कारण। बोले तो प्रधान बहुत कुछ है पर आज मौका आया तो कुछ न कर पाया। सच का साथ देता, डट कर मुकाबला करता, उल्टे अपने यहां मीटिंगें बुलाता रहा। हेड मास्टर को भी बुलाया जाता था। इस सबके लिए ही प्रधान चुना उसे? उससे अच्छे तो अपने ठाकुर साहब भले। कम से कम लाला और पंडितजी की उनके सामने कुछ बोलने की हिम्मत तो नहीं है। जो ठाकुर साहब बोलें वो फैसला। गुलजार की तो कोई सुने ही न। उल्टे उसे दबा और लेवे हैं।

सरना चाचा फीकी हंसी हंसे–अभी बालक ही तो है वो भी।

–फिर उसे राय देने से क्या फायदा? रमेसर ने कहा। ठाकुर से हुई अपनी भेंट उसे याद आ गई।

–अब इस वक़्त ये सब छोड़ो...। सरना चाचा ने कहा–जाओ काम-धाम करो।

ननकू ने घर आकर आशा को बतलाया तो वह फूट-फूट कर रोने लगी और देर तक कलपती रही।

उस शाम अन्न का एक दाना भी ग्रहण नहीं किया उसने।

रात्रि भोज से निवृत्त होकर वह ननकू के पास आयी और दृढ़ स्वर में घोषणा की–कल से मैं भी स्कूल नहीं जाऊंगी।

ननकू ने सुना और चुप्पी थामे रहा।

रात गहरा रही थी। चारों ओर एक अजीब-सी मनहूसियत बिखरी थी।

आशा कुछ पल अपने पिता की प्रतिक्रिया हेतु खड़ी रही और फिर अपनी कोठरी में वापस लौट आई।

उसने कापी निकाली जिस पर संवाद अंकित थे।

–घर आना...।

दिन भर वह प्रतीक्षा करती रही थी। आज भला वह कैसे आता...?

बिस्तर में चेहरा छिपा कर वह बुरी तरह फफक पड़ी।

4

इस बार आम की फसल बहुत अच्छी हुई थी। ठाकुर के बाग आम के फलों से लदे हुए थे। पूरा क्षेत्र आम की खटमिट्ठी सुगन्ध से महक रहा था। आते-जाते लोग विशेषकर बच्चे इन फलों का लोभ संवरण नहीं कर पाते। जब तक ठाकुर अलबेल सिंह जीवित रहे उन्होंने बाग के फल कभी नहीं बेचे। फल बेचना उन्हें अपनी प्रतिष्ठा के अनुरूप नहीं लगता था। जो फसल होती उसे हाकिमों, सगे सम्बन्धियों, मित्रों और कारिन्दों में बंटवा देते। पर जब राघवेन्द्र बड़े हुए तो एक बार उन्होंने पिताजी को बाग का ठेका देने का सुझाव दिया था। इस पर वह बुरी तरह बिगड़ गये–बाग अपने शौक, खाने-पीने के लिए लगाया जाता है, कारोबार करने के लिए नहीं। फिर क्या हमारी यह औकात है कि ठाकुर अलबेल सिंह के बाग का फल बाजार में बिकने लगे। ईश्वर न करे ऐसा दिन भी कभी हमें देखना पड़े।

राघवेन्द्र सिंह अपने पिता के मत से सहमत नहीं थे लेकिन उनके जीते जी, उनकी आज्ञा पालन आवश्यक था। किन्तु पिता के निधन के बाद उन्होंने बाग की फसल बेच डाली। अपने परिवार और परिचितों के खाने के लिए कुछ पेड़ अवश्य रख लिए। अब यह बाग ठाकुर परिवार की आमदनी का खासा हिस्सा है।

आम का पहला डोला आया तो ठकुराइन रह-रह कर मनोज को याद करती रहीं। एक पेटी आम मनोज के पास भेजने के लिए जिद करने लगीं। जब हरपाल सिंह ने इससे इनकार कर दिया तो रोने धोने लगीं–कितने शौक से आम खाता है मनु। सुना है वहां तो आम होता ही नहीं है। लंगड़ा, दशहरी को तो लोग जानते ही नहीं।

–आम सब जगह मिलता है। नई-नई किस्में हैं। बाजार में क्या चीज नहीं है। ठाकुर ने समझाया।

–बाजार से खरीद कर बड़ा खायेगा वह, वह भी दूध फल जैसी चीज...। अपने बेटे को न जानो आप...। वह तुनक कर बोली।

–भागवान, हॉस्टल में सब मिलता है, मौसमी फल भी दिये जाते हैं। आखिर खाने का पन्द्रह सौ लेते हैं।

–अब मुझे न बताओ यह...। मुझे सब मालूम है। एक केला, सेब या संतरा पकड़ा देते हैं...। क्या खायेगा कोई ...? और यहां डालियां भरी पड़ी हैं...। उनका स्वर रुआंसा हो चला।

–तो क्या आम की पेटी भेजूं बंगलौर? जानती हो जित्ते का आम नहीं, उससे कहीं ज्यादा पैसे भेजने में लग जायेंगे। और वो भी भरोसा नहीं कि पहुंचते-पहुंचते खाने लायक रहेंगे या नहीं...।

–जब आदमी दो दिन में पहुंच जाता है तो पेटी नहीं पहुंचेगी...?

–तुम्हें कुछ मालूम भी है या बेवजह बहस कर रही हो। सामान पहुंचने में दो-तीन हफ्ते भी लग जाते हैं।

ठकुराइन कुछ पल शांत रहीं, फिर बोलीं–कच्चे आम की पेटी भेज दो। कुछ तो खाने लायक बच जायेंगे...। अपने बाग के आम तो खा लेगा मनु...।

ठाकुर हंसने लगे और हंसते हुए बोले–कल को कहियो कि अपनी भैंस का दूध भेज दिया करो...। हॉस्टल में दूध तो सचमुच में अच्छा नहीं मिलता...।

–मैं न जानूं क्या। जाड़ों में आया था तो किसने नहीं टोका। मेरठ वाली चाची की आंखें तो भर आयी थीं...। कितना दुबला गया है। उनकी आंखें भरने लगीं।

–सो तो है...। हरपाल सिंह को भी बेटे की याद सताने लगी–पर भइया, पढ़ने-लिखने वाले बच्चों को बाहर भेजा ही जाता है। फिर आदमी जहां रहता है वहीं का खान-पान करता है। बंगलौर यहां रखा है। रुड़की में पढ़ता होता तो घी, दूध भी भेजता। पर अब चिन्ता क्यों करो...। हफ्ते, दस दिन में तो वह आने वाला है।

–कोई खबर आई है क्या...? ठकुराइन ने पूछा।

–खबर तो नहीं आई अभी...। पर पिछले पत्र में लिखा था कि जून से डेढ़ महीने का अवकाश होगा...। सो आने की सूचना आती ही होगी...।

उन दोनों के चेहरों पर सुख व आह्लाद की लहरें उमड़ने लगीं। ठकुराइन ने अपने दोनों हाथ जोड़कर ईश्वर को याद किया।

अब रात-दिन उन्हें मनोज के संदेश की प्रतीक्षा थी। सुबह, शाम ठाकुर से पूछना नहीं भूलतीं–कोई खबर आई...?

नकारात्मक उत्तर मिलने पर अन्दर तक दुखी अनुभव करतीं और पैर पटकते हुए मुड़कर चली जातीं।

दिन लगातार लम्बे होते जा रहे थे। भोर में चलती मंद बयार जीवन में एक नई स्फूर्ति भर देती। अलस्सुबह पूरे गांव पर गजब की सक्रियता हावी रहती। छोटे किसान अपने बैल हांकते और बड़े किसान अपने ट्रैक्टरों पर सवार खेतों की ओर निकल जाते। घरों में औरतें चूल्हे, चक्की में लग जातीं और बच्चे मोटे-मोटे बस्ते लटकाए उछलते कूदते-स्कूलों की ओर चल देते। परीक्षाएं अपने अन्तिम दौर में

थीं। हवेली के काम-काज करने वालों से ठकुराइन अक्सर पूछतीं–बच्चों की परीक्षाएं कब खत्म होंगी...?

–का पता मालकिन। ज्यादातर यही उत्तर उन्हें सुनने को मिलता।

काम वाले ठकुराइन के इस प्रश्न पर चकित थे।

–आप रोज-रोज बच्चों के बारे में पूछो...। इमरती ने एक दिन पूछा और फि फि कर हंस दी।

ठकुराइन झेंप-सी गईं। फिर समझाने लगीं–जब सब बच्चों के इम्तेहान खत्म होंगे तभी तो मनु की छुट्टी होगी।

गांव के बच्चों की परीक्षाएं अभी समाप्त भी नहीं हुई थीं कि ठाकुर ने आकर मनोज का तार दिखलाया–परसों आ रहा है तुम्हारा लाडला। यह तार आया है।

–सच्च...। ठकुराइन प्रसन्नता से झूम उठीं। इष्ट देवता को याद कर दोनों हाथ जोड़े और नम आंखों के साथ आर्द्र स्वर में बोलीं–पूरे छह महीने हो गये देखे हुए...।

–तो अब अच्छी तरह देख लेना। गर्मियों की छुट्टियां हैं। डेढ़ महीने घर रहेगा। ठाकुर का स्वर भी उत्तेजना में बह रहा था। अपने बेटे पर उन्हें गर्व था। भले ही दोनों के मध्य कोई विशेष संवाद नहीं था पर पीछे अपने मेधावी पुत्र और उसके सुसंस्कृत व्यवहार की प्रशंसा करते वह नहीं थकते थे।

–किस गाड़ी में आयेगा...?

–परसों सुबह वाली गाड़ी से।

–जीप स्टेशन भेज देना। पिछली बार भूल गये थे। बेचारा बस में चढ़कर आया था। ठकुराइन के स्वर में एक अद्‌भुत चहक थी।

–हां हां भागवान, सारी चिंता तू ही करेगी...। और बस में बैठने से कोई छोटा हो गया क्या...।

–छोटा क्यों होगा...?

ठाकुर हंसते हुए चले गये। ठकुराइन को पचास काम याद आने लगे। मनोज के कमरे की सफाई-धुलाई, नये चादर तकिये का इन्तजाम, कूलर की फिटिंग, शहर से मेवा, मिठाई, फल की खरीदारी और न जाने कितने काम...। पर अगले छत्तीस घंटे काटने में नहीं आते। दिन लम्बे से लम्बा हो जाता और गर्मियों की छोटी रात बीतने का नाम नहीं लेती। ठकुराइन रात-दिन खाने-पीने के कार्यक्रम ही बनाती रहतीं। अगले दिन रात में सोते समय याद दिलाना न भूलीं–जीप के लिए कह दिया न...?

–हां भाई हां। ठाकुर ने झुंझलाकर कहा।

–स्टेशन कौन जायेगा?

–मुंशीजी और उमानाथ...। ठाकुर ने धीरे से कहा और फिर हंस कर

बोले–तुम कहो तो मैं चला जाऊं...।

अपने पति के कथन में छिपे विनोद से ठकुराइन सकुचा-सी गईं।

पूरे गांव में मनोज के आगमन की खबर फैल रही थी। जो भी ठाकुर से मिलता, उसे वह यह बतलाना नहीं भूलते। मनोज पूरे गांव का ही प्रिय था। इंजीनियरिंग करने वाला वह इस परिवार का ही नहीं गांव का पहला बालक था। ठाकुर परिवार का इकलौता पुत्र होने के साथ-साथ अपने सौम्य व मधुर स्वभाव, अध्ययन के प्रति गंभीरता, सभी बड़ों के प्रति सम्मान भाव और निष्कलंक आचरण ने उसे सभी गांव वासियों का प्रिय बना दिया था।

नयनी के साथ चलने के कार्यक्रम से मनोज खासा उत्साहित था। दो दिन की रेल यात्रा, फिर चार-पांच दिनों का साथ... सब कुछ उसे बड़ा अविश्वसनीय लगता। ...इतना कि किसी को बतलाना उसे स्वयं हास्यास्पद लगा...। नयनी तक से उसने इस कार्यक्रम को गुप्त रखने का अनुरोध किया था जिसका कारण वह उसे नहीं समझा पाया।

प्रस्थान का दिन निकट आया तब उसे याद आया कि पिताजी को तार द्वारा सूचित कर दे। एकाएक अपना घर, पिताजी व अम्मा के चेहरे व गांव उसकी नजरों में घूम गये। नयनी का उसके साथ गांव में जाना, घर में रहना...पूरे गांव में घूमना फिरना...। एक कंपकंपी-सी उसके अन्दर उठ खड़ी हुई। नयनी को गांव ले चलने के अपने साहसपूर्ण निर्णय पर वह स्वयं हतप्रभ था। पिताजी क्या सोचेंगे, उनकी क्या प्रतिक्रिया होगी...? कहीं नयनी के सामने ही उग्र न हो जायें, डांट-डपट या फिर मारपीट पर ही न उतर आयें। अभी इन्टर कक्षा तक में एकाध अवसरों पर अपनी पिटाई को वह भूला नहीं था। पिताजी के क्रोध का तापमान जब चढ़ता तो अम्मा भी सहम जातीं। एकाएक हस्तक्षेप करने का भी साहस नहीं करतीं...।

और फिर अम्मा स्वयं भी तो स्तब्ध रह जायेंगी। वह तो पिताजी से भी अधिक पुराने विचारों की हैं। पक्की रूढ़िवादी और कर्मकाण्डी...। अजनबी लड़की का इस प्रकार अपने लड़के के साथ आना और घर पर रहना, उनके लिए तो कहीं अधिक असह्य होगा।

उसे अपना गांव और वहां रहने वाले लोग भी याद आने लगे। नयनी को लेकर उनकी क्या प्रतिक्रिया होगी? ठेठ परम्परावादी व संकीर्ण विचारों वाले लोगों के बीच एक आधुनिक, फैशनेबुल, अपरिचित व अनजान युवती का गांव में घूमना फिरना, किस तरह स्वीकार करेंगे वे ये सब...? कहीं किसी ने पिताजी से कुछ कह दिया तो उनकी प्रतिष्ठा पर सीधी आंच आ सकती है। उसे बचाने के लिए वह कुछ भी कर सकते हैं।

सब कुछ सोचकर नयनी के साथ यात्रा करने का सारा उत्साह ठंडा पड़ने लगा। उसका मन बड़ा उद्विग्न था। किन्तु अब कोई रास्ता भी नहीं सूझता।

उधर नयनी इस कार्यक्रम से अत्यन्त प्रसन्न व उत्साहित थी। जब मिलती अपने आह्लाद का प्रदर्शन करने से नहीं रोक पाती...।

–आयम सो एक्साइटेड। यात्रा के दिन उसने कहा–इट्स ड्रीम कम ट्रू...।

मनोज ने चेहरे पर मुस्कान लाने का प्रयास किया। उसे भय था कि कहीं नयनी उसके अन्तस की बेचैनी व अकुलाहट को न ताड़ ले।

–बोलो न मनोज...। तुम्हें अच्छा लग रहा है? नयनी ने पूछा।

–अफकोर्स...। मनोज ने अपने स्वर में स्वाभाविक चहक लाने का प्रयास किया–इट शैल बी वन्डरफुल...।

–लौंग जर्नी...। लवली विलेज, ग्रीन फील्ड्स, एलयुरिंग नेचर...। नयनी कल्पनालोक की स्वप्निल दुनिया में खोई हुई थी जहां सब कुछ बड़ा लुभावना व रोमांचक था।

मनोज को कई बार लगा कि वह उसके मां-पिताजी के बारे में कुछ पूछने जा रही है। शायद वह चाहता भी यही था जिससे अपने परिवार व गांव की स्थिति से नयनी को परिचित करा कर मन के बोझ को हल्का कर सके। उत्तर देने के लिए बार-बार वह अपने को तैयार करता। किन्तु नयनी उसकी मनःस्थिति से पूरी तरह बेखबर थी।

नयनी की इस स्थिति पर कभी वह मुग्ध होता तो कभी दुखी...।

कोई व्यक्ति मित्र की भावनाओं से पूरी तरह उदासीन कैसे रह सकता है, मनोज रास्ते भर सोचता रहा। जिस दिन से यह कार्यक्रम बना है मनोज के अंदर उलझन और द्वन्द्व का बवंडर उठ खड़ा हुआ है। और नयनी को इसका तनिक भी अहसास नहीं है। न ही एक बार भी उसने उसके घर वालों के सम्बन्ध में कोई प्रश्न किया था...। क्या इस यात्रा को लेकर उसके मन में कोई दुविधा नहीं है? क्या अपने सहपाठी के अपरिचित घर में अनजान लोगों के मध्य जाना उसके लिए बड़ी सामान्य व साधारण बात है? सोच-सोच कर वह परेशान हो चला था। उसके मस्तिष्क के तंतु पूरी तरह अस्त-व्यस्त हो गये। बौखलाहट इस सीमा तक पहुंच गई कि उसके सोचने-समझने की सामर्थ्य ही मानो चुक गई थी। तब सब कुछ भूलने का प्रयास करने लगा वह। 'जो होगा देखा जायेगा...।' की भावना उसके हृदय को थामे रही।

मनुष्य के हृदय में संयम, धैर्य, साहस, चिंता और सहनशीलता की एक सीमा है। और उसके बाद स्वतः एक शून्यता चारों ओर फैल जाती है। आदमी के अंदर एक वीतराग बजने लगता है और तब वह इन सब दुश्चिन्ताओं से ऊपर उठने लगता है।

मनोज भी इसी मनःस्थिति में पहुंच गया था। वह स्वयं से तर्क कर चुका था—कौन अपराध कर रहा हूं...? कौन सा गलत काम किया है मैंने...? जब मन में कोई चोर नहीं है तो फिर किस बात का भय...? अभी तक नयनी का हाथ तो छुआ नहीं था और सच तो यह है कि ऐसा कोई भाव भी उसके अंदर नहीं आया था। भले ही अकेले यात्रा को लेकर अनेक कल्पनाएं उसके अंदर उमड़ती-घुमड़ती रही थीं।

स्टेशन पर उमानाथ को उसने दूर से ही देख लिया था जिससे वह आश्वस्त हुआ कि उसके आने की सूचना पिताजी को मिल चुकी है। गाड़ी रुकने पर उसने सामान बाहर निकाला ही था कि मुंशीजी और उमानाथ उसके पास चले आये।

—राम राम भइयाजी...। दोनों ने पास आकर एक साथ कहा।

बंगलौर के अंग्रेजी वातावरण के बाद एकाएक घर के लोगों का 'राम-राम' उसे तनिक अटपटा-सा लगा।

—यह मुंशीजी हैं और यह उमानाथ...। दोनों घर पर काम करते हैं। उमानाथ ने तो मुझे बचपन में गोद में भी खिलाया है। मनोज ने कहा और धीरे से हंस दिया।

मुंशीजी और उमानाथ ने विस्फारित नेत्रों से नयनी को देखा और काफी देर टकटकी बांधे देखते ही रहे—कसी पैंट शर्ट पहने शहरी लड़की को इतना करीब से वे शायद पहली बार देख रहे थे। उनकी आंखों में अजब-सी बेचैनी थी। मस्तिष्क की नसें जैसे चटक रही थीं।... भइयाजी के साथ यह कौन लड़की है? ठाकुर साहब ने तो केवल भइयाजी के आने की बाबत बतलाया था। कहीं भइयाजी ने विवाह तो नहीं कर लिया जिसकी सूचना ठाकुर साहब को भी न हो...? यदि मालकिन को यह जानकारी होती तो उन्हें इस तरह स्टेशन न भेज दिया होता। और यदि भइयाजी ने वास्तव में ठाकुर साहब की आज्ञा के बिना विवाह किया है तब तो यह महापाप है, परिवार के लिए घोर अनिष्ट का सूचक...।

मनोज उनकी दुविधा को ताड़ गया।

—यह नयनी है। मेरे साथ पढ़ती हैं। हमारा गांव घूमने आयी हैं।

—बहनजी नमस्ते...। अब दोनों ने झुककर अभिवादन किया। नयनी उनके सम्बोधन पर हौले से मुस्करा दी।

स्टेशन से घर का लगभग एक घंटे का सफर था। कस्बा पार करके गांव के रास्ते पर जीप चलने लगी। पहले सड़क पतली हुई और फिर पूरी तरह इकहरी...। दोनों ओर पके गेहूं के खेत तैयार खड़े थे। कहीं-कहीं फसल काटी जा रही थी।

—यह कौन-सी फसल है? नयनी ने पूछा तो उमानाथ ने सिर पीट लिया और मुंशीजी की ओर देखने लगा।

—व्हीट...। मनोज ने उत्तर दिया—इस समय गेहूं की फसल तैयार हो जाती

है। ये ढेर उसी फसल के हैं।

प्रश्नों का क्रम जारी रहा। खेती बाड़ी के बारे में, गेहूं की बुआई, कटाई के सम्बन्ध में, फसल, पेड़ पौधों के बारे में ...। उसका पूरा ध्यान इसी पर केन्द्रित था। आम के बाग को देखकर तो ऐसा लगा जैसे वह चलती जीप से ही कूद पड़ेगी।

–कांट वी स्टाप फार ए व्हाइल...? वह किलकते स्वर में बोली।

–नयनी, यू विल हैव एनफ आफ आल दिस। घर पर मेरी मदर वेट कर रही होंगी। वैसे भी ट्रेन लेट हो गयी है। घर जाने के बाद घूमने चलेंगे...।

–ओह, आयम सॉरी...। यू नो, मैं कितनी एक्साइटेड हूं...।

अम्मा का संदर्भ आने से मनोज उनकी याद में डूबने लगा। पापा का सख्त चेहरा फिर उसकी आंखों के सामने तैर गया...। एकाएक उसके हृदय में एक हौला सा उठ खड़ा हुआ...। धड़कनें तेज हो गईं। क्या कहेगा वह...? नयनी का कैसे परिचय करायेगा...? वह शब्दों का संयोजन करने लगा–अम्मा, यह मेरी दोस्त है...। नहीं, दोस्त सुनकर ही अम्मा, पिताजी उखड़ जायेंगे–फिर सहपाठिन कहना उचित होगा, हां, मेरे साथ पढ़ती है...।

पर क्या नयनी को यह परिचय खराब नहीं लगेगा? कितना अजनबीपन और अलगाव है इसमें...। साथ पढ़ने वाले विशेषकर लड़कियां, इस तरह पुरुषों के घर रहने नहीं जाया करतीं...। भारतीय समाज में स्त्री पुरुष मित्रता की धारणा अभी कहां परिपक्व हो पाई है...। बिना पारिवारिक सम्बन्धों के इस तरह एक लड़की का अपने पुरुष सहपाठी के घर चले आना...। फिर आने का उद्देश्य...। आई वांट टू सी विलेजेस...। नेचर...। हां, यही कहा था नयनी ने...।

नयनी के साथ अपना कार्यक्रम उसने काफी गुप्त रखा था। केवल सुनील को इस कार्यक्रम की जानकारी थी। उससे छिपाना संभव भी नहीं था...। मनोज का घनिष्ठ मित्र तो था ही वह, आगरा का निवासी होने के कारण उसे भी इस गाड़ी से आना था।

सुनील ने सुना तो चौंक गया–क्या तेरे साथ गांव जायेगी...? गांव देखने...? बेतहाशा हंसने लगा वह...।

–यार, उसने खुद कहा है। वो गांव, वहां के जीवन, खेत-खलिहान, प्रकृति को करीब से देखना चाहती है।

सुनील अब और जोर से हंसने लगा और देर तक हंसता रहा।

–तू हंस क्यों रहा है? मनोज ने झुंझलाकर पूछा। ये वो दिन थे जब वह नयनी की यात्रा को लेकर वैसे ही उलझन में जकड़ा हुआ था।

–तेरे साथ गांव देखने तो ऐसे जा रही है जैसे राइनोस देखने कोई आसाम जाये जो कहीं और नहीं पाये जाते...।

–मतलब...? मनोज चिढ़ कर बोला।

–मतलब यह कि गांव क्या यू.पी. में ही हैं। बैंगलौर के आस-पास गांव नहीं हैं। भारत तो देश ही गांवों का है। उसे देखने कोई दो हजार कि.मी. का सफर नहीं करता या तेरा गांव कोई अजूबा है।

मनोज को कोई उत्तर नहीं सूझा। वह जानता था कि यह प्रश्न सार्थक है और इसके उत्तर के लिए उसे मानसिक रूप से तैयार रहना ही चाहिए।

–बता यार, कोई गांव देखने इतनी दूर क्यों जायेगा। फिर तेरे घर वालों से उसका कोई परिचय नहीं है जो यह सोचा जाये कि उनके पास रह कर उसे अच्छा लगेगा...। सुनील ने कहा।

–यही सवाल तो मैं तुमसे पूछ रहा हूं।

–मुझे लगता है तुम दोनों में कोई लफड़ा है, छुट्टियों में अलग नहीं होना चाहती वह। अर्थपूर्ण ढंग से मुस्कराने लगा सुनील।

–पागल हुआ है। ऐसा कुछ नहीं है। फिर कौन पूरी छुट्टियां वह मेरे साथ रहेगी। अगले सण्डे को नागपुर के लिए उसका रिजर्वेशन है।

–ठीक है... पूरी छुट्टियां नहीं... पर जितने दिन रह सके...।

–तू मजाक मत कर...। मनोज ने उसे झिड़का और फिर सोचकर बोला–दरअसल मैं अक्सर अपने गांव की तारीफ किया करता था। यार, हमारा गांव सामान्य गांवों से कहीं अच्छा है भी। पक्की सड़कें, सोना जैसी जमीन, लहलहाती फसलें, हो सकता है उससे प्रभावित हुई हो वह। हां, मुझे यह जरूर लगता है कि वह नेचर की दीवानी है...शी लव्स नेचर। शायद इसीलिए उसने घूमने का मन बना लिया हो...।

–हो सकता है, तू ठीक सोचता हो...। बेस्ट आफ लक...। कहकर उसने एक हाथ मनोज की पीठ पर जमाया और हंसते हुए चला गया था।

जैसे-जैसे गांव निकट आ रहा था उसकी धड़कनें बढ़ने लगीं। नयनी की कोई टिप्पणी अब उसे समझ में नहीं आ रही थी। केवल अम्मा, पिताजी के चेहरे आंखों के सामने तैर रहे थे।

काश वह नयनी को संभावित संकट के लिए तनिक सचेत कर पाता, काश नयनी उसकी दुविधा को भांप कर वे कोई रणनीति तैयार कर पाते; काश वह पिताजी को नयनी के आगमन की पूर्व सूचना दे पाता, काश अम्मा से ही नयनी के बारे में कुछ बतला पाता जिससे कम से कम वह उसका समर्थन करतीं, अथवा काश सुनील भी उसके साथ गांव तक आया होता और उन्हें एक आवरण देने में सहायक होता...।

काश के आकाश में वह पूरी तरह खो गया।

उसका सिर फटने लगा...।

पहली बार घर पहुंचने का सारा उत्साह न जाने कहां गुम हो गया था।

पहली बार अम्मा-पिताजी के चेहरों को अपने मस्तिष्क से दूर करने के लिए वह लगातार संघर्षरत था।

पहली बार घर की यह यात्रा अंतहीन होने की कामना उसके अंदर पनप रही थी।

पूरे चार दिन ठाकुर परिवार के साथ रहकर नयनी ने वहां से विदा ली। ठाकुर हरपाल सिंह और उनकी पत्नी ने राहत की सांस ली। ऐसा लगा मानो उनके ऊपर से कोई भारी संकट टल गया हो। उस दिन ठकुराइन ने शीतला माता का व्रत रखा और प्रातः से सांय तक पूजा-अर्चना करती रहीं। ऐसा आभास होता था मानो ग्रहण का साया उस परिवार के ऊपर उठ गया हो...। ठाकुर साहब भी अपने बचपन के मित्र चौधरी भोपाल सिंह के पास सुबह ही निकल गये और रात देर तक लौटने को कह गये। ठकुराइन ही नहीं, घर के सब कारिन्दे और पूरा गांव जानता है कि भोपाल सिंह के यहां जाने का क्या अर्थ है...। जी भर के मदिरा सेवन, गरिष्ठ मांसाहारी भोजन और कभी-कभार मुजरे आदि की व्यवस्था...। बढ़ती उम्र के साथ अब चौधरी के यहां जाना कम हो गया था पर जब भी जाते सभी शौक पूरे करते। पिछले चार दिनों के तनाव को दूर करने का इससे बेहतर माध्यम भला और क्या हो सकता था?

इन दिनों में ठाकुर परिवार का माहौल बड़ा अजीब-सा रहा...। मरघटी, शांत और तनावपूर्ण...

ठाकुर हरपाल सिंह को ऐसी स्थिति में पहले कभी नहीं देखा गया—न तब जब उनके पिता राघवेन्द्र सिंह का निधन हुआ, न जब वह चुनाव हार गये थे, न तब जब पुलिस का दरोगा उन्हें भट्ठे के मजदूरों के सम्बन्ध में धमकी देकर चला गया था और न ही तब जब उन्हें थाने बुलवाया गया और वह कुछ ले-देकर लौटे थे...।

ठकुराइन स्वयं अंदर तक दुखी थीं। कुछ ही घंटों में पूरे घर का माहौल ही बदल गया था। ठाकुर साहब ने अपना कक्ष बंद कर लिया। केवल उमानाथ को ही उनके कक्ष में आने-जाने की अनुमति थी। सुबह से एक दाना भी मुंह में नहीं डाला था। भोर में एक गिलास चाय का अवश्य लिया था और तब स्नानादि से निवृत होकर बाहर बैठक में बैठकर मनोज की प्रतीक्षा करने लगे। जब उसके आने में विलम्ब हुआ और ठकुराइन ने केतकी को कुछ खाने का सामान लेकर भेजा तो प्यार से झिड़क दिया ठाकुर ने—भइयाजी आ रहे हैं। उनके साथ ही खाना पीना होगा। बहूजी से कह देना तनिक प्रतीक्षा और कर लें।

दिन चढ़ने लगा था। प्रातःकाल की हवा अपनी शीतलता खोकर धीरे-धीरे

गर्म हो रही थी और कुछ ही घंटों बाद लू में परिवर्तित होने जा रही थी। कभी गर्म हवा का अंधड़-सा चलने लगता है। ऐसे में जीप से यात्रा कष्टप्रद हो सकती थी। वैसे भी मनोज बैंगलौर से आ रहा था। उसने लिखा था कि वहां गर्मी ही नहीं पड़ती। सुहावना मौसम बना रहता है...। ज्यादा गर्मी पड़ने पर भी एकाएक बारिश से रात में कम्बल तक ओढ़ने की नौबत आ जाती है। लू का तो प्रश्न ही नहीं है। भले ही मनोज यहां के मौसम का अभ्यस्त है फिर भी लम्बे समय तक एक स्थान पर रहने के बाद मौसम का बदलाव स्वास्थ्य के लिए हानिकारक साबित हो सकता है।

हवेली से दूर तक दिखते रास्ते पर आंखें जमाए बैठे रहे वह। इस बीच जो कोई मिलने भी आया उसे साफ कह देते—भइया, कल-वल को आना। आज मनोज आ रहे हैं।

रह-रह कर निगाह कलाई में बंधी घड़ी पर जाती। गाड़ी में विलम्ब होने की कोई सूचना प्राप्त करने का भी साधन नहीं था हालांकि मुंशीजी को हिदायत दी गयी थी कि यदि गाड़ी चार, पांच घंटों से अधिक विलम्बित हो तो उमानाथ व जीप को वहीं छोड़कर वह लौट आयें। मुंशी के अभी तक न लौटने से उन्हें भरोसा था कि गाड़ी थोड़ी-बहुत ही लेट होगी।

उधर बार-बार ठकुराइन आकर पूछ जातीं—अभी तक नहीं पहुंचे। मुंशीजी की कोई खैर-खबर आयी क्या...?

—आ गये भइया...। धूल उड़ाती जीप दिखलाई पड़ी तो हवेली का पुराना नौकर दीना चीखा और ठकुराइन को सूचित करने भाग कर अंदर चला गया।

कुछ ही पलों में जीप हवेली के सामने आकर रुक गई। ठाकुर हरपाल सिंह उठकर जीप के पास आये और अगली सीट से मनोज के साथ उतरती नयनी को देखकर भौंचक रह गये। उनकी आंखें फट गईं। चेहरा बिगड़ गया। मनोज ने उतरते ही उनके चरण स्पर्श किए किन्तु उनके मुंह से आशीष के कोई शब्द ही नहीं निकले।

ठकुराइन पीछे खड़ी थीं।

नयनी को देखकर दांत में उंगुली दबाकर परेशान-सी मनोज और फिर अपने पति को देखने लगीं।

—पिताजी, यह मेरी क्लास फैलो नयनी है...। मनोज ने सहमे स्वर में कहा...।

उसका हृदय धौंकनी की तरह बजने लगा। अपने चेहरे के हाव-भाव सामान्य रखने के लिए वह भरसक प्रयासरत था।

—नयनी, मेरे पिताजी और मम्मी...। अम्मा उसके मुंह से एकाएक नहीं निकला।

नयनी ने हाथ जोड़कर उन दोनों से नमस्ते की। ठाकुर और उनकी पत्नी

को तो मानो सांप सूंघ गया था। उनके पैर जड़ हो गये थे। एकबारगी ठाकुर ने सवालिया नजरों से अपनी पत्नी की ओर देखा लेकिन उसके चेहरे पर भी वही उलझन देखकर वह किंकर्तव्यविमूढ़ से कुछ पल स्तम्भित से खड़े रहे। अपने बेटे के साथ एक अपरिचित लड़की को देखकर उनके मस्तिष्क की नसें चटखने लगीं। क्षणांश में सैकड़ों प्रश्न उनके मस्तिष्क में घूम गये। सिर पर चढ़ता सूरज और उसकी तेज किरणें उनमें एक ज्वार-सा पैदा करती गईं। अपने को जब्त रखना कितना भारी पड़ रहा था उन्हें। जिह्वा जैसे पक्षाघात का शिकार हो गई थी।

उधर ठकुराइन को चारों तरफ अनिष्ट ही अनिष्ट दिखलाई देने लगा। यह मनोज ने क्या किया–हमारी अनुमति के बिना परदेस में विवाह...। पास पड़ोसी औरतें कहा करती थीं–ठकुराइन, लड़के को अपने से ज्यादा दूर मत रखना। बिगड़ते देर नहीं लगती। शहर की हवा लगी नहीं मानो निकला हाथ से...। शहर की लड़कियां बड़ी तेज होती हैं। ऐसे अच्छे लड़के को तुरंत फंसा लेती हैं...। उनका दिल भरने लगा। आंसू गले में अटकने लगे। ऐसा लगा न जाने कितने कांटे उग आये हों...। उन्हें लगा कि वह गिर पड़ेगी। वह मुड़ कर तेज कदमों से अंदर चल दी और उनकी रुलाई फूट पड़ी।

–आओ नयनी...। मनोज के लिए यह अप्रत्याशित नहीं था। पिछले दस दिनों से वह अपने को इस अवसर के लिए तैयार कर रहा था।

पिताजी से नजरें चुरा कर वह नयनी के साथ अंदर चला गया।

ठाकुर क्रोध व अपमान से थर-थर कांपने लगे। पूरा बदन पसीने से तर-बतर हो गया। मन में आया कि अंदर जाते मनोज पर झपट पड़ें और पूछें कि यह सब क्या तमाशा है। उसके दुस्साहस पर वह दंग थे। और वह लड़की–मनोज के साथ घर में ऐसे चली गई जैसे उसका अपना घर हो...। उनके दिमाग में अंगारे दहक उठे, समझ में नहीं आया कि एकाएक क्या करें।

बेजान कदमों से वे पीछे मुड़े और बैठक में पड़े पुराने सोफे में आकर धंस गये। सौभाग्य से बिजली चालू थी और पंखा अपनी पूरी रफ्तार से चल रहा था। उन्होंने आंखें बन्द कर लीं और सिर पीछे लुढ़का दिया। काफी देर वह यों ही पड़े रहे।

–सरकार पानी...। दीना पानी का गिलास लिए खड़ा था।

उनका गला जल रहा था। उन्होंने पानी का गिलास मुंह में लगाकर उसे खाली कर दिया।

–और लाऊं...?

दीना उनकी स्थिति को समझ रहा था। वह कुछ नहीं बोले। दीना लौट गया और कुछ ही देर में पानी का दूसरा गिलास ले आया।

उन्होंने उसे भी पी लिया। लेकिन पानी की ठंडी लहर अंदर धधकती ज्वाला

को कहां बुझा पाती? एक बार फिर उन्होंने तौलिये से अपने हाथ और मुंह पोंछे।

—भइया को मेरे पास भेज...। क्रोध से कांपते स्वर में उन्होंने कहा और आंखें बंद कर लीं।

नयनी को लेकर मनोज सीधे अपने कमरे में आ गया। उमानाथ को वह रास्ते में ही समझा चुका था कि नयनी का सामान उसके कक्ष में और उसकी अटैची अम्मा के कमरे में पहुंचा दे। कमरा साफ सुथरा था। अम्मा ने सब कुछ करीने से सजाया-संवारा था। देखकर उसे बहुत अच्छा लगा। मन ही मन उसने अम्मा को धन्यवाद दिया। अभी तक वे शांत थे। पिताजी और अम्मा का व्यवहार नयनी को जरूर खला होगा, वह सोचने लगा। तभी न वह नयनी को इसके लिए मानसिक रूप से तैयार करना चाहता था लेकिन उसने इसका अवसर ही नहीं दिया। शायद नयनी इस सबको समझती हो, इसलिए उसने पूछने की आवश्यकता ही न समझी हो। बहरहाल जो कुछ होना था, वह हुआ। उसे लगा उसने एक सीढ़ी पार कर ली है।

—काफी थक गई होगी...? कुर्सी पर बैठते हुए उसने कहा—नहाने से पहले कुछ लोगी...?

—कुछ नहीं। जस्ट कोल्ड वाटर। नयनी ने धीरे से कहा।

वह जानता था कि नयनी चाय नहीं पीती थी और घर में कॉफी की उपलब्धता संदिग्ध थी। जाड़ों में वह अपने लिए कॉफी मंगाया करता था।

केतकी पानी के दो गिलास और एक प्लेट में बर्फी रखकर तुरंत चली गई। दोनों ने बर्फी का एक-एक टुकड़ा लिया और पानी पी लिया।

—यह बराबर में बाथरूम है। तुम नहा कर फ्रेश हो लो तब तक मैं मम्मी पापा से मिल लूं।

—ओ के बॉय...। नयनी ने मुस्करा कर कहा।

वह चल दिया और फिर बोला—चाहो तो दरवाजा बंद कर लो। वैसे कमरे में कोई आयेगा नहीं...।

नयनी केवल मुस्कराती रही। चलते-चलते वह फिर रुका—और हां, नहा धोकर ब्रेकफास्ट करते हैं।

नयनी ने अब भी कुछ नहीं कहा और मुस्करा दी।

बाहर ही दीना खड़ा था।

—मालिक याद कर रहे हैं।

—चलो...। आता हूं...।

मनोज के हृदय को झटका सा लगा। वह अपने को संतुलित व संयत रखने का असफल प्रयास कर रहा था। पिताजी के सामने बोलने वाले वाक्यों को वह पिछले तीन दिनों में कई बार दोहरा चुका था। पर उनका सामना करने का साहस वह अब भी नहीं बटोर पा रहा था। पिताजी के सामने कुछ बोलना या प्रतिवाद करना उसकी कल्पना से परे था। एक कंपकंपी उसके अंदर उठती चली गई। उसका हृदय बुरी तरह धड़कने लगा। पिताजी से भेंट करने के पूर्व अम्मा से बात करना जरूरी लगा उसे। अम्मा उसका संबल थीं। ऐसे अवसरों पर अम्मा ही उसकी रक्षा में खड़ी होती थीं। लेकिन इस प्रकरण में अम्मा भला क्या कहेंगी...। उससे बिना कुछ बोले वह अंदर चली गई थीं। उनके रुदन कर स्वर उसके कानों में पड़ रहा था।

वह सीधे ठकुराइन के कमरे में घुसा। ठकुराइन पलंग पर बैठी थीं–जड़, विस्फारित नेत्रों से शून्य में ताकती हुई।

उसने झुककर उनके पैर छुए...।

अम्मा ने उसके सिर पर हाथ रखा और फफक-फफक कर रोने लगीं।

मनोज की आंखों में भी आंसू आ गये।

–अम्मा, इस तरह क्यों रो रही हो...?

अम्मा अब भी रोती रहीं। उनकी सिसकियां तेज होती चलीं और वह मनोज के कंधे पर झुक गईं।

कमरे में घुटन सी छाने लगी। अम्मा अक्सर बिना पंखे के ही बैठने की आदी थीं। वे दोनों पसीने से चूर हो गये थे। कमरे में पसीने का भभका उठ रहा था। मनोज का मन हुआ उठकर पंखा चला दे किन्तु अम्मा अभी भी उसके कंधे पर सुबक रही थीं।

–अम्मा, बात क्या है? इस लड़की के कारण रो रही हो?

अम्मा ने सिर उठा कर अब उसकी ओर देखा...। उनकी आंखें आंसुओं से लबालब थीं।

–बिना कुछ बात किये, बिना कुछ पूछे जाने, यह सब करना ठीक है क्या?

अम्मा ने उसकी ओर बड़ी सख्त नजरों से देखा जिसमें भरपूर क्रोध, पूरा अधिकार और पिघली ममता थी।

मनोज को अब अच्छा लगा।

–कौन है यह लड़की...? अम्मा ने रुआंसे स्वर में पूछा।

–मेरे साथ पढ़ती है। अच्छी, भली लड़की है। गांव देखना चाहती थी तो दो-चार दिन के लिए मेरे साथ चली आयी...।

अम्मा अविश्वास भरी दृष्टि से उसे देखती रहीं। उनका चेहरा धीरे-धीरे निर्मल हो रहा था। तभी मनोज उठकर पंखे का स्विच आन कर आया। हवा चली

तो उसे अंदर तक ठंडक का अहसास हुआ।

–सच कहता है? अम्मा ने पूछा।

–तो फिर झूठ बोलूंगा। अम्मा उसने यहां चलने को कहा तो मैं क्या कहता, कैसे मना करता। हां, चार दिन रह कर चली जायेगी।

–पर बेटा, इस तरह घर पर उसे लाना, लोग क्या सोचेंगे...। फिर तुझे पिताजी का भय नहीं लगा।

'पिताजी...।' मनोज उनकी बुलाहट को जैसे भूल रहा था। संयत होते उसके अन्तस को करेंट सा लगा।

–अम्मा, सब याद था। पर क्या करता। इतना समय ही नहीं था कि पत्र भेज कर सूचित कर पाता। तार में लिखने वाली बात थी नहीं...।

अम्मा एकाएक कुछ नहीं बोलीं। उधर मनोज के ऊपर पिताजी का भय हावी होने लगा। अपनी आज्ञा के अनुपालन में इतना विलम्ब उन्हें कभी बर्दाश्त नहीं था। ऐसे में उनका पारा चढ़ जाता। उनका स्वर पूरी हवेली में गूंज उठता। मनोज को ऐसे अवसरों का सामना कम ही करना पड़ा था क्योंकि पिताजी की आज्ञा का पालन करने में संकोच अथवा विलम्ब का कोई प्रश्न ही कभी उसके अंदर नहीं उठा था। हां, एक अवसर को वह कभी नहीं भूल पाता। वह प्रथम श्रेणी में इंटर की परीक्षा उत्तीर्ण कर चुका था। इंजीनियरिंग की दो प्रवेश परीक्षाओं में वह बैठा था किन्तु सफल नहीं हो सका। उसके अंदर इंजीनियर बनने का कीड़ा रेंग रहा था। वह चाहता था कि पिताजी उसे बंगलौर भेज दें किन्तु ठाकुर हरपाल सिंह इंजीनियरिंग के अध्ययन को इतना आवश्यक नहीं समझते थे कि अपने इकलौते बेटे को घर से हजारों कि.मी. दूर पढ़ने भेजें। उन्होंने उससे पास के डिग्री कालेज में बी.एस.सी. में प्रवेश लेने के लिए कहा। प्रवेश की अन्तिम तिथि आ गयी लेकिन मनोज कालेज से फार्म लेने तक नहीं गया था। ठाकुर को पता चला तो बाहर बनी बैठक से ही बुरी तरह चीखने-चिल्लाने लगे। पूरी हवेली जैसे कांप गई। ठकुराइन भागी-भागी मनोज के पास आईं जो एक कोने में दुबका पड़ा था और उसे जल्दी-जल्दी तैयार कराकर कालिज जाकर फार्म भरने के लिए भेज दिया। काफी देर बाद लौटने पर भी पिताजी के गुस्से में कोई कमी नहीं दिखलाई दी थी। वह सामने पड़ा तो वे उबल पड़े–एक महीने से कह रहा था कि फार्म भर दे, तुझे आज समझ में आया जब अन्तिम दिन था। इन्टर पास कर लिया तो दिमाग खराब हो गया है। मां-बाप के कहने का कोई असर नहीं...। अभी दो हाथ पड़ेंगे तो दिमाग ठिकाने लग जायेगा...।

फार्म भर कर वह बहुत दुखी था। तब अपने विद्यालय के प्राचार्य से मिलकर उसने पिताजी को समझाने को कहा था। प्रधानाचार्य का लड़का बैंगलौर से इंजीनियरिंग पास कर चुका था। उन्होंने समझाया-बुझाया तो ठाकुर की समझ में

आ गया और मनोज को बंगलौर भेजने के लिए राजी हो गये।

—अम्मा, तुम भी चलो मेरे साथ...। मनोज बुरी तरह आतंकित अनुभव कर रहा था।

—न, तू जाकर मिल। मैं वैसे भी इस मामले में नहीं पड़ सकती। हमारा बेटा एक जवान लड़की को घर ले आये, किस-किस को समझाऊंगी मैं। तूने न अपने परिवार की इज्जत का ख्याल किया और न पिताजी की प्रतिष्ठा का...। लड़की ने कहा और उसे लेकर चल दिया...। ठकुराइन पर क्रोध हावी होने लगा।

—अम्मा धीरे बोलो, बराबर के कमरे में है वह...। यह सब तमाशा देखकर क्या सोचेगी...।

—तुझे उसके सोचने की चिन्ता है और हमारे बारे में कोई विचार तेरे अंदर नहीं आया। अम्मा ने स्वर को तनिक धीमा किया पर उनके तेवर पूरी तरह चढ़े हुए थे।

—अम्मा, मैं हाथ जोड़ता हूं। कम से कम तुम तो बेटे की इज्जत से न खेलो। पिताजी काफी नहीं हैं क्या...? उसका स्वर रुआंसा हो चला, दिल भर आया, लगा आंखें बहने लगेंगी।

वह मुड़कर बाहर चला गया। अस्फुट-सा विद्रोह उसके अंदर कुलबुला रहा था। कितनी संकीर्ण मानसिकता से ग्रस्त हैं ये लोग...? नयनी को घर लाया हूं किसी गलत स्थान पर तो नहीं ले गया। अगर मन में इतना ही चोर होता तो यहां लेकर क्यों आता...। कालिज में तो लड़के लड़कियों के सम्बन्ध मां-बाप को सालों साल पता नहीं चलते और विवाह करने पर ही वे इन्हें जाहिर करते हैं। गुपचुप ढंग से मिलना, तमाम बहानों से इधर-उधर साथ जाना और झूठ व आडम्बर के पुलिन्दों के बीच में जीना...। झूठ अकेला कहां रहता है, अपने साथ अपने साथियों का कारवां लेकर चलता है।

मनोज को लगा कि इस मामले में उसने सचमुच मूर्खता प्रदर्शित की है।

पिताजी ने बैठक को बाहर से बंद कर रखा था जो केवल रात में अथवा दुर्लभ अवसरों पर ही बंद की जाती है। दालान की तरफ खुलने वाला दरवाजा भी भिड़ा हुआ था। कमरे में बत्ती गुल थी और बाहर की चमकती धूप के बाद एकाएक प्रवेश करने पर चारों तरफ अंधेरा-सा नजर आ रहा था।

—जी पिताजी...। तख्त पर बैठे ठाकुर साहब के सामने वह खड़ा हो गया।

पिताजी का चेहरा साफ नजर नहीं आ रहा था। फिर भी पिताजी की सख्त नजरें उसे अपने चेहरे पर गड़ी महसूस हो रही थीं।

कुछ पल वहां चुप्पी छाई रही। मनोज एक अपराधी की भांति वहां जड़वत खड़ा रहा। उसके हृदय की धौंकनी बज रही थी। वह खड़ा-खड़ा कांपने लगा।

—यह किस लड़की को साथ में लाया है तू...? चुप्पी को भेदते कर्कश स्वर

में बोले ठाकुर।

भयाक्रान्त हृदय पर जैसे जोर से चोट लगी हो। उसका मस्तिष्क जैसे शून्यता के धरातल में चला गया।

—पिताजी, मेरे साथ पढ़ती है...। सधे स्वर में उसने उत्तर दिया।

—साथ पढ़ती है तो यहां कैसे आ गई...?

मनोज का गला सूखने लगा। उसने थूक गटक कर उसे तरल किया और जो ठकुराइन से कहा था, वह दोहरा डाला।

—बारहवीं पास करके चार दिन से बाहर रहने लगा तो अपने पिता को पाठ पढ़ाने लगा। ठाकुर का क्रोध बढ़ने लगा और उसी अनुपात में उनका स्वर भी—बैंगलौर कोई विलायत है जो अनजानी लड़की किसी भी लड़के के साथ घूमने चल दे। हमने बड़ी दुनिया देखी है। बाल धूप में सफेद नहीं हुए हैं। सच-सच बता क्या चक्कर है?

अब मनोज बुरी तरह घबरा गया। वह क्या उत्तर दे। पिताजी के सामने कभी इतना बोलने का साहस भी तो नहीं किया था। थर-थर कांपने लगा वह। सामने का अंधेरा भी अब छंट गया था और पिताजी का तमतमाता चेहरा उसे साफ नजर आ रहा था।

—उसे यहां लाने की हिम्मत कैसे की तूने? या यहां से बाहर जाकर मां-बाप का सम्मान, परिवार की प्रतिष्ठा और संस्कार सब भूल गया तू...।

यद्यपि बैठक घर से बाहर थी और अंदर के कक्षों और बैठक के बीच लम्बा चौड़ा दालान था, पर मनोज को लगा कि अब पिताजी की आवाज अंदर तक अवश्य जा रही होगी। यह सब सुनकर कैसा अनुभव करेगी नयनी, सोचकर ही वह शर्म से जमीन में गड़ने लगा। किन्तु पिताजी को रोक पाना उसके बस में कहां था। अम्मा को इसीलिए वह साथ में लाना चाहता था क्योंकि ऐसे अवसरों पर वो ही कुछ सहायता कर सकती थीं।

मनोज बुरी तरह फूट पड़ा। पसीने से चुहचुहाए उसके मुख पर दो धाराएं बह चलीं। उसने अपनी रुलाहट को दबाने का प्रयास किया पर उसकी सिसकियां बड़ी तेजी से बहने लगीं।

उसकी जिह्वा मानो जकड़ गयी थी, हृदय डूब-सा रहा था।

—यह क्या रोना पीटना लगा रखा है। हरपाल सिंह पर उसके रुदन का प्रभाव पड़ा था—साफ-साफ बता, क्या बात है?

—पिऽता ा ा ा जी...। सिसकियों में उसकी आवाज अटक गयी थी।

—रोना बंद कर और साफ-साफ बोल...। ठाकुर का स्वर अब तनिक नरम हुआ था।

जेब से रूमाल निकाल कर मनोज ने अपनी आंखें व नाक पोंछी। उसे लगा

पिताजी से क्षमा याचना ही एकमात्र रास्ता है।

–पिताजी ऽऽऽऽ। मुझे माफ कर दीजिए। मुझसे गलती हो गई है। उसने झुक कर ठाकुर साहब के पैर छू लिए।

ठाकुर साहब का हृदय पसीजने लगा। मनोज को इस तरह रोते उन्होंने कभी नहीं देखा था। वह बहुत दुखी और विचलित हो चले। समझ में नहीं आया कि क्या करें।

वह धीरे से उठे और पैरों में चप्पलें डालकर घर के अंदर अपने कमरे में चले गये।

पहले दिन वे प्रायः घर पर ही रहे। दोपहर में बाहर चिलचिलाती धूप थी और तेज गर्म हवाएं। बैंगलौर की तुलना में यहां का मौसम पूरी तरह परिवर्तित और बदन को काटने वाला था। उस पर गांव में आठ–दस घंटे बिजली की उपलब्धता भी बड़ी नियामत थी। दिन में बारह–एक बजे गई बिजली ने देर रात में ही दर्शन दिये। उस पर भी जब उमानाथ ने पूछने पर बतलाया कि रात में भी बिजली महरानी का कौन भरोसा है तो मनोज परेशान हो चला। ठाकुर पूरी गर्मियां खुले आकाश के नीचे सोते थे और अम्मा अधिकतर कमरे में...। हाथ में बेंत का पंखा झलती रहतीं और पता नहीं कब सोतीं कब जागतीं। धीरे से पुकारो नहीं कि तुरन्त उठ कर बैठ जातीं। पढ़ाई के दिनों में मनोज अक्सर कमरे में बैठकर पढ़ता था। लगभग पन्द्रह फीट लम्बा–चौड़ा चौकोर कमरा है उसका। दो पाट का एक चौड़ा दरवाजा लगा था और दो दीवारों पर दो बड़ी खिड़कियां थीं। ऊपर दो रोशनदान बने थे। थोड़ी–बहुत हवा भी चलती तो कमरे में बैठने या पढ़ने में कठिनाई नहीं होती। पर बिजली की अभ्यस्त नयनी..., उसके लिए बिना बिजली के रात गुजारना कष्टप्रद था ही...।

व्यवस्था को लेकर मनोज परेशान था। शाम ढले जब हवा एकाएक बंद हो गई और चारों तरफ उमस फैल गई तब स्वयं उसके बदन में कांटे चुभने लगे।

–आयम सॉरी नयनी, यहां लाइट की पोजीशन बड़ी खराब है। तुम्हें तकलीफ होगी...। उसने कहा।

–सो ह्वाट...। डोंट बॉदर। दिस इज इक्जेक्टली व्हाट आई वांट टू सी एंड एक्सपीरियेंस...।

मनोज फीकी हंसी हंस दिया। कमरे में गैस की लालटेन जल रही थी। बाहर चारों ओर अंधेरा छाया था। खिड़की के बाहर खड़ा नीम का पेड़ बड़ा शांत था, पत्ते निर्विकार भाव से सुस्ताए से लटके थे। दालान में तुलसी के पौधे के निकट लालटेन जल रही थी जो हवेली की भव्यता को उजागर करने के लिए नाकाफी

को वह दबाने का प्रयास कर रहा था–तुम्हें सब कुछ तो बतला दिया। तुम्हारी कसम खा ली कि इसके अलावा और कोई बात नहीं है। अब तुम ही बताओ कि मैं क्या करूं...?

–मैं क्या बताऊंगी। परायी लड़की को इस तरह घर पर लाता होगा कोई...।

–उफ्फ्फो...। कहा न गलती हो गई। पिताजी से माफी मांग ली। उनके पैर पकड़ लिए। अब कहो तो कल ही उसे लेकर बाहर चला जाता हूं और फिर वहीं से वापस भेज दूंगा...।

अम्मा शांत रहीं किन्तु आवेश में बोला यह कथन उसे एकाएक जंचने लगा। शायद यही सर्वश्रेष्ठ विकल्प था। वैसे भी गांव में घूमने देखने को क्या था जहां चार दिन गुजारे जा सकें। दूर से देखी स्वप्निल दुनिया वास्तव में कभी इतनी लुभावनी व मनमोहक कहां होती है? शायद एक ही दिन में खुद नयनी का मोहभंग हो जाये...।

–तुझे जो अच्छा लगे, कर...। अम्मा ने गुस्साये स्वर में कहा।

–नहीं तो तुम बतलाओ क्या करूं...?

अम्मा ने चाय सुड़कना शुरू कर दिया और काफी देर तक कुछ नहीं बोलीं।

मनोज तैयार हो गया था। उसे भूख लगने लगी। शायद नयनी भी भूखी होगी। कल रात्रिभोज के बाद उन्होंने खाया ही क्या था।

–कुछ नाश्ता-पानी भी लगवाओगी या आज पूरे दिन रोना-धोना चलेगा।

–वह तो सुबह से ही तैयार है। पर पता नहीं यह लड़की क्या खाती हो।

–सब कुछ खाती है।

–कौन जात है? अम्मा ने अनायास पूछा।

मनोज ने उनकी ओर देखा और उसके चेहरे पर पहली बार मुस्कराहट तैर गई।

–तुम परेशान मत हो। महाराष्ट्रियन ब्राह्मण है। तुम्हें या तुम्हारे घर को अपवित्र नहीं करेगी।

–मैंने तो यों ही पूछ लिया। अम्मा सफाई देने लगीं–अब आ गई है तो जो जात-पात हो कोई क्या कर सके...।

–अम्मा...। मनोज उनके पास चला आया और उनसे सटकर बैठ गया–भले घर की अच्छी लड़की है। जितने दिन है प्यार से रखकर भेज दो। बड़े शौक से गांव देखने आई है। कुछ कह-सुन दिया तो बेचारी को बड़ा धक्का लगेगा।

अम्मा चाय का गिलास पकड़े यों ही बैठी रहीं।

–अम्मा, सुबह से उससे दो शब्द बात करना तो दूर सब लोग उसके बारे में न जाने क्या-क्या कह रहे हैं।

–उसके बारे में तो किसी ने कुछ नहीं कहा...। अम्मा ने तुरंत प्रतिवाद किया।

–उसके बारे में न भी सही तो सारा बवाल उसे लेकर तो है। वह समझदार लड़की है। सब समझ लेगी। पिताजी की तेज डांट-डपट, उसके कानों में नहीं पड़ी होगी...।

–पिताजी तो बाहर बैठक में थे। मुझे ही कोई आवाज नहीं आई।

सुन कर मनोज ने राहत की लम्बी सांस ली। उसने आगे कहा–ठीक है आवाज नहीं आई, पर आदमी के चेहरे के हाव-भाव, व्यवहार से कौन नहीं समझ जाता। अम्मा, पिताजी से एक बार तुम भी कह देना। लड़की के सामने मुझसे कुछ नहीं कहें। उसके चले जाने के बाद जो चाहें कहें...। उसने अम्मा के पैरों पर हाथ रख दिये–मेरे सम्मान का प्रश्न है...।

एकाएक उसका स्वर भारी हो गया और आंखें द्रवित हो चलीं।

–मैं तेरे कमरे में नाश्ता लगवाती हूं...। कहते हुए अम्मा उठकर चली गईं।

जब वह अपने कमरे में पहुंचा तो नयनी कुर्सी पर बैठी उसकी प्रतीक्षा कर रही थी। उसी समय उसने हवेली के सम्बन्ध में बात की थी। तभी नाश्ते की प्लेट सजाये केतकी और दीना आ गये थे। उसकी पढ़ने वाली पूरी मेज प्लेटों से भर गई। हलुवा, पकौड़ी, दो तरह की मिठाइयां, तले काजू, मक्खन लगे टोस्ट, आम और आलू के पराठे...। जाहिर था कि अम्मा ने खातिर में कोई कसर नहीं रखी थी...। मनोज का हृदय स्नेह और कृतज्ञता से भर गया।

–माई गॉड, यह ब्रेकफास्ट है या पूरी फीस्ट...। नयनी ने अपने विशेष अंदाज में हाथ मटका कर कहा।

मनोज चुप रहा। उसके चेहरे पर मुस्कराहट थिरक रही थी।

–लो...। उसने कुछ पल बाद कहा।

–क्या लूं...? इतना कुछ है।

–थोड़ा-थोड़ा सब लो। मेरी मदर सब कुछ बहुत अच्छा बनाती हैं।

–उनको भी बुला लो...। नयनी ने धीरे से कहा।

–नहीं। वह सबको खिलाकर ही खाती हैं। चलो शुरू करें। उसने शीघ्र एक प्लेट नयनी को थमा कर दूसरी प्लेट स्वयं ले ली और पकौड़ी खाने लगा। दरअसल उसे आशंका थी कि कहीं नयनी अम्मा के प्रकरण को आगे न बढ़ाए या कुछ ऐसे प्रश्न ही न कर डाले जिनका उत्तर उसे उलझन में डाल दे।

नयनी ने खाना शुरू कर दिया। इस सम्बन्ध में कोई बात ही नहीं की। वैसे भी वह काफी भूखी थी और खाने में पूरी तरह खो गई। जो खाती उसकी भरपूर प्रशंसा करती।

–मनोज, यह तो ब्रन्च हो गया। अब मेरे लिए लन्च मत बनवाना। उसने खाकर कहा–वैसे भी मैं खूब देर तक सोना चाहती हूं।

–ठीक है। पर बिना बिजली के...।

–लेट मी ट्राई...।

मनोज चला आया और खुद गहरी नींद में डूब गया था। बीच में एक बार अम्मा ने खाने के लिए उसे उठाया था, उसने मना किया तो नयनी के लिए पूछा था। मनोज ने उस पर भी इनकार कर दिया और फिर सो गया था।

आंखें खुलीं तो बाहर धुंधलका छाया था। दिन में इतनी लम्बी नींद पर वह स्वयं चकित था। प्रातः का पूरा घटनाक्रम एक दुखद स्वप्न की भांति उसकी आंखों में समाया हुआ था। सहसा उसे विश्वास ही नहीं हुआ कि नयनी उसके घर में मौजूद है। याद आने पर वह झटके से उठा...। अकेली क्या कर रही होगी वह? इस बीच घर में कुछ और अप्रिय न घट गया हो...? क्या मालूम पिताजी अम्मा पर ही नाराज हो गये हों...? मुंह-हाथ धोकर वह अपने कमरे की ओर लपका। दरवाजा भिड़ा हुआ था। अंदर से वार्तालाप का मद्धिम स्वर आ रहा था। वह अंदर घुसा तो सुखद आश्चर्य से भर गया। अम्मा व नयनी पलंग पर बैठे बात कर रहे थे।

–अरे उठ गया तू...। अम्मा ने उसे देखकर कहा–आ, अब तू इनसे बात कर। मैं चलती हूं। कुछ चौके का हिसाब देखती हूं।

अम्मा के चेहरे से स्पष्ट था कि नयनी से बात करके वह प्रसन्न हैं। मनोज को अपनी आंखों पर विश्वास ही नहीं हुआ।

वह उठ खड़ी हुई।

–और आज तुम दोनों ने कुछ खाया-पिया ही नहीं। दोपहर का पूरा खाना ऐसे ही रखा है।

–आंटी, आपने नाश्ते में ही पूरा खाना खिला दिया था। नाश्ता किया भी देर से था। उसके बाद खाने की गुंजाइश ही कहां थी?

–बेटा, आजकल के बच्चे खाते कम हैं और शोर ज्यादा करते हैं। कुछ खाया भी था। सब प्लेटें भरी की भरी लौटी थीं...। अम्मा के स्वर में दुलार भरा था।

नयनी और मनोज केवल हंस दिये।

–अभी कुछ खाना हो तो भेजूं? अम्मा ने पूछा।

–अब दिन का खाना ही डिनर में खा लेंगे। कुछ और मत बनवाइये। नयनी ने कहा।

–यह भी कोई बात है? इत्ते काम करने वाले हैं, वो खाना उन्हीं के लिए कम है। इस वक्त ताजा खाना बनेगा।

–ठीक है अम्मा। मेरे लिए चाय भेज दो। यह तो चाय पीती नहीं।

अम्मा सुनकर चली गईं। तभी दीना गैस लालटेन कमरे में रख गया था। अब नयनी का चेहरा चमक रहा था। यात्रा की थकान कम हो गई थी...। शायद सुबह के तनाव से भी वह मुक्त हो गई थी। उसने सलवार कुर्ता पहन रखा था

जो वह कम ही पहनती थी। बाल बांध लिए थे, माथे पर छोटी सी बिन्दी थी और आंखों में काजल की पतली लकीरें। चेहरे पर ताजगी और मुस्कान थी।

उसे देखकर मनोज को बहुत अच्छा लगा।

—आज पूरा दिन ऐसे ही चला गया। मैं तो ऐसे सोया कि आंख ही नहीं खुली। मुझे लगा तुम कितना बोर हो गई होगी।

—बोर क्यों। मैं भी तो खूब सोई...।

—पर इत्ती गर्मी में तुम सो भी पाईं...?

—नींद तो मुझे आ गई थी। पर जब मेरी आंखें खुलीं तो पता है मैंने क्या देखा?

—क्या...?

—लाइट नहीं थी पर पंखा चल रहा था...।

—मतलब...? नयनी का कथन एक पहेली की तरह लगा उसे।

—अरे भई, एक मेड सर्वेन्ट बड़ा सा पंखा लिए मेरे ऊपर चला रही थी...। उसे देखा तो मुझे पहले बड़ा अच्छा लगा, फिर उस पर तरस भी आया...।

—वही केतकी होगी...। अम्मा ने भेज दिया होगा। मेहमानों के लिए कई बार हाथ का पंखा प्रयोग में लाया जाता है।

—पर यह फ्युडलस्टिक (सामंतवादी) नहीं है क्या...?

—शायद हो, तुम कह सकती हो। पर नयनी, समाज में ऐसी कई चीजें, सेवाएं अस्तित्व में हैं। छोटे शहरों में चलते रिक्शे-तांगे, बड़े शहरों के टैम्पो, सड़क पर जूते पालिश करने वाले, जिसके सामने जूते रखकर आदमी अखबार पढ़ता रहता है या अपनी दुनिया में खो जाता है, होटल में भागते-दौड़ते बैरे...। सब उसी का नमूना नहीं है क्या? पर गरीब लोग काम नहीं करें तो क्या करें...? उनका जीविकोपार्जन का तो यही साधन है।

—शायद तुम ठीक कहते हो। जिन्हें हम रोजमर्रा या अधिक देखते आये हैं, उनके अभ्यस्त हो जाते हैं। और आज पहली बार बड़ा-सा पंखा झलते उसे देखा तो कुछ अटपटा-सा लगा। पर छोड़ो इसे, मैंने यों ही कह दिया। हां, तुमने उससे कहा था?

—नहीं, मैंने तो नहीं कहा...।

—फिर...?

—शायद अम्मा ने कहा हो। शायद क्या, उन्होंने ही कहा होगा...।

—योर मदर इज ग्रेट...। उसने चहकते स्वर में कहा और फिर कुछ पल शांत रहकर धीरे से बोली—मेरी मम्मी भी मुझे बहुत प्यार करती है। कल से मुझे बड़ा मिस करती होंगी। गर्मियों की छुट्टियों का कब से इंतजार करती हैं।

नयनी का स्वर उदास हो गया। अपना घर, मम्मी-पापा उसे याद आने लगे

थे। वह कुछ देर तक शांत रही। मनोज को भी बात करने को कुछ नहीं सूझा। केतकी चाय का प्याला ले आई थी और उसे थमा कर चली गई। वह धीरे-धीरे चाय पीने लगा। फिर उसे लगा कि ज्यादा देर तक चुप्पी बना रहना ठीक नहीं था।

–अम्मा यहां कब आईं...? उसे एकाएक याद आया।

–करीब आधा घंटे पहले...।

–अपने आप...?

–हां, जब मैंने इस मेड सर्वेंट को वापस भेज दिया तो आंटी आई थीं। खाने-पीने को पूछती रहीं। पहले खड़ी-खड़ी लौट रही थीं। मैंने बैठने को कहा तो बैठ गईं...।

–तुम्हें बात करके कैसा लगा?

–बहुत अच्छा। मेरे घर, मम्मी, पापा के बारे में बात करती रहीं।

–चलो ठीक है। आज का दिन तो यों ही निकल गया। कल से कुछ प्रोग्राम बनाया जाये।

–श्योर...।

–कल सुबह थोड़ा जल्दी उठना। अपने खेत ले चलूंगा, ट्रैक्टर पर...।

–तुम ट्रैक्टर चलाना जानते हो? वह चहक कर बोली।

–हां, उसमें क्या है।

–ठीक है। रात में कहीं नहीं जा सकते...?

–रात में तो चारों तरफ अंधेरा ही अंधेरा है। वैसे भी गांवों में रात का कोई जीवन नहीं है। न बाजार है, न पिक्चर हाल...। गांवों में तो अंधेरा होने के बाद खा-पीकर लोग सो जाते हैं और सूरज निकलने के साथ उठकर काम-काज में लग जाते हैं। फिर दिन भर बदन तोड़ मेहनत करते हैं।

–मैं समझती हूं...। अच्छा मनोज, मुझे इस गांव के बारे में कुछ बतलाओ...।

मनोज उसे गांव और अपने परिवार का इतिहास बताने लगा। नयनी को यह सब बड़ा रोचक लगा। इस वृतांत में काफी समय निकल गया। रात बढ़ रही थी। बाहर हल्की-हल्की हवा चलने लगी थी। मौसम थोड़ा खुशगवार हुआ था।

केतकी ने आकर रात्रिभोज के लिए पूछा। नयनी ने कलाई पर बंधी घड़ी पर नजर डाली। नौ बज चुके थे।

–खाना खायें...? उसने मनोज से पूछा।

–ठीक है। मनोज ने फिर केतकी से कहा–खाना लगवाओ...।

ठाकुर हरपाल सिंह पूरे दिन अपने कमरे में ही बंद रहे। बदन को काटती गर्मी

और उस पर बुरी तरह धधकता अन्तर्तम। सब कुछ सोचकर वह अंदर ही अंदर कसमसा उठते। कल का छोकरा जो सामने खड़ा होने अथवा मुंह से एक शब्द निकालने का साहस नहीं रखता था, आज अपने साथ एक अजनबी लड़की को लेकर घर आया है। उसके दुस्साहस पर उनके दिमाग की नसें चटखने लगीं। आंखों देखी पर भी मन विश्वास नहीं करता। उन्हें बार-बार लगता है कि उन्हें कोई दृष्टिभ्रम हुआ है। पर जीप से उतरते मनोज के साथ उस लड़की का चेहरा उनके मस्तिष्क पटल पर गड़गड़ाती बिजली की तरह कौंध जाता। एकाएक तो कुछ समझ में नहीं आया उनके। नयनी को देखकर उनके अंदर ऐसी बौखलाहट पैदा हुई कि दो ही स्थितियां सम्भव थीं। या तो वह मनोज पर पिल पड़ते और जो मन में आता बोलते चले जाते और या कांपते हुए अंदर चले आते। उन्हें लगा कि ईश्वर ने उन्हें बड़ी सद्बुद्धि दी कि उन्होंने दूसरे विकल्प को चुना।

मनोज से बात करके ठाकुर तनिक भी संतुष्ट नहीं थे। उसे बिलखता छोड़ वह अपने कमरे में चले आये। क्रोध व वात्सल्य एक दूसरे से मुठभेड़ कर रहे थे। मनोज द्वारा किया गया अविवेक पूर्ण कार्य अंदर आग उगल रहा था। वहीं मनोज के कातर समर्पण से कहीं द्रवित भी थे वे। कभी अपने पुत्र द्वारा छल का भय उन्हें प्रताड़ित करता तो कभी उस पर ढेर-सा विश्वास करने को मन करता। मनोज का विलाप, उसका पैर पकड़ना याद आता तो वह बड़ा कमजोर अनुभव करते।

किन्तु फिर अपना गांव, उसके बुजुर्गों व गांववासियों के चेहरे उनके जहन में उभरने लगते। किस-किस को स्पष्टीकरण देंगे, कैसे समझायेंगे उन्हें...। आशा और रमेश को लेकर हुई घटना अभी ताजा ही थी। गांववासियों ने गांव की परम्परा व नैतिकता और बच्चों के नैतिक मूल्यों की दुहाई देकर ही इस मामले को इतना तूल दिया था।

इस बार वह और उनका परिवार कटघरे में होगा।

ठाकुर हरपाल सिंह बुरी तरह परेशान हो चले। केतकी नाश्ते के लिए पूछने आई तो उसे इंकार कर दिया और दरवाजा अंदर से बंद कर उस लम्बे-चौड़े पलंग पर लेट गये। आंखें बंद कर सोने का उपक्रम करने लगे किन्तु नींद उनसे कोसों दूर थी। करवटें बदलते रहे...। सुबह से कुछ भी नहीं खाया था, लेकिन भूख का नाम नहीं था। अपने परिवार के लिए उन्हें यह एक भारी विपत्ति आन पड़ी दिखलाई दी। बरसों से जमा की प्रतिष्ठा को आघात पहुंचने की संभावना ने उनके मन को बड़ा उद्विग्न बना दिया था।

कुछ समय बाद ठकुराइन ने दरवाजा खटखटाया और बाहर से आवाज दी।

–क्या है...? ठाकुर ने तेज स्वर में पूछा।

–खोलो तो...। इस तरह दरवाजा बंद करके क्यों पड़े हो?

ठाकुर ने कोई उत्तर नहीं दिया। कुछ पल यों ही लेटे रहे और फिर उठकर दरवाजा खोल दिया।

–चलिए, खाना खा लीजिए...। ठकुराइन ने अंदर आकर कहा।

–भूख नहीं है। ठाकुर अपने बिस्तर के सिरहाने बैठ गये।

–सुबह से कुछ नहीं खाया है। भूख क्यों नहीं होगी। नाश्ते को पुछवाया था तो केतकी पर नाराज हो गये। अब खाना तैयार है। यहीं भेज रही हूं।

हरपाल सिंह अपनी पत्नी के व्यवहार पर हतप्रभ थे। मनोज की इतनी बेजा हरकत के बावजूद वह इस समय सामान्य नजर आ रही थी। ऐसा लगा ही नहीं कि घर में कहीं कुछ असामान्य घटित हुआ है। घर के कुलदीपक का ऐसा आचरण जो पूरे परिवार की प्रतिष्ठा को ले डूबे, का उन पर कोई प्रभाव ही नहीं दीख पड़ रहा था। पत्नी के इस रुख को देखकर ठाकुर तिलमिला उठे।

–तुम्हारा लड़का गलत काम कर रहा है। और तुम हो कि वही नाश्ते, खाने में लगी हो। कभी सोचा है कि इस हरकत का क्या खामियाजा हमें भुगतना पड़ सकता है। चारों तरफ लोग थू थू करेंगे। किसको क्या समझायेंगे... क्या जवाब देंगे...? कल को यह लड़की गांव में इधर-उधर डोलेगी तो सोचो कितना तमाशा होगा...। मनोज इतना नालायक और कमअक्ल है, यह तो मैंने कभी सोचा ही नहीं था।

ठकुराइन कुछ पल शांत रहीं। पति की चिंता उनकी चिंता भी थी। परेशान वह भी कम नहीं थीं पर मनोज से बात करके अपने को समझाने का प्रयास करती रही थीं।

–अपनी गलती मान तो ली उसने। पैर पकड़ लिए। इत्ते दिन बाद घर आया और कित्ता रोया-धोया...। उनकी आवाज भर्रा उठी–मुझे तो याद नहीं वह कभी इतना रोया हो। लेकिन गलती कर ली तो अब क्या करे। उनकी आंखें डबडबा उठीं और वह साड़ी के पल्लू से उन्हें पोंछने लगीं...।

–ऐसी गलती भी क्या गलती? कुछ सोच-समझ कर काम नहीं करता...।

–बस कुछ सोचा नहीं उसने। लड़की ने गांव देखने के लिए कहा तो वह हां कर बैठा...।

–पर यह लड़की कैसी है जो मुंह उठाकर चल दी। न जान न पहचान। किसी के घर यों ही जाया जाता है।

ठकुराइन कुछ देर चुप रहीं। ठाकुर ने उनके मन की बात कही थी। इसने उनके अंदर भी बड़ी उलझन पैदा की थी। काफी पशोपेश में भी पड़ी रहीं वह। बाद में मनोज से बात करके उन्होंने तय किया कि वह अपने पति को समझाने का प्रयास करेंगी।

–भले घर की अच्छी लड़की है। मासूम लगती है। फिर दोनों साथ पढ़ते हैं। बड़े शहर में तो लड़के-लड़कियां साथ घूमें-फिरें ही...। ठकुराइन ने बेटे का

पक्ष लेकर कहा।

–यह तुम क्या कह रही हो...? हरपाल सिंह विस्फारित नेत्रों से अपनी पत्नी को देखने लगे। पत्नी का कथन उनके लिए अविश्वसनीय था। वह झल्ला कर बोले–तुम शहर की लड़कियों को नहीं जानो। लड़कों को ले उड़ें। मां-बाप हाथ मलते रह जावें। इनकी अपनी तो कुछ मानमर्यादा है नहीं और न ही इसकी कोई चिन्ता करें ये। हमारे मान-सम्मान को पूरा बट्टा जरूर लग जायेगा। ऊंच-नीच हो गई तो कहीं मुंह दिखाने के लायक नहीं रहेंगे। उनके चेहरे पर परेशानी झलकने लगी। तौलिया से वह मुंह पोंछने लगे। पास रखे जग से पानी उड़ेल कर पिया और आंखें बंद कर सिर पीछे सिरहाने पर लुढ़का दिया।

ठकुराइन तनिक पास आईं और उनके पैरों के निकट बैठ गईं। फिर धीरे से बोलीं–जो भाग्य में लिखा है, उसे कौन मिटायेगा। पर मुझे मनु पर पूरा भरोसा है। वह नादान है, अभी बच्चा है, ऊंच-नीच नहीं समझता। मन में पाप होता तो इस तरह उसे घर लेकर नहीं चला आता...। उसे माफ कर दो। इत्ते दिन बाद आया है। अजनबी लड़की है। उसके सामने उससे कुछ मत कह देना।

ठाकुर कुछ सोचते रहे, फिर धीरे से कहा–मुझे लड़की से क्या लेना-देना। मुझे जो कहना था, मनु से कह दिया! बाकी तुम देखो।

ठकुराइन के अंदर सुख व चैन की ठंडी लहर-सी प्रवाहित हुई। एकाएक बड़ा हल्का महसूस किया उन्होंने। अपने पति की महानता पर मन नाज कर उठा। वह उठ खड़ी हुईं।

–अब खाना खा लीजे...। उमानाथ के हाथ भिजवाती हूं।

ठाकुर चुप रहे। ठकुराइन चली गईं। भोजन का नाम लेने से उन्हें पेट का खालीपन याद आ गया। वह सचमुच भूखे थे।

भोजनादि से निवृत्त होकर वह लेट गये। उमानाथ पंखा झलता रहा और वह गहरी नींद में डूब गये। जब आंखें खुलीं तो दोपहर ढल रही थी। उमानाथ से मांगकर पानी पिया और फिर चाय के लिए भेज दिया।

सुबह से कमरे में बंद रह कर उनका मन बुरी तरह उचट गया था। वैसे भी यह उनके बैठक में बैठने का समय था। मन हुआ कि वहीं जाकर बैठ जायें किन्तु फिर नहीं गये। मनोज के आने की सूचना पूरे गांव को थी। उसका हाल चाल पूछने कुछ लोग अवश्य आयेंगे और यदि उनके द्वारा नयनी के सम्बन्ध में प्रश्न किये गये तो...। अपने को आज इस दुविधा से दूर रखने का निर्णय लिया उन्होंने। वैसे भी मुंशीजी से वह पहले ही कहलवा चुके थे कि जो मिलने आये उसे उनकी तबियत नासाज होने की सूचना दे दी जाये।

वह जानते थे कि गांव के अधिकतर लोग उनसे इस बारे में पूछताछ करने का साहस नहीं कर सकते। किन्तु मंगल सिंह, निरंकार चौधरी, मास्टर टीकाराम,

लाला राम निवास, सुखदेव शर्मा न केवल गांव के प्रतिष्ठित व्यक्ति थे, उनसे उम्र में भी काफी बड़े थे। सबसे अधिक खतरा इन्हीं लोगों से था। नयनी का मनोज के साथ घूमना-फिरना उनको नागवार होगा, वह समझते थे। किन्तु अब भला संभव क्या था?

वह सोचने लगे कि पिता के रूप में अब उनका क्या कर्तव्य था। मनोज के इस कारनामे पर वह अपनी अस्वीकृति जाहिर कर चुके थे। उसे भी अपनी भूल का अहसास हो गया था। पर अब गांववालों के सामने उसका तिरस्कार या अपमान, स्वयं उनका व परिवार का अनादर ही तो था। वैसे भी यह उनका पारिवारिक मामला है और इसमें हस्तक्षेप करने का किसी को भला क्या अधिकार है। यह गलत शुरुआत भी होगी। कल को गांव वाले उनके अन्य निजी मामलों में भी दखल देने का दुस्साहस करेंगे। हरपाल यह भी जानते थे कि यदि उनका रवैया सख्त नहीं रहा तो पंडित सुखदेव शर्मा या गुलजार उनकी इज्जत को सरेआम नीलाम करने से नहीं चूकेंगे। गुलजार वैसे भी ऐसे अवसरों की तलाश में रहता था।

मन ही मन इस संकट से निबटने की रणनीति बनाने लगे वह।

–हरीअप, नयनी...। मनोज ने कमरे के बाहर से आवाज दी।

–जस्ट ए मिनिट प्लीज...।

नयनी ने उत्तर दिया। मनोज वहीं दालान में खड़ा उसकी प्रतीक्षा करने लगा। दिन निकल आया था। धूप छिटक कर इधर-उधर फैल रही थी। मंद समीर प्रवाहित थी और मौसम में बड़ी सुखदायी शीतलता थी। पास खड़े पेड़ के पत्ते मन्थर गति से झूम रहे थे। आकाश साफ और नीला था। पक्षियों के झुंड आकाश में तैरते कभी निकल जाते तो कभी उनका मधुर कलरव कानों में मिठास-सी घोल जाता।

–सॉरी यार...। नयनी तेजी से निकली और वे दोनों हवेली के बाहर आये जहां मुंशीजी ट्रैक्टर लिए खड़े थे।

–आओ बैठो... लेफ्ट या राइट जिस तरफ चाहो।

मनोज चालक की सीट पर बैठ गया। नयनी सावधानी से चढ़ते हुए उसके बायीं ओर बैठ गई। ट्रैक्टर खड़ड़ड़ऽऽऽऽ की आवाज करते हुए चल दिया।

–पहली बार ट्रैक्टर में बैठी होगी...? मनोज ने पूछा।

–आफकोर्स...। मेडन राइड्...।

–कैसा लग रहा है?

–बिलकुल अलग। काफी मजेदार...।

–पता है जब ट्रैक्टर नहीं थे तब मेरे ग्रांडफादर घोड़ों पर खेत देखने जाते थे। अब गांव में शायद ही कोई घोड़ा रखता हो।

–घुड़सवारी का अपना मजा है। मैंने स्कूल में राइडिंग सीखी थी। अच्छा भी लगता था लेकिन डर भी...।

–ट्रैक्टर पर सवारी करने में कोई डर नहीं है।

नयनी जोर से हंस दी। खेतों के ऊंचे-नीचे रास्तों पर वे आगे बढ़ रहे थे।

सूर्य का सुनहरा आलोक सचमुच आकर्षक लग रहा था। कोयल की कू कू वातावरण को मदमस्त बना रही थी। हवा में गजब की ताजगी और सुबह का सोंधापन था।

दोनों ओर आदमी औरतें काम कर रहे थे। कहीं गेहूं काटा जा रहा था तो कहीं उसके बोझ बनाये जा रहे थे। कहीं खाली खेतों पर हल चला कर उन्हें अगली फसल के लिए तैयार किया जा रहा था।

ट्रैक्टर की आवाज से सबका ध्यान आकर्षित होना स्वाभाविक था। ट्रैक्टर चला रहे ठाकुर के लड़के मनोज को तो लगभग सभी पहचानते थे पर उसके साथ बैठी अजनबी लड़की उनकी जिज्ञासा, उत्सुकता व रुचि का केन्द्र बनती जा रही थी। आदमी, औरतें अपना-अपना काम रोक देतीं और पास आकर एक-दूसरे से नयनी के बारे में पूछने लगतीं।

मनोज इसे समझ रहा था। वह इसके लिए मानसिक रूप से तैयार भी था। हालांकि वे नजरें उसे कहीं चुभ भी रही थीं।

–कहीं रोकोगे भी या ऐसे ही चलते जाओगे...?

ट्रैक्टर की यात्रा से वह ऊबने लगी। वह तो खेतों में दौड़ना चाहती थी। पत्तियां, घास् और फसल की सरसराहट को महसूसना चाहती थी। अपने अंदर एक अजीब-सा उतावलापन महसूस करने लगी वह। कभी वह फसलों को देखती तो कभी आकाश में उड़ते पक्षियों को। कभी उसकी नजर हरे-भरे पेड़ों पर जाती तो कभी उन पर कलरव करती चिड़ियों पर...। उनका मधुर स्वर संगीत लहरों की भांति उसके हृदय को उल्लसित कर देता।

–बस थोड़ी दूर पर अपना खेत है। वहीं रोकता हूं। मनोज ने उत्तर दिया।

नयनी मानो प्रकृति की गोद में झूल रही थी। आसमान कितना साफ है, हवा में कैसी ताजगी व स्फूर्ति है, सूरज की चमकती किरणें धरती पर कैसे पड़ रही हैं। समूचा वातावरण कितना उजला और धुला-धुला लगता है...। नयनी ने सोचा और उसे बरबस बड़े शहरों का शोर-शराबा, प्रदूषण, शहरों के ऊपर फैली धुएं व धूल की पर्त याद आने लगी।

ट्रैक्टर रुक गया था। वहां कई आदमी, औरतें जैसे उनकी ही प्रतीक्षा कर रहे थे।

–ये दूर तक हमारे खेत हैं। ये सारे लोग यहां काम करते हैं।

कहते हुए मनोज नीचे उतरा। 'जै राम जी की छोटे ठाकुर', 'नमस्ते भइया'

के कई स्वर एक साथ उभरे। कई लोग उसके पैरों को स्पर्श करने आगे बढ़े...।

—नमस्ते भाई, नमस्ते...। अररेऽऽ यह सब नहीं...। वह शर्म से सकुचा गया। उसके चेहरे पर झेंप उतर आई। 'फ्युडलिस्टिक'... नयनी का कहा शब्द उसके कानों में बजने लगा...।

उधर नयनी के उतरते ही कुछ औरतें उसके पैर छूने लपकीं। कइयों ने अपने चेहरे ढक रखे थे तो कुछ का केवल सिर ढका था।

—माई गॉड...। नयनी सकपका कर मनोज की ओर देखने लगी—यह सब क्या है?

—कुछ नहीं...। गांवों में सम्मान प्रदर्शित करने का यही ढंग है। टेक इट इजी...। उसने अपने को सामान्य रखने का प्रयास किया और फिर वहां मौजूद गांववासियों से कहा—बस ये सब मत करो। तुम लोग अपना-अपना काम करो...।

मामूली खुसर-पुसर के साथ लोग इधर-उधर छिटकने लगे।

—कितने सिम्पल लोग हैं। तुमने एक बार कहा और सब चले गये। नयनी ने जो सोचा वह कह दिया। वह इससे सचमुच प्रभावित हुई थी।

मनोज धीरे से मुस्करा दिया। अब वे धीरे-धीरे आगे चल रहे थे।

—नयनी, यही वह स्थान है जहां भारत के अस्सी फीसदी लोग काम करते हैं। गर्मी, बरसात, जाड़ा कोई मौसम हो, इन खेतों में गांव के आदमी, औरतें रात दिन जुटे रहते हैं।

—पर रात में क्या करते होंगे...?

—आजकल खेतों में पानी अक्सर रात में ही देना पड़ता है। अधिकतर रात में ही बिजली आती है और तब खेतों में लगे ट्यूबवैल चलते हैं। जाड़ों की ठिठुरती रातों में तुम्हें पानी लगाते किसान मिल जायेंगे...। बाकी सारा काम तो दिन में ही करना पड़ता है। चाहे बरसात हो या चिलचिलाती धूप, ये लोग आकाश के नीचे खड़े काम करते रहते हैं। अभी कुछ घंटे बाद यहां तेज गर्म हवाएं चलेंगी, धूल उड़ेगी, हम लोग उसे अन्धड़ कहते हैं।

नयनी बड़े ध्यान से सुन रही थी। वे खेत की मेंड़ पर चल रहे थे।

—मेंड़ पर सम्हाल कर चलना। ऊंची-नीची होती है। पैर मुड़ने का डर रहता है। अच्छा है तुम स्पोर्ट्स शू पहने हो।

नयनी को वहां चलना बहुत अच्छा लग रहा था। दोनों ओर खेत थे। बीच में कुछेक स्थानों पर पेड़ों के झुंड थे।

—वो उस तरफ काफी पेड़ दिखलाई दे रहे हैं।

—ये बाग हैं। आम, लीची, अमरूद वगैरा के बाग...।

—मुझे बाग में ले चलोगे...?

—ऑफकोर्स...। वहां कल चलेंगे। आजकल तो आमों का सीजन है। बाग

में काफी मजा आता है। खूब वेराइटी के आम हैं, बड़े से टब में डुबो देते हैं और फिर मन भर के खाओ। यू विल रियली एन्ज्वाय...।

ट्यूबवेल के पास वृक्षों का एक झुरमुट था। वहीं एक चारपाई की व्यवस्था थी जिस पर दरी और धुली चादर बिछायी गई थी। मेड़ पर बड़ी सावधानी पूर्वक चलने से नयनी को थकान लगने लगी। इसीलिए जब मनोज ने बतलाया कि यह उनका ट्यूबवेल है तो वह तुरंत चारपाई पर बैठ गई।

उमानाथ वहां पहले से मौजूद था।

–आप कब आये यहां? उमानाथ को देखकर नयनी चकित भी हुई और प्रसन्न भी...।

–भोर में...।

नयनी इसका अर्थ नहीं समझी और मनोज के चेहरे को देखने लगी।

–भोर मीन्स अरली मार्निंग...।

–अच्छा...।

ट्यूबवेल के चारों ओर लगे पेड़ों से वहां का मौसम बड़ा सुहावना बन गया था। कहीं पत्तियों से छनती धूप पृथ्वी पर तरह-तरह के आकार बना रही थी। पेड़ की सघनता से उसके नीचे कोमल शीतलता छाई थी। भीगी जमीन से उठती सोंधी-सी सुगन्ध नयनी के समूचे अन्तस को सुवासित कर गई। उसने नजरें ऊपर उठाईं तो नीलकंठी उसके बांयी ओर डाल पर बैठा था।

–कितना सुन्दर पक्षी है। मैंने इसे इतने निकट से पहली बार देखा है।

उसे याद आया कि उसके पर्स में कैमरा रखा है। उसने तुरंत पर्स खोलकर कैमरे से फोटो लेने शुरू कर दिये।

तभी उमानाथ ने लकड़ी की मेज पर खाने-पीने की प्लेटें सजा दीं। नयनी यह देख कर दंग रह गई।

–तुमने तो पिकनिक करा दी। पर यह सब यहां कैसे किया...?

–अम्मा ने घर से भेजा होगा।

–सचमुच आंटी बहुत अच्छी हैं। इतनी सुबह इतनी तैयारी...। मुझे तो भूख भी लगने लगी।

नाश्ता करके नयनी खेतों के अंदर घूमने चली गई। धूप बढ़ने लगी थी। मौसम गर्म हो रहा था। मनोज ने तब चलने का प्रस्ताव किया।

–मन तो नहीं चाहता...। उसने कहा।

–दुबारा आयेंगे...। मनोज ने समझाया।

–मेरा मन करता है कि पूरा दिन यहीं रहूं...।

–दिन में परेशान हो जाओगी। काफी लू चलती है। शाम को फिर आयेंगे...।

अभी नयनी के जाने में तीन दिन शेष थे। इन तीन दिनों में वह उसे कहां-कहां घुमाए, क्या दिखाए, इसे लेकर मनोज उलझन में था। गांव में देखने को भला था भी क्या...? खेत-खलिहान, बाग-बगीचे...। अगले दिन वह बाग का कार्यक्रम बना ही चुका था। मुंशीजी को वहां की व्यवस्था करने की हिदायत ठकुराइन दे चुकी थीं। हां, ठकुराइन के दृष्टिकोण व व्यवहार में हुए परिवर्तन पर वह सचमुच हैरान था। वह नयनी से काफी प्रभावित थीं और अब उसके बारे में एक शब्द भी नहीं कहतीं। यदा-कदा प्रशंसा ही करतीं। किन्तु पिताजी...? कल की भेंट के बाद से वह उनके सामने नहीं पड़ा था, न ही उन्होंने उसे याद किया था। पिताजी का ध्यान आता तो वह कांप जाता। उसका मन हुआ कि पिताजी के पास जाकर बैठे। संवाद से संदेह का कोहरा छंट जाता है।

—अम्मा...। उसने पूछा—पिताजी अभी भी नाराज हैं?

अम्मा अनमनी सी रहीं।

—बोलो न...?

अम्मा ने उसे तिरछी निगाह से देखा और बोलीं—तू तो उन्हें अच्छी तरह जानता है। न जल्दी गुस्सा करते हैं और न फिर जल्दी खुश होते हैं।

—पर अम्मा, मैंने माफी तो मांग ली। तुमने बात नहीं की?

—क्यों नहीं की? दो दिन से और क्या कर रही हूं। तभी न एक शब्द नहीं बोले। पर बहुत दुखी हैं।

अम्मा का स्वर उदास हो चला। उनकी उदासी से मनोज को भी अच्छा नहीं लगा। वे दोनों कुछ नहीं बोले। मनोज ने इस विषय को बदलना ही उचित समझा।

—अम्मा, आज तुमने नाश्ते का बहुत अच्छा प्रबन्ध किया था। जंगल में मंगल हो गया। नयनी तो बस तुम्हारी तारीफों के पुल बांधती रही।

अम्मा धीरे से हंसी थीं।

—अच्छी लड़की है। उन्होंने धीरे से कहा। फिर कुछ देर शांत रहकर बोलीं—मैंने पिताजी को यही तो बताया है। उसकी खूब तारीफ की। तभी पिताजी चुप हैं। पता है कल रात मुझे बुलाकर कहा था—लड़की का ख्याल रखना। जब मैंने बतलाया कि कल सुबह खेत देखने जाओगे तो उन्होंने ही मुंशीजी और उमानाथ को सब कुछ समझाया था...।

मनोज को एकाएक विश्वास ही नहीं हुआ। प्रसन्नता की एक लहर-सी उसके अंदर उतरती चली गई। उसका हृदय कृतज्ञता से द्रवित हो चला। मन में आया कि तुरंत जाकर पिताजी के पैर पकड़ ले।

—तुझे विश्वास नहीं हो रहा न...? ठकुराइन उसके चेहरे पर आये अविश्वास को भांप गईं—पर यह सच है। वहां नाश्ता खाना-पीना भेजने का विचार

उन्हीं का था।

मनोज ने राहत की एक लम्बी सांस ली। उसने ठकुराइन का हाथ पकड़ लिया और कहा–अम्मा, तुमने मेरे मन का बोझ हल्का कर दिया...।

वह बिस्तर पर लुढ़क गया। पिताजी का चेहरा उसकी नजरों के सामने था। पिताजी उससे कम ही बोलते थे किन्तु फिर भी उनके स्नेह में उसे कभी कोई कमी महसूस नहीं हुई। बैंगलौर भेजने की अनिच्छा के पीछे उनका यही दुलार था। उसे छोड़ते समय स्टेशन पर वह भावावेग में बह गये...। उसने अपने गले लगा कर रुंधे स्वर में बोले थे–इतनी दूर कैसे रहेगा तू। फिर हम दोनों तेरे बिना यहां कैसे रहेंगे? इसीलिए वहां भेजने को मना कर रहा था। मैं क्या न चाहूं कि खूब पढ़ लिख कर बड़ा आदमी बने...।

पहली बार पिताजी के आंखों में आंसू देखे थे उसने। पहली बार उसे अहसास हुआ था कि वह उसे कितना प्यार करते हैं, पहली बार उसे यह भी पता चला था कि पिताजी भी इतने कमजोर हैं, पहली ही बार उसने पिताजी के हृदय की कोमलता को इतनी शिद्दत से महसूस किया था।

थकान के बावजूद उसकी आंखों से नींद उड़ गई। वह काफी देर यों ही बिस्तर पर पड़ा रहा। अम्मा पास की चारपाई पर बैठी थीं। दिन धीरे-धीरे ढल रहा था। शाम को नयनी को कहां लेकर जाये, वह सोचने लगा। उसने अम्मा से भी इस बारे में बात करना उचित समझा।

–अम्मा, शाम को कहां जायें?

–शाम को कहां जाओगे?

–पर घर पर वह बोर नहीं हो जायेगी...?

–लेकिन बेटा, गांव में इत्ता कुछ देखने को रखा ही क्या है।

–अम्मा, यह बात मैं भी समझूं। पर उसे तो गांव की हर चीज अच्छी लगती है। वह तो गांव के अंदर भी घूमना चाहती है।

अम्मा धीरे से हंस दीं और फिर धीरे से बोलीं–गांव की गलियों में क्या देखेगी। नंगे-धड़ंगे बच्चे, गरीब फटेहाल आदमी-औरतें, टूटे-फूटे मकान, झोपड़े।

अम्मा की बात सुनकर मनोज चकित था। उनकी संवेदनशीलता व समझ का वह कायल हो चला।

–लेकिन अम्मा, तुम बतलाओ मैं क्या करूं...?

अम्मा कुछ देर शांत रह कर बोलीं–शाम को जीप में घुमा दे। थोड़ा-बहुत गांव के अंदर और फिर गांव के आसपास।

–यह ठीक है। मनोज को अम्मा का सुझाव एकदम जंच गया–जीप में घुमा

दूंगा। कल पूरा दिन बाग में गुजार देंगे। बाकी परसों का दिन और है...।

—अब मुझसे मत पूछ...। जो मन में आये कर...। अम्मा झुंझलाहट भरे स्वर में बोलीं।

मनोज सोचने लगा और काफी देर तक सोचता रहा। आसपास कहीं कुछ ऐसा नहीं था जहां नयनी को ले जाया जा सकता था। अचानक उसे याद आया कि उसके गांव की पहचान हरिद्वार व ऋषिकेश से ही हुई थी।

—अम्मा, परसों हम हरिद्वार घूम आयें। सुबह जाकर शाम तक लौट आयेंगे। उसने पूछा।

अम्मा ने कोई उत्तर नहीं दिया।

—बोलो, ठीक है न?

—जो तुझे ठीक लगे, कर।

—पिताजी...?

—कह दूंगी उनसे...।

—जीप के लिए भी...?

—हां बाबा, हां...।

आगामी दो दिवस भी अच्छी मौज-मस्ती में गुजर गये और तीसरे दिन सायंकाल नयनी को दिल्ली से गाड़ी पकड़नी थी। एक टैक्सी का प्रबन्ध करने के लिए ठकुराइन पहले ही कह चुकी थीं। लगभग एक बजे टैक्सी पहुंची तो नयनी खा-पीकर अपनी तैयारी पूरी कर चुकी थी। मनोज उसे दिल्ली तक छोड़ने जाना चाहता था पर नयनी ही इस पर राजी नहीं हुई—मैं कोई बच्ची हूं। पहले तो टैक्सी अरेंज करने की जरूरत नहीं थी, मैं बस से भी जा सकती थी, लेकिन आंटी से मना नहीं कर पायी इतना काफी नहीं है क्या...?

—तुम अकेले जाने में बोर हो जाओगी...।

—हां, वो तो दिल्ली से आगे भी बोर हूंगी। फिर उसका क्या करोगे?

मनोज हंस दिया।

—और तुम भी लौटने में अकेले बोर होगे। पता है मुझे सी ऑफ करना बड़ा डिप्रेसिंग लगता है। जाने वाला चला जाता है और आप स्टूपिड से बोर होकर चले आते हो।

मनोज हंसता रहा। पर कहीं अंदर नयनी से अलग होने की पीड़ा उसे चुभती रही थी। आज सुबह से ही वह उदास अनुभव कर रहा था। हालांकि इसे लेकर वह अत्यन्त सचेत था कि कहीं अम्मा उसकी मनोदशा को ताड़ न जायें। वह जानता था कि अम्मा ही नहीं, केतकी, उमानाथ और मुंशीजी सभी नयनी की विदा से

राहत तथा चैन की लम्बी सांस लेंगे। पिछले चार दिनों से ठाकुर साहब की चुप्पी उन्हें बड़ी रहस्यमयी और विस्फोटक लग रही थी। उन्हें लगता कि नयनी के जाने के बाद इस परिवार पर कोई भारी संकट आने वाला है। आपस में वे इस पर बात भी किया करते थे। उनके चेहरों से सामान्य हाव-भाव अनुपस्थित थे। सहमें से स्वर में बात करते और दबे पांव चलते मानो किसी अनिष्ट की आशंका से ग्रस्त हों। सामान्य दिखने के बावजूद घर का माहौल कुछ उखड़ा-उखड़ा नजर आता।

इन चार दिनों में मनोज नयनी के बड़ा करीब महसूस करने लगा था। नयनी का सानिध्य अत्यन्त कोमल व मधुर भाव पैदा कर रहा था। नयनी के व्यवहार से भी वह कम प्रभावित नहीं था। उसने कभी यह अहसास नहीं होने दिया कि वह इस घर के लिए अपरिचित और अजनबी है। गर्मी हो या उमस, बान की चारपाई हो या दालान में पड़ा तख्त, अम्मा हो अथवा केतकी सब स्थितियों में वह प्रसन्न और संतुष्ट नजर आती। मनोज किसी कठिनाई का जिक्र करता तो उसे हंस कर उड़ा देती।

अगला पूरा दिन वे बाग में रहे थे। वहां खाने-पीने का व्यापक प्रबन्ध किया गया था। नयनी इससे पूरी तरह अभिभूत थी। उसके लिए यह अनूठा अनुभव था। बाग में एक झूला डाला गया था जहां वह छोटी बच्ची की तरह देर तक झूलती रही। झूलते हुए तेज आवाज में गाना गाती रही। जितनी तरह के आम वहां रखे थे, उन्हें देखकर वह चौंक गई। इतने किस्म के आम के बारे में उसने तो सुना तक नहीं था। उधर तो ले-देकर वही एलफेंसो ही खाने को मिलता। बाग के आमों का स्वाद ही निराला था। उसका मन हुआ कि मम्मी-पापा के लिए कुछ आम रख ले लेकिन यह बात उसने कही नहीं। पर जाते समय जब मनोज ने एक आम की पेटी उसके साथ रखी तो उससे नहीं रुका गया–उस दिन बाग में मैं यही सोच रही थी। पर तुमने कैसे जाना कि मैं यह चाहती हूं...?

मनोज के मन में आया कि कह दे कि उसके दिल के तार कहीं नयनी के हृदय से जुड़ गये हैं। वह केवल मुस्करा कर रह गया।

–इस तरह क्यों मुस्करा रहे हो?

–यों ही। तुमने मुझसे कहा क्यों नहीं?

–मुझे लगा आम जैसी चीज ले जाने में परेशानी भी होगी। बट टेल मी, व्हाई आर यू स्माइलिंग...?

–इसलिए कि मैं तुम्हारा दोस्त हूं। तुम्हारे अंदर की बात समझता हूं...। उसने सावधानीपूर्वक अपनी बात कही।

–अच्छा और क्या समझते हो...? मतलब, और मेरे मन में क्या है? नयनी ने पूछा।

मनोज एकाएक कोई उत्तर नहीं दे सका। काफी कशमकश में उलझा रहा

वह। तरह-तरह के उत्तर उसके मन में आते रहे। क्या है उसके मन में...? क्या नयनी उससे प्यार करती है? क्या नयनी भी इन चार दिनों के सानिध्य से उसके उतना ही समीप अनुभव कर रही है जितना वह?

—बाकी मन की बातें तुम खुद बतलाओ...। उसने कहा।

—अच्छा। बुद्धू हो क्या या मुझे बेवकूफ बना रहे हो। आम की बात समझ गये, बाक़ी कुछ नहीं...। कहकर वह खिलखिला कर हंस दी और देर तक हंसती रही।

विदा के समय उसकी आंखें भर आई थीं। उसने झुक कर अम्मा के पैर छुए तो अम्मा ने उसे गले लगाकर आशीष के वचन बोले। उनकी आंखें भी द्रवित हो चली थीं। चलते समय चांदी का एक गुच्छा और पैरों की पाजेब उसे भेंट की तो नयनी के साथ मनोज भी चौंक गया।

—आंटी यह क्या। मैं ये सब नहीं लूंगी...?

—क्यों नहीं लोगी। हमारे गांवों से लड़कियां कभी भी घर से खाली हाथ नहीं जातीं...। अम्मा ने कहा तो नयनी चुप होकर मनोज की ओर देखने लगी।

मनोज ने हौले से मुस्कराने का प्रयास किया। उसका दिल भर आया था।

नयनी के लाख मना करने पर भी मुंशीजी को दिल्ली तक साथ भेजा गया था।

नयनी चली गयी, मनोज उदास हो गया, स्वयं ठकुराइन के अनुसार घर सूना हो गया, कामकाज करने वालों के मन को चैन पहुंचा, ठाकुर मानो अपनी कैद से आजाद होकर हवेली में स्वच्छन्द घूमते-फिरते नजर आये। किन्तु नयनी के पदचाप की गूंज उनके घर ही नहीं पूरे गांव में बजती रही। उसकी मौजूदगी पूरे गांव पर साये की तरह डोलती रही। हर घर, हर चौपाल, हर बैठक या घेर में बस उसी की चर्चा सुनाई पड़ती। कहीं इस चर्चा में ठाकुर परिवार का उपहास किया जाता, तो कहीं यह सामान्य तौर पर आपसी हंसी-मजाक का विषय था। कइयों को इसमें फिल्मी कथानक का आनंद आया...। नयनी और मनोज के सम्बन्धों को लेकर तरह-तरह के कयास लगाये जाते...। गांव के बुजुर्गों ने इसे नैतिक पतन का 'नंगा नाच' तक कह डाला और गांव के ऊपर इसे गंभीर विपत्ति माना।

हवेली पर उतरने के कुछ ही मिनटों में नयनी के आगमन की सूचना गांव में जंगल की आग की तरह फैल गई। लोगों ने एक-दूसरे से पूछताछ की। तरह-तरह के अनुमान लगाये गये। गांव में ठाकुर क्या, सभी प्रमुख व्यक्तियों के लगभग सभी संबंधियों और परिजनों को आपस में भली प्रकार जानते थे। यहां तक कि परिचितों और मित्रों के बारे में भी जानकारी रखते थे। इसीलिए गांव में एक अपरिचित व्यक्ति

और वह भी एक नवयुवती का ठाकुर परिवार में आकर रहना उनकी घोर उत्सुकता और अचरज का विषय था।

मनोज के आगमन की सूचना गांव के लोगों को थी ही। ठाकुर ने उस दिन के लिए सारे कार्यक्रम रद्द कर रखे थे। हर किसी को बस एक ही उत्तर देते–मनु आ रहा है। उसके आने के एकाध दिन बाद ही अब कुछ कार्यक्रम रखेंगे। पूरे छह महीने बाद आ रहा है। इतना ही नहीं सबको सोमवार को आने का न्यौता भी देते। वैसे भी यह गांव की परम्परा का हिस्सा था। जब भी किसी परिवार का सदस्य लम्बे समय बाद लौटता तो सगे संबंधी, इष्ट मित्र घर जाकर उसका कुशल क्षेम पूछना नहीं भूलते। फिर मनोज तो सभी को प्यारा था।

किन्तु मनोज के साथ एक लड़की के आने की सूचना से सब लोग परेशान हो चले। काफी समय इसी पशोपेश में उलझे रहे कि ठाकुर के यहां जाना उचित है अथवा नहीं। पर उनके बेटे से मिलने न जाना भी तो परम्परा और संबंधों की अवहेलना थी।

ठाकुर के मित्र ज्ञान प्रकाश सीधे रवीन्द्र सिंह के घर पहुंचे जहां सुखवीर गहलौत पहले से मौजूद थे। 'राम-राम' के आदान-प्रदान के बाद उन्होंने तुरंत बात आरम्भ कर दी–भइया, आज ठाकुर का लड़का आया है।

–आया तो है पर साथ में कोई और भी है। सुखवीर गहलौत ने कहा।

–अररे, साफ-साफ कहो न...। रवीन्द्र सिंह तनिक तेज स्वर में बोला–साथ में एक लड़की भी है। ज्ञान प्रकाश, हम भी अभी यही बात कर रहे थे। कौन है या छोरी...?

–मैं क्या जानूं, भइया। पता मुझे भी चला है पर किससे दरयाफ्त करें। सोचा तुमसे ही पूछूं।

–हमें क्या मालूम...। पर ज्ञानू, ठाकुर के तो पूरे खानदान को मैं जानूं। किसी के घर जवान छोरी है ही नहीं...।

–वो तो मैं भी जानूं। पता चला है कि पैंट कमीज पहने है।

–अच्छा, ये मुझे न मालूम था। तब तो जरूर कोई अजनबी लड़की है। ठाकुर की खानदानी छोरी पैंट कमीज पहन के तो गांव में नहीं आ सके।

–ठीक कहे सुखवीर...। अभी दो दिन पहले ही तो मैं ठाकुर के साथ बैठा था। उसने तो एक बार भी जिकरा नहीं किया कि मनोज के साथ कोई और भी आ रहा है। ज्ञान प्रकाश बोले।

–फिर कै माजरा है यो...? रवीन्द्र सिंह ने मजाकिया स्वर में कहा।

तीनों गहरी सोच में डूब गये। दिन का तीसरा पहर आरम्भ हो गया था। मौसम अभी भी गर्म था। सांझ की झुटपुटी बेला अपना आवरण फैला रही थी। गांवों में गर्मियों की शाम काफी गुलजार हो उठती है। स्कूलों के बोझ से मुक्त

बच्चे स्वछन्द रूप से इधर-उधर घूमते हैं। रास्तों में क्रिकेट खेलते, (गांवों के बच्चों में क्रिकेट का भूत धीरे-धीरे चढ़ रहा था) या फिर गेंदताड़ी अथवा गुल्ली डंडा...। जहां औरतें अपने चूल्हे-चौके के काम में लग जातीं, वहीं पुरुषों के मेलजोल और गप गपाड़े का भी यही वक्त था। चौपालें भरने लगतीं, घेरों में जमघट लगने लगते। एकाध स्थान पर नवयुवकों की बैठकों में गीत गानों की लय गूंज उठती। बुजुर्गों द्वारा दुनियादारी के तमाम विमर्श किये जाते और जब अंधेरा फैल जाता, बच्चों का शोर-शराबा बंद हो जाता तब सब लोग 'राम-राम' कह कर अपने-अपने घरों की ओर चल देते।

–अब ऐसे ही बैठे रहेंगे का...? रवीन्द्र सिंह ने कहा–इत्ते सोच विचार की कै जरूरत है। चल हरपाल से ही बात कर लें। बालक से भी मिल लेंगे...।

–वो तो चलेंगे ही...। सुखवीर गहलौत बोले–पर यार, पता नहीं क्यों मुझे तो मामला कुछ केड़ा नजर आवे है।

–कैसे...? ज्ञान प्रकाश ने पूछा।

–यूं भाई कि कहीं लौंडे ने शहर में शादी-वादी तो नहीं कर ली।

–अजी लो...। रवीन्द्र सिंह भौंचक-सा रह गया–सुखवीर, तेरा दिमाग भी बड़ा खुराफाती है। बचपन से तुझे जानूं...।

ज्ञान प्रकाश और रवीन्द्र जोर से हंस दिये। हंसे सुखवीर भी हालांकि उनका दिमाग उसी विचार में उलझा था।

–नहीं रवीन्द्र...। कोई चीज भी असंभव नहीं है। लड़का आया है, साथ में लड़की है। ठाकुर को पता होता तो जरूर बतलाता। कोई रिश्तेदार होने का सवाल है नहीं। फिर तू ही बता कौन हो सके यह छोरी...? सुखवीर ने जोर देकर तर्क दिया।

रवीन्द्र सिंह और ज्ञान प्रकाश एक दूसरे के चेहरे देखने लगे। कुछ क्षण वहां चुप्पी बनी रही। तब ज्ञान प्रकाश ने कहा–तेरी बात में जान तो है भाई। पर इस तरह शादी...? ठाकुर के लौंडे की इत्ती हिम्मत नहीं...।

–लाला, बच्चों के पैर बढ़ते देर नहीं लगती। वक्त का कहां पता चले? और फिर भइया, शहर की आबोहवा अच्छे-अच्छों को बिगाड़ देती है। मेरे साले की लौंडिया का किस्सा तुम लोगों से छिपा नहीं है। पढ़ने में ज़हीन थी, मेरठ में पढ़ने भेज दिया। बस वहीं चक्कर चला दिया और तुम जानो कि साले-सलैज के न चाहने पर भी शादी करके ही मानी...। गहलौत ने कहा।

–सो वक्त तो खराब है। रवीन्द्र ने लम्बी सांस लेते हुए कहा।

–यही तो मैं कह रहा था। गहलौत ने आगे कहा–शहर में बच्चों का पता नहीं चलता। शहरी हवा बड़ी खराब है। मनोज खूबसूरत लड़का है। क्या मालूम किसी लड़की ने चक्कर चला दिया हो?

—भाई, तेरी बात ठीक भी हो सके। पर बिना कहे-सुने इस तरह हरपाल का लड़का किसी लड़की को घर न ला सके। हरपाल मजबूत आदमी है। इत्ती आसानी से झुकने वाला नहीं...। रवीन्द्र ने तर्क दिया।

—हो सके ठाकुर को सब मालूम हो लेकिन जानबूझकर छिपाया हो...। ज्ञान प्रकाश ने दिमाग दौड़ाया।

—ऐसा न हो सके...। गहलौत व रवीन्द्र एक साथ बोले—ये तो असंभव है।

तीनों फिलहाल चुप थे। कुछ देर बाद ज्ञान प्रकाश ने ही मौन तोड़ा—भइया, इत्ती परेशानी की बात नहीं है। ठाकुर के पास चलते हैं। वैसे भी तो जाना था। सब किस्सा साफ हो जायेगा।

—हां, जाना तो है ही। खुद हरपाल ने कल आने को कहा था। सुखवीर गहलौत ने कहा।

—पर भाई, कहीं कोई गड़बड़ न हो। ज्ञान प्रकाश ने फिर प्रश्न चिह्न लगा दिया।

—क्या गड़बड़ होगी? कोई तूफान आया है...? रवीन्द्र सिंह ने नाराजगी भरे स्वर में कहा—चलो चलते हैं।

और वे तीनों हवेली की ओर चल दिये। धूप काफी कम हो गई थी। तीनों शांत थे। हालांकि सभी के अंदर एक अजीब सी खलबली मची थी...।

हवेली पर पहुंचे तो वे चकित रह गये। बाहर की बैठक बंद थी। हवेली के अंदर कोई चहल-पहल नहीं थी। चारों ओर एक वीरानी-सी पसरी हुई थी। न ठाकुर दिखलाई दिये और न मुंशीजी...।

—यो तो गजब हो गया...। रवीन्द्र ने परेशान होकर कहा—इत्ती उम्र में आज तक इस वक्त बैठक बंद न देखी मैंने। भइया, क्या माजरा है?

—रवीन्द्र, ये तो सच कहा तूने...। सुखवीर गहलौत को भी धक्का-सा लगा था—कपाट बंद...वो भी इस समय। भइया, मुझे तो कुछ गड़बड़ लगे है।

ज्ञान प्रकाश न केवल हतप्रभ थे बल्कि चिंतित भी—यार, हरपाल का कुशल क्षेम पता करना जरूरी है।

—पर किससे पूछूं? ऐरे गैरे से दरयाफ्त करना भी तो मुनासिब नहीं। जब तक कुछ बात पता न हो, मुंह से कोई लफ्ज निकालना भी तो गलत है। सुखवीर ने उत्तर दिया।

—धीरे-धीरे सब पता चलेगा। ठाकुर का मुंशी मेरे पास ही तो रहवे है। रात में बुलवा कर पूछ लूंगा। फिलहाल तो लौट चलो।

रवीन्द्र के कहने पर वे उल्टे लौट गये। तीनों परेशान थे, ठाकुर को आज बैठक का द्वार बंद करने की क्या आवश्यकता थी? परिवार में ऐसा क्या अशुभ या अनिष्ट घटित हुआ है जो तीसरे पहर में ही दरवाजा बंद कर दिया गया...?

यह समय ठाकुर हरपाल सिंह के बैठक में बैठने, लोगों से मेल-मुलाकात करने और या फिर मित्रों से गप्प मारने का है। इस समय हरपाल कहां होंगे..., हम लोगों के सामने वह क्यों नहीं आये हैं... आदि तमाम सवाल उनके मस्तिष्क को झकझोरने लगे।

उन्हें पिछली बार मनोज के गांव में आने का दिन याद आया। घर पर उत्सव जैसा वातावरण था। चारों और चहल-पहल थी। मिलने-जुलने वाले आ जा रहे थे। ठाकुर बैठक में पूरे दिन भर बैठे रहे और जो आता, उसका मुंह मीठा कराना नहीं भूलते। गांव की औरतें ठकुराइन से मिलने अंदर आ-जा रही थीं। रसोई से पकवानों की भीनी-भीनी खुशबू चारों ओर फैल रही थी।

तीनों वापस रवीन्द्र सिंह की बैठक में आकर बैठ गये—जैसे हारे हुए सैनिक हों—चल भाई, चाह पी लेवें...। ज्ञान प्रकाश ने कहा।

—हां, क्यूं नहीं...। कहकर रवीन्द्र सिंह ने अपने बेटे महकार को आवाज दी और उसके प्रकट होने पर 'चाय' का संक्षिप्त-सा आदेश दे डाला।

स्टील के गिलासों को पीतल की थाली में सजा कर महकार चाय दे गया। चाय का लम्बा घूंट पीकर ज्ञान प्रकाश बोला—भइया सुखवीर, जरा तहकीकात करो। मुझे तो मामला कैड़ा लगे है।

—मुझे भी अब कोई शक नहीं है। सुखवीर ने उत्तर दिया—पता नहीं बेचारा हरपाल किस मुसीबत में फंस गया है।

—हो न हो, यह सारा खेल उसी छोरी का है। रवीन्द्र सिंह भी परेशान था।

—मतलब...?

—मतलब यो कि वो छोरी कोई सगी, संबंधी तो है न। कुछ मनोज का ही चक्कर है, तभी न हरपाल अंदर घुसा पड़ा है।

—मुझे तो कुछ समझ में आया नहीं...। सुखवीर ने पूछा—मुंह छिपाने से क्या बात छिप जायेगी?

—पर भइया, ऐसे मौकों पर आदमी शर्मिन्दा तो होता ही है, और मुंह भी छिपाता है। चाहे वक्ती तौर पर ही सही...। ज्ञान प्रकाश बोले।

—चलो, आज रात को मुंशी से सब राज खुल जायेगा। वह मुझसे कुछ नहीं छिपायेगा। कहकर रवीन्द्र सिंह ने बात समाप्त कर दी।

नयनी और मनोज के खेतों के भ्रमण के बाद तो पूरा गांव जैसे उन्हीं की चर्चा में डूब गया। औरत हो अथवा पुरुष, बच्चे हों या बूढ़े, सबकी चर्चा का केन्द्र बिन्दु नयनी ही थी। ऐसे विमर्श में एकाएक सब अत्यन्त बुद्धिमान और अनुभवी हो जाते हैं। अनुभव की सम्पदा उनके विचारों को बड़ा तार्किक व विश्वसनीय बना देती

है। ऐसा प्रदर्शन करते हैं मानो जीवन के सभी रहस्यों, उसकी जटिलताओं व गूढ़ताओं के ज्ञेता हैं वे तथा उनके निष्कर्ष सार्वभौमिक व शाश्वत सत्य हैं, विशेषकर जब तथ्य व वास्तविकता का ज्ञान किसी को भी नहीं होता है।

नयनी के संबंध में भी यही हुआ। उसके बारे में किसी को भी किंचित मात्र ज्ञान नहीं था। मनोज और नयनी के संबंधों के बारे में भी वे पूरी तरह अनजान थे किन्तु नयनी के चरित्र की विशद व्याख्या अथवा उसके मनोज के साथ संबंधों का खुलासा सब लोग अपने-अपने ढंग से कर रहे थे। अधिकतर लोगों का विश्वास था कि मनोज ने उससे विवाह कर लिया है और ठाकुर ने अपनी प्रतिष्ठा को बचाने की खातिर जान बूझ कर यह सत्यता गांव वासियों से छिपाये रखी। वैसे भी उनके लिए यह तो अकल्पनीय था कि कोई अविवाहित कन्या किसी दूसरे पुरुष के साथ न केवल खुलेआम घूमे-फिरे बल्कि उसके घर में जाकर रहना आरम्भ कर दे। कौन मां-बाप अपनी जवान लड़की को किसी अपरिचित के घर भेज सकता है, या फिर ठाकुर ही कैसे एक पराई लड़की को अपने घर में रहने की अनुमति दे सकते हैं? मनोज भी एक अनजान लड़की को अपने साथ घर लाने का साहस कैसे कर सकता है?

इस विचार पर लगभग सभी एक मत के थे। इसमें किसी विवाद या बहस की गुंजाइश भी प्रतीत नहीं होती थी। स्वाभाविक है कि इसी से जुड़ा विषय प्रेम विवाह था...। गांव के अधिकतर लोगों को प्रेम विवाह का अनुभव हिन्दी फिल्मों से था। वृद्ध स्त्री-पुरुषों को छोड़कर सभी लोग अमरपुर के सिनेमा हाल में हिन्दी फिल्में देखते थे। फिर कई घरों में अब टी.वी. भी उपलब्ध थे...। प्रेम विवाह के संबंध में उनकी समस्त धारणाएं वही थीं जो वे फिल्मों में देखते आये थे। नयनी और मनोज के संदर्भ में उन्हें एक ही दुख था–प्रेम का लक्ष्य प्राप्ति से पूर्व के हिन्दी फिल्मों के सारे रोमांस, रोमांच व जुझारूपन को वे नहीं देख सके थे। न बाग व खेतों में दौड़ते-भागते गाने के दृश्य थे, (हालांकि अगले दिन बाग में कुछ-कुछ वैसा अनुभव उन्हें प्राप्त हुआ था) न किसी प्रकार का द्वन्द्व व तनाव था, न प्राण या प्रेम चोपड़ा, अमरीश पुरी जैसे खलनायक प्यार की डगर में रोड़ा अटकाने आने वाले थे और स्वाभाविक रूप से न फिर वह ढुशुम-ढुशुम ही देखने को मिलनी थी जो हिन्दी फिल्म दर्शकों के पैसे वसूल कराती है।

हां, प्रेम विवाह की स्वीकृति को लेकर मतभेद अवश्य थे। अधिकतर लोगों के लिए तो यह अमान्य था ही पर गांव का एक वर्ग ऐसा भी सामने आया था जो इसे स्वीकार करने को तैयार था। इस समूह में अधिकतर नई उम्र के पढ़े लिखे नवयुवक थे। उनके लिए तो नयनी का आगमन एक रोमांचकारी अनुभव था। जो अब तक उन्होंने केवल रुपहले पर्दे पर देखा था उसका साक्षात अवलोकन उनके लिए अत्यन्त उत्साहजनक था।

पर अधिकतर लोगों के लिए यह अनुभव निराशाजनक साबित हुआ। पर सबने अपने-अपने ढंग से वर्णन किया। किसी को नयनी के ट्रैक्टर की सीट पर मनोज के पीछे से सटकर बैठने ने आकर्षित किया था, तो कोई उसकी तंग पैंट व ढीली शर्ट का वर्णन करता रहा। इस गांव की औरतें भी कमीज पहना करती थीं इसलिए गांववासी औरतों को कमीज पहने देखने के आदी थे। किन्तु नयनी की शर्ट न कमीज थी, न बुशर्ट...। बांहें खुली हुई, कुछ-कुछ बनियाननुमा, नाभि तक लम्बी जिसके पीछे बड़े-बड़े अंग्रेजी अक्षरों में 'कैच मी' लिखा था। क्रिकेट प्रेमी गांव के शिक्षित बच्चे 'कैच' का अर्थ बखूबी समझते थे। घर आकर जब घर के बड़ों के सामने उन्होंने इसे स्पष्ट किया तब तो औरतों के सिर शर्म से नीचे झुक गये।

–बड़ी बेहया छोरी है...। एक औरत ने टिप्पणी की–खुद मारी-मारी इसीलिए डोल रही है जिससे लोग इसका पीछा करें। बताओ क्या जमाना है...?

–ऐसे ही नहीं मनोज को फंसाया है...। एक अन्य स्त्री का मत था–पढ़ने लिखने वाला छोरा। देखने में सुन्दर है सो बेचारा चक्कर में पड़ गया होगा।

ऐसे अनेक मन्तव्य व्यक्त किये गये। उधर कुछ लोगों ने उसकी सुन्दरता का भी ऐसा विशद वर्णन कर डाला कि कितने लोगों के दिल में आग सी लग गई। लम्बे खुले बाल, बड़ी-बड़ी कजरारी आंखें, होंठों पर गहरी लाल लिपस्टिक, लम्बी-लम्बी उंगुलियों पर रंगे हुए लम्बे नाखून...।

लोगों को अब अगले दिवस के कार्यक्रम की प्रतीक्षा थी। बच्चे व नवयवुक ही नहीं, औरतें तक नयनी की झलक पाने को बेताब थीं। इसलिए बाग में जाने की सूचना मिलने पर कोई किसी स्थान पर खड़ा हो गया तो कोई जंगल की ओर इस तरह चल दिया जिससे बाग में या उसके आसपास से गुजर सके। बाग में नयनी के झूला झूलने तथा गाने का आनंद भी कई लोगों ने लिया, भले ही चोरी-छिपे...। कल की अपेक्षा आज का अनुभव अधिक रोचक साबित हुआ था।

उस दिन शाम तक मनोज और नयनी के कथित रोमांस के चर्चे गांव के बुजुर्गों के कानों में भी पड़ गये थे। मास्टर टीकाराम की पत्नी को उसके पोतों ने बाग में गाने-बजाने का अत्यंत विस्तार से वर्णन सुनाया था। देवकी पहले तो विश्वास ही नहीं कर सकी किन्तु जब बहू ने भी बच्चों की बात का समर्थन किया तो उससे नहीं रहा गया। सीधे अपने पति के पास पहुंचकर पूरे आक्रोश व उत्तेजना के साथ वह उनसे इस तरह प्रश्न करने लगी मानो इसकी पृष्ठभूमि में वह स्वयं हैं।

–ये सुना तुमने। ठाकुर का छोरा किसी लड़की के साथ गांव में ये क्या गलत हरकतें करता घूम रहा है। बच्चों पर असर देखो। कल से बस उसी की रट लगाये हैं। यह सब देखकर गांव के बच्चे बिगड़ेंगे नहीं क्या? और तुम लोग बस तमाशा देख रहे हो।

मास्टर टीकाराम के कानों में ठाकुर के घर किसी लड़की के आगमन का समाचार पड़ा था किन्तु उन्होंने इसे परिवार का निजी मामला समझ कर नजरअंदाज किया। इस बारे में किसी से कोई बात नहीं की। वैसे भी ठाकुर परिवार के प्रति उनके हृदय में अगाध प्रेम व असीम सम्मान था। राघवेन्द्र सिंह ने ही उन्हें गांव में प्राइमरी स्कूल खोलने का दायित्व सौंपा था और पूरे बत्तीस वर्ष तक उन्होंने गांव के इस स्कूल में अध्यापन किया। अपने कठोर अनुशासन, अध्यापकों और छात्रों दोनों पर कड़े नियन्त्रण के लिए वह पूरे क्षेत्र में विख्यात थे। मूलरूप से वह अमरपुर के निवासी हैं। गरीब परिवार से संबंधित थे। किसी तरह कक्षा दस पास कर लिया था और नौकरी की तलाश में भटक रहे थे कि तभी ठाकुर राघवेन्द्र सिंह से एक दिन भेंट हो गई और अध्यापकी की नौकरी मिल गई। गांव के इस विद्यालय को विकसित करने का पूरा श्रेय मास्टर टीकाराम को ही दिया जाता है। पूरे गांव में हर व्यक्ति उन्हें आदर व सम्मान की नजर से देखता है।

–कौन आसमान टूट पड़ा जो तू इत्ती परेशान है? उन्होंने पूछा।

–तुम कुछ न जानो...? पूरे गांव में तो आग लगी है।

–पर हुआ क्या भागवान...? मास्टर टीकाराम ने झुंझलाकर पूछा।

देवकी ने बढ़ा-चढ़ा कर जानकारी अपने पति को दी।

–बताओ, गांव में यह सब होगा तो बच्चों पर कितना बुरा प्रभाव होगा। ठाकुर का बालक शहर में पढ़ने लगा तो यहां भी वो सब करेगा जो शहर में होता है। नाचना, गाना, हाथ में हाथ डाले डोलना जैसा तमाशा हो रहा है, न शर्म, न हया...।

–मैं न जानूं। यह जरूर पता चला कि ठाकुर के घर कोई लड़की आई है।

–तो कुछ तो पता कर लेते। कौन लड़की है, क्या छोरे ने शादी कर ली है?

–कहा न, मुझे कोई जानकारी नहीं है।

–पर बिना शादी के कोई लड़की इस तरह कैसे घूम-फिर सके?

अब मास्टर शांत रहे।

–जो भी हो। इस तरह उन दोनों का गांव में घूमना-फिरना, नाचना-गाना तो यहां के बच्चों के लिए बिलकुल ठीक नहीं है। गलत बात ही सीखेंगे। देवकी ने आगे कहा।

–तेरी सब बात ठीक है। पर बता मैं क्या करूं? मास्टर टीकाराम अंदर ही अंदर उद्वेलित हो चले थे।

–सुखवीर वगैरा को सारी जानकारी होगी। उनसे बात करो। सही बात भी पता चलेगी और ठाकुर को भी तुम समझा सको...।

मास्टर टीकाराम को पत्नी का सुझाव जंचा था। उन्होंने कोई उत्तर नहीं दिया। शांत बैठे रहे पर उनके अन्तर्तम में एक ज्वार-सा उठ खड़ा था। जो कुछ पत्नी

ने बतलाया था वह सचमुच चिंताजनक था। उनका मन हुआ कि सीधे ठाकुर हरपाल सिंह के पास जाकर ही इस रहस्य का खुलासा कर लें। कुछ देर कशमकश में झूलते रहे। फिर अपने बेटे सत्यदेव को बुलाकर हवेली भेज कर मिलने की खबर कराने का निर्णय लिया।

सत्यदेव लगभग पन्द्रह मिनट बाद लौटा और ठाकुर हरपाल सिंह के अस्वस्थ होने की सूचना दी।

–क्या, हरपाल बीमार हैं और मुझे पता भी नहीं चला? वह सचमुच चकित थे–क्या बीमारी है, कब से? अभी तीन दिन पहले तो हवेली गया था मैं। पूरी तरह स्वस्थ और हंसता हुआ मिला था बल्कि बेटे के आने के बारे में ही बात कर रहा था। फिर अचानक...?

–अधिक जानकारी तो किसी ने नहीं दी। बैठक का दरवाजा बंद था। बाहर एक आदमी से पूछा तो यही बतलाया और कहा कि कल से किसी से मिलने को मना किया है।

–अरे सत्यदेव, ऐसी कौन सी बीमारी है कि हम लोग उनका कुशल क्षेम भी नहीं पूछ सकते? मुझे तो बिलकुल समझ में नहीं आता...। वह बुरी तरह परेशान हो चले। सिर चकराने लगा।

सत्यदेव गांव के पढ़े-लिखे व्यक्तियों में से हैं। अमरपुर कालेज से इंटर और फिर प्राइवेट बी.ए. पास करके सत्यदेव विकास खण्ड में विस्तार प्रशिक्षक के रूप में सेवारत है। पिताजी की चिंता से वह पूरी तरह सहमत था। पिछले दो दिनों में ठाकुर परिवार के संबंध में चर्चा से वह अनभिज्ञ नहीं था। कल रात ही पत्नी धन्वंतरी ने उसे मनोज और नयनी के बारे में जानकारी दी थी। आज कार्यालय से वापस आने पर पत्नी ने पुनः इस बावत बतलाया था। अम्मा तो जोर-जोर से बोल रही थीं–गांव का सत्यानाश होगा। कल से बालकों ने पढ़ना-लिखना तो दूर, अपना खेल तक भी बंद कर दिया है। बस उस लड़की के पीछे घूम रहे हैं।

सत्यदेव जानता था कि यह केवल उसकी मां की ही भावना नहीं थी बल्कि गांव के अनेक बुजुर्गों की सोच थी। रूढ़िवादी, पुरातन संस्कारों वाले गांव में एक युवती का इस प्रकार स्वच्छन्द विचरण लोगों के लिए भारी आघात ही था। ठाकुर हरपाल भी कोई अपवाद नहीं थे। शायद इसी आघात से उबरने के लिए उन्होंने अपने को एकांतवास में कर लिया हो।

–पिताजी, मुझे तो कुछ और ही चक्कर लगता है। बीमारी तो मात्र बहाना है।

–क्या बेटा...?

–दरअसल मनोज के साथ कोई लड़की आई हुई है। पता नहीं कौन है? क्या मालूम उसी से दुखी होकर यह सब किया हो...।

—पर बेटा, यह कौन कन्या है? क्या मनोज ने विवाह कर लिया है? मास्टर टीकाराम ने पूछा।

—मुझे क्या मालूम...। मुझे भी तो बस धन्वंतरी और अम्मा से पता चला है। पर ऐसा लगे कि कुछ मकड़जाल है जरूर...। शायद ठाकुर इसीलिए बीमार बने हुए हैं।

—मैं अभी सुखवीर के पास जाता हूं। वह हरपाल का मित्र है। उसे अवश्य सब जानकारी होगी।

मास्टर टीकाराम धोती और कुर्ता बदलने उठ खड़े हुए। सांझ का झुटपुटा फैल रहा था। दिन भर तेज हवाएं चलने के बाद एकाएक हवा बंद हो गई थी और चारों तरफ उमस फैल गई थी।

कपड़े पहनकर मास्टर टीकाराम ने हाथ में लम्बी लाठी ली और सीधे सुखवीर गहलौत के घर की राह ली। वहां पहुंचने पर पता चला कि ज्ञानप्रकाश के घर गये हैं। इसलिए मास्टर टीकाराम उस के घर चल दिए। वहां तीनों मित्र मौजूद थे। दही के लस्सी की गिलास सामने रखे थे। मास्साब को देखकर वे चौंक गये...।

—गुरुजी आप...? रवीन्द्र सिंह ने कहा।

—हां भइया सुखवीर के घर गया था, यहां का पता चला तो सीधे यहीं आ गया।

—मास्साब, मुझे बुलवा लिया होता। सब कुशल तो है। सुखवीर ने पूछा।

—हां, ईश्वर की बड़ी कृपा है। बस मिलने का मन हुआ। तुम लोगों के बीच कोई व्यवधान तो नहीं डाला मैंने...?

—अजी कैसी बात करे हो गुरुजी। आप बैठो और लो, लस्सी लो।

ज्ञान प्रकाश ने एक गिलास मास्टर टीकाराम के सामने खिसका दिया। मास्टर साहब ने बिना कोई औपचारिकता निभाए गिलास को मुंह से लगा कर उसे खाली कर दिया। मीठे दही की लस्सी ने अंदर तक ठंडक पहुंचाई। उन्हें अच्छा लगा।

—गुरुजी, सेवा बताओ...? सुखवीर ने पूछा।

—भइया, हमारी क्या सेवा। दिमाग में परेशानी थी सो चले आये...।

—आप आदेश करें...। सुखवीर ने फिर पूछा।

मास्टर टीकाराम कुछ पल के लिए कुछ सोचने लगे। कुछ सतर्क भी थे। कहीं ठाकुर या उनके परिवार के लिए कोई अनुचित व अमर्यादित शब्द मुंह से न निकल जाये। एक तो स्वयं उनके हृदय में उस परिवार के लिए सम्मान था, दूसरे वह यह भी भली प्रकार समझते थे कि ये तीनों हरपाल सिंह के अभिन्न मित्र हैं।

—भइया, कल से घर की औरतें न जाने क्या—क्या कह रही हैं। क्या ठाकुर का बालक अवकाश में घर आया है?

–हां। उन की चिंता का विषय सुखवीर तुरंत समझ गये।

–क्या कोई कन्या भी साथ में है?

–जी गुरुजी, उसके साथ पढ़ती है। वही आयी है।

–पर भइया, इस तरह...?

–आपकी परेशानी समझूं मास्साब...। उनकी बात काटते हुए रवीन्द्र सिंह बोले–हम लोग भी कम परेशान नहीं हैं।

–कौन है यह? इस तरह गांव में घूमना-फिरना...?

–गुरुजी; आप ठीक कहते हैं। ज्ञान प्रकाश ने कहा–यह अच्छी बात नहीं है।

–पर मनोज किसी अनजान लड़की को यहां क्यों ले आया?

–मैंने मुंशी से पूछा था। रवीन्द्र सिंह ने बतलाया–उससे पता चला कि यह लड़की मनोज के साथ पढ़ती है। गांव देखने आयी है।

–गांव देखने आयी है...? मास्टर टीकाराम का मुंह विकृत हो चला–यह क्या बात हुई? फिर इस तरह डोलना, फिरना...। हरपाल ने कोई आपत्ति नहीं की?

–क्या करता बेचारा...। कल से मुंह छिपाये बैठा है। हम लोग मिलने गये थे, अपने को अंदर बंद कर रक्खा है। सुखवीर गहलौत ने कहा।

–सो तो मैंने भी मिलने का मन बनाया था। पता चला अस्वस्थ है।

–अस्वस्थ नहीं गुरुजी, लाज के मारे घर के अंदर घुसा पड़ा है। सुना है कल, परसों लड़की जाने वाली है। तब बात करेंगे उससे। इस तरह गांव का माहौल खराब नहीं होना चाहिए।

–उसने मनोज को नहीं समझाया?

–मुंशीजी कह रहे थे कि मनोज की बड़ी डांट-डपट की। पर अब क्या करे बेचारा...। रवीन्द्र सिंह ने उत्तर दिया।

–भइया, किसी तरह तुम लोग उससे मिलकर कह दो कि मनोज पर कुछ नियंत्रण रखे। बच्चों पर खराब असर पड़ रहा है। घर की औरतें तक परेशान हैं। इस तरह की घटनाओं से गांव में एक अजीब तरह की उछृंखलता फैलती है। फिज़ा बिगड़ती है। बस यही कहने आया था...।

गुलजार पशोपेश में जकड़ा हुआ था। गांव के कुछ लोगों ने उससे इस प्रकरण में हस्तक्षेप की मांग की थी। लेकिन वह जानता था कि जहां एक ओर यह ठाकुर परिवार का निजी मामला था जिससे उनका सम्मान व प्रतिष्ठा निकटता से जुड़े थे, वहां दूसरी ओर वह अपने राजनैतिक प्रतिद्वन्द्वी को एक और शह देने का अवसर चूकना भी नहीं चाहता था। वह बखूबी समझता था कि ठाकुरपुरवा में ठाकुर हरपाल

सिंह ही उसे मात देने में सक्षम हैं इसीलिए उन्हें दबाने का कोई भी मौका अपने हाथ से निकल जाने देना मूर्खता नहीं तो क्या था। किन्तु वह सावधान था। राजनीति में तरकश से निकला तीर कभी खाली नहीं जाता। यदि वह प्रतिद्वन्द्वी को भेदने में असफल होता है तो उसका निशाना स्वयं चालक को बनना पड़ता है।

नयनी के आगमन की सूचना उसे पहले ही दिन मिल गयी थी। पूरे गांव में ही इसका हल्ला था। एकाध लोगों से मिलकर उसने नयनी के संबंध में जानकारी करने का प्रयास भी किया किन्तु सफल नहीं हुआ। दोनों दिनों की गतिविधियों की पूरी सूचना उसे मिल गयी थी पर अपनी ओर से किसी तरह की पहल करना उसे उचित नहीं लगा। उस दिन शाम को संतोषी आया और नयनी के बारे में पूछने लगा—यह कौन हीरोइन गांव में आ गयी है जिसे देखने के लिए सभी व्याकुल हैं? जहां देखो उसी की बात हो रही है।

—ठाकुर की मेहमान बताते हैं...। गुलजार ने हंसकर कहा।

—ऐसे कौन सी मेहमान ठाकुर के यहां आ गयी जिसे देखने पूरा गांव उमड़ पड़ा है? सुना है अकेली आयी है?

—अकेली नहीं, मनोज के साथ...।

—मनोज की दोस्त है, या शादी-वादी का चक्कर है?

—मुझे क्या मालूम। यह सब तो सुखवीर वगैरा बतलायेंगे। वे लोग ठाकुर के हमजोली हैं।

संतोषी कुछ देर चुप रहा। फिर संजीदगी के साथ बोला—गुलजार, इस तरह लड़की का गांव में घूमना-फिरना ठीक नहीं है।

गुलजार ने इस पर कोई प्रतिक्रिया देने की जरूरत नहीं समझी।

—चुप क्यों हो प्रधान...? संतोषी ने पूछा।

—भइया, हर मामले में दखलंदाजी ठीक नहीं है। ठाकुर का निजी मामला है। वह स्वयं देखें, उचित-अनुचित को समझें...। गुलजार ने सोच समझ कर कहा।

—गुलजार भाई, घर के अंदर जो हो वो निजी मामला हो सकता है। लेकिन जब आम आदमी उसे देखे-सुने, हर आदमी उसमें उलझा महसूस तो करे वह फिर निजी मामला थोड़े ही रह जाता है।

—मैं समझा नहीं...? गुलजार संतोषी से ही सुनना चाहता था।

—इत्ते भोले मत बनो, प्रधान हो। गांव की नस-नस की जानकारी है। संतोषी ने आंख दबा कर कहा।

—अरे संतोषी-गुलजार धीरे से हंसा—तुम तो मेरी हर बात में राजनीति देखते हो। लड़की के आने से गांव वाले कैसे उलझ गये...? कुछ तो समझा।

—उलझे नहीं तो हम लोग उस बारे में क्यों बात कर रहे हैं।

मन ही मन गुलजार ने संतोषी के तर्क की दाद दी। फिर बात आगे बढ़ाई—बात

करना उलझना थोड़े ही है। अच्छा तेरा मतलब लड़की के घूमने-फिरने से है।

–हां गुरुजी...। संतोषी ने मुस्करा कर हाथ जोड़े–गांव में इस तरह घूमना फिरना अच्छी बात है क्या...?

–तो बुरा भी क्या है? गुलजार ने उकसाया।

–अच्छा...। संतोषी तैश खा गया–जाटवों के बच्चे बाग में कुछ देर रुक जायें, वो भी स्कूल आते-जाते वक्त, तब पूरा गांव त्राहि-त्राहि कर जाता है, गांव की सारी मर्यादा, परम्परा टूट जाती है, नैतिक पतन होने लगता है, बच्चों के भविष्य पर प्रश्न चिह्न लग जाता है और ठाकुर का लड़का खुलेआम लड़की को लेकर घूमे-फिरे तो कुछ गलत नहीं। सब आंखें बंद करके उनकी प्रेम लीला चलने दें। बड़े लोग हैं न...। भई वाह प्रधान, तुमने भी ठीक कहा।

गुलजार मन ही मन खिल उठा। उसका निशाना ठीक लगा था।

–भाई, समझने की कोशिश करो। गुलजार ने कहा–वो गांव के दो बच्चों का मामला था, वो भी एक ही खानदानी...। पूरा गांव दोनों को जानता था। यहां तो हमें मालूम ही नहीं कि वह लड़की है कौन? क्यों आयी है? ठाकुर की क्या लगे है?

–तब तो और भी गलत है। फिर गांव में तमाशा करने का क्या मतलब है। सारे बच्चे, आदमी, औरतें इसी में उलझे हैं। उनपे इसका खराब असर नहीं पड़ेगा। उनका चारित्रिक पतन नहीं होगा। कल को कोई और बालक किसी लड़की को इस तरह गांव में ले आये तब क्या होगा? हम लोग चुप रहें...? उसने गुलजार की आंखों में आंखें डाल कर पूछा।

गुलजार चुप था। संतोषी के तर्क में बड़ा बल था।

–बोलो प्रधान... या इसी तरह चुप रहेगा।

–क्या बोलूं यार..., तेरी बात एकदम ठीक है। पर तू बता मैं क्या करूं...?

–प्रधान हो...। तुम्हारा फर्ज है कि लोगों की भावनाएं ठाकुर तक पहुंचे।

संतोषी से बात करके ही गुलजार कशमकश में उलझ गया था। ऐसी स्थिति में वह क्या कर सकता है...? कहीं ठाकुर ने उल्टे मुंह कुछ सुना दिया तो? फिर केवल संतोषी के सोचने से ही काम कहां चलने वाला है। गांव के बुजुर्गों मंगल सिंह, लाला रामनिवास, मास्टर टीकाराम, निरंकार चौधरी आदि का समर्थन भी तो आवश्यक है। उनके समर्थन से ही उसकी बात को बल मिलेगा अन्यथा ठाकुर इसे भी राजनैतिक प्रहार की संज्ञा देकर इससे साफ निकल जायेगा।

गुलजार जानता था कि इस मामले में गांव के सवर्णों को एकजुट करना सरल कार्य नहीं था। एक तो ठाकुर परिवार के लिए सभी के मन में कमोबेश सम्मान जरूर था, दूसरे यह उनके परिवार की प्रतिष्ठा से प्रत्यक्ष रूप से जुड़ा मामला था। ऐसे में भी कई लोग इससे जुड़ने में संकोच कर सकते हैं।

बहरहाल उसे लगा कि इस प्रकरण में संतोषी काफी उपयोगी साबित हो सकता है।

—भइया। उसने कहा—जरा दो-चार लोगों से तुम बात करो। मैं तो करूंगा ही।

—मैं किससे बात करूं। मुझसे तो वैसे ही कम बोले हैं लोग। जब से तूने चुनाव लड़वाया है मैं तो किसी को फूटी आंख नहीं सुहाता...।

—अरे तो अपने प्रमुख जी से तो बात कर सके है। वो, सरना चाचा वगैरा गांव के बुजुर्गों से मिल कर अपनी बात कहें...।

—सरना चाचा ने तो स्वयं आज मुझसे कहा था। कह रहे थे कि हमारे बच्चों पर कैसा तूफान खड़ा किया था और ठाकुर का बालक पूरे गांव में छोरी घुमा रहा है, तब सब चुप हैं।

—अच्छा...। गुलजार को सुनकर अच्छा लगा—उनसे जाकर कह दे कि मैं उनके साथ हूं। दो-चार लोगों से वो बात कर लें। जरूरत हुई तो छत्तीस जातियों की सभा बुलवा लूंगा। अब कोई बड़ा-छोटा नहीं है। नियम, कायदे, कानून सबके लिए एक हैं। मर्यादा व नैतिकता का सबको पालन करना है चाहे वह रमेसर हो या ठाकुर।

गुलजार सचमुच प्रफुल्लित था। उसे एक रास्ता बनता नजर आने लगा। यह भी लगा कि उसे कुछ सक्रिय भूमिका अदा करना आवश्यक था। उसे मास्टर टीका राम की याद आईं। गुलजार उनका प्रिय शिष्य रहा था। सेवानिवृत्ति के बाद उनको ग्राम सभा की जमीन दिलवाने में उसने ही महत्वपूर्ण भूमिका अदा की थी। अंधेरा चढ़ आया था। पर उसे कल तक प्रतीक्षा का धैर्य कहां था? वह सीधे मास्टर साहब के घर पहुंचा।

मास्टर टीकाराम को कुर्ता धोती पहने देखकर वह तनिक चकित हुआ—गुरुजी प्रणाम। उसने झुक कर उनके चरण स्पर्श किये—कहीं जा रहे हैं?

—आ बैठ गुलजार। जा नहीं रहा, अभी लौटा हूं।

—कहीं बाहर गये थे?

—अरे न भाई, सांझ में बाहर कहां जा सकूं। सुखवीर से मिलने चला गया था।

गुलजार बैठ गया। सत्यदेव ने पानी का गिलास दिया। उसने पी लिया।

—चाय, शर्बत...। सत्यदेव ने पूछा।

—नहीं भइया...। खाने का समय है, गुरुजी को अकारण परेशान करने चला आया।

—परेशानी क्या भाई। रोटी खा...।

—घर पर तैयार है। मैं तो कुछ मशवरा करने चला आया। आप जानो, शिष्य

तो जीवन भर कष्ट ही देते हैं।

–अरे कैसा कष्ट। इस बुढ़ापे में किस काम का हूं। पर बता, कैसे तकलीफ की?

गुलजार कुछ पल के लिए रुका। कुर्सी को मास्टर साहब की चारपाई के निकट खींचा और फिर धीमे स्वर में कहा–गुरुजी, कल से लोगों ने घेर रखा है। समझ में नहीं आता क्या करूं। इसीलिए आपके पास चला आया।

–बोल तो...? मास्टर टीकाराम ने परेशान होकर पूछा।

–गुरुजी, ठाकुर के घर कोई लड़की आयी है। उसी को लेकर तरह-तरह की चर्चाएं हैं।

–हां...। सुनकर मास्टर टीकाराम ने एक लम्बी सांस ली और जोर से हंसे–मैं तो घबरा गया था। भइया, मैंने भी सब सुना है तभी तो सुखवीर से मिलने गया था। वहां ज्ञानू व रवीन्द्र भी मौजूद थे। इस बारे में उनसे बात की मैंने।

–ये तीनों तो ठाकुर साहब के मित्र हैं। क्या पता चला?

–वो खुद भी कुछ न जानें। हरपाल तो बाहर निकल ही नहीं रहा। सो वे लोग भी मुलाकात नहीं कर पाये। ठाकुर के मुंशी से थोड़ा-बहुत पता चला था कि लड़की मनोज के साथ पढ़ती है।

–पढ़ना ठीक है। पर गुरुजी, इस तरह गांव में घूमना-फिरना...?

–ठीक कहता है तू। सब परेशान हैं। वो लोग भी काफी चिंतित लग रहे थे। एकाध दिन में लड़की चली जायेगी तब वो खुद हरपाल से बात करने की कह रहे थे।

–पर गुरुजी, कहीं अधिक विलम्ब न हो जाये। आज तक तो फिर भी गनीमत है। सिर्फ घूमना-फिरना है। कल को कहीं ईश्वर न करे...।

मास्टर टीकाराम के चेहरे पर चिंता की रेखाएं उभरने लगीं। ठाकुर हरपाल सिंह को सचेत किया जाना जरूरी है जिससे जब तक लड़की गांव में रहे, गांव की मर्यादाओं का पालन करे।

–सच कहे है तू। मास्टर साहब बोले–पर हरपाल तो अपने कमरे से बाहर ही नहीं निक़ल रहा।

–गुरुजी, मैं तो बीच में पड़ना भी नहीं चाहता वरना ठाकुर इसे राजनीति समझेंगे।

–इसमें क्या राजनीति? उसके सबसे नजदीकी दोस्त तक इस मामले में परेशान हैं।

–वो क्या पूरा गांव ही परेशान दीखता है। आज संतोषी भी मिलने आया था। जाटवों में भी इसकी खासी चर्चा है। अभी जाटवों के बच्चों को लेकर कितना झमेला हुआ है...।

–तेरी बात बिलकुल सत्य है। इस मामले को अनदेखा नहीं किया जा सकता। मैं कल निरंकार चौधरी, पंडितजी से बात कर लूंगा। जरूरत हुई तो सब मिलकर ठाकुर से मिलेंगे।

–शायद इसकी जरूरत न पड़े...। गुलजार प्रसन्न था। वह अपने लक्ष्य के निकट पहुंच रहा था–ठाकुर साहब समझदार आदमी हैं। दुनियादारी समझते हैं। इस गांव की परम्परा व मर्यादा को उनसे अच्छा कौन समझ सकता है।

मास्टर टीकाराम सोच में डूबे रहे। तत्काल कुछ बोले नहीं। मन ही मन कल के कार्यक्रम की योजना बनाने लगे।

न तो कोई पंचायत बुलाई गयी थी और न ही किसी सभा का कोई औपचारिक निमंत्रण ही जारी हुआ था। किन्तु अगले दिन निरंकार चौधरी के घेर में गांव के सभी प्रमुख लोग जुट गये थे। बातचीत का मुद्दा था–मनोज और नयनी। सुबह मास्टर टीकाराम निरंकार चौधरी से मिलने गये थे और भगौती प्रसाद व सरना चाचा पंडित सुखदेव शर्मा से। पंडितजी ने तब भूपति यादव को भी बुलवा भेजा था। इस बारे में काफी देर बातचीत चलती रही और तब वे सब मिलकर निरंकार चौधरी के घर पर पहुंचे जहां मास्टर टीका राम पहले से मौजूद थे। बातचीत शुरू होने से पहले ही गुलजार को भी बुलवा लिया गया और गुलजार ने सुखवीर गहलौत को बुलवाने का भी आग्रह किया। कारण वह बखूबी समझता था...। गहलौत की उपस्थिति से ठाकुर को पूरी बातचीत का सही व प्रमाणिक ब्योरा मिल सकेगा और उसकी भूमिका संदेहास्पद नहीं होगी। वह जानता था कि इस प्रकरण में सभी लोग विरोध में बोलेंगे जो अप्रत्यक्ष रूप से ठाकुर व उनके परिवार का विरोध व उनकी शक्ति को चुनौती ही है।

गुलजार मन ही मन बड़ा प्रसन्न था। उसके जीवन का पहला अवसर था जब गांव के सभी प्रमुख व्यक्ति एक मंच पर खड़े होकर किसी विषय में एकमत थे। और संयोग से वह विषय ठाकुर परिवार से संबंधित था। इससे पूर्व एकाध अवसरों पर ठाकुर का विरोध केवल किन्हीं विशेष जाति या समूह द्वारा किया गया था। चाहे वह भट्टे पर मजदूरों से संबंधित घटना हो जिसमें गुलजार ने महत्वपूर्ण भूमिका निभाई थी, किन्तु गांव के अन्य सवर्ण लोग ठाकुर के साथ थे या दलितों अथवा गरीबों से जुड़े कुछ अन्य मामले जिनमें ठाकुर कभी अकेले नहीं पड़े थे–भले ही उन्हें वर्ग विशेष का रोष झेलना पड़ा हो।

किन्तु आज स्थिति भिन्न थी। आज सभी लोग ठाकुर के पुत्र के आचरण पर विरोध जताने इकट्ठा हुए थे। सबसे अच्छी बात यह थी कि उसे इस बारे में पंचायत बुलाने की आवश्यकता नहीं पड़ी थी। इससे उसकी भूमिका संदिग्ध

बन सकती थी।

—भाइयो। निरंकार चौधरी ने बात आरम्भ की—आपका स्वागत है। पहले मैं साफ कर दूं कि मैंने कोई बैठक नहीं बुलाई है। सब लोग अनायास ही इकट्ठा हो गये हैं। हां, प्रधान व सुखवीर को जरूर बुलवाया, यह सोचकर कि गांव के मामले में प्रधान की हिस्सेदारी होनी चाहिए और सुखवीर की कमी सभी को खल रही थी...। क्यों भाई, गलत तो नहीं कहा...? उन्होंने गुलजार को देखा।

—जी चौधरी साहब, ठीक है। गुलजार ने मुस्करा कर कहा।

—तो भाइयो, बात को मुख्तसर में ही कहूंगा। आप सब जानो भी हो। गांव में आजकल एक ही चर्चा है। हम सभी लोगों को एक ही आपत्ति है—लड़के-लड़की का इस तरह घूमना-फिरना...। गांव और शहर के माहौल में फर्क होता है इसीलिए इसका खराब असर गांव के बच्चों पर पड़ता है। क्यों भाई सुखदेव...?

—आपने ठीक कहा चौस्साब...। खेत और बाग में डोलना या नाचना गाना—यह सब गांव की मर्यादा के विपरीत है। अच्छा-खासा तमाशा-सा हो गया है। दो दिन से गांव के बालक, बालिकाएं तो क्या बहुएं-औरतें तक इसी तमाशे को देखने भाग रही हैं जैसे कोई फिल्मी हीरोइन आ गई हो। अरे भइया, मेहमान है तो शालीनता से रखो...। पंडित सुखदेव शर्मा का स्वर तनिक उग्र हो गया।

—गांव में ये सब नई-नई बातें होने लगीं हैं। मंगल सिंह बोले—अभी वो बालकों का झगड़ा खत्म हुआ नहीं कि यह झमेला शुरू हो गया...।

—ठाकुर साहब वो झगड़ा क्यों हुआ था, सभी को पता है। सरना चाचा खड़े होकर बोले—हमारे दो बच्चे स्कूल से लौटते वक्त बाग में क्या चले गये कि पूरे गांव में तूफान आ गया...।

—वो तूफान तो ठीक ही था—सुखदेव शर्मा ने उत्तर दिया—बच्चों का गलत आचरण था। उस पर मारपीट...।

—मारपीट तो दोनों ओर से हुई थी...। भगौती प्रसाद ने कहा—पर सजा...।

—बुजुर्गों। गुलजार ने हस्तक्षेप करना जरूरी समझा—उस बात को फिर से उखाड़ने की कोई आवश्यकता नहीं है। उसमें तो कार्रवाई भी पूरी हो गई। आज जो बात करनी है, वो करो...।

—प्रधान ठीक कहता है। मास्टर टीकाराम ने बोलना आरम्भ किया—बीती ताहि बिसार दे, आगे की सुध ले। हमें यह सोचना है कि गांव में कोई ऐसा काम न हो जो बच्चों को गलत रास्ता दिखलाए। हम सब लोग अपने बच्चों को अच्छी बातें बतलाना चाहते हैं। शहरों और गांवों में बड़ा अन्तर है। गांवों में अधिकतर लोग निर्धन हैं, परिश्रम करके ही दो जून की रोटी खा पाते हैं। यह छोटा समाज है, एक-दूसरे को जानते-पहचानते हैं। शहर तो जंगल है, लूट-खसोट है, हर चीज बिकाऊ है। न जाने क्या-क्या दांव-पेंच अपनाकर लोग पैसा कमा लेते हैं। हमारी

उनसे कोई तुलना नहीं और न ही हमें उन जैसा सोचना चाहिए। इसीलिए ठाकुर के बालक का आचरण हमारे समाज की मर्यादा के अनुकूल नहीं है। एकाएक उन्हें लगा कि वह कुछ अधिक बोल गये हैं। कुछ पल रुक कर वह फिर बोले—मनोज बहुत बुद्धिमान छात्र है। गांव का पहला बच्चा है जो इंजीनियर बनेगा। थोड़ा-सा हरपाल समझा देंगे तो समझ जायेगा।

कहकर वह शांत हो गये। काफी देर तक लोग केवल आपस में बातचीत करते रहे। बातचीत का स्वर निरंतर बढ़ रहा था। कुछ समय बाद गुलजार ने संतोषी की ओर संकेत किया और वह खड़ा होकर तेज स्वर में बोलने लगा—बुजुर्गों, क्षमा के साथ बोल रहा हूं। गलत कह दूं तो भले ही कान पकड़ लेना पर मुझे यह बतलाओ कि जाटव के बच्चे गलती करें तो इत्ती बड़ी सजा...। बच्चे का स्कूल जाना बंद हो गया और उस पर भी हमारे कुछ भाई संतुष्ट नहीं थे क्योंकि गरीब और वह भी चमार, जाटव की कोई इज्जत थोड़ी ही होती है। पर चलो, हम चुप रहे। गांव की मर्यादा की दुहाई थी। पर अब भी तो वही संकट आन खड़ा हुआ है। मैं कहता हूं कि अब हम केवल चार वाक्य कहकर शांत हो जायेंगे। क्यों, इसलिए क्योंकि गलती ठाकुर के बालक ने की है। यदि जाटव का लड़का किसी लड़की को इस तरह खेतों-खलिहानों में सैर कराता तो उस पर तो कहर बरपा दिया जाता...।

उसका चेहरा व आंखें लाल हो गये, स्वर में उग्रता आ गयी।

पूरा माहौल गर्मा गया था। सभी लोग सन्न से एक-दूसरे के चेहरे देखने लगे। संतोषी अपने तीखे तेवरों के लिए जाना जाता था। उसकी बात का कौन उत्तर दे, यही सवाल सब एक दूसरे से पूछ रहे थे।

सुखवीर गहलौत उठ खड़े हुए—भाइयो, संतोषी ने बात को नया रुख दे दिया है। शायद हम में से किसी के भी हृदय में यह बात नहीं थी वरना बिना बुलाए इतने लोग यहां नहीं जुटते। जब तकलीफ हुई तभी न सब जमा हुए हैं। इसीलिए भइया, संतोषी ऐसा मत सोच। पर हां, इन दोनों मामलों की तुलना करना भी उचित नहीं है। आशा और रमेश को तो बच्चों ने बाग में पकड़ा था...।

—इसीलिए क्योंकि वो जाटव के बच्चे थे। ठाकुर के लड़के को पकड़ने का साहस किसमें है...? संतोषी ने चीख कर कहा।

गुलजार सशंकित हुआ। वार्ता भटक रही थी। उठ कर कहा—संतोषी, तुम बैठ जाओ। सुखवीर भइया, वही बात फिर शुरू हो गई। मैं हाथ जोड़ता हूं कि उस बात को बीच में मत लाइए...।

—लाया तो संतोषी था। इसी ने शुरुआत की...।

—संतोषी, तुम बैठ जाओ। अगर उसी बात पर चर्चा करना है तो मुझे तो आज्ञा दो। जो बात निबट गई उसको बार-बार मुंह पर क्यों लाते हो?

—इसलिए प्रधान, क्योंकि अब सब चुप हैं। संतोषी ने बैठे-बैठे कहा।

—नहीं, ऐसा नहीं है। सब गांववासी चिंतित हैं। फिर बालक की नासमझी ही है। ठाकुर साहब को कहने की भी जरूरत न हो शायद। वह स्वयं अपने बच्चे की खबर ले लेंगे। उन्हें अपनी प्रतिष्ठा का हमसे अधिक ख्याल होगा।

—तो फिर हम लोग आये क्यों हैं। सुखदेव शर्मा ने ताना मारा—अपने-अपने घर जाओ...।

—नहीं, कुछ करना जरूरी है। निरंकार चौधरी ने हस्तक्षेप किया—हममें से कुछ लोग एकाध दिन में ठाकुर से मिलेंगे। गांववासियों की भावना से उन्हें अवगत कराया जायेगा जिससे भविष्य में ऐसी हरकत न हो। इसके अलावा और क्या चाहते हो तुम लोग...?

—बस चौधरी साहब, इत्ता काफी है। गुलजार ने तुरंत समर्थन देना उचित समझा—आप और मास्साब ठाकुर साहब से मिल लें।

—सुखवीर भी साथ रहेगा...। मास्टर टीकाराम ने कहा।

—मास्साब, जिसको आप लोग ठीक समझें...।

—ठीक है भइया। चलो यह राड़ भी कटी...। कहते हुए निरंकार चौधरी उठ खड़े हुए।

5

परीक्षा का परिणाम आया तो पूरी चमरौटी में हर्ष व उत्साह की लहर-सी प्रवाहित हो चली। रमेश ने कक्षा आठ की परीक्षा में पूरे विद्यालय में सर्वाधिक अंक प्राप्त किये थे। स्वयं प्रधानाचार्य ने रमेश के घर आकर यह सूचना दी और रमेश को गले लगाकर आशीर्वाद दिया था।

—बेटा, मेरा हृदय गदगद हो चला है। वह भावुक स्वर में बोले थे—तूने मेरे विश्वास को तो बनाये रखा ही है, मेरा सीना भी चौड़ा किया है। तू नहीं जानता कि तुझे विद्यालय में बनाये रखने के लिए मैंने कितनी मानसिक यातना झेली। जरा सी बात को कितना तूल दिया गया था। इन लोगों का बस चलता तो इस बच्चे को चौराहे पर...।

भावावेग में उनके शब्द अटक गये। आंखें पनिया गयी थीं। भर्राये स्वर में बोले—न भगवान, इस समय मुंह से कोई अशुभ बात भला क्यों बोलूं...। रमेसर जी, क्षमा करना भावनाओं के बहाव में बह रहा था। अब सबसे पहले तो मुंह मीठा कराओ।

उन्होंने रूमाल से आंखें पोंछीं और मुस्कराने का प्रयास किया।

रमेसर स्वयं अंदर तक प्रफुल्लित था। अपने बेटे की उपलब्धि से गर्व और सम्मान उसके चेहरे पर छलक आया था। उसे यह आभास था कि रमेश एक बुद्धिमान व परिश्रमी छात्र है। किन्तु जिला परिषद द्वारा आयोजित बोर्ड की इस कठिन परीक्षा में भी वह सर्वाधिक अंक पाने में सफल होगा, इसकी कल्पना भी उसने नहीं की थी।

—अभी लो हैड मास्साब...। और तुरंत छोटे बेटे सुरेश को पुकार कर धोती की फेंट से पचास का एक नोट निकाल कर उसे थमाते हुए कहा—जा चौव्वामल से लड्डू ले आना और हां, जरा दौड़ के जइयो।

सुरेश प्रायः उछलते हुए वहां से चला गया।

—बैठो साब, आपकी किरपा का ही फल है यह...। रमेसर ने एक चारपाई बिछाई और फिर तुरंत रमेश से कहा—जा अंदर से धुली लोई ले आ...।

—रमेसरजी, इसकी कोई आवश्यकता नहीं है। गर्मियों में खरहरी चारपाई पर

बैठना ही अच्छा लगता है। प्रधानाध्यापक ने कहा और चारपाई पर बैठ गये।

–आप भी आयें...। उन्होंने रमेसर से कहा।

–बस मास्साब...। आपके पास चारपाई पर कहां बैठूं मैं? कहकर रमेसर वहीं कच्ची जमीन पर उकड़ूं बैठ गया।

–यह क्या...? आप वहां कहां बैठ गये...? प्रधानाचार्य उठकर उसके पास गये–मेरे साथ बैठो...।

–आप शर्मिन्दा कर रहे हैं। रमेसर उठकर चारपाई के पैताने की ओर बैठ गया।

रमेश के परीक्षाफल का समाचार पूरी चमरौटी में फैल रहा था। यह भी पता चला कि प्रधानाचार्य स्वयं बधाई देने आये हुए हैं। जिसने सुना वह रमेसर के घर की ओर चल दिया। कुछ ही देर में सरना चाचा, संतोषी, मुहल्ले के अनेक लोग एकत्रित हो गये। तभी सुरेश मिष्ठान ले आया था। मिनटों में सभी लोगों में बंट कर समाप्त हो गया। पानी की व्यवस्था पहले से कर दी गयी थी। सबने पानी पिया।

–जा अम्मा से कहकर शर्बत बनवा ले...। रमेसर ने सुरेश से कहा।

–नहीं भइया, लड्डू के बाद शर्बत की आवश्यकता कहां है। प्रधानाचार्य बोले।

–हां रमेसर...। सरना चाचा ने समर्थन किया–पर सचमुच मेरा तो सीना फूल गया है। हमारे समाज की इज्जत रख ली इसने...। वह कुछ पल के लिये शान्त हो गये...। उनके मन में आया कि कह दें कि रमेश के परीक्षाफल से सभी सवर्णों के गाल पर चपत लगी है, सभी ऊंची जाति वालों के मुंह पर कालिख पुती है, पर प्रधानाचार्य की मौजूदगी ने उन्हें रोक लिया। वह क्या, पूरा गांव जानता था कि प्रधानाचार्य पिछड़ी जाति के हैं और वह भी अत्यन्त निर्धन परिवार से। उनके हृदय में पिछड़े व गरीब छात्रों के प्रति विशेष अनुराग व सहानुभूति है। आशा व रमेश के प्रकरण में उनके द्वारा दिया गया निर्णय सरना चाचा अथवा समाज के किसी भी सदस्य को न केवल अमान्य था बल्कि तात्कालिक रूप से उससे प्रधानाचार्य के प्रति एक घृणा और दुराभाव भी पैदा हुआ था। यद्यपि बाद में सभी को यह भली प्रकार जानकारी हो गई थी कि प्रधानाचार्य पर कठोर निर्णय के लिये कितना दबाव था और उस दबाव के चलते रमेश का वह सत्र मटियामेट हो जाना निश्चित था। सरना चाचा यह भी जानते थे कि यदि प्रधानाचार्य रमेश को निर्दोष घोषित कर देते तब उनका न केवल प्रधानाचार्य पद पर बना रहना कठिन था बल्कि ऊंची जाति के सरगना उनका रोजमर्रा का जीवन ही दूभर कर देते। इसलिए प्रधानाचार्य ने बीच का रास्ता चुन कर सचमुच बुद्धिमत्ता और सूझबूझ का परिचय दिया था। समाज के सभी बुजुर्ग यह भी स्वीकार करने लगे थे कि छात्रों से वैमन्यस्ता मोल

लेने के बाद यह रमेश के हित में भी था कि वह कुछ दिनों विद्यालय से अनुपस्थित रहे, जिससे दूसरे समूह को कोई आरोप लगाने का अवसर ही न मिले। यह भी सम्भव था कि आपसी कटुता कोई उग्र रूप ही न धारण कर ले। इस दृष्टि से प्रधानाचार्य का निर्णय बाद में सभी को जंचा भी हालांकि अपने एक बच्चे और उसके माध्यम से पूरे समाज का अपमान उन्हें सदा चुभता रहा था।

–रमेसरजी, प्रधानाचार्य ने कहा–रमेश का अध्ययन जारी रहना चाहिये।

रमेसर ने सकारात्मक सिर हिला दिया। अपने अंदर भरी उत्तेजना से अभी कुछ सोचने-समझने की स्थिति में ही नहीं था वह।

किन्तु सरना चाचा ने गंभीर होकर पूछा–हैड मास्टर साब, बच्चे की पढ़ाई जारी रखना सम्भव भी हो सकेगा?

–मैं समझा नहीं, आपका क्या आशय है...? प्रधानाचार्य चकित थे।

–अभी जो बवाल हुआ है उसका असर नवीं कक्षा में नहीं होगा। आप गांव की फिजा जानते ही हो। बालक को आगे पढ़ने भी देंगे...?

–अरे, कैसी बात करते हो आप? मेरे प्रधानाचार्य रहते यह असम्भव है कि एक बुद्धिमान छात्र के प्रवेश अथवा अध्ययन पर कोई आपत्ति करे। लोकतंत्र है यहां, शिक्षा का अधिकार हमारे मूल अधिकारों में है। भारतीय संविधान में दिया गया है। उसमें कौन बाधा पहुंचा सकता है। फिर मैं प्रधानाचार्य हूं। मेरे रहते अच्छे छात्र आगे न बढ़ें तो मेरी सेवा करने का कोई अर्थ ही नहीं है। तब तो मुझे त्यागपत्र दे देना चाहिये। प्रधानाचार्य का स्वर तेज हो गया और वह आवेश में पूरी तरह बह गये।

सरना चाचा कुछ देर शांत रहे। एकाएक प्रधानाचार्य का प्रतिवाद करना उचित नहीं लगा उन्हें। शून्य में नजरें गड़ाये हुक्का गुड़गुड़ाते रहे।

–सरनाजी, आपके मन में यह भाव आया ही क्यों? प्रधानाचार्य ने पूछा।

सरना चाचा को अब उत्तर देने का अवसर मिल गया था।

–बड़े मास्साब, आप बहुत अच्छे विचारों के आदमी हो। कायदे कानून की बात करते हो लेकिन गांव की वास्तविकता भी समझो आप। हमारे बच्चे बाग में चले गये तो पूरा गांव हिल गया, जैसे न जाने कितना बड़ा जुर्म किया हो। और ठाकुर का छोरा न जाने किस छोरी को लिए पूरे गांव में तीन दिन तक घूमता, फिरता, नाचता, गाता रहा तो सब की जबान को ताला लग गया, बस ठाकुर से मिलकर बात खत्म कर दी।

सरना चाचा कुछ पल के लिए रुके, गला साफ कर फिर बोले–मेरा यह मतलब था कि रमेश विद्यालय में पढ़ भी सकेगा अथवा नहीं। कहीं रोज-रोज की चक-चक हो। आप जानो, रमेसर मेहनत मजदूरी वाला आदमी है, सांझ तक बदन तोड़ कर दो रोटी मिलती है। उसमें कोई झगड़ा टंटा हो जाये तो समझो आप, वो

क्या कहें, कंगाली में आटा गीला ...।

—पर भइया, अब सब मामला निबट तो गया...। प्रधानाचार्य ने झुंझलाकर कहा।

—आपकी, हमारी तरफ से तो न तो कोई मामला था, और जो निर्णय आपने सुना दिया हमने सिर झुका कर स्वीकार भी कर लिया। पर आप...। वह कहते-कहते चुप हो गये।

—आप क्या...? जो कहना है कहिए...।

—बड़े मास्साब, हमसे ज्यादा समझो आप इन बड़े लोगों को। हमारा बच्चा आगे बढ़े, ये बर्दाश्त कर पायेंगे...? इसलिए मन में दुविधा है।

प्रधानाचार्य ने एक लम्बी सांस ली। कुछ पलों तक शांत रहे। समझते थे कि सरना चाचा की शंका एकदम निराधार नहीं थी। रमेश के अध्ययन का विरोध किया जा सकता था। अपना आत्मविश्वास जगाते हुए उन्होंने घोषणा की—रमेश आगे पढ़ेगा...। आप लोग निश्चिंत रहें...।

विद्यालय का अगला सत्र आरम्भ हुआ तो विद्यालय में नये प्रधानाध्यापक कार्यभार ग्रहण कर चुके थे। महेन्द्र पाल के अचानक स्थानान्तरण पर चले जाने से सभी लोग हतप्रभ थे। उनके तबादले को लेकर तरह-तरह की अफवाहें थीं। चमरौटी के सभी लोग इसे उनके विरुद्ध चल रहे षड़यंत्र का हिस्सा मानते थे। गुलजार से जब इस सम्बन्ध में पूछा गया तो वह कोई साफ उत्तर नहीं दे सका यद्यपि दबी जबान से उसने सरना चाचा के आरोप का समर्थन किया। कुछ लोग ठाकुर हरपाल सिंह के पास भी गये तो उन्होंने घुमा-फिरा कर इसकी जिम्मेदारी गुलजार पर लाद दी। स्वयं महेन्द्रपाल ने अपने को किसी विवाद में फंसने से बचाने के लिए सत्र आरम्भ होने से पूर्व ही कार्यभार छोड़ दिया और अपना मामूली सामान लेकर नव नियुक्ति के स्थान पर प्रस्थान कर गये। वह न प्रधान से मिले और न ही किसी अन्य व्यक्ति से। इससे यह भी कहा जा रहा था कि गांव की राजनीति से क्षुब्ध होकर उन्होंने स्वयं स्थानान्तरण की मांग की थी। मास्टर टीकाराम का यही मानना था।

बहरहाल प्रधानाचार्य के स्थानान्तरण से चमरौटी के लोग अत्यन्त दुखी थे। रमेश के प्रथम श्रेणी में उत्तीर्ण होने पर जिस तरह वह रमेसर के घर आये थे उसे याद कर सभी लोग अभिभूत थे। अगले दिन विद्यालय में परीक्षाफल दिये जाते समय उन्होंने रमेश को मंच पर बुलाकर विशेष पुरस्कार भी दिया था और उसकी भरपूर प्रशंसा की थी। उनकी इस अनावश्यक सक्रियता व प्रशंसा से सुखदेव शर्मा व निरंकार चौधरी कतई प्रसन्न नहीं थे। प्रधानाचार्य का रमेसर के घर जाना उन्हें तनिक नहीं भाया था और उसी शाम आपस में वे इस विषय पर बात करते रहे थे। अगले

दिन परीक्षाफल देते समय रमेश के लिए कहे गये प्रशंसा के शब्दों की जानकारी मिलने पर पंडित सुखदेव शर्मा विचलित अनुभव करने लगे। वह निरंकार चौधरी से मिले थे।

—चौधरी साहब, यह सब प्रधान का खेल है। हमें और हमारे बच्चों को नीचा दिखाने के लिए वही ऐसा कर रहा है। क्या कोई बच्चा पहली बार प्रथम आया है? पिछले साल ज्ञान प्रकाश का लौंडा प्रथम आया था तब तो कोई मास्टर उसे बधाई देने घर नहीं पहुंचा था...।

—तू सही कहे सुखदेव...। निरंकार चौधरी गुस्से से बोले थे—गुलजार तो हर वक्त वोट की राजनीति चलाता है। जाने है कि उन्हीं की राय से चुनाव जीते है। फिर हमारी क्यों सुनेगा वो...।

—जी चौधरी साहब..., पर ये मास्टर भी गड़बड़ लगे है। वो तो बालकों के झगड़े में ही उसका रुख पता चल गया था। कैसे ढीले-ढाले ढंग से जांच की। जांच क्या, लीपापोती की...। पूरा गांव परेशान था पर उसके ऊपर चींटी नहीं रेंगी। जब काफी कहा-सुना गया तो कार्रवाई के नाम पर आप जानो ही, क्या किया उसने...।

निरंकार चौधरी चुप रहे, हुक्के की निगाली मुंह में लगाये सुनते रहे।

—चौधरी साहब, मुझे तो परीक्षा में भी कुछ घपला हुआ लगे है।

—मैं समझा नहीं...? चौधरी ने अचरज से पूछा।

—मेरा मतलब है कि ऐसा तो नहीं है कि मास्टर ने इसे ज्यादा नम्बर दिला दिये हों जिससे हमारे बच्चे अपमानित अनुभव करें। हमें भी ये लगे कि इतने बुद्धिमान बच्चे के साथ हम लोग किस तरह ज्यादती कर रहे थे।

—तेरी बात में तो दम है भाई। रोज तो सुने हैं कि फलां ने अपने नम्बर बढ़वा लिये, फलां बच्चे को परीक्षा के सवाल पता थे।

—जी चौधरी साहब...। आजकल कुछ भी असंभव नहीं है। मास्टर लोग कुछ भी कर सकें हैं। मुझे लगता है कि कहीं कुछ गड़बड़ी हुई जरूर है।

—पर तब तो मास्टर घना गड़बड़ है।

—इसमें क्या शक है। आप जानो ही कि खुद गड़रिया है, बहुत गरीब घर का है, इसलिए उसे इन लोगों के साथ पूरी हमदर्दी है। यह तो वो खुलेआम कहता भी है।

—और फिर प्रधान के असर में है। इसलिए ससुरे को कोई डर भी नहीं।

निरंकार चौधरी के चेहरे पर चिंता की रेखाएं साफ-साफ खिंच गयीं। वह परेशान लगने लगे। हुक्के के लम्बे-लम्बे घूंट खींचने लगे।

—सुखदेव, ऐसा हैड मास्टर तो ठीक नहीं है। इससे हमारे बच्चों का नुकसान हो सके।

–ठीक कहें आप। सबसे बड़ी बात यह है कि इन चमारों और जाटवों के बच्चों को आगे बढ़ाने का भविष्य में कितना खराब असर पड़ेगा। मेहनत, मजदूरी तो करना दूर, सड़क पर खुलेआम अनादर करेंगें हमारा...। वैसे ही हालत आप देख रहे हो...। अभी तो एक गुलजार है फिर जाटवों में भी कई गुलजार पैदा हो जायेंगे। तब सोचो क्या होगा?

–सुखदेव, तू ठीक ही कहता है। इस मास्टर का यहां रहना ठीक नहीं। इसे हटवाने की जुगत बिठा।

–मैं भी यहीं सोचता हूं...। तीन साल भी इसे होने को आये...।

–पर बदली कैसे होगी? हैड मास्टर की बदली कोई आसान काम नहीं है। पिछली बार का याद है। एड़ियां घिस गई थीं। सभी लोग जुटे थे। इस बार तो मामला ही कुछ और है। गुलजार कभी न चाहे कि इसका तबादला हो जाये।

सुखदेव शर्मा सोच में डूब गये। तमाम परिचितों के बारे में विचार करने लगे। एकाएक कुछ नहीं सूझा।

–सोचता हूं। कोई न कोई रास्ता तो निकलेगा ही। पर एकाध लोग और साथ हो लें, तभी काम बनेगा।

–ऐसा कर सुखवीर से बात कर। वह ठाकुर को समझा सकता है। सबसे ज्यादा नुकसान तो हरपाल को ही होगा। गुलजार का मुकाबला तो उसी से है, ठाकुर वैसे ही इस वक्त उससे बड़ा नाराज है। उसे लगता है कि मनोज को लेकर सारा हल्ला कराने के लिए प्रधान ही जिम्मेदार है।

–आप ठीक कहो चौधरी। ठाकुर का थोड़ा भी समर्थन मिल जाये तब इसका तबादला होते देर नहीं लगनी।

–ठीक है। सुखवीर से मैं भी कह दूंगा। पर यह काम करना होशियारी से है। गुलजार को भनक लग गयी तो काम भी नहीं होगा और हमारे लिए कोई नई मुसीबत और खड़ी कर देगा।

सुखदेव शर्मा ने सहमति में मात्र सिर हिला दिया। उन्हें गुलजार के साथ हुआ अपना चुनाव याद आ गया। चुनाव जीतने के लिए उसने कौन सा हथकण्डा नही अपनाया। सीधा रास्ता हो या टेड़ा, नैतिक हो या अनैतिक, बुरा हो अथवा भला उसका लक्ष्य साफ था–चुनाव जीतना। इसे वह खुलेआम कहता भी था–जंग और प्यार में सब जायज़ है। उन्हीं दिनों गुलजार ने मजदूरी बढ़ाने का सवाल खड़ा किया था और जाटवों और दलितों को एकत्र कर गांव के बड़े लोगों के काम का बहिष्कार भी करने में सफल रहा था।

पंडित सुखदेव शर्मा ने खेतों में काम करने वाले मजदूरों को बुलवाकर डांट डपट की तो तुरंत गुलजार उन मजदूरों को लेकर थाने पहुंच गया और थानेदार के नानुकर के बावजूद अनुसूचित जाति अधिनियम के अन्तर्गत सुखदेव शर्मा के

विरुद्ध मुकदमा कायम कराने में सफल रहा था। नया कानून था और इसे लेकर बड़ी सख्ती बरती जा रही थी। मामूली से अपराध जिनका पुलिस भारतीय दण्ड विधान के अन्तर्गत संज्ञान भी नहीं लेती थी, इस अधिनियम के तहत न केवल संज्ञेय अपराध थे बल्कि गैरजमानती भी...। इसलिए थाने से तो जमानत का कोई प्रश्न ही नहीं था और अधिकांश मामलों में न्यायालय भी तत्काल जमानत देने में आनाकानी करती और अक्सर एकाध दिन की जेल की हवा खाकर ही आदमी हिरासत से छूट पाता।

आरम्भ में पंडितजी ने इसे गम्भीरता से नहीं लिया क्योंकि उनके अनुसार ऐसा किसी के साथ क्या किया था उन्होंने। हाथ तक तो उठाया नहीं था फिर किस तरह का अपराध...? पर जब एक दरोगा ने उन्हें समझाया तो उनके पैरों के नीचे से जमीन खिसक गई।

—आज तो पहली बार जांच में आया हूं। इसलिए आपको छोड़ भी देता हूं। पर अगली बार गिरफ्तार करने के अलावा कोई रास्ता नहीं होगा। इसलिए फौरन शहर जाकर किसी अच्छे वकील से मिलकर अदालत से अपनी जमानत करा लो...।

दरोगा ने इतनी सलाह भी शुभेच्छा या मानवीयता के नाते नहीं दी। इस सलाह की एवज में भारी फीस बरामद करके ही वह रवाना हुआ। अगले दिन ही वह शहर भागे थे। दिन भर की भाग-दौड़, ज़लालत-मलालत और अच्छी-खासी रकम खर्च करने के बाद ही वह अदालत से जमानत करा पाये थे। अभी भी वह मुकदमा न्यायालय में विचाराधीन है।

सोच कर ही पंडित सुखदेव शर्मा पसीने से तर-बतर हो गये। वैसे भी इस वर्ष गर्मी भी कुछ ज्यादा ही थी—बाहर भी, अंदर भी...।

प्रधानाचार्य का स्थानान्तरण कराना हर तरह से भारी पड़ा...। एक तो चक्कर लगा-लगा कर वे न केवल इस काम से आजिज़ आ गये बल्कि एक-दूसरे पर दोषारोपण भी करने लगे। दूसरे पंडित सुखदेव शर्मा की जेब भी हल्की हो गई। सुखवीर गहलौत तो सुखदेव शर्मा पर बुरी तरह बिगड़ गया—पंडितजी, यह सब आपका किया-दिया है। एक मास्टर के चक्कर में पांच बार शहर जा चुके हैं और हर बार उस ससुरे डी. आई. ओ. एस. के सामने ऐसे गिड़गिड़ाते हैं जैसे उसे हटाकर हममें से कोई हैड मास्टर बन जायेगा। मुझे तो बड़ी बेइज्जती लगने लगी है। बेवजह का बवाल मोल ले लिया। अरे क्या खराबी थी इसमें...?

—भइया सुखवीर, खराबी क्या होती। स्कूल की हालत तुम देख ही रहे हो। खुले आम जाटवों और चमारों का पक्ष लेता है। उस घटना में गलती भी जाटव बच्चे की थी। तब भी हमारे बच्चों को घना धमकाया गया। कल को कहीं हमारे

किसी बालक से कोई गलती हो गई तो पता नहीं कितनी बेइज्जती कर बैठे...।

—सो तो सुखदेव ठीक कहता है। निरंकार चौधरी ने समर्थन किया—आदमी तो ठीक नहीं है। प्रशासन भी ढीला ही है उसका। मैं पूछूं कि बात बढ़ी ही क्यों? बच्चों पर ठीक निगरानी क्यों नहीं कर पाया? मास्टर का यह फर्ज है कि वह देखे कि बच्चों का चाल-चलन कैसा है, पढ़ने में किसका ध्यान है, किसका नहीं...। जरूरत पड़ने पर मां-बाप से सम्पर्क करे, जिससे झगड़े की नौबत ही न आये...।

—चौधरी साहब, मैं आपकी बात से सहमत हूं, सुखवीर गहलौत ने कहा—पर यह सब जहमत उठाना ज़लालत नहीं है? अधिकारियों के सामने भीख-सी मांगनी पड़ती है। जवाब बस वही—अच्छा देखेंगे, विचार करेंगे...।

—भइया, ऐसे काम में दिक्कत तो है ही। पर एक बार हाथ डाल कर खींचा भी तो नहीं जा सकता। सब को जानकारी हो ही जाती है। कोशिश के बाद तबादला नहीं हुआ तो समझो...। सुखदेव शर्मा बोले।

—समझो क्या पंडितजी...? सुखवीर तैश में आ गया—मास्टर ही तो है कोई थानेदार तो नहीं जो हमारी इज्जत पर हमला बोल देगा। हमने तो पिछले थानेदार की शिकायत करके ही उसे भी हटवा दिया था।

—भइया, पुलिस के खिलाफ तो पचास शिकायतें रहती हैं। जुर्म बढ़ रहे हैं, रपट नहीं लिखी जाती, शरीफ लोगों से बदसलूकी हो रही है, लोग असुरक्षित महसूस करते हैं, औरतें-बच्चे घर से निकल नहीं सकते, रिश्वतखोरी का बोलबाला है, अपराधियों की गिरफ्तारी नहीं हो रही ... वगैरा वगैरा अल्लल टप्प कुछ कह दो। इनमें से ज्यादातर सही भी होती हैं और लोग सरलता से विश्वास भी कर लेते हैं। पर अध्यापक के विरुद्ध शिकायत करने के लिए पुख्ता आधार चाहिए। आसानी से आपकी बात मानी नहीं जाती...। सुख़देव शर्मा ने समझाया।

निरंकार चौधरी जोर से खिलखिला कर बोले—ठीक कहे तू...। वह देर तक हंसते रहे। सुखवीर गहलौत के चहेरे पर भी मुस्कान की छटा फैल गई। माहौल में कुछ हल्कापन आ गया।

—लेकिन पंडितजी, मान लो इसकी बदली हो गई पर इसकी जगह कौन आयेगा, कौन जाने...। कहीं लेने के देने न पड़ जायें। क्या कहें बनने गये थे छब्बे, चौबेजी बन गये दुबे...। क्या कोई मास्टर निगाह में है...?

हल्का-फुल्का माहौल एकाएक गंभीर हो गया। सुखदेव शर्मा व चौधरी निरंकार ने एक-दूसरे को जैसे सवालिया नजरों से देखा। दोनों ओर शून्यता थी।

—चौधरी साहब, कोई बेजा बात तो नहीं कही मैंने...?

चौधरी निरंकार ने लम्बी सांस ली, दोनों बाहें झटक कर अंगड़ाई ली और फिर कहा—बात बेजा क्यों होती। पर हमारी निगाह में कोई दूसरा आदमी नहीं है। फिलहाल तो यही हट जावे।

–और कोई गलत आदमी आ गया तो...।

–तो भइया, भगवान भरोसे...। क्या कह सकूं? सुखदेव शर्मा ने निःश्वास छोड़ी–वैसे भी तुम जानो, तबादला कराना एक काम है और उसकी जगह किसी मनपसन्द को लाना दूसरा...।

–और पहला काम फिर भी आसान है, दूसरा तो और कैड़ा...। निरंकार चौधरी ने हंसते हुए कहा।

–सच कहो, चौधरी साहब...। सुखदेव शर्मा ने आगे कहा–एक तो मुश्किल और दूसरे जिसको लाओ वो सिर पर ही चढ़ा रहे। ससुरा दामाद-सा बन जाये।

इस पर तीनों ही हंस दिये और देर तक हंसते रहे। विद्यालय खुलने में पन्द्रह दिवस शेष थे और अभी तक प्रधानाचार्य का तबादला न होने से वे अंदर ही अंदर दुखी और परेशान थे। हर कोशिश के बावजूद लोगों को इसकी जानकारी हो गयी थी। गुलजार ने उनसे इस विषय पर कभी वार्ता नहीं की पर सुखदेव शर्मा के सुनने में आया था कि वह भी जिला विद्यालय निरीक्षक से मिला है। लेकिन इसमें सत्यता थी नहीं। गुलजार के कानों में यह पड़ा जरूर था पर जब उसे पता चला कि स्वयं महेन्द्रपाल ही इस विद्यालय में रुकने में रुचि नहीं रखते तो उसने इस पचड़े में पड़ना उचित नहीं समझा।

तीनों ने अगले सोमवार को जिला विद्यालय निरीक्षक से आखिरी बार मिलने का निर्णय लिया।

–स्थानान्तरण के लिए कोई आधार चाहिए। जिला विद्यालय निरीक्षक ने अधिकारिक स्वर में कहा–आप लोग केवल उसके तबादले की मांग करते हैं...।

–साहब, हम लोग आपको बता चुके हैं। कक्षा आठ में लगभग आधे बालक अनुत्तीर्ण हुए हैं। कक्षा दस का परीक्षाफल आप स्वयं देख लें। दो-चार की द्वितीय श्रेणी, कुछ की तृतीय और शेष फेल...। सुखवीर शर्मा ने कहा।

–फिर बच्चों में अनुशासन, सुखवीर गहलौत ने बात बढ़ाई–रोज झगड़े फसाद। स्कूल में बच्चों पर कोई कंट्रोल ही नहीं है। और सबसे खराब बात यह है कि स्कूल के झगड़े गांव तक आ गये हैं। उनसे आपसी सम्बन्ध खराब हो रहे हैं।

–साहब, बहुत अच्छा गांव रहा है हमारा...। अब निरंकार चौधरी की बारी थी–खूब मेलजोल, कभी कोई फसाद नहीं...। ऊंच-नीच तक में मेलजोल था पर अब बालकों के झगड़ों से गांव की फ़िज़ा खराब हो रही है।

–पर बच्चों के झगड़ों में बड़े पड़ते क्यों हैं? जिला विद्यालय निरीक्षक ने प्रश्न किया।

–वो क्यों पड़ेंगे। यह प्रधानाचार्य उन्हें इनमें घसीट लेता है। खुद तो नाकारा है और फिर हम लोगों को बीच में फंसा देता है। सुखदेव ने कहकर अपने साथियों

की ओर देखा।

–पंडितजी एकदम ठीक कहते हैं। सुखवीर ने तुरंत समर्थन किया–आपको वो जाटवों के बच्चों का किस्सा बताया था न। पूरा गांव उसमें उलझ गया था। कोई समझदार प्रधानाध्यापक होता तो बात तुरंत सुलझ जाती...।

–उसने तो सुलझाने की बजाय उलझाने की कोशिश की...चौधरी ने गुस्सैल स्वर में कहा–कहवे था कि थाने में रपट लिखवा दो। पुलिस छान-बीन कर लेगी। आप बताओ कौन हैड मास्टर बालकों के झगड़े में पुलिस को लाने की बात कहेगा...?

शायद इसका कुछ प्रभाव जिला विद्यालय निरीक्षक पर हुआ था। वह कुछ सोचते हुए दिखे। कुछ देर तक शांत रहे और मेज पर रखे किसी कागज पर नजरें गड़ाए रहे। एकाएक उनके चेहरे की मांसपेशियों का तनाव ढीला हुआ, चेहरे की भंगिमा बदली। साफ लगता था कोई चीज उन्हें अंदर ही अंदर गुदगुदाने लगी थी। बोले–लेकिन शिकायत केवल आप तीनों ही करते हैं, किसी जनप्रतिनिधि ने तो कभी शिकायत नहीं की...।

वे तीनों एक-दूसरे के चेहरे देखने लगे। एकाएक कोई उत्तर ही नहीं सूझा उन्हें। कुछ देर सोचने के बाद पंडितजी ने कहा–आप जानो, इन झमेलों में कौन पड़ना चाहता है। सब लोग वोट की राजनीति करते हैं। हमें लगा कि जनहित में हमें ही यह काम करना चाहिए।

सुनकर अधिकारी धीरे से मुस्करा उठे। जाहिर था कि जनहित की दुहाई उन्हें प्रभावित नहीं कर सकी थी। गहलौत मन ही मन खीझ रहा था। किसी भी पल चलने को उद्यत था वह।

–ठीक है, अधिकारी ने कहा–आप बड़े बाबू से मिल लीजिए। कुछ लिखकर तो देना ही होगा, भले ही उसकी जानकारी किसी को न दी जाये। पर कल को किसी ने हमसे पूछा तो कागज का पेट तो भर जाये। आप निश्चिंत रहें। आपका काम हो जायेगा। जाइए, बड़े बाबू से मिल लीजिए...।

सुखदेव शर्मा कुछ कहना चाहते थे पर सुखवीर उठ खड़ा हुआ।

तीनों बाहर निकल कर आये तो बुरी तरह झुंझलाहट अनुभव कर रहे थे। जून का आखिरी सप्ताह था। हवा एकदम बंद थी। अजीब-सी उमस भरी घुटन थी। बदन पसीने से चू रहा था। वे तीनों ही त्रस्त अनुभव कर रहे थे। सुखवीर ने वापस लौटने का प्रस्ताव रखा पर सुखदेव शर्मा ने बड़े बाबू से मिल लेना उचित समझा।

–ठीक है पंडितजी, आप जाकर मिल लो। बस, अब आखिरी बार है। सुखवीर ने कहा।

सुखदेव शर्मा बड़ें बाबू से मिले तो उसे प्रकरण की जानकारी अधिकारी

दे चुके थे। उसने काफी मीठेपन से बात की।

—दरख्वास्त की चिंता मत करें। तबादला तो हो जायेगा। आप जो लिखकर देंगे, उसे साहब केवल अपने पास रखेंगे।

सुखदेव ने एक पल सोचा और फिर दृढ़ होकर कहा—बताइये क्या लिखना है?

—वही सब जो शिकायतें हैं। कल ले आइए, एकाध दिन में तबादले होंगे। उसी में एडजस्ट करा दूंगा। किसी पत्रावली पर लिखते हुए लापरवाह अंदाज में बोला वह।

सुखदेव शर्मा उठने लगे तो उसने इशारे से बैठा दिया और तनिक झुककर धीरे स्वर में बोला—काम कुछ पेचीदा है। पर आपकी प्रतिष्ठा का प्रश्न है। उसके चेहरे पर एक कुटिल मुस्कान तैर गई। निचला होंठ दबाकर बोला--बस पांच हजार का प्रबंध कर लीजिए...।

सुनकर सुखदेव शर्मा सकपका गये।

—हैड मास्टर के तबादले पर तो दस भी मिल जाते हैं। पर साहब ने कम कर दिये हैं।—बड़ा बाबू फुसफुसाया।

—ठीक है। कहकर सुखदेव शर्मा उठकर बाहर निकल आये। चौधरी और गहलौत को यह सब बतलाने का साहस ही नहीं जुटा पाये वह।

अगले दिन वह अकेले आये और पांच हजार रुपए थमाकर लौट गये थे।

न वह प्रार्थना पत्र लेकर आये थे और न ही बड़े बाबू ने उसकी जरूरत समझी।

महेन्द्रपाल के तबादले के साथ महक सिंह की तैनाती विद्यालय के प्रधानाचार्य पद पर कर दी गई थी।

बाद में सुना गया कि महक सिंह अपनी पूर्व तैनाती से हटना चाहते थे और इस विद्यालय में स्थानान्तरण के लिए कुछ खर्चा-पानी करके ही आये थे।

एक तीर से दो निशाने सध गये थे।

रमेश के कक्षा नौ में प्रवेश को लेकर कोई कठिनाई नहीं हुई। रमेश अपना परीक्षाफल लेकर पहुंचा तो उसे तुरंत प्रवेश दे दिया गया। रमेसर व चमरौटी के कई लोगों के मन में बसी आशंका निर्मूल साबित हुई। वे सभी लोग अत्यन्त प्रसन्न थे पर रमेश अत्यन्त व्याकुल था। विद्यालय में पूरे दिन उसकी नजरें आशा को खोजती रहीं। पर आशा कहीं दिखलाई नहीं दी। आशा भी अच्छे नम्बरों से उत्तीर्ण हुई थी। रमेश सोचता था कि वह भी कक्षा नौ में उसके साथ प्रवेश लेगी। इसे लेकर वह काफी उत्साहित भी था।

घर पर उसका मन नहीं लगा। आशा के घर चला गया। आशा घर के कामकाज में व्यस्त थी और ननकू बाहर बैठा हुक्का पी रहा था। ननकू के चरण स्पर्श करके रमेश ने तुरन्त आशा के प्रवेश की बात छेड़ दी।

–न भइया, बस बहुत पढ़ ली आशा। आठवीं पास कर ली। अब आगे पढ़ाकर क्या करना है? ननकू ने कहा।

–पर चाचा, आप तो उसे खूब पढ़ाने की बात करते थे। कितने अच्छे नम्बर आये हैं उसके। फिर आगे पढ़ाने में क्या एतराज है...?

–भइया, इत्ता काफी है। विद्यालय का माहौल भी ठीक नहीं है। जरा-सी बात पे कितना बवेला हुआ था। वह झटका तो हम झेल गये पर आगे कुछ बात हो गई तो बर्दाश्त नहीं होगा। वह कुछ पल को रुक गये। हुक्के का एक लम्बा घूंट खींचा और फिर कहने लगे–आशा के न होने से तेरी पढ़ाई भी अच्छी चलेगी। किसी को तेरे खिलाफ कुछ कहने का कोई मौका ही नहीं होगा। कहकर ननकू ने एक लम्बी सांस ली और फिर कहा–अब आशा बड़ी हो गई है। अब तो उसके हाथ पीले करने हैं।

रमेश को धक्का-सा लगा। यह अकल्पनीय था। शिक्षा और विवाह का कोई प्रतिकूल सम्बन्ध भी उसकी समझ में नहीं आया। न ही आशा अभी इतनी बड़ी थी कि सब कुछ छोड़ कर ननकू उसे विवाह के लिए घर पर बिठा ले। फिर आशा का दाखिला न कराना भी तो दलितों की हार थी, सवर्णों के आगे कायर समर्पण था। एक ओर लोग दलितों के आत्म सम्मान की बात करते हैं और कहां इस तरह का पलायन...? हां, यह पलायन ही तो था वरना ऐसी स्थिति में आशा का प्रवेश कराना तो और जरूरी था।

–चाचा, क्या आशा भी पढ़ना नहीं चाहती? उसने धीमे स्वर में पूछा।

–हां, वह भी नहीं पढ़ना चाहती। वह तो परीक्षा देने को भी तैयार नहीं थी। मैंने ही समझा-बुझा कर उससे परीक्षा दिलवाई थी।

सुनकर रमेश चकित हुआ, दुखी भी।

–तुम चाहो तो आशा से पूछ लो...।

और सचमुच जब रमेश ने आशा से बात की तो उसने ननकू के कथन का समर्थन किया। आशा ने स्पष्ट शब्दों में आगे अध्ययन के प्रति अपनी अनिच्छा व्यक्त की थी। उसके चेहरे पर न कोई दुख की छाया थी, न ही क्षोभ की परछाईं। बात करते-करते धीरे-धीरे मुस्कुरा रही थी वह।

–मेरे न पढ़ने से तुम्हें क्या परेशानी है...? अचानक उसका स्वर बड़ा आत्मीय हो चला था।

रमेश उसका चेहरा देखता रहा। आशा के चेहरे पर एक अद्‌भुत आत्मविश्वास चमक रहा था...। इस आभा का क्या कारण था...?

–तुम मेरी परेशानी जानती हो...। उसने हौले से कहा, संयत और गंभीर स्वर में...।

–नहीं, मैं तो नहीं जानती...। आशा के चेहरे पर मुस्कान की लहरें उमड़ती चली गईं।

–क्या नहीं जानती...? झुंझलाहट के साथ पूछा उसने।

–कुछ भी नहीं...। आशा के स्वर में एक चहक व चंचलता थी।

रमेश ने आशा के चेहरे पर नजरें गड़ा दीं। उसकी आंखों में लहराता समन्दर रमेश को अंदर तक भिगोने लगा। उन आंखों में ग़ज़ब का आमंत्रण था–गहराई इतनी कि रमेश को उबरना नामुमकिन लगता।

सूरज का लाल गोला नीचे डूब रहा था। पक्षियों का कलरव तेज हो चला था। शायद अपने-अपने ठिकानों पर जल्दी लौटने की होड़ लगी थी उनमें। दिन का उजास विदा गीत गाने की तैयारी में था।

न रमेश ने नजरें हटाईं और न ही आशा की आंखें झुकीं।

वे एक नये अनुभव से गुजर रहे थे। उनमें परस्पर विश्वास था, प्रेम की आस्था और समर्पण था।

–तुम नहीं चाहती कि हम विद्यालय में साथ रहें...। बिना पलक झपके रमेश ने पूछा।

आशा उसे अपलक निहारती रही। सब कुछ जैसे थम गया था। घर, दूर बैठे पिता, चूल्हे से उठता धुंआ या बाहर गली में खेलते बच्चों का स्वर...। सब कुछ कहीं दूर, बहुत दूर चला गया था। निस्संग भाव से वे एक-दूसरे के करीब सिमटते महसूस करने लगे।

आशा ने एकाएक कोई उत्तर नहीं दिया।

–बोलो? रमेश ने पूछा।

–केवल विद्यालय में...। आशा ने धीरे से कहा और उसकी नजरें पहली बार झुक गईं।

रमेश के अंदर उत्तेजना की लहर सी दौड़ गई। यह एक नयी अनुभूति थी...। यह एक नया अनुभव भी था। उसके हृदय का स्पंदन तीव्र और तीव्रतर हो चला। मस्तिष्क से तंतु अस्त-व्यस्त हो चले...। आशा क्या कहना चाहती है, वह क्या पूछना चाहती है..., वह क्या सुनना चाहती है?

उसे लगा हृदय की धड़कनें बाहर बज रहे बाजे की मानिंद कानों में पड़ रही हैं।

आशा का हाथ उसने अपने हाथों में ले लिया। एक सनसनी उसके अंदर उतरती चली गयी। पर कुछ ही पलों में वह हाथ उसकी उंगुलियों से सरक गया।

–हट्ट...। कहकर आशा अंदर की तरफ भाग गई।

कुछ क्षण रमेश किंकर्तव्यविमूढ़-सा वहां खड़ा रहा। न आगे जाने का साहस जुटा पाया और न पीछे लौटने का मन हुआ उसका।

अपनी सुधबुध खो रहा था वह।

धुंधलका छाने को उद्यत था।

गोधूलि में लौटते पशुओं का टन् टन् उसमें कोई विघ्न पैदा नहीं कर रहा था।

उसके हाथों पर एक अजीब-सी सरसराहट थी। आशा की कोमलता उसकी मुट्ठी में बंधी थी।

उसने अपनी मुट्ठी जोर से भींच ली।

तीन वर्षों तक लगातार विद्यालय में साथ-साथ बैठने के बाद आशा की अनुपस्थिति खलना स्वाभाविक ही था। वास्तविकता तो यह थी कि पिछले दो वर्षों में एक दिन भी ऐसा नहीं था जब उन दोनों में से एक ही विद्यालय में मौजूद रहा हो। एकाध अवसर पर जब यह लगता कि किसी कारणवश एक विद्यालय आने में असमर्थ है तो दूसरा स्वयं अनुपस्थित हो जाता—भले ही इसके लिए उसे कोई बहाना ही क्यों न बनाना पड़े। जहां तक आशा का प्रश्न था, उसके तो प्रवेश के समय ही ननकू ने साफ शब्दों में कह दिया था कि आशा उसी दशा में विद्यालय जायेगी जब रमेश जायेगा। इसलिए कक्षा सात में जब बड़े भाई महेश के विवाह के सिलसिले में रमेश दो दिन के लिए बाहर गया तो आशा भी विद्यालय में अनुपस्थित रही।

प्रकारांतर से यह नियम रमेश ने अपने ऊपर भी लागू कर लिया था। आशा को साफ हिदायत थी कि यदि वह स्कूल नहीं जाती है तो उसकी पूर्व सूचना रमेश को अवश्य दे। ऐसे अवसर कम ही आते थे। एकाध दिन की गैरहाजिरी निभ भी जाती थी किन्तु एक बार किसी सम्बन्धी के यहां विवाह में सम्मिलित होने ननकू परिवार के सभी लोग गये थे। जाना रमेसर को भी था किन्तु फसल की खराब दशा और घर की आर्थिक स्थिति के मद्देनजर उसने विवाह के खर्चे से अपने को बचा लिया।

आशा पूरे तीन दिन के लिए गई थी। एक दिन पहले वह कहना न भूली—अपनी बात याद है न। तीन दिन तुम भी विद्यालय नहीं जाओगे।

—मैं भला क्यों जाता। अच्छा है छुट्टी मिलेगी। कहने को रमेश ने कह दिया। शायद इससे अधिक समझने के लिए वह अभी परिपक्व ही कहां था किन्तु इसके अनुपालन में कई दिक्कतें आईं। पहले दिन वह देर तक सोता रहा और जब मां ने विद्यालय के लिये उठाया तो पेट पकड़ कर उल्टे-सीधे मुंह बनाने लगा। रामदेई परेशान हो गई। पहले पेट दबाकर देखा उसने और फिर दौड़ी-दौड़ी हींग का छोंक

बनाकर लाई और उसे पेट पर मलने लगी। देर तक मां का पेट पर चलता हाथ उसे अंदर तक गुदगुदाने लगा। वह रामदेई को टोकने लगा–बस अम्मा, अब ठीक हो रहा है। छोड़ दो।

उसे लगा कि वह हंस न दे।

–अम्मा, आज विद्यालय नहीं जाऊंगा...।

रामदेई ने कोई उत्तर नहीं दिया। उस पूरे दिन वह घर पर मौज-मस्ती करता रहा, थोड़ी देर में पेट ठीक होने की घोषणा भी कर दी जिससे इस चक्कर में उसका खाना-पीना प्रभावित न हो जाये।

दूसरे दिन भी विद्यालय के समय इसी तरह के अभिनय का सहारा उसने लेना चाहा किन्तु रामदेई ने उसे खड़ा कर दिया–विद्यालय जा। तकलीफ हो तो चले आना...। रामदेई ने कहा तो उसे बस्ता लेकर घर से जाना पड़ा। वह दिन और फिर अगला दिन विद्यालय का समय उसने जंगल में ही काटा।

शर्त को निभा कर रमेश कोई विशेष प्रसन्न नहीं था। बिना प्रयोजन के छः घंटे जंगल में नजरें छिपाकर बैठे रहना उसे बड़ा उबाऊ लगा। उसे अपनी मूर्खता पर झुंझलाहट भी हुई। देखे जाने का अलग भय था। शिकायत का डर तो अगले तीन चार दिन तक उसके दिलो-दिमाग पर मंडराता रहा। सबसे अधिक दयनीय स्थिति यह थी कि विद्यालय के समय जंगल में मौजूदगी का सच्चा-झूठा या कच्चा-पक्का कोई बहाना वह नहीं सोच पाया था।

आशा उसके बाईं ओर बैठती थी। रमेश की नजरें बार-बार उस ओर मुड़ जातीं और वहां खालीपन देखकर उसे चारों ओर शून्यता नजर आती। सब तरफ एक उजाड़-सा अहसास होता, मन बड़ा उखड़ा-उखड़ा रहता। पिछली शाम हुई भेंट से इस पीड़ा में एक मिठास और गहनता दोनों जुड़ गये थे। आशा का सांवला गोल चेहरा, उस पर थिरकती मुस्कान, भोली आंखों से उभरते सवाल और अन्तस में गूंजता उसका प्रश्न–केवल विद्यालय में...?

उसका हृदय उछलने लगा था। उत्तेजना व उमंग कुछ पलों तक उस पर हावी रहे। सामने रखी विज्ञान की पुस्तक में बना रेखाचित्र आशा का चेहरा बन कर उभर रहा था। अध्यापक का स्वर कानों से टकराकर लौट जाता। उसे अचरज होता कि चारों ओर आशा ही आशा खड़ी नजर क्यों आती है।

उस रात वह सो नहीं पाया था। आशा के हृदय में अपने लिए स्थान का आभास उसे सदैव था किन्तु प्यार की स्वीकारोक्ति उसके पूरे बदन में बार-बार झुरझुरी पैदा कर रही थी। आशा के हाथों का कोमल स्पर्श रमेश को गुदगुदाता भी और अंदर तक बेचैन भी करता। पहली बार उसे अपने अंदर एक लहर सी प्रवाहित होती महसूस हुई जिसकी उत्तंग तरंगें उसे पूरी तरह अस्त-व्यस्त कर रही थीं। लगा मानो वह समुद्र के किनारे पर खड़ा है और उफनती लहरें अपने पूरे

वेग से उस पर चढ़ाई कर उसे जल से सराबोर कर रही हैं। बस चारों ओर जल ही जल...। अन्दर-बाहर, ऊपर-नीचे-दसों दिशाएं जलाप्लावित थीं तथा वह उसमें मगन हो हिचकोले खा रहा था।

धीरे-धीरे वह विद्यालय में आशा की अनुपस्थिति का अभ्यस्त हो गया। वैसे भी कक्षा नौ का अध्ययन काफी परिश्रम की मांग कर रहा था। उसे स्वयं तो रुचि थी ही, कक्षा आठ में सर्वोत्तम अंक पाने के बाद सभी अध्यापकों को उससे अपेक्षाएं भी थीं। कक्षा में प्रश्न पूछते तो अन्य छात्रों की चुप्पी के बाद उसकी ओर इस आशा से देखते कि वह उत्तर अवश्य देगा। इसके लिए उसे न केवल कक्षा में ध्यान केन्द्रित रखना पड़ता, घर आकर भी परिश्रम करना पड़ता। फिर जो अध्यापक आता, वह अगले वर्ष की बोर्ड परीक्षा और उसके जीवन में महत्व को समझाना नहीं भूलता। नये प्राचार्य ने भी कक्षा में आकर उन्हें सम्बोधित किया था-तुम्हारा वास्तविक अध्ययन अब आरम्भ हुआ है। हाई स्कूल उत्तीर्ण कर जीवन में कई मार्ग खुल जाते हैं। पूरा जीवन पथ सामने खुलने लगता है। हाई-स्कूल में तुम्हारी श्रेणी जीवन का सर्वाधिक महत्वपूर्ण परीक्षाफल है। इसे कभी मत भूलना। चाहे बी.ए. एम.ए. कर लो या डाक्टर, इंजीनियर बन जाओ, हाईस्कूल के प्रमाण पत्र का महत्व कभी कम नहीं होता। सबसे पहले यही पूछा जायेगा-हाईस्कूल की श्रेणी, अंक...

प्रधानाचार्य कुछ देर के लिए रुके थे और गला साफ कर फिर कहने लगे-यह विद्यालय अभी दो वर्ष पूर्व ही उच्चीकृत हुआ है। अभी तक इसके परीक्षाफल भी कोई उत्साहवर्धक नहीं रहे हैं। कोई भी छात्र प्रथम श्रेणी में उत्तीर्ण नहीं हुआ है और द्वितीय श्रेणी में भी कुछ ही छात्र पास हुए हैं। मैं चाहता हूं कि इस विद्यालय का नाम ऊंचा हो, तहसील ही नहीं जनपद स्तर पर इसकी चर्चा हो। पर वह तभी सम्भव है जब परीक्षा का परिणाम अति उत्तम होगा। कक्षा आठ में कुछ बच्चों ने अच्छे अंक पाये हैं वे अभी से परिश्रम करें। तभी अगले वर्ष उन्हें उच्च कोटि की सफलता प्राप्त होगी...। विद्यालय, गांव, जनपद, परिवार, समाज का नाम ऊंचा उठेगा।

आशा का पूरा शरीर झनझना उठा था। अंदर संगीत लहरी के सुर बज रहे थे। अकस्मात रमेश ने उसका हाथ क्या पकड़ा कि एक फुरफुरी-सी उसके बदन में दौड़ गई। वह सरपट सी दौड़ती अंदर आई। दस कदम की दूरी से ही उसकी सांस फूल गई, दिल की धड़कनों ने जेट की रफ्तार पकड़ ली। उसने अपने वक्ष पर हाथ रखा और बिस्तर पर निढाल गिर पड़ी। कोठरी में लालटेन का पीला प्रकाश फैला था। दीवारें व छत बदरंग थी। फिर भी एक रोमांच-सा उसके अंदर दौड़ गया। चारों तरफ का माहौल बड़ा बदला-बदला लगने लगा उसे। सीने से हाथ

उठाकर उसने अपनी उंगुलियों की ओर देखा। उंगुलियां कांप रही थीं। रमेश के हाथ का स्पर्श अभी भी उस पर दबाव बना रहा था। सिर से पांव तक एक सनसनी सी गूंज रही थी। वह लाज से भर उठी और दूसरा हाथ उसने अपनी आंखों पर रख लिया।

शैशवास्था से किशोरावस्था तक का लम्बा सफर उन्होंने साथ ही काटा था। बचपन से इक्कल-दुक्कल, पिठ्ठी मार से गेंदताड़ी तक साथ खेले थे वे। खेल में वे अकेले नहीं थे। बंसी के अतिरिक्त मुहल्ले के और बच्चे भी सम्मिलित रहते थे। न ही रमेश कोई विशिष्ट था। दूर का पारिवारिक सम्बन्ध होने के नाते रमेश का आना-जाना अधिक था। पर रमेश की छेड़-छाड़, शैतानियों के कारण आशा भी कभी उससे सीधे मुंह बात नहीं करती थी। रमेश भी उसे परेशान करने से बाज नहीं आता था। अन्य लड़कियों की तुलना में वह अधिक स्वस्थ थी। देवी के वरदान के रूप में आई थी आशा। तीन पीढ़ियों बाद किसी कन्या का पालन-पोषण इस परिवार में हुआ था। ननकू चार भाई थे। ननकू के पिता भी दो भाई थे...। ननकू बतलाता है कि दो कन्याएं भी पैदा हुई थीं किन्तु वे जन्म लेते ही खत्म हो गयीं। ननकू के घर मुरारी और बंसी के बीच तीन कन्याओं का जन्म हुआ किन्तु तीनों ही एक वर्ष की आयु पूर्व ही अकाल मृत्यु का ग्रास बन गईं। लड़कियों की मृत्यु के साथ ही घर में कोई न कोई भारी क्षति भी होती। एक बार जानवर मरा, तो दूसरी बार खलिहान में आग लगी। तीसरी बार एक दुर्घटना में मुरारी बुरी तरह घायल हो गया और मरते-मरते ही बचा। ननकू तो क्या रामदेई तक कन्या के जन्म से आतंकित रहते। आखिर तीन कन्याओं के बाद बंसी का जन्म हुआ तो ननकू ने चैन की एक लम्बी सांस ली। किन्तु उसके बाद रामदेई का स्वास्थ्य काफी गिरता गया। कभी बुखार तो कभी पेट खराब, कभी भयंकर सिरदर्द तो कभी पेट दर्द...। रोज हकीम डाक्टर से वास्ता पड़ने लगा। पहले गांव के हकीमजी ने इलाज किया, फिर पास के कस्बे में नये आये बड़े डाक्टर का उपचार हुआ। और तब भी सुधार न होने पर जिले के सबसे बड़े अस्पताल में तमाम परीक्षण आदि कराये गये। परीक्षणों से कोई सार्थक परिणाम नहीं निकला। दवादारू से बीमारी कुछ हफ्तों के लिए नियंत्रित हो जाती और फिर किसी न किसी रूप में उखड़ जाती।

उन्हीं दिनों पास के गांव में एक बाबा की आने के खबर पूरे क्षेत्र में फैली थी। उसे लेकर तरह-तरह के विश्वास थे, अजीब-अजीब-सी अफवाहें थीं। कहा जाता था कि सौ वर्ष से अधिक आयु वाले इस साधू की वाणी में साक्षात सरस्वती विराजमान है। जिससे जो कहा सच हो गया। एक विधवा की बरसों से कुंवारी लड़की के विवाह का योग, समय, दिशा तक बतला दिया। एक वृद्ध के पेट की बीमारी का इलाज ऐसा बतलाया कि दूसरे ही दिन उसे फर्क नजर आने लगा।

ननकू और रामदेई भी उससे मिलने गये थे। रामदेई के स्वास्थ्य को लेकर ननकू परेशान था। ननकू ने प्रश्न किया तो साधू ने केवल इतना कहा—तेरे घर कन्या का योग है। कन्या के बाद ही सब कुछ ठीक होगा।

—पर महाराज, हमारी तो तीन पीढ़ियों में घर में कन्या नहीं रही। अचरज से कहा ननकू ने।

—पर अब तो है। अभी तक कन्या आकर तुमसे रूठ जाती थी पर अब कन्या ही तेरा कल्याण करेगी। तेरा परिवार, खेत-खलिहान फलेगा-फूलेगा।

ननकू ने अपनी बहनों व कन्याओं की मृत्यु और उनसे जुड़ी घटनाओं की जानकारी साधू बाबा को दी। सुनकर बाबा बड़े ही वीभत्स ढंग से हंस दिये। बोले—मुझे सब ज्ञात है। पर समझ ले कन्या के बिना तू कभी सुखी नहीं रह सकेगा। पत्नी का स्वास्थ्य भी उसके जन्म के बाद ही सुधरेगा।

ननकू व रामदेई असमंजस और हैरत से एक-दूसरे को देखने लगे। अंदर ही अंदर आतंकित भी अनुभव कर रहे थे। पर कहें तो क्या?

साधू उनकी मनःस्थिति को समझ रहे थे। मन्द-मन्द मुस्करा कर कहा—तू चिंता मत कर...। आगामी नौदुर्गे पर मां शाकुम्बरी को प्रसाद अर्पित कर आना। मां फिर भला ही भला करेगी। तेरा कल्याण होगा।

बाबा और मां शाकुम्बरी में तमाम श्रद्धा और आस्था होते हुए भी ननकू द्वन्द्व व उद्विग्नता के भवंर में फंसा रहा था। पर करे भी तो क्या? नौदुर्गे में वह और रामदेई मां के दर्शन कर आये। अगले वर्ष ही घर में कन्या का जन्म हुआ। और उसे नाम दिया गया था आशा। पूरा समाज उसे देवी का साक्षात रूप मानता था।

जन्म के कई वर्षों तक उसकी पूजा तक की जाती। ननकू परिवार ही नहीं, चमरौटी के और लोग भी उस पर चढ़ावा चढ़ाते। पहनने को नये-नये वस्त्र मिलते और खाने को स्वादिष्ट व्यंजन। घर के काम धाम से उसका कोई नाता नहीं था। बस थोड़ा-बहुत पढ़ना और खाना-पीना। इसलिए चमरौटी के अन्य बच्चों की तुलना में वह खायी-पीयी दिखलाई देती।

अन्य बच्चों की अपेक्षा धीरे दौड़ने के कारण अक्सर पिठ्ठी मार या गेंद ताड़ी में रमेश की मार का शिकार हो जाती। तब रमेश 'मुटल्ली-मुटल्ली' कहकर उसे चिढ़ाया करता। पहले वह खिसिया जाती और जब दूसरी बार पकड़ी जाती तो रोने लगती। रमेश की देखा-देखी और बच्चे भी चिढ़ाने में शामिल हो जाते। तब घर आकर वह ननकू से ढेर सारी शिकायतें करती।

जब कक्षा छः में उसे पता चला कि उसके साथ रमेश का भी प्रवेश हुआ है तो वह कोई बहुत उत्साहित नहीं थी। अपने प्रवेश पर वह प्रसन्न अवश्य थी। उसकी प्रसन्नता का कारण उसकी अध्ययन की चाह थी। उसे यह अहसास कतई नहीं था कि वह चमरौटी की पहली कन्या है जो बड़े विद्यालय में अध्ययन करने

जा रही है। न ही उसे अपने प्रवेश को लेकर हुई चर्चा अथवा विवाद की कोई जानकारी थी। उसे यह आभास भी नहीं था कि रमेश का साथ प्रवेश लेना उसके लिए कितना आवश्यक था। आरम्भ में रमेश भी उसे अन्य छात्रों की भांति लगा था। किन्तु प्रवेश के एक माह के भीतर ही उसने रमेश की उपस्थिति के महत्व को महसूस किया था। प्राइमरी पाठशाला में चमरौटी के कई बच्चे पढ़ते थे। इस नाते न तो कभी उसने अकेलापन महसूस किया और न ही किसी सहपाठी की आवश्यकता अनुभव हुई। पर यहां तो स्थिति ही कुछ और थी। विद्यालय में न तो कोई उनसे बात करता और साथ खेलने का तो प्रश्न ही नहीं था। ले-दे कर केवल रमेश ही सब कुछ था। कभी कुछ पूछना हो या लिखना हो तो रमेश पर ही वह निर्भर थी। सौभाग्य से रमेश कक्षा के सर्वश्रेष्ठ छात्रों में से था, इस नाते अध्यापक उससे अधिक कुछ नहीं कह पाते और रमेश के साथ आशा को भी राहत मिल जाती।

रमेश के व्यवहार में भी एकाएक परिवर्तन आया था। सहपाठियों के बर्ताव से वह अंदर ही अंदर क्षुब्ध अनुभव करता था। विद्यालय में वह आशा को पूरा सम्मान देता और स्वयं भी कोई ऐसा काम नहीं करता जिससे उसके साथ-साथ आशा पर भी किसी को उंगुली उठाने का अवसर मिले। धीरे-धीरे वह अध्ययन के प्रति भी अत्यन्त गंभीर हो चला था। स्कूल वे दोनों साथ आते-जाते लेकिन आपस में केवल अध्ययन से संबंधित बातचीत करते। रमेश प्रायः शांत रहता और गुप-चुप चलता रहता। आशा जो प्रश्न पूछती उसका पूरी शालीनता से वह उत्तर देता।

कक्षा सात पास करते न करते उसे रमेश की उपस्थिति अनिवार्य लगने लगी-रमेश का सानिध्य घर में भी उसका पीछा नहीं छोड़ता। हर समय उसकी मौजूदगी का अहसास बना रहता। विद्यालय से लौट कर आती तो उसे अगले दिवस की प्रतीक्षा रहती। विद्यालय जाने का एक कारण अब रमेश भी था। रमेश के प्रति चाहत का अहसास उसमें पनपने लगा था। किन्तु रमेश की बेरुखी देखकर वह दुखी होती। हालांकि वह उसका पूरा ख्याल रखता था। विद्यालय में उसके कवच की तरह बना रहता। एकाध अवसरों पर किसी छात्र द्वारा बेजा हरकत करने पर वह शिकायत करने से नहीं चूकता भले ही आशा इसे नजरअंदाज करना चाहती। कोई लड़का ताना मारता तो पलटकर जवाब देने में कसर नहीं रखता। आशा की तरफ से हर समय मोर्चा कसने को तैयार था। एक दिन एक लड़के ने ताना मार कर कहा था—तू इसकी तरफदारी क्यों करता है? तेरी बहन है क्या? तो पलटकर बोला था—बहन तो होगी तेरी। मेरी खानदानी है। साथ पढ़ती है। इस नाते दोस्त है। सुनकर आशा को लाज आ गई थी। लड़के-लड़की के मध्य मित्रता का विचार उस परिवेश में एकदम नया व अपरिचित था।

—तुमने दोस्त क्यों कहा? बुरा नहीं लगा कहते हुए? उसने लौटते समय पूछा

था।

–फिर क्या कहता...। मैं तो तुम्हें बहन नहीं मानता। फिर झूठ क्यों बोलता...? वह निर्लिप्त भाव से बोल रहा था।

–दोस्त मानते हो...? धीमे स्वर में पूछा उसने।

–साथ पढ़ती हो तो दोस्त हो। सहपाठियों से मित्रता के ही सम्बन्ध होते हैं।

आशा के अंदर उमड़ रही भावनाओं का कोई प्रभाव रमेश पर नहीं था।

–कल को मैं पढ़ना बंद कर दूं तो मित्रता समाप्त...? उसने खीझ भरे स्वर में पूछा।

रमेश ने तत्काल कोई उत्तर नहीं दिया। चाल में साधारण कमी अवश्य आई। आशा के प्रश्न ने उसे कुछ सोचने पर अवश्य विवश किया था। कुछ दूर तक वे स्थिर भाव से चलते रहे। रमेश की नजरें कहीं शून्य में गड़ी थीं और आशा बार-बार उसके चेहरे को देखती चल रही थी।

-तुमने कोई उत्तर नहीं दिया? आशा को पूछना पड़ा।

–यह तो बेवजह का प्रश्न है। रमेश ने मुस्कराकर कहा–पहले यह बताओ कि तुम यह क्यों पूछ रही हो? तब मैं तुम्हारे प्रश्न का उत्तर दूंगा।

आशा निरुत्तर थी। वह भला क्या उत्तर देती...? अपने प्रश्न का कारण तो वह स्वयं भी नहीं जानती थी। वह खुद नहीं जानती थी कि इस प्रश्न के पीछे उसका क्या आशय था..., वह क्या जानना चाहती थी?

आशा शांत हो गई।

रमेश ने भी आगे कुछ नहीं कहा।

दोनों के ही प्रश्न अनुत्तरित रहे। हालांकि उन दोनों के दिलो-दिमाग में वे सवाल लम्बे अर्से तक बने रहे।

धीरे-धीरे रमेश के व्यवहार में एक अदृश्य-सा परिवर्तन आ रहा था। आशा को इसका अहसास दो-तीन महीने बाद होने लगा था किन्तु उसने इस परिवर्तन को झगड़े वाली घटना के दिन ही बड़ी शिद्दत से महसूस किया। पिछले कुछ महीनों से न तो रमेश की गंभीरता में कोई बदलाव आया था, न अध्ययन के प्रति उसकी रुचि में कोई कमी थी और न ही आशा के प्रति व्यवहार में कोई जाहिरा फर्क। बस उसकी नजरों में एक अजीब-सी उदासी झलकती रहती। उसकी आंखें कुछ अनकही कहने के लिए बेचैन नजर आतीं। उनमें अतृप्त प्यास दिखलाई पड़ती। बात करते-करते उसकी निगाहें झुक जातीं और उनमें बसी लाज उसके चेहरे पर बिखर जाती। कई बार अपनी ओर देखते हुए भी आशा ने रमेश को पकड़ा था।

तब वह दूसरी ओर देखने लगता और उसके चेहरे पर हल्की-सी मुस्कान फैल जाती।

आशा मन ही मन झूम उठती। दिल में आता रमेश खुलकर बातें करे। विद्यालय का सानिध्य लम्बा और लम्बा हो जाये और वापसी की यात्रा अंतहीन बन जाये। लौटते समय जब रमेश लम्बे-लम्बे डग भर के चलता तो वह अपनी चाल और धीमी कर लेती। मजबूरन रमेश भी धीमे चलने लगता। कभी वह थककर बैठने का अभिनय करती तो भी रमेश कोई आपत्ति नहीं करता...। जो पूछती उसका उत्तर दे देता–हां अब उसके स्वर में वह उदासीनता व बेरुखी नहीं थी...। कभी आशा इसलिए जरूर झल्लाती कि इस प्रकार का कोई सुझाव रमेश की तरफ से नहीं आता था। स्वाभाविक है कि उसे भी मर्यादा और अपनी सीमाओं का पालन करना होता...।

मारपीट की घटना के बाद अपनी ओढ़नी का कपड़ा फाड़ कर जब वह उसके हाथ पर बांध रही थी तो उसकी नजरें अपने चेहरे पर गड़ी महसूस की थीं आशा ने। पट्टी बांध कर जब उसने ऊपर देखा तो रमेश यों ही एकटक उसकी आंखों में देखता रहा। पहली बार उनमें आंखों के माध्यम से एक ऐसा शब्दहीन संवाद स्थापित हुआ था जो आज भी उसके कानों में ही नहीं, पूरे अस्तित्व में गुंजायमान है। इस हिंस्र दृश्य के बाद रमेश की नजरों में विद्यमान कोमलता, मारपीट की विकृति के पश्चात उसके चेहरे का लावण्यमय रूपान्तरण, स्पर्श से उभरती धमनियों की धमक आशा को बुरी तरह उद्वेलित कर गई थी। प्यार का पहला अहसास हुआ था आशा को।

उस घटना से उबरने में उसे कई दिन लगे थे। एक बार मन में आया था कि वह परीक्षा ही न दे किन्तु फिर अपने को समझाया उसने। उसके निर्णय के साथ रमेश ही नहीं पूरी बस्ती की प्रतिष्ठा जुड़ी थी। परीक्षा भी उसने अच्छे अंकों से उत्तीर्ण की थी। वह आगे भी पढ़ना चाहती थी किन्तु एक रात उसने अपने भाई बंसी को पिता से कहते सुना था–अब आशा को स्कूल नहीं भेजना है। कभी कोई और बात हो गई तो हम कहीं मुंह दिखाने के नहीं रहेंगे।

–कैसी बात ...? ननकू ने पूछा था।

–बापू, आशा अब बड़ी हो गई है। रमेश के साथ रोज स्कूल आना-जाना ठीक नहीं है। लोग वैसे ही बात का बतंगड़ बनाने से नहीं चूकते...।

ननकू ने कोई उत्तर नहीं दिया था। बंसी कुछ देर शांत रहकर बोला था–अब आशा के विवाह के बारे में सोचना चाहिए।

–अभी पन्द्रह की होकर सोलहवीं में लगी है। ननकू ने कहा।

–तो बच्ची थोड़े ही है। फिर लड़का ढूंढते-ढूंढते एकाध साल यों ही निकल जाता है।

ननकू चुप था। सुनकर आशा बड़ी परेशान हो चली थी। उस पूरी रात वह सो नहीं सकी। आगे अध्ययन न कर पाने की पीड़ा उसे रात भर चुभती रही और आज भी सालती है। पर उसके विवाह की योजना की जानकारी से वह बुरी तरह तड़प उठी थी। एकबारगी मन में आया कि वह उसी समय चीख-चीखकर कह दे कि उसे इतनी जल्दी विवाह नहीं करना। पर इतना साहस भला कहां था उसमें। सोच-सोच कर ही उसकी आंखें भर आतीं।

भोर होते ही वह ननकू के पास गई और स्वयं प्रवेश न लेने की घोषणा कर डाली। ननकू अविश्वास भरी दृष्टि से उसे देखता रहा। उसके हृदय से एक बोझ कम हो गया था।

—पर क्यों बेटी...? ननकू ने पूछा अवश्य।

आशा ने नजरें झुका लीं। दिल भरता हुआ महसूस किया उसने। उसे डर था कि कहीं वह फूट न पड़े। किन्तु अपने को नियंत्रित करने में सफल रही वह।

—बस बापू। आगे पढ़ने का मन नहीं है। कक्षा नौ की पढ़ाई काफी कठिन है। फिर घर का सारा कामकाज भी है।

कोशिश के बावजूद उसका स्वर तनिक कांप उठा था। शायद ननकू उसकी भावनाओं को ताड़ गया था। उसने पास जाकर उसके सिर पर हाथ फेरा और दूसरी ओर चला गया।

आगे अध्ययन न करने के अपने निर्णय पर वह काफी समय तक खिन्न रही। इसकी पीड़ा उसे लगातार कष्ट देती रही। वह वास्तव में पढ़ना चाहती थी और वह यह भी भली प्रकार समझती थी कि यदि वह अपने पिता से जिद करेगी तो उसकी ही बात मानी जायेगी। बंसी की आशंका निराधार और कुछ-कुछ हवाई थी। वह घटना अब वैसे भी लोगों के जहन से मिट चुकी थी। पिछले काफी समय से केवल.ठाकुर के लड़के और उसके साथ आई लड़की की चर्चा सबकी जुबान पर थी। और सच तो यह है इस प्रकरण ने दलित समाज का सिर तनिक ऊंचा भी उठाया था...। दलितों के प्रमुख व्यक्ति दोनों घटनाओं की तुलना करना नहीं भूलते। मनोज—नयनी प्रकरण से सवर्ण क्षुब्ध थे किन्तु दलितों द्वारा उसका संदर्भ दिया जाना उन्हें असहनीय प्रतीत होता। ये सभी स्वीकार करते थे कि मनोज की 'हरकत' से गांववासी न केवल विद्यालय की घटना को भूल गये हैं बल्कि गांव की ऊंची जातियों की प्रतिष्ठा में भी ठेस लगी है। इसका लाभ दलितों द्वारा उठाया जा रहा है। रमेश के बिना रोक-टोक अथवा विरोध या विवाद के विद्यालय में प्रवेश को भी लोग इसी का प्रतिफल मानते थे।

बहरहाल आशा का निर्णय लागू रहा और चाहकर भी उसने विद्यालय में प्रवेश नहीं लिया। सम्भवत: निर्णय लेते समय उसने न तो सभी पहलुओं पर ठीक प्रकार विचार किया और प्रवेश के किसी प्रभाव या परिणाम का पूर्वानुमान भी वह

नहीं कर सकी थी। शायद अपने प्रति भाई के अविश्वास से उमड़े भावावेश का परिणाम था यह।

उस दिन संध्या में रमेश से हुई संक्षिप्त भेंट ने उसके अंदर भीषण उद्वेलन कर दिया था। पिछले एक तर्ष से उसे इसी क्षण की प्रतीक्षा थी। दृष्टि के मूक संवाद ने पहली बार शब्द पाये थे। रमेश के कहने के बाद वह अपने निर्णय पर पुनर्विचार के लिए विवश अनुभव कर रही थी। सचमुच विद्यालय उनके मिलन का आदर्श स्थल था। किन्तु निर्णय में फेरबदल संभव नहीं लगा उसे।

अगले कुछ महीनों में ही उसे प्रवेश न लेने के अपने फैसले की मूर्खता ने बुरी तरह त्रस्त कर दिया। रमेश से मेल-मुलाकात कितनी कठिन हो चली थी। हफ्तों रमेश का चेहरा देखने को वह तरस जाती। रमेश के पास भी घर आने का कोई कारण नहीं होता। रमेश से बिना मिले वह परेशान रहने लगी। कभी वह बुरी तरह झुंझला उठती। भले ही बंसी को रमेश का आना अच्छा नहीं लगता था, किन्तु ननकू के हृदय में रमेश के प्रति अगाध प्रेम था, इसे वह अच्छी तरह जानती थी। इसलिए रमेश उससे मिलने तो आ ही सकता था। छह माह बीतने को आये थे और वे केवल दो बार मिले थे।

सरना चाचा की भतीजी के विवाह का अवसर था। आशा जानती थी कि चमरौटी के सभी परिवार उसमें आमंत्रित होंगे और रमेश भी अवश्य आयेगा। उससे भेंट की चाह लिए ही वह वहां गई थी। उसने दूर से रमेश को देख लिया था जो स्वयं भी उसे ताक रहा था। एक अजनबी की तरह वह उसे देखता रहा। मन ही मन आशा झुंझलाने लगी। तब पड़ोस की लड़की सविता को भेज कर उसने रमेश को बुलवाया था।

—दूर से ऐसे देख रहे हो जैसे अपरिचित हो...। उसने बनावटी गुस्से से कहा।

रमेश धीमे से हंस दिया। अपनी नजरें नीचे झुका लीं उसने।

—इत्ते दिनों से घर क्यों नहीं आये? उसी स्वर में आशा ने पूछा।

—बस यों ही। पढ़ने लिखने में लगा रहा। नवीं में काफी कोर्स है।

—इतना पढ़ना पड़ता है कि महीने में कभी दस मिनट के लिए भी मिलने नहीं आ सकते? आशा ने शिकायत की।

रमेश ने सत्य का प्रतिवाद करना उचित नहीं समझा। वह शांत था। हल्की सी मुस्कान उसके चेहरे पर खेल रही थी।

—मुझे सब मालूम है, पढ़ने का तो बहाना है। मुझसे मिलना नहीं चाहते।

—नहीं, यह सच नहीं है। अब रमेश तेजी से बोला—मेरा मिलने का बड़ा मन करता है।

—फिर आते क्यों नहीं...?

–...।

–बोलो...?

–संकोच होता है।

–क्यों?

–आने का कारण समझ में नहीं आता।

–मिलना कारण नहीं है क्या?

–है, पर तुम सब जानती हो। फिर भी मुझ से पूछ रही हो।

–क्या, बताओ...?

–बंसी भइया को मेरा आना अच्छा नहीं लगता।

–तुमसे कभी कुछ कहा उन्होंने?

–न।

–मुझसे भी नहीं कहा।

–पर क्या यह सच नहीं है?

–शायद हो...। आशा कुछ क्षणों के लिए रुकी। फिर बोली–पर बापू तुम्हें बहुत प्यार करते हैं...।

–और तुम...। रमेश ने एकाएक बात काटते हुए कहा।

–शि ऽ ऽ शि...। आशा की नजरें झुक गईं। उसके हृदय की धुकधुकी तेज हो गई। एकबारगी उसे लगा कि उसका शर्म से लाल चेहरा सभी के आकर्षण का केन्द्र बिन्दु बन गया है। अनगिनत आंखें उसे अपने पर टिकी महसूस हुईं।

–शर्माती क्यों हो...?

–सबके सामने बेकार की बातें मत किया करो। निगाह नीची किये हुए कहा उसने।

–कोई नहीं सुन रहा।

–पर देखते तो होंगे?

–देखने दो...।

–घर आया करो। आशा ने पुनः बात आरम्भ की।

–चाचा को अच्छा लगेगा?

–तुमसे कुछ नहीं कहेंगे...।

–और तुमसे ...?

–मुझसे भी नहीं...।

–पर उन्हें बुरा तो नहीं लगेगा?

–क्यों आखिर? फिर कौन रोज आओगे। कभी-कभार तो आ ही सकते हो...।

–ठीक है। मेरा मन भी करता है। तीन महीने बाद देखा है। इससे तो तुम प्रवेश ले लेतीं।

आशा की दुखती रग मानो दब गई हो। उसने कोई उत्तर नहीं दिया।

–तुम वास्तव में पढ़ना नहीं चाहती थीं?

आशा अभी भी चुप थी।

–बोलो...।

चाहकर भी आशा कुछ कह नहीं पाई थी।

–कम से कम स्कूल में प्रतिदिन भेंट तो हो जाती थी। फिर विद्यालय के काम, पढ़ाई-लिखाई के कारण मिलने का बहाना भी था। अब तो यही समझ में नहीं आता कि किस मुंह से तुम्हारे घर जाऊं...। बंसी भैया मुझ से बात नहीं करते। चाचा बुजुर्ग हैं और तुमसे मिलने आना...।

–कभी-कभी तो आ ही सकते हो...।

–सच कहूं, हिम्मत नहीं पड़ती। डर लगा रहता है कि चाचा या बंसी भैया कभी कुछ कह ही न दें।

–पिताजी नहीं कहेंगे...।

–बंसी भैया?

–हां...। वह कुछ पल के लिए रुकी और फिर कहा–पता है प्रवेश की तिथि से एक रात पहले भैया बापू से यही कर रहे थे कि...।

–क्या...? रमेश ने परेशान होकर पूछा।

–कि मैं बड़ी हो गई हूं। तुम्हारे साथ विद्यालय आना-जाना ठीक नहीं है। तभी अगले दिन मैंने स्वयं बापू से विद्यालय में प्रवेश न लेने की बात कह दी थी।

–जरा से आवेश में कितनी बड़ी भूल कर दी। एक तो आगे अध्ययन नहीं कर सकीं और दूसरे...।

–मुझे खुद बेहद दुख है। पर अब क्या करूं...?

रमेश ने आगे कुछ नहीं कहा। नजरें नीचे किये आशा अपनी चप्पल जमीन पर गड़ा रही थी। कुछ पल मौन के साये में बीत गये। एकाएक उसे अनगिनत नजरें अपने पर गड़ी महसूस हुईं।

–ठीक है, कभी घर आना...। कहकर आशा वहां से चल दी।

पूरा वर्ष बीतने को आ रहा था और इस बीच उनकी मुलाकातें गिनी-चुनी थीं। सरना चाचा के यहां विवाह में हुई मुलाकात के बाद लगभग रोज ही रमेश आशा से मिलने का कार्यक्रम बनाता पर शाम होते-होते उसकी हिम्मत साथ नहीं देती। हर शाम आशा से मिलने की चाहत उसे बुरी तरह बेचैन करती। कई बार घर से निकल भी पड़ता किन्तु कदम आशा के घर तक नहीं पड़ते। रात को उसे अपनी

कायरता पर क्षोभ व दुख भी होता। इस झिझक की कोई पुख्ता वजह भी उसे नजर नहीं आती। बंसी ने उससे कभी कुछ नहीं कहा था और ननकू के स्नेह के प्रति वह सदैव आश्वस्त था। किन्तु मारपीट की घटना के बाद बंसी का विद्यालय आकर उससे बिना कुछ कहे-सुने आशा को अपने साथ ले जाना और उसकी पथराई आंखों में अपने प्रति उपेक्षा के भाव को वह भूल नहीं पाता था। विवाह समारोह में आशा से मिलकर उसमें नये उत्साह व उमंग का प्रवाह हुआ था। किन्तु आशा द्वारा बतलाए बंसी के शब्द उसके मस्तिष्क में घूमते रहते। उसके कदम ठिठक जाते। चाहकर भी आशा से मिलने नहीं जा पाता।

उनकी अगली भेंट आशा के आवास पर ही हुई थी। अर्ध वार्षिक परीक्षा का परीक्षाफल आया तो सर्वोत्तम अंक आने पर रमेसर ने ही उससे ननकू के घर जाने को कहा था–ननकू अक्सर तेरी पढ़ाई के बारे में पूछता है। उसे बड़ी खुशी होगी।

पिताजी के कथन से उसे बल मिला था। आशा के घर पर सभी लोग उपस्थित थे। ननकू बरामदे में बैठे हुक्का पी रहे थे, बंसी पास ही चारपाई पर लेटा था और आशा रसोई में भोजन बनाने में व्यस्त थी।

ननकू ने गर्मजोशी से उसका स्वागत किया था–अरे भइया, कैसे रास्ता भूल गया? मुझे तो लगा था चाचा को भूल गया।

रमेश ने झुककर उसके पैर छुए।

–छमाही इम्तेहान का परीक्षाफल आया था। पिताजी ने आपका आशीर्वाद लेने भेजा है।

–अरे वाह...। कक्षा में प्रथम आया होगा। ननकू का स्वर उत्तेजना और हर्ष से चहक रहा था।

–जी चाचा।

–बड़े गर्व की बात है भइया। बस इसी तरह पढ़ते रहना।

–सब आपका आशीर्वाद है चाचा।

–अरे मेरा आशीर्वाद क्या। राम की कृपा है। और तेरी मेहनत...।

उन्होंने उठकर उसे गले से लगा लिया और तब आशा को पुकार कर गुड़ और पानी मंगवाया।

आशा ने रमेश को आता देख लिया था। वह सांस रोके खड़ी थी। बाहर झुटपुटा फैला था। बरामदे में जल रही लालटेन का हल्का-सा प्रकाश चारों तरफ फैल रहा था फिर भी रमेश का चेहरा तेज आलोक से चमकता-सा महसूस हुआ उसे। अन्तस की दृष्टि के लिए न तो प्रकाश की आवश्यकता है, न ही दूरी अथवा निकटता की ही कोई प्रासंगिकता है। शायद दृष्टवा की उपस्थिति की भी नहीं...।

एक तश्तरी में बाजरे व गुड़ के लड्डू और पानी लिए वह बाहर आई थी।

पास आकर उसने नमस्ते की।

—कैसी हो...? रमेश ने पूछा।

—ठीक हूं। और तुम...।

—मैं भी ठीक हूं।

—बेटा...। ननकू ने बीच में ही कहा—रमेश के छमाही में सबसे अच्छे अंक आये हैं। वही दिखाने आया था। ले भइया लड्डू खा...।

रमेश ने लड्डू मुंह में रख कर पानी पी लिया। उसकी नजरें चोरी-छिपे आशा को ही देख रही थीं।

—आ बैठ...। ननकू ने उससे कहा—आज कितने दिनों के बाद आया है।

—दिन नहीं महीने, बापू। जब प्रवेश हुआ था तब ही आये थे। आशा ने धीरे से कहा।

—अरे हां सचमुच। समय कैसे दौड़ कर चलता है। छः महीने से भी ऊपर हो गये। कभी-कभार आया कर भइया...।

रमेश ने कोई उत्तर नहीं दिया। आशा की मौजूदगी ने उसके शारीरिक रसायन में भीषण उद्वेलन पैदा कर दिया था। ननकू के शब्द उसके कानों में जाकर गुम हो जाते। मन चाहता कि आशा के साथ एकांत के कुछ क्षण मिल सकें। किन्तु इसका मौका ही कहां था। आशा से बात न कर पाने का रमेश को बड़ा मलाल था।

उनकी अगली भेंट होली पर हुई थी। पिछले तीन वर्षों से वे साथ ही होली खेले थे। अन्य बच्चों के साथ आशा भी होली के हुड़दंग में सम्मिलित होती। पूरी बस्ती में ऊधम पटक मची रहती। किन्तु इस बार आशा घर से बाहर नहीं निकली। रमेश इस पर अत्यंत हैरान था। दरअसल उसे होली की काफी अर्से से प्रतीक्षा भी थी। आशा से होली खेलने का एक नया रोमांच उस पर काफी समय से हावी था। वह आशा के घर आया तो ननकू ने गले लगाकर उसका स्वागत किया। आशा काफी देर कोठरी में ही बंद रही और लगभग प्रस्थान के समय ही सामने आई थी। शालीनता से गुलाल लगाया व लगवाया था और न जाने कब उसकी बांह पर बुरी तरह नाखून गड़ाकर मुस्कराती हुई अंदर चली गई थी।

रमेश के सारे अरमान अंदर ही कैद रहे। यद्यपि आशा से हुई इस संक्षिप्त भेंट ने उसे एक नई ऊर्जा प्रदान की थी।

आशा परेशान रहने लगी। रमेश की याद उसे बुरी तरह सताती और रमेश से मिलने की कोई जुगत नहीं बैठ पाती। कभी वह रमेश पर बुरी तरह गुस्सा करती तो कभी खिसियाकर रोने लगती। उसे लगता कि अध्ययन के नाम पर रमेश वहां आने से

कतराता है। उसे उम्मीद थी कि ग्रीष्मावकाश में रमेश से अधिक मुलाकात हो सकेगी। किन्तु वह भी सम्भव नहीं हो सका। पूरी छुट्टियों में रमेश केवल दो बार घर आया था, एक परीक्षा सम्पन्न होने के कुछ दिन बाद और दूसरे परीक्षाफल वाले दिन...। दोनों ही दिन घर पर ननकू उपस्थित था।

उधर ननकू व बंसी अक्सर उसके विवाह की चर्चा करते सुनाई पड़ते। इससे उसका द्वन्द्व बढ़ना स्वाभाविक था। कोई निर्णय लेने में वह असमर्थ अनुभव करती। क्या रमेश सचमुच उससे प्यार करता है, क्या वह प्यार महज दो मित्रों की मित्रता है अथवा वह उसे जीवन संगिनी बनाने की अभिलाषा भी पाले हुए है? उस दिन रमेश ने पूछा था... केवल विद्यालय में ही...? क्या रमेश इस प्रश्न के प्रति सचमुच गंभीर था? विवाह के अवसर पर हुई मुलाकात में रमेश ने जानना चाहा था कि क्या वह भी उससे प्यार करती है? क्या रमेश को उसके प्यार में कोई संदेह है या रमेश केवल विनोद के तौर पर इस तरह की बातें करता है?

उनके मध्य इस मुद्दे पर कभी भी गंभीरता से बात नहीं हुई थी। सच तो यह है कि ऐसा अवसर ही उन्हें कहां मिला था। वह सोलह पार कर चुकी थी। समाज में सभी लड़कियों का विवाह कमोबेश इसी उम्र में हो जाता है। पिता और भाई दोनों ही किसी उपयुक्त वर की तलाश में थे। आशा को हर पल यह भय सताता कि जिस दिन यह तलाश पूरी हो गई, फिर उसके परिणय सूत्र में बंधने में देर नहीं लगेगी। विवाह की छिटपुट तैयारी भी चल रही थी।

आशा गहरे कशमकश में उलझी रहती और रमेश की उदासीनता पर बुरी तरह आहत अनुभव करती। वह यह भी नहीं समझ पाती कि किस भरोसे वह पिता से विवाह की चिंता न करने को कहे। वैसे भी रमेश से विवाह तो उनके ख्याल में दूर तक भी नहीं आ सकता था। रमेश को तो वह परिवार का सदस्य मानते थे। समाज में इस तरह के विवाह की तो न परम्परा थी और न ही स्वीकार्यता। चमरौटी में कोई प्रेम विवाह हुआ भी नहीं था। इसलिए ऐसा करने का जोखिम ननकू नहीं उठा सकता था।

जितना सोचती, उतनी अधिक बेचैनी वह महसूस करती। रमेश से एक बार बात करना जरूरी लगा उसे जिससे वे कोई निर्णय ले सकें। हालांकि वह यह अच्छी तरह जानती थी कि हाईस्कूल की परीक्षा पास करने से पहले न तो रमेश इस बारे में सोच सकता है और न ही इस जंजाल में फंसना उसके हित में था। कक्षा दस की परीक्षा पास करने में अभी पूरा साल शेष था। ननकू और बंसी उसके विवाह के लिए एक वर्ष तक प्रतीक्षा करने की स्थिति में नहीं थे। फिर प्रतीक्षा क्यों, किसलिए...?

सब कुछ सोचकर उसके अंदर छटपटाहट-सी होने लगती। रमेश के बारे में बापू से बात करने का साहस उसमें नहीं था पर कोई तो रास्ता निकालना ही था।

–बापू। एक दिन वह ननकू से कहने लगी–भैया और तुम रोज मेरे विवाह की बात करते हो। आखिर क्यों?

–क्योंकि अब तू बड़ी हो गई है। ननकू ने मुस्करा कर कहा–लड़कियां तो पराये घर की अमानत हैं। एक दिन उन्हें जाना ही पड़ता है।

–लेकिन बापू, ऐसी भी क्या जल्दी है?

–बेटा, हमारी जिम्मेवारी है यह। जितनी जल्दी इसे निभाएंगे, उतना अधिक पुण्य मिलेगा।

–पर बापू। आशा ने अब अपना अस्त्र चलाया–घर में कामकाज करने को कोई नहीं है। झाड़ू-बुहारी, रसोई कौन करेगा?

ननकू हंस दिया और देर तक हंसता रहा।

–बापू हंसने की बात नहीं है। रोटी कौन बनाएगा?

–सब ईश्वर देता है। कोई काम रुकता थोड़े ही है। ननकू ने दार्शनिक अंदाज में कहा।

–बापू, बंसी भैया तो वैसे ही घूमते रहते हैं। मुझे मालूम है सारी तकलीफ तुम्हें होगी।

–तो होने दे बेटी। अपनी तकलीफ की वजह से तुझे घर पर रखूंगा? न बेटी न, ऐसा पाप नहीं कर सकता।

–बापू, पहले बंसी भैया का ब्याह क्यों नहीं कर देते।

–क्या, बंसी का ब्याह? उसने चकित होकर पूछा।

–हां बापू, पहले बंसी भैया का विवाह कर दो। घर भर जायेगा तो मुझे यहां से जाने में कोई दर्द नहीं होगा। भाभी घर सम्हाल लेगी। घर का कामकाज चलता रहेगा।

–पर बंसी इसके लिए तैयार नहीं है।

–तो मैं भी तैयार नहीं हूं। उसने रूठते हुए कहा–उन्हें चिंता हो न हो, पर मैं तुम्हें इस तरह अकेला छोड़ कर नहीं जा सकती।

आशा का स्वर सचमुच रुआंसा हो गया। नेत्र सजल होकर पारदर्शी हो चले।

–बेटी, ऐसा मत कह। ननकू ने समझाने के अंदाज में कहा–तू तो इतनी समझदार लड़की है।

आशा शांत रही।

–बेटी, बंसी के लिए कोई अच्छा रिश्ता भी तो नहीं आया है। पता नहीं कितना समय निकल जाये।

–तो निकलने दीजिए। मैं कौन बूढ़ी हो रही हूं। उसने तुनक कर कहा।

अब ननकू के चुप रहने की बारी थी। आशा ने मौके का लाभ उठाया।

–बापू, तुम किसी से भी राय ले लो। हर कोई यही कहेगा। पहले भइया

के लिए लड़की ढूंढो। तब मेरे बारे में सोचना।

ननकू निरुत्तर हो चला। आशा का सुझाव उसे जंचा था।

—ठीक है। बंसी से बात करूंगा। वह धीरे से बोला।

—नहीं बापू, भइया कुछ भी कहें। बिना भाभी आये मैं इस घर की दहलीज छोड़ने वाली नहीं।

ननकू धीरे से हंस दिया। लम्बे समय बाद आशा ने किसी विषय पर हठ प्रदर्शित किया था।

मन ही मन उछलने लगी आशा। बड़ा हल्का महसूस किया उसने।

आशा का दांव चल गया था। ननकू ने रमेसर से इस संबंध में बात की तो उसने भी आशा के तर्क का समर्थन कर डाला—बिटिया ठीक ही तो कहती है। आशा नहीं रहेगी तो चौका-चूल्हा कैसे चलेगा। और फिर ब्याह लायक लड़का न होता तो मजबूरी में सब कुछ करना और सहना पड़ता है। पर बंसी बीस पूरे कर चुका है। घर में बहू लाने में कोई भी तो परेशानी नहीं है। तब पहले लड़के की शादी करना ठीक ही तो है भाई...।

कल शाम से ही पशोपेश में था ननकू। आशा ने सोचने पर विवश अवश्य किया था किन्तु विवाह योग्य लड़की के घर में रहते लड़के का विवाह सामाजिक मर्यादा और परम्परा के विरुद्ध प्रतीत होता था।

—पर चाचा, लोग कहेंगे कि देखो जवान लड़की घर में बैठी है और इसे लड़के की शादी सूझी...। उसने अपनी आशंका जाहिर की।

—अरे भइया, पहले तो समझदार आदमी ऐसी बात नहीं कर सकता। जिसको यह बात बताओगे वह तुरंत समझ जायेगा।

—पर किस-किस के सामने सफाई दे पाऊंगा।

—लेकिन सफाई की जरूरत क्या है? कौन सा गलत काम कर रहे हो। लड़का बीस पार कर गया है, घर में कोई और नहीं है और आशा अभी सोलह की तो हुई है।

—हां...। कार्तिक में सत्रह की हो जायेगी।

—तो उसकी शादी की कौन आफत आ गई? लोगों के कहने की चिंता मत करो तुम। जो ठीक है वही करो।

—चाचा, इस चक्कर में कहीं आशा के ब्याह में देर न हो जाये।

—कोई देर-वेर नहीं होती। बंसी की शादी करो और चट आशा के हाथ पीले...। दोनों से निबट जाओगे।

—सब कुछ अपने हाथ में थोड़े है। ननकू धीरे से मुस्करा दिया—बंसी के

लिए तो चलो जो अच्छी लड़की मिली, काम चल जायेगा पर आशा...?

—आशा क्या...?

—आशा के लिए तो देखभाल के लड़का देखना होगा। आठवीं पास है। समझदार है। देखने में सुंदर है।

—इसमें क्या शक है। पूरी बस्ती में उस जैसी दूसरी लड़की कहां है।

—तो समझो तुम, उसके लिए तो कोई नौकरीपेशा लड़का मिल जाये तभी ठीक रहेगा। सरकारी नौकरी में हो तो और अच्छा होगा।

—बात तो सही कही तुमने...। बच्ची तभी सुखी रह पायेगी।

—और तुम जानो ऐसे लड़के आसानी से कहां मिलते हैं। समाज में अच्छे पढ़े-लिखे लड़के कित्ते हैं। और फिर नौकरीपेशा लड़का ढूंढना...।

—लड़के तो कम ही हैं। इने-गिने...। अमरौली में सुरजा प्रसाद के दोनों लड़के सरकारी नौकरी पा लिये। नकुर के लछमन को जानो तुम...। उसके छोरे की भी कहीं नौकरी लगी है। दसवीं पास है वह...।

—बस, इसी तरह उंगुलियां पर इने-गिने लड़के हैं।

—तो क्या हुआ? अपनी आशा भी तो हजारों में एक है। मुझे तो उसकी टक्कर की कोई लड़की नहीं दिखलाई देती।

—सो तो है, ननकू ने मुस्कराकर कहा—सब देवी मां की कृपा है।

—तो फिर देवी मां उसके लिए अच्छा लड़का भी ढूंढ देगी। तुम बंसी के लिए लड़की देखो। एकाध जगह आशा की बात भी चलाते रहो। आशा के लिए लड़का मिल जाये तो शादी तय की जा सकती है। बंसी की बहू लाकर तुरंत उसके हाथ पीले कर देंगे...।

ननकू के मन को बड़ा चैन मिला था। रमेसर से बात करके उसके ऊपर छाये दुविधा व द्वन्द्व के बादल छंट गये। घर आकर उसने बंसी को सारी बातों की जानकारी दी तो पहले बंसी इस निर्णय से सहमत नहीं हुआ लेकिन फिर इस बात पर राजी हो गया कि आशा के लिए भी वर की तलाश जारी रहेगी और उपयुक्त वर मिलने पर उसका विवाह पक्का कर दिया जायेगा।

आशा अत्यन्त प्रसन्न थी। उसे यह संतोष था कि उसके विवाह पथ में छोटा मोटा ही सही, कुछ अवरोध तो है ही...। एक के स्थान पर दो के लिए एक साथ जीवन साथी तलाश करने में कुछ तो कठिनाई होगी ही...।

उसे लगा कि रमेश से बात किये बिना उसने कितना बड़ा कदम उठाया था। वह रमेश से मिलने के लिए बुरी तरह बेचैन थी। पर रमेश ने उसके घर का रुख ही नहीं लिया। महीने तो महीने, तीज त्योहार भी निकलने लगे किन्तु रमेश उससे मिलने नहीं आया। अब वह बुरी तरह त्रस्त अनुभव करती। हर पल रमेश का चेहरा उसकी नजरों के सामने घूमता रहता। रह-रह कर सारी पुरानी बातें याद

आतीं। मारपीट की घटना के बाद रमेश की आंखों में प्यार और चाहत का जो सागर उमड़ते देखा था, उन्हीं नजरों की तलाश थी उसे।

ठाकुरपुरवा की होली आसपास के क्षेत्रों में विख्यात रही थी। ठाकुर अलबेल सिंह ने इस पर्व को आपसी सद्भाव व सौहार्द का उत्सव बनाया था। होली के दिन पूरे गांव के लोग उनके बाग में जमा होते और जमकर होली खेलते। होलिका दहन भी एक ही स्थान पर होता था जहां गांव की ऊंची जाति वाले पहले पूजा अर्चना करते थे और तब निचली जातियों को अवसर प्रदान किया जाता। होली का सारा खर्च ठाकुर स्वयं वहन करते। चमरौटी के लोगों से भी दिल खोल कर मिलते वे और उन्हें तमाम उपहार भी भेंट करते। धुलहेन्दी के अगले दिन गांव में एक बड़ा जलूस निकाला जाता जिसमें शहर से बाजे-गाजे का भी प्रबंध किया जाता। ठाकुर स्वयं इस जुलूस में गांव में पैदल घूमते थे। दूर-दूर से लोग इस जुलूस को देखने आते थे। मेला-सा लग जाता। खेल-तमाशे लगाये जाते, खाने-पीने की दुकानें आतीं व खिलौने की दुकानें सजतीं।

धीरे-धीरे यह परम्परा कमजोर होती गई और बाद में बंद हो गई। अनेक ऊंची जाति वालों ने दलितों के साथ होली जलाने या खेलने से इंकार कर दिया। होलिका दहन कई स्थानों पर होने लगा और रंग भी लोग अपने-अपने क्षेत्रों में खेलने लगे।

इस सब के बावजूद होली के त्योहार पर उत्साह की कोई कमी नहीं थी। चमरौटी में होलिका दहन अलग से आयोजित होता और अगले दिन जम कर रंग खेला जाता।

हमेशा की तरह रमेश उस साल भी होली खेलने ननकू के घर आया था। पर इस बार उसका पूरा ध्यान केवल आशा पर था। हाथों में रंग लगाये उसने पहले आशा के मुंह पर जमकर पुताई की और तब उसे गोद में उठाकर सीने से दबा लिया था।

आशा के हाथ-पैर ढीले पड़ गये। उसके दिल की धड़कनें तेज हो गईं। रमेश की बाहों का कसाव उसे अंदर तक गुदगुदा गया। अपने वक्ष पर रमेश के सीने का दबाव उसे बुरी तरह उत्तेजित कर रहा था। दोपहर की तेज सूरज की किरणों में उसके हाथ एकाएक ठंडे पड़ गये। उसे लगा वह जमीन में गड़ जायेगी।

वह नहीं जानती थी कि यह क्या है। अंदर चल रही रसायनिक प्रक्रिया उसके लिए नयी व अपरिचित थी। जीवन का नया राग था यह; उसके अस्तित्व में नया रंग घुला था—अपरिचित, अनजान, अत्यंत सुखद व आह्लादकारी...।

होली की थकान के बावजूद पूरी रात वह सो नहीं सकी। दीवारों, छत पर रमेश की आकृतियां उसे घेरे हुए थीं। करवट बदलती तो रमेश का चेहरा दूसरी तरफ जड़ा दिखलाई देता।

'बंसी भैया शहर जा रहे हैं। स्कूल से सीधे घर जाना–आशा।'

आज प्रातः स्कूल जाते समय उसके हाथ में एक कागज का टुकड़ा थमा कर सविता भाग गयी थी। अवाक् कभी उस कागज तो कभी भागती सविता को देखता रहा वह।

यह आशा का पहला पत्र था। उसे सहज विश्वास नहीं हुआ। उसने शब्द, हर शब्द, उन पंक्तियों को बारम्बार पढ़ा। आशा का हस्तलेख काफी सुंदर था। उन अक्षरों के पीछे आशा का चेहरा तैरने लगा। एक फुरफुरी-सी उसके शरीर को रोमांचित कर गई। आशा से भेंट की कल्पना से उसके अंदर एक अजीब-सी खदबदाहट होने लगी। अंदर-बाहर आशा ही आशा थी। तब अध्ययन में भला कैसे मन लगता।

वह विद्यालय से सीधे आशा के पास नहीं गया। मां उसकी प्रतीक्षा करती थी और लौटने पर उसे दूध रोटी तैयार कर देती। आज उसका मन अच्छे कपड़े पहनने का भी था। घर जाकर उसने पेंट व कमीज बदली, बालों पर तेल लगाकर कंघी चलाई और छोटे से दर्पण में अपना चेहरा निहार कर वह चला तो मां ने टोक दिया –ये सज-धज कर कहां चला?

–आशा के घर...। बिना सोचे-समझे उसके मुंह से निकल गया।

अजीब-सी नजर से मां ने उसे घूरा पर कुछ कहा नहीं।

वह कुछ पलों के लिए सकपका गया और फिर तेज कदमों से बाहर चला गया।

आशा बरामदे में बैठी थी... पथराई आंखें द्वार पर जमाए। रमेश के घर के अंदर प्रवेश करते ही वह हड़बड़ा गई। तुरंत खड़े होकर अंदर कमरे में जाने के लिए मुड़ी किन्तु फिर वह वहीं खड़ी रही।

–बैठो। इस तरह खड़े क्यों हो।

रमेश आशा के पास आकर खड़ा था और मंद-मंद मुस्करा रहा था।

रमेश ने चारों ओर नजर दौड़ाई। इस समय आशा अकेली दीख पड़ती थी।

–बैठो...। इधर-उधर क्या देख रहे हो...?

–चाचा...। वह फुसफुसाया।

–खेत गये हैं। दिन छिपे तक लौट आयेंगे।

वह चारपाई पर बैठ गया। आज उस पर गद्दा और लोई बिछी थी। सामने दूसरी चारपाई पर आशा बैठी थी। अक्सर बरामदे में एक ही चारपाई रहती थी। फिर आशा ने दूसरी चारपाई क्यों बिछाई...? रमेश ने सोचा। अलग-अलग चारपाइयों पर आमने-सामने बैठकर वह अटपटा-सा अनुभव करने लगा। घबराहट व उत्तेजना का ज्वार अंदर धकापेल मचाए था। पहली बार उसने अपने को इस घर में अजनबी-सा महसूस किया...।

आशा उसे घूर रही थी, रमेश को इसका अहसास था।

—घर क्यों नहीं आते...?

—आया तो हूं।

—आज तो मैंने बुलवाया है वरना...।

—पहले क्यों नहीं बुलाया? रमेश ने आशा की बात काट कर उल्टा वार किया—मेरी याद ही नहीं आई होगी।

—अच्छा... उल्टा चोर कोतवाल को डांटे...। वह धीरे से हंसी—लगता है तुम मुझे भूल गये हो। तभी ऐसा सोचते हो।

—ऐसा संभव है भला। लेकिन... वह कहते-कहते रुक गया।

—लेकिन क्या...?

—एक बात कहूं, अगर तुम समझने की कोशिश करो...। वह गंभीर था।

—क्या...? आशा ने परेशान होकर पूछा।

—देखो आशा, तुम से मिलने पर तुम्हारी याद सताती रहती है। पढ़ने में मन नहीं लगता। अध्यापक तक टोक चुके हैं।

—लेकिन क्यों...? आशा ने बड़े भोलेपन से पूछा।

—इसका उत्तर मैं नहीं दे सकता। इतना जानता हूं कि तुम्हें याद करके मेरा ध्यान पढ़ाई में नहीं लगता।

—तुम ऐसे ही कह रहे हो...।

आशा कर चेहरा लाल हो गया। उसने नजरें नीचे झुका लीं और कहा—इसलिए मुझे भूलना चाहते हो...।

—भूलना नहीं, पगली। हां, मैं यह अवश्य चाहता हूं कि हाई स्कूल की परीक्षा में प्रथम श्रेणी आये। परीक्षा निकट है। इस समय तनिक भी लापरवाही ठीक नहीं है। सब लोग कहते हैं कि दसवीं की श्रेणी सबसे अधिक महत्वपूर्ण है।

—इसलिए तुम मुझसे नहीं मिलते...? उसने रूठे स्वर में कहा।

—सिर्फ एकाध महीने की बात है।

—उसके बाद क्या आगे नहीं पढ़ोगे?

—क्यों नहीं पढूंगा।

—तब फिर बड़ी कक्षा की पढ़ाई की बात करोगे। वो तो और कठिन होगी।

—कम से कम एक साल के लिए तो चैन रहेगा। दसवीं के बाद बारहवीं की ही बोर्ड की परीक्षा होती है।

आशा ने तत्काल कोई प्रतिक्रिया व्यक्त नहीं की। रमेश के तर्क से वह सहमत थी किन्तु अध्ययन की कीमत पर अपने तिरस्कार की बात सुनना उसे बिलकुल अच्छा नहीं लगा। वह ठीक सोचती थी...रमेश जानबूझकर उससे मिलने नहीं आता था। उसके दिल को हल्का धक्का-सा लगा।

—आगे पढ़ने शहर जाओगे...? उसने धीरे से पूछा।

—वो तो जाना ही पड़ेगा...।

—बस वहां जाकर बिलकुल भूल जाना। तब तो दूर रहने का भी बहाना होगा। अब उसका स्वर रुआंसा हो चला।

—कैसी बात करती हो...? तुम जानती हो कि मैं...। रमेश रुक गया।

आशा ने नजरें ऊपर उठाईं। उन दोनों की दृष्टि टकराई तो अंदर सब कुछ पिघलने लगा। भावनाओं का लावा आशा की आंखों की कोरों में जमा हो गया...।

—बोलो...? आशा ने फुसफुसा कर कहा।

—आशा, मैं तुम्हें प्यार करता हूं।

—सच...। उसकी आंखें भीग गईं। डबडबा कर आंसू बह निकले।

रमेश ने बढ़कर उसका हाथ पकड़ लिया। आज आशा ने अपना हाथ पीछे नहीं खींचा।

—रोती क्यों है...?

—तुम्हारी याद आती है। सिसकियों भरे स्वर में उसने कहा।

—मुझे भी आती है। उसका स्वर भी आर्द्र हो चला था।

—पर तुम तो अध्ययन में व्यस्त रहते हो। शायद ठीक भी है। पर मैं तो हर पल तुम्हें ही याद करती रहती हूं।

—मैं समझता हूं। पर तुम नहीं चाहती कि मैं अच्छे अंकों में उत्तीर्ण होऊं।

—क्यों नहीं...?

—बस मैं भी यही चाहता हूं। थोड़ा और पढ़कर अच्छी नौकरी पा लूं...।

—फिर...।

—फिर तुम्हारा हाथ मांग लूंगा।

आशा ने अपना हाथ झटक लिया। अश्रु धारा से सने चेहरे पर मुस्कान की छटा उभर आई। काफी देर तक मौन उनके बीच थमा रहा। अपना चेहरा नीचे झुका कर आशा मन्द-मन्द मुस्करा रही थी।

आशा के चेहरे पर एक दीप्ति उतर आई थी। उसके मुख मण्डल के चारों ओर आभा व तेज का वृत्त सा नजर आ रहा था। पहली बार उसकी बेजोड़ सुंदरता का अहसास हुआ उसे। उसका झुका चेहरा मौन साधे हुए भी कितना सस्वर बन पड़ा था।

ऊपर से नीचे तक उत्तेजना की तेज लहर रमेश के अंदर दौड़ गई। पहली बार उसका मन हुआ कि उठकर आशा को बाहों में कस ले, उसके हृदय की धड़कनों को करीब से सुने। पर साहस नहीं जुटा पाया।

झुटपुटा छा रहा था। सूर्य अपनी यात्रा के अंतिम पड़ाव पर था और दिवस की शेष यात्रा का भार अपने सहयोगी चन्द्रमा को सौंप कर मानो विदा गीत गा

रहा था।

आशा उठने लगी।

–कहां...?

–चाय बना दूं।

–न...।

–दूध लाऊं...?

–अभी पीकर तो आया हूं।

–कुछ तो लो। वरना बापू नाराज होंगे कि बिना खाये-पिये जाने दिया।

–तो यह काम उनके सामने ही कर लेना...।

रमेश ने उसका हाथ पकड़ कर पुनः चारपाई पर बिठा दिया।

आशा हंस दी। एक बिजली-सी उसके अन्तस को कौंधती चली गई। दोनों खामोश थे अब–एक ऐसी खामोशी जो अंदर बाहर उद्वेलित किये हुए थी, जिसका अपना संगीत था, अपने स्वर व अपनी लय...। उस खामोशी में कितना संवाद था, उस दूरी में कितना सामीप्य...।

रमेश को लगा कि उसे चले जाना चाहिये। इस मनोदशा में ननकू चाचा से नजरें मिलाकर बात करने का साहस नहीं था उसमें।

–मैं चलूं?

–चाचा से नहीं मिलोगे...?

–कभी और सही।

–नहीं, कुछ देर और बैठो। मुझसे कहेंगे कि बिना मिले क्यों जाने दिया।

–कह देना पढ़ने की जल्दी थी।

आशा के मन में और भी कई बातें कुलबुला रहीं थी। दरअसल रमेश को आज बुलाने का उद्देश्य उससे मिलना और उसके अंदर अपने प्रति चाहत का जायज़ा लेकर अपने को आश्वस्त करना तो था ही, अपने विवाह हेतु किये जा रहे प्रयासों से उसे अवगत कराना व आगाह करना भी था। रमशे से बात करके उसका एक लक्ष्य तो पूरा हो गया किन्तु दूसरे को लेकर वह पशोपेश में थी। क्या रमेश को यह बतलाना उचित होगा, इससे उसके अध्ययन में व्यवधान तो नहीं पड़ेगा, क्या यह सूचित किया जाना इतना तात्कालिक है...?

काफी देर वह इसी उलझन में जकड़ी रही थी। अन्ततः इस मुद्दे पर चुप्पी का निर्णय लिया उसने।

अपने निर्णय पर वह अत्यंत प्रसन्न थी।

6

इंजीनियरिंग के अध्ययन का तीसरा साल बीतते नयनी और मनोज की मित्रता कालिज में चर्चा का विषय बन गयी थी। उनका मेलजोल काफी बढ़ गया था। अक्सर वे साथ घूमते नजर आते। नयनी उसे अपना अच्छा दोस्त मानती और सबके सामने इसे स्वीकार भी करती। कालिज में इस प्रकार की मित्रता कोई अजूबा नहीं थी। कुछ अन्य जोड़ों की चर्चा भी कालिज के गलियारों में अक्सर सुनने को मिल जाती थी।

अपने सभी मित्रों को नयनी ने ठाकुरपुरवा की यात्रा का वृतान्त बड़े चाव से सुनाया था। उसके लिए यह एक अनूठा और रोमांचकारी अनुभव था। गांव, वहां रहने वाले लोग और प्रकृति का इतनी निकटता से अवलोकन उसने पहली बार किया था और वह अनुभूति एक उत्तेजना की तरह उसके अन्दर विद्यमान थी। गांववासियों के सीधे सच्चे जीवन ने उसे आकर्षित किया था। खेतों और बाग की सैर, वहां महकती गन्ध, स्वच्छ वातावरण, खुला आकाश, क्षितिज तक दिखता नभ का अनन्त विस्तार, लहलहाते पेड़-पौधे उसकी स्मृति में आज भी ताजा थे। पहली बार मिट्टी की सोंधी सुगन्ध ने उसमें एक विचित्र नशा पैदा किया था। और तब पहली बार उसे यह ज्ञान हुआ कि मिट्टी का क्या महत्व है, लोग मिट्टी को क्यों सूंघते हैं, क्यों उसकी सौगंध खाते हैं, उस पर अपना सिर झुका कर अपने को धन्य समझते हैं। पहली बार उसे यह भी अहसास हुआ कि मनोज को अपने गांव से इतना प्यार क्यों है तथा गांव का निवासी होने पर वह क्यों नाज करता है?

ठाकुरपुरवा जाकर उसे सचमुच अच्छा लगा था। मनोज की दुविधा का आभास उसे यात्रा के दौरान ही हो गया था। स्टेशन पर उसके स्वागत हेतु उपस्थित मुंशी जी की भौंचक नजरें वह अच्छी तरह ताड़ गई थी। स्टेशन से घर तक मनोज की चुप्पी का अर्थ वह समझ रही थी। फिर घर पहुंचने पर मुख्य द्वार का दृश्य याद कर कंपकंपी की लहर उसके अन्दर दौड़ जाती थी। ठकुराइन का उसे देखते ही अन्दर चले जाना और कमरे से आते सिसकियों के मद्धिम स्वर ने उसे बुरी तरह आहत किया था। कुछ देर बाद मनोज के पिता का तेज, कर्कश स्वर भी उसके कानों में पड़ा था। जिस तरह ठाकुर उसकी उपस्थिति नकारते रहे थे, उसे समझने के लिए वह नादान नहीं थी। मनोज के चेहरे की बदली रंगत इतनी मुखर थी कि

उसे अंधा भी महसूस कर सकता था...।

नया घर, नया वातावरण और नये व अजनबी लोग...। सब कुछ नया-नया देखकर नयनी सचमुच परेशान हुई थी। पहुंचने के बाद काफी देर तक मनोज के चेहरे पर उदासीनता और उद्विग्नता के भाव साफ-साफ झलकते रहे थे। इससे भी वह कम दुखी नहीं थी। किसी परिचित का आवास होता तो वह तत्काल वापस लौट जाती। किन्तु वहां एक विवशता भरी घुटन महसूस की उसने...।

किन्तु ठकुराइन ने आकर उसकी बेचैनी को कम कर दिया था। निपट ग्रामीण व अशिक्षित महिला की सादगी और स्नेह देखकर वह पिछले कुछ घंटों के घटनाक्रम को प्रायः विस्मृत करने लगी। फिर जितने दिन वह मनोज के घर में रही, उसकी मां की उष्णता से वह पूरी तरह सराबोर हो चली थी। उसे लगा ही नहीं कि इस घर में एक गुस्सैल, स्वाभिमानी, हठी और पारम्परिक मूल्यों वाले पिता का भी अस्तित्व है। गांव की महिलाओं के सम्बन्ध में उसकी सारी धारणाएं मां के चन्द दिनों के सानिध्य में बदल गईं। नयनी अच्छी तरह समझ गई थी कि उसके आगमन से परिवार को कैसा आघात पहुंचा है, कि ठाकुर हरपाल सिंह ने उसे पूरी तरह अस्वीकार कर दिया है, कि गांव के पिछड़े परम्परावादी माहौल में रची बसी मां अपने पुत्र के दुस्साहस पर आहत व शर्मीन्दा है। लेकिन इसके बावजूद मां द्वारा उसकी पूरी देखभाल करना, उसकी सारी योजनाओं का कार्यान्वयन सुनिश्चित करना, उसकी ढेर सारी इच्छाओं का सम्मान व पूर्ति करना, भोजन व रहने-सहने की उत्तम व्यवस्था-इस सबने उसे पूरी तरह अभिभूत कर दिया था। उन की उपस्थिति को उसने हर स्थान पर अनुभव किया-चाहे वो खेत-खलिहान हो या बाग-बगीचा अथवा हरिद्वार में गंगा का तट...।

ठकुराइन द्वारा दी गई भेंट उसने बड़े आदर से सुरक्षित रखी है। वह घर जहां पहुंचने पर स्नेह व सम्मान के स्थान पर सबकी नजरों में तिरस्कार व तुच्छता के भाव देखे थे, जहां काफी देर तक मन में चिंता और हताशा का बवंडर उत्पात करता रहा था, उससे ही विदा लेते हुए वह अन्दर तक द्रवित व आर्द्र हो चली थी-केवल अम्मा के ही कारण...।

घर पहुंचने पर गांव व प्रकृति के स्थान पर वह ठकुराइन के बारे में ही बतलाने में उत्साहित थी।

-मम्मी, शी इज ग्रेट...। तुम यकीन नहीं कर सकती कि इललिटरेट लेडी इतनी समझदार व अच्छी हो सकती है। मेरा वहां जाना शायद किसी को भी अच्छा नहीं लगा। और तो और मनोज के चेहरे पर भी हवाइयां उड़ गई थीं। मुझे तो लगा कि किस जी के जंजाल में फंस गई हूं। शुरू के दो-तीन घंटे काटना मुश्किल हो गया। अकेला कमरा काट रहा था। मुझे अकेला छोड़ कर सब गायब हो गये। मनोज भी तैयार होने चला गया। ऐसा लगा जैसे मैं किसी कमरे में कैद हो गई

हूं। मेरा मन बुरी तरह घबरा गया। दिल बड़ा भारी हो चला था...। नयनी को सब याद आया तो वह कुछ पलों के लिए रुक गई और फिर कहा–पर उसकी मदर ने आकर सब कुछ बदल दिया। कहां दरवाजे पर मुझे देखते ही वह अन्दर चली गई थीं। इसलिए जब कमरे में आई तो पहले तो मैं डर गई। लगा अनाप शनाप न बोलने लगें। कैसे बर्दाश्त करूंगी मैं। उनको देखते ही एकाएक लगा मैं रोने लगूंगी...। मैंने सहमी सी नमस्ते की-नजरें झुका कर, जिससे उनकी मुखमुद्रा से आतंकित न अनुभव करूं।

–वह हल्के कदमों से मेरे पास आईं और मेरी पीठ पर हाथ रख कर पूछा–क्या नाम है बेटी...? उनके कोमल, स्नेहिल स्वर से ही मेरा साहस बढ़ गया। मैंने उनकी ओर देखा। वह मुस्करा रही थीं।

–नयनी, मैंने कहा।

–बड़ा सुन्दर नाम है। नैन तो आंखों को कहते हैं। वह मधुरता से बोलीं।

–मैंने सिर हिला दिया। उन्होंने मुझे बैठने को कहा और स्वयं भी वहां पड़े पलंग कर बैठ गईं।

–फिर क्या बात की उन्होंने...? मम्मी ने पूछा।

–बस मम्मी, आप लोगों के बारे में पूछा। भइया के बारे में पूछा। पढ़ने-लिखने और कालिज के सम्बन्ध में तमाम सवाल पूछती रहीं और हां यह भी पूछा कि मम्मी-पापा को बतलाकर आई हो या नहीं...। मैं उनके इस प्रश्न पर चौंक गई। मैंने कहा 'हां' तो वह बोलीं–तुम्हारे मां बाप ने मना नहीं किया। मैंने सिर हिला दिया। वह फिर बोलीं–वे मनोज को जानते हैं? मैंने बताया हां जानते हैं, कालिज में मिले हैं। फिर पूछा तुमने उन्हें बतलाया था कि तुम मनोज के साथ उसके गांव जा रही हो। मैं सचमुच झुंझला उठी थी। मन में आया था कि चीखने चिल्लाने लगूं। सच मम्मी, आप इत्ते क्योश्चन करें तो या तो पगला जाऊंगी या रोने लगूंगी...। नयनी रुक गई। मम्मी का हाथ उसने अपने हाथ में थाम लिया। और फिर कहा–मम्मी, वो इत्ते सवाल क्यों पूछ रही थीं?

मम्मी हंस दी।

–बताओ न...? इतराते स्वर में नयनी ने पूछा।

–बेटा, वो यह शक दूर कर रही थीं कि तुम बिना परमीशन के तो वहां नहीं चली गई हो। नैना, उनके लिए तो यह अचरजपूर्ण अनुभव होगा। वह सोच भी नहीं सकतीं कि एक जवान लड़की किसी जवान लड़के के साथ इस तरह घूमने निकल पड़े...।

–मम्मी, आप कैसे बोल रही हैं,...? मम्मी के शब्दों का चयन उसे बुरा लगा।

–हां बेटा, वी आर इंडियन्स...। अभी हमारे यहां यह सब कहां चलता है।

बोले कोई कितना भी लेकिन कितने लोग इसे स्वीकार कर सकते हैं।

मम्मी का स्वर तनिक भारी हो चला था।

–मतलब...?

–मतलब यह कि कित्ते पेरेन्टस अपनी यंग डॉटर को इस तरह घूमने की परमीशन दे सकते हैं।

–मम्मी, मैं समझी नहीं। आप कहना क्या चाहती हैं। नयनी बड़ी उलझन महसूस करने लगी। उसने मम्मी की आंखों में झांक कर देखा। उसे लगा वह असहज अनुभव कर रही हैं।

मम्मी ने तत्काल कोई उत्तर नहीं दिया।

–बताओ न...?

–इसमें बताने की क्या बात है, मम्मी के स्वर में झल्लाहट थी–ठीक तो कहा। कोई कितना भी बोले, मार्डन होने का दावा करे, लड़के-लड़कियों की सहशिक्षा, उनकी फ्री मिक्सिंग, ओपननैस की वकालत करे, पर बेटा, जब अपने लड़के-लड़की की बात होती है तो हम सब परम्परावादी हो जाते हैं। हम अपनी लड़की को सुरक्षित वातावरण देना चाहते हैं।

नयनी अचरज से मम्मी को देखती रही। शायद मम्मी से इस विषय पर वार्ता करने का पहले कभी अवसर ही नहीं प्राप्त हुआ था।

–सुरक्षित से आपका क्या अर्थ है? उसने पूछा।

–मतलब कि लड़कियां ठीक रास्ते पर चलें...।

–सिर्फ लड़कियां क्यों...?

–नहीं लड़के भी, पर लड़कियों की अधिक चिंता करनी पड़ती है। बेटा, दुनिया में कुछ खराब लोग भी होते हैं। नैतिक मूल्य उनके लिए कोई मायने नहीं रखते। वो कोई भी गलत काम कर सकते हैं। बहला-फुसला कर गलत रास्ते पर ले जा सकते हैं।

–यह खतरा तो लड़कों को भी है?

–हां, लेकिन लड़कियों को कहीं ज्यादा...। वह धीरे से मुस्कराई।

–यह तो भेदभाव है। पुराने समय की बातें हैं।

–शायद हां, लेकिन बेटा यह सच है।

–बट मम्मी, हम अपना ख्याल खुद रख सकते हैं। पेरेन्ट्स बच्चों के साथ कब तक और कहां-कहां रह सकते हैं। वह तुनक कर बोली।

–बच्चों में तो कान्फीडेंस जरूरी है ही, जिन्दगी तुम्हें ही काटनी है। इसीलिए...। मम्मी रुक गईं।

–इसलिए क्या...?

मम्मी ने तत्काल कुछ नहीं कहा। नयनी ने परेशान होकर उन्हें देखा।

–बोलो न...?

–तुमने जब अपने फ्रेंड के साथ जाने के लिए पूछा तो मैं भी परेशान हुई थी। लेकिन एक तो मनोज अच्छा लड़का है और दूसरे मुझे तुम्हारे कान्फीडेंस पर विश्वास करना पड़ा। मुझे लगा कि अपना उचित-अनुचित सोचने की शक्ति तुम्हारे अन्दर आनी चाहिए...।

मम्मी का एक नया रूप नयनी के सामने उभर कर आया था। मम्मी ने जो कहा था उसके लिए अकल्पनीय था। उसे पहली बार अहसास हुआ कि अपनी वयस्क पुत्री के लिए उनके अन्दर चिंता का अम्बार लगा है। आधुनिकता के आवरण में लिपटी वह कितनी परम्परावादी हैं।

एकाएक मनोज की मां का चेहरा मम्मी के चेहरे पर आकर जम गया था। दोनों में कितनी एकरूपता थी...।

–मम्मी, एक बात पूछूं...?

–हां...।

–आप परेशान थीं?

मम्मी ने धीरे से सीधे सिर हिला कर स्वीकार किया। नयनी को लगा कि मम्मी अन्दर ही अन्दर पिघल रही हैं। उनके नेत्र पारदर्शी व चमकदार हो चले थे।

–बेटा, मम्मी कह रही थीं–बड़ा शहर, आधुनिक जीवन, पढ़ाई-लिखाई इन सबसे हमारे संस्कार थोड़े बदलते हैं। मां-बाप, परिवार-विद्यालय, अध्यापक, बुजुर्ग जो संस्कार हमें प्रदान करते हैं वो लगभग अपरिवर्तनशील हैं। दिखावा हम कुछ भी कर लें, अन्दर से वही रहते हैं। प्रयास करके भी बदल नहीं पाते...।

नयनी के लिए यह एक आघात था। उसका सारा भ्रम चूर-चूर हो गया...। मम्मी व पापा के लिए आधुनिकता के लम्बे-चौड़े उसके दावे पूरी तरह टूट गये थे।

–मम्मी। वह धीरे से बोली–मैं तो कल्पना भी नहीं कर सकती कि आप भी ऐसे विचार रखती हैं। शायद पहले मुझे यह आभास होता तो मैं आपसे मनोज के साथ जाने के बारे में पूछने का साहस नहीं कर पाती...।

मम्मी सतर्क हो गईं। इस बातचीत का यह आशय कतई नहीं था। अपनी बेटी को वह किसी दुविधा में नहीं डालना चाहती थीं।

–ऐसा क्यों सोचती है? वह बोलीं–जमाना बदल रहा है। साथ पढ़ते हो तो मित्रता तो होगी ही। मुझे तेरे जाने पर कोई परेशानी नहीं है। मैं तो सभ्यता और संस्कृति की बात करने लगी। हैं तो भारतीय ही। यह धरती अमरीका तो नहीं बन सकती...। वह एकाएक शांत हो गईं। उन्हें लगा कि इस विषय पर आगे बातचीत नयनी की मनःस्थिति को व्यग्र और व्यथित कर सकती थी। वैसे भी अब पुनरावृत्ति ही होनी थी। सार की बात वह कह चुकी थीं।

एक लम्बी चुप्पी उनके बीच आकर थमी रही।

वे दोनों अपनी-अपनी तरह अन्दर ही अन्दर अपराधी अनुभव करने लगीं।

नयनी परेशान थी–मम्मी दुखी...।

–आयम सॉरी मम्मी...। नयनी ने धीरे से कहा।

उसकी आंखों में आंसू की झिल्ली सी जम गई थी।

–पागल है क्या...? सॉरी किस बात का...? मैं तो ऐसे ही बात कर रही थी..। उनका स्वर भर्रा उठा। आंखों की कोरों से दो आंसू ढुलक पड़े थे। मम्मी ने मुस्कराने की कोशिश की।

मनोज की अम्मा की बहुत याद आई नयनी को...। रह-रह कर उनका चेहरा दिमाग में कौंधता रहा।

–अम्मा कैसी हैं?

ग्रीष्मावकाश के बाद कालिज खुलने पर मनोज से पहली मुलाकात में नयनी ने पूछा था।

–अच्छी हैं।

–योर मदर इज़ ग्रेट। आई रियली मिस हर...।

मनोज ने मुस्कराकर उसका आभार प्रदर्शित किया।

–कभी उन्होंने मुझे याद किया...?

–हां, तुम्हारे जाने के बाद अक्सर तुम्हारी बात करती थीं। बड़ी प्रशंसा की। उन पर तो तुम्हारा सिक्का जम गया...।

–और तुम्हारे फादर पर...? हंसते हुए नयनी ने पूछा।

मनोज के चेहरे का रंग बदल गया। चेहरा स्याह और सपाट हो गया। नयनी का यह पूछना उसे कतई नहीं भाया। नयनी का आशय स्पष्ट था। पिताजी ने उससे एक शब्द भी नहीं बोला था, बल्कि मुख्यद्वार के बाद कभी सामने ही नहीं पड़े थे। मनोज जानता था कि नयनी उनके व्यवहार के कारण को समझ गई थी और पिताजी के इसी आचरण पर कटाक्ष कर रही थी।

–ओह, आयम सॉरी...। मनोज की चुप्पी का अर्थ समझ कर वह अटपटा अनुभव करने लगी।

मनोज को बुरा लगना स्वाभाविक था। कोई भी व्यक्ति अपने मां-बाप को उपहास का पात्र बनाना स्वीकार नहीं करेगा। नयनी को अपनी गलती का आभास हुआ। उसका मन चाहा कि अपने अपराध की स्वीकारोक्ति करे। किन्तु फिर चुप रहना ही बेहतर लगा उसे।

इसलिए सॉरी शब्द पारस्परिक सम्बन्धों के लिए कितना महत्वपूर्ण है, उसने

सोचा। बड़ी से बड़ी गलती को कितनी सरलता से सहेजा जा सकता है।

पिताजी का संदर्भ आने से मनोज को फिर सब कुछ याद आ गया। पिताजी उससे कभी भी अधिक नहीं बोलते थे किन्तु इस बार उनके चेहरे पर चुप्पी के साथ कठोरता भी बनी रही। नयनी के प्रस्थान के बाद वह अपने मित्र चौधरी भोपाल सिंह के यहां चले गये और अगले दिन लौटे थे। उनकी मनःस्थिति कुछ बेहतर लगी थी क्योंकि आते ही वह अपनी सामान्य दिनचर्या पर लौट आये थे। अगले दिन सुबह खेत देखने गये और फिर बैठक में भी बैठे थे। जो आया उससे मिल भी रहे थे। उसी दिन शाम को मास्टर टीकाराम, सुखवीर गहलौत आदि उनसे मिलने आये थे और गांव में नयनी की यात्रा से पैदा संकट के बाबत बात की थी।

पिताजी केवल सुनते रहे थे। उन के रुख से उन्हें उनकी पीड़ा का आभास हो गया था। इसलिए उस प्रसंग को कुछ ही वाक्यों में समाप्त कर दिया गया।

किन्तु उनके जाने पर पिताजी एक बार फिर बौखला उठे। क्रोध व अपमान से उनका अन्तर्मन धधकने लगा। उन लोगों ने अत्यंत संयत ढंग से संक्षिप्त बात की थी, किन्तु ठाकुर हरपाल सिंह के लिए इतना सुनना भी असहनीय था। पहली बार परिवार के किसी सदस्य के विरुद्ध कोई आक्षेप लगा था। पहली बार ही उनके परिवार के आचरण पर गांववासियों ने टीका-टिप्पणी की थी और सबसे ज्यादा आहत वह इस बात से थे कि आलोचक कोई और नहीं स्वयं उनके मित्रगण थे।

अंदर आकर ठकुराइन के सामने खूब चीखे-चिल्लाए थे वह–देख ली अपने बेटे की करतूत। बड़ा कहती थी कि खूब पढ़ाओ। ज्यादा पढ़ाने का ही यह नतीजा भुगतना पड़ रहा है। पूरा गांव थू-थू कर रहा है। अपने नजदीकी दोस्त तक...। मीटिंगें हो रही हैं। ठाकुर परिवार के कुलदीपक पर उंगुली उठाई जा रही है। जिस खानदान पर किसी ने नजर नहीं उठाई, आज खुले आम उसके लड़के के कारण छीछालेदर हो रही है।... ये लोग यही सब कहने आये थे। मेरा तो सिर शर्म से झुक गया। क्या बोलू... क्या सफाई दूं, किस बात की वकालत करूं कि हमारा लड़का एक लड़की को अपने साथ लाया है, खुले आम घूम फिर रहा है। पूरे गांव के लिए नुमायश बना हुआ है। बताओ, इसका कोई जवाब है। कभी ऐसा हुआ यहां, कभी सुनने में आया? ससुरे फिल्में देखकर नकल करते हैं। आधुनिक बन रहे हैं...।

मनोज अपने कमरे में दुबक कर लेटा था। पिताजी को इतना उग्र उसने कम ही देखा था। पिताजी एक साथ कभी इतना बोले हों, उसे याद नहीं। उनकी चुप्पी अथवा कुछेक शब्द ही उनके क्रोध व अप्रसन्नता को व्यक्त करने के लिए पर्याप्त थे।

–मैंने उसे समझा दिया है। उसने भी अपनी गलती महसूस की है...। अम्मा ने धीरे से कहा।

—खाक समझाया है। तुझे बेवकूफ बनाता है। बड़े शहर की हवा लग गई है उसे वरना ऐसे काम करने से पहले हमसे पूछा तक नहीं। हिम्मत देखो ससुरे की...। कमबख्त को घूमना-फिरना था तो कहीं भी चला जाता। न हमें पता चलता और न ही हमारा खून जलता। बिना जान-पहचान कुंआरी लड़की को साथ लेकर चला आया...। कोई डर, शर्म, हया कुछ नहीं। फिर अब कैसे महसूस कर सकता है...? क्रोध से उनका स्वर कांप रहा था।

मनोज को कंपकंपी छूट गई, किसी अनिष्ट की आशंका उसे उद्विग्न कर उठी।

—उसने मुझसे माफी मांगी है। आयन्दा ऐसा कोई काम नहीं करने का वादा किया है। अम्मा ने फिर कहा।

—तू कुछ नहीं समझती। पिताजी फिर फुंफकारे—गांव के सीधे-साधे लड़कों को ये शहरी लड़कियां इसी तरह बरबाद करती हैं। जरा उस लड़की के बारे में सोचो। अपने लड़के ने तो जो किया सो किया, वो कैसे मुंह उठाकर चल दी। पता नहीं ऐसे बच्चों के मां-बाप...? पिताजी कुछ कहते-कहते चुप हो गये।

कुछ देर तक मौन छाया रहा। ठकुराइन ने ही धीरे से कहा था—एक बात कहूं। लड़की भली थी, सीधी भी थी। अपने मां-बाप से पूछ कर आई थी।

—बस फिर की बेवकूफी की बात। पिताजी भड़क उठे—कुछ जानती भी है। गांव के बाहर की दुनिया देखी है तूने जो करने लगी उसकी वकालत। ये मां-बाप भी हमारे जैसे नहीं हैं। लड़की इंजीनियर बन रही है। वो तो खुद चाहें कि वहीं कोई अच्छा लड़का ढूंढ ले, जिससे उनका सिर दर्द ही खत्म हो जाये। ऐसी लड़कियां लड़के को ले उड़ती हैं। फिर हाथ मलते रह जाना...।

वह चुप रही थीं काफी देर तक। शायद चिंता के नुकीले पंजों ने उनके हृदय को आ दबोचा था। पिताजी ने जो कहा था, उसकी कल्पना से वह विचलित अनुभव कर रही थीं। इसलिए शांत थीं।

—मैं तो सोच-सोचकर हैरान हूं। मैंने तो सोचा भी नहीं कि अपना लड़का ऐसी बेवकूफी कर सकता है जिससे पूरा गांव उंगुली उठाने लगे। पिताजी के स्वर में उग्रता के स्थान पर तनिक करुणा आ गई थी।

—गलती तो की है पर ऐसी भी नहीं कि पूरा गांव परेशान हो जाये। अब मां के स्वर में बेबाकी थी—मुंशीजी ने मुझे सब बतला दिया है।

—क्या बतलाया है?

—यही कि सारा किया दिया गुलजार का है।

—क्या...? पिताजी चौंक गये।

—और नहीं तो क्या। मुंशीजी ने कल ही बतलाया था कि वही जा-जाकर अनाप-शनाप बोल रहा है।

—मुंशी ने मुझे क्यों नहीं बताया...?

—उसकी हिम्मत नहीं पड़ी। प्रधान ने ही बैठक बुलवाई थी। उसने ही सभी को जमा किया।

—अरे साला, हरामी, पिताजी का स्वर क्रोध से कांपने लगा—हर चीज में राजनीति करता है। अभी बुलाता हूं उसे...।

—अब इस वक्त कुछ कहना ठीक नहीं है। ठकुराइन ने समझाया—पता नहीं बात बिगड़ जाये। फिर कुछ तो गलती मनु की है ही। न वह उसे लाता, न किसी को चार बात कहने का मौका मिलता।

—और साला खुद नहीं आया...। पिताजी अभी भी गुस्से से थरथरा रहे थे—भेजा सुखवीर को...?

वह कुछ नहीं बोलीं।

—सुखवीर की तो अभी खबर लेता हूं। इत्ता भोला तो नहीं है। कहते हुए पिताजी बाहर की ओर चले गये थे।

उसी शाम सुखवीर गहलौत पिताजी से मिलने आये थे। उन दोनों के बीच हुई वार्ता की मनोज को कोई जानकारी नहीं हो सकी क्योंकि उसने पिताजी को इस बारे में किसी से कुछ कहते नहीं सुना। अम्मा से अवश्य जानना चाहा किन्तु 'मैंने न पूछा' कहकर उन्होंने प्रसंग समाप्त कर दिया।

अवकाश के बाद का़लिज के लिए रवाना होने तक अम्मा ने कभी नयनी का कोई जिक्र नहीं किया। उसने भी इसकी कोई आवश्यकता नहीं समझी। अम्मा के अन्दर अनावश्यक संदेह पैदा करना उचित नहीं था। चलते समय अवश्य उन्होंने कहा था—नयनी को मेरी नमस्ते कहना। पता नहीं उसे यहां कैसा लगा था। कहकर वह शांत हो गई थीं। मनोज भला क्या उत्तर देता, बस धीरे से मुस्करा दिया।

थोड़ी देर बाद अम्मा ने धीमे स्वर में सचेत किया—और हां, उसके साथ ज्यादा घूमना-फिरना मत, न ही इधर-उधर जाना। किसी और के साथ भी नहीं। पढ़ने गया है, खूब मेहनत से पढ़...। पिताजी को और कुछ पता चला तो अच्छा नहीं होगा।

विदा लेते समय पिताजी केवल इतना बोले थे—अम्मा ने कुछ समझाया या नहीं?

वह सिर झुकाकर खड़ा रहा।

—हां, पढ़ने-लिखने में मन लगाओ, खुराफात में नहीं। घूमने-फिरने के लिए घर से इत्ती दूर नहीं भेजा है। ठीक है, अब जा...। पत्र लिखते रहना...। उनकी कड़क आवाज एकाएक मद्धिम हो चली।

बैंगलौर पहुंचने के कुछ देर बाद ही नयनी की याद उसे सताने लगी। ऐसा लगा मानो उसे देखे हुए कितना लम्बा अर्सा बीत गया है। उसकी उत्सुकता का एक और भी कारण था—ठाकुरपुरवा की यात्रा के सम्बन्ध में वह उसकी प्रतिक्रिया भी जानना चाहता था। किन्तु नयनी ने पिताजी को संदर्भित कर उसका सारा उत्साह ठंडा कर दिया। उसके 'सॉरी' बोलने के बावजूद वह बुझा-बुझा रहा।

नयनी ने ही संवाद के ठहराव को तोड़ा था।

—अब इसी तरह चुप रहोगे...? सॉरी कह तो दिया...।

—वो बात तो खत्म हो गई। उसने मुस्कराने की चेष्टा की।

—तो फिर कुछ बात करो। अच्छा, यह बतलाओ कि समर ब्रेक में और क्या किया? नयनी ने प्रसंग बदला।

—कुछ भी नहीं, यार। बस घर पर ही रहा।

—कहीं घूमने नहीं गये...?

—नहीं नयनी। गर्मियों की छुट्टियों में तो घर पर ही रहना अच्छा लगता है। अम्मा कहती हैं कि पूरा साल बाहर रहता है तो कम से कम गर्मी में डेढ़-दो महीने तो घर में रह। वैसे भी हम लोगों के यहां इस तरह घूमने की कोई परम्परा नहीं है। हां, तुमने क्या किया...?

—मैंने, इस बार तो मैं भी नागपुर ही रही। बस एक वीक के लिए मौसी के पास बम्बई जरूर गई थी। कुछ क्षण रुक कर उसने पूछा—तुमने बम्बई देखा है?

—न...।

—कभी मेरे साथ चलना...। मेरी मौसी बिल्कुल फ्रेंड की तरह हैं। उनसे मिलकर तुम्हें बहुत अच्छा लगेगा।

मनोज ने कोई उत्तर नहीं दिया। हां, मां की सीख अवश्य दिमाग में कौंध गई। एकाएक वह सतर्क व सचेत अनुभव करने लगा।

ठकुराइन की सीख का प्रभाव कुछ दिनों तक उस पर बना रहा। नयनी से मेल मुलाकात केवल कालिज तक ही सीमित थी। नयनी के व्यवहार में भी किसी विशेष उत्तेजना अथवा गर्माहट का अभाव दीखता। एकदम सामान्य दिखलाई पड़ती जबकि उससे मिलने पर मनोज एक विचित्र से अनुभव से गुजरता।

नए सत्र के अध्ययन का दबाव भी बढ़ रहा था। इसलिए घूमने-फिरने के सारे कार्यक्रम स्थगित रहे।

किन्तु मन ही मन नयनी की इस बेरुखी से वह त्रस्त अनुभव करता। लगता ही नहीं कि यही वह लड़की है जो उसके साथ अकेले लम्बी यात्रा करके कुछ दिन उसके घर रह आई है, जिसके साथ उसने खूब सैर-सपाटा किया है, जिसकी यात्रा से पूरे गांव में एक नई उत्तेजना व प्रतिक्रिया व्याप्त हो गई थी तथा जिससे ठाकुर परिवार की प्रतिष्ठा को खासी ठेस पहुंची थी। उसे महसूस ही नहीं होता

कि वह नयनी के लिए विशिष्ट है अथवा उसके हृदय में मनोज के लिए कोई विशेष स्थान भी है।

स्वयं मनोज एक नए अनुभव से अवश्य गुजर रहा था। उसके हृदय में अब नयनी का एक अहम दर्जा था। उसकी याद से एक धीमी सी हूक उसे अपने अन्दर उठती महसूस होती।

सत्र आरम्भ होने के लगभग चार महीने बाद वे पहली बार साथ बाजार गये थे। अपनी इच्छा को काफी समय तक वह दबाता रहा और शायद नयनी के आमंत्रण की प्रतीक्षा भी करता रहा। किन्तु जब उसकी ओर से कोई आग्रह नहीं हुआ तो साहस कर एक दिन उसने ही प्रस्ताव रखा।

नयनी तुरंत राजी हो गई। उसे अच्छा लगा। उस पूरे दिन वे खूब घूमे, बाहर ही खाना खाया और एक फिल्म भी देखी। कालिज अध्यापक, सहयोगियों, फिल्म, हीरो, हीरोइन, मौसम आदि अनेक विषयों पर बात करती रही वह। पूर्व की भांति उसके अंदर अपनी अनुपस्थिति मनोज को बुरी तरह खलती रही।

लौटने पर उसे केवल इतना संतोष था कि उनके बीच संवादहीनता टूटी है।

इसके बाद यह क्रम जारी रहा। महीने में एक बार वे अवश्य घूमने जाते। मनोज को बड़ी सुखद अनुभूति होती। काफी समय तक नयनी का चेहरा उसके अन्दर घूमता रहता। किन्तु परेशानी यह थी कि ठीक अगले दिन कालिज में मिलने पर नयनी अन्य मित्रों के समक्ष उससे इस तरह पेश आती जिससे उनकी मित्रता के निकट सम्बन्धों का कोई आभास ही नहीं होता।

इसके बावजूद सत्र समाप्त होते-होते पूरे कालिज में उनकी मित्रता सर्वविदित थी...मनोज के मित्र उससे तरह-तरह के प्रश्न पूछा करते। उनकी कल्पना में नयनी और मनोज के सम्बन्धों की एक पारम्परिक छवि थी। हाथ पकड़ने से लेकर आलिंगन तक के अनुभव के बारे में वे बड़ी उत्सुकता प्रदर्शित करते। आरम्भ में मनोज इससे इनकार करता तो वे न केवल ठठाकर हंस देते बल्कि जमकर उसका उपहास भी करते। उनके लिए तो यह अकल्पनीय था कि लड़का-लड़की साथ घूमने और पिक्चर देखने से बढ़कर चार-पांच दिन साथ गुजार चुके हों फिर भी उनके मध्य इस तरह का कोई सम्बन्ध न हो। बाद में मनोज केवल चुप रह जाता। उनकी जिज्ञासाओं को न वह स्वीकारता और न ही उनका प्रतिवाद करता...।

वह परेशान रहने लगा। नयनी रात दिन उसके दिलो-दिमाग पर छाई रहती। नयनी की तनिक उपेक्षा भी उसे आहत कर जाती थी। उसे छोड़कर किसी और सहपाठी से नयनी बात करती अथवा किसी की ओर देखकर मुस्करा भर देती तो मनोज का अन्तर्तम कसमसा उठता। अपनी कसक वह नयनी तक संप्रेषित करने की हर संभव कोशिश भी करता किन्तु नयनी इससे पूरी तरह बेखबर रहती। उसके हृदय का दर्द समझना तो दूर, अक्सर अपने व्यवहार से क्षुब्ध मनोज की मनोदशा

से भी वह अनजान बनी रहती...।

आखिर नयनी के मन में क्या है अक्सर मनोज सोचता रहता...?

सत्र समाप्त हो चला।

मन की बात मन में ही रही।

इस बार मनोज घर आया तो एक नए प्रकार के द्वन्द्व से जकड़ा हुआ था...।

अपने घर के हर कोने में नयनी नजर आती थी। उसका कमरा जहां गतवर्ष नयनी ने चन्द रातें गुजारी थीं, उसी की सुगन्ध से महकता महसूस होता था।

इस बार ग्रीष्मावकाश बड़ा लम्बा लगा उसे। एक-एक दिन काटना भारी पड़ रहा था। कालिज में भले ही वह नयनी से रोज न मिल पाता हो किन्तु एक ही प्रांगण में नयनी की उपस्थिति उसे बड़ा संतोष व राहत प्रदान करती। वे भिन्न शाखाओं के छात्र थे, विषय व कक्षाएं भी पृथक थीं और इसलिए कभी-कभी मिले हुए कई-कई दिन निकल जाते थे। किन्तु यहां का एक दिन उन कई दिवसों से अधिक कष्टप्रद बन रहा था।

पहली बार उसे नयनी की मौजदूगी का अर्थ समझ में आया था।

इस बार विदा लेते समय नयनी ने पूछा था–पिछले साल हम लोग साथ गये थे। कितना मजा आया था। इस बार मेरी याद नहीं आयेगी...?

–तुम्हें क्या लगता है...?

–मुझे, मुझे लगता है थोड़ी बहुत तो जरूर आयेगी। उसके चेहरे पर शरारतपूर्ण मुस्कान थी।

–थोड़ी बहुत क्यों?

वह खिलखिला कर हंस दी।

–और तुम्हें...? मनोज ने पूछा।

–मुझे... हां कुछ-कुछ...।

–कुछ-कुछ क्यों...? सुनकर मनोज को अच्छा नहीं लगा।

वह फिर जोर से हंस दी।

पूरी यात्रा के दौरान मनोज इसी बारे में सोचता रहा और बुरी तरह त्रस्त अनुभव करता रहा...। क्या यह महज एक मित्रता है जिसमें न कोई भावनात्मक लगाव है और न रागात्मक प्रतिबद्धता...। अथवा कालिज के सहपाठियों के मध्य महज कार्यात्मक सम्बन्ध है यह जिसका अस्तित्व केवल विशिष्ट परिस्थिति, विशेष समयावधि व निर्धारित परिधि में ही रहता है। किन्तु मेरे साथ ऐसा क्यों नहीं है...? मेरे अन्दर नयनी के प्रति चाहत का पुष्प क्यों पल्लवित हो रहा है?

–याद आये तो मुझे लैटर लिखना...। चलते-चलते नयनी ने कहा था।

–तुम उत्तर दोगी...?

–आफकोर्स...।

पिछले कई दिनों से वह पत्र लिखने का मन बना रहा था। मन ही मन न जाने कितने आलेख बने। मुख्य द्वन्द्व विषयवस्तु को लेकर था। कभी मन चाहता कि पत्रों के माध्यम से ही अपनी भावनाओं की अभिव्यक्ति कर दे तो कभी नयनी द्वारा पहल की प्रतीक्षा करने को दिल चाहता...। कभी उसका आत्मविश्वास ही डगमगा उठता...। कहीं अपने स्वभाव के चलते नयनी उसकी भावनाओं को उपहास का पात्र न बना दे। छिपाव या आवरण कभी अत्यन्त सुविधाजनक भी होता है व सम्बन्धों को सहज बनाए रखने में सहायक भी।

प्रश्न यह था कि मनोज इस कशमकश को कब तक झेल सकता था। अपने अन्दर उठ रहे उफान को कब तक सहेज सकता था। तमाम कोशिशों के बाद वह केवल यह लिख सका–

'प्रिय नयनी,

कैसी हो तुम? मैं भी ठीक हूं।

तुमने ठीक कहा था, रास्ते में तुम्हारी याद आई थी–'कुछ-कुछ' नहीं 'थोड़ी बहुत'। 'कुछ-कुछ' तो तुम्हें आती होगी या वह भी नहीं...। लगता है आउट ऑफ साइट आऊट ऑफ माइन्ड के सिद्धान्त पर चलती हो...।

पिछले वर्ष तुम्हारे साथ घूमना अवश्य ज्यादा याद आता है। मैं क्या, खेत और बाग में काम करने वाले मजदूर तक तुम्हें याद कर रहे थे। समझ लो तुम्हारा प्रभाव कितना व्यापक है।

आम की फसल शुरू हो गई है। मन चाहता है कि तुम्हारे पास आम की पेटी भेज दूं। लेकिन अम्मा व पिताजी को मैं जिस काम से रोकता रहा हूं, उसे स्वयं करते अच्छा नहीं लगता।

हां, कालिज में रहते हुए मिलना या न मिलना पता ही नहीं चलता था। लेकिन यहां..., खैर छोड़ो...?

इस बार कहां घूमने जा रही हो? मम्मी-पापा को मंसूरी गये अगर कई साल बीत गये हों तो इधर ही आ जाओ। तब मुझे अवश्य सूचित करना...।

अम्मा तुम्हें याद करती हैं।

अपने मम्मी-पापा को मेरा प्रणाम करना।

मनोज'

उत्तर के लिए उसे लम्बी प्रतीक्षा नहीं करनी पड़ी...।

'प्रिय मनोज,

हाय,

तुम्हारा लैटर पाकर मुझे अच्छा लगा। मैं खूब हंसी भी। मम्मी को भी तुम्हारा

लैटर दिखाया, वह पढ़कर बोलीं–सीधा लड़का है। मैंने सोचा सीधा नहीं, सिली। कुछ भी नहीं समझता। अब एक साल और तुम्हारे साथ पढ़ना है। पर जब तीन साल में नयनी को नहीं समझ सके तो अब एक साल में ही क्या समझ पाओगे...?

तुम जानते हो मैं नेचर की दीवानी हूँ (तुम्हारी नहीं, स्टूपिड), इसलिए खेतों और बाग के बारे में पढ़कर याद ताजा हो गई। कितना एन्जॉय किया था मैंने। इट्स अदरवर्ल्डली, रियल हैवन, इफ हैवन रियली एक्जिट्स...।

हां, कालिज को मैं भी मिस करती हूं। क्यों, मुझे नहीं मालूम। मम्मी पापा के साथ रहना अच्छा लगता है बट किसी चीज की कमी भी अखरती रहती है। वो गपशप, सैरसपाटा, फ्रीडम, फ्रेन्ड्स यहां तो नहीं मिल सकते। काश मम्मी पापा बैंगलौर में ही रहते होते तो मुझे दोनों चीजें मिल जातीं। (फ्रेन्ड्स नाम से चिढ़े तो नहीं, तुम उसमें शामिल हो)

नेक्सट मंथ हम लोग बम्बई और फिर मौसी को लेकर गोआ जा रहे हैं। मैंने तो तुमसे पूछा था। तुमने ये प्लेसेज देखे भी नहीं हैं। तुम इधर घूमने का प्रोग्राम क्यों नहीं बना लेते। बहुत एन्जॉय करोगे। तुमने क्या कहा था–परम्परा नहीं है...। कुछ ट्रेडीशन्स तोड़ो भी।

मैंने मम्मी-पापा तक तुम्हारा 'प्रणाम' पहुंचा दिया है (कोई और डिफीकल्ट शब्द लिख देते)

हां, तुम्हारी मम्मी बहुत स्वीट हैं। तुमने उन्हें बताया या नहीं कि मैं उन्हें बहुत याद करती थी।

बाय। कीप राइटिंग,

नयनी'

मनोज ने इस पत्र को बार-बार पढ़ा। एक अजीब सी सनसनी उसे अन्दर ही अन्दर रोमांचित करती रही थी। नयनी का खिलखिलाता चेहरा उसकी आंखों में तैरता रहा...।

नयनी क्या समझने की बात कर रही है, वह लगातार सोचता रहा।

अपने अध्ययन के अंतिम सत्र को लेकर मनोज में एक खलबली-सी होने लगी थी। एक-एक दिन जैसे हाथ से सरकता महसूस होता। नयनी के शब्द उसके अन्दर गूंजते रहते और एक चुनौती के रूप में खड़े होकर ललकारते। क्या सचमुच वह नयनी को नहीं समझ सका है? आखिर समझने को ऐसा है क्या?

अगले पत्र में उसने इस बारे में पूछा भी था। किन्तु नयनी अपने उत्तर में इस प्रसंग को गोल कर गई। नयनी की इस आदत पर वह अक्सर खीझ अनुभव करता था। कोई टिप्पणी कर उसके विस्तार को नजरअंदाज करना, कभी संदर्भ बदल

कर तो कभी खिलखिलाकर। असुविधाजनक प्रश्नों को वह बड़ी चतुराई से टाल जाती। दूसरी ओर मनोज के प्रत्येक शब्द का वह सूक्ष्मतम् विश्लेषण करती। सवाल दर सवाल चलते रहते तथा उत्तर न मिलने पर झुंझलाकर अपना रोष प्रकट करने लगती।

–तुमने यह क्यों लिखा था कि तीन साल में नयनी को नहीं समझ सका...? मिलते ही मनोज ने प्रश्न किया।

–हां, ठीक तो लिखा था...। उसने मुस्कराकर उत्तर दिया।

–पर लिखने का कारण तो बतलाओ?

–खुद सोचो...।

–सिली आदमी स्वयं कहां सोच पाता है। समझ में नहीं आया तभी तुमसे पूछ रहा हूं...।

नयनी शांत रही। एक नए ढंग से वह मुस्करा रही थी, जिसमें मुस्कान की अपेक्षा लाज व संकोच ज्यादा हावी थे।

–बोलो न, क्या है समझने को? क्या समझाना चाहती हो...? कौन-सी पहेली मुझे सुलझानी है...? मनोज में एक बचकानी जिद थी।

नयनी ने अब कोई उत्तर नहीं दिया। हां, अब उसकी नजरें मनोज के चेहरे पर गड़ी थीं। आज उन नजरों में तितलियों जैसी चंचलता विद्यमान न होकर सागर जैसी गहराई मौजूद थी। उसमें उपहास व विनोद के भाव भी नहीं थे। उनमें स्निग्ध तरलता थी, पक्षियों के नेत्रों-सी कोमलता व भोलापन था।

–इस तरह क्यों घूर रही हो। कुछ बोलो भी...? मनोज ने पूछा।

उसने नजरें झुका ली और मन्द-मन्द मुस्कराने लगी।

–ओफ्फो, कोई सोच सकता है कि इतना बकर-बकर करने वाली लड़की इस तरह गुमसुम बन सकती है...। मनोज ने उसे छेड़ा।

–यह बकर-बकर क्या है मिस्टर...? उसने तुनक कर पूछा।

–खुद समझो, मैं क्यों बताऊं। तुम मेरी बात का उत्तर देती हो...।

–लेकिन तुम ऐसे वड्र्स क्यों यूज करते हो जिनका मतलब मैं नहीं समझती...।

अब मनोज के मुस्कराने की बारी थी।

–बोलो न, यू स्टूपिड...। वह खिसिया कर बोली।

–मतलब ज्यादा बोलना...। मनोज ने बात को आगे नहीं बढ़ाया।

–यू मीन मैं ज्यादा बोलती हूं।

–अच्छी बात है। ज्यादा बोलने वाले लोग दिल से साफ होते हैं। इसलिए तुम अच्छी लड़की हो...।

–बटरिंग मत करो...।

–मैं क्यों करूंगा। तुम कौन मेरी बॉस हो...।

–पर कुछ तो हूं...। एकाएक नयनी का स्वर भारी हो गया।

–क्या...? वह फुसफुसाया।

नयनी ने एक बार फिर चुप्पी ओढ़ ली।

–बोलो न...?

–तुम्हारा सिर...। कहकर वह जोर से हंस दी और देर तक हंसती रही।

अचरज भरी दृष्टि से मनोज नयनी को देखता रहा। नयनी का यह रूप वह कई बार देख चुका था जब अचानक गम्भीर होकर वह कोई वक्तव्य देती और फिर बहुत जल्दी ही उसे हंसी में उड़ाने की कोशिश करती।

जब उसकी खिलखिलाहट थमी तो उसने वार्ता का प्रसंग ही बदल दिया। मनोज उसकी इस आदत से अच्छी तरह वाकिफ था।

उनकी मुलाकातें तेज हो गई थीं। अब वे सप्ताह में दो बार तक मिल लेते। प्रत्येक सप्ताहांत तो काफी देर साथ रहते। लगभग पन्द्रह दिनों में बाजार का चक्कर भी लगा लेते और जब कभी शहर में अच्छी पिक्चर लगती उसे देखना नहीं छोड़ते। हां, पिक्चरों के चयन को लेकर कभी विवाद भी हो जाता। नयनी अंग्रेजी व विदेशी फिल्मों में काफी रुचि रखती थी और मनोज को वे दस प्रतिशत भी समझ में नहीं आतीं। जब कभी कोई विदेशी फिल्म आती नयनी तुरंत कार्यक्रम बना लेती। शुरू में मनोज आनाकानी करता अथवा किसी अन्य फिल्म के बारे में तर्क कर नयनी से उसे देखने का आग्रह करता। हालांकि वह इसमें कभी सफल नहीं हुआ था, किन्तु अब वह नयनी के हर प्रस्ताव पर तुरन्त राजी हो जाता...।

लेकिन हर मुलाकात उसमें एक नई उत्तेजना और उलझन पैदा कर रही थी...।

मनोज परेशान रहने लगा। इसका उसके अध्ययन पर भी प्रतिकूल प्रभाव पड़ना स्वाभाविक था। अन्तिम सत्र का परीक्षाफल जीवन के लिए अत्यन्त महत्वपूर्ण है, इसे वह अच्छी तरह समझता था। इसलिए अध्ययन पर अपेक्षित ध्यान न दे पाने से एक हताशा उसके अन्दर पनपती गई।

नयनी की गुत्थी को सुलझाना आवश्यक है, उसने बड़ी शिद्दत से महसूस किया...।

उसे समझने में अब और देर नहीं की जा सकती...।

द्वन्द्व दूसरी ओर भी था। अपने अन्दर कुछ नया घटित होने का अहसास नयनी को हो रहा था। पिछले लगभग एक वर्ष में उसकी मनःस्थिति एक नाजुक दौर से गुजरी थी। वह जानती थी कि मनोज उसे प्यार करता है। स्वयं उसके अन्दर भी मनोज के लिए कोई ऐसा विशिष्ट भाव था जिसे वह पिछले दो वर्षों से समझने में चूक

रही थी अथवा समझने से बचती रही थी। कभी देखे, बूझे को अनदेखा करना हमारे अन्तर्मन को अधिक भाता है। मनोज के साथ ठाकुरपुरवा जाने के पीछे भले ही प्रकृति के प्रति उसकी दीवानगी थी किन्तु क्या वह किसी भी सहपाठी के साथ भी यह कार्यक्रम बना सकती थी?

इस उत्तर से वह स्वयं बचती रही थी।

मनोज ने खुलकर कभी कुछ नहीं कहा था। शायद उसे इसकी प्रतीक्षा थी। किन्तु कभी मनोज ने अपनी भावनाओं का इजहार कर ही दिया तो उसका क्या उत्तर होगा...?

पहले पत्र में मनोज ने कुछ लिखते हुए 'खैर छोड़ो' कहकर बात अधूरी छोड़ दी थी। आखिर वह क्या कहना चाहता था? उत्साहवश नयनी ने मम्मी को भी मनोज का पत्र दिखा दिया था। मम्मी ने उसे पढ़ा और फिर पूछा–तुम लोग कालिज में अक्सर मिलते हो...?

–हां मम्मा...। वी आर गुड फ्रेन्ड्स...।

–केवल फ्रेन्ड्स ही...? मम्मी की मुस्कान अर्थपूर्ण थी।

–यस मम्मा। ऐसा क्यूं पूछ रही हो...?

–अपने लैटर में उसने 'लेकिन यहां खैर छोड़ो' लिखकर वाक्य अधूरा छोड़ दिया है।

–मतलब...?

–मतलब ही तो तुझसे पूछ रही हूं।

–आई डोंट नो...। उसने हाथ मटकाकर कहा। पता नहीं वह उदासीन थी अथवा मात्र अभिनय था यह।

–तू मार्केट वगैरा इसी के साथ जाती है?

–हां...।

–पिक्चर भी...?

–हां मम्मी...।

–तुझे नहीं लगता कि वह तुझे प्यार करता है।

अचरज से वह मम्मी को देखने लगी। मनोज के सम्बन्ध में किसी ने पहली बार उससे यह प्रश्न किया था। एक लहर-सी उसके अन्तस को उत्तेजित कर गई। हृदय का स्पंदन तेज हो गया। हथेलियों में पसीना चुहचुहा उठा। पहली बार उसे सोचने पर विवश होना पड़ा और उत्तर खोजने में उसे देर नहीं लगी। शायद मम्मी ठीक थीं।

वह कुछ बोली नहीं।

–मेरे प्रश्न का उत्तर नहीं दिया...? मम्मी उसके हाथ को सहला रही थीं।

नयनी के चेहरे का रंग बदलने लगा। लाज अपनी लालिमा बिखेरने लगी।

उसने नजरें झुका लीं।

—कुछ तो बता...? तू तो मुझसे कुछ भी नहीं छिपाती। मम्मी ने उसके गाल को थपथपाया।

—मम्मा, आई रियली डोंट नो...।

—और तू...?

—मैंने इस बारे में अभी सोचा ही नहीं।

मम्मी ने बात आगे नहीं बढ़ाई। नयनी को अच्छा लगा। हालांकि मम्मी के प्रश्नों ने उसके अन्दर कशमकश का जाल बुन दिया था। अब मनोज का चेहरा उसके जहन में अक्सर उभरता रहता और उसके अन्दर उमंग व उल्लास की थिरकन पैदा कर जाता। मनोज का पत्र आता तो सुखद अनुभूति की एक शीतल तरंग उसके अन्दर प्रवाहित होने लगती।

हां, मनोज का कोई अन्य पत्र उसने मम्मी को नहीं दिखाया था।

कालिज खुलने पर उसने सामान्य रहने की कोशिश की। किन्तु बार-बार उसका मन मनोज से मिलने को करता। पहली बार वह उसके कुछ शब्दों के लिए इतना गंभीर अनुभव कर रही थी।

एक बार उसने मनोज के सम्मुख उस पत्र को संदर्भित कर अपनी जिज्ञासा प्रकट कर दी।

—इतने महीने बाद अचानक वह पत्र कैसे याद आ गया? मनोज ने अचरज से पूछा।

—बस यों ही। कई बार सोचा पर फिर टाल गई।

मनोज ने देखा कि नयनी आज कुछ अधिक ही गंभीर है। उसने अपने पत्र को याद करने की चेष्टा की। ऐसा क्या लिखा था उसमें जो नयनी को इतने समय तक उद्वेलित किये रहा।

—प्लीज मेरी बात का उत्तर दो...।

वह न केवल गंभीर बल्कि कुछ दबी-दबी-सी थी। उसके स्वर में प्रतिरक्षा का भाव था। चेहरे पर एक अजीब-सी बेचारगी थी।

मनोज परेशान हो गया। अवश्य कुछ ऐसा घटित हुआ है जो चिंताजनक है। वह उसके चेहरे को पढ़ने की कोशिश करने लगा।

—बोलो न प्लीज...? नयनी ने याचना भरे स्वर में कहा।

—क्या बोलूं। मनोज शब्दों को तलाशने लगा—आई मिस्ड यू...। सोचा तुम्हें लिखूं यह पर लिखते-लिखते रुक गया...। वह अजीब ढंग से हंसा—अच्छा ही हुआ, तुमने तो वो लैटर अपनी मम्मी तक को पढ़वा दिया। कुछ और लिख देता तो कितना बुरा होता। मेरे बारे में क्या सोचतीं...?

नयनी शांत रही। अन्दर एक बवंडर उठ खड़ा हुआ था...। मन हुआ कि

मनोज बोलता रहे...। किन्तु मनोज संकोच व शर्म से दबा हुआ था।

वे शांत थे। दोनों ही एक-दूसरे से नजरें चुरा रहे थे किन्तु एक-दूसरे में आकंठ डूबे हुए...। वातावरण से पूरी तरह असम्पृक्त..., कटे हुए...। समुद्र के किनारे गीले रेत में बैठे उसके अनन्त विस्तार को निहारते...। लहरों के उतार-चढ़ाव से जूझते, उसके उफान में हिचकोले खाते...।

–बहुत याद आती थी? कुछ समय बाद नयनी ने सकुचाए स्वर में पूछा।

–हां बहुत। मनोज ने तपाक से कहा।

उनकी नजरें मिलीं। नयनी का एक नया रूप आज उद्घाटित हो रहा था।

–क्यों...? उसने नजरें झुका कर पूछा।

–क्यों का क्या उत्तर दूं। कुछ प्रश्नों के उत्तर देना कितना कठिन है।

कुछ पल नयनी शांत रही और फिर उसी धीमे स्वर में बोली–कुछ तो बोलो। मैं जानना चाहती हूं।

नयनी के स्वर में आज एक नया मर्म था। चेहरे का लावण्य उसे बरबस खींच रहा था।

मनोज उसकी मनःस्थिति को समझ गया। उसका हृदय उछलने लगा। उत्तेजना की एक तरंग-सी उसमें प्रवाहित हो चली।

–अगर मैं पूछूं कि क्यों जानना चाहती हो?

–प्लीज नो काउन्टर क्येश्चन–उसके स्वर में करुणा भर गई–आज तुम कोई सवाल मत करो। सिर्फ जवाब दो।

चहकती, फुदकती, उत्तेजित, कभी उग्र व लापरवाह की सीमा तक मदमस्त नयनी की दशा देखकर वह द्रवित अनुभव करने लगा। मनुष्य अपनी भावनाओं से कितना लाचार हो जाता है। संवेगों का बहाव उसे कितना कमजोर बना देता है। आत्मविश्वास से दिपदिप करते व्यक्तित्व को कितना दयनीय बना जाता है।

मनोज को लगा कि परीक्षा की घड़ी आ गई है। उसे अपनी भावनाओं को अभिव्यक्त करने का अवसर मिल गया है। उसके अन्दर घबराहट का एक ज्वार सा पैदा हो गया। आगामी कुछ क्षण उसके जीवन के लिए कितने महत्वपूर्ण व निर्णायक हो सकते हैं।

वह शब्दों की तलाश में भटकने लगा। अन्तर्मन की कोमल भावना को शब्दी जामा पहनाना इतना सरल कहां...? कभी इसके लिए जीवन अपर्याप्त होता, कभी सम्पूर्ण ज्ञान भी मनुष्य को असहाय बना देता तो कभी तमाम शब्दकोष हार मान लेते...।

और फिर नयनी की प्रतिक्रिया...? एक फुरफुरी-सी उसके अन्दर दौड़ गई...।

नयनी उसकी ओर देख रही थी। उसके सस्वर नेत्रों से प्रश्नों के अम्बार निकल रहे थे।

—नयनी—मनोज ने अपनी कुर्सी पास खींची, कुहनियां मेज पर टिका कर हथेलियों पर अपना चेहरा रख दिया—हम दोनों लगभग साढ़े तीन वर्ष से एक-दूसरे से परिचित हैं। पहला साल छोड़ भी दो तब भी कम से कम दो-ढाई साल से अच्छे दोस्त भी हैं। पूरा कालिज इसे जानता है। हमारे पेरेन्ट्स भी इससे अनभिज्ञ नहीं हैं। चार-पांच महीने और कालिज में रहना है और उसके बाद...?

कुछ पलों के लिए वह रुक गया। नयनी पूरी तल्लीनता से उसे सुन रही थी। नीची झुकी दृष्टि उसने उठाई—मानो आगे बोलने का आह्वान कर रही हो।

—क्या उसके बाद हम लोग अलग हो जायेंगे? अपनी-अपनी जिन्दगी में गुम होकर एक-दूसरे को भुला देंगे...? कहते-कहते एक तड़प-सी अनुभव की उसने।

—बोलो नयनी...?

नयनी नीची निगाह किये खामोश थी।

—कुछ तो बोलो...?

—मैंने कहा न, आज केवल तुम्हें बोलना है। स्थिर व गंभीर स्वर में उसने उत्तर दिया।

—और तुम कुछ नहीं बोलोगी...?

—आज नहीं...।

—फिर कब...?

—प्लीज, मुझसे मत पूछो। बस तुम अपनी बात पूरी करो...। नयनी का स्वर आर्द्र हो चला।

—ठीक है, अब तुमसे कुछ नहीं पूछूंगा...। उसने परेशान होकर कहा—देखो नयनी, क्या हमारा सम्बन्ध केवल मित्रता की परिधि में आता है? क्या हमारे-तुम्हारे बीच महज़ दोस्ती है जो कालिज से निकलने के बाद अमूमन एक निहायत औपचारिक सम्बन्ध में परिवर्तित हो जाती है।

वह नयनी की प्रतिक्रिया जानने के लिए रुका किन्तु शीघ्र उसे अपनी गलती का अहसास हो गया।

—सॉरी, मुझे तुमसे नहीं पूछना है। नयनी, मैं अपनी बात साफ-साफ कहना चाहता हूं। न तो मेरी ऐसी पृष्ठभूमि है और न ही मेरे संस्कार इतने आधुनिक हैं कि चार वर्ष तक एक लड़की को चाहते हुए उसे केवल मित्र कहकर अपनी भावनाओं के दबाव से उबर सकूं...। सच कहूं तो मेरे लिए लड़के लड़की के मध्य मित्रता के सम्बन्ध का कोई कन्सेप्ट ही नहीं है। न कभी देखा, न ही सुना। बैंगलौर में तुम मिली, तुमसे मेल-मुलाकात होती रही। इतने स्मार्ट, शहरी लड़कों के होते हुए तुमने मुझ पर विश्वास किया, मेरे साथ घूमी-फिरी। और तो और मेरे घर भी चली गई, भले ही वह एक अपरिपक्व व आकस्मिक निर्णय था। मेरे अन्दर तुम्हारे

प्रति चाहत बढ़ती रही। तुम मुझे अपना फ्रेंड कहती थी, पूरा कालिज हमें दोस्त मानता था, मेरी अम्मा और तुम्हारी मम्मी ने भी हमें मित्र स्वीकार किया। पर नयनी, सच कहूं मेरे शब्दकोष में इस तरह की मित्रता का कोई स्थान ही नहीं था।

नयनी के माथे पर पसीने की नन्हीं बूंदें झिलमिलाने लगीं, हाथों में हल्का सा कंपन था।

मनोज का आत्मविश्वास अब उस पर हावी था। वह स्थिर व संयत अनुभव कर रहा था।

–तुम मेरे घर रहीं, हम साथ घूमे, बस उसके बाद से ही मैं अपना हृदय टटोलने पर बाध्य अनुभव करने लगा। चाहत की उमंग मेरे हृदय को पूरी तरह बहा ले गई। लेकिन कभी कुछ कहने का साहस नहीं कर सका। लेकिन जब इस गर्मियों की छुट्टियों में तुम्हारी याद मुझे बुरी तरह सताने लगी तो दरअसल उस पत्र के माध्यम से ही मैं अपनी भावनाओं को अभिव्यक्त करना चाहता था। पत्र लिखने का आशय व उद्देश्य यही था। पर लिखते-लिखते रह गया। हिम्मत ने साथ नहीं दिया। शायद आज भी साहस नहीं कर पाता यदि तुमने सहारा नहीं दिया होता, मेरे प्रति अपना विश्वास व्यक्त नहीं किया होता।

मनोज पुनः थम गया। नयनी के चेहरे पर उमड़ते भावों को वह पढ़ने का प्रयास करता रहा था। उसे लगा भूमिका को विराम देने का अवसर आ गया है।

–नयनी, उसने कहा–मैं नहीं जानता कि इस सम्बन्ध को तुम किस रूप में लेती हो पर, पर मैं तुम्हें बेहद प्यार करता हूं। तुम्हारे साथ मुझे अपने जीवन की डोर बंधी महसूस होती है। तुम्हारें बिना जीवन बड़ा निर्जीव व वीरान लगता है। तुम मेरे जीवन की ऊर्जा हो, शक्ति हो, प्रेरणा हो...।

मनोज का स्वर भारी हो गया। अन्दर कुछ उमड़-घुमड़ रहा था।

आगे कुछ नहीं बोल सका वह।

धूप के टुकड़े की तरह मौन उनके बीच आकर थम गया था।

नयनी ने अपनी नजर उठाई। उसके नेत्र झिलमिला रहे थे।

द्रव्य की एक झीनी पर्त-सी उसमें बिछी हुई थी। अपनी लम्बी, कोमल उंगुलियों से उसने उसके हाथों का स्पर्श किया और फिर प्रायः दौड़ती हुई वहां से चली गई।

पूरी रात वह सो नहीं सका। नींद उसके पास तक नहीं फटकी थी। उसका मन बड़ा हल्का था। ऐसा लगा जैसे बरसों से ढो रहे बोझ से वह मुक्त हो गया हो। हॉस्टल के कमरे की छोटी-सी बालकनी में कुर्सी डाल कर वह बैठ गया। सामने चमकते तारों भरा सुरमई आकाश था। दिन का स्वच्छ नीला आकाश रात में कैसे रंगत बदल लेता है। आधा चांद मन को बुरी तरह लुभा रहा था। हवा में मामूली

ठिठुरन थी। चारों ओर व्याप्त मौन एक अलग ढंग से उसे आमंत्रित कर रहा था।

उसे लगा अनंत आकाश में वह पंख लगा कर उड़ रहा है।

नयनी का एक नया रूप रह-रह कर उसके मस्तिष्क में उभर रहा था। उसकी डबडबाई आंखें उसके अन्तस को पिघला गई थीं। उसका मौन आज कितना सस्वर व उत्तेजनापूर्ण था। वह कोमल स्पर्श एक सिहरन की तरह उसके पूरे बदन को रोमांचित कर रहा था।

नयनी कुछ नहीं बोली थी पर सब कुछ कह गई थी।

अगले कई दिनों तक वे नहीं मिले थे। उसे लगा नयनी उससे कतरा रही है। दूर से ही मुस्कराकर किसी अन्य दिशा में चल देती अथवा किसी कार्य में व्यस्त होने का अभिनय करती।

उससे मिलने और बात करने की बेचैनी धीरे-धीरे बढ़ रही थी। नयनी की चुप्पी उसे अन्दर ही अन्दर प्रताड़ित करने लगी। सब कुछ समझने के बावजूद वह नयनी से कुछ सुनना चाहता था।

शब्दों का कुछ और भी प्रभाव होता है। नयनी द्वारा प्रेमाभिव्यक्ति की कल्पना उसमें रोमांच भर जाती। नयनी के अनकहे शब्द उसके कानों में गूंजते रहते।

लगभग एक माह बाद वे एकान्त में मिले थे। एकाएक नयनी अत्यन्त शांत हो चली थी। आंखों में चंचलता के स्थान पर गंभीरता थी। ...चेहरे पर स्थिरता, स्वर में चहक की जगह ठहराव।

—नयनी, तुमने मुझसे तो सब कुछ पूछ लिया लेकिन स्वयं पूरी तरह शांत हो। मुझे भी तो पता चलना चाहिए...। मनोज के स्वर में अजब-सी तड़प थी।

नयनी ने उसकी ओर देखा। बड़ी-बड़ी कजरारी आंखों में गजब की गहराई थी जो उसे डूबने का आमंत्रण देती दिखलाई पड़ती।

—नयनी, कुछ तो बोलो...?

—क्या बोलूं। कुछ कहने की कसर बाकी है क्या...? वह धीरे से मुस्कराई।

—शायद नहीं, किन्तु हृदय तुम्हारे होंठों से वो शब्द सुनने को व्याकुल है, जो अब मेरे जीवन का रस है।

नयनी ने गहरी सांस ली, गले को साफ किया और कहा—मनोज, सब कुछ जानकर भी अनजान क्यों बनते हो। मैं क्या कहूं? कुछ कहने की जरूरत है?

—हां, है। इन शब्दों की मुझे वर्षों से प्रतीक्षा है। वे मेरा सम्बल होंगे।

—मनोज, नयनी के स्वर में हल्का-सा कंपन था—आई रियली लव यू...।

मनोज ने उसके हाथों को अपने हाथों में थाम लिया। नयनी ने उन्हें छुड़ाने की कोई कोशिश नहीं की। नयनी की कोमल व स्निग्ध उंगुलियों पर उसका दबाव बढ़ता गया। उसका हृदय उल्लास से थिरकने लगा। पूरा बदन एक नई उत्तेजना से सराबोर था।

–मनोज, तुम मुझे पहले दिन से ही अच्छे लगे थे। लगातार मैं तुम्हारे प्रति खिंचाव महसूस करती थी। तुमसे मिलने का बार-बार मन करता था। कुछ दिनों तक नहीं मिलने पर एक अजीब सी बेचैनी होती थी, खास कर दूसरे साल से...। इसी खिंचाव के चलते मैं तुम्हारे साथ गांव तक चली गई। पर सच यह है कि मुझे पता ही नहीं था कि यह क्या है। मुझे यह केवल फ्रेन्डशिप लगती। मैं तुम्हें मिस करती तो अपने को समझाती कि और दोस्तों की याद भी तो आती है किसी की कम, किसी की ज्यादा...।

वह रुक गई, अपना हाथ उसने अलग कर लिया। पर्स से छोटा-सा रूमाल निकाल कर हथेलियों की नमी को पोंछा।

–फैक्ट यह है कि मैं इसे समझती ही नहीं थी, या हो सकता है कभी डेलीबरेटली भी ओवरलुक किया हो। धीरे-धीरे एक पर्त-सी मेरे दिल पर चढ़ती गई। और उस दिन तुम्हारे फर्स्ट लैटर के बाद मम्मी ने जब मुझ से पूछा कि क्या तुम मुझसे प्यार करते हो और फिर कि क्या मैं तुमसे प्यार करती हूं तो पहली बार मेरे अन्दर कुछ झनझना उठा था। ऐसा लगा मनोज, मानो अन्दर रखे किसी वाद्ययंत्र के तार छेड़ दिए गये हों। बिना देखे अपने चेहरे की लालिमा को मैं महसूस कर सकती थी।

आंखें नीचे झुका लीं उसने और फिर कहा–उसके बाद तो एक-एक घटना मुझे याद आती रही। तुम्हारी नजरें मेरा पीछा करती रहीं। उनमें एक नयी भाषा पढ़ पाई मैं, एक नया रंग दिखलाई देने लगा। तुम्हारे संग, साथ और केअर को नए तरह से समझी मैं...। क्यों तुम मेरे साथ रहते हो, मुझे साथ देते हो...। आई हैव गिवेन यू नथिंग, नार हैव यू एवर डिमान्डेड एनीथिंग ...। आज की दुनिया में यह अजूबा नहीं है? और लड़कों को देखती हूं तब इसका बड़ी शिद्दत से अहसास होता है। यू आर रियली डिफरेन्ट, यूनीक...। बस तब मुझे लगा कि...।

नयनी के स्वर में इतनी गहराई थी, मनोज ने कभी सोचा भी नहीं था। उसकी कशिश उसे पागल बना रही थी।

–क्या...? उसने पूछ डाला।

नयनी उसकी ओर देखकर मुस्करा रही थी। उसने कोई उत्तर नहीं दिया। न किसी उत्तर की जरूरत महसूस हुई मनोज को।

सांझ का धुंधलका चढ़ रहा था। मौसम सचमुच सुहावना था–न गर्मी और न ही ठंड। हवा में साधारण शीतलता थी किन्तु वही उसके अन्दर बार-बार एक सिहरन पैदा कर जाती।

कुछ समय तक वे चुप रहे। मनोज ने उसे कैंटीन चलने का आग्रह किया। अवकाश के दिन अक्सर यहां काफी जमघट रहता। आज भी खासी भीड़ थी। पाश्चात्य संगीत की कोई धुन बज रही थी। 'हाय' 'बाय' के स्वर कानों में पड़

रहे थे। उनसे भी कई छात्र-छात्राएं अभिवादन करने लगे।

किन्तु वे दोनों माहौल से पूरी तरह असम्पृक्त थे। वे एक नई दुनिया में विचरण कर रहे थे जो नितांत निजी व वैयक्तिक थी। शोर-शराबे से एक घुटन-सी पैदा होने लगी...।

—यहां अच्छा नहीं लग रहा...। नयनी ने कहा।

—मुझे भी नहीं।

—लेट्स गो...।

—कॉफी पीने के बाद बाहर चलते हैं।

वे लॉन की बेंच पर आकर बैठ गये...। अन्दर उत्तेजना की धकापेल और बाहर संवादहीनता...। वार्ता के अन्य सभी विषय एकाएक लुप्त हो चले थे। केवल अनुभूति उन्हें साथ रखे थी। पहली बार उन्हें लगा कि प्यार का अहसास शब्दों का मोहताज नहीं...।

अंधेरा छा गया था। नयनी के हॉस्टल लौटने का समय हो चला था।

—हमें कुछ आवश्यक बातें करनी हैं। नयनी के चलने पर उसने कहा।

—अभी कुछ और बाकी है क्या? नयनी की स्वाभाविक चंचलता लौट आई थी। उसकी मुद्रा शरारतपूर्ण थी।

—हां, बहुत जरूरी...।

—ठीक है, पहले एक्जाम्स निबट जाये। वह मुस्कराई और पास आकर उसकी बांह पर चिकोटी काट कर चलते-चलते बोली—और बातें करने के लायक तो बन जाओ...।

मुड़-मुड़ कर देखती हुई वह चली जा रही थी।

बांह पर नाखून का गहरा निशान था। उसे याद आया कि नयनी की लम्बी उंगुलियों पर तराशे हुए नाखून उसे कितना आकर्षित करते थे। एक बार जब नयनी ने उन्हें अधिक छोटा काट दिया था तो मनोज अपने को रोक नहीं सका।

—इन्हें काटा क्यों...?

—कभी-कभी बड़ी उलझन होती है। बड़ा ध्यान रखना पड़ता है। पर तुम क्यों पूछ रहे हो?

—इसलिए क्योंकि मुझे ये बहुत अच्छे लगते हैं, तुम्हारी उंगुलियां बड़ी सुन्दर दिखलाई पड़ती हैं मुझे। कहकर वह शर्मा गया था।

आज उसे यह अहसास हुआ कि उस दिन के बाद नयनी ने कभी अपने नाखूनों को छोटा नहीं किया था।

उसकी लम्बी उंगुलियां उसे अन्दर तक गुदगुदा रही थीं।

7

देश में पंचायती राज को सुदृढ़ करने व उसे नया स्वरूप प्रदान करने के लिए वर्ष 1992 में भारतीय संविधान में संशोधन किया गया, जो 24 अप्रैल 1993 को पूरे देश में लागू हुआ। इसके तहत ग्राम, क्षेत्र व जिला स्तर पर पंचायतों का पुनर्गठन किया जाना था। सत्ता व शक्ति का विकेन्द्रीकरण व निचले स्तर पर आर्थिक स्वतन्त्रता प्रदान करने की दिशा में यह एक अहम फैसला था।

इस संशोधन के अन्तर्गत चुनाव प्रक्रिया को व्यवस्थित किया गया और जहां प्रदेश में प्रथम से चतुर्थ पंचायती चुनाव अनियमितकालीन ढंग से लगभग आठ से दस वर्षों के अन्तराल पर सम्पन्न हुए थे, वहीं अब पंचायतों का कार्यकाल पांच वर्ष के लिए निर्धारित कर दिया गया। अनुसूचित जाति/जन जाति व पिछड़े वर्गों के साथ महिलाओं के लिए भी आरक्षण की व्यवस्था की गई। हालांकि उत्तर प्रदेश में 1988 में ही पंचायतीराज अधिनियम में संशोधन कर यह व्यवस्था की गई थी कि ग्राम पंचायत के सदस्यों में बीस फीसदी प्रतिनिधित्व महिलाओं को प्राप्त हो। किन्तु अब इसे संवैधानिक मान्यता प्राप्त हुई थी।

पंचायतों के कृत्य, शक्तियां एवं उत्तरदायित्व के सम्बन्ध में भी अब व्यापक व्यवस्था की गई थी। ग्राम प्रधान का पद महज़ रुतबे, दिखावे या प्रतिष्ठा का पद ही नहीं रह गया था। गांव व ग्रामवासियों के विकास में उसकी एक निश्चित व निर्णायक भूमिका भी थी। शासन के साथ जनता की भी उससे अनेक अपेक्षाएं थीं। केन्द्र व प्रदेश सरकार की अनेक योजनाओं का कार्यान्वयन उसी के माध्यम से किया जाना था। चाहे वह ग्राम के समग्र विकास के लिए एकीकृत ग्राम विकास कार्यक्रम हो, ग्रामीण युवकों के लिए स्वरोजगार योजना (ट्राइसेम योजना) हो, श्रम परक जवाहर रोजगार योजना अथवा दस लाख कूप योजना, पेयजल हेतु ग्रामीण पेयजल योजना, सिंचाई हेतु गंगा कल्याण योजना अथवा ग्रामीणों को सस्ते आवास उपलब्ध कराने के लिए इंदिरा आवास योजना...। अनुसूचित जातियों, ग्रामीण महिलाओं एवं बालोत्थान के लिए अलग कार्यक्रम थे।

जाहिर है कि इन योजनाओं में भारीभरकम धनराशि का व्यय किया जाना था जिसका काफी दारोमदार ग्राम प्रधान पर ही निर्भर था। इस दृष्टि से भी प्रधान

का पद लोगों के आकर्षण का केन्द्र बिन्दु बनता जा रहा था। वैसे भी राजनैतिक चेतना का विस्तार हो रहा था और इस नाते सभी को यह भी अहसास होने लगा था कि रईसों, नवाबों, जमींदारों, प्रतिष्ठित खानदानों से सम्बन्धित होने से अब न इज्जत मिलती है और न ही पैसा। प्रजातंत्र के असली नवाब तो जनप्रतिनिधि ही हैं। शायद इसीलिए पुराने राजे-महाराजों का राजनीति की ओर झुकाव हुआ था।

ग्राम प्रधान का पद इसी श्रृंखला की पहली कड़ी है। राजनीति के खिलाड़ियों के लिए यह खेल नर्सरी है। यहीं से उन्हें राजनीति के दांवपेंच, कूटनीतिक चालों एवं अस्तित्व रक्षा के आरम्भिक पाठ पढ़ने का अवसर मिलता है। इस स्तर पर सफलता उनके भविष्य का मार्ग भी प्रशस्त करती है। प्रदेश व केन्द्र के सत्ता के गलियारों की चमक देखने की यात्रा का पहला जंकशन यही पद है। लखनऊ का भव्य विधान भवन और सत्ता के नशे में झूमती दारुलशफा तक पहुंच मार्ग अधिकतर यहीं से आरम्भ होता है जो कभी संसद तक भी पहुंच सकता है।

चुनावों की घोषणा से ग्रामीण अंचलों में एकाएक गतिविधियां बढ़ गईं। वर्ष 1988 के लगभग सात वर्षों के बाद चुनाव होने जा रहे थे। एक ओर पदों पर आसीन व्यक्तियों को नए सिरे से जनता का विश्वास हासिल करना था वहीं दूसरी ओर उन्हें करारे मुकाबले का भी सामना करना था।

ठाकुरपुरवा में भी लगभग यही स्थिति थी। ठाकुर हरपाल सिंह को अपनी पिछली हार का बदला लेना था और गुलजार को अपने पद पर बने रहना अपने अस्तित्व के लिए आवश्यक प्रतीत होता था। ठाकुर पुराने रईस थे, न तो उन्हें धन की कमी थी और न ही प्रतिष्ठा की। किन्तु पिछली हार से वह सचमुच बुरी तरह आहत हुए थे और निसन्देह उनकी प्रतिष्ठा में भी ह्रास हुआ था। वैसे भी अपने दादा द्वारा बसाये गांव पर अपने आधिपत्य का अभाव उन्हें अन्दर ही अन्दर बुरी तरह कचोटता था। पिछले छह-सात वर्षों में जब कभी अवसर मिला, गुलजार ने उन पर छींटाकसी करने से लेकर कीचड़ उछालने तक में कोई कसर नहीं रखी थी। वे अपने को लाख समझाते किन्तु गांव में अपना तिरस्कार उन्हें असहनीय लगता।

उधर गुलजार तो नीचे से ऊपर उठा ही था। उसने तो सब कुछ इसी से हासिल किया था। उसके पास खोने के लिए ज्यादा कुछ था भी नहीं। किंतु सात वर्षों तक ग्राम प्रधान रहने के बाद सत्ता का नशा उसके अन्दर भी चढ़ा था। इन सात वर्षों में उसने अपने समर्थकों की भरपूर सहायता भी की। विभिन्न योजनाओं के अन्तर्गत अपने समर्थकों को भरपूर लाभ भी पहुंचाया। अनुसूचित जाति के सदस्यों को रोजगार के अवसर उपलब्ध कराए। कई लोगों के नए आवास निर्मित करा दिए। किन्तु इन सबसे अधिक महत्वपूर्ण तथ्य यह है कि निचले व दलित वर्गों के प्रवक्ता के रूप में उसने अपनी पहचान बना ली थी। दलित समाज के लोग उसे अपना हितैषी व मसीहा स्वीकार करने लगे थे।

और यही ठाकुर हरपाल सिंह की सबसे बड़ी चिन्ता भी थी। पिछले चुनाव को स्वयं उन्होंने गंभीरता से नहीं लिया था अथवा यह कहा जाये कि वह अपनी जीत के प्रति वास्तविकता से अधिक आश्वस्त थे। किन्तु अब वह स्थिति को भली प्रकार समझ सकते थे। गांव में दलितों के वोटों की संख्या काफी थी और उनके मत सचमुच निर्णायक मत थे।

चुनाव की घोषणा की रात्रि में ठाकुर की मित्रमण्डली उनसे आकर मिली और इस विषय पर गंभीरता से बातचीत चली थी।

–देखो हरपाल। सुखवीर गहलौत ने कहा–इस बार तुम्हारा चुनाव जीतना निहायत जरूरी है। पिछले छह-सात साल कैसे दम घोंट कर काटे हैं, मेरा दिल ही जानता है। इस ससुरे गुलजार ने तेरे साथ हम पर भी कीचड़ उछालने में कोई कसर नहीं छोड़ी। मनोज वाले मामले में भी सारा खेल इसी का था।

ठाकुर धीरे से मुस्करा दिये हालांकि उनका चेहरा विद्रूप हो चला। घटना को बीते अरसा बीत गया था। किन्तु जब-जब उन्हें याद आता, अंदर कहीं गहरी टीस अनुभव अवश्य करते वह। अपने अपमान को आज भी नहीं भूले थे वह।

निर्णय के अनुसार गांव के लोग उनसे आकर मिले थे। सुखवीर गहलौत भी उनमें शामिल था। वह तो प्रायः शांत रहा किन्तु शेष लोगों ने गांव की परम्परा, मर्यादा और नैतिकता के लम्बे-चौड़े भाषण दे डाले थे। स्वयं उनका मनोबल गिरा हुआ था इसलिए प्रतिवाद भी नहीं कर सके। किन्तु आज भी उन संवादों को याद कर वह तिलमिला उठते हैं। उन्हें विश्वास था कि इस सबके पीछे गुलजार की ही भूमिका है। ठाकुर क्या, किसी गांववासी के पारिवारिक मामले में इस तरह का हस्तक्षेप पूर्व में कभी नहीं हुआ था। पति-पत्नी के विवाद, सम्पत्ति के पारिवारिक झगड़े, दुराचरण व छेड़खानी की शिकायतें यदाकदा कानों में पड़ती थीं। किन्तु उन पर इस तरह की उग्र प्रतिक्रिया कभी देखने में नहीं आई। मनोज का कृत्य उनकी पारिवारिक प्रतिष्ठा के विरुद्ध अवश्य था, किन्तु उससे पूरे गांव का उद्वेलित होना ठाकुर की समझ से बाहर था। यह सब उन्हें अपने विरुद्ध षड़यंत्र का हिस्सा लगता। हरपाल सिंह यह भी अच्छी तरह समझते थे कि गुलजार के समर्थन के बिना उनके विरुद्ध इस तरह की साजिश सम्भव ही नहीं थी।

–सबसे बुरी बात यह है, ज्ञान प्रकाश ने चर्चा बढ़ाई–कि उसने पूरे गांव का माहौल खराब कर दिया है। जाटव, चमार सीना ताने खड़े रहते हैं। हरदम ऐसा लगे है कि न जाने कब अपनी इज्जत उतर जाये...।

–यार, इसमें क्या शक है। रवीन्द्र सिंह ने कहा–हालत बड़ी खराब हो गई है। किसने सोचा था कि जाटव के लौंडे हमारे बच्चों के सामने खड़े होंगे और मुकाबला करेंगे। अब तो जैसी निभ जाये, वही गनीमत समझो...।

–अरे भाई, तो क्या हाथ पर हाथ धरे बैठे रहोगे...? ज्ञान प्रकाश तैश में आकर

बोला।

—बता, क्या करें? जमाना बदल रहा है। सरकार इन लोगों को बढ़ा रही है। रवीन्द्र सिंह ने भी गुस्से में कहा।

—तो बढ़ाए, लेकिन हमारी कीमत पर तो नहीं।

—वो तो सब प्रधान का खेल है। सुखवीर ने हस्तक्षेप किया—इसीलिए मैं हरपाल को समझा रहा था कि इस बार इसका प्रधान बनना निहायत जरूरी है।

—भइया, मैं भी सब समझूं। एक लंबी सांस लेकर ठाकुर हरपाल बोले—पर गांव की फिजां देख ही रहे हो। चमरौटी के वोटों की संख्या काफी अधिक है। उन पर गुलजार ने कब्जा कर रखा है। जिसे वो वोट देंगे वही जीतेगा।

—पर ऐसा गुलजार ने उन पर क्या जादू कर रखा है? ज्ञान प्रकाश ने कहा—जमीन तो तुमसे ली इन लोगों ने, बसाया भी तुम्हारे परिवार ने। सारा एहसान भूल गये ससुरे...।

—भइया, यह दुनिया है ...। रवीन्द्र सिंह ने उत्तर दिया—सब मतलब के यार हैं। काम पड़ेगा तो पैर चूम लेंगे वरना नजरें फेर लेंगे...।

कुछ पलों के लिए वहां चुप्पी उतर आई। मई का महीना था। दिन की धूप अब खासी गरम थी। किन्तु सूर्यास्त के बाद मौसम सुहावना हो जाता। शाम को घेर या बरामदे में बैठना बड़ा सुखप्रद महसूस होता। उमानाथ एक थाली में चाय के चार गिलास और नमकीन रख गया था। चारों मित्र अपने-अपने गिलासों से चाय सुड़कने लगे।

—तो फिर क्या सोचा, हरपाल...? सुखवीर ने मौन भंग किया।

—किस बारे में...?

—अरे चुनाव लड़ने के बारे में...।

हरपाल सिंह ने तत्काल कोई उत्तर नहीं दिया।

—क्या इसमें भी इतना विचारने की आवश्यकता है? रवीन्द्र सिंह ने पूछा।

—हां यार...। हरपाल सिंह अलसाए स्वर में बोले—चुनाव लड़ना है तो झमेला ही। वो भी प्रधानी के लिए। रात दिन की मेहनत। दिमागी परेशानी और फिर अच्छा खासा खर्चा। अब तो प्रधानी के चुनाव में भी लोग एक-एक लाख रुपए खर्च कर रहे हैं।

—एक लाख...? ज्ञान प्रकाश चौंक गया।

—हां भाई, पचास हजार तो मामूली बात है।

—तभी तो कमाते भी हैं। सुखवीर ने हस्तक्षेप किया—गुलजार को देखो कहां से कहां पहुंच गया। हर योजना में पैसा है और उसमें सभी का कमीशन। तभी न दस्तखत कुछ कराते हैं और देते हैं कुछ और। कौन नहीं जाने इसे। जवाहर रोजगार योजना में मंदिर के पास की सड़क बनी थी। पूरा गांव जानता है कि काम किया

आठ लोगों ने, मस्टर रोल पर चढ़े पन्द्रह मजदूर। हर को दस रुपये कम मजदूरी का भुगतान हुआ। इसी तरह चमरौटी में मकान बनवाने में उसने अच्छा पैसा कमा लिया।

—ठीक कहता है सुखवीर...। हरपाल सिंह बोले—काम का काम और आमदनी की आमदनी। तभी तो इन योजनाओं के अन्तर्गत गांव में काम कराने की मारामारी मची रहती है। काम आवंटित कराने तक में खर्चा होता है भले ही वह खर्चा ठेकेदार करे। कागज पर कोई ठेकेदार नहीं पर हर काम के पीछे कोई ठेकेदार है। फिर एकाध स्कीम थोड़े है। पूरी 18-20 योजनाएं हैं जो सरकार ने गांवों के विकास के लिए चला रखी हैं।

—बड़ा घालमेल है भाई...। रवीन्द्र सिंह ने अंगड़ाई लेते हुए कहा—आम आदमी को तो कुछ पता ही नहीं चलता। योजनाओं की जानकारी तक नहीं हो पाती। गरीब को तो तिनके का सहारा मिल जाता है तो उसी में खुश हो जाता है। उसे क्या मतलब कि मकान बनाने में सरकार के बीस की जगह दस हजार लगे हैं।

—अब बताओ, यह मेरे बस का काम है...? हरपाल ने पूछा।

—सचुमच तेरे बस की बात नहीं है, सुखवीर ने सहमति प्रदर्शित की—यह टुच्चई तुम्हारे स्तर की नहीं है। हर कोई यह घपला नहीं कर सकता। अरे दो-चार लाख का मामला हो तो हाथ डाला जाये। पांच-दस हजार के लिए गन्दगी करना समझ में नहीं आता। यह काम गुलजार जैसा ही कर सकता है।

—तभी न गांव के कई मुअज्ज़िज लोग प्रधानी के चुनाव से कतराते हैं।

—सब ठीक है भाई, पर लोकतंत्र में इस के बिना काम भी तो नहीं चलता। ब्लाक प्रमुख या विधायक बन सको तो कौन रोकता है लेकिन हर कोई चुनाव भी नहीं लड़ सकता। रवीन्द्र सिंह ने कुछ पल का विश्राम लेकर आगे कहा—फिर आजकल राजनीति के बिना प्रतिष्ठा भी तो नहीं। धीरे-धीरे ये संस्थाएं और सुदृढ़ होंगी। प्रधानों को और अधिकार मिलेंगे। इसलिए इस तरफ से आंख बंद करना भी ठीक नहीं।

—तो तुम लड़ो चुनाव, रवीन्द्र...। हरपाल ने हंस कर कहा।

—मुझे कौन राय देगा। मेरा बस चलता तो जरूर लड़ता। तेरी बात और है। प्रधान रह चुके हो। लोग काम के लिए आते हैं।

—इसमें तो कोई सन्देह नहीं। ज्ञान प्रकाश ने समर्थन किया—चुनाव तो तुम्हें ही लड़ना है। जरूरी भी है।

—जरूरी तो है वरना गुलजार इस बार प्रधान चुन गया तो उसका दिमाग बिल्कुल ही खराब हो जायेगा।

कहकर रवीन्द्र सिंह ने पनामा की डिब्बी निकालकर सिगरेट सुलगाई और

धुंआ उगलने लगा।

—ला भाई। एक बत्ती मुझे भी दे...। सुखवीर भी शौकिया धूम्रपान करता था। उसने भी सिगरेट जला ली।

वे दोनों धुंआ उगल रहे थे और हरपाल व ज्ञानप्रकाश उन्हें बड़ी तल्लीनता से देख रहे थे। कभी हमें निरर्थक वस्तुओं को देखने में भी एक अजीब सा आनन्द व सुख मिलता है। आकाश में उठता धुंआ, सामने रखी कोई वस्तु या ऊपर उड़ती पतंग हमें देर तक बांधे रखती है। शून्य में हम टकटकी बांधे देर तक खोए रहते हैं।

—यार, एक आइडिया है। हरपाल सिंह ने तंद्रा भंग की—सुना है कि प्रधानों के कुछ पदों को अनुसूचित जाति के लोगों के लिए आरक्षित कर दिया गया है। क्यों न हम भी इस गांव में यही करा लें? प्रधान पद आरक्षित होने से गुलजार लड़ ही नहीं पाएगा। क्या कहते हैं, न बजेगी बीन न टूटेगी लाठी और सांप धराशाई...। कहकर वह धीरे से हंसे।

हरपाल के सुझाव पर सभी एकबारगी चौंक गये। सुखवीर, रवीन्द्र सिंह और ज्ञान प्रकाश बारी-बारी एक दूसरे के चेहरे देखने लगे। तब सुखवीर ने प्रतिक्रिया व्यक्त की—तब क्या सरना या भगौती प्रसाद को प्रधान बना दोगे?

—नहीं, संतोषी...। ज्ञान प्रकाश ने सुझाव दिया।

—तब तो हो गया कल्याण! सोचो तब क्या होगा? तुम सब जानो हो उसे। कितना तेज तर्रार है, गुलजार का लंगोटिया है। दोनों मिलकर रही सही कसर पूरी कर देंगे...। सुखवीर ने कहा।

वे सभी जोर से हंस दिए और देर तक हंसते रहे।

—भाई, मैंने यह बात मजाक में नहीं कही थी—हरपाल ने पुनः आग्रह किया—गुलजार से बचने का यही रास्ता है।

—यह खतरनाक रास्ता है। एक बार कोई जाटव प्रधान बन गया तो समझो इस गांव पर चमारों और जाटवों का राज हो जायेगा। सुखवीर ने कहा।

—सुखवीर ठीक कहता है। ज्ञान प्रकाश ने चिंता प्रकट की—यह कतई ठीक नहीं है।

—मुझे तो कोई हर्ज नहीं लगता। हरपाल सिंह ने जोर दिया।

—तुम्हें हर्ज नहीं लगता? सुखवीर ने सवालिया नजरों से उन्हें घूरा—ठाकुर अलबेल सिंह के गांव पर चमार कब्जा कर लें और इसमें उनका पोता मदद करे। वाह भाई, वाह। कितनी योग्य सन्तति है। शर्म करो...।

हरपाल सिंह अब फीकी सी हंसी हंस दिए। जो कुछ उस ने कहा था, सोचकर वह सचमुच शर्मीन्दगी अनुभव कर रहे थे। दरअसल यह उनके अन्दर जमी कुंठा और हताशा की अभिव्यक्ति था। जो पद वह अपने परिवार के लिए आरक्षित मानते

रहे थे उस पर इतने वर्षों से आसीन गुलजार ने उनके अहं को बुरी तरह क्षतविक्षत कर दिया था। फिर भविष्य में भी आशा की कोई किरण उन्हें दिखलाई नहीं दे रही थी। चुनाव लड़ने की शक्ति ही मानो चुक गई थी। उनका मनोबल बुरी तरह डगमगा गया था और टूटे मनोबल से कोई योद्धा विजयश्री प्राप्त नहीं कर सकता, यह वह अच्छी तरह समझते थे।

अब हरपाल सिंह शांत व गंभीर थे। अन्दर अजीब सी खलबली मची थी।

सुखवीर को उनकी मनोदशा का अंदाजा लग गया। एकाएक अपने मित्र के प्रति उसमें भारी सहानुभूति उमड़ पड़ी। माहौल गंभीर हो गया था। चारों तरफ अंधेरा छा गया था। कमरे में गैस की लालटेन में मच्छरों के झुंड अठखेलियां करते दिखलाई दे रहे थे। उनके पास कछुआ छाप अगरबत्ती जल रही थी जिसकी गंध चारों ओर फैल रही थी।

—देखो भाई, बेकार की बातें सोचने से कोई लाभ नहीं है। तुम्हें चुनाव लड़ना ही है। सोचो यह कि चुनाव कैसे जीता जाये। कौन सी रणनीति अपनाई जाये कि इस बार गुलजार को धूल चाटनी पड़े? सुखवीर ने गंभीर स्वर में कहा।

—हां यार, अब हंसी मजाक का समय कहां है। एकाध महीने में चुनाव होने हैं। अब तैयारी में जुट जाना चाहिए। ज्ञान प्रकाश ने कहा।

—तो कोई रणनीति तो सोचो...।

रवीन्द्र ने दूसरी सिगरेट सुलगा ली और लम्बे-लम्बे कश खींचने लगा। इन चारों में सबसे अधिक पढ़ा लिखा वही था। बी.ए. करने के बाद उसने एल.एल. बी. की डिग्री हासिल कर ली थी। एल.एल.बी. की परीक्षा में कैसे सफल हुआ, वह स्वयं भी नहीं जानता। कक्षा में मुश्किल से चार छः बार गया था और जब गया भी तब वहां बैठने का स्थान पाना एक उपलब्धि के समान था। बरामदे में खड़े छात्र-छात्राएं खिड़की से कान लगा कर प्रवक्ताओं के व्याख्यान सुनते। न कोई हाजिरी होती और न ही विद्यार्थियों व अध्यापकों का कोई तालमेल अथवा सामन्जस्य था। परीक्षा में व्यक्तिगत नकल पर जैसे पाबंदी थी क्योंकि सामूहिक नकल का चलन पूरे जोर पर था। एकाध अवसरों पर तो एक छात्र इमला बोल कर सभी परीक्षार्थियों को उत्तर लिखवा देता। इसलिए अध्ययन की कोई आवश्यकता ही नहीं रह गई थी। बहरहाल छात्र विधि का स्नातक तो बन ही जाते भले ही उन्हें भारतीय दण्ड विधान की चार धाराओं की भी जानकारी न हो। रवीन्द्र सिंह को इसकी आवश्कयता भी नहीं थी। परिवार में अच्छी खासी जमीन थी। दो वर्ष पूर्व एक खांड का क्रैशर भी उसने लगवाया था। इसलिए उसकी माली स्थिति काफी अच्छी थी।

सिगरेट के लम्बे-लम्बे कशों के बीच वह गंभीरता से इस मुद्दे पर सोचता रहा और तब बोला—भाई, मेरी राय में एक रास्ता है। पिछली बार हरपाल इसलिए

हारा था क्योंकि चमरौटी के सारे वोट गुलजार को मिले थे। यही बात है न?

—हां...। हरपाल सिंह ने उत्सुकता प्रदर्शित की।

—तो इस बार चुनाव में चमरौटी से भी किसी को खड़ा कर दिया जाये। भले ही इसका खर्चा हम लोगों को क्यों न करना पड़े।

—मैं समझा नहीं...? ज्ञान प्रकाश ने पूछा।

—तो अक्ल के दरवाजे खोल कर समझ न। देखो, चमरौटी से किसी को खड़ा करने से जाटवों और चमारों के वोट उसे ही पड़ेंगे, गुलजार को नहीं। और बाकी वोटों में तो हरपाल जीत ही जायेगा।

—यानी चमरौटी के जिन वोटों से गुलजार जीतता है उनका बंटवारा जो जायेगा और हरपाल सिंह की विजय। सुखवीर ने चहकते स्वर में कहा।

—भई, तेरे दिमाग को मान गये...। ज्ञान प्रकाश ने भी प्रसन्न होकर कहा—बड़े पते की बात कही है। चुनाव ऐसे ही तो होते हैं। वो क्या बोले हैं डमी केंडीडेट...।

—क्यों भाई, तुम्हारा क्या कहना है? सुखवीर ने हरपाल सिंह से पूछा जो रवीन्द्र के सुझाव पर गंभीरता से विचार कर रहा था।

रवीन्द्र का सुझाव विचारणीय अवश्य था। यह सत्य था कि चमरौटी के मत विभाजन से गुलजार की विजय नितांत संदिग्ध थी। सवर्णों के अधिकांश मत ठाकुर के पक्ष में ही पड़ते थे और जब से गुलजार की छवि दलित समर्थक की बनी थी, अधिकतर सवर्ण उसे प्रधान के रूप में स्वीकार करना नहीं चाहते थे।

—यदि ऐसा सम्भव हो सके तो गुलजार चुनाव नहीं जीत सकता। हरपाल ने सोच समझ कर कहा—पर यह कहना आसान है किन्तु व्यवहारिक रूप से बड़ा मुश्किल...।

—क्यों...? रवीन्द्र ने पूछा।

—इसलिए कि गुलजार के विरुद्ध चुनाव लड़ने चमरौटी का कौन आदमी सामने आयेगा?

—कोई भी लड़ सकता है। रवीन्द्र ने शायद बिना सोचे समझे कहा।

—नाम बताओ। भगौती प्रसाद या सरना...?

—ये तो इस पचड़े में पड़ने से रहे। सुखवीर ने राय दी।

—तो फिर...?

—संतोषी...। रवीन्द्र सिंह ने सुझाया—संतोषी को कहा जायेगा।

—क्या बेकार की बात करते हो...? ज्ञान प्रकाश ने उपहास भरे स्वर में कहा—संतोषी गुलजार के खिलाफ चुनाव लड़ेगा? दोनों पक्के दोस्त हैं, रात दिन साथ रहते हैं...।

—तो इससे क्या होता है? गुलजार से कम महत्वाकांक्षी नहीं है संतोषी...। रवीन्द्र सिंह बोला।

—पर इसका मतलब यह नहीं कि गुलजार के खिलाफ चुनाव लड़ेगा...। ज्ञान प्रकाश बहस करने लगा।

—क्यों नहीं लड़ेगा? तू राजनीति नहीं जानता। राजनीति में दोस्त दुश्मन में ज्यादा फर्क नहीं होता। कब दोस्त दुश्मन और दुश्मन दोस्त बन जाये, पता ही नहीं चलता...। और एक बात और समझ ले। एक बार जिसको इस खून का चस्का लग गया है, उसकी जीभ फिर कुत्ते की तरह ही लपलपाती रहती है। क्यों हरपाल...?

—मुझसे क्यों पूछता है साले। हरपाल को जैसे अपने ऊपर ही कटाक्ष लगा।

—अरे यार, तू क्यों बुरा मान रहा है। रवीन्द्र सिंह उसके अन्तर्मन को भांप गया—तेरे बारे में थोड़े ही कह रहा हूं। मेरा मतलब उन लोगों से है जिन्होंने जिंदगी में वैसे कुछ नहीं देखा है। पैसा, पद, प्रतिष्ठा से दूर रहे हैं। राजनीति में तीनों चीज हैं। उनको राजनीति सदैव आकर्षित करती है। कह कर रवीन्द्र धीरे से मुस्कराया। हरपाल ने भी अपने कसे चेहरे की मांसपेशियां ढीली करने की कोशिश की। ज्ञान प्रकाश और सुखवीर भी वार्ता के इस मोड़ पर मन ही मन मुदित थे और धीरे-धीरे मुस्करा रहे थे।

—खैर, मैं असली बात पर आता हूं। संतोषी को कहा जायेगा तो वह राजी हो सकता है। रवीन्द्र सिंह ने बात बढ़ाई।

—पर उससे कहेगा कौन...? सुखवीर ने पूछा।

—कोई न कोई रास्ता निकलेगा...।

—तुम्हें लगता है वह राजी हो जायेगा? हरपाल ने पूछा।

—क्यों नही...? उसे तो गुलजार ने मोहरे की तरह प्रयोग किया था। याद नहीं है, इससे पहला चुनाव गुलजार ने ही तो उसे लड़वाया था। तब खुद लड़ने की हिम्मत नहीं पड़ी थी उसकी और बाद में जब अपनी जमीन तैयार हो गई, चमरौटी के लोग जुट गये तो स्वयं चुनाव लड़ा और प्रधान बन गया। तुम लोग क्या समझते हो, संतोषी को इसका दर्द नहीं होगा?

—बड़े मार्के की बात कही तूने। सुखवीर ने समर्थन किया—एक बार चुनाव में कूदने के बाद इसके नशे से वह अछूता नहीं रह सकता। फिर संतोषी तेज तर्रार नौजवान है। बात समझता है।

—यही मैं कहना चाहता हूं। उस पर हाथ रख दिया जाये तो वह गुलजार को भूल जायेगा...। रवीन्द्र सिंह बोला।

—लेकिन उस पर पैसा वैसा कहां है। पहले तो गुलजार ने खर्च किया था। फिर उस समय खर्चा भी अधिक नहीं होता था...। ज्ञान प्रकाश ने जिज्ञासा व्यक्त की।

—और यार, हरपाल जैसों को छोड़ दो, चुनाव में कौन अपना पैसा खर्च करता है। रवीन्द्र ने बोलते हुए सतर्कता बरती—लोग बाग तो उल्टे बचत करते हैं।

कभी-कभी तो लोग जमा ज्यादा और खर्च कम करते हैं। बल्कि बड़े चुनावों में कुछेक का यह धंधा ही है। पर्चा भरा, कुछ पैसे जमा किए, कुछ दूसरे केंडीडेट्स से लिए और फिर चुप...।

—हां, रवीन्द्र सही कहता है। पैसे का प्रबन्ध करा दिया जायेगा। लेकिन यह सोचो कि बात आगे कैसे बढ़ाई जाये...। सुखवीर ने गंभीरता से कहा।

—मेरा विचार है कि शुरू में हममें से कोई इसमें न पड़े वरना खेल खुल सकता है। रवीन्द्र ने सुझाया।

—फिर...? हरपाल ने पूछा।

—सोचना पड़ेगा...।

रवीन्द्र सोच में डूब गया। अन्य मित्र भी गंभीरता से विचार करने लगे। बाहर गहरा अंधेरा छा गया था। गांव में चुप्पी फैली थी। अधिकतर घरों में लोगों ने बिस्तर पकड़ लिए थे। इस बीच उमानाथ दो बार झांक कर लौट गया था। संभवत: ठकुराइन भोजन के लिए हरपाल सिंह की प्रतीक्षा कर रही थीं। तीसरी बार उमानाथ ने झांका तो सुखवीर ने उसे देख लिया। वह उसका मन्तव्य समझ गया।

—इस मामले में जल्दबाजी ठीक नहीं। एकाध दिन सोच विचार लिया जाय। यह योजना खतरनाक भी हो सकती है। गुलजार को पता चल गया तो चुनाव तो जीतेगा ही, हरपाल के साथ हम सबकी भी बड़ी छीछालेदर करेगा...। उसने कहा।

—ठीक है। सब लोग सोच समझ लें। फिर किसी दिन बैठ कर बात कर लेंगे। हरपाल बोले।

—लेकिन ज्यादा देर नहीं। समय कम है। संतोषी को समझाने बुझाने में भी वक्त लग सकता है। कहकर रवीन्द्र सिंह उठ गया।

—बस एकाध दिन में...। सुखवीर ने कहा और सभी लोग उठकर चल दिए।

हरपाल सिंह उठ कर अन्दर गये तो मन ही मन बड़े प्रसन्न थे।

बाहर कुत्तों के भोंकने का स्वर आ रहा था।

पता नहीं क्यों, आज कुत्तों का भोंकना उन्हें अप्रिय नहीं लगा...।

—पर भइया, यह कैसे मुमकिन है? संतोषी गुलजार का घना दोस्त है। वो उसके खिलाफ क्यों राय मांगेगा...? निरंकार चौधरी ने हैरत से पूछा।

—ताऊ, आप संतोषी को न जानो। बड़ा तेज आदमी है। पूरा महत्वाकांक्षी है। तभी न गुलजार के साथ लगा रहता है कि कोई पद मिल जाये। पिछली बार गुलजार ने उसे पंचायत सदस्य बनवा ही दिया था। रवीन्द्र सिंह ने समझाया।

—तो सदस्य तो और भी हैं। सबरे प्रधान थोड़े ही बन जावेंगे। सदस्य तो अपनी टीकाराम की बहू भी है। कै नाम है उसका...? चौधरी सिर खुजलाने लगे।

—धन्वंतरी...। ज्ञान प्रकाश ने सुझाया।

—हां...।

धन्वंतरी का नाम सुनकर रवीन्द्र का मन उछल पड़ा। इस कार्य के लिए सबसे उपयुक्त व्यक्ति तो वही थी। उसका नाम उनके मस्तिष्क में आया ही नहीं था। दो दिन की दिमाग पच्ची करने के बाद अन्ततः वे तीनों चौधरी निरंकार के नाम पर सहमत हुए थे। गांव के सभी बुजुर्ग और सम्मानित व्यक्तियों के सम्बन्ध में उन्होंने विचार किया था। किन्तु किसी में एक कमी नजर आती तो किसी में दूसरी... कोई बतंगड़ी प्रतीत होता तो कोई बड़ा घुन्ना... किसी के दलितों के साथ खराब सम्बन्ध निकलते तो कोई बड़ा करीबी नजर आता... किसी पर गुलजार से जुड़े होने का शुबहा होता तो कोई इस झमेले में पड़ने के योग्य प्रतीत नहीं होता... किसी पर स्वयं को विश्वास नहीं होता तो किसी का अपने प्रति विश्वास रखना संदिग्ध था।

बहरहाल चौधरी निरंकार को कई कारणों से इस कार्य हेतु चयनित किया गया। वह गांव के सम्मानित बुजुर्ग थे और इस नाते उनका सभी वर्गों में पर्याप्त सम्मान था। चमरौटी के बुर्जुग सरना प्रसाद या भगौती प्रसाद भी उन्हें आदर की दृष्टि से देखते थे और कई मामलों में उनसे सलाह मशिवरा भी करते रहते थे। दूसरे पिछले कई मामलों में चौधरी साहब ने गुलजार के विरुद्ध मोर्चे में सहमति दिखलाई थी। शायद मन ही मन वह उसे नापसंद भी करने लगे थे। इसका मुख्य कारण उनका यह मानना था कि गुलजार ने अपने स्वार्थ हेतु गांव के सवर्णों और दलितों में खाई पैदा की थी। अपनी राजनैतिक महत्वाकांक्षा के चलते दोनों के मध्य सम्बन्धों में दरार पैदा की थी जिससे गांव का सौहार्दपूर्ण वातावरण दूषित हुआ था, सम्बन्धों में कटुता आई थी और छोटी मोटी बातें अब तूल पाकर गुब्बारे की तरह फूलकर गांव के ऊपर काले साये की तरह मंडराती रहती थीं।

इसलिए जब सुखवीर गहलौत, रवीन्द्र सिंह और ज्ञान प्रकाश 'जै राम जी' करके पांव छू कर सामने पड़ी चारपाई पर बैठे ही थे तो चौधरी ने तपाक से पूछा—कै भाई, अब फिर कोई प्रधान का मामला ले आयो...? कहकर चौधरी हंसने लगे। वे तीनों भी देर तक हंसते रहे थे। वे जानते थे कि चौधरी साहब की यह जिज्ञासा अनुचित नहीं थी। पिछले कई बार से जब-जब वे तीनों चौधरी साहब से मिलने एक साथ गये, तब कारण प्रधान या उसी से सम्बन्धित कोई मुद्दा होता।

सुखवीर ने प्रधानी के चुनाव की जानकारी दी और तब अपना पहला शस्त्र प्रयोग किया।

—ताऊ, हरपाल से बात हुई थी। अब वह तो चुनाव लड़ने का इच्छुक नहीं और गुलजार को जीतने देना गांव के हित में नहीं...।

—तेरी दूसरी बात तो ठीक है। लेकिन यह हरपाल क्यों नहीं लड़ना चाहता?

एक बार हारने से ही घबरा गया। भइया, राजनीति में ऊंच-नीच तो चले ही करे है। बड़े-बड़े नेता चुनाव हार जावें हैं। इन्दिरा गांधी न हारी कै...?

—हमने तो समझाया था पर बोला किसी बुजुर्ग को प्रधान बनना चाहिए। सुखवीर ने उत्तर दिया।

—कौन बुजुर्ग...? और फिर तुम लोग भी बच्चे न हो। बाल बच्चों के शादी बियाह होने जा रहे हैं।

—वो तो ठीक है ताऊ। पर हम सभी लोग चाहते हैं कि इस बार प्रधानी का चुनाव आपको लड़वाएं...। सुखवीर ने सावधानी से कहा।

—मुझे...? कहकर चौधरी निरंकार तेज ठहाका मार कर देर तक हंसते रहे और फिर बोले—क्यों सुखवीर, अब मेरी बुढ़ौती खराब करना चाहे तू...।

—आप कैसी बात करते हैं...? सुखवीर गंभीर बने रहा—आपसे अच्छा व अनुभवी प्रधान और कौन हो सकता है। फिर सब आपका सम्मान करें...।

—पर बेटा, अब मेरे बस में कहां भाग-दौड़, मिलना-जुलना, काम-धाम... वह स्थिर होकर बोले।

—सब काम चलता है। इस बार रवीन्द्र सिंह ने उत्तर दिया—ताऊ, काम करने में आप पीछे कहां हैं। हमसे ज्यादा मेहनत कर लो। छः, आठ घंटे अभी भी खेत में जूझते रहते हो...।

—बेटा, वो काम तो बचपन से किया है। लेकिन ये काम...। खैर, इसमें बात करना ही बेकार है। मुझे न पड़ना इस बवाल में और दूसरी बात यह कि चुनाव हरपाल को ही लड़ना चाहिये।

इस बात को आगे बढ़ाने का उन लोगों का भी कोई इरादा नहीं था इसलिए तीनों ने एक दूसरे की शक्ल देखी और चेहरों पर निराशा के भाव लिए कुछ देर के लिए शांत हो गये।

—ताऊ, रवीन्द्र सिंह ने कहा—एक तो हरपाल लड़ना नहीं चाहता और दूसरे गुलजार का हिसाब-किताब आप जानो ही। जाटवों को अपने साथ कर रखा है उसने। उनके राय उसे ही मिलेंगे और वो फिर प्रधान बन जायेगा।

—भाई, गुलजार को तो अब नहीं जीतना चाहिये। निरंकार चौधरी उत्तेजित स्वर में बोले—ससुरे ने गांव का सत्यानाश कर दिया। बेवजह के झगड़े टंटे होते हैं। बात के बतंगड़ बन जाते हैं। पहली बार प्रधान बना था। इसलिए फिर भी दबा रहा। दुबारा बन गया तो नरक कर देगा। वह कुछ पलों के लिए रुके और फिर कहा—उसे तो हटना ही चाहिये...।

वे तीनों चौधरी निरंकार से इसी प्रतिक्रिया की आशा रखते थे और इसलिए बड़ा संतुष्ट अनुभव किया उन्होंने।

—ताऊ। सुखवीर ने बात बढ़ाई—गांव के अधिकतर लोग यही अनुभव करते

हैं। पर आप जानो कि जाटवों को गुलजार ने ऐसा पटा रखा है कि वे तो उसे ही वोट देंगे।

—हां ताऊ...। रवीन्द्र ने कहा—सीधे मुकाबले में तो हरपाल न जीत सके अगर उसे चुनाव लड़ने के लिए तैयार भी करा लें...। हरपाल को गांव में भी कुछ लोग काटते हैं...।

—तो फिर कै रास्ता है...? चौधरी ने पूछा।

और तब रवीन्द्र सिंह ने उन्हें अपनी योजना समझा दी।

चौधरी निरंकार को योजना समझने में देर नहीं लगी किन्तु संतोषी का गुलजार के विरुद्ध चुनाव लड़ना उनकी समझ से परे था। इस प्रश्न को वह बार-बार पूछते रहे और रवीन्द्र सिंह और सुखवीर के समझाने पर भी वह पूरी तरह संतुष्ट नहीं थे।

—भाई, मेरी तो समझ में आये नहीं। लेकिन तुम लोग कहो तो ठीक है। अंत में चौधरी ने कहा—अब बोलो, मुझे कै करना है?

—ताऊ...। रवीन्द्र सिंह ने कहा—आप को सरना प्रसाद को समझाना है। सरना और भगौती चाहेंगे तो काम बन जायेगा।

—पहले तो वो इत्ती आसानी से मानेंगे नहीं और वे मान भी गये तो संतोषी...?

—उसकी चिंता आप न करें। संतोषी के लिए भी कुछ न कुछ व्यवस्था की जायेगी। आप तो बस इन दोनों के दिमाग में यह भर दें कि अगला प्रधान जाटवों में से हो...।

—और हरपाल की कै भूमिका होगी? वो चुनाव नहीं लड़ेगा?

—अभी तक नहीं...। बाकी आगे देखा जायेगा। रवीन्द्र ने कहा।

—बेटा, कहीं यो न हो कि संतोषी ही प्रधान बन जावे...। चौधरी ने आशंका व्यक्त की।

—वो नामुमकिन है। अब सुखवीर ने उत्तर दिया—वो सब हम पर छोड़ दें।

—ठीक है भाई...। चौधरी ने लम्बी सांस ली—बुढ़ापे में तो बालकों की बात ही माननी पड़ती है। मैं उससे बात कर लूंगा। बाकी ऊंच नीच तुम लोग समझो। गुलजार को पता चलेगा तो बड़ा खार खाएगा...।

—ताऊ, गुलजार को पता ही नहीं चलने दिया जायेगा...। रवीन्द्र ने समझाया—सरना और भगौती को जरूर आगाह करना होगा इस बाबत...। बाकी बाद में पता भी चल जाये तो चले...। राजनीति तो खेल ही दांव पेंच का है, जिसका दांव चल गया वही सिकन्दर...।

चौधरी निरंकार हंसे तो वे तीनों भी देर तक खिलखिलाते रहे।

–धन्वंतरी...।

जब से लौटा था रवीन्द्र सिंह उसी के बारे में सोचता रहा था।

पढ़ी लिखी, देखने में सुन्दर, पहनने ओढ़ने के शऊर वाली धन्वंतरी गांव की महिलाओं में विशिष्ट ही थी।

आज से लगभग दस वर्ष पूर्व गांव में ब्याह कर आई थी तो उसके रूप की चर्चा पूरे गांव में फैल गयी थी। और कुछ ही वर्षों में उसके गुणों को भी सभी ने मान्यता प्रदान कर दी। गांव की अन्य बहुओं की अपेक्षा वह विचारों से भी आधुनिक थी। अपने सास-ससुर से भी उतना पर्दा करती जितना सामाजिक मर्यादा के लिए वांछनीय था। आवश्यकता पड़ने पर वह उनसे विचार विमर्श भी कर लेती।

धन्वंतरी कक्षा बारह पास थी और उसने अध्यापिका का एक वर्षीय प्रशिक्षण भी प्राप्त किया था। कुछ दिनों अपने कस्बे शामली के एक विद्यालय में अध्यापन भी कर चुकी थी। उसके पिता स्वयं अध्यापक थे और मास्टर टीकाराम के पुराने मित्रों में से थे। मास्टर टीकाराम विचारों से कतई आधुनिक नहीं थे किन्तु अपने मित्र की कन्या उन्हें पसंद थी और जब उसने धन्वंतरी के विवाह का प्रस्ताव सत्यदेव के लिए किया तो मास्टर टीकाराम ने उसे सहर्ष स्वीकार कर लिया।

विवाहोपरांत गांव में आई तो कुछ समय बाद उसने अपने पति से अध्यापन करने की इच्छा जाहिर की। सत्यदेव को इस पर कोई आपत्ति नहीं थी किन्तु मास्टर टीकाराम सहमत नहीं हुए। गांव के विद्यालय में अभी तक कोई महिला अध्यापिका नहीं रही थी और न ही लड़कियों या बहुओं को घर से बाहर जाकर नौकरी करवाने की परम्परा ही थी। दरअसल गांववासी इसे परिवार की प्रतिष्ठा के विपरीत मानते थे कि घर की लड़की अथवा बहू धनोपार्जन करने बाहर जाये। उनके अनुसार यह कार्य केवल 'नीच जातियों' के लोग ही करते थे जहां स्त्रियां घर की आमदनी में बराबर की साझीदारी करतीं।

धन्वंतरी को ससुर की भावनाओं का सम्मान करना पड़ा किन्तु उसने घर पर गांव की प्रौढ़ अशिक्षित महिलाओं के लिए अध्यापन आरम्भ कर दिया। इसकी सर्वत्र सराहना भी की गई। इसकी ख्याति गांव के बाहर क्षेत्र समिति और परगना मजिस्ट्रेट तक भी पहुंची और एक बार अपने शीतकालीन दौरे में परगना मजिस्ट्रेट ने गांव आकर उससे भेंट कर उसके कार्य की प्रशंसा करते हुए उसे अन्य सामाजिक कार्यों के लिए प्रेरित भी किया था। धीरे-धीरे उसका कार्य क्षेत्र व्यापक होता चला गया। अब वह गांव की महिलाओं की सलाहकार की भूमिका अपनाने लगी थी। महिलाएं अपने परिवार के बच्चों के स्वास्थ्य, शिक्षा, विकास सम्बन्धी मामलों में उसकी सलाह प्राप्त करतीं। एकाध अवसर पर पारिवारिक मामले भी उसके समक्ष रखतीं। किन्तु धन्वंतरी इस सम्बन्ध में सतर्क थी। मास्टर टीकाराम ने उसे सचेत

किया था कि वह किसी भी परिवार के अन्दरूनी मामले में कतई दखल न दे और न ही इसमें अपने को उलझाए।

अपने ससुर की सलाह उसे अनुचित नहीं लगी थी। गांव के माहौल को देखते हुए महिलाओं को इस सम्बन्ध में उकसाना परिवार के लिये घातक साबित हो सकता था जब तक ग्रामीण महिलाएं पूरी तरह सचेत व समझदार न हों।

पिछले पंचायती चुनाव में महिलाओं के लिए तीस प्रतिशत आरक्षण की घोषणा होने पर धन्वंतरी को सर्व सम्मति से पंचायत का सदस्य चुन लिया गया। पंचायत में महिलाएं और भी थीं किन्तु धन्वंतरी उन सबसे अधिक प्रबुद्ध थी यद्यपि आयु में वह सबमें छोटी थी। पंचायती कार्यों में अब वह बढ़-चढ़ कर हिस्सा लेती और बैठकों में अपने विचार अत्यन्त स्पष्ट व तार्किक ढंग से प्रस्तुत करती।

पंचायत के अधिकतर सदस्य पचास या उससे अधिक आयु के थे। नवयुवकों में गुलजार अथवा संतोषी ही थे। संतोषी अविवाहित था। पिछले कई वर्षों से गुलजार के साथ रहने से राजनीति का भूत उस पर बुरी तरह हावी हो चला था। गुलजार उसे अक्सर समझाया करता कि राजनीति में आगे आने वाला समय दलितों का ही है और यदि वह इसके प्रति गंभीर रहेगा तो अवश्य एक दिन राजनीति की बुलंदी छू सकेगा।

गुलजार की भविष्यवाणी स्वयं संतोषी को सत्य प्रतीत होती। प्रदेश में बहुजन समाज पार्टी का तेजी से उदय हुआ था। संतोषी पार्टी का क्षेत्रीय संयोजक मनोनीत कर दिया गया। अब उसे अपने जीवन का लक्ष्य राजनीति ही नजर आता और विवाह न करने का मुख्य कारण था भी यही। अपनी पार्टी के मुख्य पदाधिकारियों का अविवाहित रहना उसे इस दिशा में प्रेरित करने में सफल रहा था।

यदाकदा गांव में एक और अफवाह भी चर्चा में आती थी। गुपचुप तौर पर कहा जाता कि संतोषी के विवाह न करने का मुख्य कारण धन्वंतरी थी। मन ही मन वह उससे प्रेम करता था।

धन्वंतरी विवाहित थी, ब्राह्मण परिवार की बहू थी इसलिए संतोषी से उसकी जाहिरा तौर पर लाग लपेट मुमकिन नहीं थी। संतोषी इसे अच्छी तरह समझता था। किन्तु वह जानता था कि धन्वतंरी उसे अच्छी लगती है। वह उसके प्रति आकर्षित अनुभव करता था। अपने मित्र गुलज़ार से उसने इसकी स्वीकारोक्ति भी की थी। गुलजार ने उसकी भावनाओं का समादर करते हुए धन्वंतरी को पंचायती कार्यों में प्रोत्साहित किया था। ठाकुरपुरवा में ग्रामीण महिला व बालोत्थान कार्यक्रम (डवाकरा) का सारा दायित्व धन्वंतरी को दिया गया था जिसके अन्तर्गत गरीब ग्रामीण परिवारों की 10-15 महिलाओं का समूह गठित कर उन्हें व्यवसाय विशेष में प्रशिक्षण देकर आत्मनिर्भर बनाने हेतु योजना लागू की गई थी। धन्वतंरी ने दुग्ध उत्पादन और सिलाई कढ़ाई के प्रशिक्षण केन्द्रों का बड़ी सफलता से संचालन किया।

इसी तरह राष्ट्रीय उन्नत चूल्हा कार्यक्रम के अन्तर्गत भी धन्वंतरी ने घर-घर जाकर महिलाओं को ईंधन बचत, पर्यावरण सुधार व ग्रामीण परिवारों में धुएं से होने वाले रोगों से सुरक्षा के सम्बन्ध में जानकारी दी थी।

महिलाओं में वह लगभग अकेली ही इस काम में जुटी रहती। अन्य पंचायत महिला सदस्यों की न तो इनमें रुचि थी और न ही वे इनके संचालन के योग्य थीं। अपने घर के काम-काज में डूबी महिलाएं दूसरों के लिए समय निकालना असंभव पातीं। पंचायत की बैठक में हाजिरी ही उनके लिए एक बड़ा काम था। उससे भी वे बचना ही चाहतीं...।

धन्वंतरी को पुरुष सदस्यों का सहयोग प्राप्त करना लाज़मी था। संतोषी इसके लिए सदैव तत्पर था। प्रशिक्षकों की व्यवस्था, कच्चा माल क्रय करना, अनुदान हेतु भागदौड़ या अन्य कोई कार्य, धन्वंतरी के कार्यक्रम में सहयोग करने को वह हर पल तैयार था। इस नाते धन्वंतरी से बातचीत व सम्पर्क रखने का अवसर भी उसे उपलब्ध रहता। इससे अधिक की न तो उसे कोई कामना थी और न ही उसे संभव प्रतीत होता था। प्यार का पुष्प उसके अन्दर भीनी सुंगध प्रवाहित किए रहता। इससे उसे बड़ी आत्मतुष्टि प्राप्त होती।

प्रेम की यह अनुभूति कितनी सुखदायक है। परिणाम की अपेक्षा न होने के बावजूद यह भावना कितनी प्रेरणादायक है। शायद प्यार का सच्चा स्वरूप यही है...।

धन्वतंरी समझदार महिला थी। उसे संतोषी की भावनाओं का अहसास था। प्यार कैसा तीव्र भाव है। निशब्द रहते हुए भी शारीरिक भाषा के माध्यम से सस्वर हो उठता है। संतोषी ने उससे कभी प्यार का एक शब्द भी नहीं कहा था। किन्तु संतोषी की आंखों में विद्यमान स्निग्ध तरलता वह महसूस कर सकती थी।

उसके अन्दर क्या था, धन्वंतरी नहीं जानती थी। किन्तु वह प्यार तो नहीं ही था। शायद संतोषी की निष्ठा और परिश्रम के कारण वह उसकी भावनाओं की कद्र जरूर करती थी। संतोषी उससे बात करता तो वह पूरी मधुरता से उत्तर देती, वह कोई सुझाव प्रस्तुत करता तो उसे पूरे ध्यान से सुनती। दो चार अवसरों पर वह उससे मिलने घर भी आया। हालांकि वह जानती थी कि मिलने का कोई ठोस कारण नहीं था। कुछेक बातें कर वह लौट जाता–मसलन पंचायत की बैठक की सूचना, उसके द्वारा अभिदिष्ट किसी कार्य की प्रगति आदि...। धन्वंतरी अच्छी तरह समझती थी कि संतोषी के आने का उद्देश्य मात्र उससे मिलना भर है।

संतोषी को चुनाव के लिए राजी करने के लिए धन्वंतरी सबसे उपयुक्त व्यक्ति थी, रवीन्द्र ने सोचा...।

निरंकार चौधरी इस दायित्व को लेकर बड़े पशोपेश में थे। वह जानते थे कि इस मामले में उनकी इज्जत भी किरकिरी हो सकती थी। सरना और भगौती दोनों ही उन्हें पूरा सम्मान देते थे और कभी भी उनकी बात को नकारने का अवसर उन्होंने नहीं दिया था। किन्तु यह एक अलग प्रकार की परीक्षा थी जिसमें परीक्षार्थी वे लोग नहीं, स्वयं निरंकार चौधरी थे। वह यह भी अच्छी तरह समझते थे कि गुलजार का पूरे दलित समाज पर खासा असर है और सरना या भगौती कोई अपवाद नहीं थे। इसलिए गुलजार के विरुद्ध किसी प्रस्ताव पर उनकी सहमति प्राप्त करना कोई सरल कार्य नहीं था। वह जितना सोचते, उतना अधिक उलझते जाते।

कई दिन इसी कशमकश में गुजर गये। इस बीच हरपाल सिंह भी उनसे आकर भेंट कर चुके थे। उन्होंने इस मुद्दे पर कोई बात नहीं की। किन्तु निरंकार चौधरी उनके आने का मन्तव्य अच्छी प्रकार समझ सकते थे।

अन्ततः एक दिन साहस बांध कर उन्होंने सरना चाचा और भगौती प्रसाद को बुलवा भेजा। यह कोई अचरज की बात नहीं थी। वे दोनों उसी शाम निरंकार चौधरी के घेर में उपस्थित हो गये। चौधरी ने वार्ता की लम्बी योजना बनाई थी...। तरह-तरह के विषय सोचे थे जिनसे होते हुए मुख्य मुद्दे पर पहुंचना था। किन्तु यह उनके स्वभाव के विपरीत था। प्रायः अनपढ़ चौधरी अपनी स्पष्टवादिता और मुंहफटपन के लिए पूरे गांव में जाने जाते थे। इसलिए सारी योजना केवल दिमागी कवायद बनकर रह गई।

कुशलक्षेम पूछने के बाद उन्होंने आने वाले चुनाव की चर्चा आरम्भ की और तुरन्त कह बैठे–सरना, म्हारा विचार है कि इस बार प्रधान तुम लोगों में से बने। आजादी के पचास साल हो चुके हैं। दुनिया काफी आगे बढ़ गई है तो हमारा गांव ही क्यों पीछे रहे?

सुनकर सरना चाचा और भगौती प्रसाद अचरज से एक दूसरे को देखने लगे...। अपने कानों से सुनकर भी निरंकार चौधरी का कथन अविश्वसनीय लगा।

–चौधरी साहब, मैं समझा नईं...? भगौती प्रसाद ने पूछा।

–भइया, देखो मैं तो साफ-साफ बात करूं। घुमा फिरा कर तो मुझ से कहा न जाये। गांव के कुछ लोग मुझ से मिले थे। अगली परधानी में वह गुलजार को तो चाहें न, हरपाल का मन डांवाडोल है। सो यह सोचा गया कि तुम लोगों से बात की जाय और इस बार तुममें से कोई प्रधान बन जाये।

सरना चाचा फि फि कर हंस दिये। भगौती प्रसाद अवश्य शांत व स्थिर थे।

–क्यों भाई इसमें कोई अजूबा है कै? तम परधान न बन सको...?

–चौधरी साहब, सरना चाचा एकाएक गंभीर होकर बोले–हमारे लिए तो अजूबा ही है। यह तो हम कभी सोच भी नहीं सकते। हममें किसकी इत्ती बिसात कि परधानी का चुनाव लड़ सके।

—ऐसा कों सोचो तुम...?

—चौधरी साहब, पहले तो यह मुमकिन ही नहीं दीखे और फिर किसमें इत्ती योग्यता है कि परधानी का काम कर ले।

—योग्यता की बात तो छोड़ो। पद मिलने पर आदमी सब काम कर लेता है। अपना राजीव गांधी बोलना तो जाने नहीं था कि परधान मंत्री बन बैठा और पूरे पांच साल रहा। उसके चुनाव का भाषण सुनने मैं भी गया था। एकदम नया छोरा था...?

—चौधरी साहब, आप भी किसकी बात करते हैं। सरना चाचा ने हंस कर कहा।

—नहीं, मैं मुकाबला नहीं करता, पर यह सच है कि पद मिलने पर आदमी सब काम कर सके...।

भगौती प्रसाद व सरना चाचा बड़ी उलझन सी महसूस करने लगे। निरंकार चौधरी ने यह सुझाव क्यों दिया है, क्या गुलजार को पराजित करने के लिए यह कोई षड़यंत्र है, क्या सचमुच हरपाल सिंह इस बार चुनाव लड़ना नहीं चाहते, क्या वास्तव में गांव के लोग एक दलित को ठाकुरपुरवा का प्रधान बनाना चाहते हैं, यदि हां तो क्यों?

वे दोनों सिर नीचा किए चिन्तन में डूबे रहे। निरंकार चौधरी के प्रति उनके अन्दर अगाध सम्मान था। चौधरी साहब ने उनसे कभी कोई हल्की बात कही भी नहीं थी और न ही वयोवृद्ध चौधरी से उन्हें यह अपेक्षा थी। इतना स्पष्ट था कि समूचा सवर्ण समाज गुलजार से अप्रसन्न था किन्तु इसका यह अभिप्राय समझने में वे असफल थे कि गुलजार को पदच्युत करने के लिये ठाकुरपुरवा के तमाम ठाकुर और ऊंची जाति के सदस्य इस प्रकार का क्रांतिकारी निर्णय ले लें। ठाकुर हरपाल नहीं तो सुखदेव शर्मा चुनाव से पीछे हटने वाले नहीं थे।

दूसरे गुलजार उनका हितैषी था। उनके दुख-सुख में साथ रहता था इसलिए उसे हटाने के षड़यंत्र में उनकी हिस्सेदारी अनैतिक थी। चौधरी क्या पूरा गांव जानता था कि दलितों से गुलजार के अच्छे सम्बन्ध हैं, फिर भी उन्हें बुलाकर इस बारे में बात करना उनकी समझ से परे था।

सरना चाचा ने साफ बात करने का मन बना लिया। वह बोले—चौधरी साहब, एक बात पूछूं?

—पूछ भाई...।

—गुलजार ही प्रधान क्यों न बना रहे?

चौधरी इस प्रश्न के लिए तैयार थे। उनकी दिमागी कवायद का यह लाभ अवश्य मिला।

—देख भाई, गुलजार तो इबके प्रधान न बनता। तुम जानो कि ठाकुर, बामन,

चौधरी कोई उससे खुश नहीं। फिर बार-बार वो क्यों परधान बने। दूसरों को भी मौका मिलना चाहिए...।

–पर चौधरी साहब, काम तो मेहनत से करता है। आप देखो गांव में कित्ते रास्ते बनवा दिए, ट्यूबवैल खुदवा दिए, पीने का पानी का इंतजाम कराया, नए घर बनवाए।

–बस-बस सरना...। चौधरी ने सरना चाचा को टोका–मैं कहां इनकार करूं। सब अच्छे काम कराए। मेहनती है, भाग दौड़ करे है, पर एक बात सच सच कहियो-क्या ठाकुरपुरवा वही गांव है जो बीस-पचीस साल पहले था? क्या लोगों में वही भाईचारा अभी भी है? मैं नहीं कहता कि हम लोग ऊंच नीच का भेद नहीं रखते थे। खूब रखें, छुआछात भी करें। पर भइया था सब ऊपरी तौर पर। तुम्हारा छुआ खाते नहीं थे लेकिन दिल में तुम्हारे लिए पूरा प्यार था, तुम लोगों के लिए कोई नफरत नहीं थी। तुम लोगों ने भी हमें पूरा सम्मान दिया भले ही भेदभाव से तुम्हें तकलीफ थी। लेकिन अब बात ही बदल गई। जो बात सिर्फ बाहरी तौर पर थी अब दिल के अन्दर तक पहुंच गई है। मुझे इसी की तकलीफ है। गुलजार के परधानी में दोनों तरफ कसाव आया है। रिश्ते बिगड़े हैं, गांव की फिज़ा खराब हुई है। जरा-जरा सी बात बढ़कर पूरे गांव को उलझा देती है। बोलो, मैं गलत कहूं...?

सरना चाचा इस तरह के स्पष्ट आक्षेपों के लिए कतई तैयार नहीं थे। चौधरी निरंकार से प्रधान के सम्बन्ध में एकाध बार पहले भी बात हुई थी, किन्तु उनके अन्दर गुलजार के विरुद्ध इतना आक्रोश व कटुता है उन्होंने नहीं सोचा था। सकपका कर वह भगौती प्रसाद को देखने लगे।

–चौधरी साहब। अब भगौती प्रसाद बोले–आपकी बात गलत कैसे हो सके। हमारे बुजुर्ग हैं। दुनिया देखी है आपने। आपने जो कहा वो सोलह आने ठीक है। रिश्ते सचमुच बिगड़े हैं। आपस में वह प्यार और अपनापन ही नहीं रहा। पर चौधरी साब, दुनिया का चलन ही बिगड़ गया है। सब तरफ तो खराबी आ रही है। उसमें अकेला परधान ही क्या कर सके।

अंतिम वाक्य तनिक धीमे स्वर में कहा गया था। वह चौधरी की प्रतिक्रिया की प्रतीक्षा करने लगे।

चौधरी निरंकार सिर नीचा किए बैठे रहे। तत्काल कुछ नहीं बोले। फिर सोचकर कहा–भगौती, गुलजार अकेला जिम्मेवार नहीं..., मान ली तेरी बात। मेरा यह मतलब भी नहीं था। लेकिन गांव का मुखिया होने पर उसका फर्ज है कि इस चीज को रोके बजाये बढ़ाने के...। कहकर वह कुछ पलों के लिए रुके और फिर आगे कहा–मेरा उससे कोई जाती बैर नहीं। मेरे लिए तो बालक ही है। बेचारा पूरी इज्जत देता है, पर उसके कुछ कारनामे ठीक नहीं। बुरा न मानियो, वह हर

मामले को वोट की नजर से देखता है। इसलिए तुम लोगों को भी उकसाता रहता है। तुम लोग तो पुराने लोग हो, बात सम्भल जाती है, पर नए बच्चे तो ये सब न समझें।

भगौती प्रसाद और सरना चाचा उनकी भावनाओं को अब अच्छी तरह समझ गये। इस विषय पर आगे वार्ता करना बेमानी लगा उन्हें। सरना चाचा अब शांत थे। उन्हें यह भी लगा कि यह चर्चा कोई अप्रिय मोड़ न ले ले। उन्होंने भगौती प्रसाद को हाथ दबाकर आगे न बोलने का संकेत किया।

–चौधरी साहब, आप कहो हमारे लिए क्या आदेश है, सरना चाचा ने कहा–आप जो सोचोगे ठीक ही सोचोगे...। आप जानो कि आपकी बात कभी काटी नहीं गई है।

निरंकार चौधरी का गला सूख रहा था। पास रखे घड़े से उन्होंने पानी लेकर सीधे गले में उड़ेला और लम्बी डकार लेकर कहने लगे–देख भाई, घुमा फिरा के बात करने की तो मेरी आदत नहीं, सो साफ-साफ कह दी मैंने। अब यह विचार कर लो कि कौन परधान बनना चाहे...।

न सरना चाचा इस प्रश्न के लिए तैयार थे और न ही भगौती प्रसाद। वे एक दूसरे के चेहरे देर तक देखते रहे।

–चौधरी साब, हममें से तो किसी के बूते की बात नहीं है। सरना चाचा ने कहा।

–आप ही बताओ चौधरी साहब...? भगौती प्रसाद बोले।

निरंकार चौधरी अपने लक्ष्य पर पहुंच रहे थे। वह कुछ पल सोचने का अभिनय करते रहे और फिर कह डाला–मेरी राय में तो कोई नौजवान ही प्रधान बने। आने वाले समय में काम बढ़ेगा ही, भाग दौड़ भी बढ़ेगी। इसलिए हमारी तुम्हारी उम्र वालों के बस की बात नहीं है। वह कुछ क्षणों के लिए रुके और फिर कहा–संतोषी कैसा रहेगा?

–संतोषी ...? सरना चाचा ने चौंक कर कहा।

–हां, मेहनती है, काम में लगा रहता है, बाल बच्चे हैं नहीं, सो अच्छा काम करेगा।

–है तो ठीक वह। भगौती ने राय व्यक्त की–पर पता नहीं चुनाव लड़ने को तैयार होगा या नहीं, वो भी गुलजार के खिलाफ। आप जानो, दोनों करीबी दोस्त हैं।

–तुम लोग समझाओगे तो जरूर तैयार हो जायेगा। भइया, प्रधान क्यों नहीं बनना चाहेगा?

–लेकिन गुलजार के खिलाफ चुनाव...? सरना चाचा अपनी शंका को रोक नहीं पाए।

–अरे सरना, राजनीति में यह कोई नई बात नहीं है। चेला कब गुरु बन जाये पता ही नहीं चलता है...। कहकर चौधरी जोर से हंसे और देर तक हंसते रहे। थोड़े समय बाद हंसी रोक कर वह बोले–भइया, मैंने अपनी बात कह दी। बाकी जो तुम लोगों को ठीक जंचे। संतोषी अच्छा लड़का है, उसे आगे बढ़ाना हमारा फर्ज है। परधान बन कर ही तो आगे की सीढ़ियां चढ़ेगा।

सरना चाचा और भगौती प्रसाद अब खामोश थे किन्तु अन्दर ही अन्दर अजब सी उथल-पुथल मची हुई थी। चमरौटी के एक नवयुवक का प्रधान बनना सचमुच आकर्षक प्रस्ताव था।

अविश्वसनीय और कुछ हद तक असंभव होते हुए भी उनके अन्दर एक सुरसुरी सी हुई।

धन्वंतरी के संदेश से संतोषी का चकित होना स्वाभाविक ही था। दरअसल आज पहली बार उसे धन्वंतरी की ओर से आने का निमंत्रण मिला था। आमंत्रण के कारणों के बारे में वह सोचता रहा। इधर काफी दिनों से पंचायत की बैठक भी नहीं हो पाई थी। पंचायती चुनावों की घोषणा के बाद गुलजार ने पंचायत से जुड़े विकास कार्यों को तेज कर दिया था। पिछले दिनों इंडिया मार्क टू के चार हैण्ड पम्प लगवाए गये थे। एक नई सड़क का भी निर्माण कार्य आरम्भ किया गया था। बिजली का एक नया ट्रांसफारमर लगने की स्वीकृति करा ली गई जिससे गांव की विद्युत आपूर्ति में सुधार हो सके। चमरौटी में गुलजार की आमदरफ्त भी बढ़ गई थी। संतोषी को तमाम कार्य सुपुर्द किए जा रहे थे–मसलन घर-घर जाकर लोगों से सम्पर्क करना, अपनी पार्टी के किसी बड़े नेता को बुलाकर गुलजार के पक्ष में मतदान की अपील करवाना आदि...।

गुलजार संतोषी के राजनैतिक दल से सम्बद्ध नहीं था किन्तु यह वो समय था जब प्रदेश में भाजपा के विरुद्ध अन्य सभी राजनैतिक दल संगठित हो रहे थे। वैसे भी ग्राम पंचायत स्तर पर राजनैतिक दलों के झंडे तले सीधे चुनाव लड़ने की परम्परा नहीं थी। हालांकि सभी अभ्यर्थियों की विभिन्न दलों के प्रति प्रतिबद्धता जग जाहिर रहती। इसलिए अपने समर्थन में किसी भी नेता को बुलाने की जुगत बैठाते रहते जिससे किसी वर्ग अथवा जाति विशेष को प्रभावित किया जा सके।

शायद धन्वंतरी भी महिलाओं से सम्बन्धित किसी योजना पर उससे विमर्श करना चाहती हो अथवा उससे कुछ सहयोग की अपेक्षा हो। प्रधानी के साथ ही सदस्यों के चुनाव भी होने थे। सम्भवतः उसी के बारे में धन्वंतरी के मन में कोई बात हो...। अथवा ऐसा तो नहीं कि वह स्वयं ही ग्राम प्रधान का चुनाव लड़ने की इच्छुक हो...। ऐसे में उसकी क्या प्रतिक्रिया होगी...?

किन्तु धन्वंतरी ने जो कहा उसे सुनकर तो वह हतप्रभ रह गया।

–बहन जी (पंचायत में धन्वंतरी को सभी यह कहकर सम्बोधित करते थे और न चाहकर भी संतोषी उसे इस तरह पुकारने के लिए विवश था।) यह आप क्या कह रही हैं? मैं और प्रधानी का चुनाव, वो भी गुलजार के मुकाबिले...? यह भला कैसे हो सकता है?

–क्यों, संभव क्यों नहीं है। क्या कमी है आप में? फिर आप तो पहले भी चुनाव लड़ चुके हैं। धन्वंतरी ने कहा और धीरे से मुस्करा दी।

–वो तो जबरदस्ती का चुनाव था। उसके बारे में कौन नहीं जानता। वो तो सारा प्रधान का ही खेल था। उसने कहा और मैंने पर्चा भर दिया। मुझे तो तब चुनाव का क ख ग भी नहीं आता था।

–लेकिन अब तो आता है। तब किसी ने आपको बेवजह लड़वाया था, अब आप स्वयं लड़ें।

–लेकिन बहन जी, यह विचार आपके अन्दर आया कैसे? संतोषी हतप्रभ की स्थिति से उबर नहीं पाया था।

धन्वंतरी ने उसकी ओर एक अजीब सी निगाह से देखा जिसमें कुछ स्नेह, कुछ सम्मान, कुछ अपनत्व और न जाने क्या कुछ था।

–चुनाव की घोषणा हो जाने से सब लोग इस बारे में बातचीत कर रहे हैं। हमारे यहां भी विचार विमर्श हुआ था। सभी लोगों की राय थी कि गुलजार को अब यह पद किसी अन्य व्यक्ति को सौंप देना चाहिए...।

–लेकिन क्यों...?

–अब वो बड़े नेता हो गये हैं। काफी रह लिए प्रधान। अब कुछ आगे की सोचें, ब्लाक प्रमुखी देखें। हमारे प्रधान ब्लाक प्रमुख बनें तो अच्छा ही रहेगा। धन्वतरी धीरे से मुस्कराई।

–पर गुलजार ने तो कभी ऐसी इच्छा जाहिर नहीं की। वो तो प्रधानी के चुनाव की तैयारी कर रहा है। संतोषी बड़ी उलझन महसूस कर रहा था।

–वो मुझे मालूम है, धन्वंतरी धीरे से हंसी–यह तो हर आदमी की कमजोरी है। अपना पद कोई छोड़ना नहीं चाहता जब तक दूसरा हाथ में न आ जाये। हम तो उनके आगे बढ़ने की बात सोच रहे हैं।

–बहन जी, वो यह बात कब मानने वाला है। आप क्या सोचती हैं कि वह प्रधानी का चुनाव नहीं लड़ेगा...? संतोषी अत्यन्त गंभीर था।

–अपने दोस्त के खिलाफ लड़ना तो नहीं चाहिए...। यों तो वह बहुत समझदार व्यक्ति है। धन्वंतरी विनोद के मूड में आ गई।

–बहन जी, जैसे वह मेरा दोस्त है तो मेरा भी दोस्ती के नाते कोई फर्ज है। अगर दोस्त के विरुद्ध नहीं लड़ना चाहिये तो क्या मेरा फर्ज नहीं कि मैं भी

उसके खिलाफ नहीं लड़ूं। मित्रता के नाम पर अन्याय नहीं है यह? मुझे तो लगता है कि मेरा ऐसा सोचना भी पाप होगा।

धन्वतंरी कुछ पलों के लिए सोच में डूब गई। उसे सोच समझ कर उत्तर देना था। यह प्रश्न उसने रवीन्द्र से भी किया था जब उसने धन्वंतरी को इस कार्य हेतु तैयार किया था। धन्वंतरी स्वयं इस सुझाव पर अचरज में पड़ गई थी। किन्तु जब उस ने गुलजार के कारनामों की जानकारी दी और उसके भ्रष्टाचार की गाथा सुनाई तब पहले वह इस पर मन बना पाई कि गुलजार को इस पद से हटना ही चाहिए। और बाद में विकल्प की तलाश में जब रवीन्द्र सब नामों को काटते हुए संतोषी पर आ गया तो वह चकित रह गई। इतना वह स्वीकार करती थी कि प्रधान पद हेतु वह उपयुक्त व्यक्ति है–परिश्रमी, जुझारू, गंभीर और सच्चरित्र...।

किन्तु गुलजार के विरुद्ध चुनाव ...? तब गुलजार को ब्लाक प्रमुखी तक जाने का सुझाव उसी के मस्तिष्क की उपज थी। उसने सोचा था कि संतोषी को इस तर्क से आश्वस्त कर सकेगी। किन्तु क्या गुलजार इस योजना पर विश्वास करेगा, क्या वह प्रधानी के सुरक्षित पद को छोड़कर उस तरफ नजर डालेगा जहां फिलहाल उसकी कोई पहुंच नहीं है? पता नहीं उसने स्वयं कभी इस बारे में सोचा भी है अथवा नहीं? क्या वह इसे अपने विरुद्ध षड़यंत्र नहीं समझेगा...?

संतोषी गुलजार का मित्र है। उसे राजनीति में आगे बढ़ाने का सारा श्रेय गुलजार को ही है। गुलजार ने ही उसे चुनावी मैदान में उतार कर पूरे ठाकुरपुरवा को एक तेज तर्रार व मेहनती नवयुवक से परिचय कराया और अगले चुनाव में पंचायत सदस्य बनने का अवसर प्रदान किया था। इतना ही नहीं गुलजार ने न केवल उसे हर पल संरक्षण व समर्थन दिया था बल्कि पंचायती कार्यों में उसकी भागीदारी इस सीमा तक करा ली थी कि गांववासियों को यह अहसास होने लगा कि इन कार्यों को सम्पादित व कार्यान्वित कराने में यदि किसी की सर्वाधिक अहम भूमिका है तो वह संतोषी है...। इस नाते ठाकुर हरपाल और उसके मित्रों के जहन में प्रधानी के लिए संतोषी का नाम आना और उसका प्रचार प्रसार करना कोई बड़ा अचंभा भी नहीं था–भले ही इसके पीछे उनकी मंशा कुछ और ही थी।

धन्वतंरी गुलजार अथवा संतोषी के मध्य सम्बन्धों के बारे में कुछ भी कहने पर अत्यन्त सतर्क थी। अब तक की वार्ता से उसे संतोष अवश्य हुआ था कि संतोषी ने उसके प्रस्ताव पर अपनी नकारात्मक असहमति की कुल्हाड़ी नहीं चलाई थी। उसका मनोबल बढ़ा था।

–आपने दोस्ती के फर्ज की बात कही। धन्वंतरी ने कहा–आज के समय में आपके मुंह से मुझे यह सुनकर बहुत अच्छा लगा वरना लोग तो मित्रता, सम्बन्ध और कर्तव्य को पूरी तरह भूल गये हैं। मुझे आभास था कि आप यह प्रश्न पूछेंगे। वह धीरे से मुस्कराई और कुछ देर बाद धीमे स्वर में बोली–इसीलिए मैं आपका

सम्मान करती हूं...। आपको इस पद के योग्य समझती हूं। इसीलिए जब आपका नाम आया तो मैंने समर्थन करने का मन बना लिया...।

संतोषी के अन्दर एक झुरझुरी सी दौड़ पड़ी। धन्वंतरी की मन्द-मन्द मुस्कान उसे अन्दर तक गुदगुदा रही थी। उसका झक्क गोरा चेहरा, गालों पर फैली लालिमा, काली कजरारी आंखें संतोषी को न जाने कब से छेड़ती रही थीं किन्तु आज यह छेड़खानी पूरे आक्रामक रूप में थी। बात-बात पर मुस्कराना, आंखों में आंखें डालकर बात करना, चेहरे पर अपनत्व, संतोषी को बुरी तरह उद्वेलित कर रहा था। पिछले तीन-चार वर्षों से उसके अन्दर धन्वंतरी के प्रति एक अबूझ व अप्रत्यक्ष प्रकार का आकर्षण व चाहत पनपती रही है। इसका अहसास पंचायत के अन्य सदस्यों के साथ गुलजार को भी था और एकाध अवसरों पर वह धन्वंतरी को लेकर संतोषी से छेड़खानी भी किया करता था। धन्वंतरी की ओर से कभी यह संकेत नहीं मिला कि उसके अन्दर भी संतोषी के प्रति किसी प्रकार का कोई कोमल भाव है। फिर वह यह भी जानता था कि वह दलित समाज का सदस्य है और धन्वतरी ऊंची जाति और वह भी ब्राह्मण परिवार की बहू है।

किन्तु आज एक नया अहसास उसके अन्दर हिलोरें ले रहा था। धन्वंतरी के अन्दर भी कहीं कुछ ऐसा था जो एकदम सामान्य नहीं कहा जा सकता...। क्या धन्वंतरी भी अपनी भावनाओं का उसी तरह दमन करती रही है जिस प्रकार वह स्वयं ...? क्या वह भी उन्हीं द्वन्द्वों से जकड़ी है जिस की गिरफ्त में संतोषी रहा है?

एक नया नशा उसे अन्दर ही अन्दर उत्साहित कर रहा था।

—देखिए, गांव के बुजुर्ग गुलजार को प्रधान बनाना नहीं चाहते...। धन्वंतरी कह रही थी।

—कारण...? वह जैसे एक तन्द्रा से जागा।

—कारण बतलाना तो संभव नहीं है। वैसे भी ऐसे निर्णय के पीछे कोई एक ठोस कारण कहां होता है। छोटी-छोटी बातें जुड़ती जाती हैं।

—लेकिन उसने काम तो अच्छा किया है। गरीबों के लिए तो न जाने क्या-क्या किया है। आप तो स्वयं लगी रहती हैं। सब जानती ही हैं।

—काम के आधार पर अब किसका मूल्यांकन होता है। मूल्यांकन में व्यक्तिगत राग-द्वेष, स्वार्थ-हित काम करते हैं। और राजनीति में...? वह धीरे से मुस्कराई—आप मुझसे अधिक समझते हैं।

धन्वंतरी की हंसी की खनक से एक नई ध्वनि सुनाई दी उसे। उसने आज से पूर्व कभी उसे हंसते देखा ही नहीं था। दिपदिप करती उज्ज्वल दंतपक्ति उसके चेहरे को कई गुना आकर्षक बना रही थी।

—इसलिए कारण मत पूछिए। पर यह सच है कि गुलजार जी को वह अगला

प्रधान नहीं बनाना चाहते। गांव की शांति व सद्भाव के लिए आपका नाम सुझाया गया। संभवतः गुलजार जी को भी बुरा नहीं लगेगा। बल्कि अच्छा लगना चाहिए कि उनका दोस्त ही प्रधान बना है।

संतोषी ने सिर नीचा कर लिया। एक ओर सामने बैठे व्यक्ति के सौन्दर्य का आकर्षण, दूसरे उसके प्रति हृदय में चल रही धुकधुकी और इसके दरपेश प्रधानी के चुनाव जैसा अहम सवाल जो उसके जीवन को नई दिशा प्रदान कर सकता है।

वह किंकर्तव्यविमूढ़ सा अनुभव करने लगा।

एक चुप्पी उनके बीच कुछ देर के लिए उतर आई थी।

संतोषी इस ठहराव से असहज अनुभव कर रहा था। किन्तु क्या कहे, कैसे कहे, उसकी समझ के बाहर था।

–आप सोच लीजिए। अभी कुछ समय है। धन्वंतरी ने ही उसे इससे मुक्ति दिलाई–इस तरह का निर्णय सूझ बूझ और पूरे ध्यान से लेना ठीक है। हां, आपको हम सबका समर्थन प्राप्त है। हम चाहते हैं कि अगले प्रधान आप बनें...।

संतोषी ने राहत की सांस ली। वह उठ खड़ा हुआ–बहिन जी, मैं इस योग्य हूं या नहीं, पर आपके विश्वास के प्रति बड़ा आभारी हूं। शायद आपका यह विश्वास मुझे कुछ करने की प्रेरणा दे। आज मुझ में एक नई शक्ति जन्मी है, एक नई ऊर्जा का संचार हुआ है। प्रधान बनना न बनना, मेरे विचार से, साधारण बात है। किन्तु आपने मुझे इस योग्य समझा, मुझ पर इतना विश्वास किया, इसका मुझे गर्व जरूर है। वह भावुक हो चला था। उसका गला भर रहा था। कुछ पलों बाद एक लम्बी सांस लेकर उसने कहा–मुझे आज्ञा दें...।

वह मुड़ गया।

–सुनिए...? धन्वंतरी का कोमल स्वर उसके कानों में पड़ा।

–जी...।

–शीघ्र निर्णय करें...। और हां, हमारी बातचीत की गोपनीयता बनी रहनी चाहिए। आप गांव का वातावरण मुझसे बेहतर जानते हैं।

–आप निश्चिंत रहिए...। वह बहुत देर बाद मुस्कराया।

–खासतौर पर गुलजार जी को...।

–मुझ पर विश्वास करें...। संतोषी ने उसकी बात काटते हुए कहा–मैं सब समझता हूं।

उस पूरी रात संतोषी सो नहीं सका। पूरा अन्तस आहलाद व उत्तेजना से तरंगित था। किन्तु इस बेचैनी का जो कारण होना चाहिए था, वह वास्तव में था नहीं।

संतोषी प्रधानी के अपने पहले चुनाव को भूल नहीं सका था। हालांकि सबके

सामने वह उसे हंसकर टालने का प्रयास करता था। आज भी धन्वंतरी के समक्ष उसने अपने उस चुनाव को अपने जीवन से एकदम खारिज कर दिया था। लेकिन सत्यता यह थी कि वह चुनाव आज भी उसके जहन में ताज़ा था। जब गुलजार ने उससे प्रधानी का नामांकन भरवाया तो उसे यह लेशमात्र भी अहसास नहीं था कि चुनाव लड़वाने के पीछे गुलजार की क्या नीयत थी। भले ही गुलजार ने इसे गंभीरता से नहीं लिया था किन्तु स्वयं उसने रात दिन भाग दौड़ की थी, घर-घर जाकर मत की भीख मांगी थी, जो कुछ जमा पूंजी थी उसे स्वाह कर दिया था। इसी वजह से उसे द्वितीय सर्वाधिक मत भी प्राप्त हुए थे। ठाकुर हरपाल विजयी घोषित हुए थे और तीसरे नम्बर पर थे पंडित सुखदेव शर्मा।

चुनाव से संतोषी ही नहीं, चमरौटी के सभी निवासियों में आशा की एक नई किरण फूटी थी। स्वतंत्र भारत का स्वप्न मानो साकार होता लगता था। उनके चेहरे पर तेज, स्वर में उत्साह और व्यक्तित्व पर नई आभा नजर आने लगी थी।

संतोषी राजनीति का नौसिखिया था। यह बात उसे काफी समय बाद पता चली कि उसे चुनाव लड़वाने के पीछे गुलजार की मंशा न तो उसे प्रधान बनाने की थी और न ही हरपाल सिंह को चुनाव जीतने से रोकने की...। ठाकुर की विजय सर्वविदित एवं निर्विवाद थी। संतोषी ने उड़ते-उड़ते यह तक सुना कि स्वयं गुलजार ने अपना मत भी हरपाल के पक्ष में दिया था क्योंकि वह यह कभी नहीं चाहता था कि घोर कर्मकाण्डी, ऊंच-नीच का सार्वजनिक प्रदर्शन करने व संकीर्ण विचारों वाले पंडित सुखदेव शर्मा चुनाव जीतें। ठाकुर हरपाल सिंह को नीचा दिखाने, एक दलित के साथ चुनाव लड़ने के अहसास से उनके अन्तर्मन में क्लेश व ग्लानि पैदा करके उन्हें गांव वासियों व अपनी निगाह में तुच्छ व सामान्य व्यक्ति साबित करने के उद्देश्य से ही उसे चुनाव लड़वाया गया था। ठाकुर हरपाल सिंह व उनके परिवार के साथ जुड़ी प्रतिष्ठा, बरसों से चला आ रहा उनका दबदबा और उसके चारों ओर बना आभावृत्त तोड़ने का लक्ष्य गुलजार के लिए प्रमुख था।

वह इस लक्ष्य को पाने में किसी सीमा तक सफल भी हुआ था।

जब कभी संतोषी यह याद करता उसका मन कडुवा हो जाता, अन्दर से एक टीस उभरती जो उसे व्यथित कर जाती। गुलजार के प्रति वितृष्णा का रेला उसे झकझोर देता। उस चुनाव ने उसके आत्म सम्मान को ठेस ही नहीं पहुंचाई थी, उसके समक्ष एक चुनौती भी प्रस्तुत की थी। प्रधान बनने की आकांक्षा कहीं अन्दर ही अन्दर पल्लवित होती रही थी।

आज धन्वंतरी ने इसी पौधे को हरा भरा कर दिया था, उसके विश्वास ने जीवनदायिनी जल जैसा कार्य किया था।

किन्तु इसके बावजूद संतोषी को आज यह सब याद नहीं आ रहा था, न ही प्रधान बनने की आशा उसे इस सीमा तक उत्साहित कर पा रही थी कि वह

अपनी सुधबुध खो बैठे। हां, धन्वंतरी का सुन्दर सलोना रूप, उसकी आंखों में चमकती अपनी पहचान और नदी की कल्लोलिनी की मानिंद झंकृत उसकी हंसी उसे रह रह कर गुदगुदा रही थी। उसके लिए यह अविश्वसनीय था। पहली बार उसके स्वप्न स्वर्णिम होकर दिप-दिप कर रहे थे। इसी उत्साह व आवेश में वह सब कुछ विस्मृत कर गया था। यह तक भूल गया कि मां ने उसे बतलाया था कि सरना चाचा ने उसे बुलवाया है...।

सुबह ही जब सरना चाचा और भगौती प्रसाद उसके घर दिखलाई दिए तो वह चकित भी हुआ और तनिक शर्मिन्दा भी। अपनी भूल के लिए उसने क्षमा मांगी।

बहुत शीघ्र ही उन दोनों ने अपने आने का मन्तव्य स्पष्ट कर दिया। तब उसके आश्चर्य की सीमा नहीं रही...। धन्वंतरी के बाद समाज के प्रमुख व्यक्तियों का आग्रह...? उसे लगने लगा कि धन्वंतरी ने जो कुछ कहा था वह कोई सोची समझी योजना थी।

उसके मन में आया कि सरना चाचा को धन्वंतरी के बारे में बतला कर इस रहस्य का खुलासा करे किन्तु वह टाल गया।

–चाचा, आप लोगों के मन में यह बात कैसे आई...? उसने पूछा।

–भइया, तुझे साफ-साफ बतला दें...। सरना चाचा बोले–निरंकार चौधरी ने बुलवाया था। वे लोग नहीं चाहते कि गुलजार दोबारा प्रधान बने। उधर ठाकुर का भी इस बार चुनाव लड़ने का मन नहीं है। इसलिए उन लोगों ने तुझे प्रधान बनाने का फैसला किया है।

–लेकिन चाचा, एक तो गुलजार मेरा दोस्त है। और फिर हम सबके लिए तो वह अच्छा ही रहा है। पचासों काम करता है। आधी रात भी कोई चला जाये तो उसे मदद करने में कोई गुरेज नहीं। उसके खिलाफ चुनाव लड़ना ठीक है क्या...?

सरना चाचा कुछ सोचने लगे। कुछ क्षण बाद बोले–तू ठीक कहता है। हमारे लिए तो वह अच्छा ही है। हमें उसमें कोई खराबी नजर नहीं आती। लेकिन...?

–लेकिन क्या...?

–गांव के बड़े लोगों में कोई उसे नहीं चाहता...।

–तो उनकी वजह से हम उसे प्रधान न बनने दें। वो हमारे किस काम आते हैं?

–खैर, काम तो आते हैं। हमारे लोग उन्हीं के यहां मेहनत मजदूरी करते हैं। भगौती प्रसाद ने जवाब दिया।

–तो यह जितनी हमारी मजबूरी है, उतनी ही उनकी भी। उन्हें भी तो आदमी चाहिए। हमारे बिना उनका काम कहां चलने वाला है।

सरना चाचा संतोषी के तर्क का एकाएक कोई उत्तर नहीं दे सके। वह कुछ देर सोच में डूबे रहे और तब भगौती प्रसाद की ओर सहायता व समर्थन की दृष्टि

डाली।

–देख बेटा, भगौती ने मोर्चा सम्हाला–तेरी बात ठीक है। गुलजार अच्छा है, हमारे लिए काम करता है। इन बड़े लोगों के कहने से हमें उसे हटाना भी कोई अच्छी बात नहीं है। लेकिन एक बात कहूं...।

–जी, बाबा...।

–प्रधान गांव का मुखिया होता है। ठाकुरपुरवा का प्रधान बनना आसान बात नहीं है। सो एक बार ऐसा हो सके तो वह मौका हाथ से नहीं निकलने देना चाहिये। ऐसे मौके हर बार नहीं आते। इस बार गांव वालों के मन में अगर यह बात आ ही गई है तो हमें इसका फायदा उठाना चाहिये। क्यों सरना...?

–ठीक कहते हो तुम...। सरना चाचा ने कहा–हमारा लड़का प्रधान बने, इससे बड़ी बात क्या होगी। फिर गुलजार तो आगे भी बढ़ सके। ब्लाक में भी जा सके...।

धन्वंतरी ने भी तो यही कहा था, संतोषी ने सोचा...।

–लेकिन बाबा, गुलजार तो प्रधानी लड़ने की पूरी तैयारी कर रहा है। मेरे विचार से उसके अन्दर ब्लाक प्रमुखी का तो ख्याल भी नहीं है।

–अच्छा भइया, सरना चाचा ने हस्तक्षेप किया–तू उसकी बात छोड़ दे। ये तो हम भी जानें कि वो इत्ती आसानी से प्रधानी कहां छोड़ने वाला। सवाल यह है कि समाज के एक आदमी को प्रधान बनने का मौका मिल रहा है। तो उससे इनकार कर देना चाहिये, उसे छोड़ देना चाहिये या मंजूर...? दूसरी बात यह कि तू चुनाव लड़ना चाहे या नहीं क्योंकि तेरे अलावा तो कोई और आदमी है नहीं। अगर तेरा ही मन नहीं है तब तो चुप करके रहना चाहिये, चाहे ये बड़े लोग कुछ भी कहें।

–सरना ने साफ बात की है, भगौती प्रसाद ने समझाया–सीधी सच्ची बात तो यही है। और हां भइया, एक तो ऐसे मौके रोज-रोज नहीं मिलते और दूसरे राजनीति में क्या दोस्ती, क्या दुश्मनी...। फिर चुनाव लड़ना तो सबका अधिकार है। चुनाव लड़ने से दुश्मनी नहीं हो जाती। बाप बेटे, मां बेटे के न जाने कित्ते चुनाव हुए हैं। यही जमहूरियत है।

संतोषी पशोपेश में पड़ गया। उसे समझ ही नहीं आया कि क्या उत्तर दे। सरना चाचा और भगौती प्रसाद दोनों के तर्क बलपूर्ण थे। उन्हें एकाएक खारिज नहीं किया जा सकता था।

–बोल भइया...? सरना चाचा ने पूछा।

वह शांत रहा।

–देख संतोषी, भगौती प्रसाद बोले–मन में उलझन तो पैदा कर मत, सोच समझ जरूर ले। हां, एक बात और कह दूं...।

सरना चाचा व संतोषी ने अचरज भरी दृष्टि से उन्हें देखा।

—गुलजार हम लोगों के साथ क्यों रहता है, यह बात भी किसी से छिपी नहीं है। ठाकुर हरपाल को हराना आसान बात नहीं है। हमारी राय न मिले तो वो प्रधान बनने का ख्वाब भी नहीं देख सकता। क्यों सरना, गलत कहूं?

—इसमें कौन गलत बात है। हमारे वोट से ही वो पिछली बार जीता था। उसे सीधा मानुस न समझो...।

गुलजार का चेहरा संतोषी की आंखों के सामने घूमने लगा। एक बार फिर अपना पहला चुनाव उसे याद आ गया। उसका मन कसैला हो चला। एक दर्द उसके अन्दर उभर रहा था।

अपनी स्वार्थ सिद्धि के लिए कोई व्यक्ति दूसरे का इतना दुष्प्रयोग कैसे कर सकता है, वह सोच रहा था।

यह ख्याल उसके लिए नया नहीं था।

हां, उसे इस बात पर हैरत जरूर थी कि सरना चाचा और भगौती प्रसाद भी गुलजार के प्रति ऐसी धारणा रखते हैं।

—मुझे कुछ समय दीजिए...। अन्ततः वह धीरे से बोला—कुछ सोच विचार लूं।

—जरूर। सरना चाचा चलने को तैयार थे—जरूर सोच। ऐसा फैसला सोच समझ कर ही लेना चाहिये। हम भी दो दिन तक सोच विचार करते रहे, तभी तुझसे कहा है। पर चुनाव तुझे लड़ना है, इसलिए आखिरी फैसला भी तेरा ही होगा। हां, वक्त जरूर कम है...।

संतोषी ने कोई उत्तर नहीं दिया। उन दोनों के जाने के बाद वह चारपाई पर पसर गया...। पैरों पर पड़ते धूप के टुकड़े काफी गर्म थे किन्तु इस समय उसे इस गर्मी का अहसास कहां था।

अन्दर एक अजीब सी खलबली मची हुई थी।

एकाएक सब कुछ तेजी से बदल रहा था...।

धन्वंतरी और प्रधानी...।

संतोषी को मिले कई दिन हो चुके थे, गुलजार इस पर खासा चिंतित था। सामान्यतः एकाध दिन के अन्तराल पर उनकी भेंट अवश्य हो जाती। काम से लौटने के बाद अक्सर संतोषी की शाम गुलजार के साथ ही बीतती थी। रविवार व अन्य अवकाश दिवसों में तो कभी कभार वे पूरा दिन साथ रहते। गांव में चल रही योजनाओं की प्रगति को साथ जाकर देखते और उस पर सोच विचार करते। गांव की अन्य गतिविधियों पर बातचीत और हंसी मजाक होता। कुछ स्त्रियां भी उनकी चर्चा का केन्द्र थीं जिनमें धन्वंतरी भी शामिल थी। गुलजार धन्वंतरी को लेकर संतोषी से

अक्सर छेड़खानी भी किया करता क्योंकि वह जानता था कि संतोष धन्वंतरी को बेहद पसंद करता है और अन्दर ही अन्दर उस के प्रति आकर्षित व उत्साहित अनुभव करता है। धन्वंतरी द्वारा किए जा रहे कार्यों में गुलजार ने ही संतोषी की भागीदारी सुनिश्चित की थी। इससे दो लक्ष्य एक साथ सध गये। धन्वंतरी को भागदौड़ के लिए कोई व्यक्ति उपलब्ध हो गया तथा संतोषी का परिश्रम और भागदौड़ उसकी विभिन्न योजनाओं में सफलता प्रदान करने में सहायक था तथा धन्वंतरी स्वयं कई कठिनाइयों, इधर-उधर भटकने से निजात पा जाती। दूसरी तरफ अविवाहित संतोषी को धन्वंतरी का अधिकाधिक संसर्ग उपलब्ध होता जो उसके जीवन में एक नया रस घोल रहा था।

गुलजार को यह सूचना मिल चुकी थी कि धन्वंतरी और संतोषी की एकान्त में वार्ता हुई है। इस मुलाकात के मकसद को लेकर वह उलझन में था। इससे अधिक परेशानी की बात यह थी कि संतोषी ने स्वयं इस बारे में कुछ भी नहीं बतलाया था। वह प्रतिदिन प्रतीक्षा करता...। उसकी उलझन बढ़ रही थी, हालांकि कभी उसके मन में कुछ अन्य विचार भी आते। उसे लगता कि कहीं संतोषी और धन्वंतरी के बीच कोई नया सम्बन्ध तो नहीं विकसित हो रहा है जिसे संतोषी उससे भी छिपाना चाहता हो...। शायद धन्वंतरी ने ही उसे मना कर दिया हो...। यह स्वाभाविक भी था...। किसी भी सभ्य परिवार की महिला अपने निजी जीवन की गोपनीयता अवश्य रखना चाहेगी। सोचकर वह प्रसन्न भी था। यदि यह सच था तो गांव में एक नया इतिहास लिखा जा रहा था। अनजान लड़की का ठाकुर के लड़के के साथ खुले आम घूमना फिरना और दलित युवक और संभ्रान्त सवर्ण परिवार की महिला के मध्य प्रेम सम्बन्ध...?

संतोषी व धन्वंतरी के मध्य सम्बन्धों को लेकर उसके मन में अनेक विचार आते रहे थे। उसे विश्वास था कि दलितों के लिए यह गर्व व आत्म सम्मान का मुद्दा बन सकता था। यद्यपि इस सम्बन्ध को सार्वजनिक स्वीकृति दिये जाने का प्रश्न ही नहीं था। सवर्ण इसे घोर अपमान का मुद्दा भी बना सकते थे और दलितों के साथ उनके सम्बन्ध बद से बदतर बन सकते थे। वह यह भी अच्छी तरह समझता था कि धन्वंतरी को चाहने के बावजूद संतोषी ऐसा कोई निर्णय नहीं ले सकता जिससे गांव में किसी प्रकार का धमाका हो। वह आत्म सम्मानी पुरुष था और ऐसा कोई कार्य जो उसके अहं व सम्मान को जोखिम में डाल दे, वह कभी नहीं करेगा। किन्तु धन्वंतरी के माध्यम से सर्वणों के प्रति उसकी भावनाओं में बदलाव अवश्य आ सकता था। यही चिंता उसे जकड़ रही थी। उसकी राजनैतिक सफलता और उपलब्धियों के पीछे सवर्णों व दलितों के मध्य उसके द्वारा बनाई गई खाई की महत्वपूर्ण भूमिका थी। सवर्णों के विरुद्ध दलितों का एकजुट होना ही उसकी सफलता का रहस्य था। इसलिए उनके मध्य दूरी कम करने का कोई प्रयास उसकी

महत्वाकांक्षा में अवरोध पैदा कर सकता था।

उसे लगा संतोषी से तत्काल भेंट आवश्यक है। वह स्वयं संतोषी से मिलने चल दिया।

संतोषी उसे देखकर चकित रह गया। एक अर्से बाद गुलजार संतोषी की चौखट पर दिखलाई पड़ा था। उसे देख कर ही संतोषी को यह अहसास भी हुआ कि उन्हें मिले कई दिन बीत चले थे।

–तुमने मुझे बुलवा लिया होता। संतोषी ने कहा।

–अच्छा...। गुलजार ने आंखें मटकाकर कहा–लेकिन यह बता कि बुलवाने की जरूरत ही क्यों पड़ी। क्या मुसीबत आ गई जो पांच छः दिन से गायब है?

–कोई खास बात नहीं...। उसने धीरे से उत्तर दिया।

–बड़ी उदासी से कहा है। सब खैरियत से तो है। तेरी नौकरी, अम्मा...।

–सब ठीक है। उसने मुस्कराने का असफल प्रयास किया।

–कुछ तबीयत वगैरा...?

–नहीं, मेरी तबीयत को कुछ नहीं हुआ...।

–तो फिर दोस्तों की तबीयत खराब है क्या...? गुलजार ने एक आंख दबाकर कहा।

–किसकी...? संतोषी ने अनजान बनने का अभिनय किया।

–तेरे दोस्त की...।

–मेरा दोस्त। वो तो तुम हो...।

–मैं तो हूं ही पर नए दोस्त भी तो बनते रहते हैं।

–अरे भाई, मुझसे साफ बात करो। संतोषी मुस्करा रहा था। उसके स्वर से झल्लाहट महसूस की जा सकती थी–किस नए दोस्त की बात कर रहे हो...?

गुलजार ने कोई उत्तर नहीं दिया, वह ठहाका मार कर हंस दिया और देर तक हंसता रहा। अक्सर उनके मध्य गुलजार के ठहाके गूंजा करते थे। संतोषी यह भी जानता था कि कई बार गुलजार कुछ प्रश्नों को इन्हीं ठहाकों में गुम कर देता–वह देर तक खिलखिलाता रहता और प्रश्न अपनी अस्मिता खो बैठते...।

किन्तु आज उसकी हंसी में वह खनक व उत्तेजना नहीं थी...। आज उसके ठहाकों की स्वर लहरी हमेशा की तरह कानों को तरंगित नहीं कर रही थी...। हृदय और हास्य के मध्य दूरी महसूस की जा सकती थी।

संतोषी चिंतित हुआ। गुलजार की राजनैतिक चालबाजी, चौकन्नेपन, सतर्कता व सन्देह दृष्टि से वह भली प्रकार परिचित था। कहीं उसे पिछले दिनों की गतिविधियों की जानकारी तो नहीं हो गई? पहले धन्वंतरी और बाद में सरना चाचा व भगौती प्रसाद से वार्ता ने उसके अन्दर भयंकर उथल-पुथल मचा दी थी। अगले दिन वह कार्यालय तक नहीं गया। प्रायः चारपाई पर ही लेटा रहा।

आगामी कुछ दिनों में वह सुबह ही घर से निकल पड़ता और कार्यालय के बाद देर तक इधर-उधर निरुद्देश्य घूमता रहता। और तब सीधे घर जाकर चारपाई पकड़ लेता। न किसी से मिलना जुलना और न ही बातचीत...। उसकी इस दशा पर अम्मा चिंतित भी थी। हकीम वैद्य को दिखाने का सुझाव देती थी। पर अपने बेटे के खिलंदड़े स्वभाव से वह अच्छी तरह परिचित थी। एक नहीं, कई अवसरों पर उसकी अन्यमनस्कता व चुप्पी के सामने विवश होकर वह एकांत में अनर्गल प्रलाप करती रहती।

उसके विवाह न करने से वह कम दुखी नहीं थी। यौवनावस्था में ही वैधव्य प्राप्त होने पर उनका पूरा जीवन संतोषी के इर्द गिर्द ही सिमटा रहा था। जीवन की एकमात्र लालसा अपने इकलौते बेटे का लालन पालन और बाद में उसके परिवार का स्वप्न थी। जो उसके बस में था उसमें उसने कोई कमी नहीं छोड़ी। पति ठाकुर के यहां ही मेहनत मजदूरी करता था और एक दिन ऐसे ज्वर से ग्रसित हुआ कि तीसरे दिन ही प्राण पखेरू उड़ गये...। ठीक प्रकार उपचार भी नहीं चल सका। उस समय संतोषी की आयु मात्र छह वर्ष थी। मां घर में अकेली रह गई। पति के दो भाई पहले ही अलग थे और उनसे पति की कुछ बनती भी नहीं थी। अपने भाई की असमायिक मृत्यु के बाद उन्होंने परिवार को सहारा देना चाहा किन्तु यह संतोषी की मां को स्वीकार्य नहीं था। मेहनत मजदूरी और घर-घर काम करके ही उसने संतोषी को पढ़ाया लिखाया और उसके दुख उसी दिन कम हुए जब संतोषी नौकरी पा गया।

मां संतोषी का घर बसाना चाहती थी किन्तु वह इसके लिए बिल्कुल तैयार नहीं था। आरम्भ में कई रिश्ते आये। जाटवों में नौकरीपेशा नवयुवक थे ही कितने। इसलिए समाज के बुजुर्गों का भी काफी दबाव था। किन्तु संतोषी राजी नहीं हुआ और न ही विवाह न करने का कोई कारण ही बतलाया। बचपन से ही वह काफी अन्तर्मुखी था। मां से भी उतनी बात करता जितना आवश्यक था। इसलिए मां की दूसरी आकांक्षा पूरी नहीं हो सकी।

अब वह भी इसे नियति का अंग मान कर संतोष कर चुकी थी।

संतोषी ने नए दोस्त के प्रकरण को आगे नहीं बढ़ाया। चाय का दौर चलता रहा। संतोषी को लगा कि गुलजार एकाएक किसी सोच में डूब गया है। उसका चेहरा सपाट और भावशून्य हो गया था। पहली बार अपने मित्र की उपस्थिति उसे असहज बना रही थी। मन का चोर अन्दर खदबदाहट पैदा कर रहा था।

–क्या सोच रहे हो...? उसने ही चुप्पी तोड़ी।

–मैं..., कुछ भी नहीं...। गुलजार ने जैसे चौंक कर कहा–बस ऐसे ही। अब चुनाव नजदीक आ रहे हैं सो कभी-कभी चिंता घेरने लगती है।

–कैसी चिंता...? उसने परेशान होकर पूछा।

–चुनाव में एक चिंता थोड़े होती है। अभी तक तो यही पता नहीं चला कि मुकाबले में कौन है।

–मतलब...? संतोषी सतर्क हुआ।

–मतलब साफ है यार। ठाकुर ने अभी तक अपनी उम्मीदवारी घोषित नहीं की है। पता नहीं चुनाव लड़ेगा या नहीं। या किसी और को लड़ाये...।

–हो सकता है पिछली हार के अपमान के कारण इस बार इससे दूर रहें।

–फिर कोई तो लड़ेगा। और ठाकुर ऐसे चुप बैठने वालों में नहीं है। खुद नहीं लड़ेगा तो किसी को लड़वायेगा जरूर। उसने नजर उठाकर कहा।

–किसको...? अन्दर ही अन्दर घबराहट अनुभव कर रहा था वह।

–किसी को लड़वा सकता है। अपने किसी दोस्त को...। किसी चौधरी या पंडित को खड़ा करवा दे।

संतोषी शांत रहा। उसे लगा जैसे गुलजार उसकी टोह ले रहा है। गुलजार की दृष्टि बड़ी बेगानी और अपरिचित लगी उसे।

–तुम्हें क्या लगता है? संतोषी ने धीरे से पूछा।

गुलजार ने एक लम्बी सांस ली। कुछ देर सोचता रहा और फिर बोला–यही तो परेशानी है। दुश्मन का पता रहे तो लड़ने में आसानी रहती है। वह एक अजीब ढंग से मुस्कराया।

संतोषी ने कोई उत्तर न देकर वैसी ही मुस्कान से काम निकालना चाहा।

–और इधर तुम भी गायब हो गये...। गुलजार ने आगे कहा–तुझसे बातचीत कर कुछ मन हल्का हो जाता है। तू जानता है इस बारे में मैं और किसी से तो बात कर नहीं सकता...। एकाएक उसका स्वर करुणामय हो उठा।

संतोषी को अपने मित्र पर तरस आने लगा।

गुलजार सचमुच उसे अपना घनिष्ठ मित्र मानता है और उसी के विरुद्ध चुनाव...। उसे एक झटका सा लगा...? यह सचमुच अनैतिक था, मर्यादा के विपरीत था।

–बस इन दिनों कुछ काम काज ज्यादा था और कुछ तबीयत भी उखड़ी रही...। उसने स्पष्टीकरण दिया।

–तभी तो मैंने पूछा था। मुझे तो बता...। कोई मदद की आवश्यकता हो। गुलजार ने उसका हाथ पकड़ कर कहा।

–नहीं, ऐसी कोई चिंता की बात नहीं है। मेरे साथ कभी-कभी ऐसा हो जाता है। जिन्दगी बड़ी बेमानी लगती है। लगता है ये भाग दौड़, काम-धाम, नाम-यश आखिर क्यों...? किसके लिए?

–ओफ्फो, तू तो फिलोसफर बन जाता है। तभी तो कहता हूं कि ब्याह कर ले। बीबी बच्चे होंगे तो मन में ये बेकार के ख्याल नहीं आयेंगे...। अब गुलजार

धीरे से हंस रहा था।

—लगता है दुनिया में हर मर्ज का एक ही इलाज है—शादी। क्यों...? उसने तुनक कर कहा।

—हर का तो नहीं, पर काफी मर्जों का...। तेरे जैसे के लिए तो यह वाकई जरूरी है। गुलजार अभी भी खिलखिला रहा था।

—छोड़ो, यार...। पहली बार संतोषी के चेहरे पर स्वाभाविक मुस्कान आई थी।

माहौल हल्का हो चला था। संतोषी ने बड़ी राहत महसूस की।

कुछ देर बैठकर गुलजार जल्दी मिलने की बात कहकर चला गया।

गुलजार किस नए दोस्त की बात कर रहा था, वह सोचने लगा...।

जैसे-जैसे नामांकन व पर्चा भरने का दिन निकट आ रहा था, सभी लोगों में अपने-अपने तरह की बेचैनी थी। गुलजार विरोधी की टोह लेने से आजिज़ आ चुका था। ठाकुर हरपाल सिंह और उसके मित्र अपनी योजना का अनुकूल प्रभाव न देखने से दुखी थे। निरंकार चौधरी सरना चाचा से एक बार और मिल चुके थे और संतोषी की ओर से सकारात्मक प्रतिक्रिया न पाकर अपनी-अपनी तरह से हताश अनुभव कर रहे थे। धन्वंतरी के विश्वास को धक्का लगा था क्योंकि उसे आशा थी कि संतोषी उसकी बात को किसी भी दशा में नजरअंदाज नहीं कर सकता था। संतोषी से बात करने में उसने सभी शस्त्र प्रयोग किए थे और लक्ष्य की असफलता बड़ी निराशाजनक थी।

उधर संतोषी गहरे कशमकश के बीच झूल रहा था। एक ओर प्रधान पद के लिए समाज के बुजुर्गों व धन्वंतरी जैसों का समर्थन एवं जीवन की आकांक्षा थे, वहीं दूसरी ओर गुलजार के प्रति हृदय में मित्रता की कोमल भावना थी। इसी द्वन्द्व के चलते वह गुलजार से मिलने से बचता रहा था। किन्तु उस दिन गुलजार ने उससे भेंट कर उसे और कमजोर बना दिया था। कोई भी निर्णय लेने में वह अपने को असमर्थ पा रहा था। उसे अहसास हुआ कि इस संकट से उबरने में मित्र की कितनी आवश्यकता है जो निजी भावनाओं एवं सामाजिक दायित्व में ताल मेल बैठाकर सही मशवरा दे सके...।

केवल गुलजार ही उसका मित्र था जो सलाह देने हेतु योग्य भी था। किन्तु जब सलाह ही सलाहकार के विरुद्ध लेनी हो तब क्या उपाय था...?

उसे इस बात पर भी हैरानी थी कि आखिर ठाकुर हरपाल सिंह इतनी चुप्पी क्यों साधे हुए हैं। प्रधानी के चुनाव में उनकी उदासीनता उसकी समझ से बाहर थी, विशेष कर इसलिए भी क्योंकि संतोषी अच्छी तरह जानता था कि गुलजार

के दबदबे से वह मन ही मन कुछ आतंकित भी अनुभव करने लगे हैं। गुलजार के प्रभाव को तोड़ने का एकमात्र रास्ता चुनाव में उसकी पराजय थी। वह यह भी जानता था कि चमरौटी के अनेक परिवारों पर अभी भी उनका खासा प्रभाव था। उनके मन में ठाकुर हरपाल सिंह व उनके परिवार के प्रति अगाध श्रद्धा व कृतज्ञता का भाव था। इसलिए सवर्णों के समर्थन के साथ यदि ठाकुर चमरौटी के लोगों से सचमुच वोट की प्रार्थना करें तो चुनाव में उनका विजयी होना असंभव भी नहीं था। अन्य चुनावों में अपने पक्ष में मत की अपील करने बड़े-बड़े राजा, महाराजा, जमींदार, मंत्री, प्रधानमंत्री तक बस्ती में आते रहे हैं, तब हरपाल सिंह को इससे गुरेज क्यों...?

वह यह जानने को भी उत्सुक था कि आखिर उसके नाम पर सहमति क्यों और कैसे हुई। सरना चाचा ने चौधरी निरंकार का संदर्भ दिया था। और धन्वंतरी ने गोल मोल ढंग से 'सब लोगों' की बातचीत का हवाला दिया था। आखिर वे 'सब लोग' कौन थे?

कभी संतोषी को लगता जैसे वह किसी षड़यंत्र का हिस्सा बनने जा रहा है। क्या गुलजार को हराने की साजिश में उसे घसीटा जा रहा है?

आखिर क्यों?

रात गहराई थी। वह घर के आंगन में चारपाई पर पड़ा साफ चमकते आकाश को देख रहा था। धीमी बहती हवा बदन को बड़ी सुहावनी लग रही थी। कुछ समय के अन्तराल पर हवा का तेज झोंका अन्दर तक शीतलता का अहसास भर जाता। आकाश में चमकते तारों के विभिन्न समूह तरह-तरह की आकृति बना रहे थे। कहीं पर्वत, कहीं हाथी या पशु तो कहीं पुरुष या स्त्री नजर आते। कितना सामंजस्य था उनमें...। कहीं कोई द्वेष, भेदभाव अथवा ऊंच नीच नहीं दिखलाई देती हालांकि कुछ तारों में चमक औरों की अपेक्षा तेज थी। किन्तु अस्तित्व का कोई संकट नजर नहीं आता। न ही एक दूसरे की काट छांट की कोई अनुभूति होती...।

एकाएक उसका मन उखड़ने लगा। वह चारपाई पर बैठ गया और कुछ देर यों ही बैठा रहा। आज धन्वंतरी से दूसरी मुलाकात हुई थी। आंगनबाड़ी का निरीक्षण करने शहर से कुछ अधिकारी आये थे। ऐसे अवसर पर सभी पंचायत सदस्यों की उपस्थिति अनिवार्य होती। अनुपस्थिति का अर्थ योजना के प्रति उदासीनता या असहमति अथवा प्रधान का विरोध समझा जाता। न चाहकर भी संतोषी को कार्यक्रम में उपस्थित होना पड़ा।

गुलजार का व्यवहार अत्यन्त आत्मीय था। धन्वंतरी अवश्य रह रह कर उसकी ओर देख रही थी और नजरें टकराने पर देर तक घूरती रही थी। कभी उसके चेहरे पर अपनापन नजर आता तो कभी वह बड़ा बेजार और बेगाना प्रतीत होता। कभी

उसका चेहरा कोमल लगता तो कभी कठोर...। कभी उसकी नजरों में प्यार दिखलाई पड़ता तो कभी क्रोध...। उसके नेत्र कभी आमंत्रण देते दिखलाई देते तो कभी तिरस्कार से विकृत महसूस होते।

पर इतना स्पष्ट था कि उसकी आंखों से प्रश्नों का रेला निकल रहा था। ये प्रश्न उसे बुरी तरह बेचैन कर रहे थे।

बातचीत का वहां कोई अवसर नहीं था और कार्यक्रम के सम्पन्न होते ही संतोषी वहां से खिसक गया।

सचमुच आज वह धन्वंतरी की उपस्थिति से निजात पाना चाहता था। किन्तु धन्वंतरी की आंखें उसका पीछा करती रहीं। उसके मूक प्रश्न उसके अन्र्तमन को बेध रहे थे। कभी उसे घर पर हुई भेंट की मुस्कान दिखलाई देती तो कभी प्रश्नों के बाड़े में घिरे आज देखे नेत्र...।

वह घर से निकल पड़ा। कार्यक्रम से लौट कर कपड़े बदलने की सुध ही कहां रही थी। निरुद्देश्य से चलते हुए वह मंदिर की सीढ़ियों पर आकर बैठ गया। पास लेटे दो कुत्ते एकाएक चौकन्ने होकर तेजी से भौंकने लगे। किन्तु संतोषी पर इसका कोई प्रभाव नहीं पड़ा। कुछ देर बाद कुत्ते हटकर दूसरी ओर चले गये। काफी देर वह वहीं बैठा रहा। एकाएक उसका मस्तिष्क शून्य हो चला था।

अचानक ठाकुर हरपाल सिंह का चेहरा उसकी आंखों में घूमने लगा। उसे लगा अपना निर्णय लेने से पूर्व उनसे वार्ता करना आवश्यक था। शायद वह उसे कोई राय दे सकें। अथवा कम से कम उसकी उम्मीदवारी की बाबत ही अपनी प्रतिक्रिया व्यक्त करें।

किन्तु उसके कदम एकाएक नहीं चल सके।

अपने पिता की मृत्यु की धुंधली सी याद उसके अन्दर थी। वक्त के साथ स्मृति का वह धुंधलका न साफ हुआ और न ही ओझल...। मां ने बतलाया था कि पिता जी ठाकुर के यहां मेहनत मजदूरी करते थे और टीकटी दोपहर में खेत से घर लौटे कि पूरा बदन उष्णता से तमतमा उठा और वह ताप उनके जीवन के साथ ही लुप्त हुआ।

जैसे-जैसे बड़ा हुआ वह ठाकुर परिवार को ही अपने पिता की मृत्यु का जिम्मेवार मानता रहा। संतोषी का पालन पोषण व दो जून की रोटी के लिए मां का दर-दर भटकना उसे आज भी बुरी तरह सालता है।

इसके लिए भी वह ठाकुर परिवार को दोषी मानता था। कक्षा आठ पास करने पर मां के लाख आग्रह करने पर भी वह ठाकुर साहब से आशीष प्राप्त करने नहीं गया था। जब मां ने कई दिन तक जिद की तो उसने साफ-साफ कहा—क्यों जाऊं उनके पास? अच्छे आदमी होते तो पिता के गुजरने के बाद तुम्हें यों नहीं भटकना पड़ता। मैं तो उनसे मिलना भी नहीं चाहता और तुम सोचती हो कि मैं

उनके यहां नौकरी करूंगा।

मां कुछ नहीं बोली–जो मन में था वह भी नहीं...। दरअसल वह अपने शिक्षित बेटे को ठाकुर के यहां नौकरी कराने की कतई इच्छुक नहीं थी। हां, वह यह अवश्य समझती थी कि ठाकुर के कारण संतोषी कहीं अच्छी नौकरी पा सकता था। अपने प्रभाव से ठाकुर गांव के कई नवयुवकों को नौकरी दिला चुके थे।

समाज में कुछ बुजुर्गों ने भी संतोषी को समझाने की कोशिश की किन्तु जिस परिवार के विरुद्ध तमाम पूर्वाग्रहों व आक्रोश के साथ वह बड़ा हुआ था, उसके सम्मुख विनय अथवा याचना उसके तत्वों के विरुद्ध था।

ठाकुर हरपाल सिंह से वह कभी अकेले नहीं मिला था। जब कभी मिला तो समूह में ही। जब उनके विरोध करने का अवसर प्राप्त हुआ तो उसने डटकर विरोध किया–पीछे भी, सामने भी...। न ठाकुर के विरुद्ध चुनाव लड़ने में पीछे हटा और न ही गुलजार को खुला समर्थन देने में कभी गुरेज की। उसमें जो कुछ था, एकदम प्रत्यक्ष व पारदर्शी था।

ठाकुर हरपाल उसके सम्बन्ध में क्या धारणा रखते हैं, जानने की न तो उसे कभी आवश्यकता महसूस हुई और न ही वह जान पाया। लेकिन आज उसके कदम हवेली की ओर बढ़ रहे थे।

हवेली का मुख्य द्वार बन्द था। बराबर कोठरी में किसी का स्वर आ रहा था। शायद चौकीदार या उसका परिवार हो, उसने सोचा और उसी कोठरी का दरवाजा खटखटा दिया।

चौकीदार संतोषी को अच्छी तरह पहचानता था। उसे इस समय देखकर चकित रह गया।

–ठाकुर साहब से मिलना है...। उसने कहा।

–यो टैम। इब तो रोटी वोटी खाय के पलंग पर जा लिये होंगे।

–हां, कुछ देर तो हो गई है पर मिलना जरूरी है। तभी आना पड़ा। तुम खबर करा दो...।

और सूचना के कुछ ही मिनटों में उसे बैठक में बिठा दिया गया था।

इस भवन में वह पहले भी आ चुका है। इस हवेली की दीवारें उसे सदैव कठोरता व निर्ममता का आभास कराती रही हैं। यद्यपि इस अनुभूति का कोई पुष्ट कारण वह आज तक नहीं सोच पाया है। बड़े ठाकुर की न्याय प्रियता से पूरा गांव भिज्ञ था। हरपाल सिंह ने भी कभी ऐसा कार्य नहीं किया जो दलितों के हितों के विरुद्ध हो...। किन्तु संतोषी के अन्दर जो गिरह थी सो थी...।

ठाकुर हरपाल सिंह बड़ी आत्मीयता और सहृदयता से मिले। संतोषी ने असमय कष्ट देने के लिए क्षमा मांगी। शायद दोनों ही अपने व्यवहार के प्रति अत्यधिक सचेत थे। सम्भवतः दोनों ही एक दूसरे के व्यवहार पर चकित भी थे।

बिना किसी भूमिका के संतोषी अपनी बात कहने लगा। निरंकार चौधरी व सरना चाचा का आग्रह बता दिया। 'कुछ लोगों' का जिक्र कर उसने प्रधानी पद के लिए उम्मीदवारी का द्वन्द्व ठाकुर के सामने रख दिया किन्तु धन्वंतरी से भेंट और उसका अनुरोध वह टाल गया।

—मैं नहीं जानता कि आखिर मुझे ही इसके लिए क्यों चुना गया है। उसकी परेशानी उसके चेहरे पर झलक रही थी—मुझसे ज्यादा अनुभवी, अधिक योग्य व्यक्ति गांव में हैं। और फिर पूरा गांव जानता है कि गुलजार मेरा मित्र है। उसके विरुद्ध मुझे चुनाव लड़ाने का आखिर क्या अर्थ है?

हरपाल सिंह धीरे-धीरे मुस्करा रहे थे। अपनी योजना की सफलता पर वह मन ही मन मुदित थे।

—ठाकुर साहब, संतोषी कह रहा था—मैं आपके विरुद्ध चुनाव लड़ा हूं, पिछले चुनाव में भी आपका खुलकर विरोध किया है। मुझे इस बात की भी कोई गलतफहमी नहीं है कि आप या निरंकार चौधरी मुझे पसंद करते हैं। आप ही क्या, बड़े लोगों में मुझे चाहने वाला कोई बिरला ही हो। इसके बावजूद सब तरफ से मुझे चुनाव लड़ने का आग्रह किया जाना मेरी समझ के बाहर है। एकाएक मेरे प्रति इतनी सदभावना, इतना स्नेह, इतना अपनत्व... अकारण तो नहीं हो सकता।

हरपाल सिंह के चेहरे पर अभी भी मुस्कान थिरक रही थी पर वह शांत थे। शायद संतोषी का द्वन्द्व व बेचैनी देखकर वह प्रसन्नता अनुभव कर रहे थे।

वह उसे और सुनना चाहते थे क्योंकि वह जानते थे कि विपरीत एवं व्यग्र मनोदशा के चलते आदमी जितना अधिक बोलता है, उतना ही हल्का भी होता है, साथ ही पारदर्शी भी...।

—ठाकुर साहब, न तो मैंने कभी प्रधानी लड़ने की बात कही और न ही मैंने फिलहाल इसके बारे में सोचा था। वैसे भी अपने दोस्त के विरुद्ध चुनाव लड़ने में मेरा मन अपराधी जैसा अनुभव कर रहा है। गुलजार आप का विरोधी है, शायद बड़े लोग उसे चाहते भी नहीं हैं। किन्तु हम लोगों का तो वह पक्का हितैषी है। हमारे सुख-दुख में साथ रहता है, पचास काम करता है और करवाता है। फिर भी उसके विरुद्ध मुझे चुनाव लड़वाना...। मेरी समझ में नहीं आता। मैं परेशान होकर आपके पास आया हूं जिससे इस गुत्थी को समझ और सुलझा सकूं...।

हरपाल सिंह को लगा कि अब उन्हें बोलना है। उन्होंने गला साफ करके कहा—संतोषी, तुमने ठीक कहा कि हम लोग नहीं चाहते कि गुलजार फिर प्रधान बने। लोगों की भावना है कि उसने गांवों में आपसी सम्बन्धों में दरार पैदा की है। मैं जानता हूं कि गांव में ऊंच-नीच का भेद रहा है। किन्तु हमारे दिल में तुम लोगों के लिए प्यार में कभी कोई कमी नहीं रही...। तुम्हारे सुख दुख में शामिल भले ही न हुए हों लेकिन उसे समझा जरूर है। मेरे पिता भी प्रधान रहे, मैं भी

प्रधान रहा। मेरे विचार से हमने कभी कोई अन्याय नहीं किया, अनजाने में हुआ हो तो कह नहीं सकता...तुम्हीं बताओ...।

संतोषी ने कोई उत्तर नहीं दिया। वैसे भी इस समय वह किसी विवाद में पड़ने की मन:स्थिति में नहीं था।

–और एक बात कहूं, मुझे तुम लोगों से भी कभी कोई शिकायत नहीं रही। सभी हमारा पूरा सम्मान करते रहे हैं, आदर व स्नेह देते रहे हैं। लेकिन गुलजार ने हमेशा यह प्रयास किया कि तुम लोगों के अन्दर हमारे प्रति घृणा पैदा हो, दूरी बने...। छोटी मोटी बातों को भी तिल का ताड़ बना दिया।

हरपाल सिंह कुछ पलों के लिए रुके। संतोषी की चुप्पी पर अब वह चकित थे।

–इसीलिए उसे हटाने के लिए यह सोचा गया कि इस बार तुम्हीं लोगों में से एक प्रधान बने। तुम्हारी गलतफहमी भी दूर हो। गांव का माहौल अच्छा बने, आपसी सम्बन्ध बेहतर हों और सब गांववासी भाईचारे व प्यार से रहें।

–ठाकुर साहब...। अब संतोषी बोला–अगर आप लोग ऐसा सोचते हैं तो सचमुच धन्य हैं। पर बुरा न मानें तो सच कहूं?

–जरूर...।

–मन को विश्वास नहीं होता। फिर एकाएक इस हृदय परिवर्तन का कारण...?

–कारण, कारण बतलाया तो। केवल गांव की खातिर, तुम लोगों की भ्रांति दूर करने के कारण हम लोगों ने यह निर्णय लिया है कि अगला प्रधान तुम लोगों में से हो...।

–और गांव के सब बड़े लोग इस पर सहमत हैं?

ठाकुर कुछ देर के लिए रुके। उन्हें लगा कि संतोषी से साफगोई से बात करना ही उचित होगा, हालांकि उस पर इसका प्रतिकूल प्रभाव भी पड़ सकता था। वह भड़क भी सकता था, बनती बात बिगड़ भी सकती थी।

–देखो भाई, प्रजातंत्र में एक मुद्दे पर सब तो कभी सहमत नहीं होते। हर व्यक्ति का अपना विचार होता है...। लेकिन हां, एक बात पर सभी सहमत हैं।

–क्या...?

–कि गुलजार को दोबारा प्रधान नहीं बनने देना है।

संतोषी ने कोई उत्तर नहीं दिया। इतना साफ था कि मुख्य लक्ष्य गुलजार को हराना है और इसे एक नया रूप देने के लिए दलित समाज के संतोषी को चुना गया है। किसी और के चुनाव लड़ने से गुलजार दलित समर्थन की तुरुप चला सकता था किन्तु संतोषी के साथ वह संभव नहीं था।

वे दोनों कुछ देर शांत रहे। तब संतोषी ने पूछा–आप चुनाव क्यों नहीं

लड़ते...?

हरपाल सिंह को इस प्रश्न की आशा थी।

—भाई, दो बार लड़ लिया। अब मन नहीं करता। फिर अब वो प्रधानी नहीं रही। अब तो भाग दौड़ करनी पड़ती है। विकास के तमाम काम कराने पड़ते हैं। यह सब हमारे बस में कहां...?

—ठाकुर साहब, ऐसा तो कुछ नहीं है। काम तो अवश्य है पर ऐसा नहीं कि आप न कर सकें। फिर आपके पास तो पचास काम वाले हैं। भागदौड़ तो वो भी कर सकते हैं।

—फिलहाल तो चुनाव लड़ने का मेरा मन नहीं है। आगे की कह नहीं सकता...। वह धीरे से हंसे।

संतोषी उनके कथन का विश्लेषण करने लगा। 'आगे से' उनका आशय चार छः दिन बाद का ही तो नहीं है, उसने इसे स्पष्ट कर लेना चाहा।

—मतलब इस बार आप चुनाव नहीं लड़ेंगे?

—फिलहाल...।

उनके संक्षिप्त उत्तर से वह संतुष्ट नहीं हुआ किन्तु इस बात को दोहराना उसे अच्छा नहीं लगा। वह चुप हो गया।

—अब तुम कोई उलझन मत रखो। चुनाव की तैयारी करो। हम सब तुम्हारे साथ हैं। और हां, लोकतंत्र में चुनाव लड़ने का सबको अधिकार है, मित्र को भी...। इसलिए मन में कोई संशय मत पालो। फिर जैसे तुम गुलजार के मित्र हो वह भी तो तुम्हारा मित्र है। उसका भी तो मित्र के नाते कोई कर्तव्य है। एक बार उसने तुम्हें जबरदस्ती चुनाव में झोंका था, दूसरी बार खुद प्रधान बन गया और केवल तुम्हारे समर्थन से। और अब अगर तुम लड़ना चाहते हो तो इसमें क्या अनुचित है। उसे स्वयं तुम्हारे पक्ष में चुनाव से हट जाना चाहिए। तब उसकी सच्ची दोस्ती पता चलेगी...।

हरपाल सिंह ने मित्रता का एक नया पहलू प्रस्तुत किया था और वह तर्कपूर्ण था। जब गांव के अधिकतर लोग गुलजार से अप्रसन्न हैं और उसके मित्र को समर्थन देने को तैयार हैं तब उसका भी तो कोई कर्तव्य था।

क्या गुलजार ऐसा करेगा, संतोषी सोचने लगा।

परसों ब्लाक कार्यालय में नामांकन का पर्चा भरा जाना था।

ठाकुर से भेंट करने के बाद संतोषी को तनिक राहत का अहसास जरूर हुआ था किन्तु मन का द्वन्द्व पूरी तरह समाप्त नहीं हुआ था। हां, पहली बार ठाकुर से मिलना उसे अच्छा लगा था। मन में उनके लिए कोई कुविचार नहीं आया था।

उसका हृदय आभार व आत्मीयता से सराबोर हो चला...।

घर आया तो मां ने बतलाया कि गुलजार ने उसे बुलाने किसी को भेजा था। सुनकर वह कुछ परेशान हुआ। देर रात में गुलजार के बुलावे का क्या आशय हो सकता है? कहीं उसे सन्देह तो नहीं...? संतोषी के इस समय घर पर उपलब्ध न होने का क्या अर्थ निकालेगा वह...?

मां खाना लगा रही थी...। बीच-बीच में उसके इस तरह गायब हो जाने पर कुछ-कुछ बोले जा रही थी...।

उसने कोई उत्तर नहीं दिया। खाना खाने बैठ गया और सोचने लगा कि क्या गुलजार से अभी मिलना उचित होगा। तब गुलजार को अपनी गैर हाजिरी का कोई उचित स्पष्टीकरण भी देना होगा। तत्काल कोई सफाई सोचने की स्थिति में वह नहीं था।

उसने घड़ी की ओर देखा। ग्यारह बजने को आये थे। सामान्यतः गांव में देर रात मिलने जुलने की कोई परम्परा नहीं थी। शायद गुलजार सो भी गया हो उसने सोचा।

किन्तु न जाने का भी गुलजार कोई गलत अर्थ लगा सकता था। संतोषी अच्छी तरह समझता था कि चुनाव को लेकर वह भी कम परेशान नहीं था। उसे तो आज तक यह जानकारी भी नहीं है कि उसका मुकाबला किससे होने जा रहा है। शायद इसी सम्बन्ध में वार्ता करने उसे बुलाया गया हो अथवा नामांकन की तैयारी के सम्बन्ध में कोई राय मशविरा करना हो। पिछले चुनाव का नामांकन उसे याद आने लगा। गुलजार ने एक बैंड की व्यवस्था की थी। लगभग पांच सौ व्यक्तियों के जुलूस के साथ वह पूरे गांव में घूमा था। बैंड फिल्मी धुनें बजा रहा था। उसके पीछे बच्चे नाच रहे थे। गुलजार के माथे पर रोली और चावल के टीकों की कई पर्तें पपड़ा गई थीं। गले में फूलों की मालाओं के झुंड थे। गांव के सभी प्रमुख व्यक्तियों का आशीर्वाद प्राप्त करने वह उनके घर गया था। जो बुजुर्ग दिखता उसके पैर छू कर आशीष मांगता। सरना चाचा और भगौती प्रसाद के पैर भी पहली बार उसने छुए थे।

तब जीप व ट्रैक्टरों का एक काफिला क्षेत्र समिति कार्यालय गया था। संतोष उसके साथ ही जीप में बैठा था। ब्लाक के सभी अधिकारी व कर्मचारी ठाकुरपुरवा के प्रधानी के चुनाव का उत्साह देखकर हतप्रभ थे।

उनके लिए मिष्ठान की विशेष व्यवस्था शहर से की गई थी। न जाने कितने डिब्बे खुलते व खाली होते गये।

उसे लगा कि गुलजार को सच बतलाने का अवसर आ गया है। किसी अन्य के माध्यम से जानकारी होने से यही अच्छा है कि वह स्वयं बतलाए। गुलजार की प्रतिक्रिया देखने का अवसर भी उसे मिलेगा। कहीं ठाकुर का कथन ही सच

न निकल जाये...। बाद में गुलजार कह सकता है कि समय से बतलाने पर वह संतोषी के पक्ष में अपनी उम्मीदवारी वापस ले सकता था।

आशा की धीमी सी किरण उसके अन्दर चमकी थी। अन्तस के गहन तिमिर में उसी आभा ने उसे बड़ा समर्थन व संरक्षण प्रदान किया था।

–मैं प्रधान से मिल कर आता हूं। भोजन से निवृत्त होकर उसने मां से कहा और चल दिया।

–इत्ती देर बेटा...। भोर में मिलियो। मां कह रही थी।

–जरूरी बात है। कहकर वह निकल पड़ा।

मां परेशान अवश्य हुई फिर बिस्तर पर आकर लेट गई। दिन भर का थका बदन और उस पर रात का यह पहर। सामान्यतः वह नौ बजे सो जाती थी। लेटते ही उसकी आंख लग गई।

देर रात में उसकी आंखें खुली तो संतोषी की चारपाई खाली देखकर वह बुरी तरह परेशान हो गई। रात का तीसरा पहर बीत रहा था। रात में एक भयावहता थी। इस तरह पूरी रात संतोषी कभी अनुपस्थित नहीं रहता था। मां के हृदय की धड़कनें तेज हो गईं। उसके अन्दर एक हौला सा उठ खड़ा हुआ। प्रधान का घर बस्ती के दूसरे कोने पर था। बीच में वीरान रास्ता था। अंधेरी रात थी। प्रधान के यहां गये एक अर्सा बीत गया था। पता नहीं वह वहां पहुंच भी सकेगी अथवा नहीं...।

वह सरना चाचा के घर की ओर चल दी। उसके पैर कांपने लगे, सांस बुरी तरह उखड़ गई।

सरना चाचा उसे देखकर चौंक गये। पूरी बात सुनकर दिलासा दिया। अपने लड़के चन्दर को तत्काल प्रधान के घर भेज दिया।

मां की धुकधुकी अब और तेज हो गई थी। अचानक उसके हाथ पैर कांपने लगे। किसी अनिष्ट की काली छाया अपने अन्दर मंडराती सी महसूस की उसने। वह धीरे-धीरे सुबकने लगी।

–रोती क्यों है? अभी हाल पता चल जायेगा। प्रधान से ही तो मिलने गया था सो परेशान क्यों है? बात करते देर हो गई होगी, प्रधान ने वहीं सोने को कह दिया होगा। सरना चाचा समझा रहे थे।

वह सिसकती रही। कैसे समझाए कि मां को अकेला छोड़कर संतोषी एक रात भी बाहर नहीं रहा था।

–चुनाव होने जा रहा है। सरना चाचा बोले–गुलजार ने बुला लिया होगा। संतोषी के बिना वह चुनाव कहां जीत सके...। कहने को तो कह गये किन्तु पहली बार एक कंपकंपी उनके हृदय को उद्वेलित कर गई। अंदर ही अंदर कुछ विचलित अनुभव करने लगे वह।

...कहीं गुलजार को संतोषी के चुनाव लड़ने की सूचना तो नहीं मिल गई। छोटे से गांव में इतनी अहम बात आखिर कब तक छिप सकती थी?

इन दिनों गुलजार दो बार उनसे भेंट कर चुका था। किन्तु इस बारे में उसने कोई बात नहीं की थी। हां, इस बात को लेकर वह जरूर परेशान था कि चुनाव में उसके प्रतिद्वन्द्वी की जानकारी नहीं हो पा रही थी।

संतोषी के चुनाव लड़ने की सूचना मिलने पर उसकी क्या प्रतिक्रिया होगी, सरना चाचा सोचने लगे। कहीं इसी सम्बन्ध में वार्ता करने न बुलाया हो। ऐसे में बात बिगड़ते देर कहां लगती है?

चन्दर के साथ प्रधान भी लौटा था। उसके चेहरे पर हड़बड़ाहट थी। माथे पर पसीना चमक रहा था।

–वो मेरे घर पहुंचा ही नहीं। गुलजार ने बतलाया–एकाध घंटे प्रतीक्षा करके मैं भी लेट गया था। उसका स्वर कांपने लगा।

–क्या...? मां बुक्का मार कर रोने लगी।

सरना चाचा थरथरा उठे। एकाएक समझ में ही नहीं आया कि क्या कहें अथवा करें। बड़ी मुश्किल से बोले–यह तो बताती है कि तुम्हारे घर को कहकर गया था...। उनका स्वर भारी हो चला।

–हां चाचा, पर वह पहुंचा कहां...? गुलजार का स्वर भी रुंआसा था।

–फिर कहां गया...? सरना चाचा की आंखें भर आईं, आवाज भर्रा उठी।

घर की औरतें संतोषी की मां को घर में अन्दर ले गईं जहां से उसके तीव्र विलाप का स्वर रात के सन्नाटे को चीरता दूर तक फैल रहा था।

चमरौटी के लोग जमा होने लगे। कुछ ही देर में वहां खासी भीड़ जमा हो गई।

–चलो, चाचा देखने चलो। तीन चार पार्टी अलग-अलग दिशाओं में जायें...।

लालटैन, गैस बत्ती, टार्च, मशाल जो उपलब्ध थे, उसे लेकर लोग चारों तरफ चल दिए।

पूरी बस्ती में कोहराम मच गया। स्त्रियां और बच्चे तक बाहर जमा हो गये। अधिकतर लोगों को कुछ जानकारी नहीं थी, इसलिए बड़े उत्सुक और परेशान थे।

दिन का उजास फैलते ही संतोषी की लाश जंगल में पाई गई थी।

8

अन्तिम सत्र की परीक्षा देकर मनोज लौटा तो पूरे गांव का माहौल तनावपूर्ण था। उसका परिवार भी इससे अछूता नहीं था। स्टेशन पर लेने आये मुंशीजी बड़े उदास और मुरझाए हुए थे। पूरे रास्ते भर एक शब्द नहीं बोले। मनोज अचरज में था पर मुंशीजी से कारण पूछना वह टाल गया। वह तो स्वयं एक अजीब सी मनःस्थिति से गुजर रहा था–एक ओर अध्ययन पूरा कर घर वापसी का उत्साह व उल्लास और दूसरी तरफ नयनी से बिछुड़ने की पीड़ा व दर्द...। अन्तस में सब गड्डमड्ड था–कभी एक हावी होता तो कभी दूसरा...।

किन्तु घर पहुंचने पर जब वही बुझापन और चुप्पी अम्मा और पिताजी के चेहरे पर देखी तो वह जरूर परेशान हुआ। पिताजी आशीर्वाद देकर बैठक में चले गये थे और अम्मा परीक्षा व यात्रा के बारे में दो-एक सवाल कर रसोईघर में चली आईं और फिर काफी देर वहीं बनी रहीं।

मन में तो चोर था ही। पूरे रास्ते नयनी और उसके साथ भविष्य की कल्पना में वह डूबा रहा था। अम्मा-पिताजी का रुख देखकर वह सशंकित हो गया। उसे लगा नयनी के बारे में उन्हें अवश्य कुछ और जानकारी हो गई है अथवा कहीं नयनी के पापा मम्मी ने ही पिताजी को कुछ न लिख दिया हो? वह अपने को एक नई परीक्षा के लिए तैयार करने लगा।

चाय, नाश्ता, स्नान और फिर भोजन से निवृत्त होने पर भी जब अम्मा की चुप्पी नहीं टूटी तो उसका धैर्य जवाब दे गया। एक न एक दिन उसे यह जोखिम उठाना ही है, वह सोचने लगा।

–सब लोग इतने गुमसुम और उदास क्यों हैं? तुम भी बात नहीं कर रहीं? उसने पूछा।

–बेटा, कल रात बड़ी खराब घटना घट गई। सहमे स्वर में अम्मा ने कहा।

–क्या...? उसने परेशान होकर पूछा।

–वो संतोषी था न, जाटवों का लड़का, तेरे पिताजी के खिलाफ चुनाव भी लड़ा था, रात जंगल में मार डाला...।

–क्या, मारा गया...? वह कांप गया।

–हां बेटा, कल रात वह कहीं गया था। रात में नहीं लौटा तो ढूंढ मची। आज भोर में उसकी लाश पड़ी मिली...।

–अम्मा, पर ऐसा क्यों हुआ...?

–मुझे क्या मालूम, प्रधानी का चुनाव होना है। हो सकता है उसी का कुछ चक्कर हो...।

–पर अम्मा, प्रधानी जैसे मामूली चुनाव के लिए हत्या...?

–बेटा, मैंने तो यों ही कहा। कोई और वजह भी हो सके।

–पिताजी इसीलिए दुखी हैं?

–हां, उसके गायब होने का हल्ला तो कल रात ही मच गया था। तभी से बुरी तरह परेशान हैं। एक पल भी नहीं सोये। सुबह लाश की खबर आई तब से तो इधर-उधर चक्कर काट रहे हैं। बार-बार कहते हैं कि यह बड़ा अनिष्ट हो गया...।

मनोज शांत रहा हालांकि उसके अन्दर भी अजब सी उथल-पुथल थी। ठाकुरपुरवा के इतिहास में हत्या की यह पहली घटना थी।

अपने दादा द्वारा बसाए गये गांव में घटित इस भयावह त्रासदी से हरपाल सिंह का दुखी होना स्वाभाविक था। भले ही गांव वालों के सामने अपने परिवार के योगदान की बात वह न भी करें, किन्तु इसका अहसास उनके अन्दर गहराई से मौजूद है। पत्नी, बच्चों और निकट सम्बन्धियों के सम्मुख वह अपने बाबा और पिता के किस्से बड़े चाव से सुनाते हैं। गांव, उसके भवन, सड़कें, बाजार, मन्दिर, स्कूल से जुड़ी अनेक स्मृतियां उन्हें अतीत से इस प्रकार जोड़े हुए हैं कि वह इन्हें लेकर भावुक हो जाते हैं। चमरौटी भी कोंई अपवाद नहीं है। वह भी उनके दादा की ही देन है। इसीलिए चमरौटी के निवासियों के हाथों पिछले चुनाव में हुई पराजय से वह अत्यन्त खिन्न और आहत हुए थे। किन्तु मन में किसी प्रकार का द्वेष नहीं था क्योंकि वह जानते थे कि दोषी सीधे-सच्चे फटेहाल दलित नहीं बल्कि गुलजार है।

इस बार प्रधानी के चुनाव को लेकर वह सचमुच पशोपेश में थे। संतोषी को खड़ा करने की योजना किसी निश्चित उद्देश्य के तहत बनी थी लेकिन संतोषी ने मिल कर उन्हें काफी डांवाडोल कर दिया था। संतोषी ने दो बार उनसे चुनाव लड़ने के बारे में पूछा था और भले ही उन्होंने 'फिलहाल' कह कर अपने वक्तव्य में सतर्कता बरती थी किन्तु संतोषी के प्रस्थान के बाद स्वयं उनका मन बड़ा अस्थिर हो चला था। जाहिर था कि संतोषी की मुलाकात का आशय केवल इस ओर से आश्वस्त होना था कि ठाकुर हरपाल सिंह वास्तव में चुनाव नहीं लड़ रहे। शायद इसी विश्वास व आस्थां के साथ वह लौटा भी था। एक दलित व निर्धन नवयुवक के प्रति विश्वासघात न उनके परिवार की गरिमा के अनुरूप था और न ही ठाकुर

हरपाल सिंह के व्यक्तित्व, सम्मान व प्रतिष्ठा को ठेस पहुंचाये बिना स्वीकार किया जा सकता था। हां, राजनीति में उचित-अनुचित सब जायज कहा जाता है, परन्तु सम्मान व आभार से लबालब संतोषी के नेत्रों का बदलाव वह कैसे बर्दाश्त कर सकेंगे...? मित्रगण कुछ भी कहें, अपनी अस्मिता की सुरक्षा का दायित्व तो व्यक्तिविशेष पर ही होता है।

इसी कशमकश के चलते वह काफी देर सो नहीं सके। पिताजी का चेहरा बार-बार उनके जहन में उभर रहा था। दलितों का विश्वास अर्जित करने के लिए उन्होंने क्या नहीं किया? न जाने कितनों को रोजगार दिलाया, मकान, खेती-बाड़ी, शादी-ब्याह के निमित्त कभी किसी ने सहायता मांगी तो कभी निराश नहीं किया।

संतोषी का पिता बिरजू प्रसाद भी उनके खेत में मजदूरी करता था। शराब की लत से बुरी तरह ग्रस्त था। रोज किसी न किसी बहाने पैसे के लिए मुंशी जी के सामने हाथ पसारे खड़ा रहता। स्वयं राघवेन्द्र सिंह ने उसे काफी समझाया बुझाया किन्तु उस पर कोई प्रभाव नहीं हुआ। उसका स्वास्थ्य काफी गिर गया था। एक दिन उन्हीं के जीवन काल में वह चल बसा। वह अत्यन्त दुखी थे। परिवार को हर संभव सहायता भी करना चाहते थे किन्तु जब उनके कानों में यह पड़ा कि बिरजू की पत्नी ने उन्हें 'हत्यारा' कहकर सम्बोधित किया तो उन्होंने अपना रुख बदल लिया। हां, बिरजू के नाम कर्ज की एक बड़ी धनराशि उन्होंने अवश्य माफ कर दी।

आज उसी बिरजू के पुत्र संतोषी जो घोषित रूप से उनका कट्टर विरोधी रहा है, ने उन्हें गंभीर धर्मसंकट में डाल दिया था। पिताजी अदृश्य से आह्वान करते सुनाई पड़ते-तुच्छता दिखाने के असंख्य अवसर हैं, बड़प्पन के बहुत कम। व्यक्ति के विश्वास की क्षति से बड़ी आत्मग्लानि कोई नहीं...। यह दीमक की भांति अन्दर ही अन्दर कुतर कर उसके अन्तस को खोखला बना देती है।

मानसिक परिदृश्य साफ हो चला। उन्होंने चुनाव न लड़ने का निर्णय कर लिया। वह हल्का अनुभव करने लगे व सोने का उपक्रम कर ही रहे थे कि एक अजीब सा शोर-शराबा उनके कानों में पड़ने लगा। उन्हें लगा डकैतों के किसी गिरोह ने गांव पर हमला बोल दिया है। तुरन्त मुख्य द्वार पर आकर चौकीदार को आवाज दी।

—ऐ रामू, कैसा शोर-शराबा है?

रामू स्वयं परेशान होकर बाहर खड़ा इधर-उधर ताक-झांक कर रहा था।

—मालिक, कुछ पता नहीं। सबी तरफ हो हल्ला मचा है।

—बदमाश तो नहीं आ गये...?

—मालिक, हो सके पर गोली-वोली तो चली नहीं...।

—अच्छा, तू अन्दर आ। छत पर चल कर देखते हैं।

दौड़कर वह अपने कमरे में आये और अपनी राइफल व बन्दूक लेकर बाहर निकले। रामू को बन्दूक पकड़ा दी और तब तिमंजली छत पर जाकर देखा कि गांव की चारों दिशाओं में लोगों के झुंड जा रहे हैं। टिमटिमाती टार्च, लालटेन की मिचमिचाती रोशनी, धधकती मशालें दूर तक दिखाई दे रही थीं। अजब नजारा था...। ऐसा लगा पूरी आबादी मानो कूच कर रही हो...। विद्रोह जैसा दृश्य नजर आ रहा था।

वह उलझन में पड़ गये। दिल की धड़कनें तेज हो गईं। ऐसा दृश्य पहली बार उन्होंने देखा था। उन्हें कुछ समझ ही नहीं आया। ऐसी दुरूह स्थिति में हर व्यक्ति किसी सलाह का तलबगार होता है...।

–यह सब क्या है, रामू?

–मालिक, मेरी तो अक्ल फिर गई है। ऐसा तो कभी देखा नहीं...। पता नहीं क्या विपदा आन पड़ी है। उसका स्वर थरथरा उठा।

हरपाल सिंह कुछ पल सोचते रहे और फिर बोले–तू जाकर सुखवीर, रवीन्द्र को बुला ला। बन्दूक साथ में रख...। और हां, तुरत-फुरत आना।

–जी मालिक...। कहकर रामू दौड़ता हुआ नीचे उतर गया।

कुछ देर खड़े-खड़े वह समूचे परिदृश्य को समझने का असफल प्रयास करते रहे और फिर नीचे आकर व्याकुलता से आंगन में टहलने लगे।

रामू के लौटने में कुछ विलम्ब हुआ था। रवीन्द्र घर पर नहीं था। सुखवीर भी शोर शराबा सुनकर निकला हुआ था। बाद में दोनों ही ज्ञानू के साथ गांव के पूर्वी मुहाने पर खड़े मिले जहां से चमरौटी का रास्ता जाता था। वहां खासी भीड़ थी। संतोषी के गुम होने की खबर फैल रही थी। वे तीनों हरपाल सिंह से मिलने की सोच रहे थे कि रामू टकरा गया।

संतोषी के लापता होने की खबर पर ठाकुर पसीना-पसीना हो गये। धड़कनें कानों तक बजने लगीं। तेज बेचैनी और घबराहट ने उन्हें जकड़ लिया। एकाएक यह निर्णय ही नहीं ले सके कि मित्रों को संतोषी के आने के बारे में बतलाना उचित है अथवा नहीं। लेकिन उन्हें लगा कि गांव में ऐसी सूचना की गोपनीयता रखना कितना कठिन है। चौकीदार जानता ही था। हो सकता है संतोषी स्वयं किसी को बतलाकर आया हो अथवा आते-जाते कर कह डाला हो। बात उड़ते देर कहां लगती है? एक न एक दिन पता चलना ही है। तब मित्रों के सम्मुख बड़ी दुविधाजनक स्थिति खड़ी हो सकती है। और फिर दोस्तों पर तो विश्वास करना ही पड़ता है। उन्हीं के द्वारा पूरी योजना बनाई गई थी और संतोषी से मुलाकात उसी शृंखला की कड़ी थी।

हरपाल सिंह ने बतलाया तो वे तीनों भी चिंतित अनुभव करने लगे।

—कितनी देर पहले आया था...? सुखवीर ने पूछा।

—अरे यही कोई साढ़े नौ, दस के लगभग...। आधा घंटा बैठा था। बातचीत करके चला गया।

—कहां...? ज्ञानू ने पूछ लिया।

—मैं कोई उसके साथ गया था...। हरपाल सिंह ने झुंझलाकर उत्तर दिया।

—अरे भाई मैंने सोचा, उसने कुछ कहा हो या कुछ जिक्र किया हो।

—उसने कुछ नहीं बतलाया...।

—अच्छा, संतोषी कब से गायब है? क्या यहां से लौटने के बाद ही...? रवीन्द्र ने पूछा।

वे तीनों एक-दूसरे का चेहरा देखने लगे। हरपाल का चेहरा सफेद हो चला था।

—भई, यह तो पता नहीं कि कब से गुम है। सुखवीर ने कहा।

—लेकिन यह हल्ला तो अभी मचा है। तब से लापता होता तो अब तक लोग चुप रहते भला। रवीन्द्र ने कहा।

—हो सकता है किसी ने गम्भीरता से न लिया हो। पहले इधर-उधर देखते रहे हों। फिर घर पर अकेली बूढ़ी औरत है, वो कहां मारी-मारी फिरती। रवीन्द्र सिंह ने बतलाया।

चारों चिन्ताओं के उमड़-घुमड़ में फंसे हुए थे। लगा कि कोई घोर अनिष्ट घटित होने जा रहा था। संतोषी का ठाकुर से मिलने आना और फिर लापता हो जाना किसी गम्भीर षड़यंत्र के सन्देह को इंगित करता था। जुड़ती कड़ी को कौन अनदेखा कर सकता था?

—यार, यह बुरा हुआ...। गहलौत ने मौन तोड़ा—अब तो ईश्वर से यही प्रार्थना है कि वह जल्दी लौट आये। कहीं कुछ अशुभ न हो...।

वह चारों ही किसी अनजानी दहशत की गिरफ्त से जकड़ा महसूस कर रहे थे। माथे पर बार-बार उगता पसीना, आंखों की बेचैनी, हाथों की कंपकंपी और पलकों की फड़कन उन्हें दयनीय बना रही थी। हरपाल सिंह का अधिक चिंतित होना स्वाभाविक था। अन्दर की बेचैनी से वह बुरी तरह घबरा गये थे। ऐसे में ईश्वर को याद करने के अलावा वह कर भी क्या सकते थे?

—अरे परेशान मत हो। ईश्वर सब ठीक करेगा। फिर अभी पूरी बात भी कहां पता चली है? क्या मालूम सच क्या है? छड़ा आदमी है। हो सकता है इधर-उधर चला गया हो...। रवीन्द्र सिंह ने समझाया—चलो, अब चलो। सुबह देखेंगे...।

चाहकर भी हरपाल सिंह उन्हें नहीं रोक पाए। अन्तस की तड़प मनुष्य की सोचने-समझने व निर्णय लेने की क्षमता को पूरी तरह जर्जर बना देती है। क्या

संतोषी सचमुच किसी साजिश का शिकार हो गया...? यदि उसके जीवन को क्षति पहुंची है तो सचमुच ज्वाला भड़क उठेगी। आग का धुंआ उन तक भी अवश्य पहुंचेगा। संतोषी की हत्या का सूत्र प्रधानी के चुनाव से अवश्य जुड़ेगा और भले ही उनकी नीयत साफ थी किन्तु षड़यंत्र की योजना के सूत्रधारों में वह भी सम्मिलित थे।

आंखें जल रही थीं। गला सूख रहा था। अन्दर उठती कंपकंपी उनके पूरे बदन को हिला जाती। सुबह मनोज को आना था। परिवार में काफी उत्साह था। अध्ययन पूर्ण कर बेटे की वापसी पर पति-पत्नी पूरी तरह आह्लादित थे...।

किन्तु एकाएक सब उलट पुलट गया था। चहकती फुदकती शाम एक भयावह रात्रि में बदल गई, जहां खौफ का साया मंडराने लगा। ठकुराइन कुछ नहीं जानती थी किन्तु पति की दशा से वह कैसे अछूती रह पाती।

सुबह लाश मिलने की खबर आई तो पसीने-पसीने हो गये वह। मन मस्तिष्क के सारे तन्तु जैसे अस्त-व्यस्त हो गये थे। अन्दर झंझावात-सा उठ खड़ा हुआ था।

काफी देर जड़वत बैठे रहे वह और तब कपड़े बदलकर चमरौटी की ओर चल दिए। रास्ते में सुखवीर और रवीन्द्र को भी साथ ले लिया।

जीवन में पहली बार चमरौटी क्षेत्र में गये थे वह। रोने-कलपने की आवाज दूर तक गूंज रही थी। संतोषी का घर चारों ओर से घिरा था। कपड़े में लिपटा संतोषी का शव आंगन में रखा था। पुलिस पोस्टमार्टम की जल्दी में थी किन्तु गांव वालों के आग्रह पर शव घर में ले आया गया था।

संतोषी की मां बदहवास सी विक्षिप्तों की तरह दहाड़ें मार रही थी। उसका दर्द देखे नहीं बनता था।

हरपाल सिंह की आंखें भर आईं। विषाद व करुणा का माहौल असहनीय हो चला। वह ज्यादा समय नहीं टिक सके, तुरन्त वहां से चले आये।

पूरे गांव में एक मनहूस सन्नाटा उतर आया था। सड़कें खाली थीं। एकाएक उमस बढ़ गई थी। हवा बंद थी। एक घुटन का अहसास उन्हें हो रहा था। तीनों मित्र गुमसुम से चल रहे थे।

–अन्तिम संस्कार में शामिल होंगे...। हवेली के द्वार पर पहुंचने पर हरपाल सिंह ने धीरे से कहा।

शाम तक इतना पता चल गया था कि संतोषी कल रात में घर आया था, तब भोजन ग्रहण कर गुलजार से मिलने निकला था। इस सूचना पर हरपाल सिंह ने भारी राहत महसूस की। एकाएक हृदय का बोझ काफी हल्का हो गया। मन ही मन उन्होंने ईश्वर को धन्यवाद दिया।

चमरौटी से लौटे तो उनका सिर भन्ना रहा था। आंखों में जलन थी और बदन पूरी तरह टूट रहा था। वह कमरे में जाकर लेट गये पर नींद उनके आसपास नहीं भटक रही थी। मनोज से मिलने उठे और फिर आकर लेट गये। पत्नी ने आकर कुछ बातचीत करने की पहल की तो काफी देर चुप रहे और फिर मुझे आराम करने दो..., कहकर दूसरी ओर करवट बदल ली। भोजन के लिए भी इन्कार कर दिया।

लेटे-लेटे जब कमर दुखने लगी तो उठकर बैठक में आकर बैठ गये और दाह संस्कार की सूचना की प्रतीक्षा करने लगे।

दिन बड़ा लम्बा हो गया था। तीसरे पहर सुखवीर, रवीन्द्र और ज्ञानप्रकाश उनके पास आये थे और तब वे चारों अन्तिम संस्कार में शामिल हुए और यह भी तय किया कि रात्रि भोज के बाद आपस में विचार-विमर्श करना निहायत जरूरी है।

चारों की चिन्ता लगभग बराबर थी। इसलिए उन सभी को अपनी रक्षा की रणनीति बनाना आवश्यक लग रहा था।

–पुलिस ने जांच शुरू कर दी है। रवीन्द्र ने वार्ता आरम्भ की–संतोषी के घर के बाद जाटवों के प्रमुख मंगलू से दरयाफ्त की है।

–सरना चाचा से...? ज्ञान प्रकाश ने पूछा।

–उनसे अभी कोई बात नहीं की है। पर एकाध दिन में होगी ही। सरना और भगौती प्रसाद से पुलिस जरूर जानकारी हासिल करेगी क्योंकि जाटवों के असली मुखिया तो ये दोनों ही हैं। रवीन्द्र ने ही कहा।

–और उनसे बात होगी तो प्रधानी के चुनाव की बात जरूर आयेगी। वो चौधरी साहब का नाम लेंगे। और चौधरी साहब मेरा और रवीन्द्र का। उनसे तो हमीं लोग मिले थे। सुखवीर का स्वर चिन्ता में घुल चला।

–देखो, बात हमारी तुम्हारी नहीं है। हरपाल ने हस्तक्षेप किया–यह बात तो खुलनी ही है। सवाल यह है कि हमें इसे स्वीकार करने में क्या हर्ज है। अच्छा है कि मैंने तो पर्चा भी नहीं भरा और सच कहूं, यार कल संतोषी से मिलने के बाद मैंने चुनाव लड़ने का इरादा ही छोड़ दिया था। ईश्वर की सौगन्ध खाकर कहता हूं। उनका स्वर भारी होने लगा। गला साफ कर वह फिर बोले–खैर, अब चुनाव की क्या बात करना। बहरहाल इस बात को छिपाने से कोई लाभ नहीं है। क्यों रवीन्द्र...?

–मैं भी यही सोच रहा था। रवीन्द्र ने समर्थन किया।

–वो तो ठीक है पर भाई, यह सोचो कि इस गरीब की हत्या हुई क्यों...। उसका तो किसी से कुछ लेना देना भी नहीं था। सुखवीर ने प्रश्न किया।

सुबह से ही यह प्रश्न उन चारों को अन्दर ही अन्दर बुरी तरह उद्वेलित किए

हुए था। अलग-अलग ढंग से उन्होंने इधर-उधर बात भी की किन्तु अधिकतर लोगों के लिए संतोषी की हत्या असाध्य पहेली था।

—देखो सुखवीर, रवीन्द्र सिंह ने उत्तर दिया—उसकी हत्या का कोई और कारण तो पता नहीं चलता। मुझे तो कोई गहरी साजिश लगती है।

—क्या...? वे सभी सतर्क हो गये।

—देखो...। रवीन्द्र सहमी सी आवाज में बोला—ऐसा लगता है कि गुलजार को हमारी योजना की भनक लग गई। संतोषी के चुनाव लड़ने से तो उसी को नुकसान होना था।

—इसका मतलब कि संतोषी का सफाया गुलजार ने कराया है। इधर-उधर देखकर ज्ञान प्रकाश बोला।

—धीरे बोल यार...। रवीन्द्र ने टोका—सोचो कि संतोषी के चुनाव लड़ने से गुलजार का तो राजनैतिक अंत हो जाता...।

—सो तो है पर यार गुलजार बड़ा शातिर और चालाक आदमी है। अपने घर बुलावा देकर वह संतोषी की हत्या क्यों कराएगा...? संतोषी को कभी भी घेर सकता था। अब तो सीधे उसी पर शक हो सकता है। सुखवीर ने कहा।

—सुखवीर की बात में जान है। हरपाल सिंह काफी देर बाद बोले।

—गुलजार ऐसी मूर्खता नहीं करेगा। फिर उस रात तो गुलजार घर पर ही मौजूद मिला और दौड़ा-दौड़ा आया भी...। तब से वहीं डोल रहा है। सारा काम अपने जिम्में ले रखा है।

—तुम लोगों के तर्क में बल तो है, लेकिन संतोषी की हत्या का कोई और कारण भी तो नजर नहीं आता...।

कुछ देर वे शान्त रहे, निराश और हताश से...। सब तरफ के रास्ते बन्द होते नजर आते और लौट-लौट कर उनकी योजना को संदिग्ध बना डालते। किसी को कुछ नहीं सूझ रहा था। ऐसे में सुखवीर दार्शनिक अन्दाज में बोला—देखो भाई, आदमी के जीवन का सच ठीक-ठीक कहां पता चलता है। मनुष्य के जीवन का पचास-साठ प्रतिशत ही दूसरों को ज्ञात होता है। कुछ का और भी कम...। जीवन में अनेक ऐसे रहस्य होते हैं जो मनुष्य अपने साथ लेकर मरता है। उनके अलावा उन्हें कोई जान ही नहीं पाता, अधिक से अधिक वह व्यक्ति जिससे यह प्रकरण सम्बन्धित है। ऐसे राज हम सभी के जीवन में हैं। इस सत्यता से शायद ही कोई इनकार करे। सम्भव है संतोषी के जीवन में भी ऐसा ही कोई रहस्य हो...।

—बड़े पते की बात कही है सुखवीर ने...। रवीन्द्र ने तत्काल समर्थन दिया—यह सम्भव है, बिल्कुल सम्भव है। हो सकता है पुलिस इसे खोज ले...।

'काश ऐसा ही हो...।' हरपाल सिंह ने मन ही मन प्रार्थना की किन्तु कुछ बोले नहीं...।

–बहरहाल–हरपाल सिंह ने कहा–यह तय है कि हम सच बोलेंगे।

–सौ फीसदी, इसमें झूठ बोलने से गड़बड़ हो सकती है। पुलिस बेवजह शक करेगी और ऐसे में जब कोई और सबूत नहीं मिलता तो पुलिस शक वाली थ्योरी को ही सच मान लेती है...। रवीन्द्र ने समझाया।

रात गहरा गई थी। पूरे गांव में सन्नाटा छाया था।

कल इसी समय तो किसी मनहूस घड़ी का साया इस गांव पर पड़ा होगा–हरपाल सिंह ने सोचा।

भय व आतंक के काले बादल ठाकुरपुरवा पर मंडरा रहे थे। संतोषी की हत्या से उपजा आतंक केवल चमरौटी तक ही सीमित नहीं था। पूरा गांव दहशत की गिरफ्त में था। हर आदमी के चेहरे पर खौफ और असुरक्षा की मनहूस परछाई देखी जा सकती थी। गांव में हुई इस पहली हत्या ने लोगों को अन्दर तक हिला दिया। सोच-सोचकर ही लोग कांपने लगते...। इसका प्रभाव रोजमर्रा की जिन्दगी पर दिखलाई दिया। किसानों ने रात में ट्यूबवेल पर सोना बंद कर दिया। गांव से बाहर रात में आना-जाना तो बंद हो ही गया, गांव के अन्दर भी लोग दिन छिपते घर में घुस जाते। दुकानें सांझ ढलते बंद होने लगीं। एक तो स्वयं अपनी सुरक्षा का भय और फिर ग्राहकों का अभाव...। ऐसा लगता मानो स्वघोषित कर्फ्यू लागू है। यह अच्छा ही था कि विद्यालय की परीक्षाएं समाप्त हो गई थीं तथा ग्रीष्मावकाश घोषित हो चुका था। कम से कम बच्चों की इस चिन्ता से मां-बाप मुक्त रहे। गलियों व गलियारों में कूदते-फांदते बच्चों की अनुपस्थिति आंखों को खलती।

चमरौटी वासियों के लिए तो यह जीवन की सबसे भीषण त्रासदी थी। ऐसा संकट तो उनकी सोच के परे था। सीधे-सच्चे, मेहनत से जीवनयापन करने वाले लोगों ने इसकी कभी कल्पना भी नहीं की थी कि उनमें से कभी कोई शत्रुता, रंजिश, षडयंत्र, प्रतिद्वन्द्विता अथवा प्रतिशोध का शिकार भी बन सकता था। आपस में न उनमें कोई दुश्मनी थी और न ही बैर का कोई आधार...। थाने व कचहरी से उनका कोई वास्ता नहीं रहा था। छोटे-मोटे विवाद को सुलझाने के लिए समाज के बुजुर्गों की मध्यस्थता ही काफी थी।

जीवन में संघर्षों से जूझने का उनका अपना अंदाज था। रोजी, रोटी, कपड़ा, मकान की छोटी-मोटी दिक्कतें उन्हें कतई विचलित नहीं करतीं। शायद इन्हें वह अपने नियति का अंग मान चुके थे। सरल व पारम्परिक जीवन जीने वाले ये लोग किसी भी महत्वाकांक्षा से बहुत दूर थे। दो जून की रोटी, बदन पर एकाध जोड़ी कपड़े, सिर पर छत का साया और समय पर मुंडन, लगन, ब्याह, तेरही जैसे संस्कारों की पूर्ति–इससे अधिक की कामना एकाध को छोड़कर किसी के दिल में नहीं थी।

इसलिए संतोषी की हत्या ने उन सभी को बड़ा कमजोर व असुरक्षित बना दिया था। वे यह स्वीकार करते थे कि दलितों के अन्य नवयुवकों की तुलना में संतोषी भिन्न व विशिष्ट था। भले ही उसकी उग्र मानसिकता व विद्रोही तेवरों के विकास के लिए गुलजार भी काफी सीमा तक उत्तरदायी रहा था किन्तु उसके अन्तस की बेचैनी व छटपटाहट शुरू से ही महसूस की गई थी। चाहे वह नितांत विपन्नता व अभाव में अध्ययन जारी रखने का हठ हो अथवा बाल्यावस्था में ठाकुर के खेतों में मजदूरी करने से इनकार अथवा मां के लाख कहने पर नौकरी के लिए ठाकुर के पास न जाने की अड़ियल जिद। तेजतर्रार नवयुवक के रूप में जब उसने गांव की हस्ती और अधिकतर लोगों के लिए देवता-तुल्य ठाकुर के विरुद्ध प्रधानी का चुनाव लड़ा तब भले ही राजनैतिक दांवपेंच व कलाबाजी अथवा गुलजार की चाल से वह पूरी तरह अनभिज्ञ था किन्तु दलित समाज को अपनी शक्ति का आभास कराने में वह अवश्य सफल रहा था। उसी के आग्रह पर ठाकुरपुरवा में दलितों की पृथक पंचायत गठित की गई, पहले भगौती प्रसाद और फिर मंगलू राम इसके मुखिया चुने गये और चमरौटी से सम्बन्धित सभी मसलों को इसी पंचायत में रखने की परिपाटी की पहल हुई।

दलितों के सम्मान को सुरक्षित रखने के लिए वह सतत् संघर्षशील रहा। इस माने में भी वह चमरौटी के अन्य लोगों की अपेक्षा भिन्न था। दलितों के पक्ष में मुद्दे उठाने में वह हमेशा आगे रहता। किसी भी अन्याय का विरोध करने में मोर्चा लेने से कभी गुरेज नहीं करता। लेकिन इस सबके बावजूद ऐसा कहीं कुछ नहीं घटित हुआ था जो व्यक्तिगत शत्रुता के स्तर तक जा पहुंचे।

संतोषी अविवाहित था किन्तु उसके आचरण पर गांव वालों को कभी उंगुली उठाने की आवश्यकता नहीं हुई।

इसके बावजूद संतोषी की हत्या से चमरौटी ही नहीं पूरा गांव हतप्रभ था। तरह-तरह के कयास लगाए जाने लगे। नई-नई बातें सामने आने लगीं। अफवाहों का बाजार अलग गर्म था। लोगों में एक अजब सी व्याकुलता व उत्सुकता थी। आपस में एक दूसरे को कुरेदते रहते...।

किन्तु सरना चाचा और भगौती प्रसाद पूरी तरह गुमसुम थे, बुरी तरह सहमे हुए...। यह चुप्पी आघात जनित थी अथवा अपराध जनित, कोई नहीं जानता।

प्रधानी का चुनाव रह-रह कर उनके मस्तिष्क में घूम जाता...।

कहीं वे संतोषी की हत्या के षडयंत्र में भागीदार तो नहीं हैं...?

दोनों की नींद उड़ गई थी।

तफतीश शुरू हो गई। पहले स्थानीय पुलिस और फिर एक के बाद एक कई आला अफसरान के दौरे हुए। परगना मजिस्ट्रेट भी रस्मी तौर पर शासनादेश का पालन कर गये। संतोषी की बिलखती मां को कुछ आर्थिक सहायता का आश्वासन भी दिया जिसे पूरा होने पर छः माह से भी ऊपर का समय लगा था।

लाश गांव के उत्तरी भाग में जंगल में पाई गई थी। इसी ओर कस्बे के लिए मुख्य मार्ग जाता है। जाहिर है कि संतोषी को चमरौटी व गांव के बीच निर्जन स्थान से पकड़ कर इधर ले आया गया था जिससे भागने में सुविधा रहे।

बदन पर चाकू के तीन गहरे निशान थे। कुछ साधारण चोटें भी थीं जिनसे यह अनुमान लगाया जा सकता था कि संतोषी ने रक्षा के लिए काफी संघर्ष किया। उसके कपड़े भी कई जगह से फटे हुए थे। पोस्टमार्टम रिपोर्ट के अनुसार हत्या का कारण चोटों के साथ-साथ दम घुटना भी पाया गया, जिससे यह साफ था कि मुंह दबोचकर कुछ लोगों द्वारा उसे किसी एकान्त स्थल से पकड़ा गया और तब जंगल में चाकुओं से वार किये गये।

पुलिस द्वारा तहकीकात की शुरुआत संतोषी की मां से हुई। किन्तु वह कभी ठस्स सी शून्य में आंखें गड़ाये गुमसुम सी बैठी रहती तो कभी विक्षिप्तों की भांति दहाड़ें मारकर विलाप करने लगती। वैसे भी संतोषी के कार्य-कलापों व गतिविधियों के सम्बन्ध में उसकी जानकारी लगभग शून्य थी। उसकी तो जीवन रेखा ही मानो भंग हो गई थी, सब कुछ छिन्न-भिन्न हो गया था...। यौवनावस्था में वैधव्य और अब जवान पुत्र की मौत...। उसकी दुनिया खाली थी, एकदम वीरान, असहाय, निरुद्देश्य...। ऐसे में मनुष्य क्यों जीता है, कैसे जीता है...? क्या जीवन यों भी घिसटता है, रेंगता, घुटनों के बल सरकता, हाथों पैरों से रिसते खून के साथ...। ...पति की मृत्यु के बाद ही उसका जीवन रिक्त था, अब उसमें शून्यता थी...। ऐसे में शुभचिन्तक भी जीवन के अस्तित्व को बड़ी दया व बेचारगी से देखते हैं।

रीति के विरुद्ध वह संतोषी के शव के पीछे रोती कलपती चलती गई थी तथा दाह संस्कार पर एकाएक इतनी उग्र हो चली कि उस कृशकाय स्त्री को नियंत्रित करने में चार-चार आदमियों को पूरी शक्ति प्रयोग करनी पड़ी। उसकी दुर्दशा देखकर पूरा गांव पसीज उठा।

संतोषी का दाह संस्कार भी ठाकुरपुरवा के इतिहास की उल्लेखनीय घटना है। किसी की अंतिम क्रिया में पहली बार इतनी भीड़ देखी गई। ऐसा लगा पूरा गांव ही उमड़ पड़ा हो। चमरौटी के सभी परिवार तो शामिल थे ही, पहली बार किसी दलित के दाह संस्कार में निरंकार चौधरी, मास्टर टीकाराम, सुखदेव शर्मा, लाला रामनिवास, भूपति यादव, सुखवीर गहलौत और ठाकुर हरपाल सिंह तक सम्मिलित हुए थे। गुलजार तो शुरू से लगा ही हुआ था।

उसकी आंखें लगातार बह रही थीं। फूलकर लाल हो गई थीं।

पूछताछ के दूसरे दौर में पुलिस द्वारा चमरौटी के लोगों से बात की गई। सबसे पहले प्रधान मंगलू राम से वार्ता हुई लेकिन वह कोई लाभप्रद जानकारी नहीं दे सके...। अब सरना चाचा और भगौती प्रसाद की बारी थी। घोर दुविधा से जकड़े हुए थे वे। उनकी रातों की नींद उड़ गई थी। सोच-सोचकर ही कांपने लगते। वे जानते थे कि प्रधानी के चुनाव के बारे में संतोषी को दिए गये प्रस्ताव की जानकारी गांव में इनेगिने लोगों को थी। हरपाल सिंह से उनकी कोई बात नहीं हुई थी, किन्तु वह समझते थे कि निरंकार चौधरी के साथ हरपाल सिंह और उसके जिगरी सुखवीर गहलौत की इसमें अहम भूमिका थी। ऐसा लगता था कि सारी योजना उन्हीं के द्वारा बनाई गई है।

–भइया, दाह संस्कार से लौटकर देर रात में सरना चाचा भगौती प्रसाद से मिले थे–पुलिस ने तहकीकात शुरू कर दी है। हमसे तुमसे भी पूछेंगे...।

–सो तो है...। भगौती प्रसाद का स्वर सहमा हुआ था।

–भइया, बताओ क्या कहना है। जो कहें मिलजुलकर कहें, कहीं हम पर ही न शक हो जाये...।

भगौती प्रसाद चुप रहे। उनके चेहरे पर चिन्ता व अवसाद की काली छाया मंडरा रही थी। आंखों में बेचैनी और तड़प थी।

–बोलो भइया...?

–सरना, मेरे विचार से तो जो सच है उसे बतलाना जरूरी है। अपने स्वर को स्थिर रखते हुए कहा उन्होंने।

–मतलब प्रधानी वाली बात...?

–और क्या...।

–पर भइया, कहीं कुछ उल्टा न हो जाये। पुलिस की कारगुजारी तुम जानो ही। कहीं हमें ही न लपेट ले।

भगौती प्रसाद कुछ पल सोचते रहे। उनके हाथों में हल्का सा कंपन था। अन्दर एक अजीब सी धकापेल मची हुई थी। गला सूख रहा था। कंधे पर पड़े अंगोछे से उन्होंने अपना माथा और मुंह पोंछा और फिर बोले–देखो सरना, दो बातें हैं–एक तो यह कि संतोषी की हत्या का राज खुलना जरूरी है। बेचारा भोला भाला, रात दिन जूझने वाला बच्चा किस बुरी तरह मार डाला गया...। बिरजू की औरत को बेसहारा कर गया...। जीते जी मर गई वह...। उनकी आवाज भर्रा उठी, आंखें पनिया गईं। कहने लगे–उसकी तो हालत नहीं देखी जाती। पहले जवान आदमी चला गया और अब जब लड़का लायक बना तो...। उनका स्वर अटक गया। सिसकियां बह निकलीं।

सरना चाचा भी अपने आंसू पोंछ रहे थे। मुंह नीचा किए वह भी सुबकते रहे।

—बताओ क्या किया था बेचारे ने...? नौकरी-चाकरी और फिर लोगों के कामकाज। कभी कोई गलत बात सुनी उसके खिलाफ...? सिसकियां थामने का असफल प्रयास करते हुए वह बोले।

—कभी नहीं भइया। एक लफ्ज भी कहा हो किसी ने...।

—इसलिए इस काण्ड का पर्दाफाश होना तो जरूरी है। क्यों सरना...?

—भइया, ठीक कहते हो...।

—और दूसरे यह कि हम क्यों डरें, सिर्फ इसलिए क्योंकि हम ने उससे चुनाव लड़ने की बात कही थी। तो कौन सा गुनाह किया। गांव के बड़े लोगों की कौन सी बात हम नहीं मानते। चौधरी साहब का कहा कब टाला है। उन्होंने जो कहा, हमने उससे कह दिया। अब अगर इसमें कोई साजिश है तो वह खुलनी ही चाहिए...। उनके स्वर में दृढ़ता आ गई थी।

—देखो भइया, हमें बेवजह इसमें फंसा दिया...। सरना चाचा अब भी चिन्ता से उबरे नहीं थे।

—सरना, जो हुआ अच्छा ही हुआ। अब कम से कम हमें तो इस बात की जानकारी है। हम तो पुलिस को एक रास्ता दिखा सकते हैं। वरना तो वह अंधेरे में ही लाठी भांजते रहते। सोचो, हमें इसकी जानकारी नहीं होती तो ये बड़े लोग इस बारे में पुलिस को कुछ का कुछ बतलाते। दो चार के बीच की बात होती जिसे वह दबा देते। इसलिए ईश्वर जो करता है, ठीक ही करता है...।

—सो तो है। शायद तुम ठीक ही कहो। पर भइया, क्या सचमुच प्रधानी के चुनाव को लेकर ही वह मारा गया...?

भगौती कुछ देर तक सोचते रहे और फिर कहा—भाई, मुझे तो यो ही लगे। और कोई वजह तो समझ में आये नहीं...।

—तब तो वाकई में यह गहरी साजिश है। उनका स्वर लरज उठा।

—मेरा शक भी पक्का हो रहा है।

—और ससुरों ने हमें और इसमें शामिल कर लिया...। सरना चाचा की परेशानी बढ़ रही थी।

—हम किसी साजिश में नहीं...। भगौती प्रसाद दृढ़ स्वर में बोले—मुझे तो बिलकुल डर नहीं। वह कुछ पलों के लिए रुके और फिर कहा—डर तो बस झूठ बोलने का है। बुढ़ौती में गलत नहीं कहा जायेगा। भगवान के सामने जाना है। इसलिए जो पता है, जो किया है, वो जरूर कहूंगा...।

सरना चाचा अभी भी भयग्रस्त थे। वह पुलिस की कार्यप्रणाली से परिचित थे। किन्तु भगौती प्रसाद के आत्मविश्वास ने उन्हें कुछ बल अवश्य प्रदान किया था। धीरे से बोले-ठीक कहते हो भइया। जब मन में चोर नहीं तो काहे का डर। और फिर हमारी जरा सी कायरता से संतोषी की आत्मा को शान्ति नहीं मिलेगी...।

सच बोलना ही ठीक है। सच के साथ ईश्वर रहता है...।

अगले दिन जब पुलिस मास्टर टीकाराम के घर पहुंची तो वह सकपका गये। संतोषी की हत्या, पुलिस की गांव में आमदरफ्त और तरह-तरह अफवाहों से वह पहले ही सहमे हुए थे। दरोगा को अपने घेर में देखकर बुरी तरह हड़बड़ा गये।

–मास्साब, मुझे आपके बेटे से बात करनी है। दरोगा ने शिष्टतापूर्वक कहा।

–सत्यदेव से। कुशल तो है?

–हां, सब खैरियत है। उसी जाटव के कत्ल के बारे में कुछ दरयाफ्त करनी है।

–दरोगाजी, उससे क्या पूछना है? उसका तो संतोषी से कुछ लेना-देना ही नहीं था। मास्टर टीकाराम ने परेशान होकर पूछा।

–आप परेशान न हों, मास्साब। हमें सब मालूम है। पर आप जानते हैं ब्लाइंड केस की तफ्तीश में पचास लोगों से दरयाफ्त करके ही कहीं कुछ सुराग मिलता है।

मास्टर टीकाराम उसके उत्तर से संतुष्ट नहीं थे। उनकी बेचैनी बढ़ने लगी। अन्दर यह भय भी बना था कि तर्क करने से दरोगा अपने असली रूप में ही न आ जाये और उनका बुढ़ापा किरकिरा कर बैठे।

वह विनीत स्वर में बोले–जो हुकुम होगा वह तो माना ही जायेगा। पर हुजूर, इस मामले में मेरे बेटे से पूछताछ समझ में नहीं आती। सुबह दफ्तर जाता है और देर शाम को गांव लौटता है। दीन-दुनिया की कोई खबर ही नहीं रहती उसे...।

–वो सब ठीक है। दरोगा का धैर्य टूट रहा था। वह उठते हुए बोला–बेटे से कहिए शाम को मौजूद रहे...।

और उत्तर की प्रतीक्षा किए बिना वह मुड़कर चला गया।

पूरे गांव में यह खबर आग की तरह फैल गई। हर कोई हैरत में था –निरंकार चौधरी से ठाकुर हरपाल सिंह तक...। सरना चाचा और भगौती जो पुलिस से पूछताछ के लिए अपने को तैयार कर चुके थे, वे भी इस सूचना पर हतप्रभ रह गये।

पुलिस द्वारा की जा रही विवेचना को गांववासी बड़ी उत्सुकता से देख रहे थे। संतोषी की मां से बातचीत और चमरौटी के प्रधान मंगलू राम से दरयाफ्त कर अगले दिन पुलिस का सीधे मास्टर टीकाराम के घर जाना बड़ा रहस्यमयी व दिलचस्प हो गया था। तरह-तरह के अनुमान लगाये गये किन्तु किसी निश्चित परिणाम पर पहुंचने में वे असफल रहे। संतोषी और सत्यदेव का कोई जुड़ाव उन्हें कतई समझ में नहीं आया।

उसकी छवि एक बुद्धिमान व गम्भीर व्यक्ति की थी। संतोषी के प्रति उसमें

मिश्रित भाव था। उसके खुद्दार व जुझारू स्वभाव का वह प्रशंसक था किन्तु गुलजार के हाथों कठपुतली बनता देख वह उसे सख्त नापसंद करता। संतोषी को देखे उसे अर्सा बीत चुका था। हां, कुछ दिन पूर्व रवीन्द्र सिंह अवश्य मिला था और धन्वंतरी से बात करने की बात कही थी।

सत्यदेव चौंक गया, किन्तु फिर मुस्कराकर पूछा–भइया में कुछ बुराई देख ली क्या?

–एकाध हो तो गिनाऊं, पूरा पुलिंदा है। रवीन्द्र हंसकर बोला और फिर गंभीर होकर कहा–प्रधानी का चुनाव सिर पर आ गया है। उसी के बारे में कुछ बात करनी है।

–ओह, मुझे तो खबर ही नहीं...।

–सच भइया, गांव में तुम जैसे लोग अब कितने हैं। रवीन्द्र ने सराहना भरी नजरों से कहा–पर गांव की राजनीति से कोई परिवार नहीं बचता। शहरों में भले ही यह आम आदमी के जीवन के प्रभावित न करे लेकिन गांवों में राजनीति इस बुरी तरह रच-बस गई है कि शायद ही कोई इससे अछूता रह पाता हो...। राजनैतिक चेतना अथवा जागृति के नाम पर यह कितना बड़ा भ्रम है, आडम्बर है। कोई घटना हुई नहीं कि हर आदमी उसमें लपेट लिया जाता है। वह धीरे से मुस्कराया और फिर कहा–जिस परिवार में पुरुष उदासीन हैं वहां स्त्रियां...। तुम नहीं तो भाभी...।

–उसे तो तुम लोगों ने फंसा दिया...।

–तो क्या गलत किया। उनके बराबर पढ़ी लिखी, समझदार और सलूक वाली और कौन महिला है गांव में...।

–अच्छा है, धन्वंतरी मौजूद नहीं है...। सत्यदेव पास आकर बोला–वरना काफी दिमाग चढ़ जाता।

न रवीन्द्र से दोबारा भेंट हुई और न ही धन्वंतरी के बतलाने पर कि रवीन्द्र भइया आये थे, उसने ही कोई प्रश्न करना आवश्यक समझा। वार्ता की विषयवस्तु से वह अवगत था ही।

इसलिए घर लौटने पर पिताजी ने जब पुलिस की बाबत बतलाया तो वह चकित नहीं था...। 'ठीक है' कहकर वह दैनिक कामकाज में लग गया।

उसके इस व्यवहार पर मास्टर टीकाराम दंग व बेचैन थे। वह तो पूरे दिन न जाने क्या योजना बनाते रहे थे। दरोगा के जाने के बाद तुरन्त हरपाल सिंह के पास पहुंचे...। समझे वह भी कुछ नहीं किन्तु मास्साब को दिलासा देने लगे–परेशान मत होइए। कत्ल के मामले में तरह-तरह की जानकारी हासिल करनी पड़ती है। पुलिस ऐसे लोगों की तलाश करती है जो किसी पार्टी, पालिटिक्स, गुटबंदी में न हों, समझदार और पढ़े-लिखे हों। शायद इसीलिए किसी ने सत्यदेव का नाम सुझा दिया हो।

हरपाल सिंह स्वयं अपने तर्क से तनिक भी आश्वस्त नहीं थे। आखिर सत्यदेव ही क्यों? वह खुद पशोपेश में थे। उन्हें रवीन्द्र और सत्यदेव के मध्य हुई वार्ता का भी ज्ञान नहीं था, इसलिए उनका चौंकना और स्वाभाविक था।

—मास्साब, चुनाव सिर पर है। इसलिए हत्या को उससे जोड़ा ही जा सकता है।

—कैसा सम्बन्ध...? संतोषी का प्रधानी के चुनाव से क्या मतलब...? फिर सत्यदेव से क्या लेना देना...? वह झुंझलाकर बोले।

—सम्बन्ध है...। हरपाल सिंह तेजी से कह गये किन्तु फिर मुंह पर आई बात बदलते हुए कहा—पंचायत का सदस्य नहीं था संतोषी...। और बहू भी सदस्य है...।

—पर भइया, सदस्य तो और भी हैं।

एकाएक कोई उत्तर नहीं सूझा हरपाल सिंह को। सोच कर बोले—मास्साब, इस हत्या में अभी कोई सूत्र तो मिला नहीं है, सो पुलिस अंधेरे में तीर चला रही है। क्या मालूम कोई निशाने पर लग ही जाय।

मास्टर टीकाराम अपनी बौखलाहट को किसी तरह दबाए रहे।

—आप परेशान क्यों हैं? हरपाल सिंह समझा रहे थे—ठीक है पुलिस का आना अच्छा नहीं लगता। पर यह मानकर चलिए कि किसी सूत्र से संतोषी की हत्या का पर्दाफाश हो तो बहुत बड़ी बात होगी...। यह नेक काम है। बड़ा अनिष्ट हुआ है...। घर उजड़ गया एक गरीब औरत का...। पुलिस को आने दो, मास्साब...। करने दो तहकीकात...। हम लोग हैं न...।

अब सत्यदेव की प्रतिक्रिया देखकर मास्टर टीकाराम बुरी तरह उखड़ गये।

—बेटा, तूने इसे गम्भीरता से नहीं लिया। संतोषी की हत्या के मामले में पुलिस को तुझसे बात करने की क्या आवश्यकता है?

—आने दो। तुम परेशान मत हो। वह निर्लिप्त भाव से बोला।

अन्दर ही अन्दर भुनभुना कर रह गये वह।

उन्हें लगा कि गुलजार को भी सूचित करना चाहिए था। पुलिस के आने पर वह उपस्थित भी रह सकता था। प्रधान होने के नाते स्थानीय पुलिस से उसका अच्छा मेलजोल होगा।

अंधेरा फैल गया था और रात में वह बाहर नहीं निकल पाते थे। सत्यदेव से कहने का साहस नहीं कर पाए वह। कहीं अपने बेटे की नजरों में उपहास का पात्र न बन जायें।

अवस्था का यह चक्र कितना निर्मम है। अपने हाथों पाला-पोसा, सजाया-संवारा बालक भविष्य में पिता के लिए कितनी बड़ी चुनौती बन जाता है।

उनके कान जीप की गड़गड़ाहट पर लगे थे।

दलित की हत्या स्थानीय पुलिस के लिए बड़ी गम्भीर चुनौती थी। जैसे ही इस हत्या की सूचना जनपद में फैली, तमाम राजनैतिक दल सक्रिय हो गये। कहीं प्रदर्शन हुए तो कहीं नारेबाजी, कही बाजार बंद कराया गया तो कहीं जुलूस निकाल कर विरोध दर्ज हुआ। वैसे भी संतोषी बहुजन समाज पार्टी का क्षेत्र स्तर का पदाधिकारी था इसलिए उनके तेवर तो उग्र थे ही। अन्य पार्टियां भी दलितों के समर्थन प्रदर्शन से चूकना अपने लिए घातक मानती थीं।

हत्या के दिन ही शाम तक कई पार्टियों के दिग्गज नेता ठाकुरपुरवा का दौरा कर गये और क्षेत्र की बिगड़ती कानून व्यवस्था तथा दलित उत्पीड़न की रोकथाम में असफल पुलिस के लिए स्थानीय प्रशासन व प्रदेश सरकार को जी भर के कोसते रहे। अलग-अलग तरह की धमकियां दी जा रही थीं। इसकी पहल बसपा के जिलाध्यक्ष ने की। एक प्रतिभाशाली, तेज तर्रार व निष्ठावान दलित नवयुवक की हत्या का पर्दाफाश करने के लिए अड़तालीस घण्टे का समय दिया था तथा उसके बाद आमरण अनशन की चेतावनी।

अन्य पार्टियां भला कैसे पीछे रहतीं। एक ने थाने के सामने धरना देने की चेतावनी दी तो दूसरे ने जिला मुख्यालय पर क्रमिक अनशन की धमकी। किसी ने 'रेल रोको' आन्दोलन का आह्वान किया तो किसी ने यातायात को पूरी तरह अवरुद्ध करने की चेतावनी...।

बहरहाल स्थानीय पुलिस दो मोर्चों पर एक साथ लड़ाई लड़ रही थी–एक तो हत्या के गुमनाम केस को वर्क आउट करना थाना प्रभारी की व्यक्तिगत कार्यकुशलता का मापदण्ड बन गया था जिसके लिए आला अफसरों की ओर से खासा दबाव था। तथा दूसरे क्षेत्र व जनपद की कानून व्यवस्था को बनाए रखने के लिए विभिन्न राजनैतिक दलों के ऐसे लोगों को प्रसन्न रखना जिनका राजनैतिक कद भले ही छोटा हो, मगर उनकी न्यूसेंस वैल्यू अच्छी खासी थी। पहला काम तो कठिन था ही, दूसरा कार्य भी कम दुरूह नहीं था। कभी इसमें जेब भी हल्की हो जाती है। ऐसे में इन कथित असरदार नेताओं के तमाम काम भी याद कर पूरे करने पड़ते हैं या कम से कम उन्हें करने का आश्वासन तो देना ही पड़ता है–मसलन किसी तफ्तीश से किसी अभियुक्त को निकालना या उनके विरोधी को फंसाना, शस्त्र लाइसेंस की अनुशंसा प्रदान करना, खेत, मकान, जमीन, फसल के मामलों में अनावश्यक हस्तक्षेप कर उनके पक्ष में निर्णय कराना, किसी विवेचना में अन्तिम रिपोर्ट भेजकर उसको समाप्त करना, किसी हिस्ट्रीशीटर की निगरानी बंद कराने का वादा वगैरह-वगैरह...।

थानेदार परेशान था क्योंकि वह अच्छी तरह जानता था कि संतोषी की हत्या के रहस्योदघाटन में असफलता से उसकी थानेदारी तक बलि चढ़ सकती थी। दौरे के समय कप्तान बहादुर तमाम लानत-मलामत कर उसकी पूरी सेवा की किरकिरी कर गये थे। थानेदार हैरत में था कि कप्तान को उसकी सारी खामियों की ही जानकारी थी और रात दिन खटने का कोई प्रभाव उन पर नहीं दिखता था।

हत्या पूरी तरह ब्लाइण्ड थी। अपराध शास्त्र की समस्त अवधारणाएं कि अपराधी अपराध के बाद कोई न कोई चिह्न, पहचान अथवा साक्ष्य या सुराग अवश्य छोड़ जाता है, पूरी तरह बेमानी साबित हुई थी। पहला दिन इसी पशोपेश में गुजर गया। न मृतक की मां से कुछ मुफीद जानकारी मिली और न प्रधान मंगलू राम ही कुछ बतला सके। और भी लोगों से बातचीत में हत्या के रहस्योदघाटन की दिशा में कोई प्रगति नहीं थी। न ही किसी भी प्रकार की रंजिश या विवाद की भनक लग पा रही थी। जिससे बात होती वह संतोषी की प्रशंसा में ही डूब जाता। तमाम प्रयास के बावजूद किसी ने भी कोई लड़ाई-झगड़ा या राजनैतिक प्रतिद्वन्द्विता की बात नहीं कही और न ही उसके चरित्र या आचरण पर उंगुली उठाने को कोई तैयार था। चमरौटी ही नहीं, गांव के अन्य सवर्णों का भी मत लगभग यही था। अधिकतर लोगों के अन्दर उसकी छवि एक सक्रिय, महत्वाकांक्षी और तनिक उग्र तेवरों वाले नवयुवक की थी।

सुबह से रात तक की भाग दौड़ से उसका बदन पूरी तरह टूट गया था। अभी कई लोगों से बात करनी थी लेकिन सर चकराने लगा, आंखें जल रही थीं। ऐसे मौकों पर रात्रि विश्राम भी क्षेत्र में ही करने के निर्देश हैं लेकिन कप्तान साहब चलते समय आज की प्रगति बताने का आदेश दे गये थे। उसके लिए थाने जाना जरूरी था। बाहरी फोन पर गोपनीयता बनाए रखना कठिन है। इसलिए गुलजार के प्रस्ताव को उसने स्वीकार नहीं किया—नहीं प्रधान, आज चलते हैं। कल नहा धोकर सुबह ही आता हूं। इस मौसम में भागदौड़ से बदन सड़ जाता है, वर्दी गंधिया जाती है।

थानेदार कुछ पल के लिए रुका और फिर कहा—अभी तुमसे भी बात नहीं हुई । प्रधान, तुम्हारा तो करीबी दोस्त व साथी था। जरा हमारी मदद करो...। बैठे बिठाए सिरदर्द हो गया। केस जल्दी वर्क आउट करना है।

—साहब, आपसे कोई केस खुलने से बचा है क्या? गुलजार ने मौके का लाभ उठाया—किसी डकैती, कत्ल का मुलजिम आज तक तो बच नहीं पाया। अन्दर तक की बात निकाल लेते हैं। सो इसमें भी ईश्वर सफलता देगा।

—बस प्रधान सब उसी की कृपा है। पर सुरागरासी तो तुम जैसे हितैषी ही करते हैं।

—साहब...। गुलजार का चेहरा एकाएक गम्भीर हो गया। उदास व भर्राए स्वर

में बोला–सुरागरसी क्या, जान लगा दूंगा। मेरा सबसे अच्छा दोस्त चला गया। मैं तो प्रधान ही उसकी वजह से हूं। समझो मेरा दाहिना हाथ कट गया...। मेरा तो रात दिन का साथ था–बेचारा...। उसकी आंखें आंसुओं से भर गईं और आवाज उसमें डूब गई।

थानेदार कुछ देर किंकर्तव्यविमूढ़ सा खड़ा रहा और फिर बोला–सचमुच अनर्थ हो गया। कोई भी तो उसकी बुराई नहीं करता। पर प्रधान कत्ल तो हुआ ही है और किसी ने किया भी। तो कुछ न कुछ वजह भी लाज़मी है। इसलिए जरा ठंडे दिमाग से सोचो...। शायद कोई बात समझ में आये। छोटी-मोटी कोई बात मुझसे मत छिपाना। हो सके तुम्हें गैर ज़रूरी लगे लेकिन हमें उसी से रास्ता मिल जाये...। बिना तुम्हारी मदद के काम नहीं बनेगा।

–अरे प्रधान, तुम कब आये...?

अगले दिन सुबह कार्यालय में गुलजार को बैठा देखकर थानेदार अचरज में पड़ गया।

–साहब, कल रात नींद ही नहीं आई। संतोषी की हत्या ने मेरा चैन छीन लिया है। गुलजार ने झुककर अभिवादन करते हुए कहा।

–हां भाई, मैं तो खुद परेशान हूं। पर सुबहो सुबह कैसे...? कोई खास बात...? थानेदार के चेहरे पर आभा थी। वर्दी व जूते चमक रहे थे। इत्र की भीनी गंध महक रही थी।

–आपने रात कहा तो दिमाग उसी में उलझा रहा। सोचा जो भी दिमाग में आ रहा है उसे आपको जरूर बता दूं। क्या मालूम किससे लाईन मिले और बात खुल जाये।

–जरूर बतलाओ। पर मैं तो गांव ही आ रहा था। आज पहले तुमसे ही बात करता।

–आप मेरे घर बात करते तो लोग पचास तरह के अनुमान लगाते। आप जानते हैं सबके सब ठाकुर, बामन, जाट मेरी मुखालफत में रहते हैं। ठाकुर हरपाल सिंह को जो चुनाव में हराया था और फिर जाटवों का समर्थन करता हूं। उनके खिलाफ ज्यादती का विरोध करता हूं। इसलिए अन्दर ही अन्दर मुझसे कुढ़ते हैं।

–गांव की राजनीति मुझे सब मालूम है। हर गांव की यही कहानी है...।

–प्रधानी का चुनाव सिर पर है। आज पर्चा भरने की भी आखिरी तारीख है।

–अररे हां...। थानेदार का मस्तिष्क खनका–कम्बख्त इस कत्ल ने यह बात ही भुला दी।

वह धीरे से हंसा तो गुलजार ने भी मुस्करा कर साथ दिया। हंसते-हंसते अचानक गम्भीर होकर थानेदार पूछने लगा—इस कत्ल का ताल्लुक प्रधानी के चुनाव से तो नहीं है?

गुलजार तनिक सकपका गया। वह जानता था कि उसे अत्यन्त सोच विचार के उत्तर देना है।

—साहब, बिलकुल हो सकता है।

—पर कैसे? उसका प्रधानी से कुछ लेना देना था...?

—प्रधानी से तो लेना देना नहीं था। पर मेरा तो है और वह मेरा पक्का दोस्त था।

—लेकिन दोस्ती और कत्ल का क्या ताल्लुक...?

—देखिए साहब, संतोषी ने ही मेरे पक्ष में जाटवों को संगठित किया था। हो सके कि किसी के दिमाग में यही बात बैठ गई हो और उसका सफाया करा दिया हो...।

—अच्छा...। थानेदार ने लम्बी सांस ली—बात में जान है। पर तुम्हारे खिलाफ लड़ कौन रहा है?

—अभी तक तो किसी ने पर्चा नहीं भरा...।

—यह कैसे सम्भव है?

—सच है साहब। आज कोई भरे तो कह नहीं सकता।

—पर किसी की चर्चा...?

—साहब, झूठ न बोलूं। इस बार किसी की चर्चा भी नहीं सुनी। दरअसल मैं इस बात से काफी परेशान भी रहा हूं लेकिन किसी का नाम ही सामने नहीं आ रहा । अब संतोषी की हत्या होने से...। वह कुछ पल के लिए रुका।

—हां बोलो? थानेदार ने अधीर होकर पूछा।

—पता नहीं क्यों, अब ऐसा लगता है कि यह सब किसी षड्यंत्र का ही हिस्सा है।

—मैं समझा नहीं?

—साहब, सोचा मैंने भी इस बारे में नहीं था। अभी आपसे बात चली तब जरूर लगता है कि किसी के द्वारा पर्चा न भरना और फिर संतोषी की हत्या...।

—पर इसमें कैसा षडयंत्र हो सकता है?

गुलजार को तत्काल कोई उत्तर नहीं सूझा। सच यह है कि थानेदार से मिलने आने का उद्देश्य इस दिशा में बात करना था ही नहीं। उसके आने का मकसद ही अलग था। वार्ता की दिशा भटक जाने पर उसे अपनी गलती का अहसास हुआ...। वह कभी नहीं चाहता था कि प्रधानी के चुनाव को लेकर कोई विमर्श हो, न ही षड्यंत्र का खुलासा करने में वह अपने को सक्षम पा रहा था।

—देखिए साहब, मेरी तुच्छ बुद्धि में जो आया मैंने कह दिया। बाकी पर्दाफाश तो आप ही कर सकें। उसने इस प्रकरण से मुक्ति पानी चाही।

—लेकिन कुछ समझ में आता हो...?

—सरकार, बातें तो पचास आ रही हैं।

—मसलन...।

—साहब एक बात कहूं...। वह धीमे स्वर में बोला।

—बोलो...? थानेदार ने उत्सुकता प्रदर्शित की।

—देखिए, कोई सबूत नहीं दे सकता पर जो उड़ते-उड़ते कानों में पहुंचा है उसे बतलाना फर्ज समझता हूं।

—अरे भाई बतलाओ न...? थानेदार तनिक झुंझला उठा।

गुलजार ने अपनी कुर्सी थानेदार के निकट खींची और मेज पर झुक कर बोला—संतोषी पंचायत का सदस्य था। और भी सदस्य हैं। धन्वंतरी भी।

—धन्वंतरी, यह कौन है?

—मास्टर टीकाराम के बेटे की बहू है। पढ़ी लिखी महिला है। पंचायत की मेम्बर है।

—क्या उसका संतोषी से कुछ चक्कर था...? थानेदार अपने चिरपरिचित निष्कर्ष पर पहुंच गया।

गुलजार ने कुछ देर सोचा और फिर कहा—कुछ तो अवश्य था...।

—कैसे...?

—पंचायत के काम में दोनों काफी साथ रहते थे। औरतों के सारे काम धन्वंतरी देखती थी और उसकी सहायता के लिए मैंने संतोषी को कह रखा था। इसलिए उनका मिलना जुलना तो था ही...।

—संतोषी तो तुम्हारा जिगरी यार था। उसने कभी कुछ बतलाया था...?

—देखिए साहब, गुलजार सतर्क था—खुलकर तो कभी नहीं कहा। न इस तरह खुलकर बोलने वाला इन्सान था वह। चुप रहता था। कम बोलता था। पर एकाध बार जब मैंने उसे छेड़ा तो उसके चेहरे का रंग बदल जाता था। आंखें झुक जाती थीं...।

—मतलब चक्कर था जरूर...।

—मुझे तो हमेशा यह लगा। अब किस सीमा तक था, ईश्वर जाने या धन्वंतरी...।

—इसकी जानकारी और लोगों को भी थी...? थानेदार इस सूचना पर उत्साहित था।

—लोगों को आभास अवश्य था। शायद खुलकर तो कभी किसी ने नहीं कहा पर दबे मुंह जरूर कहते थे। औरतों में खास चर्चा थी।

–क्या इसे लेकर कभी मास्टर के घर में कोई विवाद हुआ, या संतोषी से कहन सुनन...?

–साहब, झूठ न बोलूं। इत्ती जानकारी नहीं है।

–कभी कुछ कानों में पड़ा हो...?

–इस बारे में तो नहीं लेकिन यह जरूर सुना कि पिछले दिनों ये दोनों एकाध बार अकेले मिले थे। संतोषी के उसके घर जाने की खबर भी आई थी।

–अच्छा...।

–और हां, परसों पंचायत के सदस्य मिले थे। जिला विकास अधिकारी महोदय का निरीक्षण था। उस दिन वो अजीब से कटे-कटे से दिखलाई दिए। धन्वंतरी बार-बार संतोषी की ओर देख रही थी। संतोषी बड़ा चुप और कुछ परेशान-सा नजर आ रहा था। बाद में बिना कुछ कहे-सुने तुरन्त चला भी गया...।

–अच्छा...। थानेदार सूत्र से सूत्र जोड़ने लगा। यह माजरा है। मुझे तो तभी शक था जब पता चला कि अविवाहित है। मुझे लगता था कुछ लंगोट का ही मामला है।

–साहब, गांव में दबे मुंह यह भी कहा जाता है कि धन्वंतरी के चक्कर में ही उसने विवाह नहीं किया।

–मतलब दोनों में कुछ इश्क विश्क था।

–मुझे तो यही लगता है। और हां, इधर कोई बात जरूर थी। पिछले कई दिनों से मुझसे भी नहीं मिल रहा था...।

–प्रधान, बात मैं खोज निकालूंगा। तुम चिन्ता मत करो। तुमने सुराग दिया है, आगे तक पहुंचना हमारा काम है।

–ठीक है, मैं चलता हूं...।

कहकर गुलजार चल दिया और फिर मुड़कर हाथ जोड़कर बोला–साहब मेरा नाम न आये। आप गांव को मुझसे अच्छा जानो...। मुझे जीने नहीं देंगे।

–निश्चिंत रहो...। हम सब समझते हैं।

गुलजार ने झुककर थानेदार के पैरों को हाथ लगाया और मुड़कर चला गया।

–आशनाई...। इसी सूत्र की फिराक में थानेदार कल से था।

... अविवाहित, तेज तर्रार, निर्धन नवयुवक की हत्या के पीछे भला और कौन कारण सम्भव है?

मास्टर टीकाराम से मिलकर थानेदार सीधे उस विद्यालय में गया जहां संतोषी सेवारत था। प्रधानाचार्य, अध्यापक गण, लिपिक वर्ग एवं अन्य साथियों से विस्तार से बातचीत की। सभी इस घटना से इस बुरी तरह आक्रान्त थे कि आरम्भ में कुछ

बोल ही नहीं पाते। थानेदार के काफी आग्रह पर केवल संतोषी के गुणों का गान करते रहे। न उसके कार्य पर किसी ने उंगुली उठाई और न ही उसके चरित्र पर कोई आक्षेप लगाया। अधिकतर लोगों के अन्दर संतोषी की ठीक वही छवि थी जो गांववासियों के अन्दर थी–परिश्रमी, खुद्दार और जुझारू नवयुवक की।

थानेदार निराश हुआ। जो वह जानना चाहता था उस सम्बन्ध में कोई साक्ष्य नहीं मिला। हां, विद्यालय के एक सहकर्मी ने गुलजार की एक सूचना का अवश्य समर्थन किया–कुछ दिनों से भइया कुछ परेशान जरूर दीखते थे। कभी देर से आते तो कभी बहुत पहले आकर बैठ जाते। जाने की कोई जल्दी नहीं दिखलाते। चार पांच दिन पहले मैं किसी काम से गांव गया था तो सांझ तक घर ही नहीं पहुंचे थे। उसकी मां काफी परेशान भी थी।

–अगले दिन तुमने उससे पूछा नहीं...?

–पूछा था, सहकर्मी बोला–पर जैसी उनकी आदत थी कि कम बोल कर काम चलाते थे, अनमने बन जाते और सवाल टाल जाते। उस दिन भी वह कुछ नहीं बोले...।

–कोई वजह...? कुछ और बात पता चली हो? थानेदार ने फिर जानना चाहा।

–और कुछ नहीं पता चला, साब।

–अच्छी तरह सोचो...।

–नहीं साब, पता चलता तो आपको जरूर बताता। उस वक्त ऐसा सोचा भी नहीं था। पर हां, अब लगता है कोई वजह थी जरूर...।

–क्या लगता है तुम्हें, क्या वजह हो सकती है?

–क्या बतलाएं साब। कुछ पता हो तब न...।

थानेदार ने गुलजार व सहकर्मी की सूचना पर मनन किया और उसे लगा कि संतोषी की हत्या के पीछे अवश्य ही कोई तात्कालिक कारण था। दो भिन्न स्रोतों से इसकी पुष्टि हुई थी कि संतोषी कुछ दिनों से परेशान था। परेशानी का कारण अवश्य स्पष्ट नहीं था। गुलजार की सूचना में दो प्रमुख बातें थीं–धन्वंतरी से हाल में हुई मुलाकात और पंचायती बैठक में दोनों का अलग-अलग रहना और धन्वंतरी का बार-बार संतोषी को देखना...।

थानेदार को लगने लगा कि संतोषी की हत्या का सूत्र इसी सूचना से निकलेगा।

सत्यदेव व धन्वंतरी से पूछताछ करने के लिए वह बेचैन था। हृदय में क्षीण सी आशा की किरण दिपदिप कर रही थी कि इस गुमनाम हत्या के शीघ्र रहस्योदघाटन से कप्तान बहादुर का सीना तो फूलेगा ही, क्षेत्र के नागरिकों में उसके भी सम्मान व इकबाल में खासी बढ़ोतरी होगी...। पुलिस के प्रति विश्वास बढ़ेगा जिससे अपराध नियंत्रण व कानून व्यवस्था बनाए रखने में भी मदद मिलती है।

किन्तु सत्यदेव से देर शाम ही भेंट होनी थी। इसलिए गांव आकर वह सरना

चाचा से मिलने चला आया।

सरना चाचा तो जैसे उसकी प्रतीक्षा ही कर रहे थे। आवभगत कर तुरन्त भगौती प्रसाद को भी बुलवा भेजा।

थानेदार ने संतोषी के सम्बन्ध में वार्ता आरम्भ ही की कि सरना चाचा फूट-फूट कर रोने लगे। भगौती प्रसाद भी जोर-जोर से सिसक रहे थे। ऐसे में बोलने का प्रश्न ही कहां था।

कुछ देर प्रतीक्षा करने के बाद थानेदार ने कहा–तुम लोगों का दुख समझता हूं। पर ईश्वर के आगे हम सब मजबूर हैं। बड़ा अच्छा लड़का था। जिससे बात करो, सब उसकी तारीफ करते हैं। फिर तुम सबके लिए तो बेचारे ने बहुत किया। लगा ही रहता था...।

–मत पूछो साहब, सरना चाचा रोते हुए टूटते स्वर में बोले–कितना अनर्थ हो गया। मन को यकीन ही नहीं आता। ऐसा तो किसी ने कभी सोचा ही नहीं था। सीधा सच्चा लड़का, किसी से लेना देना नहीं...।

–तुम सच कहते हो। इस गांव में तो ऐसा कभी हुआ नहीं। रजिस्टर नं. आठ देखा था। पिछले सत्तर पिचत्तर साल में कभी ऐसा अपराध नहीं हुआ...।

–अरे साब, बाल सफेद हो गये, कमर झुकने को आई मेरी पर ऐसा कभी न हुआ...। भगौती प्रसाद ने सिसकते हुए कहा।

–लेकिन ऐसा कैसे और क्यों हुआ? कत्ल के पीछे वजह तो होगी ही...। थानेदार अपने उद्देश्य पर आ गया।

–क्यों नहीं साब...। सरना चाचा ने आंसू पोंछ लिए और गम्भीर होकर बोले–कोई न कोई राज तो जरूर है।

–तुम्हें क्या लगता है...? तुम लोग जाटवों के मुखिया हो, तुमसे कोई बात छिपी नहीं...।

–कोतवाल साब, बातें जानकारी में तो आती हैं, लेकिन साब आप जानो, हर की अपनी जिन्दगी है, हर जिन्दगी के अपने राज हैं। किसी के दिल में तो कोई बैठा नहीं है।

सुनकर थानेदार को झुंझलाहट महसूस हुई। जीवन और उसके द्वन्द्व पर उपदेश सुनने का न तो अवसर था और न ही मनःस्थिति। उसे लगा जैसे सरना चाचा उसके प्रश्न का सीधा उत्तर न देकर इधर-उधर भटकाना चाहते हैं।

–देखो भाई, ये सब कौन नहीं जानता। राज तो खुलेगा ही। तुम तो यह बतलाओ कि इधर कोई नई बात पता चली हो...। किसी भी बारे में, संतोषी के बारे में, उसके घर के बारे में, परिवार के सम्बन्ध में, पंचायत की बाबत या नौकरी से सम्बन्धित...। थानेदार का स्वर कड़ा था।

सरना चाचा ने भगौती प्रसाद की ओर देखा। वे तो पहले ही इस बारे में

सोच-विचार कर चुके थे।

–साब, और तो हम कुछ न जानें। कुछ गलत भी नहीं सुना। बस एक बात बतलानी थी...। सरना चाचा बोले।

–क्या...?

–आप जानो कि प्रधानी का चुनाव होना है। इस बार संतोषी के चुनाव लड़ने की बात चल रही थी।

–प्रधानी के लिए...? थानेदार चौंक गया।

–जी साब...।

–अच्छा। यह तो किसी ने नहीं बतलाया। तुम लोग तो गुलजार के समर्थक हो और वो चुनाव लड़ेगा ही...।

–जी, वो आप ठीक कहते हैं। पर इस बार सब लोग संतोषी को भी चुनाव लड़वाना चाहते थे। हम लोगों ने उससे बात भी की थी।

–सब लोगों से तुम्हारा क्या मतलब है? थानेदार उत्साहित था।

सरना चाचा ने पूरा वृतांत सुना डाला। निरंकार चौधरी से मुलाकात और फिर संतोषी से बातचीत। संतोषी की दुविधा का भी खुलासा किया।

थानेदार के लिए यह एक नई दिशा थी। वह गहरी सोच में डूब गया। सरना चाचा कह रहे थे–साब, पहले प्रधानी के लिए संतोषी को तैयार करना और फिर खास ऐन वक्त पर उसकी हत्या–दोनों में कोई न कोई रिश्ता जरूर है। जब से संतोषी की लाश मिली है, रह-रह कर यही बात हम लोगों के दिमाग में आ रही है। ऐसा लगता है कि यह कोई गम्भीर षड्यंत्र है।

थानेदार सोचने पर विवश अनुभव करने लगा। सरना चाचा के कथन में काफी बल था। प्रधानी का पर्चा भरे जाने से दो रात पहले उसकी हत्या अनायास व आकस्मिक नहीं होना चाहिये। प्रश्न यह था कि यह षडयंत्र किसने व क्यों रचा...?

–क्या लगता है तुम्हें यह षड्यंत्र किसने किया और क्यों। संतोषी को पहले चुनाव के लिए तैयार करना और फिर उसका सफाया...। मामला काफी उलझा हुआ है। अच्छा यह बतलाओ कि चौधरी के अलावा और किसी ने तुम लोगों से बात की...।

–हम से न की...।

–चौधरी ने किसी का जिक्र किया हो...।

–इशारा तो ठाकुर और उसके दोस्तों की तरफ किया था। वैसे भी गुलजार का चुनाव तो उन्हीं से होना था।

–पर इस बार तो वह मैदान में है नहीं।

–सुना तो यो ही है।

–तो फिर ठाकुर संतोषी को क्यों लड़वाना चाहते थे। उनको क्या लाभ होता?

प्रधान गुलजार हो या संतोषी, थे तो दोनों ही उनके विरोधी...। किसी को भी प्रधान बनाकर उनका क्या भला होता?

—यह तो अपनी अक्ल से बाहर है, हुजूर।

—और किसी का भी हाथ हो सकता है क्या?

—हमें नहीं मालूम साब। जित्ता सच था उत्ता बोला। बुढ़ापे में गलत बात न बोली जाये। भगवान के दरबार में खड़ा होना है।

—लेकिन ठाकुर ने ऐसा क्यों सोचा कि संतोषी को प्रधानी का चुनाव लड़वाया जाये?

सरना चाचा और भगौती प्रसाद शान्त रहे।

—कहीं ऐसा तो नहीं कि संतोषी और गुलजार में नाइत्तफाकी पैदा करने की मंशा हो जिससे आगे चलकर उन्हें लाभ मिले...।

वे दोनों केवल चकित दृष्टि से सुनते रहे।

—अच्छा गुलजार को यह जानकारी थी...?

—कोशिश तो यही थी कि उसे पता न चले। मेरे ख्याल से पता न चला हो। सरना चाचा बोले।

—ख्याल तो तेरा ठीक है सरना, भगौती प्रसाद ने हस्तक्षेप किया—पर छोटे से गांव में कौन-सी खबर छिप पाती है।

—गुलजार ने तुम लोगों से तो कभी कोई बात नहीं की? थानेदार ने पूछा।

—हमसे कभी न पूछा साब, सरना चाचा तुरन्त बोले—तभी मैंने सोचा कि उसे न भी पता चला हो। वरना हम लोगों से जरूर बात करता प्रधान...।

—अगर गुलजार को पता चला होगा तब...?

—साब बड़ी तकलीफ होगी उसे। संतोषी को ऊपर उठाने में उसका ही हाथ था। पंचायत का सदस्य भी गुलजार की वजह से बन पाया...।

—तो इसका मतलब संतोषी के चुनाव लड़ने से सबसे ज्यादा नुकसान गुलजार का ही होना था। क्यों...?

सरना चाचा को लगा कि गुलजार के सम्बन्ध में उन्हें सोच-विचार कर ही उत्तर देना उचित होगा। गुलजार का चेहरा उनकी नजरों में घूम गया। दलितों के उत्थान के लिए उसने जो कार्य किया था, उसके लिए वे क्या आगामी दो पीढ़ियां उसके प्रति कृतज्ञ अनुभव करेंगी। आज दलितों में आत्मसम्मान का यदि कोई भाव है तो उसमें गुलजार का सबसे महत्वपूर्ण योगदान है।

—साब, सरना चाचा बोले—इत्ती राजनीति हमारे समझ में कहां आये। अंगूठा टेक आदमी हैं।

—राजनीति का शिक्षा से कोई विशेष नाता नहीं है। न जाने कित्ते एमेले अनपढ़ हैं।

—सो ठीक है। पर कभी उस माहौल में भी नहीं रहे। न उसे देखा समझा। न ही जरूरत हुई।

—पर सीधी बात बतलाओ कि संतोषी के चुनाव लड़ने से नुकसान तो गुलजार का ही होना था।

सरना चाचा उलझन महसूस करने लगे। कुछ पल सोच कर बोले वह—कह नहीं सकता। चुनाव तो गुलजार ही जीतता। बड़े लोग कहां एक दलित को राय देते।

—तुम लोग तो देते...?

—हम क्यों न देते, सरना चाचा ने भगौती प्रसाद की ओर देख कर कहा—हमारा तो बालक ही था।

—तो फिर गुलजार को तुम्हारे वोट का तो नुकसान होता।

—हां साब, इस माने में होता...। सरना चाचा कुछ देर रुके और फिर तेजी से बोले—पर साब, गुलजार ऐसा न कर सके। वो तो उसका पक्का दोस्त था। उस रात भी जैसे ही लड़के को भेजा, भागा-भागा चला आया। पागलों की तरह घूम रहा है। दो दिन से पलक नहीं झपकी होगी...। वो ऐसा नहीं कर सकता...। उस पर शक न करें।

—मेरा यह मतलब नहीं था। थानेदार ने कहा—प्रधान को मैं भी जानूं। अच्छा आदमी है। मैंने तो यूं ही कहा। कत्ल की तफ्तीश में छोटी से छोटी बात भी नजरअन्दाज नहीं की जा सकती। पता नहीं किससे रास्ता दिखलाई देने लगे।

वह उठ खड़ा हुआ।

—अच्छा चलता हूं। तुम से बात करके नई जानकारी हासिल हुई है। जरा और तहकीकात कर लूं। सब बात खुल जायेगी...।

... गुलजार आज सुबह थाने क्यों आया था? क्या उसे सचमुच यह जानकारी नहीं थी! थानेदार सोच रहा था।

पहले निरंकार चौधरी और फिर हरपाल सिंह से मिलने पर थानेदार को सरना चाचा की सूचना पर कोई सन्देह नहीं रहा। सुखवीर गहलौत व रवीन्द्र से भी दरयाफ्त की उसने। हरपाल सिंह व उसके मित्रों ने यह स्वीकार किया कि उन्होंने ही गुलजार को प्रधान पद से हटाने के लिए यह योजना बनाई थी, क्योंकि वे जानते थे कि दलितों का समर्थन मिलने से गुलजार को चुनाव में पराजित करना सम्भव नहीं था। इसलिए दलितों में से किसी को प्रधान निर्वाचित करना उनकी विवशता थी। हरपाल सिंह ने हत्या वाली रात्रि में संतोषी की उनसे भेंट का भी खुलासा किया था। हत्या से कुछ ही समय पूर्व हुई यह भेंट विवेचना के लिए महत्वपूर्ण थी।

यह एक नई सूचना भी थी। थानेदार ने तरह-तरह के प्रश्न पूछे जिससे संतोषी की मन:स्थिति का अनुमान लगाया जा सकता।

—क्या वह परेशान लगता था? थानेदार ने पूछा।

—हां, मिलने आया था तो अवश्य परेशान था। वह इस हवेली पर आने वालों में से नहीं था। और वो भी उस वक्त जब पूरा गांव नींद में डूबा था। लेकिन मिलने पर शायद उसे अच्छा लगा था। उसके चेहरे से मुझे ऐसा आभास हुआ।

—मिलने का क्या मकसद था?

—मेरे विचार से वह आश्वस्त होना चाहता था कि उसे वास्तव में हम लोगों का समर्थन प्राप्त है। और दूसरे, कोई और उसके विरुद्ध चुनाव में नहीं उतरेगा।

—यह आश्वासन आप कैसे दे सकते थे?

—मेरे अलावा कोई दावेदार था ही नहीं। अगर लड़ता तो मैं ही।

—और आपने पहले से ही चुनाव न लड़ने का फैसला कर रखा था?

हरपाल सिंह ने कुछ पल सोचा और तुरन्त निर्णय ले लिया कि जब सब सच कहा गया है तो इसमें ही झूठ क्यों...।

—थानेदार साहब, झूठ नहीं बोलूंगा। जब योजना बनी थी तो यही सोचकर कि गुलजार और संतोषी दोनों के मैदान में रहने से मेरा चुनाव जीतना आसान हो जायेगा। जाटवों के वोट बंट जायेंगे और मैं जीत सकूंगा। लेकिन उस दिन संतोषी से मिलकर मेरे दिल ने साथ नहीं दिया। उसकी आंखों में झलकते विश्वास ने मुझे पुन: सोचने पर मजबूर कर दिया। मुझे लगा यह घोर छल होगा, विश्वासघात होगा, कायरतापूर्ण आचरण होगा जो मेरी व मेरे परिवार की प्रतिष्ठा के अनुरूप नहीं है। संतोषी तेज तर्रार किन्तु सीधा गरीब इन्सान था, उसके साथ ऐसा व्यवहार नहीं किया जाना चाहिए। यह पाप होगा और तब मैंने चुनाव न लड़ने का फैसला कर लिया था।

—हूं...। थानेदार ने गहरी सांस ली, शायद हरपाल सिंह के वक्तव्य को वह तौल रहा था। उसने आगे पूछा—गुलजार को लेकर कोई बात...?

—हां, गुलजार को लेकर ही वह पशोपेश में था। गुलजार उसका अभिन्न मित्र व परम हितैषी रहा है। उसी के कारण वह पंचायत का सदस्य भी बना। इसलिए उसके विरुद्ध चुनाव लड़ने से वह जरूर परेशान था। यह स्वाभाविक भी है।

—क्या उसने कुछ कहा भी...?

—मुझे ठीक-ठीक याद नहीं। पर उसके चेहरे से बेचैनी झलक रही थी।

—वह चुनाव लड़ने को तैयार था?

—शायद हां।

—क्या गुलजार को इसकी जानकारी थी?

–यह कठिन प्रश्न है थानेदार साहब। उस समय तो यही लगता था कि उसे कोई जानकारी नहीं थी लेकिन यह छोटी सी जगह है, बात कहां छिपती है। हालांकि हम लोग चाहते यही थे कि उसे पता न चले और पर्चा भरने पर ही जानकारी हो...। लेकिन गुलजार तेज और चालाक आदमी है, आंख कान खुले रखता है इसलिए शायद पता चल ही गया हो।

–संतोषी के चुनाव लड़ने से तो उसे ही नुकसान होता।

–निसंदेह...।

–तो क्या पता चलने पर गुलजार संतोषी का कत्ल करा सकता है?

हरपाल सिंह ने एक झटका महसूस किया...। एक झुरझुरी सी उनके बदन में दौड़ गई। संतोषी का चेहरा उनकी आंखों में तैरने लगा। चमरौटी में सुना विलाप कानों में गूंजने लगा। उसकी बूढ़ी मां की विक्षिप्त दशा उन्हें विचलित करने लगी। वह एकाएक कुछ उत्तर नहीं दे सके।

–मेरे सवाल का कोई जवाब नहीं दिया?

–थानेदार साहब, मुझसे क्यों पूछते हैं।

–केवल आपकी राय...।

–राय, तो व्यक्तिगत तौर पर मैं गुलजार को ऐसा आदमी नहीं मानता जो इस हद तक गिर जाये। कभी ऐसा कोई अपराधिक काम भी उसने नहीं किया। हालांकि राजनीति बड़ी खराब चीज है, सत्ता व पद के नशे में आदमी अपना होश खो बैठता है।

–क्या प्रधान के यहां बदमाशों का आना जाना है?

–मुझे इसकी जानकारी नहीं।

–कभी कुछ पता चला हो...?

–मैं कह नहीं सकता। गांव में कौन किसके यहां आता-जाता है, मैं इससे पूरी तरह बेखबर हूं। शायद कुछ लोग इसका हिसाब रखते हों।

–मसलन...?

–मैं कह नहीं सकता।

–अच्छा यह बताएं कि आपसे मिलकर संतोषी कहां गया? कही रास्ते में ही...?

–पहले खबर आई तो मुझे भी यही लगा था। लेकिन पता चला कि वह घर गया, खाना खाया और उसकी मां के बतलाने पर कि गुलजार ने बुलवाया था वह उससे मिलने चला था। आप इस बारे में उसकी मां से पूछ सकते हैं।

–अच्छा, और गुलजार के यहां जाते समय ही उसे उठाया गया और गांव के बाहर ले जाकर मार दिया गया।

–ऐसा ही लगता है।

–पर ठाकुर साहब, अगर गुलजार का हाथ होता तो वह ऐसी हिमाकत कभी नहीं करता कि अपने घर बुलाने भेजे और रास्ते में...।

–शायद...।

–अगर उसे सफाया ही करना होता तो पचास मौके थे।

–शायद...।

–तो फिर कहीं किसी और ने तो फायदा नहीं उठाया?

–पर क्यों?

–किसी से उसकी दुश्मनी...?

–मुझे नहीं मालूम।

–कोई और लफड़ा...?

–मेरी जानकारी में नहीं है।

–जमीन, पैसे या कुछ और चक्कर...।

–मुझे सचमुच पता नहीं। जमीन तो बेचारे पर थी ही क्या...।

थानेदार कुछ पलों के लिए रुका। जेब् से रुमाल निकाल कर माथे का पसीना पोंछा फिर पूछने लगा–अच्छा बतलाइये उसने शादी क्यों नहीं की...?

–शादी...। ठाकुर धीरे से मुस्कगए–हां, था तो वह अविवाहित, पर कारण नहीं बतला सकूंगा।

–इसके पीछे कोई राज...?

–क्या राज हो सकता है?

–उसका चाल चलन कैसा था?

–कभी कोई गलत बात मैंने नहीं सुनी...।

–गांव में किसी से कोई चक्कर...।

–मुझे नहीं मालूम...।

दोनों का ही धैर्य टूट रहा था। थानेदार मामले के उलझने से भी परेशान था। आज सुबह गुलजार से बात कर हत्या के शीघ्र खुलने की जो आशा जगमगाई थी, वह धुंधला रही थी। एक नई दिशा खुल रही थी। गांव के अधिकतर लोग इस हत्या को प्रधानी के चुनाव से ही सम्बन्धित मानते हैं, उसने सोचा।

किन्तु गुलजार ने एक नई बात कही थी।

–धन्वतंरी को जानते हैं? उसने सीधे पूछ डाला।

–कौन, मास्टर टीकाराम की बहू...?

–हां...।

–क्यों उसे क्या हुआ...?

–वह भी पंचायत की सदस्या है।

–हां...।

–क्या उसका संतोषी से अधिक मेलजोल था?

हरपाल सिंह चौंक गये। विस्फारित नेत्रों से वह थानेदार को देखने लगे। इस मामले में यह एक विस्मयकारी मोड़ था। उनका दिमाग झनझना उठा।

–मैं समझा नहीं...? उन्होंने खुलासा चाहा।

–नहीं, मैंने यूं ही पूछा। कुछ उड़ते-उड़ते कानों में पड़ा था।

–क्या...?

–आप उसे छोड़िए। यह बतलाइये कि कैसी है वह?

–कैसी से क्या मतलब...?

–चाल चलन...।

–पढ़ी लिखी औरत है। मैंने कोई गलत बात नहीं सुनी।

–अच्छा ठीक है। मैं चलता हूं। वह उठने लगा।

–एक मिनट बैठिए थानेदार साहब...। यह धन्वंतरी की बात...?

–कोई खास बात नहीं है। कत्ल में पचास तरह की लाइनें बनती हैं। किसी ने कहा तो सोचा आपसे भी दरयाफ्त कर लूं। वह उठ खड़ा हुआ–अच्छा इजाजत दें।

हरपाल सिंह बुरी तरह हतप्रभ थे। वह जानते थे कि थानेदार ने उन्हें पूरी बात नहीं बतलाई है। उसका सुबह मास्टर टीकाराम के घर जाना भी उन्हें समझ में आने लगा।

एक रोमांच सा उनके अन्दर दौड़ गया।

...ठाकुरपुरवा में सब कुछ इतना गुपचुप संभव है, वह विश्वास नहीं कर पा रहे थे।

भले ही जाहिरा तौर पर सत्यदेव ने उदासीनता प्रदर्शित की थी किन्तु हैरान वह जरूर था।

इस बार भी थानेदार का आचरण शिष्टतापूर्ण था। संतोषी की हत्या, गांव, ग्राम पंचायत, प्रधान के बारे में वह तमाम प्रश्न करता रहा। अन्य उत्तरों से तो वह संतुष्ट था, किन्तु संतोषी के चुनाव लड़ने की जानकारी न होना, उसे तनिक अविश्वसनीय लगा...।

–आपकी पत्नी ग्राम पंयाचत की सदस्या है। सुना है काफी सक्रिय भी है, काफी काम करती है। तब यह कैसे सम्भव है कि आपको यह जानकारी न हो कि संतोषी प्रधानी के लिए उम्मीदवार है।

–देखिए कोतवाल साहब। सत्यदेव ने दृढ़ स्वर में उत्तर दिया–मुझे यह जानकारी नहीं थी। पत्नी के बारे में नहीं जानता...।

–क्या आपकी पत्नी इतने स्वतंत्र विचारों की है कि इस महत्वपूर्ण बात को आपसे छिपा जाये?

–मेरे विचार से इसमें छिपाने की कोई बात नहीं है। हो सकता है उसने यह आवश्यक न समझा हो। अब महिलाएं स्वयं निर्णय लेती हैं, वह पढ़ी लिखी स्त्री है। पंचायत का काम अपने विवेक से करती है।

–किन्तु आप कुछ तो सहायता करते होंगे...?

–न मुझे फुर्सत है और न ही उसने कभी मुझसे कहा।

–पर किसी की मदद तो लेती होंगी...?

–शायद...।

–सुना है उनके कामों में संतोषी काफी मदद करता था...?

–जरूर करता होगा...। निस्पृह भाव से उत्तर दिया उसने।

–संतोषी का आपके घर आना जाना था?

–कभी कभार...।

–लगभग कितना...?

–कभी एकाध बार आया हो...।

–हो सकता है कि यह भी आपको पता न चलता हो या आपकी पत्नी आपको बतलाना आवश्यक नहीं समझती हो...। थानेदार का लहजा बदला हुआ था।

सत्यदेव उसका तंज समझ रहा था। अन्दर ही अन्दर तिलमिला उठा वह। तेजी से कहा–हो सकता है...।

–पिछले दिनों संतोषी कब आया...?

–अभी कुछ दिन पहले।

–आपकी पत्नी कहीं और भी उससे मिली थीं...।

सत्यदेव का धैर्य जवाब दे गया। अपने अन्दर क्रोध का उबाल महसूस करने लगा वह...।

–आप यह सब क्यों पूछ रहे हैं?

–कुछ जानकारी करने के लिए...।

–क्या, कैसी जानकारी...?

–अभी आपको नहीं बतला सकता...। मेरे प्रश्न का उत्तर दीजिए। थानेदार का रुख बदला हुआ था।

–कहीं और से आपका क्या आशय है? उसने अपने क्रोध को दबाते हुए पूछा।

–मतलब घर के अलावा...।

–हां, पंचायत की बैठकों में वे अवश्य मिलते होंगे।

–हूं...। कुछ सोचते हुए थानेदार ने एक लम्बी सांस ली। कशमकश यह

थी कि क्या वह धन्वंतरी व संतोषी के बारे में सीधा प्रश्न कर डाले। किन्तु उसका लाभ क्या होना था। पति तो इनकार ही करेगा। बेहतर यही था कि धन्वंतरी को बुलाकर साफ बात कर ले। किन्तु उसे लगा कि इस प्रकार का कोई खुलासा अभी अपरिपक्व था। गुलज़ार के कथन का समर्थन कुछ और लोगों द्वारा किया जाना जरूरी था। हालांकि मृतक के सम्बन्ध में धन्वंतरी से कुछ पूछताछ जरूरी थी।

—मैं आपकी पत्नी से भी कुछ पूछना चाहता हूं। पंचायत की सदस्या के नाते शायद उनसे वहां की राजनीति वगैरा की कुछ जानकारी हो सके।

सत्यदेव ने कुछ पल सोचा और फिर धीरे से कहा—अवश्य, अभी बुलाता हूं।

एक ग्रामीण महिला के ठीक विपरीत थी धन्वंतरी। उसके चेहरे पर सौन्दर्य व कमनीयता के साथ गजब का आत्मविश्वास था। आंखों में एक अचूक चमक थी। साज-सज्जा, वस्त्रों का चयन उसे आधुनिक महिलाओं की श्रेणी में खड़ा करता था। उसका सिर खुला था। माथे पर बड़ी गोल बिन्दी थी और होंठों पर लिपस्टिक की हल्की पर्त...।

ऐसी स्त्री पर कोई भी मुग्ध हो सकता है—थानेदार ने सोचा। संतोषी की हत्या का प्रसंग आते ही उसके चेहरे पर अवसाद व दुख की काली परछाईं मंडराने लगी। स्वर में तनिक कंपन आ गया था और आंखों की चमक विषाद व करुणा से धुंधलाने लगी।

—संतोषी अत्यन्त भले और परिश्रमी व्यक्ति थे। धन्वंतरी ने कहा—पंचायत के कामों में काफी उत्साह प्रदर्शित करते थे। मुझे भी काफी सहायता देते थे। जो काम कह दिया, उन्होंने कभी न नहीं कहा...।

एक जाटव के लिए इसके मन में कितना सम्मान है, थानेदार ने सोचा।

—ऐसे भले व्यक्ति की हत्या का क्या कारण हो सकता है? थानेदार ने कुरेदा।

—क्या बतलाऊं। मैं तो सोच-सोचकर परेशान हो गई हूं। उनकी हत्या...। उसकी आवाज भर्राने लगी—मुझे तो विश्वास ही नहीं होता। उसी दिन तो बैठक में मिले थे।

—क्या वह सहज और सामान्य था?

—नहीं...। ऐसा लगा कि जैसे धन्वंतरी इस प्रश्न के लिए तैयार थी—वह सामान्य नहीं थे। एकदम चुप रहे और बैठक के बाद बिना मिले चले गये।

—यानी कुछ परेशान था...?

—शायद हां...।

—क्या ग्राम पंचायत में पिछले दिनों ऐसा कुछ घटित हुआ जो आप बतलाना चाहेंगी...?

धन्वंतरी ने कुछ पल सोचा और फिर विश्वास भरे शब्दों में उत्तर दिया—मुझे

तो कुछ याद नहीं पड़ता।

–प्रधान से उसके कैसे सम्बन्ध थे? इधर कुछ दिनों में कुछ नया सुनने में आया हो...?

–वे दोनों मित्र थे। पूरा गांव जानता है। नया तो कुछ नहीं सुना...।

... खासी चतुर व बुद्धिमान महिला है, थानेदार ने सोचा। महिला और वह भी सुन्दर व आकर्षक नहीं होती तो थानेदार का धैर्य कब का जवाब दे जाता...।

उसने सीधे पूछ डाला–क्या आप जानती हैं कि संतोषी गुलजार के विरुद्ध प्रधानी के चुनाव में खड़ा होने जा रहा था?

सुनकर एकाएक सकपका गई वह। वह जानती थी कि इस प्रश्न का उत्तर उसे काफी सोच-विचार कर देना था क्योंकि इसके लिए तो वह खुद को दोषी मानती थी। उसने ही संतोषी को चुनाव में खड़ा होने का आग्रह किया था। गांव के किसी अन्य व्यक्ति का इस मामले में दखल उसकी जानकारी में नहीं था। प्रश्न यह था कि वह इस तथ्य को स्वीकार करे अथवा अस्वीकार। क्या संतोषी से हुई वार्ता को सन्दर्भित करना समीचीन होगा? स्वाभाविक है तब पुलिस उससे और गहन पूछताछ करेगी और यदि चुनाव को लेकर ही संतोषी की हत्या की गई है तो वह भी इसके षड्यंत्र में भागीदार करार दी जा सकती है। उसकी धुकधुकी बढ़ गई। पुलिस के आगमन की सूचना से वह सुबह से ही बेचैन थी। कहीं दरोगा के आने का यही मन्तव्य तो नहीं था?

उसे रवीन्द्र सिंह ने इस मामले में घसीटा था। उसके अतिरिक्त किसी अन्य व्यक्ति को इस बात की जानकारी नहीं थी। हो सकता है रवीन्द्र सिंह ने पुलिस को सच-सच बतला दिया हो। किन्तु संतोषी से भेंट और वार्तालाप के विषयवस्तु की जानकारी केवल धन्वंतरी को ही थी। रवीन्द्र सिंह से खुलासा करने का कभी मौका ही नहीं मिला।

उसने निर्णय लिया कि वह गोपनीयता बनाए रखेगी।

–नहीं, मुझे यह जानकारी नहीं है। फिर तनिक रुककर उसने जोड़ा–न यह सम्भव प्रतीत होता है। गुलजार के विरुद्ध वह कैसे चुनाव लड़ सकते थे? हृदय की धड़कनें कानों में बजने लगीं।

–ताज्जुब है, पूरे गांव में यह चर्चा है और आपको पता नहीं...। थानेदार के तेवर कुछ बदले थे।

–मैं घर से इतना कहां निकल पाती हूं...।

–अच्छा, इधर संतोषी आपसे मिला था?

अन्दर एक खलबली सी मच गई उसके। वह विचलित अनुभव करने लगी। किसी तरह अपना संयम व धैर्य बांधे रह सकी वह...।

–जी हां। मिला था...। भेंट से इनकार करना उचित नहीं लगा उसे।

–कोई खास वजह...?

–नहीं...।

–क्या उसने चुनाव के बारे में कोई चर्चा नहीं की...?

–न...।

–क्या वह अक्सर आपसे मिलने आता था...? थानेदार का अंदाज एकदम पुलिसिया था।

–अक्सर नहीं। कभी कभार मैं ही उन्हें बुलाती थी।

–क्या उस दिन भी आपने ही उसे बुलवाया था?

–हां...।

–क्यों...?

–जिले के अधिकारी के दौरे की जानकारी हुई थी, उसी के बारे में पूछताछ करने...। उसने तुरन्त झूठ का सहारा लिया।

–अच्छा...। थानेदार ने लम्बी सांस ली, फिर पूछा–इससे पहले कब आया था?

–मुझे याद नहीं...।

–कहीं और मिली हों...?

–पंचायत में...।

–इसके अलावा...।

–अलावा कहां?

–मेरा मतलब किसी अन्य स्थान पर...।

–मेरा उससे और कहीं मिलने का कोई सम्बन्ध नहीं था...। वह खीझ कर बोली। दरोगा के कथन में छिपे कटाक्ष को वह ताड़ गई थी। अपने क्रोध को दबाया उसने...।

–लेकिन संतोषी आपसे काफी मिलता जुलता था...।

–कौन कहता है...? उत्तेजित स्वर में उसने पूछा।

–मैंने सुना है...।

–आपसे किसने कहा...?

–ये छोड़िये आप...।

–लगता है आपको कुछ गलत बतलाया गया है। धन्वंतरी गुस्साए स्वर में बोली...। क्रोध की एक लहर उसके अन्दर दौड़ गई।

थानेदार धीमे से मुस्करा दिया।

अन्दर ही अन्दर बुरी तरह चिढ़ गई वह...। उसका पारा चढ़ने लगा। उसे लगा कि अधिक बैठने से कोई अप्रिय स्थिति खड़ी हो सकती थी।

–और कुछ पूछना चाहेंगे...?

—नहीं...। फिलहाल इतना ही। कुछ और पूछना होगा तो दोबारा तकलीफ दूंगा...।

थानेदार ने एक तिरछी नजर उसके चेहरे और फिर नीचे उभरे उरोजों पर डाली। यकायक धन्वंतरी अत्यन्त असहज हो चली। एक लिजलिजा अहसास वितृष्णा और तिलमिलाहट के भाव पैदा कर गया...।

थानेदार चला गया।

संतोषी से भेंट के प्रश्न पर धन्वंतरी की बेचैनी वह देख चुका था।

... कहीं कुछ गड़बड़ है जरूर, वह सोचने लगा।

विवेचना को निश्चित दिशा न मिल पाने से थानेदार परेशान था। संतोषी की हत्या को लेकर अनेक गतिविधियां प्रचलित थीं। कहीं धरना, कही प्रदर्शन तो कहीं जुलूस। उधर आला अफसरों का भी कम दबाव नहीं था। कप्तान ने एक सप्ताह की मोहलत दी थी और थानेदार जानता था कि यह नेताओं जैसी धमकी नहीं थी। थाने का चार्ज जाने में देर नहीं लगती और तब अफसरदोयमी की जलालत झेलना भारी पड़ जाता है।

तफतीश उलझ गई थी। तीन लाइनें एक साथ चली थीं और न कोई मिट पाती और न ही कोई आगे बढ़ रही थी। तमाम बयानों व साक्ष्य से अधिक सम्भावना इस बात की ही थी कि हत्या का कारण प्रधानी का चुनाव है। किन्तु अलग-अलग पक्षों द्वारा अपनी दलीलें दी जा रही थीं। ठाकुर हरपाल सिंह के समर्थकों का तर्क था कि संतोषी के चुनाव लड़ने से गुलजार का ही अहित होना था और 'जिस तरह का चालाक और चालबाज आदमी वह रहा है, उसने बड़ी सफाई से संतोषी का सफाया करा दिया।'

दूसरी ओर गुलजार और उसके आदमी बड़े पुरजोर ढंग से संतोषी की हत्या को गांव के सवर्णों की साजिश करार देते। उनका निशाना हरपाल सिंह थे। अधिकतर दलितों का भी अब यही मत था। सरना चाचा व भगौती प्रसाद इसे खुले आम कहने लगे कि निरंकार चौधरी आदि ने षड्यंत्र कर पहले उसे प्रधानी पद का लोभ दिया और बाद में उसकी हत्या करवा दी। हालांकि तार्किक ढंग से वे यह उत्तर नहीं दे पाते कि संतोषी को चुनाव में खड़ा करने और फिर उसकी हत्या कराने से सवर्णों का कौन सा उद्देश्य सिद्ध होना था।

—हो सकता है गुलजार को फंसाने के लिए ऐसा किया गया हो।

—अथवा हमें डराने धमकाने के लिए कि अगर प्रधानी का ख्याल भी रखोगे तो यही हश्र होगा...। जैसी दलीलें वे दिया करते।

दूसरे किसी प्रकार का मौखिक अथवा अभिलेखीय साक्ष्य न रंजिश प्रमाणित

करता और न ही हत्या को साबित करने में मददगार साबित होता...।

थानेदार दोनों पक्षों के तर्कों से सन्तुष्ट नहीं था। दोनों ही लचर थे। यदि हत्या कराने में गुलजार की भूमिका थी तो वह अपने घर बुलाकर ऐसा काम भला क्यों करेगा?

सवर्णों के विरुद्ध भी पक्का सबूत नहीं था। ठाकुर हरपाल सिंह ने अपनी योजना को स्वयं स्वीकार किया था। और फिर संतोषी की हत्या से उन्हें क्या लाभ मिलना था। भले ही सरना चाचा आदि क्रोधवश एक बार उनका नाम भी ले गये किन्तु बाद में सभी ने एक स्वर में कहा कि ठाकुर हरपाल सिंह ऐसा कभी नहीं कर सकते।

तफतीश की तीसरी दिशा संतोषी और धन्वंतरी के मध्य सम्बन्धों की थी। गुलजार के कथन को गांव के लोगों ने इस सीमा तक स्वीकार किया था कि धन्वंतरी यदि किसी से बात करती थी तो केवल संतोषी से और यह ठाकुरपुरवा के लिए कुछ अर्थों में अटपटा व नया था। पूछताछ के दौरान धन्वंतरी की भावनाओं का जायजा थानेदार ले चुका था। किन्तु इससे अधिक न कोई कुछ कहने को तैयार था और न ही कोई अन्य साक्ष्य उपलब्ध था।

नतीजतन तफतीश उलझ गई। अपराध खुल नहीं पाया।

राज-राज बना रहा। संतोषी की हत्या का रहस्य एक दहशत की तरह पूरे गांव पर मंडराता रहा...।

थानेदार पदावनत कर दिया गया। नये अधिकारी पर इस केस को खोलने के लिए कोई दबाव नहीं था। उसकी प्राथमिकता तो भविष्य में अपराध नियंत्रण की थी।

विवेचना घिसटती रही और अन्ततः मामले में फाइनल रिपोर्ट लगाकर तफतीश बन्द कर दी गई।

9

गुलजार निर्विरोध प्रधान चुना गया। थानेदार से भेंट करने के बाद वह सीधा क्षेत्र कार्यालय गया और अपना नामांकन प्रस्तुत कर दिया। संतोषी की हत्या के बाद ठाकुर हरपाल सिंह ही नहीं, गांव के किसी अन्य व्यक्ति का साहस ही नहीं हुआ कि वह अपना पर्चा भरे। संतोषी की हत्या का डरावना साया सभी को आतंकित कर रहा था। लोगों को आशंका थी कि जो भी नामांकन हेतु पहल करेगा, पुलिस उसे ही संतोषी की हत्या के षड्यंत्र में फंसा लेगी। कुछेक लोगों ने हरपाल सिंह पर अवश्य जोर डाला, तरह-तरह के तर्क दिये किन्तु उनकी आंखों से संतोषी का चेहरा ओझल नहीं हो पाता। अपने निर्णय पर अडिग रहे वह...।

अन्दर ही अन्दर एक पाप ग्रंथि से वह वैसे ही जकड़े हुए थे। संतोषी की हत्या में न तो उनकी कोई भूमिका थी और उसे चुनाव में खड़ा करने की योजना का यह दुष्परिणाम कल्पनातीत था तथापि एक अपराध भाव उन्हें सदैव सालता रहता। संतोषी की हत्या के तार चुनाव से ही जुड़ते नजर आते उन्हें। हालांकि चाहकर भी वह यकीन नहीं कर पाते कि गुलजार अपने अभिन्न मित्र की इतनी निर्ममता से हत्या करा सकता है...।

किन्तु यदि गुलजार नहीं तो फिर इस हत्या के पीछे और किसका हाथ था...? कहीं उन्हें अथवा गुलजार को फंसाने का कुचक्र किसी और ने तो नहीं रचा?

सोचकर उनकी छटपटाहट और बढ़ जाती...।

बहरहाल पूरे जनपद में ठाकुरपुरवा इकलौता गांव था जहां चुनाव की व्यवस्था नहीं करनी पड़ी। घटनाक्रम से अनभिज्ञ व्यक्ति सुनता तो हैरत करता। कुछ ने इस अभूतपूर्व उपलब्धि के लिए गुलजार को बधाई भी दी। उससे समारोह, भोज आदि की मांग की। किन्तु अश्रुपूरित नेत्रों से हाथ जोड़कर सबसे क्षमा मांग लेता गुलजार और केवल संतोषी को याद करता रहता—मान्यवर, मेरा इकलौता मित्र चला गया। इसी पद हेतु बनाए गये षड्यंत्र में उसके प्राणों की बलि हो गई। किसी न किसी को प्रधान बनना था। लोगों ने कहा तो मैंने पर्चा भर दिया और निर्विरोध चुन लिया गया। पर समझ लीजिए, इस बार मैं भरत की भूमिका निभा रहा हूं।

किन्तु रमेश के हाईस्कूल में प्रथम श्रेणी में उत्तीर्ण होने से चमरौटी में व्याप्त उत्साह का अवसर वह नहीं चूकना चाहता था।

–चाचा। गुलजार ने कहा–संतोषी की हत्या से लोगों का मनोबल टूटा है, साहस व सम्मान को धक्का लगा है। उसे ऊंचा उठाना आवश्यक है। वरना सिर फिर पूरी तरह झुक जायेगा। वर्षों के अथक परिश्रम व प्रयास से जागृत आत्मसम्मान फिर भरभरा कर टूट पड़ेगा। अभी गांववासी चुप हैं, संतोषी की हत्या से घबराए व आतंकित हैं। किन्तु बहुत जल्दी अपनी असलियत पर उतर आयेंगे। पुराने दिन लौट आयेंगे। दलितों का उत्पीड़न आरम्भ हो जायेगा। इसीलिए मैं चाहता हूं कि लोगों का मनोबल बना रहे। उनमें आत्मसम्मान की भावना पुनर्जीवित की जाय। रमेश का प्रथम श्रेणी में उत्तीर्ण होना एक अच्छा अवसर है। समाज के प्रमुख होने के नाते अपने दायित्व को समझते हुए इस अवसर का लाभ उठाना चाहिए आपको...।

गुलजार का प्रस्ताव विचारणीय अवश्य था। उसने जो कहा था उसमें न तो मिथ्या का अंश था और न ही अतिश्योक्ति...। लोगों के चेहरे सचमुच बुझ गये थे, आंखें झुक गयी थीं और रमेश का परीक्षाफल ही ऐसा समाचार था जिसकी सुखानुभूति से सभी की नजरों में चमक आई थी। पर शोक के वातावरण में उत्सव का आयोजन...।

–भइया प्रधान, सरना चाचा ने कहा–बात तो तेरी सौ फीसदी ठीक है। तू तो हमारा शुभचिन्तक है। हमारा भला सोचता है। पर संतोषी को गुजरे अभी महीने से ऊपर ही हुआ है। इसलिए यह सब करना ठीक नहीं। फिर जब बच्चा अच्छा है तो आगे भी अच्छा करेगा। आगे बढ़ेगा...। और मौके आयेंगे...।

–मुझे इसमें कोई सन्देह नहीं है। बड़ा बुद्धिमान छात्र है। चाचा, आगे क्या सोचा है उसने...?

–भइया, चाहवे तो आगे पढ़ना ही है, पर तुम जानो, घर से बाहर जाना पड़ेगा। खासा खर्चा आयेगा।

–चाचा, यह तो है ही। तीन-चार सौ से कम क्या खर्चा होगा...।

–बस समझो तुम...। इत्ता जुगाड़ भला रमेसर कैसे कर सके।

–तो फिर...?

सरना चाचा शान्त रहे।

–क्या बेचारे की पढ़ाई रुक जायेगी...?

सरना चाचा ने एक लम्बी सांस ली।

गुलजार भी सोच में डूबा था। एक प्रतिभाशाली छात्र का अध्ययन अवरुद्ध होने का दर्द वह महसूस कर रहा था। किन्तु वह सतर्क था।

–कुछ वजीफा वगैरा भी तो मिल सके...। उसने कहा।

–हां, सुना है। पचास, सौ रुपये... और वो भी न जाने कब...।

–चाचा, आपके आशीर्वाद से उसमें कोई कसर नहीं रखूंगा। वजीफा तो करा ही दूंगा...।

–लेकिन बाकी का जुगाड़...?

–हूं...।

सरना चाचा ने सवालिया नजरों से उसे देखा तो वह अन्दर ही अन्दर कुछ परेशान हुआ...। वह जानता था कि दलितों से अपने सम्बन्धों को अधिक पुख्ता करने का यह एक माध्यम बन सकता था। संतोषी की हत्या को लेकर भले ही कभी किसी ने उससे कुछ न कहा हो तथा पुलिस ने भी उसे क्लीन चिट दे दी थी किन्तु सम्बन्धों में दरार पड़ने की अनुभूति उसे सदैव खटकती रहती थी। लोगों की नजरों में वो स्नेह, सम्मान व अपनत्व नहीं दिखलाई पड़ता जिसका वह अभ्यस्त था। उसके कानों में यह तक पड़ा कि दबे मुंह अनेक दलित उसे संतोषी की हत्या के लिए अप्रत्यक्ष रूप से जिम्मेदार ठहराते हैं क्योंकि उसी की मित्रता के कारण संतोषी की सक्रियता बढ़ी थी जिसका दुष्परिणाम उसकी हत्या के रूप से सामने आया।

इस दृष्टि से यह सटीक अवसर था। रमेश के भविष्य को लेकर पूरा दलित समाज चिंतित था और यह सहायता उन सभी को कृतज्ञता व स्नेह से सराबोर कर सकती थी।

किन्तु दो समस्याएं थीं–एक तो ढाई-तीन सौ रुपये का माहवारी व्यय जिसका भविष्य में बढ़ना लाज़मी था। और फिर अन्य मामलों में भी इस तरह की आर्थिक सहायता की आशा उससे की जा सकती थी।

–चाचा, मुझे सोचने का मौका दें...। कहकर उसने बात समाप्त करना उचित समझा।

चमरौटी के निवासियों को छोड़कर ठाकुरपुरवा में यदि कोई व्यक्ति रमेश के परीक्षाफल से वास्तव में प्रसन्न हुआ तो वह मनोज था। कक्षा एक से आठ तक वह स्वयं इस विद्यालय का छात्र रहा था इसलिए उसका लगाव स्वाभाविक था। विद्यालय की कोई भी उपलब्धि उसमें हर्ष व गर्व की लहर पैदा कर जाती। जब भी वह गांव आता तो विद्यालय का चक्कर अवश्य लगाता। पुराने अध्यापकों से मिलता और विद्यालय की दशा पर मन ही मन दुखी होता। भवन जर्जर हो रहा था। जगह-जगह दरारें थीं, प्लास्टर उखड़ रहा था। सालों से मरम्मत तो दूर रंगाई पुताई का भी नाम नहीं था। कक्षा में फर्नीचर टूटा था। छोटी कक्षाओं में अब टाट की पट्टियां तक गायब थीं। अधिकतर कक्षाएं खुले आकाश में चलाई जातीं। गर्मियों

में पेड़ों की छाया का प्रयोग होता।

कुछ अध्यापक भी ऐसे तैनात हो गये थे जिनकी रुचि खेती-बाड़ी में अधिक अध्यापन में नाम मात्र की थी। नतीजतन अध्यापन के स्तर में भी गिरावट आ रही थी। कक्षा दस का परीक्षाफल तीस फीसदी तक भी नहीं रह पाता और वो भी द्वितीय व तृतीय श्रेणी से भरा...। आंतरिक परीक्षाओं में नकल का बोलबाला था। अध्यापकगण स्वयं इस कुरीति में लिप्त रहते। इसीलिए पिछले वर्ष इस परीक्षा केन्द्र को समाप्त करने पर भी विचार किया गया था।

ऐसे में विद्यालय के एक छात्र के प्रथम श्रेणी में उत्तीर्ण होने के समाचार से मनोज अत्यन्त प्रफुल्लित था। रमेश से मिलने की इच्छा हुई उसकी और जब यह पता चला कि यह वही छात्र है जिसके कारण विद्यालय के छात्रों में आपसी झगड़ा व मारपीट हुई थी तो उसकी उत्सुकता और बढ़ गई।

चमरौटी जाना उन सभी के लिए निषिद्ध था। किन्तु बंगलौर जैसे बड़े और सर्वदेशीय नगर में अध्ययन कर लेने के बाद मनोज को यह प्रतिबन्ध हास्यापद प्रतीत हुआ। पिताजी से अनुमति लेने की आवश्यकता भी नहीं समझी उसने। न ही उसे इस बात का तनिक भी अहसास था कि उसकी भेंट का कोई अन्य अर्थ भी निकाला जा सकता था।

ठाकुर के पुत्र का रमेसर के घर पर आगमन का समाचार पूरी चमरौटी में मिनटों में फैल गया। लोग चकित थे। सशंकित भी...। तरह-तरह के अनुमान लगाये जा रहे थे।

सरना चाचा अपने को भला कैसे रोक पाते। तुरन्त रमेसर के घर की ओर बढ़ चले।

एक मूढ़े पर मनोज और सामने चारपाई पर रमेश और रमेसर को देखकर उनकी आंखें भर आईं। ठिठककर कुछ पल देखते रहे वह...। ठाकुर परिवार के एक सदस्य की चमरौटी में उपस्थिति उनके लिए अजूबा ही थी।

धीरे-धीरे लोग जमा हो रहे थे। पहले अविश्वास और फिर सन्देह से एक-दूसरे के चेहरे देख रहे थे।

इधर बिना किसी पूर्व सूचना के मनोज को अपने दरवाजे पर देखकर रमेसर सकपका गया। तुरन्त झुककर बंदगी की उसने और फिर दुविधा व असमंजस से फटी आंखों से मनोज का चेहरा देखने लगा वह...।

–मैं ठाकुर साहब का बेटा हूं, मनोज...। चेहरे पर हल्की मुस्कान लिए उसने परिचय दिया।

–अरे कुंवर साहब, आपको नहीं जानेंगे। क्यों शर्मिन्दा करते हैं? मैं तो इसलिए परेशान हूं कि हमसे क्या भूल हो गई कि आपको इधर आना पड़ा।

–ऐसा मत कहिए। पर हां, कम से कम अन्दर बैठने तो दीजिए...। मनोज

ने हंसकर कहा।

रमेसर झेंप गया। उल्टे पांव अन्दर आया और मूढ़ा उठाकर उसे कपड़े से अच्छी तरह झाड़ पोंछ दिया।

–मैं आपके बेटे रमेश को बधाई देने आया हूं। उसकी सफलता से मैं बड़ा प्रसन्न हूं। मनोज ने बैठते हुए कहा–मैं स्वयं इस विद्यालय का छात्र रहा हूं। इसलिए विद्यालय की इस उपलब्धि पर मुझे गर्व है।

–धन्यवाद...। रमेश बाहर आ चुका था। उसने हाथ जोड़कर उत्तर दिया–आप तो स्वयं मेरे आदर्श रहे हैं। आज भी अध्यापक अक्सर आपका दृष्टांत देते हैं।

–यह सब तो उन्हीं की कृपा है। किन्तु आपने नया कीर्तिमान स्थापित किया है। प्रथम श्रेणी में उत्तीर्ण होने वाले इस विद्यालय के पहले छात्र हैं आप।

रमेश धीरे-धीरे मुस्करा रहा था। एक विचित्र सा आह्लाद उसमें हिलोरें ले रहा था। कुछ देर तक वे शांत रहे। रमेश की मनःस्थिति को मनोज समझ सकता था। बड़ी सुखद अनुभूति हुई उसे...।

...जीवन की कितनी बड़ी उपलब्धि है यह...।

–अब आगे की क्या योजना है? मनोज ने ही चुप्पी तोड़ी।

ऐसा लगा मानो पैर में कोई शूल चुभ गया हो। रमेश ने पहले अपने पिता को देखा और तब उसका चेहरा लटक गया। साफ नीले आसमान पर जैसे बदली छा गई हो, उत्कर्ष पर आकर जैसे कोई नीचे ढकेल दिया गया हो।

–कुंवर जी, रमेसर ने उत्तर दिया–यह आगे पढ़ना चाहता है। मैं भी चाहूं लेकिन...।

–लेकिन क्या...?

रमेसर कुछ पल शांत रहा और फिर धीरे से कहा–बाहर भेजना पड़ेगा और बाहर पढ़ाने लायक पैसे कहां हैं हमारे पास...।

–तो क्या यह आगे नहीं पढ़ेगा...?

रमेसर ने तत्काल कोई उत्तर नहीं दिया। एक गहरी लम्बी सांस ली और फिर उदास स्वर में कहा–कुंवर जी, कौन नहीं चाहेगा...। लेकिन गरीब का घर छोटा और उसमें पचास रास्ते होते हैं। उसके कपड़ों में इतने छेद होते हैं कि कहां रुक पाता है कुछ उसमें...। मेहनत मजदूरी कर किसी तरह काम चलता है। बाहर भेजने में ढाई, तीन सौ का खर्चा है। इसीलिए परेशान हूं कि इत्ते पैसे का जुगाड़ कहां से करुंगा...।

एक झुरझुरी सी मनोज के अन्दर दौड़ गई। जिन्दगी की नंगी तस्वीर का इतना प्रामाणिक बयान उसने पहली बार सुना था...। गरीबी और गुरबत वह जानता था लेकिन आज अपने सामने रूबरू रमेसर व रमेश के जीवन की कड़वी सच्चाइयां उसे अन्दर तक द्रवित कर रही थीं। न जाने कितने प्रतिभाशाली बच्चों का भविष्य

असमय कुचल जाता रहा होगा...।

रमेश का चेहरा दयनीय था। उसे देखकर मनोज का हृदय करुणा से भर आया...।

–हिम्मत करने से ही काम बनता है रमेसरजी...। मनोज ने ढांढस बंधाया–साहस छोड़ देंगे तो कुछ नहीं होगा...। कहते हैं जो आदमी स्वयं हिम्मत करता है ईश्वर भी उसी की मदद करता है। इसे आगे अवश्य पढाएं...। कोई न कोई रास्ता जरूर निकलेगा।

रमेसर खामोश था। आगे वार्ता करने का कोई औचित्य नहीं समझा उसने। सुख–सुविधा व धन–दौलत के बीच पला यह युवक निर्धन व्यक्ति की पीड़ा और विवशता भला कैसे समझ सकता है? जीवन में सब कुछ सहजता से पा लेने वाले व्यक्ति के लिए दूसरे की लाचारी समझना कितना कठिन है।

वह मन ही मन मुस्करा दिया।

मन में घोर बेचैनी लिए मनोज लौटा था। वह सहायता के विकल्प खोजने लगा। उसने अम्मा से भी बात की और ठकुराइन ने पति से बात करने का आश्वासन दिया।

हरपाल सिंह का रुख सकारात्मक था। ढाई–तीन सौ रुपये प्रतिमाह का व्यय उनके लिए कोई बड़ी बात नहीं थी। द्वन्द्व केवल इस बात को लेकर था कि गांववासी इसे किस रूप में लेंगे। कहीं इसे संतोषी की हत्या से उपजी उनकी अपराध ग्रन्थि से तो नहीं जोड़ा जायेगा? कहीं यह तो नहीं समझा जायेगा कि उसकी हत्या में अपनी अप्रत्यक्ष भूमिका के पाप बोझ से मुक्त होने के लिए उनके द्वारा यह कदम उठाया गया है? अथवा गुलजार के निर्विरोध प्रधान चुने जाने के दंश से पीड़ित ठाकुर भविष्य का कोई राजनैतिक निवेश तो नहीं कर रहे...?

उमानाथ को भेजकर उन्होंने सरना चाचा, दलितों के मुखिया मंगलू राम व रमेसर को बुलवा भेजा। संतोषी की हत्या के बाद पहली बार वे इनसे मिल रहे थे। पहले संतोषी की हत्या से दलितों में व्याप्त भय व असुरक्षा की भावना, पुलिस द्वारा प्रदर्शित अकर्मण्यता, विवेचना की असफलता, गुलजार का निर्विरोध निर्वाचन, संतोषी की मां की दशा आदि विषयों पर बात करते रहे। और तब उन्होंने रमेसर को उसके पुत्र की असाधारण उपलब्धि के लिए बधाई देते हुए अपना मन्तव्य स्पष्ट किया।

–मनोज तुम्हारे घर गया था। उसी ने बतलाया कि बच्चे को आगे पढ़ाने में तुम्हें परेशानी है।

रमेसर ने सिर झुका लिया। ठाकुर के पुत्र के प्रति उसका हृदय कृतज्ञता से भर गया। जब प्रमुखजी व सरना चाचा के साथ उसे भी बुलाने की सूचना मिली थी तब उसे यही पूर्वानुमान था कि हो न हो ठाकुर साहब इसी विषय पर बात

करने के इच्छुक होंगे। तभी से वह दुविधा में भी था। यदि ठाकुर द्वारा आर्थिक सहायता का प्रस्ताव रखा गया तब उसका क्या निर्णय उचित होगा। क्या अगले कुछ वर्षों के लिए ठाकुर के एहसान तले दबना उचित होगा? इससे उसके सामाजिक स्तर पर क्या प्रभाव पड़ेगा? क्या इस ऋण से वह कभी उऋण हो सकेगा? क्या इस अनुकम्पा का बोझ वह पूरे जीवन भर ढो सकेगा? क्या समाज के लोग इसकी स्वीकृति देंगे?

सवाल केवल उसका ही नहीं था...। सोचना यह भी था कि रमेश इस सहायता को स्वीकार करना चाहेगा? उसके लिए तो यह सम्पूर्ण जीवन का भार बन सकता था, एक जुए की तरह..., जिसे ढोना कितना यातनामय होगा।

उसके मन में आया कि रमेश से भी बात कर ले किन्तु चुप रहा।

और बिना ठाकुर के स्पष्ट संकेत के किसी और से बात करना हास्यास्पद प्रतीत होता था। इसलिए हृदय में कशमकश बढ़ता ही रहा।

—ठाकुर साहब, आप तो सब कुछ जानो हो...। हरपाल सिंह के दोहराने पर रमेसर ने कहा—आगे पढ़ाई के लिए शहर भेजना पड़ेगा। अच्छा खासा खर्चा है। इत्ता जुगाड़ मेरे पास कहां है।

हरपाल सिंह एकाएक कुछ नहीं बोले। एक अनचाही सतर्कता से जकड़े हुए थे वह। उन्होंने धीरे से कहा—वैसे तो प्राइवेट फार्म भी भरवा सकते हो लेकिन तुम्हारे बेटे की मनोज इतनी प्रशंसा कर रहा था कि उसे आगे पढ़ाने के लिए शहर भेजना ही चाहिए। वहां रहेगा तो काफी आगे बढ़ सकता है।

—सो तो सब आपकी कृपा है, रमेसर ने हाथ जोड़े—पर आदमी को वही ख्वाब देखना चाहिए जो मुमकिन है। ख्याली बात करने से क्या फायदा?

—इसमें कोई ख्याली बात नहीं है। गरीबों के बच्चे एक से एक ऊंचे पद पर जा रहे हैं। डाक्टर, इंजीनियर, कलक्टर, कप्तान भी बन रहे हैं।

—आप ठीक फरमाते हैं, ठाकुर साहब। इस बार सरना चाचा बोले—रमेश बड़ा बुद्धिमान बच्चा है। आगे बढ़ सकता है पर उसके लिये पैसे की जरूरत भी तो है।

—क्या सोचा है तुम लोगों ने...?

—क्या सोचेंगे हुजूर...? रमेसर ने बुझे स्वर में उत्तर दिया—अभी तो कुछ समझ में नहीं आ रहा। प्रधान कुछ वजीफे की बात कर रहा था पर पता नहीं कब मिलेगा और वो भी कित्ता...।

हरपाल सिंह सोचने लगे कि क्या आर्थिक सहायता का प्रस्ताव किया जाना उचित होगा? क्या इसके अतिरिक्त कोई अन्य विकल्प नहीं है? एकाएक उन्हें अपने मित्र मित्रसेन की याद आई जिसका लड़का कस्बे में ही कोई फैक्ट्री चला रहा था। रमेश को फैक्ट्री में किसी अंशकालिक नौकरी पर रखवाया जा सकता था

जिसकी आय से उसका अध्ययन जारी रहने में कोई कठिनाई नहीं थी।

उन्हें यह प्रस्ताव जंचा।

—देखो, वैसे तो मदद करने के पचास ढंग हैं...। उन्होंने कहा—और एक बच्चे को पढ़ाना कोई मुश्किल काम नहीं है, पर मैं नहीं चाहता कि एक होनहार बच्चे को हमेशा यह भावना सालती रहे कि वह किसी की कृपा की बदौलत आगे बढ़ा है। इससे उसका व्यक्तित्व उभर नहीं सकेगा। उसका आत्म सम्मान व अहं कुंठित हो जायेगा तथा ऐसा बालक कभी उन्नति नहीं कर सकता...। इसलिए मैं नहीं चाहूंगा कि किसी के दान या कृपा से वह आगे अध्ययन करे।

वह कुछ पल के लिए रुके। तीनों पूरे ध्यान से उन्हें सुन रहे थे।

—मेरा यह सुझाव है कि रमेश वहां कोई छोटी मोटी नौकरी कर ले। उससे जो आय हो उससे अपना खर्चा निकाले। कुछ अधिक परिश्रम अवश्य करना होगा किन्तु इससे उसे बड़ा आत्मसंतोष प्राप्त होगा, उसमें आत्मविश्वास भी पैदा होगा और उसका व्यक्तित्व सचमुच निखर जायेगा। परिश्रम मनुष्य को चमका देता है। क्यों सरना...?

—बात तो सौलहे आने ठीक है। यह बहुत अच्छा प्रस्ताव है। सरना चाचा बोले।

—ठाकुर साहब, रमेसर के अन्दर कोई आशा अथवा उत्साह जागृत नहीं हुआ—दसवीं पास लड़के को कौन नौकरी देगा।

—नौकरी की हालत सचमुच खराब है। प्रमुखजी ने गंभीरता पूर्वक कहा—सैकड़ों पढ़े लिखे लौंडे मारे-मारे फिरे हैं। अपने संतोषी को ही कितनी मुश्किल से नौकरी मिली थी।

—उसकी चिंता तुम लोग मत करो...। हरपाल सिंह ने मुस्करा कर कहा—नौकरी का प्रबन्ध मैं करा दूंगा। काम चलाऊ पैसे मिल जायेंगे। काम भी कम करना पड़ेगा जिससे पढ़ाई पर पूरा ध्यान लगा रहे। बोलो मंजूर हो तो बात करूं...।

—सच ठाकुर साहब...। रमेसर का चेहरा खिल उठा-बड़ी कृपा होगी। दो, ढाई सौ भी मिल जायें तो उसका खर्चा निकल आयेगा।

—ठाकुर साहब, आप बड़ा उपकार कर रहे हैं। एक बच्चे का भविष्य बन जायेगा वरना पता नहीं क्या होता...। सरना चाचा ने भावुक होकर कहा।

—ठीक है, मैं बात करके तुम्हें खबर कर दूंगा। पर इसे निश्चित समझो...।

परीक्षाफल से कहीं अधिक प्रसन्नता इस समाचार से रमेश को हुई थी। चमरौटी में जिसने सुना, ठाकुर हरपाल सिंह के प्रति हृदय कृतज्ञता व आभार से भर उठा।

गुलजार अवश्य कसमसा कर रह गया।

ठाकुर हरपाल सिंह ने उसे एक नए ढंग से शिकस्त दी थी।

ठाकुर की इस कृपा के कारण ढूंढने होंगे—वह सोचने लगा।

पन्द्रह दिनों के अन्दर ही सारे तनाव व आशंकाओं से वह मुक्त हो गया। उसे लगने लगा कि मानवीयता अभी भी जीवित है, इस धरती पर ऐसे लोग मौजूद हैं जो निर्धनों को स्नेह देते हैं, उनकी प्रतिभा का सम्मान करते हैं, कि कुछ मनुष्य बिना स्वार्थ सिद्धि के आज भी सेवा करने में आनन्द उठाते हैं...। भले, परोपकारी, निस्वार्थ भाव से सेवा करने वाले लोगों को देखकर पहले रमेश चकित अनुभव करता था, सन्देह और अविश्वास की नजरों से देखता था उन्हें। आज स्थिति भिन्न थी।

संतोषी की हत्या से रमेश भी बुरी तरह आतंकित रहा था। चमरौटी के अन्य लोगों के साथ उसके अन्दर भी घोर असुरक्षा का भाव बस गया था। इसीलिए जब अध्ययन हेतु उसने शहर के लिए प्रस्थान किया तो वह काफी सशंकित था। किन्तु हरपाल सिंह के मित्र मित्रसेन के बेटे विचित्र सेन ने बड़ी गर्मजोशी से उसका स्वागत किया—तुम यहां केवल अध्ययन करने आये हो, फैक्ट्री में काम करने नहीं। हां, आर्थिक रूप से स्वतंत्र बनाने और तुममें आत्मविश्वास पैदा करने के लिए तुम्हें थोड़ा बहुत काम करना है। केवल दो घंटे। जब तुम्हें फुर्सत हो सुबह शाम—किसी भी समय...।

और सचमुच यही व्यवस्था की गई थी। विचित्रसेन का रसायन पदार्थ बनाने का कारखाना था। रमेश का काम डिब्बों पर लेबिल चिपकाना, उत्पाद को डिब्बों में पैक करना मात्र था। इसकी एवज में उसे प्रतिमाह तीन सौ रुपया मेहनताना मिलना तय हुआ था।

विचित्रसेन ने उसके आवास की भी व्यवस्था कर दी थी। फैक्ट्री परिसर के समीप ही एक छोटे से कक्ष में वह रहता था। पहुंचने के तुरन्त बाद उसने अपना प्रवेश कक्षा ग्यारह में करा लिया और वह अध्ययन में जुट गया।

पन्द्रह दिन बाद ही एक रविवार को वह पहली बार गांव आया। उसको देखते ही रामदेई की आंखों में आंसू भर आये। इतने दिनों दूर रहकर उन्हें याद न करने की शिकायत करने लगीं। फिर कहने लगी—लगता है खाने पीने का ख्याल नहीं रखता। पन्द्रह दिनों में ही चेहरा लटक गया है। कित्ता कमजोर हो गया है।

रमेश हंसने लगा।

—कहीं कमजोर नहीं हुआ। आराम से खाता पीता हूं। मालिक मेरा बड़ा ख्याल रखते हैं। किसी चीज की परेशानी नहीं है...। उसने समझाया।

रामदेई को विश्वास नहीं हुआ। पास बैठ कर उसके सिर पर हाथ फेरती रही।

—अपना ख्याल रखाकर। बड़े दर्जे की पढ़ाई है। खूब मेहनत करनी होती

है। इसलिए खाने-पीने का पूरा ध्यान रखना। शहर में खराब बच्चे ज्यादा होते हैं, उनसे दूर रहना।

रमेश मन्द-मन्द मुस्कुराता रहा। पन्द्रह दिनों का समय बीतते उसे पता ही नहीं चला। नए स्थान पर समायोजन, विद्यालय में प्रवेश, नौकरी का उत्साह और एक नए वातावरण व कार्य संस्कृति से स्वयं को परिचित करने में वह इस तरह डूबा रहा कि उसे आशा तक की याद नहीं आई। चलते समय भी आशा से भेंट करने की जुगत बैठाने में वह असफल रहा था। आशा से मिले अर्सा बीत गया था। परीक्षाफल आने पर यह अवश्य उसके घर गया था लेकिन उस दिन ननकू व बंसी दोनों ही घर पर मौजूद थे।

आशा की आंखें चमक रही थीं। उनसे एक ऐसी आभा प्रवाहित हो रही थी जो रमेश के अन्तस को आलोकित कर जाती। नेत्र बड़े सस्वर थे। मौन की विवशता से उपजी तड़प थी उनमें।

अत्यन्त कातर दृष्टि से चोरी छिपे वह रमेश को देखती रही।

किन्तु कुछ रस्मी बातचीत के अलावा कोई संवाद संभव ही नहीं था। बाद में शहर जाने की सारी योजना इस हड़बड़ी में बनी कि उसे कुछ और सोचने का समय ही नहीं मिला।

आज गांव में आकर उसे आशा की याद बुरी तरह सताने लगी। आशा का चेहरा लगातार उसकी नजरों में कौंध रहा था। लेकिन वह अच्छी तरह जानता था कि जैसे ही उसके आगमन का समाचार फैलेगा, बंसी तुरन्त घर की राह लेकर अपना आसन वहां जमा लेगा।

आशा से मिलने का कोई न कोई वैकल्पिक माध्यम खोजना ही होगा—वह सोचने लगा।

मां उस की आवभगत में जुटी थी। आलू का झोल, पूड़ियां और आटे का हलुआ तैयार किया था।

खाने से निवृत्त हुआ तो मां ने ही कहा—जा सरना चाचा और ननकू भैय्या से मिल आ। तुझे खूब याद करते हैं।

अपने अंदर एक झनझनाहट सुनाई पड़ी उसे। एक बार फिर आशा का चेहरा उसकी नजरों में तैरने लगा...। एक अजीब-सी तिलमिलाहट उसे अन्दर ही अन्दर जकड़ने भी लगी।

अजब-सी छटपटाहट लिए निरुद्देश्य वह घर से निकल पड़ा।

जुलाई की उमस भरी शाम थी। कई दिनों से बदली छाने के बावजूद बारिश की एक बूंद नहीं टपकी थी। किसानों के चेहरे मुरझाने लगे थे। सूखे के भयंकर प्रकोप

की आशंका उन्हें अन्दर ही अन्दर कंपा जाती। लोगों की नजरें बार-बार आसमान की ओर उठतीं । वर्षा की क्षीण आशा भी उनके अन्तर्तम के गहन तिमिर को जुगनू की तरह आलोकित कर जाती...।

हवा एकाएक थम गई थी। रमेश का बदन पसीने से तर था। चमरौटी के संकरे रास्तों से बाहर निकल कर भी गर्मी से कोई राहत नहीं मिली थी। वह चला जा रहा था—गन्तव्यहीन, उद्देश्यविहीन...। कभी आस-पास के वातावरण व सृष्टि से हम कितने निरासक्त हो जाते हैं। गांव व चमरौटी के मध्य स्थित जंगल को पार करता कब वह ठाकुर की हवेली के सामने पहुंच गया, उसे पता ही नहीं चला।

इस हवेली को उसने न जाने कितनी बार देखा था और हर मर्तबा एक अजीब सी जुगुप्सा उसके अन्दर लबालब भर जाती जिसका कारण वह स्वयं भी नहीं जानता था। शायद यह भवन उस वर्ग का प्रतिनिधित्व करता था जिसके प्रति उसके भीतर केवल घृणा एवं आक्रोश की कड़ुवाहट भरी थी। विद्यालय में छात्रों का व्यवहार जैसे इस हवेली पर इबारत की मानिंद तराशा दिखलाई देता था। बाग में हुई उस मारपीट की घटना के सूत्र उसे ऐसी ही हवेली तक जाते दिखलाई देते थे।

हां, मनोज ने चमरौटी में आकर और उसके आगामी अध्ययन का मार्ग प्रशस्त कर रमेश को कुछ सोचने पर अवश्य विवश किया था। उसका हृदय कृतज्ञता से भर उठता। वह जानता था कि ठाकुर की इस कृपा के बिना उसका भविष्य अंधकारमय था।

पहली बार उसका मन चाहा कि हवेली की दहलीज लांघ कर मनोज के प्रति अपना आभार व्यक्त कर दे। हालांकि वह कुछ पशोपेश में भी था। क्या मनोज अथवा ठाकुर हरपाल सिंह इसके आगमन को अन्यथा तो नहीं लेंगे, उसके कृतज्ञता प्रदर्शन का कोई अन्य अर्थ तो नहीं निकाला जायेगा..., पिताजी व समाज के लोगों की क्या प्रतिक्रिया होगी... आदि अनेकानेक प्रश्न उसके अन्दर कुलबुला रहे थे।

मनोज का व्यवहार सामान्य था। न तो उसमें कोई गर्मजोशी थी और न ही किसी प्रकार का रूखापन...। विद्यालय, आवास व्यवस्था, फैक्ट्री आदि के बारे में पूछता रहा वह। फिर समझाने लगा—नौकरी को बहुत गंभीरता से मत लेना। ज्यादा ध्यान अपने अध्ययन पर ही देना। ये दो वर्ष तुम्हारे जीवन के लिए अत्यन्त महत्वपूर्ण हैं। इंटर के बाद ही सारी लाइनें खुलती हैं। अच्छा, यह बताओ क्या बनने का सोचा है...?

—मैं...। शायद इस प्रश्न के लिए वह बिल्कुल तैयार नहीं था। सच तो यह है कि खुद उसने इस पर कभी गंभीरता से सोचा ही नहीं था और न ही वह इसे आवश्यक समझता था। अपने परिवार की आर्थिक स्थिति से वह बखूबी परिचित था और अपने को इसी में परम सौभाग्यशाली मानता था कि कक्षा ग्यारह में अध्ययन करने का अवसर उसे मिला था। किसी व्यवसायिक अध्ययन का कोई भ्रम उसने

नहीं पाला था। चार पांच वर्षों तक ऐसे किसी अध्ययन का बोझ उठाना उसके पिता की सामर्थ्य से तो बाहर था ही, किसी अन्य व्यक्ति से इतनी लम्बी अवधि तक सहायता की आशा करना भी मूर्खता ही थी। फिर व्यवसायिक अध्ययन के साथ कोई नौकरी करना भी असंभव था, इसलिए फिलहाल उसका लक्ष्य केवल इन्टर पास करना था।

–क्यों, कुछ तो सोचा होगा...? मनोज ने पूछा।

–अभी तो केवल इन्टर पास करने का उद्देश्य है।

–केवल इन्टर क्यों। तुमने तो मैथ्स लिया है?

–हां...।

–तो फिर इंजीनियरिंग ट्राई करना...। तुम्हारा अवश्य चयन हो जायेगा...।

नीचे मुंह किये रमेश मुस्कराने लगा। उसे लगा कि समृद्ध, धनी व अभाव के दंश से अनभिज्ञ व्यक्ति के लिए साधनों की विवशता का अहसास कितना बेमानी है।

–मुस्करा क्यों रहे हो...?

–यूं ही...। उसने सिर उठाया–आप जानते हैं कि इन्टर के अध्ययन के लिए साधन जुटाना भी कहां सम्भव था। वो तो आप की कृपा...।

–अरे, उस सब की बात मत करो...। मनोज ने टोका।

–मैं आया तो उसी लिए था। इसलिए मुझे कह लेने दीजिए। आपकी कृपा की बदौलत ही मैं अध्ययन कर पा रहा हूं। जितना धन्यवाद दूं, कम है...।

–कहा न, उस बात को छोड़ दो। हमने कुछ नहीं किया। तुम परिश्रम कर धन अर्जित कर रहे हो। आजकल सभी को नौकरी किसी न किसी की सिफारिश पर मिलती है। तुम्हारे लिए पिताजी ने कह दिया। तुम क्या समझते हो, इंजीनियरिंग करके मुझे ऐसे ही सर्विस मिल जायेगी। मुझे भी कोई न कोई सिफारिश लगानी पड़ेगी...। कहकर मनोज विकृत ढंग से मुस्कराया। उसकी मुस्कान में दर्द की प्रतिच्छाया थी।

मनोज का परीक्षाफल आ गया था। वह सफल घोषित हुआ था। पिछले एक माह में न जाने कितने विज्ञापनों के उत्तर में उसने प्रार्थना पत्र भेजे थे किन्तु नौकरी मिलना तो दूर, कहीं साक्षात्कार तक के लिए उसे नहीं बुलाया गया। साक्षात्कार के बहाने वह नयनी से भी मिलने की योजना बनाता रहता था जिसके लिए वह बुरी तरह बेचैन था। कुंठा उसे अन्दर ही अन्दर कुतरने लगी थी। गांव व घर उसे तनिक नहीं सुहाते थे।

किन्तु रमेश उसके द्वन्द्व व पीड़ा से पूरी तरह अनभिज्ञ था।

–यह सब आपका बड़प्पन है। उसने कहा–किन्तु वास्तविकता से विमुख होना मूर्खता है। मैं अपने परिवार के संकट व सीमाओं को अच्छी तरह समझता हूं।

–इसका मतलब, इन्टर पास करके पढ़ाई छोड़ दोगे।

रमेश सिर झुकाकर बैठा रहा।

–इन्टर पास को तो कोई अच्छी नौकरी नहीं मिलती। प्रोफेशनल डिग्री न हो तो कम से कम ग्रेजुएट तो होना ही चाहिए। और फिर आदमी को अपना लक्ष्य तो ऊंचा ही रखना चाहिए। तुम्हें ग्रेजुएशन तो करना ही है। तभी आगे कुछ कर पाओगे। इन्टर करके तो आजकल प्राइमरी की मास्टरी या क्लर्की भी नहीं मिलेगी...।

सुनकर रमेश को अच्छा लगा। अन्दर ही अन्दर एक स्फुरण सा अनुभव किया उसने...। मनुष्य को ऐसे ही प्रेरणा व प्रोत्साहन की आवश्यकता है। चाहे कुछ समय के लिए ही, एक नई स्वप्निल दुनिया का स्वर्णिम द्वार सामने खुला नजर आता है जो जीवन में नए व आकर्षक रंगों की सलोनी सज्जा सजाने का भी उपक्रम कर डालता है।

–देखो रमेश, मुझे तुम्हारी कठिनाइयों का अहसास है। लेकिन मैं यह भी जानता हूं कि अनेक विद्वान महापुरुष अत्यन्त अभावों में रहकर आगे बढ़े हैं। केवल उन्नत लक्ष्य, दृढ़ निश्चय व विश्वास, कठिन परिश्रम एवं तेज झंझावत में स्थिर रहने की जिजीविषा आदमी के अन्दर होना आवश्यक है। अभी से बस इन्टर पास करने की बात करोगे तब तो आगे कुछ भी नहीं कर सकोगे...।

रमेश को एक झटका-सा लगा। एक नया संसार उसके सामने खुल रहा था जिसमें नैराश्य के स्थान पर आशा, अंधकार की जगह ज्योति और अस्थिर अविश्वास के स्थान पर आत्मबल व स्व-आस्था थे। मनोज ने सच ही तो कहा था। लक्ष्यहीनता अथवा संकुचित मनोबल मनुष्य को कुछ भी तो नहीं दे सकता।

–आप ठीक कहते हैं। आप से बात करके मेरा मनोबल बढ़ा है। आपकी सीख मैं सदैव स्मरण रखूंगा। शायद आपकी प्रेरणा ही मेरे जीवन में नया मार्ग प्रशस्त करे...।

–मैं इस योग्य नहीं हूं...। मनोज हंसकर बोला–मैं तो स्वयं अपना रास्ता खोज रहा हूं। मुझे भी अपने अस्तित्व व अस्मिता की लड़ाई लड़नी है–शायद किसी और क्षेत्र में। बहरहाल, तुमसे बात करके अच्छा लगा...।

–मुझे आज्ञा दीजिए...। कहकर रमेश उठ गया।

–सुनो...। अभी कुछ ही कदम रमेश चला होगा कि मनोज ने उसे आवाज दी–एक बात पूछनी थी?

–मुझसे...? रमेश ठिठककर अचरज भरी दृष्टि से उसे देखने लगा।

–नहीं, कोई खास बात नहीं है। मनोज ने उसे बैठने का संकेत किया और कहा–यह बताओ कि विद्यालय में मारपीट की घटना का वास्तविक कारण क्या था...?

सुनकर रमेश चौंक गया। लगभग दो वर्षों बाद एकाएक उस घटना को स्मरण

करना विस्मयकारी था। पूरा घटनाक्रम उसकी आंखों के सामने से गुजरने लगा...। सब कुछ वही था–हां, आशा की एक नई छवि उसमें अवश्य उतर आई थी। अपनी चोट पर ओढ़नी फाड़कर कपड़ा बांधती आशा के नेत्रों में एक नई भाषा दिखलाई देने लगी थी, जिसकी लिपि अब काफी जानी-पहचानी थी।

जिस दर्द से पलायन कर वह घर से निकला था, एकाएक पुनः उभर गया। किन्तु मन ही मन हैरान था वह इस प्रश्न पर...। एकाएक वर्षों पुरानी ग्रंथियां उसमें पुनः सक्रिय हो गईं।

एक अजीब-सी बेचैनी उसे महसूस हुई।

–इतने वर्षों बाद अचानक आपको वो घटना कैसे याद आई...?

–यों ही...। दरअसल जब से सुना था, तभी से मैं वास्तविकता जानने का उत्सुक हूं। पर उस बार तो मैं स्वयं भीषण आक्रमण का शिकार था...।

एक दर्दभरी मुस्कान उसके चेहरे पर उतर आई। नयनी का रूप उसकी आखों में तैर रहा था।

रमेश के अन्दर प्रसन्नता की लहर सी उठी। उसकी स्मृति में यही एक ऐसा अवसर था जब ठाकुर अथवा सवर्णों का कोई परिवार घोर आलोचना व सार्वजनिक भर्त्सना का पात्र बना था।

–मैं जानना चाहता हूं कि वास्तव में ऐसा क्या हुआ था जिस पर इतना बखेड़ा हुआ...। मनोज ने पूछा।

रमेश कुछ पल सोचने लगा। उसने निश्चय किया कि सत्य कहना ही उचित है, भले ही सवर्णों की निन्दा मनोज को अप्रिय लगे।

–आप जानना चाहते हैं तो सच कहूंगा। हो सकता है मेरी कोई बात आपको बुरी लगे...।

–बुरा लगने की क्या बात है...? गांव से बाहर जाकर मैंने शहर व आधुनिक जीवन को देखा व जिया है। ऊंच-नीच, बड़े-छोटे, अमीर-गरीब में विश्वास नहीं करता मैं। तुम सच बोलो...।

रमेश ने पूरा घटनाक्रम तो बतलाया ही, साथ ही विद्यालय में प्रवेश के दिवस से आशा व उसके साथ किये गये बर्ताव का भी पूरा खुलासा किया। सब कुछ बयान करते हुए वह स्वयं पीड़ा के एक त्रासद पथ से गुजर रहा था। कक्षा में उनके प्रति तिरस्कार व उपेक्षा का दंश एक नासूर की तरह उसे सालता रहा था। सहपाठियों की नजरों में जितना अलगाव, उदासीनता और वितृष्णा वह देख चुका था, इतनी सरलता से विस्मृत होने वाली कहां थी। सामूहिक बहिष्कार की जिस वेदना को सालों साल उसने सहा था, आज भी टीसती थी।

कहते-कहते उसमें एक उग्रता-सी समा गई। उसकी आंखें जलने लगीं और फिर धीरे-धीरे आर्द्र होकर डबडबा उठीं।

मनोज अत्यन्त धैर्य से सुन रहा था। उसका हृदय द्रवित हो चला। रमेश के शांत होने के बाद भी वहां काफी देर मौन बना रहा।

रमेश उसकी प्रतिक्रिया जानने के लिए व्याकुल था।

जब चुप्पी का बोझ असह्य हो चला तो बोला वह–मेरी बात का बुरा न मानें। जो मैं अनुभव करता रहा हूं, आज पहली बार किसी के सामने कह पाया हूं। शायद आवेश में कुछ अनुचित शब्दों का प्रयोग भी कर बैठा हूं। आपने मेरी हिम्मत बढ़ाई, इसीलिए कह भी पाया।

–तुमने कुछ गलत नहीं कहा। गला खंखार कर मनोज ने कहा–ऐसा नहीं है कि मैं इसे समझता नहीं। गांव और यहां के लोगों के संस्कार मेरे लिए अपरिचित व अनजान नहीं हैं। किन्तु लोग इस सीमा तक गिर सकते हैं मैं सोच भी नहीं सकता...। उसने एक लम्बी सांस ली। बाहें ऊपर तान कर बदन में स्फूर्ति पैदा करने का प्रयास किया और फिर कहा–मुझे प्रसन्नता है कि तुम्हें यह सब कहने का अवसर मिला। अभिव्यक्ति मन को कितना हल्का कर देती है...।

–निसन्देह...। मैं आपका सदैव कृतज्ञ रहूंगा...।

–वो सब छोड़ो...। एकाएक उसका चेहरा सौम्य हो गया। वह धीरे से मुस्कराया और तनिक रुककर पूछा-अच्छा यह बताओ, आशा का विवाह हो गया...?

–नहीं...।

–क्या तुम अब भी उससे मिलते हो...?

रमेश के चेहरे का रंग बदलने लगा। जीवन में पहली बार आशा के बारे में उससे ऐसा प्रश्न किया गया था। पहली बार ही हृदय में पल्लवित प्रेमानुभूति को अभिव्यक्त करने का अवसर मिल रहा था। शर्म व संकोच से उसकी नजरें झुक गईं।

–शर्माओ मत। मुझे अपना मित्र और शुभचिन्तक समझो...। तुम दोनों अब भी दोस्त हो...?

–हां...। झिझक भरे स्वर में रमेश ने कहा।

–मिलते जुलते हो...?

–कभी कभार...।

–क्यों...?

–उसके भाई को अच्छा नहीं लगता...।

–और वह मिलना चाहती है...?

–हां...।

मनोज रोमांचित अनुभव कर रहा था। नयनी की याद बड़ी शिद्दत से उसके जहन में उभर रही थी।

–एक बात पूछूं...?

–जी...।

–क्या तुम दोनों एक दूसरे को प्यार करते हो?

रमेश के हृदय की धड़कनें तेज हो गईं। पूरे शरीर में रोमांचकारी स्पन्दन होने लगा। आशा का स्निग्ध व कोमल चेहरा, उसकी आंखों से टपकता प्यार उसे अन्दर ही अन्दर गुदगुदाने लगा।

–बोलो...?

–हां...। उसने आंखें झुका लीं।

–दैट्स ग्रेट...। ठाकुरपुरवा भी प्रोग्रेस कर रहा है। मनोज का स्वर चहकने लगा–मैं तो सोच भी नहीं सकता कि यहां के लोग प्यार व्यार जानते भी हैं। लगता ही नहीं था कि हम बीसवीं सदी के अंतिम दशक में हैं। ठाकुरपुरवा में उन्नीसवीं सदी का युग नजर आता था। तुमसे बात करके लगा कि हां, सचमुच गांव प्रगति कर रहा है। शायद इससे लोगों की सोच व दृष्टिकोण में कुछ बदलाव आये। तब किसी नयनी के आने पर इतना हो हल्ला नहीं होगा।

उसकी सांस फूल रही थी। वह सचमुच उत्साहित था। उसके मनोबल को एक नए ढंग से समर्थन मिला था।

–रमेश, आज तुमसे मिलकर मैं सचमुच बड़ा प्रसन्न हूं। कीप इट अप...। क्या तुम लोग शादी करना चाहते हो...?

–अवश्य...। धीरे-धीरे रमेश का संकोच टूट रहा था–पर पता नहीं यह सम्भव हो सकेगा अथवा नहीं...।

–ऐसा क्यों सोचते हो...?

–एक तो गांव और फिर हमारा समाज...। समझ लीजिए सोने पर सुहागा। वो सब तो यह कल्पना भी नहीं कर सकते। गांव के हर आदमी को अपना सगा सम्बन्धी मानते हैं। इस नाते उनके मध्य विवाह तो जैसे निषिद्ध है।

–सबकी बात छोड़ो। तुम अपनी बात बतलाओ...। तुम्हें क्या लगता है तुम दोनों के विवाह के लिए लोग राजी हो जायेंगे...।

–कभी नहीं...।

–फिर...?

रमेश ने कोई उत्तर नहीं दिया। सच तो यह था कि इतना सब सोचने का अवसर ही कहां आया था। इस विषय में आशा से भी खुलकर बात कहां हो पाई थी? अभी तो वे केवल इतना ही समझ और जान पाए थे कि वे एक दूसरे से प्यार करते थे।

–देखो रमेश, मनोज समझाने लगा–प्यार का रास्ता कभी सीधा नहीं होता। काफी कठिनाइयों व बाधाओं का सामना करना पड़ता है। प्यार त्याग व बलिदान की भी मांग करता है। हर प्रेमी को इसके लिए तैयार रहना चाहिए। पूरी जद्दोजहद

के साथ, क्योंकि यह जीवन की सबसे बड़ी उपलब्धि है, इसमें असफलता मनुष्य की सबसे बड़ी नाकामयाबी है रमेश। तुमने क्या सोचा है...?

रमेश धीरे से हंस दिया। बोला–अभी तो पढ़ाई करनी है। कम से कम इन्टर कर लूं तब सोचूंगा...।

–लेकिन तब तक आशा के पिता कहीं उसका विवाह न कर दें।

चिंता के काले डोरे उसके चेहरे पर खिंच गये। माथे पर सिकुड़नें उतर आईं। पूरे बदन में कसमसाहट महसूस की उसने।

–खैर, अभी परेशान मत होओ। मनोज उसकी मनःस्थिति ताड़ गया–लेकिन हिम्मत मत हारना। पूरी निष्ठा व समर्पण के बिना प्यार का फल नहीं मिलता...। मेरी शुभकामनाएं तुम्हारे साथ हैं। कभी मेरी सहायता की आवश्यकता हो तो बिल्कुल संकोच मत करना...।

रमेश शांत रहा। अन्दर छाए घटाटोप के बावजूद मनोज के कथन ने उसे बड़ा अहम संबल प्रदान किया था।

लौटते हुए एक तड़प-सी महसूस की उसने...।

पूरी रात वह सो नहीं सका। जीवन में पहली बार आशा के बारे में इतनी साफगोई से बात हुई थी। एक नए तरह के उत्साह व प्रेरणा से उसका रोम-रोम आप्लावित था। मनोज से बात करके उसमें एक नई स्फूर्ति व उत्साह का संचरण हुआ था। किन्तु आशा से भेंट न कर पाने की पीड़ा उसे बुरी तरह त्रस्त कर रही थी।

मार्ग में सविता को देखकर वह चौंक गया। झुटपुटा फैल रहा था। उमस में कुछ बदलाव आया था। ठस्स से खड़े पत्ते अब हिलते नजर आ रहे थे। हवा का झोंका बदन को अन्दर तक शीतलता प्रदान कर जाता...।

–दीदी ने बुलाया है। सविता ने कहा।

–इस समय...?

–जब ठीक लगे। कहा है कि बिना मिले मत जाना।

–घर में कौन-कौन है?

–सब हैं...।

–तो फिर घर पर उससे बात कहां हो पायेगी...।

उसका उत्साह ठंडा पड़ गया। एक अजीब-सा आक्रोश उसके अन्दर पैदा हुआ। यह रोष किसके विरुद्ध था–वह ठीक-ठीक समझ भी नहीं पाया। सविता उसके प्रश्न का भला क्या उत्तर देती। अपनी मूर्खता पर खीझ उठा वह...।

–दीदी बड़ी परेशान है। मिलना जरूर...। कहकर सविता मुड़ गई।

रमेश का मस्तिष्क चकरा गया। एकाएक उसे कुछ समझ ही नहीं आया।

हां–आशा से मिलना था अनिवार्य, यह वह भी शिद्दत से महसूस कर रहा था। किन्तु कहां और कैसे के प्रश्न उसे जकड़े हुए थे। घर पर मिलना बेमानी ही नहीं था, बाद में वह एक दमघोटू हताशा और अवसाद को भी जन्म देता था।

–दीदी से कहना कल भोर से पहले ठाकुर के बाग में चली आये। एकाएक उसे सूझा।

–इत्ती सुबह...।

–हां, दिशा मैदान के बहाने...। तू साथ में आ जाना।

–ठीक है, मैं बतला दूंगी...। कहकर सविता खिलखिलाती हुई उल्टे पांव दौड़ गई।

हृदय में तेज बौखलाहट भरी थी। आशा से एकान्त में मिलने की उत्तेजना और जीवन में पहली बार घर के बाहर चोरी छिपे मिलन का भय अंदर गड्डमड्ड हो रहे थे। कभी उत्तेजना हावी होती और पूरे बदन में सुर लहरी बजने लगती तो कभी घबराहट और बेचैनी से बदन पसीजने लगता। कभी वह उत्साहित अनुभव करता तो कभी आतंकित व हताश...। इसके अतिरिक्त और विकल्प भी क्या था–वह सोचता रहा। यदि वे सुविधानुसार घर पर ही मिल सकते तथा केवल वार्ता के लिए ही एकान्त चुरा पाते तो शायद ऐसे दुस्साहस की आवश्यकता ही नहीं पड़ती।

पूरी रात वह करवटें बदलता रहा और अंधकार छंटने तक की प्रतीक्षा नहीं कर सका। वह घर से निकला तो हंसिया के आकार में कटा चांद सूने आकाश में अपने धुंधले प्रकाश के साथ मानो नियति की अंतिम यात्रा पर अकेला अग्रसर था। आकाश लगभग ताराविहीन था। दिन की बदली का प्रभाव रात पर भी छाया था। चारों ओर मरघटी चुप्पी पसरी थी। प्रायः अलस्सुबह सक्रिय होने वाली बस्ती के लिए भी यह असामान्य समय था।

सधे किन्तु तेज कदमों से वह आगे बढ़ रहा था। पहली बार दिन व रात का वैभिन्न्य इतनी गहनता से महसूस किया उसने। दिन के उजास व रात के तिमिर के अन्तर को समझा वह...। गति और स्थिरता के अर्थ उसके मस्तिष्क में कौंधे थे...। जीवन तथा मृत्यु के दर्शन की भिन्नता रह-रह कर उसे सूझ रही थी।

बाग के उस हिस्से में जो चमरौटी के रास्ते से मिलता था, वह प्रतीक्षा करने लगा। यह अंतहीन प्रतीक्षा थी जैसे...। रात और उसका अंधकार थम गये थे। उसके नेत्र पथराने लगे।

कुछ समय बाद जब पक्षियों का कलरव आरम्भ हुआ और अंधेरे का गाढ़ापन फीका पड़ने लगा, दो आकृतियां उसे दूर से आती दिखलाई दीं। उसके दिल की धड़कनें तेज हो गईं। सुहाने व शीतल मौसम में भी माथे पर पसीना चुहचुहा आया। एक कंपन ऊपर से नीचे तक उतरता चला गया।

सविता को कुछ दूरी पर छोड़कर आशा उसके पास चली आई। वह हांफ रही थी। श्वास की धौंकनी का स्वर बाहर से सुना जा सकता था। शरीर थरथरा रहा था। रमेश को लगा कि वह गिर न पड़े।

–इतना क्यों घबराती हो...? भयवश उसे भी वार्ता का कोई अन्य सूत्र समझ में नहीं आया।

–मुझे यहां क्यों बुलाया? आशा का स्वर कांप रहा था।

–तुमसे मिलने...।

–पर यहां, इस समय...? कोई देख ले तो...?

–तो क्या करता। शायद दूसरे को अपने से अधिक कमजोर देखकर मनुष्य साहसी बन जाता है। रमेश बोला–तुमसे मिलना जरूरी था। कोई जगह ही समझ में नहीं आई...। सात वाली बस से जाना भी है। दस बजे से विद्यालय है।

–तुम घर क्यों नहीं आये...? पूरे दिन तुम्हारी प्रतीक्षा करती रही।

–घर आकर क्या करता। बात करना तक तो सम्भव है नहीं। बंसी भइया पहरेदारी करते हैं...।

आशा शान्त रही। कुछ देर बाद बोली–मुझ से बिना मिले क्यों चले गये थे? फिर इतने दिनों बाद आये हो...।

–जाते समय दूसरी चिंताए हावी थीं। नया स्थान, नया काम, नया विद्यालय...। दिमाग काफी उलझा हुआ था।

–अब कैसा लग रहा है?

–बहुत अच्छा...। मालिक बहुत अच्छा आदमी है। मुझे कोई तकलीफ नहीं है।

–तभी मुझे भूल गये...। आशा प्रकृतिस्थ हो रही थी।

–एक पल भी नहीं...। उसने गंभीरता से कहा।

–मेरी याद आती है?

–हां, बहुत ज्यादा...। और तुम्हें...?

आशा ने निगाहें झुका लीं। वह काफी देर चुप रही।

–बोलो न। मुझे याद करती हो...?

रमेश के आग्रह पर उसने नजरें उठाईं। वे चमक रही थीं। एक झील उनमें उतर आई थी।

–आशा...। रमेश ने पास आकर उसका हाथ थाम लिया।

वह सुबकने लगी और अचानक उसके ऊपर ढह गई। आशा उसकी बांहों में थी। उसका चेहरा रमेश के कंधे पर टिका था। वह फूट पड़ी थी।

–आशा, यह क्या...। रमेश के अन्दर भी कुछ उमड़ने घुमड़ने लगा। उसका स्वर भारी हो गया।

आशा का विलाप जारी था। स्वर को दबाने के प्रयास में सिसकियां लम्बी हो रही थीं, सांस उखड़ रही थी।

—आशा रो मत...। रमेश की आंखें भीग गईं। उसने आशा को बाहों में जकड़ लिया।

कुछ पल बाद सब कुछ बदलने लगा। सिसकियां थम गईं। एकाएक अपनी बाहों में आशा का अहसास उसे जकड़ने लगा। आशा के हृदय का स्पन्दन उसके कानों तक पहुंच रहा था। आशा के उत्तंग उरोज उसके वक्षस्थल पर अपनी पहचान दर्ज करा रहे थे। कोमलता और कठोरता के अद्‌भुत मिश्रण का रस उसके बदन में प्रवाहित होने लगा। उसका कसाव बढ़ता गया। पहली बार आशा की बाहें अपनी पीठ पर बंधी महसूस कीं उसने...।

—आशा...। वह फुसफुसाया।

उत्तेजना का उबाल बढ़ने लगा। शायद आशा भी इसकी गिरफ्त में आ चुकी थी।

—छोड़ो रमेश...। उस पकड़ से निकलने के लिए वह अनचाही छटपटाहट दिखाने लगी।

—नहीं...।

—छोड़ो...। कोई आ जायेगा...। समय बहुत कम है। हमें कुछ बात करनी है।

जब आशा बाहों से छूटी तो झटके से दूर चली गई। उसने अपना मुंह दूसरी ओर फेर लिया।

रमेश को उसके पास आना पड़ा।

—क्या बात करनी है...? उसने पूछा।

आशा बुरी तरह हांफ रही थी। चेहरे पर पसीने की नन्हीं बूंदें उग आई थीं। धुंधलके में चेहरे की कमनीयता उसे रोमांचित कर रही थी। अपना चेहरा उसने दोनों हाथों से छिपा लिया।

—कुछ बोलो भी तो। दिन निकलने वाला है। कुछ ही देर में चहल-पहल आरम्भ हो जायेगी...।

आशा ने चिंतित दृष्टि से चारों ओर देखा...। समय थम क्यों नहीं जाता। कहां एक-एक पल बिताना भारी पड़ रहा था और अब जैसे उसमें पंख लग गये हों।

वह रमेश के समीप चली आई।

—इस तरह कैसे मिलजुल सकेंगे...? उसने भोलेपन से पूछा—तुमने तो घर आना ही छोड़ दिया। घर पर बात न भी हो सके, तुम्हें देख तो सकती हूं।

—लेकिन बिना बात किए चले जाने से मुझे बड़ी निराशा होती है। मैं बड़ा कुंठित और दुखी अनुभव करता हूं। तुम भी कटी-कटी दिखलाई देती हो...।

–पर मैं कर भी क्या सकती हूं...। तुम्हें देखते ही दिल धकधक करने लगता है। किसी काम में दिल नहीं लगता...। कभी लगता है कि गिर न पड़ूं या कोई भारी चूक न हो जाये।

रमेश का हृदय उछलने लगा। पहली बार आशा आज खुलकर बोल रही थी। ये सब सुनने के लिये वह कितना बेताब था। अवाक् उसे टकटकी बांधे देखता रहा वह।

–रमेश, मुझे भुला तो नहीं दोगे...?

–पागल हुई हो...। उसने तेज स्वर में कहा।

–लेकिन आगे क्या होगा...। जब इस बारे में सोचती हूं तो दिल डूबने लगता है। उसका स्वर फिर रुआंसा हो गया।

–आशा, हमें धैर्य और साहस से काम लेना है। तुम मेरी हो, मेरी रहोगी। जैसे ही मेरा अध्ययन समाप्त होगा, मैं स्वयं तुमसे शादी का प्रस्ताव चाचा के सम्मुख रखूंगा।

–लेकिन यह भला कैसे संभव है?

–असंभव क्यों है। तुम साथ दोगी तो असंभव को संभव बना दूंगा...। पता है कल ठाकुर के लड़के ने भी मुझसे तुम्हारे बारे में पूछा था। उसने भी मदद का आश्वासन दिया है। आशा, मैं तुम्हें पाकर ही रहूंगा।

–पर इतना समय कैसे बीतेगा? बंसी भइया रोज मेरे विवाह की चर्चा करते हैं। कोई लड़का निगाह में आ गया तो रुकने वाले नहीं...।

–ऐसे में हमें भी जल्दबाजी करनी होगी। तुम मुझे खबर कर देना। मैं तुम्हें अपना पता दे दूंगा। तुम तो मुझे पत्र लिख ही सकती हो...।

आशा के चेहरे पर परेशानी और चिंता के भाव थे। अन्तस में खलबली-सी मची थी। रमेश ने जो कुछ कहा था, पूरे आत्मविश्वास, ईमानदारी व निष्ठा के साथ कहा था। इसके बावजूद उसका आत्मबल व विश्वास डगमगा रहा था। जीवन इतना सीधा सरल कहां है? ईमानदारी और निष्ठा की सदैव विजय कहां होती है?

–देखो आशा, सब जानते हैं कि प्यार का रास्ता टेड़ामेड़ा और अनेक बाधाओं से पूर्ण है। किसी भी व्यक्ति को अपना अभीष्ट सरलता से कहां मिलता है। इसके लिए अनेक बाधाओं को पार करना होता है। हर स्थिति से मुकाबला करने के लिए तैयार रहना पड़ता है। लेकिन यह तभी संभव है जब दोनों ओर पूरा विश्वास रहे। मुझ पर और खुद पर विश्वास रखो। तभी हमें विजय श्री प्राप्त होगी, प्यार में सफलता मिलेगी...। वह दार्शनिक अंदाज में बोल रहा था।

–रमेश, मुझे तुम पर पूरा भरोसा है। फिर भी यकीन नहीं होता...। पिताजी तो एक बार मान भी जायें किन्तु बंसी भइया...।

–चाचा मान गये तो आधी लड़ाई जीती समझो...। बंसी भइया को देख

लूंगा।

–और बाबा...? आशा ने बड़ी-बड़ी आंखों को फाड़कर पूछा।

–उनको मानना ही होगा...। बस आशा, तुम हिम्मत मत हारना...।

आशा ने सिर झुका लिया। एक नया उत्साह व उत्तेजना उसके अन्दर प्रवाहित हो रहे थे।

कुछ पल वे एक दूसरे की आंखों में डूबे रहे।

–फिर वादा है न...। रमेश ने हाथ बढ़ाकर उसका हाथ थाम लिया। आशा ने सिर हिलाकर अपनी सहमति दी।

एक रोमांच रमेश के अन्दर भर गया। उसने आशा को अपने पास खींच लिया और अपने कांपते होंठों को उसके अधरों पर जड़ दिया।

कुछ पलों के लिए पूरी सृष्टि मानो थम गई थी। पेड़-पत्ते, पक्षियों का कलरव गुम हो गये। वे बदहवास से एक दूसरे को चूमते रहे।

सविता की हंसी कानों में पड़ी तो उनकी तंद्रा भंग हुई। आशा झटककर दूर हुई और उल्टे पांव भागती चली गई।

मुड़ मुड़ कर वह रमेश को देख रही थी।

मदहोश रमेश ठगा सा वहां काफी देर उसी मुद्रा में खड़ा रहा।

...सब कुछ कितना आकस्मिक व आवेशपूर्ण था। हृदय व मस्तिष्क के तन्तु पूरी तरह छिन्न-भिन्न होकर बिखर पड़े थे।

आशा की गंध उसके अन्दर समा गई थी।

10

नौकरी मिलने पर मनोज की प्रसन्नता के दो कारण थे। एक तो बेरोजगारी की कुंठा व हताशा से मुक्ति और दूसरे नयनी से मेलजोल की स्वतंत्रता। जब मनोज बम्बई पहुंचा तो नयनी वहां मौजूद थी। वह स्वयं तो अपनी मौसी के घर रह रही थी और मनोज के रहने की व्यवस्था उसने अपने मौसा की कम्पनी के अतिथि गृह में कराई थी। स्टेशन पर भी लेने पहुंची और मिलने पर पूरी ताकत से उसका हाथ दबोच कर काफी देर तक उसकी आंखों में डूबी रही थी। चहकता चेहरा एकाएक उदास हो चला था, आंखें झिलमिला रही थीं और जब कुली ने सामान ले चलने के लिए पूछा तब कहीं वी.टी. स्टेशन की चिल्ल-पों, यात्रियों की अफरा-तफरी व सामान बेचने वालों के शोर शराबे का उन्हें बोध हुआ।

उसने हाथ छोड़ दिया। उसकी आंखें छलछला उठीं।

लगभग तीन माह का अंतराल न जाने कितना लम्बा हो गया था। जब से परीक्षा देकर लौटी थी, रात दिन मनोज का चेहरा उसकी आंखों में तैरता रहता। इस बार ग्रीष्मावकाश में घर जाने का कोई उत्साह ही उसके अन्दर नहीं था। दूसरे दिन ही मम्मी उसकी मनःस्थिति को भांप गईं और उससे तबीयत आदि के बारे में कुछ सवाल भी किए उन्होंने। उसके मन में आया कि मम्मी को सब कुछ सच सच बतला दे। मम्मी से झूठ बोलने की न तो कभी जरूरत महसूस हुई थी और न कोई अभ्यास था। किन्तु उसे लगा कि मम्मी को सच बतलाने का अवसर अभी नहीं आया था। उसे मनोज के नौकरी पाने की प्रतीक्षा थी।

एक अनजानी सी आशंका भी उसके हृदय में चुभती रहती थी। बैंगलौर का प्रवास समाप्त हो गया था। मनोज को नौकरी कहां मिलेगी और उनकी भेंट कैसे सम्भव होगी, की चिन्ता रात दिन उसे प्रताड़ित करती। एक अनजान भय उसमें असुरक्षा की भावना पैदा कर रहा था। कहीं मनोज उसे भूल तो नहीं जायेगा...? कहीं उसके पिताजी कोई सुन्दर कन्या तलाश कर उसे विवाह के लिए बाध्य तो नहीं कर देंगे...? क्या वह उनकी आकांक्षाओं की उपेक्षा करने का साहस जुटा पाएगा...? नौकरी के नए वातावरण व दायित्व के चलते क्या नयनी उसके हृदय में धड़कती रहेगी...?

सबसे अधिक हताशा व खीझ का कारण था। उनके मध्य सम्पर्क का अभाव...। पत्र लिखने का अभ्यास न तो आज किसी को है और दूरसंचार के इस युग में न इसकी आवश्यकता ही महसूस होती है। नयनी को पत्र लिखते हुए बड़ा अटपटा लगता। सम्भवतः बोलना जितना सहज है, शाब्दिक अभिव्यक्ति उतनी ही कठिन। हालांकि कुछ स्थितियां इसका अपवाद भी होती हैं।

ठाकुरपुरवा में फोन नहीं था और मनोज को फोन करने गांव से लगभग पांच कि.मी. दूर जाना होता था। आज स्थिति भिन्न है। पंचायत भवन में अब फोन उपलब्ध है, गांव में तार खिंचे हुए हैं जिससे और कनेक्शन भी स्वीकृत होने की सम्भावना है। गांव के बाहर मुख्य मार्ग पर एक पी.सी.ओ. भी खुल गया है। किन्तु तब मनोज से सम्पर्क का एकमात्र माध्यम पत्र ही था। उनके बीच कुछ पत्रों का आदान-प्रदान भी हुआ। बीच में मनोज ने तीन बार उससे फोन पर भी बात की। पर यह नाकाफी था। दहकते पदार्थ पर चुल्लू भर पानी डालने जैसा, जो न केवल ज्यादा धुआं पैदा करता है बल्कि एक दमघोंटू उमस भी।

नयनी की भी यही दशा थी। मनोज से बात न हो पाने से मन बेचैन रहता और बात हो जाने पर उसकी याद नई अकुलाहट और तड़प भर जाती। पिछले एक, डेढ़ माह से मनोज नौकरी को लेकर भी खासा परेशान लगता। पिछली दो बार वह केवल नौकरी के बारे में ही बात करता रहा। नयनी भी उसके लिए विभिन्न रिक्तियों का विवरण भेजती थी क्योंकि महाराष्ट्र व दक्षिण भारत की कई रिक्तियों की मनोज को कोई जानकारी उपलब्ध नहीं हो पाती। बम्बई की जिस फर्म में मनोज की नियुक्ति हुई उसका विवरण भी नयनी ने ही भेजा था। दरअसल उस कम्पनी के प्रबन्ध निदेशक उसके मौसा के अच्छे मित्र थे।

मनोज इस तथ्य से अनभिज्ञ था। न नयनी उसे इस बारे में बतलाना चाहती थी क्योंकि वह जानती थी कि कोई भी स्वाभिमानी युवक इसे कतई पसन्द नहीं करेगा, वह इसे अन्यथा भी ले सकता था। उसके मध्यवर्गीय अहं को चोट भी लग सकती थी जो उनके सम्बन्धों के लिए घातक साबित हो सकती थी।

मनोज की चिन्ता ने उसे अपने प्रति पूरी तरह लापरवाह बना दिया था। परीक्षाफल आने पर पापा ने आगे की योजना के बारे में पूछा तो वह कोई स्पष्ट उत्तर नहीं दे सकी।

पापा ने नाराजगी जाहिर की—यू शुड बॉदर एबाउट योर कैरियर...। यू आर नो लांगर ए चाइल्ड। आइदर आगे एम टेक ज्वाइन करो या एम.बी.ए. या सर्विस...।

—पापा, मैं सोच नहीं पा रही हूं...। उसे झूठ का सहारा लेना पड़ा। हां, यह इस माने में सच था कि अपने लिए उसने सोचा ही कहां था—प्लीज पापा, आप एडवाइस कीजिए...।

—नैना, आई डोंट लाइक दिस...। पापा ने डपटते स्वर में कहा—तुम आगे

पढ़ना चाहोगी?

—कोई खास मन तो नहीं...। नयनी ने गंभीरता से उत्तर दिया। आगे अध्ययन का अर्थ दो वर्ष का समय और लगाना था—एक नए स्थान व नए महाविद्यालय में जो मनोज से काफी दूर भी हो सकता था। मनोज से इतने लम्बे समय के लिए वह अब दूर नहीं रह सकती थी।

—पर आजकल सिम्पल बी. टेक. कुछ नहीं है। पापा ने फिर समझाया।

नयनी ने पापा को कोई उत्तर नहीं दिया। केवल सिर नीचा किए मनोज के बारे में सोचती रही। मनोज ने कभी उससे आगे अध्ययन की बात क्यों नहीं की और न ही उसने मनोज को कभी यह सुझाव दिया। मनोज के परिवार की आर्थिक स्थिति सुदृढ़ थी और आगामी अध्ययन का बोझ वहन करना उसके लिए कठिन नहीं था। न ही नौकरी की इतनी तात्कालिक आवश्यकता उसे हो सकती थी। फिर मनोज नौकरी के लिए आखिर इतना चिंतित क्यों है?

उसका मन हुआ कि मनोज से इसका कारण पूछे किन्तु बातचीत के अवसर इतने कम थे और समय उससे कम कि यह प्रश्न वह कभी पूछ ही न सकी।

—तो फिर सर्विस करने का मन है...? दैन यू शुड एप्लाई इन सम गुड कन्सर्न्स...। इन्टरव्यू आये तो मुझे बतलाना...।

—जी पापा...।

नयनी ने कहा अवश्य किन्तु सत्यता यह थी कि उसने नियुक्ति के लिए कहीं भी आवेदन पत्र नहीं भेजा। उसका पूरा ध्यान मनोज की नौकरी पर केन्द्रित था।

मनोज की बम्बई में नौकरी लगने से वह अन्दर तक प्रफुल्लित व आह्लादित थी।

अब उसे अपने बारे में भी सोचना था—किन्तु किस क्षेत्र में, वह अभी तय नहीं कर पाई थी।

ठाकुर हरपाल सिंह अपने बेटे के निर्णय से अत्यन्त दुखी थे। मनोज को इंजीनियरिंग पढ़ाते समय उन्होंने कभी नहीं सोचा था कि ठाकुर परिवार का लड़का चार, पांच हजार रुपये की नौकरी करने घर से बाहर जायेगा। फिर संतोषी की हत्या और गांव के तनावपूर्ण माहौल ने उन्हें यह सोचने का अवसर ही नहीं दिया कि उनका महत्वाकांक्षी पुत्र सुनहरे सपनों की नई दुनिया में विचरण कर रहा है जहां स्वाभिमान व स्वावलम्बन है, स्वतंत्रता व आधुनिकता का चढ़ता नशा है तथा नयनी व उसके साथ जीवन की तमाम अभिलाषाएं पल्लवित हो रही हैं। न ही उन्हें मनोज के द्वन्द्व व कुण्ठा का तनिक आभास हुआ।

हरपाल सिंह को तब पता चला जब अपना नियुक्ति पत्र लेकर मनोज उनके पास गया और बम्बई जाने की अनुमति मांगने लगा।

एक गहरा आघात लगा उन्हें। अविश्वास भरी दृष्टि से वह उसे देखते रहे। बंगलौर भेजना मजबूरी थी क्योंकि इंजीनियरिंग की शिक्षा प्राप्त करने का और कोई विकल्प ही नहीं था। किन्तु अध्ययन के बाद मनोज एक बार फिर उन्हें छोड़कर चला जायेगा, उनकी कल्पना से परे था।

नियुक्ति पत्र को हाथ में लेते ही उनका दिल भर आया। अन्दर आंसू उमड़ने लगे। अपनी नजरें मनोज के चेहरे पर गड़ा दीं उन्होंने जिनमें सवालों के झाड़ उगे थे।

–पिताजी, मुझे अगले सोमवार तक ज्वाइन करना है। मनोज कह रहा था–इसलिए चाहता हूं कि इतवार की सुबह तक बम्बई पहुंच जाऊं...।

ठाकुर हतप्रभ से सुनते रहे। एक टीस सी उनके अन्तस को चीरती चली गई। यह अविश्वसनीय था। उनका इकलौता पुत्र बाहर नौकरी करने का अहम फैसला उनकी अनुमति के बिना कैसे ले सकता है?

नौकरी के लिए घर से निकलने का मतलब वह अच्छी तरह समझते थे, घर-गांव से सदैव के लिए असम्पृक्त, एक नए घर की स्थापना, नई ड्योढ़ी की आधारशिला...। तब गांव में परिवार की ज्योति को कौन प्रज्ज्वलित रखेगा, उसकी प्रतिष्ठा व साख की कौन रक्षा करेगा। हवेली, बाग बगीचे, खेत खलिहान का शायद कागजी वारिस बनकर रह जायेगा मनोज...। तब चारों ओर उजाड़ होगा, वीरानगी और घुटन होगी...।

उन्हें लगा पहली बार अपने बेटे के सामने वह बड़े कमजोर दिखने जा रहे हैं। आंसू आंखों पर दस्तक देने लगे।

–मां से पूछा...? बड़े सपाट स्वर में पूछा उन्होंने।

–अभी नहीं बतलाया। सोचा पहले आपसे अनुमति ले लूं...।

–नौकरी का मन है...?

–जी। इंजीनियरिंग करने के बाद नौकरी तो करनी ही है। कुछ प्रैक्टिकल अनुभव भी जरूरी है।

–कितने रुपए मिलेंगे...?

–यही कोई पांच हजार...।

–बम्बई में पांच हजार...? पांच हजार से क्या होता है आजकल। फिर कहां रहेगा, क्या खाएगा...। उनका स्वर आर्द्र हो चला।

–पिताजी, शुरुआत में तो इतना ही मिलेगा। एकाध साल बाद ठीक हो जायेगा...।

–लेकिन इतने रुपये में कैसे काम चलेगा? वहां तो एक कमरा भी दो ढाई

हजार में मिलता है।

–रहने की व्यवस्था कम्पनी के गेस्ट हाउस में हो गई है।

–लेकिन नौकरी कहीं आसपास क्यों नहीं ली...?

–इसमें च्वायस का सवाल कहां है पिताजी...। आसानी से कहां मिलती है नौकरी। लगभग सौ प्रार्थना-पत्र भेजे थे, तब इस कम्पनी ने ट्रेनी के रूप में लिया है।

–पर तुझे नौकरी करने की ऐसी क्या मुसीबत आ गई...। हरपाल सिंह का धैर्य टूट गया। दयनीय स्वर में बोले–पहले पूछ तो लिया होता...। अब यह कागज लेकर पूछने के लिए आया है। बोल क्या जवाब दूं। मना करूं तो मान जायेगा...। नौकरी ही करनी थी तो मुझे बतलाता तो...। खुद फैसला करता है तो मुझसे क्यों पूछता है। जा, जहां जाना है जा...।

उनका हृदय क्रोध से बलबला रहा था। आंखें दर्द से जल रही थीं। गले में कांटे उग आये थे। मन चाहा कि चीखें चिल्लाएं, पत्नी पर बुरी तरह बरस पड़ें, किन्तु अन्दर से इस बुरी तरह परास्त अनुभव करने लगे कि ठस्स से अपने पलंग में जाकर ढह गये।

कुछ समय बाद बिलखती ठकुराइन ने हाहाकार शुरू कर दिया।

ठाकुर निस्पंद थे, जड़...।

ठकुराइन उनके ठंडेपन पर चकित थीं–आप उसे रोकते क्यों नहीं? नौकरी के लिए गया तो फिर हमेशा के लिए जायेगा...। पहली बार पत्नी के स्वर में चिड़चिड़ापन था, उग्रता थी।

ठाकुर पर जैसे कोई असर ही नहीं था।

–मनु चला जायेगा तो यहां का कामधाम कौन देखेगा? क्या हमारी जिन्दगी अकेले ही कट जायेगी...? किसके सहारे रहूंगी मैं...? वह बुरी तरह टूट गईं और लम्बी सिसकियां भर कर देर तक रोती रहीं।

हरपाल सिंह का हृदय भर आया। उनकी आंखों की कोरें नम हो चलीं।

–जो भाग्य में है वही होता है। पुत्र सुख भी हर किसी को नहीं मिलता...। वह एकालाप कर रहे थे–घर छोड़ने के लिए मुझसे बात तक नहीं की उसने। इतना बड़ा निर्णय स्वयं ले लिया। नौकरी के बारे में कभी तो कुछ बातचीत करता। पर बस, नौकरी करने का नशा चढ़ा है। आजकल चार, पांच हजार में क्या होता है और वो भी बम्बई में...। खुद परेशान हो जायेगा...।

ठकुराइन साड़ी के पल्लू से मुंह दबाए सिसकियों को दबाने का असफल प्रयास कर रही थीं।

–उसे रोक लीजिए...। ठकुराइन गिड़गिड़ाने लगीं।

–कोई लाभ नहीं। आजकल के बच्चों को तुम नहीं जानो...। जो दिमाग में

चढ़ जाता है उसे करने से बाज नहीं आते। नहीं जाने दोगी तो घर को नरक बना देगा। इसलिए यह शौक भी उसे पूरा कर लेने दो। समझ लेना एकाध साल की पढ़ाई और है। बाद में परेशान होकर खुद नौकरी के बारे में सोचेगा।

ठकुराइन की सिसकियां एक बार फिर तेज हो गईं।

–अभी कुछ कहना बेकार है। पहली नौकरी मिली है। नहीं जाने देंगे तो जीवन भर दुखी रहेगा...। हमें अलग दुखी करेगा...। एकाध साल नौकरी करने ही दो। तब समझाऊंगा...। शब्द अटकने लगे थे।

शायद पत्नी से अधिक वह अपने को समझा रहे थे।

–और हां, पांच हजार रुपये अपनी तरफ से उसे जरूर दे देना। मुझसे तो ज्यादा लेगा नहीं। बम्बई में दस बारह हजार रुपये उसके पास रहने चाहिये।

पहली बार ठाकुर हरपाल सिंह ने बड़ी गहरी आंखों से उनकी ओर देखा और उनकी आंखें छलछला उठीं।

पत्नी की बेचारगी उन पर समान रूप से हावी थी।

–नैना, एक बात कहूं...? लगभग पन्द्रह दिन बाद माधुरी ने एक दिन उसके कमरे में आकर कहा था।

–जी...। नयनी ने अचरज भरी दृष्टि से देखा।

–तू अपने फ्रेंड को घर नहीं लाई...। खुद तो रोज उससे मिलती है और हमें एक बार भी नहीं मिलवाया...।

–आपने कभी कहा ही नहीं। न इन्वाइट किया...। उसने नखरे के साथ उत्तर दिया।

–ओह, आयम सो सॉरी। ठीक है इस सण्डे को डिनर के लिए इन्वाइटेड...। माधुरी ने मुस्कराकर कहा।

नयनी भी मुस्करा दी। मौसी उससे दस वर्ष बड़ी थीं किन्तु उनके मध्य घनिष्ठ मित्रता थी। विविध विषयों पर वे खुलकर बात करतीं। साथ घूमना फिरना भी था। नयनी के कहने पर ही वे डिस्को तक में जा चुकी थीं। किन्तु इन पन्द्रह दिनों में नयनी के व्यवहार व दिनचर्या में बदलाव कुछ चौंकाने वाला था। मनोज के बम्बई आने के बाद न तो नयनी ने कभी उनसे कहीं घूमने के लिये कहा और कई बार एक समय का भोजन भी वह बाहर ही खाकर आती। कभी वह इसे स्वीकार भी नहीं करती किन्तु भोजन के प्रति उसकी अनिच्छा माधुरी को स्पष्ट संकेत दे जाती।

अनेक बार उसके मन में आया कि वह अपनी बहन को इस बारे में बतलाए किन्तु अपने को रोक गई। कहीं नयनी इस सम्बन्ध में गंभीर हुई तो उसका हस्तक्षेप

अनर्थ कर सकता था। फिर उसे यह भी जानकारी नहीं थी कि मनोज कौन है, कैसा है, नयनी और उसके बीच क्या सम्बन्ध है। जीजी व जीजाजी इसके बारे में अवगत हैं या नहीं। हां, यह वह अच्छी तरह जानती थी कि मनोज की बम्बई में नौकरी लगने की जानकारी उन्हें थी और जीजी ने एक बार उससे मनोज के बारे में पूछा भी था। जीजी के पूछने का क्या आशय हो सकता था...?

बहरहाल माधुरी ने ही पहले मिलने का निर्णय लिया। सोचा यह भी था कि नयनी से साफ-साफ पूछ लेगी। किन्तु पहले मनोज से भेंट करना आवश्यक लगा उसे।

रात्रि भोज पर हुई भेंट के दौरान उसे सब कुछ समझने में कोई देर नहीं लगी। नयनी के चेहरे का रंग, उसकी बातचीत व हावभाव सब बदले हुए थे। पहली बार नयनी के अन्दर एक अजीब सी घबराहट भी देखी उसने। अपने व मनोज दोनों के प्रति एक विचित्र सजगता का भाव था। सोफे या बिस्तर पर पड़े-पड़े पानी या नाश्ता मांगने वाली लड़की आज फिरकी की मानिंद घूम रही थी, कभी पानी लाती तो कभी ठंडा। मेज लगाने या खाना देने में मौसी के साथ कदम से कदम मिला कर चल रही थी वह। उसकी सक्रियता विस्मयकारी थी। और इस सब के बीच उसकी नजरों का बार-बार मनोज पर केन्द्रित हो जाना, मौसी से छिप नहीं सका था।

मनोज के जाने के तुरन्त बाद उसने नयनी से पूछा—नैना, क्या यह केवल मित्रता है या...?

पहली बार नयनी के चेहरे को लाल होते देखा उसने। नयनी की आंखें झुक गईं। दोनों हाथों की उंगुलियां उलझकर एक निरुद्देश्य सक्रियता में लिप्त थीं। उनका क्षीण कंपन वह देख सकती थी।

—डू यू लव ईच अदर...?

—याह मौसी...। नयनी ने धीरे से कहा।

—दैट्स वण्डरफुल। तूने बतलाया क्यों नहीं...?

—अभी मौका ही कहां आया था...।

—अच्छा, वैसे तो सब कुछ बतलाती थी...। लड़का आंख उठाकर देखता था तो उसकी भी पूरी कहानी सुनाती थी। और यहां आंखें उलझी हुई हैं तब भी पूरी चुप्पी...। माधुरी ने उसका हाथ पकड़ लिया।

नयनी धीरे-धीरे मुस्करा रही थी।

—मौसी, आपको तो सबसे पहले बतलाती...।

—यानी अभी जीजी को भी नहीं पता...।

—मम्मी को केवल दोस्ती का पता है। वह इससे मिली भी हैं।

—उन्हें मनोज पसन्द है?

–इस बारे में कभी बात ही नहीं हुई। और फिर मौसी, पसन्द तो मुझे होना चाहिए न...। इतराकर वह माधुरी के गले लग गई।

–तू ठीक कहती है। नैना, पर मम्मी को तो बतला दे...।

–बस अब आपसे बात हो गई। वापस जाकर मम्मी को सब बतला दूंगी।

–तुम लोगों की क्या प्लानिंग है...?

–मौसी, अभी इतना नहीं सोचा...। पहले मनोज की नौकरी जरूरी थी।

–पर अब तो लग गई। तब तो बात करनी चाहिए।

–जी मौसी...।

–इसके पेरेन्ट्स एग्री हैं...?

नयनी ने नजरें ऊपर उठाईं। यकायक उसके चेहरे का रंग बदल गया। आंखों में दर्द की परछाईं उतर आई। मनोज के पिता का कठोर चेहरा, गरजता स्वर और पूरे घर पर मंडराता उनका आतंक उसे याद आने लगा। एक कंपकंपी सी उसके अन्दर उठ खड़ी हुई।

–आई कांट से...। उसका स्वर थरथराया।

–तब फिर...?

–मौसी, कहा न, अभी यह सब सोचने का मौका ही कहां था। उसके स्वर में झल्लाहट थी–पर आई नो ही लव्स मी...।

माधुरी के लिए वार्तालाप को विराम देने का यह स्पष्ट संकेत था। अन्दर ही अन्दर कुछ चिंतित अवश्य हुई वह और उस रात अपनी बहन से बात किए बिना वह सो नहीं सकी।

किन्तु नयनी की नींद उड़ गई। पूरी रात करवटों के बीच लम्बी दर लम्बी होती चली गई। दरअसल आज पहली बार इस बारे में किसी ने उससे कुछ पूछा था अथवा उसे ही बात करने का कोई अवसर प्राप्त हुआ था। एक अजीब सी बेचैनी और बौखलाहट उसके अन्दर उतर आई थी। उसे इस बात का भी दुख था कि मौसी के अन्तिम प्रश्न का उत्तर उसने अत्यन्त खिन्नता और खीझ भरे स्वर में दिया था। वह खुद भी न जाने कितनी बातें करना चाहती थी किन्तु उसकी झल्लाहट ने वार्ताक्रम को अवरुद्ध कर दिया। यह सोचकर भी वह मन ही मन बुरी तरह उखड़ी हुई थी।

बहुत सुबह जब मम्मी का फोन आया तो वह तनिक सशंकित हुई। मम्मी से बात करते समय पहली बार उसके अन्दर एक खदबदाहट सी थी। मम्मी ने उससे केवल वापसी के कार्यक्रम के बारे में पूछा।

–पापा कह रहे थे कि अब काफी घूम फिर ली। कुछ और भी तो करना है वरना पूरा साल खराब हो जायेगा। मम्मी ने बड़े दुलार से कहा था।

अगले दिन ही वह नागपुर के लिए रवाना हो गई।

एक नए तरह की परीक्षा से उसे गुजरना था अब...

बम्बई पहुंचने के लगभग दो महीने बाद ही उसे घर जाने के लिए अवकाश मिला। जिस दिन से कार्यक्रम बना, उत्तेजना व आह्लाद से वह सराबोर था। स्वअर्जित धन से एक नया उत्साह व विश्वास उसमें जागृत हुआ था। फिलहाल पांच हजार की धनराशि ही उसे काफी लगी। रहने का कोई खर्चा था नहीं और खाने-पीने के लिए दो हजार पर्याप्त थे। एक हजार रुपये इधर-उधर आने-जाने में खर्च हो जाते। इस तरह दो माह के वेतन के बचे लगभग चार हजार रुपये की ऊष्मा ने उसमें बड़ी ऊर्जा और उत्साह भर दिया। पिताजी के लिए दो कमीजें और एक जोड़ी चप्पलें और मां और बहन के लिए साड़ियां खरीदीं। यह सुझाव नयनी का ही था।

रास्ते भर इसे लेकर उसमें एक नई प्रसन्नता व पुलक भरी रही। मां व पिताजी के गर्वपूर्ण नेत्र देखने को वह लालायित था। बेटे की पहली कमाई देखकर वे कैसा अनुभव करेंगे...? मां की आंखें तो बहने लगेंगी और पिताजी...। उनको रोते उसने कभी नहीं देखा था किन्तु ऐसे अवसरों पर उनकी तेज चमकदार आंखों में एक उदार तरलता बिछ जाती...। वे पारदर्शी हो जातीं। पूरा चेहरा कोमल व भावप्रवण हो जाता...।

बम्बई के लिए चला था तब भी यह भाव उसने देखा था। पिताजी दिल्ली तक छोड़ने आये थे। तमाम हिदायतें देते रहे थे। मेहनत और ईमानदारी की, अनुशासन व निष्ठा की...। किन्तु इन सबके पीछे कहीं बड़ा कमजोर पिता खड़ा दिखलाई दे रहा था। उसे याद नहीं पिताजी ने कभी उससे इतनी बात की थी। दुर्बलता को छिपाने का विचित्र रास्ता अपनाया था उन्होंने...।

परन्तु इस सब अतिरेक के पीछे कहीं एक घबराहट भी उसे बार-बार झकझोर रही थी। नयनी से हुई आखिरी मुलाकात उसके जहन में बार-बार कौंध रही थी। नयनी ने बड़े स्पष्ट शब्दों में कहा था–मनोज, अब मैं और प्रतीक्षा नहीं कर सकती। पापा मुझे लेकर काफी परेशान हैं। मैंने न तो आगे पढ़ाई की बात की है और न ही नौकरी के लिए कहीं एप्लाई किया है। पिताजी ने कई बार मुझसे कहा भी...। पर मैं टाल गई। कारण तुम अच्छी तरह जानते हो। मैं तुमसे दूर नहीं रहना चाहती...। वह कुछ पल के लिए रुकी, मनोज की आंखों में गहराई से देखा और फिर कहा–यू नो, कोई पेरेन्ट्स यंग डॉटर को घर पर खाली बैठे देखना नहीं चाहते। नैचुरली दे विल थिंक एबाउट माई मैरिज...।

कुछ पल शांत रहकर वह मनोज की प्रतिक्रिया की प्रतीक्षा करने लगी। किन्तु मनोज गंभीरता से नयनी के वक्तव्य का विश्लेषण करता रहा। नयनी जो कहना

चाहती थी, वह स्पष्ट था। पर वह स्वयं इसके लिए इतनी जल्दी तैयार कहां था।

–मनोज, नयनी ने धीरे से कहा–तुमने इस बारे में कुछ नहीं सोचा?

–क्यों नहीं। लेकिन...?

–लेकिन क्या...?

–अभी नई सर्विस लगी है। छः महीने की ट्रेनिंग पूरी होने पर रेगुलर जॉब तो हो जाये...।

–उसकी चिंता तुम मत करो। वो तो हो ही जायेगा। फिर छः महीने गुजरते कितना समय लगता है।

–बोलो, क्या करूं...? मनोज ने बड़े भोलेपन से पूछा।

नयनी को मनोज की यह अदा सदैव आकर्षित करती थी। मनोज का प्रश्न सुनकर वह तनिक झल्लाई और फिर मुस्कराने लगी...।

–क्यों, मुस्करा क्यों रही हो...?

वह जोर से हंस दी और हंसी के बीच कहने लगी–लगता ही नहीं कि तुम इंजीनियर हो। फर्स्ट इयर के फ्रेशर लगते हो...। पूछ रहे हो क्या करूं...। वह रुकी फिर कुछ सोचकर हंसते हुए बोली–चलो, वो चर्च है न, वहां शादी कर लें...।

–क्या...? एकबारगी मनोज चौंक गया किन्तु शीघ्र ही नयनी के विनोद में सम्मिलित होकर ठहाका मार कर हंस दिया...।

काफी देर वे यों ही हंसते रहे और तब नयनी ने ही गम्भीर होकर कहा–रात मौसी तुम्हारे बारे में पूछ रही थीं। सुबह मम्मी का भी फोन आया था। मुझे बुलाया है। वो मुझसे तुम्हारे बारे में अब जरूर पूछेंगी...। मुझे भी कोई पॉजिटिव जवाब देना होगा...। मैं खुद भी तुमसे बहुत दिन दूर नहीं रहना चाहती। किसी काम में दिल नहीं लगता। तुम्हारी याद सताती रहती है...।

–नैना...। मनोज गंभीर हो चला था–क्या तुम्हें कोई संदेह है...?

–बिल्कुल नहीं...। उसने दृढ़ स्वर में उत्तर दिया–लेकिन पेरेन्ट्स को तो बताना होगा...। मैं तो मम्मी पापा को मना लूंगी। मौसी ने भी एप्रूव कर दिया है। पर तुम्हारे पेरेन्ट्स...?

मनोज को एक झटका सा लगा। नयनी ने सचमुच बड़ा टेढ़ा प्रश्न किया था। ऐसा नहीं था कि वह इस बारे में सोचता नहीं था किन्तु मात्र सोचने से ही उसे इतनी परेशानी अनुभव होती कि वह तुरन्त इससे उबरने की कोशिश करता...। अप्रिय स्थितियों से हम अक्सर पलायन करना चाहते हैं। वह जानता था कि यह एक जटिल समस्या होने जा रही थी जिसके विचार मात्र से उसकी धुकधुकी बढ़ जाती। लेकिन आखिर कब तक...? एक न एक दिन इससे मुठभेड़ करनी ही थी उसे।

वह सोच में डूब गया था।

–बोलो...?

–तुम उनके बारे में जानती हो। तुमने घर, गांव का माहौल भी देखा है। इसलिए आसानी से वह नहीं मानेंगे। बट नयनी, आई लव यू...। मैं तुमसे ही शादी करूंगा...।

–आई नो मनोज...। अंदर तक शीतलता का अहसास हुआ उसे। एक गहरी सांस लेकर कहा उसने–पर उनसे बात तो करो...। क्या मालूम मान जायें।

–बात तो मैं जरूर करूंगा।

–बट प्लीज, डोंट डिले...। मैं मम्मी पापा को भी साफ-साफ बतलाना चाहती हूं। मैरिज भले ही बाद में हो...।

–इस बार तुम बात करके आना...। मैं भी बात करूंगी...। तब फिर आगे की प्लानिंग करेंगे...।

–ठीक है...।

इस बार अम्मा पिताजी से नयनी के सम्बन्ध में बात करनी थी। सोच कर एक हौल-सा उसके अन्दर उठ खड़ा होता...। एक बवंडर चारों तरफ मंडराता नजर आने लगता...।

यह यात्रा कहीं ठाकुरपुरवा की अंतिम यात्रा ही न हो..., वह सोचने लगा।

यह संयोग था कि दूसरे दिन अम्मा ने ही उसके विवाह की चर्चा चलाई थी।

–सुखवीर भइया अपनी भतीजी का प्रस्ताव तेरे लिए लाए थे। उनके मौसेरे भाई मेरठ में बड़े अफसर हैं। कह रहे थे बड़ी सुशील और सुन्दर कन्या है। लड़की दिखाने को कह रहे थे...।

सुनकर मनोज को यह इस माने में जरूर अच्छा लगा कि उसे अपनी बात कहने का अवसर मिल गया था। पर एकाएक कुछ कहने का साहस नहीं जुटा पाया वह।

–क्यों बोल...?

वह अब भी चुप था। हृदय गति बढ़ रही थी।

–बेटा, अच्छी लड़की भी हमेशा नहीं मिलती। अब तू आया है तो लगे हाथ इत्ता काम तो निबटा दे। पता नहीं फिर कब छुट्टी मिले। ब्याह तो बाद में तय कर लिया जायेगा...। ठकुराइन ने समझाया।

–अम्मा...। मनोज ने साहस बटोरा–मुझे उससे शादी नहीं करनी...।

–क्यों, तू जाने है उसे...? ठकुराइन ने चकित होकर पूछा।

–नहीं, मैं नहीं जानता।

–फिर...?

—अम्मा, वह उन के पास खिसक आया—एक बात कहूं...?

—हां बोल...। ठकुराइन के चेहरे पर चिंता की रेखाएं उभर आईं।

—मां, मैं उस लड़की से शादी करना चाहता हूं। घबराहट में नयनी का नाम उसके होठों पर नहीं आया।

—कौन लड़की...? विस्मयकारी दृष्टि से उन्होंने देखा।

—वही नयनी, जो यहां आई थी...।

—वो लड़की..., नैनी...। बेटा, क्या कह रहा है? न जात की न पात की...। इत्ती तेज तर्रार, पैंट कमीज पहनने वाली को इस घर की बहू बनाएगा...। ठकुराइन का स्वर तेज हो गया। आंखें क्रोध से धधकने लगीं। भृकुटि तन गई, उंगुलियां कांपने लगीं—कुछ सोच कर समझ कर बोला कर...।

—अम्मा, नयनी अच्छी लड़की है। जात-पात अब कौन देखता है और पहनावा तो आजकल सभी लड़कियों का यही है। उसमें कोई कमी नहीं है...।

—कमी नहीं है, इसका मतलब इधर-उधर की लड़की घर की बहू बन जाये...। लोक लाज का कोई विचार नहीं है तुझे...। परिवार की प्रतिष्ठा का भी कोई ध्यान नहीं। पिताजी ने सुना तो घर में तूफान खड़ा हो जायेगा...। कभी भूलकर भी यह बात मुंह पर नहीं लाना...।

अम्मा को इतना उग्र वह पहली बार ही देख रहा था।

—अम्मा, मेरी बात तो सुनो...। उसका धैर्य टूटने लगा —जमाना बदल रहा है। फिर मैं किसी खराब लड़की की बात नहीं कर रहा...। अच्छे परिवार की है, भली है, चार साल मैंने उसे अच्छी तरह देखा परखा है...। कोई कमी तुम्हें उसमें नहीं मिलेगी। और तुम्हारा तो वह इतना आदर करती है।

—बस बस, मुझसे लाग लपेट की बात मत कर। तू उसे लाया था, पिताजी को तो तभी शक था। वो तो कहते थे कि शहरी लड़कियों के चक्कर में तू पड़ा तो फिर हाथ नहीं आता। लेकिन मुझे तुझसे ऐसी आशा नहीं थी। मैं तो विश्वास भी नहीं कर सकती कि तू ऐसा भी सोच सकता है। हे ईश्वर, इसे सद्‌बुद्धि दे...। एकाएक उनका स्वर भर्रा उठा और वह सुबकने लगीं।

—अम्मा...। मनोज परेशान हो चला—रोने की क्या बात है। मैंने ऐसा क्या गलत काम किया है। तुमसे बात ही तो कर रहा हूं। जरा तसल्ली से मेरी बात सुनो...।

—मुझे कुछ नहीं सुनना...। क्रोध व रुलावट के बीच वह बोलीं—पिताजी इसीलिए परेशान रहते थे। सब लोग कहते थे कि अपने लड़के को बचाना और वही हो रहा है...।

—अम्मा, कुछ नहीं हो रहा...। अब उसने भी झल्लाए स्वर में कहा—तुमने मेरे ब्याह की बात चलाई तो मैंने अपने मन की बात कह दी...। मुझे वह अच्छी

लगती है। शादी करना कोई अपराध है...?

—अपराध क्यों होता, ठकुराइन ने सिसकियां थामते हुए कहा—पर कुछ तो सोच...। तेरे ब्याह की न जाने कितनी आस है। पूरा गांव ठाकुर खानदान के ब्याह पर नजर जमाए है। और तुझे हम सब का तनिक भी ख्याल नहीं। नहीं बेटा, यह संभव नहीं है। आज तक जो तूने कहा, सब माना हमने...। हर काम में तेरी तरफदारी की मैंने। पिताजी के लाख विरोध और नाराजगी के बाद भी तेरी बात को आगे रखा। तू बिना कहे उस अनजान लड़की को घर ले आया। पूरे गांव में खूब बखेड़ा हुआ। पिताजी को क्या-क्या नहीं सुनना पड़ा। पिताजी का बस चलता तो उस लड़की को एक मिनट नहीं रहने देते। लेकिन मैंने समझा दिया उन्हें। पूरे प्यार से उसे तीन, चार दिन रखा। तुम लोग न जाने कहां-कहां घूमे...। पूरे गांव ने थू-थू की लेकिन पिताजी ने उस अपराध को न केवल बर्दाश्त किया, गांव वालों को बाद में लताड़ा भी...। क्या नहीं हुआ, तुझे तो कुछ मालूम नहीं...।

अम्मा की सांस फूल गई थी। वह जोर-जोर से हांफ रही थीं। आंखों में आंसू जम से गये थे। उनका चेहरा बड़ा करुणामय लग रहा था।

—बेटा...। उनका स्वर एकाएक दयनीय हो चला—यह सब मत सोचना। यह परिवार समाप्त हो जायेगा...। पिताजी इसे बर्दाश्त ही नहीं कर सकते। खानदान की इज्जत को बचाने के लिए वह कुछ भी कर सकते हैं। न बेटा, ऐसा गलत काम मत कर...।

जमे आंसू फिर पिघल चले।

मनोज का सिर चकराने लगा। एक तरफ नयनी के प्यार का नशा सिर पर सवार था तो दूसरी ओर मां की ममता उसके हृदय को द्रवित कर रही थी। बुरी तरह विचलित अनुभव करने लगा वह।

कुछ देर वे दोनों शांत रहे। ठकुराइन की यह प्रतिक्रिया अप्रत्याशित नहीं थी। प्रश्न यह था कि इसका मुकाबला वह कैसे करे...?

—अम्मा, तुमने हमेशा मेरी सहायता की है। मुझे मालूम है कि तुम मुझ पर बड़ा भरोसा रखती हो। तब फिर इस तरह का अविश्वास क्यों? मैं कोई ऐसा काम नहीं करुंगा जो परिवार के सम्मान के विरुद्ध हो...। पर अम्मा, मैं उस लड़की से ही विवाह करना चाहता हूं।

—क्यों, क्या है उस लड़की में... सांवला रंग, पतली, दुबली। ठकुराइन अब पूरे आवेश में बोल रही थीं—बस थोड़ा बात करने का शऊर ही तो है। ऐसा कौन बड़ा खानदान है। और सबमें बड़ी बात यह कि पराया देस, पराई जात। हमें क्या लड़कियों का अकाल पड़ा है? तेरे लिए एक से एक अच्छे परिवार का रिश्ता आया है। ठाकुरों में कम सुन्दर लड़कियां हैं? वो लड़की तो उनके सामने कहीं नहीं ठहर सकती...। तू अपने दिमाग से उसे निकाल दे। तेरी यह बात नहीं मानूंगी। अच्छी

तरह समझ ले।

मनोज को लगने लगा कि इस विषय पर आगे वार्ता करना बेमानी था। उसका मन हुआ कि उठकर चल दे। लेकिन इतनी बात बढ़ जाने पर अपना निर्णय भी मां को बतला देना उचित होगा, उसने सोचा।

–अम्मा, मैं उसी से ब्याह करूंगा। पिताजी को बतला देना। उसमें कोई कमी हो तो आप लोग मुझे समझाएं। पुराने जमाने के साथ मैं नहीं चल सकता। जात-पात को मैं नहीं मानता...।

अविश्वास भरी दृष्टि से ठकुराइन उसे देख रही थीं।

मनोज उठ कर बाहर की ओर चल दिया।

उन की तेज रुलाई का स्वर उसके कानों में पड़ रहा था।

ठाकुर हरपाल सिंह ने सुना तो वह बुरी तरह तिलमिला उठे। पूरे बदन में मानो आग लग गई। दिल पर जैसे किसी ने गहरी चोट मार दी हो।

–मुझे काफी समय से लगता था कि यही होगा। वह बुदबुदा रहे थे–कोई लड़की यूं ही किसी के घर नहीं चली आती। फंसा लिया न, अब हाथ मलते रहो। उनका स्वर डूब रहा था।

–आप प्यार से समझाइए। शायद समझ में आ जाये...। ठकुराइन ने धीरे से कहा।

–इसी लाड़ प्यार ने तो उसे बरबाद किया है, ठाकुर हरपाल सिंह एकाएक चीखने लगे–उसकी हर जिद पूरी करती हो। अब यह नतीजा भी झेलो...। पर एक बात साफ-साफ समझ लो मेरे जिन्दा रहते वह लड़की इस घर में नहीं आ सकती। सब काम अपनी मनमर्जी से करता आया है तो यह भी कर ले। लेकिन फिर मुझे शकल न दिखाए।

–कैसी बातें करते हैं...?, ठकुराइन का स्वर भर्रा उठा–अकेला लड़का है। उसके अलावा हमारा और कौन है...?

–ईश्वर है...। इकलौते होने का यह मतलब तो नहीं कि पूरे खानदान का नाम चौपट कर देगा...। हमारी इज्जत धूल में मिला देगा। उनका चेहरा तमतमाने लगा।

–आप समझाओ तो उसे। बच्चों को गलत रास्ते से चलने से मां बाप को ही रोकना पड़ता है...। वह धीरे-धीरे सुबकने लगीं।

–अब बच्चा नहीं है वह। बिना कहे नौकरी करने निकल पड़ा और अब...। उफ्फ भगवान...। पता नहीं कौन से पाप की सजा दे रहा है। अंदर उठे दर्द से उनकी आवाज डूबने लगी।

ठकुराइन शांत रह कर अपनी सिसकियों को थामने का असफल प्रयास करती रहीं।

हरपाल सिंह उद्विग्न से इधर-उधर टहलने लगे।

–मनोज, इधर आ...। अचानक वह दहाड़े।

मनोज को समझते देर नहीं लगी। उसका हृदय कांप उठा। पूरे शरीर में धुकधुकी बजने लगी। उसकी परीक्षा की घड़ी आ गई थी। उसने अपने को संयत करने का प्रयास किया। एक गिलास पानी पीकर वह पिताजी के कमरे में घुसा।

–ये सब क्या हरकत है? यही सब करने के लिये तुझे पढ़ाया लिखाया है। तेरी इतनी हिम्मत हो गई कि अपने ब्याह का फैसला भी खुद कर ले। और वह भी एक ऐरी गैरी लड़की से...। ऐसी लड़कियों के बारे में मैं अच्छी तरह जानता हूं...। देखा होगा, एकलौता लड़का है, खूब जमीन जायदाद है, फंसा लो इसे...। और तुझ जैसा बेवकूफ...। मुझे तो पहले ही शक था। पर समझ ले मेरे जीते जी यह मुमकिन नहीं है।

मनोज सिर झुकाए जड़वत खड़ा रहा। उसे लगा वह जमीन में धंस रहा है। नयनी के सम्बन्ध में पिता का अनर्गल प्रलाप सुनकर वह उत्तेजित अनुभव करने लगा...।

–समझ लो, ऐसी हिमाकत कभी सोचना भी मत...। वरना तेरा मेरा कोई सम्बन्ध नहीं...। मुझे अपने खानदान पर कालिख नहीं लगानी...। हरपाल सिंह क्रोध से कांप रहे थे।

–पिताजी...। सहमे से स्वर में उसने कहा–नयनी अच्छी लड़की है...।

–खबरदार जो मुझसे उसके बारे में एक शब्द भी बोला...। मैं कुछ नहीं सुनना चाहता। तेरा पिता हूं। गांव में रहा जरूर हूं पर दुनिया खूब देखी है। मुझे मत समझा...। मुझे इस बारे में कोई बात नहीं करनी। मैंने तो सिर्फ यह कहने के लिए बुलाया था कि जरा होश में रह। चार दिन से दो पैसे मिलने लगे तो दिमाग उड़ने लगा...। मां से यह सब कहते शर्म नहीं आई तुझे। और मेरे सामने भी उस बेहया का नाम ले रहा है...।

अंदर ही अंदर मनोज उबलने लगा। पहली बार पिता के प्रति प्रतिरोध की ज्वाला उसके अंदर भड़क रही थी। मन में आया कि वह भी चीखने चिल्लाने लगे, फिर चाहे उसका कोई भी दुष्परिणाम क्यों न हो... मेरे जीवन का इतना अहम फैसला आप कैसे कर सकते हैं...? अपने विवाह के निर्णय का अधिकार है मुझे। उस पर नयनी के विरुद्ध बेजा आरोप...।

वह तुरंत लौट गया और अपने बिस्तर पर आकर लुढ़क गया।

पिताजी के शब्द उसके कानों में गूंज रहे थे...।... ऐरी गैरी लड़की, जमीन जायदाद... बेहया...। उफ्फ...। वह तड़प उठा। पहली बार अपने पिता के प्रति

विरोध व वितृष्णा का भाव उसके अन्दर बड़ी शिद्दत से पैदा हुआ था। एकाएक मन में आया कि तुरन्त घर छोड़ कर चला जाये...। बचपन से पिता की तानाशाही को वह सहता चला आया है किन्तु अब और आगे नहीं बर्दाश्त करेगा वह...।

उस रात उसने खाना नहीं खाया। पिताजी के विरुद्ध रोष प्रदर्शित का यह उसका पुराना ढंग था। देर रात मां ने आकर खाने के लिए आग्रह किया किन्तु वह बिस्तर में मुंह छिपाए लेटा रहा।

अगले दो दिन बड़ी कठिनाई से बीते। मां ने कई बार आकर बात करने की चेष्टा की किन्तु वह चुप रहा। संबंधों में जैसे एक ठहराव आ गया था। घर का माहौल एकदम कटा-कटा हो गया।

ठाकुर हरपाल सिंह के इकलौते पुत्र का विवाह बम्बई में बड़े सादा ढंग से सम्पन्न हुआ। माधुरी की इसमें अहम भूमिका रही। उसने ही अपनी बहन व जीजा को नयनी व मनोज के विवाह के लिए राजी किया था। उनकी आपत्ति के कई कारण थे-एक तो विजातीय विवाह था ही, दूसरे मनोज के परिवार के बारे में उनकी जानकारी शून्य थी, तीसरे मनोज के परिवार की ओर से केवल उसके मामा ही विवाह समारोह में सम्मिलित हुए थे और चौथे यह भी कि अपनी बेटी के लिए मनोज से अधिक योग्य व हर तरह से सम्पन्न, समर्थ वर तलाशने में वह सक्षम थे। किन्तु नयनी की जिद के आगे उन्हें झुकना पड़ा।

लौटने के कुछ सप्ताह बाद मनोज नयनी से मिलने नागपुर गया और तब पहली बार उसने विवाह को लेकर गंभीरता से बात की थी। अपने परिवार की स्थिति को भी स्पष्ट कर दिया था। नयनी से परामर्श कर उसने उसके मम्मी व पापा के सम्मुख नयनी से विवाह का प्रस्ताव रखा था। सब कुछ सच-सच बतला भी दिया था।

उसके परिवार, माता, पिता, गांव, भविष्य की योजनाएं आदि के बारे में तमाम सवाल पूछने के बाद नयनी के पापा शांत रहे थे। न हां कहा और न ही इनकार...।

मनोज को भी जल्दी कहां थी। उसे नियमित तैनाती की भी प्रतीक्षा थी। हां, उसने अपने पिता को विवाह के निर्णय के सम्बन्ध में एक लम्बा पत्र अवश्य लिखा था जिसका कोई उत्तर उसे नहीं मिला। बाद में उसने दो पत्र और भी डाले जिसके उत्तर में उसके इकलौते मामा उससे मिलने आये थे। अपनी बहन का दर्द समझाते रहे थे। परिवार के सम्मान की दुहाई देते रहे किन्तु मनोज पर न कोई प्रभाव होना था और न हुआ। वही मामा उसके विवाह में शरीक भी हुए और ठकुराइन की ओर से काफी कपड़े, गहने आदि देकर चले गये थे।

मनोज के विवाह ने हरपाल सिंह को बुरी तरह तोड़ दिया था। रह-रह कर अपने आज्ञाकारी, अनुशासित व विनम्र पुत्र का चेहरा उनकी नजरों में घूमता रहता और उन्हें विश्वास ही नहीं होता कि मनोज विद्रोह की इस सीमा तक जा सकता है। अपने हृदय पर भारी दबाव महसूस करने लगे वह। काम-धाम, खाना-पीना, घूमना-फिरना, लोगों से मिलना-जुलना प्रायः सब बंद हो गया।

मनोज दुस्साहस की इस सीमा तक जा सकता है, उनकी सोच से परे था। दरअसल मनोज के जाने के कुछ ही दिनों में वह इस प्रकरण को भूलने भी लगे थे। पत्नी ने भी इस बारे में कभी कोई वार्ता नहीं की। किन्तु कुछ समय बाद जब मनोज का पत्र प्राप्त हुआ तो पहली बार विद्रोह की आंच को महसूस किया उन्होंने। मन में आया कि तुरन्त बम्बई जाकर मनोज को वापस गांव ले आयें किन्तु फिर साहस न कर सके। एक अजीब सी हताशा उन पर हावी होने लगी।

ठकुराइन अलग चिंतित रहने लगीं।

—मैं भइया से कहती हूं। वही जाकर उसे समझाएंगे। मामा से बहुत प्यार है उसे।

—तुमसे प्यार नहीं है क्या...? हरपाल सिंह भड़क उठे—हमारे लिए उसके दिल में कोई जगह नहीं। तुम तो रात दिन उसे सीने से चिपकाकर रखती थीं, तुम्हारा भी कोई ख्याल नहीं। रघुराज क्या करेगा। चार बात सुनकर और लौटेगा...।

—पर कुछ तो करना ही होगा...। ठकुराइन की आंखें भर आईं। स्वर भरभरा उठा—हाथ पर हाथ रख कर भी तो नहीं बैठा जा सकता...।

—देखो, अब कुछ नहीं होना। आजकल के लड़कों को तुम नहीं जानो। शहर की हवा लग गई है उसे। घर, मां, बाप कुछ समझ में नहीं आयेंगे उसे। बस लड़की का भूत जो चढ़ा है। करेगा वही जो उसके मन में है। पस्त व बुझे स्वर में कहा उन्होंने।

—पर एक बार तो आप उसे चिट्ठी लिखो...।

—मैं नहीं लिखूंगा चिट्ठी-विट्ठी। जो करना है करे...।

ठकुराइन कलपती रहीं। पत्र का कोई उत्तर नहीं भेजा गया। कुछ समय बाद दूसरा और फिर तीसरा पत्र आया। तब ठकुराइन ने हरपाल सिंह से बिना पूछे अपने भाई रघुराज को बम्बई भेजा था। कुछ माह बाद अपने बेटे के विवाह का निमंत्रण पत्र देखकर वह फूटफूट कर रोई थीं। पूरे घर में मातम का माहौल था। उस दिन पति-पत्नी दोनों ने एक दाना मुंह में नहीं डाला।

भाई ने विवाह से लौटने पर नयनी व उसके परिवार की भूरि-भूरि प्रशंसा की थी। नयनी के पिता ने उन्हें पूरा मान सम्मान दिया था। घर में सबके लिए कपड़े, भेंट आदि दिए थे। नयनी ने चरण स्पर्श कर उनका हृदय जीत लिया था। मां और पिताजी के बारे में पूछा भी था और अम्मा से यह भी कहलवाया था कि

वह उनका आशीर्वाद पाना चाहती है, केवल एक बार वह मुझे अपना आशीर्वाद दे दें। अम्मा को कहिए कि मैं खराब लड़की नहीं हूं। मेरी तरफ से उन्हें कभी कोई तकलीफ नहीं होगी...। मुझे कुछ भी नहीं चाहिए, केवल उनका प्यार चाहिए...।

ठकुराइन का दिल पिघलने लगा था। रात दिन मनोज की याद उन्हें परेशान करती। बार-बार मन करता कि पति से मनोज के सम्बन्ध में बात करें। किन्तु फिर साहस नहीं जुटा पातीं।

उधर गांव वासियों को चर्चा का एक नया मुद्दा मिल गया था। हर कोई मनोज की भर्त्सना करता दीख पड़ता। गांव के बड़े लोगों की बैठक हुई। मुद्दा था गांव के युवकों का नैतिक पतन। मास्टर टीकाराम और निरंकार चौधरी खासे उत्तेजित थे।

—सीधा-साधा छोकरा, ऐसी हरकत कर सके मैं तो सोच भी न सकूं...। मास्टर टीकाराम ने कहा—कहां उसका उदाहरण हम बच्चों को देते थे। कितना कुशाग्र, बुद्धिमान व आज्ञाकारी बच्चा है। पहले उस छोरी को ले आया। तब सबने यह सोचकर माफ कर दिया कि नादान है, नासमझ है, पर अब इस तरह विवाह...। पूरे गांव की नाक कटा दी उसने। अब और बच्चों को क्या मुंह दिखाएं...।

—मास्टर, सच कहे तू...। चौधरी ने बात बढ़ाई—इस बालक ने तो हद कर दी। सब सीमा लांघ गया यो तो। सुना है मामा को भी खरी खोटी सुनाई उसने...।

रघुराज मामा की यात्रा को लेकर तरह-तरह की अफवाहें प्रचलित थीं। उसके विवाह में सम्मिलित होने का दोषी भी हरपाल सिंह को ही समझा जाता था।

—और हरपाल हाथ पर हाथ धरे बैठे रहे...। सुखदेव शर्मा कह रहे थे। मैं तो कान पकड़ कर ले आता बच्चे को। मजाल ऐसी हरकत कर ले।

—मां बाप का असर तो पड़ता ही है। गुलजार ने मौका चूकना सीखा ही नहीं था—वो तो जब छोकरी को लाया था तब ही उसकी खबर लेनी थी। उल्टे खेत खलिहान में घूमते रहे। तमाम इंतजाम किए गये। क्या ठाकुर इस पर नियंत्रण नहीं कर सकते थे?

—क्यों नहीं...? सुखदेव शर्मा ने कहा।

—अपने बच्चे को हर कोई प्यार करे, गुलजार का कथन जारी रहा—पर प्यार से बच्चा बिगड़े तो गलती मां-बाप की ही है। ठाकुर साहब ने इस पर ध्यान ही नहीं दिया।

सुखवीर को अपने मित्र के विरुद्ध सुनना अच्छा नहीं लग रहा था। किन्तु अपनी भतीजी के प्रस्ताव की अस्वीकृति से वह भी अंदर ही अंदर उखड़ा हुआ था। इस रिश्ते के प्रति वह पूरी तरह आश्वस्त था और अपने भाई को भी निश्चिंत

कर रखा था। सच तो यह है कि मनोज से विवाह की आशा में उसके भाई ने अपनी बेटी के विवाह के लिए अन्यत्र कहीं प्रयास ही नहीं किया था। इसलिए जब मनोज का नयनी से विवाह का समाचार उन्हें मिला तो उन्होंने सुखवीर को काफी खरी खोटी सुनाई। भाभी ने भी उनकी मित्रता पर ताने मारे।

सुखवीर अत्यन्त क्षुब्ध था। उसे यकीन ही नहीं था कि हरपाल सिंह मनोज को लेकर इतने कमजोर हैं।

सुखवीर की चुप्पी से गुलजार का मनोबल बढ़ गया। उसे ठाकुर के घनिष्ठ मित्र से विरोध की पूरी संभावना थी।

–बुजुर्गो, मैं आप सब में छोटा हूं। किन्तु आपने मुझे प्रधान बनाया है इस नाते कहता हूं कि चाहे ठाकुर का बच्चा हो या मेरा, गलत काम गलत है। इसका सामाजिक विरोध होना ही चाहिए...।

–वही दिखाने तो जमा हुए हैं गुलजार, चौधरी ने झुंझलाए स्वर में कहा–वही बात तो कर रहे हैं। और क्या चाहवे है तू...?

–ताऊ, मैं कुछ न चाहूं। फिर मेरे चाहने से क्या होता है। मेरा मतलब यह था कि लड़के ने तो गलत काम किया है, परिवार को भी इसका अहसास होना चाहिए। जब बच्चे की उपलब्धियों से हमारा सीना फूलता है और हम चार जगह उसका बखान करते हैं तो बालक के काले कारनामे का भी दोष परिवार को लेना होगा...।

–प्रधान ठीक ही तो कहे...। सुखदेव ने तत्काल समर्थन किया।

–तो बोल, क्या करना है हमें...? चौधरी ने गुलजार की ओर देखकर पूछा।

गुलजार ने एकाएक कुछ उत्तर नहीं दिया। वह सतर्क था। उसे लगा कि उसने अपना काम पूरा कर दिया है।

–ताऊ...। उसने सोचकर उत्तर दिया–मुझे गलत मत समझना। मनोज पूरे गांव का बच्चा है। पर उसे इस बेजा हरकत का परिणाम भुगतना चाहिये। अच्छा तो यही है कि वह गांव से दूर रहे वरना उसका सामाजिक बहिष्कार किया जाना चाहिए।

–भाई, मैं समझा नहीं...। मास्टर टीकाराम ने कहा।

–मास्साब, मेरे कहने का मतलब यही है कि उसे अपनी गलती का अहसास कराया जाना चाहिए। क्यों भइया, सुखवीर...?

नीचा मुंह किए बैठा सुखवीर चौंक गया। वह इस विमर्श में निष्क्रिय भूमिका अपनाना चाहता था जिससे अंदर जमी खिन्नता का अहसास और लोगों को न हो।

–मैं क्या बोलूं...? जो सब ठीक समझो, करो। धीरे से कहकर उसने पल्ला छुड़ा लिया।

–फिर भी तेरी कोई तो राय होगी? मास्टर टीकाराम ने पूछा।

—मेरी कोई राय नहीं। आप सब जानो, हरपाल मेरा अच्छा दोस्त है। सुखवीर ने कहा।

—यो तो राच है। गे भला क्या कहेगा...। निरंकार चौधरी बोले—पर भइया सुखवीर, कम से कम हरपाल को यहां की बात का हवाला तो दे दीजो। उसे पता तो चल जाये कि हम लोग इस घटना पर कितना चिंतित हैं।

—सो कह दूंगा...।

—हां, ऐसे नालायक बच्चे पर प्यार जताने की जरूरत नहीं। चौधरी ने उत्तेजित होकर कहा—ससुरे ने बिना पूछे पाछे जब सब कर लिया तो करे जो करना है। और सबसे बड़ी बात यह कि गांव में आकर यहां का माहौल न खराब करे। कल उसे नाचते फांदते देखा था, अब बहू बनकर भी वो यही हरकत करेगी तो हमारे बालकों पर उसका कितना खराब असर होगा। इसलिए उसे तो गांव से दूर ही रखें। बाकी जो उसे करना है करे, हमें कोई लेना-देना नहीं। क्यों मास्टर...।

—चौधरी साहब ने एकदम खरी बात कही है। मास्टर टीकाराम ने कहा—हमें तो गांव से मतलब है।

—बस सुखवीर, इत्ती बात हरपाल को जरूर बतला दीजो...।

सुखवीर खामोश रहा।

गुलजार अन्दर तक प्रसन्न था।

प्रसन्नता के कुछ अणु सुखवीर के अन्दर भी कुलबुला रहे थे।

11

विद्यालय से लौटने पर पत्र देखकर वह उछल पड़ा। आशा की हस्तलिपि को वह भला कैसे भूल सकता था। पूरे तीन वर्ष तक आशा को उसने लिखते देखा था। न जाने कितनी बार लिख-लिख कर संवाद हुआ था...। उन शब्दों का आस्वाद आज भी उसके जहन में ताजा था।

आशा का यह पहला पत्र था। आह्लाद व उत्तेजना की लहर सी उसके अंदर तरंगित हो चली। कुछ पल वह टक लगाये अपने नाम को देखता रहा–'श्री रमेश प्रसाद'...। कैसा लगा होगा आशा को यह लिखना...। जीवन में पहली बार...। उत्तर देने पर वह किस प्रकार सम्बोधित करेगा–'कु. आशा कुमारी...।' सोचकर एक झुरझुरी सी उसके अंदर उतर आई और धीरे से मुस्करा दिया वह।

संबंधों की आत्मीयता में कभी ये नाम कितने बाधक हैं...। आदमी को अजनबी बना कर छोड़ देते हैं...। आशा–रमेश... जैसे एक लय सी बज रही हो, संगीत में सुर बंध गये हों...।

उत्साह व उल्लास से सराबोर था वह...। आशा सशरीर सामने खड़ी हो गई थी। उस भोर में हुई वह मुलाकात, बांहों में बंधी आशा, सुलगते अधरों पर बदहवास से चूमते होंठ और फिर छिटक कर पीछे मुड़-मुड़ कर देखते, मुस्कराती दौड़ती चली जाती आशा...।

उसे लगा वह कांप रहा है। वह चारपाई पर बैठ गया और फड़कते दिल से पत्र खोला–

'मेरे अपने रमेश,

इधर काफी समय से तुम मिलने नहीं आये। बीच में पता चला था कि एक रविवार को तुम आये थे। लेकिन मुझसे बिना मिले लौट गये...। क्यों, मेरी याद नहीं आती?

यह पत्र मिलते ही तुरन्त आना। अब कुछ करने का समय आ गया है। मेरे लिए एक लड़का तलाश किया गया है। अगले मंगलवार को मंदिर पर मुझे देखने आ रहे है। पिताजी और बाबा से बात करनी जरूरी है, वरना बहुत देरी हो जायेगी।

तुम्हारे इंतजार में,
केवल तुम्हारी
आशा'

उत्तेजना के उबाल पर जैसे ठंडे पानी के छींटे पड़ गये। एक तीक्ष्ण कसक उसे अंदर तक चीरती चली गई। अजब सी तिलमिलाहट ने उसे बुरी तरह जकड़ लिया...। आशा के अनेक संकेतों के बावजूद वह इसके लिए कहां तैयार था...। कभी अपनी नाचाहना से हम कैसे पलायन करते रहते हैं। आशा ही नहीं, मनोज तक ने यह प्रश्न किया था...। फिर भी इस अप्रत्याशित आघात के लिए वह अपने आप को कतई तैयार नहीं कर सका था। पिताजी, ननकू चाचा, बंसी सभी के चेहरे उसकी नजरों में घूम गये। एक कंपकंपी सी उसके बदन में दौड़ गई। एक गंभीर चुनौती उसे अपने सामने खड़ी दिखलाई दी। हृदय की धड़कनें तेज हो गईं और पूरा बदन पसीजने लगा...।

गांव जाने की अनुमति लेने सीधे वह मालिक के पास गया। विचित्रसेन रमेश से अत्यन्त प्रभावित था। पिछले छः, सात महीनों में उसने एक शब्द भी कहने का अवसर नहीं दिया था जबकि फैक्ट्री के अन्य कर्मी कभी लापरवाही तो कभी अनुशासनहीनता, कभी अनुपस्थिति, तो कभी कामचोरी से बाज नहीं आते। इन लोगों ने रमेश को भी अपने प्रभाव में लेने की भरसक चेष्टा की किन्तु बहुत जल्दी ही वे अपनी हार मान गये। फिर रमेश को यह अंशकालिक कार्यकर्ता ही मानते थे। यह बात अलग थी कि उसके दो, तीन घंटे के कार्य का उत्पादन पूर्णकालिक कर्मी की तुलना में लगभग बराबर था।

अपने अध्ययन व कार्य दोनों के प्रति रमेश सदैव गंभीर रहता, कम बोलता-चालता। चेहरे पर आत्मविश्वास व आंखों में दृढ़ निश्चय की अचूक चमक दिखलाई देती थी। किन्तु आज उसका चेहरा बुझा-बुझा था। उसकी तेज चमकती आंखें आज निस्तेज व सफेद थीं। विवर्ण चेहरे की सपाट मुद्रा और पूरे बदन में छाई मुर्दानगी विचित्रसेन से छिप न सकी।

—कुछ परेशान लगता है रमेश। सब कुशल तो है? सामने पड़ते ही विचित्र सेन ने उससे पूछा।

—जी...। कुछ कहते-कहते वह रुक गया—मुझे गांव जाना है।

—तो चले जाओ। पर बात क्या है? रमेश के दबे स्वर को वह ताड़ गया।

—कोई विशेष बात नहीं...। उसने अनमने मन से उत्तर दिया।

—लेकिन कुछ तो जरूर है। चेहरा उतरा हुआ है। बताओ क्या बात है? छोटे भाई की तरह हो। जो भी बात है, खुलकर कहो। हो सकता है कुछ मदद कर सकूं...।

विचित्रसेन के शब्दों का उस पर गहराई से असर हुआ। गहरे व तेज भंवर में फंसे असहाय व्यक्ति को सहायता का कोई प्रस्ताव कितना सुख व संबल प्रदान

कर सकता है। बियाबान में भटके व्यक्ति को ज्योति की नन्हीं किरण भी अंदर तक आभा व आलोक से भर जाती है।

एकाएक मन हुआ कि मालिक को सब कुछ बतला दे। वह जानता था कि वह एक अच्छे व नेक इंसान हैं। किन्तु माता-पिता की मर्जी के विरुद्ध लड़की से विवाह के कथित समाज विरोधी आचरण पर उसकी क्या प्रतिक्रिया होगी, रमेश आश्वस्त नहीं था। उसका नकारात्मक रवैया रमेश की सारी योजना पर पानी फेर सकता था। आशा के साथ अपनी नौकरी भी खो सकता था और उसका अध्ययन अवरुद्ध होने की भी प्रबल संभावना थी।

एकाएक मनोज का चेहरा उसके जहन में कौंध गया। उसने मदद का आश्वासन दिया था...। काश इस समय मनोज होता...? काफी देर गुमसुम सा खड़ा रहा वह।

–बताओ, क्या बात है? निश्चिंत होकर कहो। तुम्हें मदद ही करूंगा, तुम्हें सही राय भी दूंगा, कहो तो...। विचित्रसेन ने उसके कंधे पर हाथ रखकर कहा।

शब्द होठों पर आकर वापस लौट रहे थे। गहरे असमंजस से जकड़ा हुआ था रमेश। वह जानता था कि विचित्रसेन के अंदर उसकी छवि एक गंभीर, परिश्रमी व अध्ययनशील नवयुवक की थी। आशा का प्रकरण जानकर उसे आघात नहीं लगेगा क्या...? क्या धारणा बनाएगा वह?

–अच्छा, गांव क्यों जाना चाहते हो? विचित्रसेन ने बात घुमाई।

–जरूरी काम है...।

–मुझे नहीं बता सकते...?

रमेश ने अपना सिर नीचे झुका लिया।

–बोलो। कोई पारिवारिक बात है तो नहीं पूछूंगा। कब जाओगे?

–आज शाम को...।

–ठीक है। सोमवार को कालिज के लिए तो आओगे न...?

–जी..., जी शायद...। वह हकलाने लगा।

–शायद क्यों...? अचकचा कर पूछा विचित्रसेन ने।

वह चुप्पी थामे रहा...। अपने व्यवहार पर उसे खुद झुंझलाहट होने लगी थी।

–अरे भाई, इतने दिनों से यहां हो फिर भी हम पर यकीन नहीं करते। कहा न छोटे भाई की तरह हो। तुम्हारी मदद करने के लिए ही पूछ रहा हूं। वरना यहां इत्ते आदमी हैं, किसी के घर मरने जीने की मुझे क्या खबर रहती है। और तुम...। विचित्रसेन झल्लाने लगा था।

एकाएक जेब में रखे पत्र को उसने विचित्रसेन को थमा दिया।

विचित्रसेन ने उसे दो बार पढ़ा और उसके चेहरे पर मुस्कान की हल्की

छटा उभर आई।

—यह क्या चक्कर है? कुछ प्यार व्यार का मामला है। चहक भरे स्वर में पूछा उसने।

रमेश झेंप गया। अपना चेहरा नीचे झुका लिया उसने।

—बोल भाई, यह सब क्या है?

और तब रमेश ने उसे आशा के बारे में सब कुछ बतला दिया।

विचित्रसेन ने पूरी तल्लीनता से इस प्रेम प्रसंग को सुना। रमेश के इस नए रूप का उद्घाटन उसके लिए सुखद आश्चर्य था, लगभग अविश्वसनीय सा...। संभवतः कोई और इस बारे में बतलाता तो वह कभी विश्वास ही नहीं कर पाता।

मन ही मन मुस्करा दिया वह।

अन्दर भीषण उथल पुथल मची हुई थी। घनघोर बेचैनी उस पर बुरी तरह हावी थी। वह जानता था कि उसके प्रेम का रहस्योद्घाटन दो परिवारों को ही नहीं, पूरे दलित समाज को उद्वेलित कर सकता था। एक नए तरह की उत्तेजना व आक्रोश को जन्म दे सकता था। अपने पिता व ननकू चाचा का समर्थन जरूरी लगा उसे। ननकू चाचा के स्नेह के प्रति वह न जाने क्यों आश्वस्त महसूस करता। किन्तु पिता जी की अस्वीकृति को लेकर उसे कोई भ्रम नहीं था। वह अच्छी तरह समझता था कि पिताजी इसके लिए कभी राजी नहीं होंगे...। रमेश की अद्वितीय सफलता ने उन्हें स्वर्णिम भविष्य के एक नए लोक में खड़ा कर दिया था। उनके सपनों का संसार अत्यन्त विस्तीर्ण हो चला था।

अपनी छटपटाहट अधिक समय तक नहीं दबा सका वह। दोपहर में कामकाज से निवृत्त होकर जब रामदेई उसके पास आई तो पहले ननकू चाचा और आशा के बारे में वह बात करता रहा और फिर आशा के विवाह का सन्दर्भ छेड़ दिया।

—सुना है, कोई देखने आ रहा है। अच्छा लड़का बताते हैं। रामदेई ने निरासक्त भाव से कहा।

—पर उसकी शादी की इतनी जल्दी क्या है...?

—जल्दी...। रामदेई ने चौंक कर उसकी ओर देखा—इसमें जल्दी कहां है? अट्ठारह की हो गई है। वो तो पढ़ी लिखी है, इसलिए कोई मुंह नहीं खोलता वरना खानदान में किस लड़की का ब्याह इतनी देरी से हुआ।

पहला वार खाली गया। पराजय जैसा कुछ अहसास उसे अंदर ही अंदर हुआ। संदर्भ का नया सूत्र तलाशते हुए उसने पूछा—पहले बंसी की शादी क्यों नहीं करते चाचा...?

—उसकी भी बात चल रही है। शायद कोई लड़की देख ली है। रामदेई ने

धीरे से कहा और फिर अचरज से पूछा—पर आज तुझे सबकी शादी की चिंता क्यों है?

चोर जैसे पकड़ा गया हो। उसने आंखें झुका लीं। चेहरे पर आई शर्म को मुस्कान से ढांपने का असफल प्रयास करता रहा वह।

—कहीं तू तो ब्याह नहीं करना चाहता? कहकर रामदेई हंस दी।

—हां, अम्मा...। अचानक उसके मुंह से निकला।

—क्या...? विस्फारित नेत्रों से रामदेई ने उसे देखा—क्या कहा...? ब्याह... तू तो बड़े शौक से पढ़ने गया था। फिर अचानक यह ब्याह...?

—पढ़ाई छोड़ने की बात कहां कर रहा हूं। हौले से कहा उसने।

—मगर फिर ब्याह...? रामदेई सकते में थी।

रमेश ने एक लम्बी सांस ली। अंदर की धुकधुकी बढ़ रही थी और उसके साथ ही तनाव भी...। अम्मा से ही इस प्रकरण की शुरुआत करना ठीक ही तो था। हालांकि एक निपट ग्रामीण, रूढ़ीवादी, पुरातन संस्कारों में रची बसी अम्मा के लिए यह विस्फोट से कम क्या होगा...। उसने अपना आत्मविश्वास बटोरा... ननकू चाचा, पिताजी और अम्मा में वह अम्मा पर ही जोर भी डाल सकता था। पिताजी को भी राजी करने में उनकी अहम भूमिका हो सकती थी...।

किन्तु अपनी बेटी तुल्य मानती आई आशा को घर की बहू बनाने का प्रस्ताव क्रांतिकारी तो था ही—रमेश इसे बखूबी समझता था।

वह सोच में डूब गया। उसके चेहरे पर चिंता की झांई सी उतर आई।

—क्यों, चुप क्यों है...? अम्मा ने परेशान होकर पूछा।

—अम्मा, मुझे एक बात कहनी है। वह रामदेई के समीप खिसक आया।

—क्या, बोल...? चिंतित स्वर में पूछा उसने।

—अम्मा, मैं आशा से ब्याह करना चाहता हूं...। वह तेजी से कह गया।

—क्या? क्या कह रहा है तू...? विस्मय से रामदेई की आंखें फट गईं—तेरा दिमाग तो ठीक है न। ब्याह और आशा से...।

—हां अम्मा, इसीलिए मैं आज आया हूं। अंदर का सारा उबाल मानो एक वाक्य में चुक गया था। संयत स्वर में बोला वह—पता चला कि चाचा उसका कहीं और ब्याह करना चाहते हैं। अम्मा, आशा अच्छी लड़की है। बचपन से हम एक दूसरे को जानते हैं। इसलिए मैं उससे शादी करना चाहता हूं...।

—पगला गया है तू...। रामदेई दंग थी, परेशान होकर बोली—आशा घर की लड़की है। यह विचार भी तुझे कैसे आ गया?

—घर की लड़की से क्या मतलब?

—मतलब तेरी भतीजी लगे है।

—बेवजह की रिश्तेदारी है यह...। ऐसी रिश्तेदारी तो गांव में हर परिवार

से होती है। कौन सगी भतीजी है? होगा कोई पांच पीढ़ी पुराना सम्बन्ध...। ऐसे तो पीछे जाओगी तो सब आपस में रिश्तेदार निकलेंगे...।

—बेटा, ऐसा मत कह...। सगी से ज्यादा है वो। रामदेई ने समझाने की मुद्रा में कहा।

—अम्मा, बिना बात की रिश्तेदारी मत निकाल। तू यह बता कि हमारी शादी में क्या कठिनाई है।

रामदेई कुछ पल के लिए रुकी। विस्फारित नेत्रों से अपने बेटे को देखती रही। सचमुच अविश्वसनीय था यह, अकल्पनीय...।

—बेटा, वह समझाने लगी—यह ठीक नहीं है। गांव, समाज में इस तरह ब्याह नहीं होते।

—लेकिन लोगों को क्या आपत्ति हो सकती है?

—एक खानदान है हमारा...। आपस में ब्याह कैसे हो सके? लोग क्या कहेंगे...।

एकाएक उसे लगा कि अम्मा से अधिक तर्क उचित नहीं था। आरम्भ के लिए इतना पर्याप्त था। कुछ पल शांत रहकर वह बोला—अम्मा, मैं उस से शादी करना चाहता हूं।

—क्या आशा भी...?

—हां, अम्मा तुझसे सच-सच कहूंगा। आशा भी...।

रामदेई के आश्चर्य की सीमा नहीं रही। अवाक् वह अपने बेटे के चेहरे को देखती रही। मस्तिष्क के दूसरे पटल पर आशा का चेहरा भी बार-बार कौंध रहा था।

—क्या भइया को कुछ पता है?

—न अम्मा। चाचा को कुछ पता नहीं। सबसे पहले तुझे ही बतलाया है। अम्मा, मेरी प्यारी अम्मा, मेरा यह काम करा दो। पिताजी को समझा दो। तब चाचा भी शायद मान जायें। वह याचना के स्वर में बोला।

—बेटा, पिताजी कभी नहीं मानने वाले। वो कोई ऐसा काम नहीं करेंगे जिससे पूरी बिरादरी में थू-थू हो। लोग क्या कहेंगे कि घर की लड़की जिसके साथ तू पढ़ा-लिखा, खेला-कूदा है उसी से ब्याह कर लिया...।

—पर अम्मा, इसमें क्या बुराई है...? रमेश ने झुंझलाकर कहा—हम कोई गलत काम नहीं कर रहे।

—गलत है बेटा...। बिरादरी में ऐसी शादियां नहीं होतीं। सगी न भी सही, खानदानी लड़की तो है वो। तेरा उससे ब्याह कैसे हो सके...?

—क्यों अम्मा...? एकाएक उत्तेजित स्वर में बोला वह, फिर अपने को सम्हालते हुए कहा—अच्छा अम्मा, एक बात बता...। तुझे आशा पसंद है...?

—वो तो हीरा है बेटा। बिरादरी में ऐसी लड़की कहां...?

–तू उसे अपनी बहू नहीं बनाना चाहती...।

पता नहीं क्या सोचकर वह मुस्करा दी। बेटे के विवाह की कल्पना सुखकारी तो थी ही। आज जैसी करुणा व याचना उसने अपने बेटे के चेहरे पर कभी नहीं देखी थी।

उधर विजय के अहसास से रमेश का चेहरा चहक उठा। सुबह से बुझी आंखें चमकने लगीं। उसने जोर से रामदेई का हाथ दबाया।

रमेश को इतना प्रसन्न उसने पहले कभी नहीं देखा था–न तब जब विद्यालय में उसके सर्वाधिक अंक आये थे, न ही तब जब विद्यालय में उसका सम्मान कर उसे पुरस्कृत किया गया था अथवा न जब अध्ययन के लिए शहर भेजने का निर्णय हुआ...।

ममता व वात्सल्य से अभिभूत हो उठी वह...।

रमेश के आगमन का समाचार आशा को मिल चुका था। सुनते ही उसके बदन में एक फुरफुरी सी दौड़ गई जिसमें कुछ रोमांच भी था और आशंका भी...। पिताजी के सामने आने से उसका अन्तर्तम खदबदा उठता। नजरें बार-बार दरवाजे पर जम जातीं और वहां खड़ा रमेश उसमें उत्तेजना व बौखलाहट पैदा कर जाता।

वह जानती थी कि उसके विवाह के लिए ननकू चिंतित है। घर में आते जाते सब लोग उसे बेटी की शादी की याद दिलाना नहीं भूलते। जवान बेटी जैसे सार्वजनिक चिंता बन जाती है। जो आता चलते-चलते कह देता–ननकू सब काम छोड़ के आशा के हाथ पीले कर...।

पिछले कुछ माह से वह इस दिशा में पूरी तरह प्रयत्नशील था। कहीं खुद जाता तो कहीं बंसी को भेजता। अन्ततः पड़ोस के गांव का एक लड़का जंच गया। वह पुलिस विभाग में आरक्षी पद पर तैनात था।

सरकारी नौकरी, वो भी पुलिस के रोब-दाब वाली...। इस संबंध को लेकर ननकू काफी उत्साहित था। विवाह की तैयारियां पहले से ही चल रही थीं इसलिए मंगलवार को लड़की दिखाकर सहमति प्राप्त होते ही गर्मियों तक विवाह करने की योजना थी उसकी।

अभी बंसी का विवाह तय नहीं था लेकिन उसके लिए भी एक-दो अच्छे प्रस्ताव आ चुके थे और ननकू को विश्वास था कि आशा का विवाह तय होते-होते वह बंसी के लिए भी लड़की पसंद कर लेगा।

ज्यों ही आशा को मंगलवार के कार्यक्रम की जानकारी हुई वह परेशान हो चली। इधर रमेश से मिले काफी समय बीत चला था और उसे इस सब की कोई जानकारी भी नहीं थी। रमेश को तत्काल सूचित करना जरूरी था। पत्र लिखने के

अतिरिक्त और कोई चारा ही नहीं था।

रमेश की प्रतीक्षा करते-करते वह बुरी तरह थक गई। द्वार पर टकटकी लगाए नेत्र पथरा गये। सांझ ढलने को आई थी जब रमेश घर में घुसा। बड़ा चौकन्ना व अजनबियत लिए...।

ननकू बरामदे में बैठा चाय पी रहा था। रमेश को देखते ही आह्लादित हो उठा—अररे रमेश, कब आया भइया? आज तो कई महीने बाद देखा है तुझे।

रमेश ने पैर छुए और सामने चारपाई पर बैठ गया। ननकू के प्रश्न का कोई उत्तर उसने नहीं दिया। दिमाग में सहज व आत्मीय संवादों के लिए फिलहाल स्थान ही कहां था। वह तो जीवन के अहम् फैसले से मुठभेड़ में व्यस्त था।

मां से बात करके उसे बड़ा संतोष था। मां ने सहमति नहीं दी थी किन्तु उसकी आंखों से झलकते ममता व स्नेह को वह अच्छी तरह समझ सकता था।

पहले ननकू से ही बात करने का निर्णय लिया उसने। वैसे भी मां पिताजी को अवश्य बतलाएगी, इसलिए उनसे स्वयं बात करना फिलहाल इतना जरूरी नहीं था।

बड़े साहस व आत्मबल के साथ वह आशा के घर के लिए चला था। किन्तु वहां पहुंचते-पहुंचते उसके हृदय की धड़कनें तेज हो गईं और बदन कांपने लगा।

आशा के मौजूद रहते हुए भी आज रमेश के अंदर आशा लगभग नदारद थी। उसने आशा को देखने की कोई कोशिश भी नहीं की। पहली बार उसके मन में आया कि इस समय आशा कहीं और चली जाये जिससे वार्ता के दौरान उत्पन्न किसी अप्रिय स्थिति की जानकारी उसे न हो।

—और बता, कैसी पढ़ाई-लिखाई चल रही है? ननकू ने पूछा।

—ठीक है चाचा।

—इधर बहुत कम आता है?

—बस यों ही। समय भी नहीं मिलता...।

—काम कैसा चल रहा है?

—वो भी ठीक है।

—क्या बात है कुछ सुस्त लगे...? उसकी उद्विग्न मनःस्थिति ननकू से छिप न सकी।

—नहीं चाचा...। उसका स्वर भारी था।

—भइया, कोई बात तो जरूर है...।

रमेश शांत रहा। उसकी नजरें नीचे धरती पर जमीं थीं। बेचैनी पैरों की उंगुलियों तक देखी जा सकती थी। दिल बुरी तरह धड़क रहा था। आशा का हाथ ननकू से मांगने के लिए मन ही मन न जाने कितने शब्दों का संयोजन किया था उसने। दिन भर अभ्यास भी करता रहा था पर इस समय मस्तिष्क शून्य था। एक

तीक्ष्ण व्याकुलता उसे जकड़े हुए थी।

उसकी चुप्पी ननकू के लिए रहस्यमयी बन गई। वह उसके पास चला आया। पीठ पर हाथ रखा और कहा–क्या बात है? कुछ परेशानी है?

–चाचा...। शब्द गले में अटकने लगे। ऐसा लगा मानो पूरा गांव सामने खड़ा है जिसके सम्मुख उसे अपना जुर्म स्वीकारना है। माथे पर पसीने की बूंदें उग आईं। होठों पर अजब सा तकलीफदेह दबाव महसूस किया उसने...।

–हां बोल...।

–चाचा...। उसका गला भरनि लगा, आंखों ने भरे बादलों का रूप ले लिया–मुझे कुछ कहना है।

–तो बोल न...। हतप्रभ ननकू ने तनिक झल्लाए स्वर में पूछा।

–चाचा, गलती की क्षमा मांगता हूं।

–अररे कैसी गलती...? अब ननकू सचमुच परेशान था–बता तो...?

–चाचा, आप आशा की शादी जल्दी करना चाहते हैं।

–हां, क्यूं...?

–चाचा...।

–ओफ्फो रमेश...। ननकू ने झुंझलाकर कहा–साफ-साफ क्यों नहीं बोलता? बात क्या है...?

रमेश ने एक लम्बी सांस ली। सूखे मुंह में जमा थूक को अन्दर गटका और पहली बार ननकू के चेहरे पर नजर डाली जिसमें न जाने कितनी दया, कितनी करुणा व बेचारगी भरी थी। ननकू उसकी इस दृष्टि से अचकचा उठा...।

–तूने तो मुझे और परेशान कर डाला। तू आशा के ब्याह के बारे में क्यों पूछे है?

–चाचा...। रमेश ने अब अपने को तैयार कर लिया–चाचा, मैं आशा से ब्याह करना चाहता हूं।

–क्या, क्या कहा तूने...? ननकू के पूरे शरीर को झटका सा लगा–मैंने सही सुना है न...।

–जी चाचा...। उसका मनोबल बढ़ रहा था, स्वर में दृढ़ता आ गई। कुछ पल रुककर वह बोला–चाचा, हमें आपका आशीर्वाद चाहिए...।

–हमें...। क्या आशा भी...? ननकू आघात से उबर नहीं पाया था।

–जी चाचा, हम दोनों विवाह करना चाहते हैं। रमेश को लगा मानो काले बादलों का रेला ऊपर से गुजर गया है। आसमान स्वच्छ व नीला निकल आया है। एकाएक उसका पूरा अन्तर्तम सहज व सामान्य हो चला।

–क्या कह रहा है...? कुछ सोच समझकर बोल...। ये ख्याल भी तेरे अंदर कैसे आया...। जानता है कि क्या बोले है? ननकू चीखने लगा।

—चाचा, आपका बच्चा हूं। आपने मुझे बड़ा प्यार दिया है। आपके पैर पकड़ता हूं पर यह सच है। मैं आशा से ब्याह करना चाहता हूं।

—पर यह कैसे हो सके...? यह नामुमकिन है।

—क्यों चाचा?

—दोनों खानदानी हो...। रिश्ते में तेरी भतीजी लगे आशा...।

—चाचा, ऐसे रिश्ते तो गांव में सबसे हैं...।

—पागल मत बन...। डपटते स्वर में कहा उसने।

—चाचा, आपके पैर पकड़ता हूं...। रमेश ने झुक कर सचमुच पैर पकड़ लिए—बड़ी आस और विश्वास के साथ आपसे कहा है।

—कहा न, यह न हो सके...। समाज में ऐसे ब्याह नहीं होवें।

—पर चाचा, उसमें भला कौन सी आपत्ति है। हमारा ऐसा कौन सगा संबंध है। तीन, चार पीढ़ियों पुराना...। एक गांव में न रहते तो एक दूसरे को जानते तक नहीं।

—बेटा, समझदारी की बात कर...। यह मुमकिन नहीं है। लोग क्या कहेंगे...?

—चाचा, अब रमेश का मनोबल ऊंचा था—मुझे लोगों की चिंता नहीं है। मुझे तो बस आपका आशीर्वाद चाहिए...।

—तू भले चिंता न कर। तुझे क्या, पढ़ लिखकर बाहर चला जायेगा। पर हमें तो यहीं मरना है। कंधा लगाने वाले चार आदमी भी न मिलेंगे। समाज की चिंता करनी पड़ती है। रीति रिवाज निभाने पड़ते हैं।

रमेश तनिक भी निराश नहीं था। उल्टे अंदर ही अंदर बड़ा संतुष्ट व उत्साहित था। ननकू ने उसके प्रस्ताव पर ऐसी कोई प्रतिक्रिया व्यक्त नहीं की थी जिसमें अंधकार व निराशा हो। सबसे सुखद बात यह थी कि ननकू ने केवल समाज की आपत्ति का सहारा लिया था।

उसका हृदय उछलने लगा। चेहरे पर आत्मविश्वास दिपदिप करने लगा।

—चाचा, हम बचपन से एक दूसरे को जानते हैं, पसंद करते हैं और यदि विवाह स्त्री पुरुष के सुखी जीवन का आवश्यक बंधन है तो हमारे विवाह में किसी को क्या आपत्ति हो सकती है।

ननकू हतप्रभ था। कल का बालक आज कितनी गंभीर व परिपक्व बातें कर रहा था। बच्चों का विकास अपनों से कैसे छिपा रहता है और इस तरह की घटना ही एक विस्फोट की भांति ही उसका रहस्योद्घाटन करती है।

ननकू शांत था, अंदर ही अंदर बुरी तरह उलझा हुआ।

—चाचा, समाज तो अपनी तरह चलता है और मनुष्य अपनी तरह...। समाज पुरानी परम्पराओं, रीति रिवाज को उस समय तक ढोता है जब तक कोई उसे तोड़ने का जोखिम नहीं उठाता। और एक बार टूटने पर फिर स्थितियां बदलने लगती

हैं। क्या वजह है कि एक धरती पर पैदा होकर, एक ही समाज, वातावरण को देखकर भी कोई अंग पिछड़ा हुआ है तो कोई पूरी तरह विकसित। आरम्भ में हर नई बात का विरोध करना भी समाज की परम्परा का अंग है किन्तु शीघ्र स्वीकृति व सहमति भी उतनी ही अपरिहार्य है।

रमेश रुका तो ननकू ने लम्बी सांस ली। रमेश के एक नये रूप का उद्घाटन हो रहा था। एक अध्ययनशील, परिश्रमी बालक ही नहीं, एक चिन्तनशील सजग नवयुवक...। वह उसकी विद्वता पर मोहित हो चला।

—चाचा, अधिक बोलने की धृष्टता कर रहा हूं, क्षमा चाहता हूं। आपके स्नेह ने ही मेरा मनोबल बढ़ाया है। पर चाचा, आज हर कोई व्यक्तिवादी है। अपना व परिवार का हित सर्वोपरि है। हालांकि मैं पूरी तरह इस मत का नहीं हूं। लेकिन आप बताओ, ठाकुर का लड़का एक लड़की को लेकर खुलेआम घूमता रहा तो कोई हल्ला नहीं और कक्षा आठ के दो बच्चे, लोगों के अनुसार खानदानी जो रोज साथ उठते-बैठते थे, बाग में आम तोड़ने चले गये तो मानो आसमान फट गया...।

—पर इस घटना में समाज ने तो पूरा साथ दिया।

—दिया, पर उसके कारण कुछ और भी थे। शायद समाज की अस्मिता व सम्मान का प्रश्न उठ खड़ा हुआ था...। फिर प्रधान का हाथ हमारे ऊपर था इसलिए सब एकजुट रहे। किसी ने मुंह नहीं खोला। पर पीठ पीछे कहने वाले कम नहीं थे।

—मैंने तो किसी से न सुना...।

—आपने न सुना हो चाचा, पर डर तो आप भी गये थे। तभी तो आशा की पढ़ाई रुकवाई...।

—यह तो बेवजह की बात कर रहा है तू...। क्रोध से ननकू की आवाज तेज हो गई—आशा से तूने बात नहीं की थी? वह कहां पढ़ना चाहती थी?

रमेश सतर्क हुआ। आवेश में उसने गलत मुद्दा छेड़ दिया था। ननकू के चेहरे की मुखमुद्रा ही बदल गई थी। उसका चेहरा तमतमा उठा। मन ही मन रमेश अपनी मूर्खता पर पछताने लगा। चाचा के विरुद्ध आक्षेप लगाने का यह कोई अवसर था भला?

—चाचा, क्षमा करें। मैं कहना कुछ और चाहता था, गलत बात मुंह से निकल गई। उसने बात सम्हाली—मैं तो ठाकुर के लड़के का उदाहरण देकर यह कहना चाहता था कि समाज केवल कमजोर लोगों को ही दबाता है। आपको पता है उसने विवाह भी कर लिया है। सुना है ठाकुर परिवार से कोई भी उसमें सम्मिलित नहीं हुआ...।

—यो तो मैंने भी सुना है। सुना है कि उसी छोरी से ब्याह किए है।

—हां चाचा, दूसरी जाति की, दूसरे समाज, क्षेत्र की, पर ठीक तो है। इसमें

क्या आपत्ति की बात है?

–सभी जगे तो थू थू हो रही है।

–चाचा, कब तक होगी। आप देखना। थू थू इसलिए हो रही है क्योंकि सब जानते हैं कि ठाकुर ने अभी इसे स्वीकृति नहीं दी है। जिस दिन ठाकुर ने उन्हें स्वीकार कर लिया, सबकी जबान पर ताला लग जायेगा...। ये लोग बढ़-चढ़कर उनका स्वागत करेंगे...। और बहुत जल्दी...।

–मुझे तो नहीं लगे। हर कोई तो बुरा कहे...।

–चाचा, मेरी बात याद रखना। जो कहा है एक दिन सच होगा।

–पर बेटा, हमारा उनसे क्या मुकाबला...। वो बड़े लोग हैं, जो करें सो ठीक है...।

–चाचा, बस बुजुर्गों की यही बात मुझे ठीक नहीं लगती। आप लोगों ने पूरा जीवन इन लोगों की बन्दगी करके गुजार दिया। उन्हें देवता से भी ऊंचा स्थान दिया और बदले में...। खैर चाचा, यह अंतहीन बहस है। आपकी व हमारी पीढ़ी इसमें कभी एक राय नहीं हो सकती।

कहकर रमेश धीरे से मुस्कराया। किन्तु उसे लगा कि वार्ता का मुख्य मुद्दा तो कहीं पिछड़ गया है। अकारण बहस और विवाद में उसने अपनी बात को न जाने कहां छोड़ दिया। अब फिर नए सिरे से आरम्भ करना होगा।

उसे अपनी मूर्खता पर कष्ट हुआ। तभी पहली बार उसे आशा की याद आई। उसे हैरानी हुई कि इतनी देर बाद भी आशा न सामने आई और न ही कहीं दिखलाई पड़ी थी। उसने एक बार नजर घुमाई। सविता अवश्य बरामदे में घूम रही थी। दरअसल आशा ने आज उसे बुलवा लिया था जिससे पानी अथवा चाय लेकर उसे रमेश व ननकू के सामने न जाना पड़े।

–चाचा, रमेश ने बात फिर छेड़ी–हमें आपका आशीर्वाद चाहिए...।

–अरे, तू फिर उसी बात पर आ गया। मैंने कहा न कि यह मुमकिन नहीं।

–चाचा, सब संभव है। मुझे तो केवल इतना बताएं कि आपको क्या आपत्ति है।

–मुझे...। समाज, दीन दुनिया से आंखें तो नहीं बंद कर सकता...। ननकू ने कहा।

–चाचा, इसके लिए मैं समाज के सभी बुजुर्गों के पैर पकड़ने को तैयार हूं। आपका हाथ सिर पर हो तो सरना चाचा, प्रमुखजी जिससे आप कहेंगे मिल लूंगा। मुझे विश्वास है वे मान भी जायेंगे।

–कभी न माने...। और रमेसर चाचा...?

रमेश ने गहरी सांस ली। पिताजी के नाम से एक सिहरन-सी उसके अंदर हुई। उसने अचकचाई नजरों से ननकू को देखा और कहा–चाचा, अभी पिताजी

से बात नहीं की है। हां, अम्मा को जरूर बतलाया है।

–क्या कहा चाची ने...? विस्मय व उत्सुकता से पूछा उसने।

–बस जो आप कहें।

–भइया से बात क्यों न की?

–वो काम अम्मा करेंगी। पहले आपका आशीर्वाद लेना जरूरी था।

–भइया मान जायेंगे...?

–चाचा, कह नहीं सकता। लेकिन आप चाहेंगे तो अवश्य मानेंगे...।

ननकू ने लम्बी सांस ली और गहरे पशोपेश में डूब गया।

अब वे दोनों खामोश थे।

रमेश एकाएक उठा और ननकू के पैर छूते हुए बोला–चाचा, मुझे आप पर विश्वास है। आप चाहेंगे तो सब संभव हो सकेगा...। सब ठीक हो जायेगा चाचा...। किसी और से आशा का ब्याह...।

उसके नेत्र छलछला उठे, स्वर टूटने लगा।

झिड़क कर उसने पत्नी का मुंह बन्द कर दिया और अगली सुबह चलते समय रमेश को समझाने लगा–इधर उधर दिमाग मत लगा। तू जाने है किस किस जतन से तुझे पढ़ाने का हिसाब बना है। इसलिए सिर्फ वो काम कर जिसके लिए घर से दूर भेजा है।

रमेसर ने इसे गंभीरता से लिया ही कहां था। किन्तु जब ननकू ने भी वही प्रसंग छेड़ दिया तो वह हतप्रभ रह गया। ननकू की दुनियादारी, समझ व सूझबूझ का वह कायल था। पत्नी के आकस्मिक व असामयिक निधन के बाद जिस तरह उसने बच्चों और विशेषकर आशा का पालन पोषण किया था, उसके हृदय में ननकू के प्रति विशेष स्नेह व सम्मान था। इसलिए गांव में अन्य निकटस्थ सम्बन्धियों के होते हुए भी वह ननकू के कहीं अधिक करीब था। उनका पारिवारिक मेलजोल ज्यादा था। इसलिए जब ननकू ने भी आशा व रमेश के विवाह के सम्बन्ध में उसके विचार जानने चाहे तो वह दंग रह गया।

–तुम जानो, क्या कह रहे हो? पागल तो नहीं हुए।

ननकू धीरे से मुस्करा दिया और काफी देर तक मुस्कराता रहा।

–इसमें ऐसी खुश होने की क्या बात है?

–चाचा, मुझे तो सोच-सोच कर अजीब लगे है। कल जब रमेश ने कहा तो आंखें फट गईं। अपने कानों पर यकीन ही न हुआ। शायद एकाध बार कहा होता तो सोचता कि बढ़ती उम्र में कानों ने काम करना बंद कर दिया है...। कहकर वह तनिक जोर से हंस दिया।

रमेसर उसकी मुद्रा पर चकित था। इतने गंभीर व क्रांतिकारी मुद्दे पर इतनी सहजता व सरलता से वह कैसे बात कर सकता था। समाज की परम्पराओं, रीतिरिवाज, चाल-चलन और बंधनों से ननकू अच्छी तरह परिचित था बल्कि कुछ अर्थों में अधिक रूढ़िवादी और सामाजिक मान्यताओं में विश्वास रखने वाला था वह। इसीलिए पत्नी के देहावसान के बाद लाख सुझावों के बावजूद वह पुनर्विवाह के लिए राजी नहीं हुआ। पुनर्विवाह जाटवों में कोई नयी बात नहीं थी। इस मायने में वे अन्य जातियों के आगे थे। विधवाओं का भी सरलता से विवाह करा दिया जाता था अथवा वे किसी अन्य पुरुष के घर 'बैठ' जाती थीं जिसे पूरी सामाजिक मान्यता प्राप्त थी।

ननकू का एक नया रूप उसके सामने प्रकट हुआ था।

रमेसर का तापमान बढ़ने लगा और क्रुद्ध स्वर में उसने कहा–तुमने उसे डांटा नहीं। ससुरे की हिम्मत कैसे पड़ गई। शर्म नहीं आई। उसके बाप की उम्र के हो। कल के छोकरे का आज इतना बड़ा मुंह हो गया। और तुम सुनते रहे। आज भी ऐसे हंस रहे हो जैसे ससुरे ने जाने क्या तीर मार लिया हो। कान पकड़ कर मेरे पास लाते उसे। मैं देखता यह सब खुराफात कैसे आई उसके दिमाग में...।

–चाचा, तुमसे बात न की उसने...।

–हिम्मत है उसकी। रामदेई ने कल जरूर कुछ कहा था। मैंने तो उसे भी झाड़ दिया। सुबह रमेश की भी खबर ली।

ननकू शांत रहा। उसके अन्दर एक विचित्र सी कुलबुलाहट थी। रमेश का प्रस्ताव सचमुच उत्तेजनापूर्ण था। देर रात तक वह इस बारे में सोचता रहा। दोनों परिवारों में ऐसा कोई सम्बन्ध नहीं था जिसमें विवाह निषेध हो। हालांकि समाज में ऐसे विवाह की परम्परा सचमुच नहीं थी, विशेषकर जब परिवार एक दूसरे के अत्यन्त निकट हो। कभी-कभी यह निकटता ही ऐसे सम्बन्धों में बाधा बन जाती जबकि शहरों में स्थिति लगभग विपरीत थी। वहां परिचितों व मित्रों के मध्य वैवाहिक सम्बन्ध एक सामान्य बात थी।

रमेश व आशा के विवाह में आपत्तिजनक केवल यही था कि दोनों परिवार करीबी रहे हैं, आशा व रमेश बचपन से साथ खेले व बड़े हुए हैं, साथ-साथ पढ़े हैं।

वह किसी निर्णय पर नहीं पहुंच सका।

आशा उसके सामने पड़ने से कतरा रही थी। आज वह रमेश से भी नहीं मिली। उसकी साझीदारी जाहिर थी। एकबारगी जी चाहा कि आशा से भी पूछ ले किन्तु फिर वह टाल गया। पहले रमेसर का मत जानना आवश्यक था।

–चाचा, ननकू गंभीर हो गया–सुनकर अजीब सा भी लगे और बुरा भी। रमेश मेरा लड़का और आशा तुम्हारी बेटी की तरह रहे हैं। पर एक बात पूछूं...?

–हां, बोल...?

–क्या इसमें कोई हर्ज की बात है?

–है, बिलकुल है...। रमेसर उत्तेजित होकर ऊंचे स्वर में बोला–क्या कहेंगे लोग? घर के बच्चों की तरह रहे हैं दोनों। कभी भेद ही नहीं समझा। दोनों को भाई बहन ही समझा...। बोल, ठीक कहूं या नहीं...?

–सो एकदम ठीक है।

–तो फिर ऐसी गलत बात क्यों मन में लाए है। सब जगै थू-थू होगी। तमाम बातें बनाई जायेंगी...। या फिर गांव समाज की तरफ से आंखें बंद कर लें। बोल...।

–न चाचा, सो कैसे संभव है।

–तो फिर ससुरे की बात को दिमाग से पूरी तरह निकाल दे। बेवजह गलतफहमी पैदा होगी...।

–कैसी गलतफहमी...?

–देखो, सम्बन्ध बनने में सालों लगते हैं और बिगड़ने में कुछ पल...। इधर-उधर की बात मिलाकर लोग न जाने तुमसे क्या कहें और मुझसे कुछ और...। बच्चे अलग परेशान हो जायेंगे...।

ननकू के अन्तस की खदबदाहट ठंडी पड़ गई। एक तो रमेसर का दृष्टिकोण ही प्रतिकूल था और दूसरे उस के तर्कों में पूरा बल था। मन ही मन वह दुखी हुआ कि उसने इस मुद्दे को रमेसर के सामने उठाने की धृष्टता की।

–चाचा, तुम ठीक कहते हो। मेरी भी मति मारी गई थी कि बालक की बात पर तुमसे यह सब कहा। वह कुछ क्षणों के लिए रुका और फिर कहने लगा–कल शाम उसका दुखी चेहरा देखा नहीं जा रहा था। मैंने तो इत्ता परेशान उसे कभी देखा ही नहीं...। और एक बात कहूं, कल से आशा भी नजरें चुरा रही है। चेहरा उतरा हुआ है। रात नींद ही नहीं आई मुझे, सो सोचा तुमसे ही बात करके कुछ चैन मिलेगा। चाचा, मुझे माफ करना...। कहकर उसने हाथ जोड़ लिए और वापस लौट गया।

अगले कुछ महीनों में सब कुछ बड़ा उलझा-उलझा सा रहा...। न तो कोई स्थिति स्पष्ट हुई और न दिल दिमाग को कोई चैन मिला। हर किसी का नजरिया अपना था...। रमेसर ननकू से बात करके कुछ समय के लिए इस तरह बेखबर हो गया मानो यह समस्त वार्ताक्रम स्वप्न में घटित हुआ हो। ननकू हताश था। बार-बार मन अवश्य हुलसता किन्तु फिर अपने को समझाने पर बाध्य महसूस करता। आशा अलग अपराध बोध से ग्रस्त अनुभव करती...। पिता के सम्मुख सम्बन्धों के खुलासे ने उसे अन्तर्मुखी बना दिया था। अंदर ही अंदर वह दुखी भी थी क्योंकि कोई

सकारात्मक परिणाम आना तो दूर किसी अनुकूल प्रगति की भी उसे कोई जानकारी नहीं थी। रमेश ने उसके घर आना प्रायः बंद कर दिया था। डेढ़ दो महीने के अंतराल पर उनकी भेंट किसी सुबह बाग में अवश्य हो जाती थी जिसमें सविता की प्रमुख भूमिका रहती। आशा को हर पल यह भय भी बना रहता कि किसी दिन सविता ही सारा भंडा फोड़ न कर दे।

रमेश के अन्दरूनी तनाव में भी कोई कमी नहीं थी।

उस मंगलवार को आशा को देखने का कार्यक्रम रद्द हो गया था—क्यों, रमेश को आज तक पता नहीं चला। आशा भी कोई साफ बात नहीं बतला सकी। हालांकि रमेश ने इसे अपनी विजय के रूप में ही लिया था।

आशा निराश थी। एक तो कुछ नए प्रस्तावों की चर्चा करते आशा ने अपने पिता को सुना था और दूसरे रमेश की भेंट का ननकू पर कोई प्रभाव नहीं दीख पड़ता था। बंसी के दृष्टिकोण में भी कोई बदलाव नहीं आया था जिससे इस संदर्भ से उसकी अनभिज्ञता जाहिर होती।

परीक्षा निकट थी और रमेश अध्ययन में व्यस्त रहने लगा। इसे आशा अपने प्रति उदासीनता के रूप में ग्रहण करती। घर के माहौल से वह वैसे ही असंपृक्त अनुभव करने लगी थी और उस पर रमेश की किंचित बेरुखी एकदम असहनीय हो चलती...।

उस सुबह वह बुरी तरह फफक पड़ी—किसी को मेरी कोई चिंता नहीं है। बापू, भइया तो मुझे बाहर धकेलने पर तुले हैं और तुम्हें मेरे लिए समय नहीं...। अभी ग्यारहवीं फिर बारहवीं...। फिर नौकरी...। तब तक मैं ऐसी ही बैठी रहूंगी क्या...?

रमेश का अन्तस पिघल गया। आंखें द्रवित हो चलीं। अंदर एक अस्फुट विरोध कुलबुला रहा था...। परिवार, समाज, गांव, सब के विरुद्ध विद्रोह...।

हृदय में सुलगती चिंगारी लिए वह लौटा था और सीधे विचित्रसेन के पास पहुंचा।

उसके लिए यह एक रोचक प्रकरण था। जब मिलता, आशा का हाल-चाल और मामले में प्रगति के बारे में पूछना नहीं भूलता...। चारों ओर विस्तीर्ण तिमिर में आशा की इकलौती किरण था विचित्रसेन...।

रमेश की उत्तेजना और उबाल देखकर समझाने लगा—धैर्य रख...। जल्दबाजी में काम गड़बड़ा जायेगा...। उन्हें सोचने विचारने का भी समय दे। इत्ता बड़ा निर्णय स्वयं तो नहीं ले सकते। चार लोगों से बात करेंगे। राय मशविरा करेंगे...। ऊंच-नीच पर विचार करेंगे।

—पर साहब, आशा के विवाह की कोशिशें जारी हैं। किसी भी दिन...। गला रुंधने से वह आगे नहीं बोल सका।

–तू परेशान मत हो। अपनी पढ़ाई पर ध्यान दे। एकाध महीने में परीक्षाएं हैं।

–पर साब, कहीं बहुत देर न हो जाये। हर पल आशंका रहती है कि कहीं आनन फानन में वो आशा के हाथ पीले न कर दें।

–कोई गुड़िया का खेल है। फिर क्या गांव से पूरी तरह बेखबर रहता है? जरूरत पड़ने पर हम हैं न। अभी तूने हमारा प्रभाव कहां देखा है। एक बार ठाकुर चाचा के कान में डाल दूंगा तो फिर किसकी हिम्मत कि तेरे अलावा किसी और से आशा के फेरे पड़ें...।

–सच...। क्या ठाकुर साहब हस्तक्षेप करना चाहेंगे...? रमेश को सुखद आश्चर्य हुआ। वह उछल पड़ा।

–क्यों नहीं करेंगे...?

–लेकिन सुना है वो ऐसे विवाह के घोर विरोधी हैं। अपने बेटे के विवाह तक में सम्मिलित नहीं हुए। रमेश का उत्साह ठंडा पड़ने लगा।

–वहां कारण कुछ और थे। लड़की बाहरी व दूसरी जाति की थी। फिर ठाकुर परिवार के इकलौते लड़के के विवाह का प्रश्न था। न जाने कितने अरमान संजो रखे थे। और सबसे बड़ी बात यह कि लड़की का पिता एक बार भी ठाकुर चाचा से मिलने नहीं आया। ठीक है, ठाकुर चाचा नाराज थे, विवाह के लिए राजी नहीं थे किन्तु लड़की के पिता का तो कर्तव्य था कि एक बार मिलकर प्रस्ताव रखते, बातचीत करते। शायद उनका हृदय परिवर्तन हो जाता...।

विचित्रसेन के तर्क से आश्वस्त हुआ वह। ठाकुर हरपाल सिंह का हस्तक्षेप निश्चित रूप से प्रभावी होगा, उसने सोचा।

–तू चिंता मत कर...। विचित्रसेन ने अपनी बात समाप्त की–जब तू हमारी शरण में है, निश्चिंत रह। पूरी ताकत लगा दी जायेगी तेरे मामले में...।

बड़ी राहत का अहसास हुआ उसे। आभार व कृतज्ञता से उसका अन्तर्मन भर गया। आंखें छलछला उठीं।

कक्षा ग्यारह की अंतिम परीक्षाएं सम्पन्न हो गईं। अब लगभग डेढ़ माह का अवकाश था। घर में सभी को इसकी प्रतीक्षा भी थी। विचित्रसेन भी जानता था कि ग्रीष्मावकाश में वह गांव में रहेगा। किन्तु रमेश ने जब उससे प्रार्थना की कि उसे पूरे दिन के किसी काम में लगा दिया जाये तो वह चौंक गया–छुट्टियों में हर कोई घर जाता है। तुझे क्या मुसीबत आ गई...?

–साब, वहां रहूंगा तो बस एक वही बात दिमाग में घूमती रहेगी। शायद मिलना जुलना भी अधिक हो। आवेश या उत्साह में कोई गलत काम न कर बैठूं।

विचित्रसेन को अच्छा लगा था। रमेश में ऐसा कुछ जरूर था जो उसे आकर्षित करता था। कहा–तुम अपनी आयु से कहीं अधिक सयाने व समझदार हो। इसलिए

मेरे मन में तेरे लिए प्यार व आदर है। जैसे तुझे अच्छा लगे, जब जाना चाहे, चले जाना। तेरे लिए बंदिश नहीं है।

किन्तु पिताजी को ठीक उल्टा बतलाया था उसने—पढ़ाई के साथ नौकरी भी तो कर रहा हूं। और नौकरी में इतनी छुट्टी कहां मिल सकती है। मालिक अच्छा आदमी है। पर नौकरी तो नौकरी है।

यह सब समझने के लिए नादान व नासमझ था रमेसर...।

अपने पुत्र की मनःस्थिति को वह अच्छी तरह समझती थी। पिछले कई महीनों से रमेश का गांव आना धीरे-धीरे कम हो गया था। पहले परीक्षाएं, फिर नौकरी का दबाव और फिर नए सत्र का अध्ययन...। रमेश के लाख कहने पर भी उसका हृदय विश्वास नहीं कर पाता। उसके चेहरे की वीरानगी और आंखों में सफेद उदासी मां से छिप नहीं सकी। घर में अजनबी की तरह रहता वह और वापसी की जल्दबाजी दिखलाता—मानो किसी रस्म को पूरा भर कर रहा हो।

कारण बखूबी जानती थी वह। आशा उसे पसंद भी थी किन्तु पति की फटकार व उग्र प्रतिक्रिया देखकर वह हिम्मत छोड़ चुकी थी। रमेश के साथ वह भी एक अजीब सी घुटन से त्रस्त अनुभव करती। अपने होनहार बेटे पर तरस खाती और असहाय महसूस करती।

केवल एक ही विचार उसके अंदर बार-बार आता कि किसी सुन्दर कन्या से रमेश का विवाह सम्पन्न हो जाये। रिश्तों की कमी नहीं थी—उनमें कुछ अच्छे भी थे। एक बार रमेश से उसने जिक्र किया तो वह एकदम उखड़ गया—जब और कोई बस न चले तो लड़के का ब्याह करा दो। मुझे ब्याह की कोई जल्दी नहीं है। अभी पढ़ना है।

—पर तूने ही आशा के साथ...?

—वो मजबूरी है। ननकू चाचा उसकी शादी जल्दी करना चाहते हैं। जल्दी उन्हें है, मुझे नहीं।

रामदेई शांत रही। आज दूसरी बार आशा का संदर्भ उनके मध्य आया था। रमेश की चुप्पी व निष्क्रियता पर कभी वह हैरान होती तो कभी सशंकित। कुछ देर बाद पूछा—तू भइया से फिर मिला था क्या...?

—न...।

—हूं ऽऽऽ। रामदेई ने एक लम्बी सांस ली और कहा—पता नहीं, आशा के ब्याह की कोई खैर-खबर ही नहीं मिलती अब...। भइया कुछ बात ही नहीं करते और कुछ पूछो तो टाल जाते हैं। कहां पहले हर बात पर यहां दौड़े-दौड़े आते थे।

अंदर ही अंदर पुलक का अहसास हुआ उसे। इस मामले में मां का प्रगति

से अनभिज्ञ होना शुभ संकेत था।

—अम्मा, पिताजी से फिर बात करो न...? अपने को रोक न सका वह—ननकू चाचा तो तैयार लगते हैं, फिर पिताजी को क्यों एतराज है?

—मैं न करूं बात। तू खुद क्यों नहीं कहता...।

—अच्छा अम्मा, सच-सच बता...। तू तो राजी है न...?

रामदेई ने बनावटी रोष प्रदर्शित कर आंखें तरेरते उसकी ओर देखा और धीमे से मुस्करा दी।

—बता न अम्मा...?

स्मित की कोमल लहरें उसके चेहरे पर खेल रही थीं।

—बोल न अम्मा...।

—हां, हां ठीक है। वह हाथ नचा कर कहने लगी—मां तो बालकों के साथ खुश रहती है। तूने कहा मैंने मान लिया। मुझे तो अच्छी बहू चाहिए। आशा अच्छी तो है ही...।

रमेश का हृदय उछल पड़ा। 'सच अम्मा...।' कहकर अपना सिर रामदेई के चरणों पर उसने गिरा दिया। आभार, कृतज्ञता, स्नेह और विश्वास की लहरें उसके अन्दर तरंगित हो चलीं।

—यह क्या तमाशा करता है। रामदेई का स्वर ममता से गीला हो गया और वह उसके सिर को सहलाने लगी—चल उठ, ठीक तरह बैठ।

रमेश की आंखें भर आई थीं। इसमें मां की ममता तो थी ही, आशा का प्यार भी पूरी तरह छलक रहा था।

—अम्मा, मैं क्या करूं...? आर्द्र व दयनीय स्वर में उसने पूछा।

—क्या कहूं, बेटा...। मेरी तो समझ में कुछ आये न...। एक बार भइया से और बात कर ले। शायद वह पिताजी को समझा सकें। यह काम तो वो ही कर सकें।

रमेश का साहस व मनोबल बढ़ा था। मां से बात करके उसमें एक नया उत्साह जाग्रत हुआ था। अम्मा ठीक ही तो कहती है...। ननकू चाचा से पुनः बात करना जरूरी है।

कुछ देर बाद वह घर से चल दिया। सावन अपने अंतिम दौर में था। सुबह की तेज बारिश के बाद खासी उमस पैदा हो गई थी। बदन में चिपचिपाहट थी। गांव के कच्चे रास्तों पर कीचड़ जमा थी जिससे पैर जमा-जमा कर चलना पड़ता था। तेज चाल में फिसलने का भय तो था ही, कीचड़ की छींटे कपड़ों को बदरंग बना जाते।

ख्यालों में डूबा वह चले जा रहा था कि 'रमेश' की पुकार से जैसे उसकी तंद्रा भंग हो गई...।

उसने सिर उठाकर देखा। सरना चाचा बरामदे में बैठे हुक्का पी रहे थे।

–बेटा, ठीक तो है न...? सरना चाचा ने पूछा।

–जी बाबा, आपका आशीर्वाद है।

–कहां चला? आ इधर आ...। कभी बूढ़ों से भी बतिया लिया कर...।

रमेश उनकी टिप्पणी पर तनिक चकित हुआ। इससे उनका क्या आश्य हो सकता है, वह सोचने लगा। क्या उन्हें आशा से उसके सम्बन्धों की कोई भनक तो नहीं है। एक सिहरन सी उसके अन्दर दौड़ गई। तुरन्त अपने कदम उसने घर की ओर बढ़ा दिए और पास आकर उनके पैर छूकर वह सामने रखे मूढ़े पर बैठ गया।

सरना चाचा विद्यालय, अध्ययन, नौकरी, कस्बे आदि के बारे में देर तक प्रश्न करते रहे और वह अनमने ढंग से उत्तर देता रहा। उसका दिमाग तो कहीं और ही उलझा हुआ था। कई बार मन चाहा कि सरना चाचा से चलने की अनुमति मांग ले किन्तु उनके प्रश्न अनन्त थे। रमेश के संक्षिप्त उत्तर उन्हें निराश कर रहे थे। जाहिर है सवाल दर सवाल आते रहे। और जब प्रश्न चुक गये तो वह उसकी प्रशंसा के पुल बांधने लगे तथा समाज से उससे अपेक्षाएं आदि का बयान करने लगे।

–इधर कहां जा रहा था...? एकाएक उन्होंने पूछा।

–ननकू चाचा के घर...।

–अच्छा, आशा से मिलने। बड़ी अच्छी कन्या है। पूरा घर सम्हाल रखा है। जिस घर में जायेगी, बड़ा सौभाग्यशाली होगा...।

रमेश उनकी टिप्पणी पर सकपका गया। पहले बूढ़ों से मिलने की बात और अब आशा से मिलने का प्रसंग तथा उसकी प्रशंसा...। बूढ़ा सचमुच बड़ा काईयां है–उसने सोचा...। वह सतर्क हो गया, चेहरे की भंगिमा बदल गई। तभी उसे यह अहसास भी हुआ कि सरना चाचा ही वो शख्स थे जिनका सभी आदर करते थे। पूरा समाज उनके मत को गंभीरता से लेता था। इसलिए इस मामले में उन की सहमति समस्या का तात्कालिक हल हो सकती थी।

वह सीधा होकर बैठ गया।

–बाबा, मुझे एक बात कहनी है।

–बोल बेटा...।

–बाबा...। वह अटकने लगा। अंदर ही अंदर घबराहट उसे जकड़ने लगी–मुझे एक प्रार्थना करनी है।

–प्रार्थना..., कैसी प्रार्थना...? सरना चाचा अकबकाकर उसकी ओर देखने लगे।

–बाबा, गांव में सब साथ रहते हैं। साथ खेलते-पढ़ते हैं, आपस में थोड़ी

बहुत दूर की रिश्तेदारी भी रहती है। एक दूसरे को अच्छी तरह जानते भी हैं। क्या यह उनके और निकट संबंध स्थापित करने में बाधक है?

सरना चाचा ने हुक्के की नगाली एक ओर खिसका दी और बड़ी उलझन भरी नजर से रमेश को घूर कर देखा–बेटा, तेरी बात समझा नहीं मैं। तू कहना क्या चाहता है? जरा साफ-साफ बात कर...।

–बाबा...। रमेश ने थूक गटका–कुछ बंधन अनावश्यक रूप से हम अपने ऊपर थोप लेते हैं। ये नहीं करेंगे, वो नहीं करेंगे...। जो काम और लोग बड़ी सरलता से कर डालते हैं उससे हम अकारण भयभीत होते हैं। बाहरी लोग भले ही कभी कुछ न कहें पर आपस में हमने अपने पर अनावश्यक बंदिशें लगा रखी हैं, जिनका कोई कारण या आधार नहीं है।

अब सरना चाचा परेशान दिखने लगे। झल्लाकर बोले–यह क्या बहकी-बहकी बातें कर रहा है? मुझसे सूधी-सूधी बात कर...।

सरना चाचा के रोष से रमेश के उत्साह को कुछ झटका लगा। कुछ पल के लिए वह सकपका गया। सरना चाचा समाज के बुजुर्ग तो थे ही, अपनी स्पष्टवादिता और झक्की स्वभाव के लिए भी विख्यात थे। दलितों में आत्म-सम्मान जगाने में जहां गुलजार व संतोषी ने उल्लेखनीय कार्य किया था वहीं एक लम्बे अर्से से उन्हें एकजुट रखने, दलितों की समस्याओं पर समय-समय पर विमर्श की पहल में सरना चाचा की अहम भूमिका रही थी। समाज के सभी स्त्री पुरुषों में उनका खासा सम्मान था और कुछ हद तक भय थी...।

रमेश का आतंकित होना स्वाभाविक था। सबसे बड़ा डर यह था कि वह कोई ऐसा काम न कर बैठे जो सारी योजना का न केवल भंडा फोड़ कर दे बल्कि फिर उसे लागू करना ही असंभव बन पड़े। उनकी प्रतिक्रिया के प्रति रमेश सशंकित अनुभव करने लगा।

–चुप क्यों हो गया? बोल क्या कहना चाहता है?

–बाबा, उसने सहमे स्वर में कहा–आप नाराज तो नहीं होगे...?

–गलत बात होगी तो जरूर हूंगा...।

–तो फिर मुझे क्षमा करें...। मुझे आज्ञा दें। वह उठ खड़ा हुआ।

–अरे, पगला गया है। चल, बैठ जा। बता, क्या बात है...? सरना चाचा ने डपटते स्वर में कहा।

–बाबा, हम शादी करना चाहते हैं।

–हम, मतलब...?

–मैं और आशा...।

–तू और आशा...। सरना चाचा सीधे होकर बैठ गये। चुभती नजरों से उसे देखा–आशा से ब्याह...। क्या कहे तू...? दोनों एक खानदान के हो...। खानदानी

बच्चों में कोई ब्याह होता है। उनके चेहरे पर कड़ुवाहट फैल गई।

—बाबा, जाने कितनी पीढ़ियों पुराना संबंध है। अगर एक गांव में न रहते तो शायद एक दूसरे को जानते तक नहीं।

—ऐसा नहीं बेटा। मेल मुलाकात भले न हो पर एक बार मिलने पर सबरी रिश्तेदारी निकल आती है।

—बाबा, हमारा ब्याह नहीं हो सकता...? सरना चाचा के आख्यान में उसकी कोई रुचि नहीं थी। उसने अपनी प्रार्थना दोहराई।

—न बेटा न, यह कैसे संभव है। एक तो खानदानी, फिर साथ खेले, पढ़े हो। क्या कहेंगे लोग...। वह कुछ पलों के लिए रुके, फिर पूछा—पर यह विचार तेरे मन में आया कैसे...?

रमेश क्या उत्तर देता। सिर झुका कर बैठा रहा।

—क्या ननकू रमेसर इस बारे में जाने हैं...?

—हूं...।

—वे तैयार हैं...?

—ननकू चाचा तो मान भी जायें लेकिन पिताजी नहीं...।

—ठीक ही तो है। लोकलाज, समाज के रीतिरिवाज से आंखें थोड़े बंद कर लेगा वो...।

—बाबा...। रमेश कुछ कहते-कहते रुक गया।

—बोल...।

—बाबा, कुछ हर्ज है इसमें...?

—हर्ज है..., तभी रमेसर राजी न हुआ। बेटा, दुनिया बड़ी खराब है। तुम दोनों के बारे में बस्ती वालों ने वैसे ही न जाने क्या-क्या कहा। बाग वाली बात भूल गया क्या...? कहीं शादी कर लोगे तो वो सब न जाने क्या कहें।

—क्या कहेंगे...?

—अरे बेटा, तू समझता नहीं। पढ़ने लिखने से दीन दुनिया की समझ न आवे। समाज के रंग ढंग बड़े विचित्र हैं। बात का बतंगड़ बनाने में लोगों को बड़ा आनन्द आता है। फिर गड़े मुर्दे खोदे जायेंगे...। तुम दोनों के चरित्र पर छींटाकशी होगी और तुम्हारे विवाह को उसी से जोड़ देंगे...। पूरा समाज एक बार फिर कटघरे में खड़ा हो जायेगा।

रमेश जानता था कि आगे बात करना बेमानी था। इतना कम नहीं था कि सरना चाचा ने कोई उग्र प्रतिक्रिया प्रदर्शित नहीं की थी, नैतिकता और चारित्रिक मूल्यों पर लम्बा चौड़ा भाषण नहीं दिया था, तत्काल जाकर चाचा अथवा पिताजी को डांटने फटकारने नहीं लगे थे या आशा को ही अपमानित करने नहीं पहुंच गये थे।

सरना चाचा से बात करके न तो उसका मनोबल बढ़ा और न ही वह हतोत्साहित था। हां, एक चिंता उसे अवश्य सताने लगी कि इस मामले की गोपनीयता अब अवश्य भंग हो जायेगी। सरना चाचा, चाचा और पिताजी से तो बात करेंगे ही, अन्य प्रमुख व्यक्तियों से भी इसकी चर्चा कर सकते थे।

इस नाते इस अप्रत्याशित भेंट से वह तनिक क्षुब्ध भी था। जब मनुष्य अंधकार में भटकता है तो छोटी-मोटी बातें या घटनाएं ही कभी उसे निराश करती हैं और कभी उत्साह से भर जाती हैं। आदमी होनी अनहोनी का बड़े विचित्र ढंग से विश्लेषण करने लगता है।

ननकू चाचा से अभिवादन किया तो न वो गर्मजोशी दिखलाई दी और न ही आंखों से वो अपनत्व व स्नेह महसूस कर सका जो उसे सदैव मिलता आया था। बंसी भी घर में मौजूद था। शायद उसी की उपस्थिति का प्रभाव हो, रमेश ने सोचा।

ननकू चाचा का चेहरा मुरझाया हुआ था। बुझे स्वर में वह उसके बारे में पूछताछ करते रहे। वह भी इनेगिने शब्दों में उनके प्रश्नों का उत्तर देता रहा। आज भी न उन्होंने आशा को बुलाया और चाय के लिए एक बार औपचारिकता वश पूछकर फिर आगे पानी तक को नहीं पूछा।

बंसी तो अनमना सा बैठा ही था। रमेश सोचने लगा कि इस मामले से अनभिज्ञ होने पर उसका व्यवहार इतना शुष्क व उखड़ा रहा है, तब विवाह के प्रस्ताव पर वो ज्वालामुखी की भांति फट पड़ेगा।

उसकी मौजदूगी उन दोनों पर भारी थी। ईश्वर ने जैसे उसकी प्रार्थना सुन ली। बंसी उठकर चला गया।

–चाचा, उसने तुरन्त बात आरम्भ कर दी–अपनी प्रार्थना याद दिलाने...।

ननकू भड़क गया–देख रमेश, मुझसे इस बारे में बात न कर। तू अच्छा लड़का है, इसलिए तेरा स्वागत है। पर इस बारे में सोचना भी बंद कर दे। पढ़ाई लिखाई में दिमाग लगा और ऐसी ऊलजलूल बात भी मुंह पे मत ला जो गलत हो और हमारे रिश्ते को ही खत्म कर दे।

–चाचा, उसने हाथ जोड़कर याचना भरे स्वर में कहा–मुझे माफ करना। पर इसमें कुछ भी गलत नहीं है। वरना अम्मा मानने वाली थी...?

–चाची कभी नहीं मान सकती। तूने जिद की होगी तो यों ही कह दिया होगा। मां के लिए तो बालक बच्चा ही रहता है। बच्चों को ऐसे ही बहलाया, फुसलाया जाता है।

ननकू के चेहरे पर एक विकृत सी मुस्कान आई और चली गई।

पहली बार उसके अन्दर ननकू के प्रति वितृष्णा पैदा हुई किन्तु धैर्य का दामन थामे रहा वह।

—चाचा, मैं बच्चा नहीं हूं। अम्मा मुझसे कभी ऐसी बात नहीं करती। आज भी मैंने उससे बात की थी और उसने ही मुझे आपसे मिलने को कहा क्योंकि पिताजी को आप ही समझा सकते हैं।

—तू सच कहे...? ननकू अविश्वास भरी दृष्टि से उसे देखने लगा।

—चाचा, अम्मा की सौगंध...।

—उनकी कसम क्यों खाए पर मुझे यकीन न हो...।

—चाचा, एक बात और बताऊं...।

—क्या...?

—अभी रास्ते में बाबा ने रोक लिया था।

—कौन, सरना चाचा...?

—हां...।

—क्या उनसे भी कुछ कह डाला तूने...?

—जी चाचा, मैंने उनसे भी बात की...।

—अररे राम...। पागल हो गया है या अक्ल, सोच, समझ सब खो बैठा है...। सरना चाचा से तूने क्या कह डाला...। ननकू आंखें फाड़कर देख रहा था।

—वही चाचा...। रमेश पर इसका कोई प्रभाव नहीं था—मैंने अपनी बात कह दी...।

—तो वो तो आग बबूला हो गये होंगे...।

—बिल्कुल नहीं चाचा...। मैं स्वयं चकित हूं।

—क्या वो मान गये...?

—नहीं चाचा, माने तो नहीं पर जितनी नाराजगी की मुझे उम्मीद थी उसका पांच प्रतिशत भी नहीं की उन्होंने। बस यह कहा कि खानदानी हो, साथ पढ़े लिखे हो और सबसे बड़ी चिंता उन्हें यह थी कि गांव वाले क्या कहेंगे...?

—उनसे क्या मतलब? ननकू ने तुनक कर पूछा।

—फिर उसी पुरानी घटना को बाबा ले बैठे। बोले लोग सोचेंगे कि जरूर उस समय भी कुछ गड़बड़ी रही होगी...।

—सठिया गये हैं क्या चाचा...। ननकू एकदम उत्तेजित हो गया—तीन साल पुरानी बच्चों की बात को आज भी गा रहे हैं। अब किसे याद है वो किस्सा। बेवजह बच्चों के मन में गलत विचार पैदा करते हैं।

—जी चाचा...। ननकू की प्रतिक्रिया से वह मन ही मन प्रसन्न हुआ—मुझे भी अच्छा न लगा।

ननकू के चेहरे से स्पष्ट था कि अंदर बहुत कुछ उमड़ घुमड़ रहा था। बाग वाली घटना के सन्दर्भ में सरना चाचा की भूमिका से वह उस समय भी अत्यंत

खिन्न था। रमेश व आशा के विरुद्ध लगाए जा रहे अनर्गल आरोपों का पुरजोर खंडन करने के स्थान पर वह रमेसर व ननकू को ही नैतिकता आदि के तमाम पाठ पढ़ाया करते थे। आशा के आगे अध्ययन न कर पाने में कहीं उनकी भी अप्रत्यक्ष भूमिका अवश्य रही थी।

सरना चाचा के संबंध में न ननकू ने आगे कोई बात की और न ही रमेश ने उनके प्रसंग को बढ़ाना उचित समझा।

वह उठ खड़ा हुआ। चलने की अनुमति मांगी और कहा—चाचा, बस एक बार पिताजी से बात कर लो। अब इसके बाद आपसे कहने नहीं आउंगा...।

चरण स्पर्श कर वह चल दिया।

आशा के नेत्र दरवाजे की ओट लिए उसे घूर रहे थे।

उसे लगा कि वे लगातार उसका पीछा कर रहे हैं...।

ननकू का हृदय एक बार फिर कशमकश की गिरफ्त में जकड़ गया था। रमेश से मिलने के बाद उसकी तुलना आशा के लिए देखे गये अन्य लड़कों से स्वतः होने लगती और रमेश उन सबमें भारी पड़ता। वह अच्छी तरह जानता था कि आशा के लिए रमेश जैसा वर पाना लगभग असंभव था।

आज रमेश ने सरना चाचा का संदर्भ देकर ननकू के द्वन्द्व को अधिक जटिल बना दिया था। क्या सरना चाचा को यह सम्बन्ध स्वीकार्य होगा? क्या वास्तव में रमेश के कथन पर उन्होंने इतनी सहज व सरल प्रतिक्रिया व्यक्त की होगी? क्या रमेसर इसके लिए राजी होंगे...?

रमेसर ने जिस आक्रामक तेवर के साथ इस प्रस्ताव को खारिज किया था, उसका एक-एक शब्द ननकू के कानों में गूंजता रहता था। जीवन में पहली बार अपने को अपमानित महसूस किया था उसने। पहली बार लड़की के पिता होने का अहसास उसे बड़ा कमजोर बना गया था। इसलिए रमेसर से पुनः बात करने का साहस जुटाना संभव नहीं था। कहीं रमेसर उसे भी इस षडयंत्र का हिस्सा न समझ ले? रमेसर ने पहले ही संबंधों के बिगड़ने की धमकी दी थी।

अगले दिन सरना चाचा का बुलावा आया तो आशंका से भर उठा वह। एक बार फिर उसे कटघरे में खड़ा होना था। इस मामले में भले ही उसकी कोई भूमिका नहीं थी किन्तु एक अनजान भय, आशंका, संकोच व संशय से वह बड़ा कमजोर महसूस करने लगा। रमेसर को वहां मौजूद देखकर उसे सब कुछ समझते देर नहीं लगी। रमेसर के चेहरे पर तनाव की गहरी रेखाएं खिचीं थीं। ननकू की ओर उसने देखा तक नहीं।

—ननकू, कल रमेश आया था, सरना चाचा ने बात आरम्भ की—तुझ से भी

मिला था शायद।

—जी चाचा...। उसके स्वर में अपराध भाव था।

—देख भइया, ये नए छोरे बड़ा अंट शंट सोचते हैं। दीन दुनिया की उन्हें कोई खबर है नहीं और सोचते हैं कि जो वो करें, ठीक है। सरना चाचा कुछ पल के लिए रुके, हुक्के का एक लम्बा कश खींचा और धुआं उगलते हुए बोले—कल रमेश ने जो कहा, उसे सुनकर मैं तो सन्न रह गया। उसके दिमाग में यह बात आई कैसे। तुम लोगों ने उसे समझाया नहीं?

—चाचा, ननकू ने सफाई दी—बड़ा समझाया, कल भी समझाया। बालक है, ज्यादा कुछ कहा भी न जाये...।

—चाचा, कब तक बालक रहेगा...। रमेसर ने तैश भरे स्वर में कहा—जो ये सब बातें सोचे वो बालक है क्या...? ससुरा मुझसे कह कर देखे, चमड़ी उधेड़ दूंगा...। चाचा, आपने कल खबर की होती तो आज जाने से पहले उसकी अच्छी तरह खबर ले लेता। बेवजह का बवाल बना रखा है। न शर्म, न लिहाज...। और ननकू तुम भी सुनकर चुप कर जाते हो। कल ही क्यूं न बतलाया...?

—क्या बताता, बच्चों को पहले तो समझाना ही चाहिए...।

—पिछली बार कम समझाया था क्या...? रमेसर क्रोध में था।

—कम क्यों समझाता? लेकिन एक बात पूछूं, इत्ते दिन हुए इस बात को। तुम ने ही उससे बात क्यों नहीं की। मैंने तो उसी दिन तुम्हें सब जानकारी दे दी थी। अगली बार आया तो जैसा समझाना था, समझाते...। ननकू भी उखड़ गया था।

—मुझसे तो एक बार न कहा उसने...।

—पर तुम्हें पता तो था...।

—अररे, यह क्या बहस शुरू कर दी, सरना चाचा ने हस्तक्षेप किया—इसलिये थोड़े बुलाया था। कौन आफत आ गई है जो झगड़ा कर रहे हो। मेरी बात सुनो। एक तो यह कि रमेश और आशा का ब्याह मुमकिन ही नहीं है। दोनों खानदानी हैं, साथ पढ़े लिखे हैं। हमारे समाज में ऐसे रिश्ते न होवें। इस बारे में कोई शक शुबह...।

दोनों ने नीचा सिर करके नकारात्मक सिर हिला दिया।

—ठीक, दूसरे यह कि रमेश नादान है, भला बच्चा है। उसे समझाना चाहिये। दोनों समझाओ, उसकी मां भी समझाए। एकाध बार समझाओगे, समझ जायेगा।

सरना चाचा ने उन दोनों की ओर बारी-बारी देखा और फिर कहा—और तीसरे यह कि आशा के हाथ चटपट पीले कर ननकू...। न रहेगा बांस, न बजेगी बांसुरी।

—चाचा, मैं तो खुद जल्दी में हूं...। ननकू ने धीमे स्वर में कहा।

—वो उस अंगदपुर वाले लड़के का क्या हुआ?

–बस चाचा, अब तय ही समझो।

–तो पक्की क्यों न कर देता...?

–चाचा, करी ही समझो। लगन के बाद ब्याह में देर नहीं करूंगा...।

–पर देर क्यों करे है?

–चाचा, कार्तिक से पहले साया कहां है।

–तब तो कोई देर नहीं, सरना चाचा ने लम्बी सांस लेकर कहा–सब ठीक हो जायेगा। और हां रमेसर, इसकी वजह से न तू परेशान हो और न आपस में नाइत्तेफाकी पैदा करो...।

–नहीं चाचा, नाइत्तेफाकी कैसी...। गुस्सा तो मुझे उस ससुरे पर आवे है। पता नहीं क्या खुराफात उसके अन्दर है। शहर की हवा लग गयी दीखती है। भगवान उसे सद्‌बुद्धि दे...। एकाएक रमेसर का स्वर रुंध गया।

आशा के शीघ्र विवाह का संकल्प लेकर उठा था ननकू...।

12

घर का माहौल तनावपूर्ण हो चला था। ठाकुर हरपाल सिंह प्रायः खामोश व गुमसुम से रहते। उनका मिलना जुलना काफी कम हो गया था। अब देर तक बिस्तर पर पड़े-पड़े आराम का ढोंग रचते रहते। किन्तु न बिस्तर राहत देता और न ही लोगों से मेल मुलाकात...।

मनोज के दो पत्र आ चुके थे। पिता से क्षमा याचना करते हुए उसने उनके प्रति पूरा आदर व सम्मान प्रदर्शित किया था और उनका आशीर्वाद पाने की आकांक्षा अभिव्यक्त की थी।

शनैः शनैः एक स्वाभिमानी व हठी व्यक्ति स्नेहिल पिता में बदल रहा था। मनोज की याद उन्हें व्यथित करने लगी थी। उसका चेहरा हर पल उनकी नजरों के सामने घूमता रहता...। किन्तु पत्नी और परिस्थितियों के समक्ष अपना चेहरा कठोर व भावहीन बनाए रहते। अपनी भावनाओं व दुर्बलता को पत्नी, परिचितों व इष्टमित्रों से छिपाना बड़ा कष्टप्रद था...।

उधर ठकुराइन तो विवाह के दिन से ही अपनी बेटे व पुत्रवधू से मिलने के लिए व्याकुल थीं। भाई ने विवाह से लौटने पर जो कुछ बतलाया था, बार-बार उनके कानों में गूंजता था। गांव से प्रस्थान के समय नयनी की डबडबाई आंखें रह-रह कर ठकुराइन को याद आती थीं। एकांत में अक्सर रो पड़तीं वह...। एकलौते पुत्र से अलगाव घोर बेचैनी और हताशा पैदा कर रहा था।

किन्तु पति से कुछ कहने का साहस नहीं जुटा पा रही थीं वह। हरपाल सिंह उनसे कम बोलते थे और केवल नपे तुले शब्दों में पूछे गये प्रश्नों के उत्तर भर देते...।

मनोज के विवाह से जो आघात पति को लगा था उससे भी वह चिंतित थीं। उनकी जीवन पद्धति का बदलाव उनसे छिपा नहीं था। पिछले दो महीनों में वह एक बार भी खेत नहीं गये थे, न ही मुंशीजी से खेती फसल आदि के बारे में कोई पूछताछ करते। मुंशीजी अपनी तरफ से कुछ पूछते तो बुरी तरह फटकार देते—पूरी जिन्दगी यही काम करते बीत गई। फिर भी वही बातें बार-बार पूछते

हो। बीज, पानी, बिजली, फसल...। इसके अलावा और कोई काम किया है तुमने?

मुंशीजी क्या, घर का हर सदस्य उनकी मनःस्थिति को समझता था।

खाने-पीने और अच्छा पहनने के खासे शौकीन रहे थे वह। पर इन दिनों वे इनसे पूरी तरह उदासीन दिखलाई पड़ते। कुर्ते के कलफ और उसके बाहों की चुन्नटों में अक्सर मीनमेख निकालने वाले हरपाल सिंह के हाथ जो पड़ जाता, बदन पर डाल देते। सुवासित तेल और इत्र लगाने का सवाल ही कहां था...। खाने की सारी रुचि ही मानो लुप्त हो गई थी। अक्सर मना करने लगते और पत्नी के तमाम आग्रह व मिन्नतों के बाद एकाध रोटी खा लेते। लगता ही नहीं कि ये वही ठाकुर हरपाल सिंह हैं जो अपने बेटे को भोजन के लिए तमाम सीखें दिया करते थे कि भोजन सम्मानपूर्वक ग्रहण करना चाहिए, अन्न का अनादर नहीं होना चाहिए, एक-एक ग्रास पूरी बत्तीस बार चबाना चाहिए, सौभाग्यशाली लोगों को ही ईश्वर अच्छा भोजन देता है, इसलिए भोजन से पूर्व ईश्वर का ध्यान अवश्य करना चाहिए आदि आदि...।

अब वह स्वयं थाली कभी सामने से खिसका देते और ठकुराइन जिद करती तो निर्लिप्त भाव से ऐसे खाने लगते जैसे सरकारी दफ्तरों में बाबू ऊंघते हुए फाइल देखता है या कान खुजलाते सरकारी डाक्टर मरीज की नब्ज पकड़े रहता है।... चेहरे पर तिरस्कार व विरक्ति का भाव लिए...।

ठकुराइन की सबसे बड़ी चिंता पति के स्वास्थ्य को लेकर थी। समझातीं—यह क्या हाल बना लिया है आपने। बेटे की गलती की सजा अपने को क्यों दे रहे हैं? उसने जो किया सो किया, पर अपना जीवन तो खराब मत करो। बदन पीला पड़ गया है।

हरपाल सिंह चुप रहते। किन्तु जब ठकुराइन इसे दोहरातीं या रोने कलपने लगतीं तो झिड़क देते—क्या चख-चख लगा रखी है? उस ससुरे की वजह से मुझे क्या होगा...। हमारे पूर्व जन्म के कुछ बुरे कर्म रहे होंगे जिसका परिणाम आज भुगत रहे हैं।

—क्यों अपशब्द मुंह पर लाते हो? बुरे कर्म क्यों किए होंगे? ठीक है मनु ने अपनी मर्जी से ब्याह किया है पर... कहते-कहते वह रुक गईं।

—बोल, बोल, क्या कहना चाहवे...?

ठकुराइन चुप रहीं। जो बात उसके अन्दर थी उसे सुनकर भड़क सकते थे वह।

—बोलती क्यों नहीं? यही कहे न कि उसने कौन अपराध कर दिया। क्यों...? यही न...। अरे भागवान, उसने तो हमें कहीं का न छोड़ा। जीते जी मार दिया...।

ठाकुर का भर्राता स्वर ठकुराइन को द्रवित कर जाता। पति के दमकते चेहरे व कड़कते स्वर की अभ्यस्त थीं वह। अब उनका बुझा स्वर, सपाट चेहरा, सफेद उदास आंखें और निष्क्रिय व जड़ शरीर ठकुराइन को अन्दर तक पिघला जाता।

डूबते स्वर में कहतीं वह—देखो, अपना लड़का है। भूले से तो भुलाए न वो। बेचारे की मति मारी गई जो यह सब कर बैठा...।

—देखो...। ठाकुर ने अपनी आवाज में पैनापन लाने का प्रयास किया—उसकी तरफदारी में एक शब्द न बोलना। तुझे ज्यादा याद आती हो तो तू भी उसके पास चली जा। मुझे यहीं मरने दो...।

—अररे भगवान, कैसी बात करते हो? मैंने कौन पाप किया है जो यह दिन देखना पड़ेगा। मेरा मरा मुंह देखो अगर यह बात दोबारा कही। ठकुराइन विचलित हो रही थीं।

—तो फिर तू अच्छी तरह समझ ले कि उसका नाम अपनी जबान पर न लाना...।

ठकुराइन सुबकने लगीं और देर तक रोती रहीं।

हरपाल सिंह का हृदय भी पिघलने लगा। अक्सर अब यही घटित होता था। पत्नी को डांट डपटने के बाद वह अत्यंत विचलित और कमजोर अनुभव करते। मनोज की याद टीस की मानिंद अंदर से उठती महसूस होती और असहायता और छटपटाहट से वह तड़प उठते...।

—अब चुप भी हो जा...। भूल जा उस कमबख्त को। क्या नहीं किया उसके लिए...। जो मांगता था, उसे दिया...। कभी हिसाब नहीं पूछा। तभी न यह नौबत आई...।

ठकुराइन ने देखा कि उनकी आंखें छलछला उठी हैं।

—देखो, टूटते स्वर में वह बोलीं—इत्ता क्यों परेशान होते हो? रात दिन खून जलाते हो। एक न एक दिन खुद समझेगा वह। ईश्वर अवश्य उसे सद्बुद्धि देगा और तब...।

हरपाल सिंह ने पूरी बात नहीं सुनी और उठकर बाहर चल दिये...।

बैठक में लगे मनोज के फोटो को वह देर तक देखते रहे।

उन्हें लगा वह फूट पड़ेंगे...।

इधर सुधा और उसके पति अक्षय का आना जाना बढ़ गया था। पिताजी और अम्मा से वह खासी नाराज थी क्योंकि उन्होंने उसे इस घटनाक्रम की कोई खबर नहीं दी थी और मामा के विवाह से लौटने पर ही उसे पूरा वृतान्त पता चला। नाराजगी जाहिर करने ही वह वहां आई थी किन्तु घर का माहौल देखकर वह अपना दुख भूल गई। पिताजी की दशा शोचनीय थी। अम्मा अंदर ही अंदर अपनी पीड़ा तथा वेदना को दबाती दिखलाई दीं। घर का पूरा नजारा उदास व बुझा बुझा था। अजब सी मुर्दानगी फैली थी वहां।

अब हफ्ते, दस दिन में वह अवश्य चक्कर लगा जाती और हर बार चिंता की एक नई पर्त उसके उद्विग्न हृदय पर चढ़ती जाती...। मां की परेशानी उसकी भी चिंता थी। हरपाल सिंह का स्वास्थ्य सचमुच गिर रहा था।

इस बार तो ठकुराइन ने उसे मुंशीजी को भेजकर बुलवाया था।

—बेटी, पिताजी को समझा। अंदर ही अंदर दुख पी रहे हैं। मुझसे तो ठीक तरह बात करें न। मुझे भी दोषी ही समझें। तेरे मामा को जो भेज दिया था ब्याह में...। अब इनका जिम्मा तू ही ले...। कुछ समझा बुझा...। ऐसे कब तक चलेगा...।

सुधा ने अब डेरा जमा लिया था। सुबह शाम पिताजी के पास जाकर बैठती और किसी न किसी बहाने मनोज का जिक्र कर देती। बेटी, और वो भी पराए घर की, के सामने ठाकुर ज्यादा कुछ न बोल पाते। संयम का दामन कसके थामे रहते। किन्तु उस दिन उनका धैर्य टूट गया...।

—अम्मा ने सिखलाकर भेजा है तुझे। क्या चाहते हो तुम लोग...? उससे जाकर माफी मांगू। खुशामद करके यहां लिवा लाऊं...।

सुधा सुबकने लगी। फिर तनिक रोष प्रदर्शित करते हुए बोली—अम्मा क्यों सिखलाकर भेजेंगी...? मेरा भाई नहीं है क्या...? आपसे माफी मांगने को किसने कहा...। माफी तो उसे मांगनी है। पर उसे एक मौका तो दें...।

—मैंने आने की मनाही तो नहीं की...।

—लेकिन पिताजी, उसकी इत्ती हिम्मत कहां...?

—तो मैं तो बुलाने से रहा उसे...। हरपाल सिंह गुस्साए स्वर में बोले—समाज में रहना है मुझे। वैसे ही कहीं मुंह दिखाने लायक नहीं छोड़ा उसने...।

सुधा अपने को व्यवस्थित कर रही थी। वह जानती थी कि अपने चुटीले अहं से कहीं अधिक परिवार की प्रतिष्ठा व समाज की मर्यादा हरपाल सिंह के अंतस पर भारी पड़ रही है।

—पिताजी, ईश्वर सब ठीक करेगा...। कहकर उसने बात को समेट दिया—गलती उसने की है तो क्षमा भी वह मांगेगा।

अब उसका निशाना पिता की मित्र-मण्डली थी।

एक अर्से बाद वयोवृद्ध निरंकार चौधरी का हवेली आना चौंकाने वाला था। हरपाल सिंह इसे आकस्मिक मानने को भी तैयार नहीं थे क्योंकि उस समय उनकी मित्र मण्डली भी वहां मौजूद थी। कुछ हैरत, कुछ संदेह और कुछ अविश्वास की मिली जुली भावना अंदर पैदा हुई।

—कै भई हरपाल, चौधरी निरंकार ने बैठते हुए कहा—ये तूने अपना क्या हाल बना रखा है?

विवर्ण व सपाट चेहरे पर फीकी-सी मुस्कान उतर आई थी।

–अपनी शक्ल तो देख...। एकदम मुरझा गया है। मन में कलेश पाल के जिन्दगी नहीं काटी जा सकती। जिन्दगी तो लड़ने का नाम है...। जो संकट है उसका मुकाबला कर। उसे दिल में बिठा कर क्या हासिल होना है। दुख तो आदमी को दीमक की तरह कुतर लेता है। इसलिए गम को अंदर मत जमने दे...। जो हुआ सो हुआ, अब आगे की सोच...।

जो सोचकर आये थे, निरंकार चौधरी कह गये। दरअसल वह इस पारिवारिक मामले में हस्तक्षेप के पक्षधर नहीं थे किन्तु हरपाल सिंह के इष्ट मित्रों के आग्रह को टाल न सके।

हरपाल सिंह विस्मय भरी दृष्टि से चौधरी और अपने मित्रों को देखते रहे। वह जानते थे कि मनोज के विवाह को लेकर पूरे गांव में उनकी खासी भर्त्सना हुई है। काफी दिनों उनसे मिलने तक कोई नहीं आया। इसलिए एकाएक यह हृदय परिवर्तन अचरजपूर्ण तो था ही...।

–तू भी कुछ बोल भई...। हरपाल सिंह की चुप्पी देखकर निरंकार चौधरी आगे बोले–मेरी बात में खोट हो तो बता? अररे जिन्दगी में ऊंच नीच चलती रहती है। कौन ऐसा है जिसको हमेशा यश ही यश मिले। गलतियां आदमी ही करता है और उसका सुधार भी हमीं करते हैं।

हरपाल सिंह सतर्क थे। खामोश रहे।

–लड़के ने गलत काम किया, तुझे तकलीफ हुई, हमें भी दुख पहुंचा। हमने इसकी निंदा भी की। पर अब उस बात का रोना पूरी जिन्दगी थोड़ा रोया जायेगा।

–चौधरी साहब ठीक कहते हैं...। ज्ञानप्रकाश ने सूत्र पकड़ा–मनोज ने जो गलत काम किया, उसकी सजा उसे मिल गई। पर अब उसके कारण तुमने अपना जो हाल बना रखा है वो कतई ठीक नहीं है। न मिलना-जुलना, न हंसना-बोलना, न काम-काज...। ऐसे जिन्दगी थोड़े ही कटती है?

–हरपाल भाई...। रवीन्द्र सिंह ने कहा–ये लोग ठीक कहते हैं। एक बात की गांठ बांध कर जिन्दगी नहीं गुजरती। जो हुआ उसका सामना करना पड़ता है। सारी तकलीफ के बावजूद जिन्दगी कैसे ढर्रे पर लाई जाये, यह भी तो जरूरी है। हारकर हाथ पैर छोड़ देने से उम्र नहीं बीत जाती...। इसीलिए हम सब लोग तुम्हारे पास आये हैं।

हरपाल सिंह अन्दर तक हिल गये। जीवन में पहली बार वह दया के पात्र बन गये थे। उनका सारा अहम्, पूरा स्वाभिमान जैसे अंदर ही अंदर पिस रहा था। एक कसक सी महसूस की उन्होंने...।

–देख भाई...। चौधरी ने बात बढ़ाई–मेरे लिए तो तू बालक ही है और ये तीनों तेरे घने दोस्त। इसलिए हमारी बात ध्यान से सुन। किसी दुख को दिल पे

लाद कर जिन्दगी नहीं कटे है। हिम्मत रखनी पड़ती है। दुख आते जाते रहते हैं। जितना दुख माने आदमी, उतनी तकलीफ होवे...। नहीं तो बड़े-बड़े तूफान निकल ही जाते हैं। आदमी फिर भी जिंदा रहता है। भरी जवानी में तेरी ताई चल बसी। रात दिन वही दिमाग में घूमे थी। पर फिर सम्हाला मैंने...।

हरपाल सिंह को याद आया कि चौधरी निरंकार की पत्नी की आकस्मिक मृत्यु को लेकर पूरा गांव कितना दुखी था। चार छोटे बच्चों को छोड़कर उनका निधन निरंकार चौधरी को बुरी तरह तोड़ गया था।

—चौधरी साहब, आप बताओ मैं क्या करूं...? हरपाल का स्वर भर्रा उठा—एक लड़का, क्या न किया उसके लिए। अपने मुंह से क्या कहूं...। उस पर ईश्वर ने मुझे ऐसी सजा दी...। कहीं मुंह दिखाने का नहीं छोड़ा...।

—देखो हरपाल, रवीन्द्र ने टोका—बेकार की बात मत सोचो...। ठीक है, मनमर्जी से विवाह किया उसने। कौन सा जुर्म है। किसी के साथ अनाचार तो नहीं किया...। किसी को जबरदस्ती भगा तो नहीं ले गया...।

—रवीन्द्र ठीक ही तो कहता है...। ज्ञान प्रकाश बोला—कौन आसमान फट गया है। हम गांव में रहते हैं, हमारी विचाराधारा संकीर्ण है, चौधरी साहब बुरा न मानना, इसलिए ऐसी तुच्छ मानसिकता रखते हैं। दुनिया कहां से कहां पहुंच गई और हम अभी वही जातपांत, गांव बिरादरी में फंसे हैं।

—बस, बस कर ज्ञानू। चौधरी निरंकार को यह सुनना अच्छा नहीं लगा—नये जमाने की बात न कर। हम भी नया जमाना देख रहे हैं। लौंडे ऐसे ही बिगड़ते हैं। और बेटे, कहना बड़ा आसान है। अपना लड़का-लड़की इस तरह की हरकत करता है तब पता चले है। क्यों सुखवीर...?

—ताऊ, ठीक कहो आप...। सुखवीर ने इस बात को आगे बढ़ाना उचित नहीं समझा—बुरा तो लगे ही है। गांव, समाज की परम्परा, परिवार की प्रतिष्ठा, रीति रिवाज और मां बाप के तमाम अरमान, इन्हें कौन अनदेखा कर सकता है। कहकर उसने हरपाल सिंह की ओर देखा।

हरपाल सिंह की दुखती रग पर मानो हाथ रख गया हो। उनकी नजरें नीचे झुक गईं।

—ताऊ, मतलब की बात करते हैं...। रवीन्द्र ने बात सम्हाली—बेवजह की बहस में क्या रखा है। देख हरपाल, जो बात चौधरी साहब कह रहे थे उसे समझो। जो हुआ सो हुआ। हम सब चाहते हैं कि बेटे बहू को घर बुला ले, पूरे गांव की दावत कर और मन का बोझ उतार कर सुख से रह। वो भी कम दुखी न होगा...। मनोज अच्छा बच्चा है। कहीं उसका भी यही हाल न हो। परेशान है तभी न चिट्ठी पर चिट्ठी लिख रहा है।

हरपाल से उग्र प्रतिक्रिया की अपेक्षा थी उसे किन्तु अंदर की टूटन इतनी

भयंकर व भयावह थी कि वह सिर झुका कर सुनते रहे। न सहमति का उत्साह था और न ही असहमति की उग्रता...।

रवीन्द्र के साथ सुखवीर व ज्ञानप्रकाश भी चकित थे।

रवीन्द्र का मनोबल तो बढ़ा ही था।

—देखो भइया, बच्चे तो गलती करते ही हैं। मां बाप रूठ कर कहां जायें। पहले की बात और थी। हर घर में दो चार लड़के थे, एक अलग भी हो गया तो बाकी का साथ तो था। हालांकि बच्चा तो एक भी अलग कांटे की तरह चुभता है। पर अब तो ज्यादातर एक या दो लड़के हैं। उन्हें दूर रखकर जिन्दगी कैसे पार होगी...?

—और फिर कोई जुर्म किया हो तब न...। ज्ञानप्रकाश ने कहा।

—ताऊ, मैंने गलत तो नहीं कहा। रवीन्द्र के निरंकार चौधरी की ओर देखा।

—गलत क्यों कहे तू...। ठीक ही है। बाकी भइया, ज्यादा तो कोई कह न सके...। है तो यह घर का मामला...। हम कौन दखल देने वाले...।

—ताऊ। रवीन्द्र सिंह चौधरी के रुख से तनिक सशंकित हुआ—गांव तो पूरा एक परिवार होता है। इसीलिए ध्यान रखना पड़ता है। मनोज ने जब ब्याह किया था तब नहीं सब लोग जमा होकर न जाने क्या-क्या कह रहे थे। घर के अंदर का मामला समझते तो बोलने की ही क्या जरूरत थी। वो प्रधान की बात...। उसने अपने को रोक लिया—छोड़ो ताऊ...। क्या पुरानी बातें लेकर बैठ गये...। मैं तो सिर्फ इतना कहना चाहता था कि सामाजिक बन्धन व दायित्व से हम लोग निकटता से जुड़े हैं। इसीलिए इस मामले में भी हरपाल को सही राय मशविरा देना हमारा फर्ज है।

—हां, हां, ठीक कहे तू...। कहकर निरंकार चौधरी ने सिर हिलाया।

—भइया हरपाल, गुस्सा थूक दे। बेटे के सामने वैसे भी बाप का गुस्सा कहां चले है। चिट्ठी भेज के उसे बुला ले। रवीन्द्र सिंह ने अपनी बात पूरी की।

हरपाल सिंह ठस्स से बैठे सब सुनते रहे।

मनोज का चेहरा उनकी आंखों के सामने तैरने लगा।

कुहासा धीरे-धीरे छंट रहा था।

मनुष्य की आकांक्षाएं असीमित हैं। समय बदलते उसकी प्राथमिकताएं भी परिवर्तित होती हैं। आज जो वस्तु अथवा व्यक्ति गौण है, कल वही उसके लिए प्रमुख बन जाता है और रात दिन दिलोदिमाग पर छाया रहता है।

मनोज के साथ भी कुछ ऐसा ही हुआ था। विवाह सम्पन्न होने तक उसके जीवन का एक मात्र अभीष्ट नयनी ही थी। तब न पिताजी की प्रतिष्ठा का उसे

ख्याल आया और न ही मां की ममता का कोई बंधन उसे अडिग कर सका। जब मामा ने उसे पिताजी का निर्णय सुनाया तब भी वह विचलित नहीं हुआ और निसंकोच अपने लक्ष्य की ओर बढ़ता चला गया।

किन्तु विवाह होते ही मनःस्थिति बदल रही थी। पिताजी और अम्मा की याद अक्सर उसे बेचैन कर जाती। मां द्वारा नयनी के लिए भेजे गये उपहारों को उसने बड़े सम्मान से स्वीकार किया था। वह जानता था कि पिताजी ऊपर से कठोर अवश्य थे किन्तु अंदर स्नेह का असीम संसार हिलोरें लेता रहता था। अम्मा तो अंदर बाहर एक जैसी थीं...। अम्मा की याद उसे बड़ा भावुक बना जाती और उसकी आंखें छलकने को उद्यत दीख पड़तीं।

उसकी इस दशा से नयनी अनभिज्ञ नहीं थी। ठाकुरपुरवा की बात करते-करते जिस तरह मनोज गुमसुम हो दूसरी तरफ मुंह मोड़ कर अपनी दुर्बलता छिपाने का प्रयास करता, उसे वह अच्छी तरह समझती थी। वह दुखी अनुभव करती।

–मेरी वजह से तुम अपने पेरेन्ट्स से दूर हो गये हो...। सच में मुझे बिल्कुल अच्छा नहीं लगता। यह मैंने कभी नहीं सोचा था। मुझे लगता था कि हमारे फैसले के बाद देर सबेर वे भी राजी हो जायेंगे।

–लेकिन मुझे मालूम था पिताजी इसे कभी स्वीकार नहीं करेंगे...। तुम्हें गांव के माहौल की जानकारी नहीं है। ये सीधे-सीधे लोग अपने सम्मान के लिए क्या कुछ नहीं कर बैठते, भले ही इससे उन्हें स्वयं भी कितना कष्ट क्यों न हो...।

–लेकिन अम्मा जी ऐसा नहीं कर सकतीं...।

–अम्मा बेचारी क्या कर सकती हैं। गांवों में महिलाएं पति के सामने एक शब्द भी नहीं बोलतीं। पति का निर्णय जैसे ईश्वर का निर्णय है।

नयनी ने तत्काल कुछ नहीं कहा। कुछ क्षणों के लिए सिर्फ एक बार देखा, पिताजी का चेहरा अक्सर उसकी नजरों में घूमता था। हां, चेहरे पर कठोरता की एक नई पर्त और चस्पा हो गई थी। वह सिहर उठती। उसकी आशा मां पर केन्द्रित थी। उनके स्नेह के प्रति आश्वस्त अनुभव करती। मां के साथ उसका खासा वक्त बीता था। सोचकर श्रद्धावश उसका सिर नीचे झुक जाता।

–लेकिन मनोज, तुम देखना एक न एक दिन सब ठीक अवश्य हो जायेगा...। वह आशान्वित थी।

–तुम्हें ऐसा क्यों लगता है? तुम गांव, उसके वातावरण अथवा मेरे घरवालों के बारे में जानती ही कितना हो?

–हां, सचमुच नहीं जानती पर मुझे अपने सिक्स्थ सेंस पर विश्वास है...।

–ईश्वर से प्रार्थना करता हूं कि तुम्हारी बात सच हो...। उसका स्वर आर्द्र हो चला।

नयनी उसके पास चली आई। अपना हाथ उसके बालों में फेरने लगी। कुछ

देर की चुप्पी के बाद बोली–पिताजी को एक लैटर तो लिखो...।

–उससे क्या होगा...?

–तुम्हारी तरफ से बातचीत की पहल तो होगी...।

–तुम्हें लगता है वह उत्तर देंगे?

–दे भी सकते हैं...। एक महीने वेट करना और फिर दूसरा लिखना। बाद में भी लगातार लिखते रहना...। कभी न कभी उनका दिल जरूर पिघलेगा...।

और नयनी की सलाह मानकर ही उसने पिताजी को दो पत्र लिखे थे। पूरी नाउम्मीदी के साथ वह रोज उत्तर की प्रतीक्षा करता।

दूसरा पत्र भेजने के लगभग एक माह बाद सुधा का पत्र आया तो मनोज का हृदय आह्लाद से झूम उठा। सुधा ने उसे पत्र न लिखने के लिए उलाहना दिया था तथा जल्दी ही 'भाभी' के साथ ठाकुरपुरवा आने के लिए आमंत्रित किया था। 'पिता जी गुस्से में हैं लेकिन अपने बेटे से मिलने के लिए बहुत व्याकुल भी। अम्मा की दशा तो तुम समझ सकते हो। जब से पिताजी ने तुम्हें बुलाने की अनुमति प्रदान की है, उनका तो चेहरा ही खिल गया है। शादी जैसी तैयारी चल रही है। हां, भाभी को तुमने अपनी बहन के बारे में बतलाया या नहीं। मैं उनसे मिलने को बेताब हूं। तार से अपना कार्यक्रम सूचित करना...।'

नयनी को पाने पर उल्लास व उत्तेजना का जो अहसास मनोज को हुआ था, ठीक वही अनुभूति आज भी उसे हो रही थी। मनोज को प्रफुल्लित देखकर नयनी भी उत्साहित थी। जब मनोज ने उससे पूछा–ठाकुरपुरवा का कार्यक्रम बनाए, तो पूरी गर्मजोशी से उसने उत्तर दिया–इसमें कोई पूछने की बात है। आज ही रिजर्वेशन कराकर कम से कम पन्द्रह दिनों की लीव एप्लाई कर दो।

–तुम्हें अच्छा लगेगा न...?

–आफकोर्स मनोज...। मैं सबसे मिलना चाहती हूं और देखना, पन्द्रह दिनों में वो सब अपने लड़के को भूलकर बहू का ही गुणगान न करने लगें तो मेरा नाम भी नयनी नहीं...।

–ओह नयनी, यू आर टू गुड...। कहकर मनोज ने उसे अपनी बाहों में समेट लिया।

सुख की अनूठी अनुभूति उसके अंदर तरंगित हो रही थी।

नयनी उसकी बाहों में थी, किन्तु उसे लगा वह मां की बाहों में बंधा है।

पूरे गांव में उत्सव जैसा माहौल था। हर किसी की जबान पर नयनी और मनोज के गांव आगमन की चर्चा थी। अजब तरह का उत्साह व उमंग छाई थी। ठकुराइन व परिवार के अन्य सदस्य तो प्रसन्नता से सराबोर थे ही, ठाकुर हरपाल सिंह के

इष्ट मित्रों ने भी राहत महसूस की...। हरपाल सिंह का अनमनापन, बेगाना व्यवहार, कटा-कटा रहना उन सभी के लिए बड़ा त्रासद था। मनोज के आगमन के दूसरे दिन एक विशाल भोज आयोजित किया जा रहा था जिससे गांव के सभी परिवारों को खुला निमंत्रण था।

ऐसे स्वागत की उन दोनों को लेश मात्र भी आशा नहीं थी। पिताजी या मां की ओर से कोई पत्र न आने से तनिक ऊहापोह को स्थिति भी बनी हुई थी।

किन्तु स्टेशन का नजारा देखते ही उन्हें सब कुछ समझते देर नहीं लगी। मुंशीजी के साथ गांव के लगभग आठ-दस लोग मौजूद थे। सबने मालाओं व फूलों से उनका स्वागत किया। सुधा के पति अक्षय भी अगवानी के लिए आये थे। पिताजी के मित्र रवीन्द्र सिंह व ज्ञानप्रकाश भी मौजूद थे।

मनोज घर पहुंचने को आतुर था। किन्तु स्टेशन पर जलपान की व्यवस्था की गई थी। मनोज के मना करने पर भी उसे सबके साथ मिलकर जलपान करना ही पड़ा।

हवेली की छटा मनभावन थी। उत्सव जैसा माहौल था। आम की पत्तियां और कागज की रंग बिरंगी झंडियों से मुख्य द्वार सजाया गया था। हवेली के मुख्य द्वार को बहु बटोकली से सुसज्जित किया गया था। धरती पर सामने मनमोहक अल्पना बनी थी। दूर से बैंड की धुन पूरे गांव में फैल रही थी। आसपास खासी भीड़ थी। गांव के सभी प्रमुख व्यक्ति वहां मौजूद थे। ठाकुर ने इस अवसर के लिए कोई औपचारिक निमंत्रण नहीं दिया था। फिर भी किसी ने भी इस मौके को चूकना उचित नहीं समझा। गुलजार भी दिखलाई पड़ा। हालांकि मनोज व नयनी के पहुंचने के थोड़ी देर बाद ही वहां से खिसक गया।

अनुपस्थित लोगों में केवल दो प्रमुख थे—पं. सुखदेव शर्मा व भगौती प्रसाद। सुखदेव शर्मा ने इसे शर्मनाक कहा था। वैसे भी वह अपने को हरपाल का चिर प्रतिद्वन्द्वी मानते रहे थे और इस आयोजन में सम्मिलित होकर भविष्य के लिए अपने एक शस्त्र को भोथरा नहीं करना चाहते थे।

उधर सरना चाचा और भगौती प्रसाद में इस विषय पर देर तक चर्चा हुई। वे स्वागत के विरोध में थे किन्तु जानते थे कि उनकी अनुपस्थिति का गलत अर्थ भी निकाला जा सकता था। ठाकुर हरपाल सिंह को अप्रसन्न करना वे उचित भी नहीं समझते थे। इसलिए सरना चाचा द्वारा चमरौटी का प्रतिनिधित्व करना ठीक समझा गया।

द्वार पर बहू का पारम्परिक ढंग से स्वागत किया गया। दूध भरी सराईयां रखी थीं जिन्हें मनोज व नयनी ने अपने पैरों से फोड़ा। नयनी के सिर पर पानी भरा पीतल का लोटा रखा गया जिसमें आम की टहनी पड़ी थी। सुधा दरवाजा रोके खड़ी थी और कुछ लड़कियां के साथ गा रही थी –

बन्ना जीत लाया रे सुसराल की गली
बन्ने तेरे सेहरे से लगी अनार की कली
बन्ना जीत...।

मनोज व नयनी ने जब पहले मां के पैर छुए तो उनके आंसू झर-झर बहने लगे। हरपाल सिंह के नेत्र भी नम थे, अन्तस का द्रव्य रोकने के लिए जैसे कितना संघर्ष कर रहे हों।

आंगन में स्त्रियां गीत गा रही थीं–
बन्ने बनड़ी का बड़ा चाव
चल दिया टिट दूपहरी में
बन्नी टिका लाया सई सांझ
बन्ने बनड़ी...

ढोलक की थाप तेज होने लगी। बच्चे इधर-उधर दौड़ भाग कर रहे थे। मनोज व नयनी अंदर आये तो भीड़ का एक रेला सा प्रविष्ट हुआ।

एक ओर मेजों पर जलपान की व्यवस्था की गई थी। अधिकतर लोग जलपान पर टूट पड़े और देखते ही देखते प्लेटें खाली हो गईं।

मनोज अपने कमरे में घुसा तो वहां की छटा देखकर दंग रह गया। दीवारों पर हल्के गुलाबी रंग का डिस्टेम्पर किया गया था। नए पर्दे टंगे थे जो काफी मंहगे प्रतीत होते थे। पुराने निवाड़ के पलंग के स्थान पर टीक का डबल बैड पड़ा था जिस पर रूई के गद्दे न होकर जूट फोम के महंगे गद्दे बिछे थे। आकर्षक साफ-सुथरी चादर थी। बाईं तरफ बैड से मेल खाती ड्रेसिंग टेबिल थी। आंवले के तेल की शीशी, नया कंघा और पाउडर का डिब्बा रखा था। कमरे में एक भीनी महक प्रवाहित हो रही थी।

अपने पुराने कमरे का यह नया रूप देखकर मनोज स्तब्ध रह गया। नयनी स्वयं इस कमरे में कुछ दिन बिता चुकी थी। वह तो विश्वास ही नहीं कर सकी कि यह वही कक्ष है। उसने सोचा कि पिताजी व अम्मा ने अपने कमरे को उनके लिए सुसज्जित किया है। मनोज ने जब उसका यह भ्रम दूर किया तो वह अविश्वास भरी दृष्टि से मनोज को देखने लगी।

मनोज का हृदय कृतज्ञता व सम्मान से भर उठा। उसके मन में आया कि पिताजी के पैरों में गिरकर एक बार सबके सामने क्षमा मांग ले अथवा कम से कम पिताजी को एक अवसर अवश्य प्रदान करे कि वह उसे जी भर के डांट डपट लें और अपने हृदय का बोझ हल्का कर लें।

उसकी आंखें भरने लगीं। सामान रखकर वह तुरन्त बाहर आया और सामने खड़ी अम्मा से लिपट कर धीरे-धीरे सिसकने लगा।

ठकुराइन परेशान सी उसे सहलाने लगीं–उनके नेत्रों से अविरल धाराएं बह

रही थीं।

—चल, कमरे में चल। अटकते स्वर में कहा ठकुराइन ने।

आगामी कुछ दिन नयनी की चर्चा में ही डूबे रहे। जीन्स, रंग बिरंगी टी शर्ट में फुदकती, मटकती चुलबुली नयनी का सिर ढकी साड़ी में रूपान्तरण उन सबके लिए रोचक व विस्मयकारी था। दरअसल हवेली पर स्वागत करने वालों में ऐसे लोगों की बहुतायत थी जो बड़ी उत्सुकता से यह देखना चाहते थे कि एक अत्याधुनिक शहरी लड़की बहू के रूप में अपना स्वागत किस प्रकार ग्रहण करती है। बहू की पारम्परिक छवि नयनी के रूप से आकर टकरा जाती। महिलाओं में ही नहीं पुरुषों में भी यह चर्चा का विषय था। इसलिए साड़ी में लिपटी नयनी को स्टेशन पर देखकर ही वहां मौजूद लोग चकित हुए थे और मन ही मन प्रसन्न भी...। बाद में हवेली पर आगमन के समय जिस तरह वह सिर ढक कर नीचा मुंह किए चल रही थी, उससे वे यह विश्वास ही नहीं कर पाए कि यह वही लड़की है जिसकी उछल कूद ने गांव में कितना बखेड़ा खड़ा कर दिया था। सभी की मौजूदगी में नयनी द्वारा ठाकुर व ठकुराइन के चरण स्पर्श ने उन सभी को मुग्ध कर दिया था।

अगले कुछ दिनों तक पारिवारिक संस्कारों, शिक्षा दीक्षा पर चर्चा की जाती रही। नयनी व उसके परिवार के सम्बन्ध में गांववासी क्या स्वयं ठाकुर हरपाल सिंह व परिजनों को कोई जानकारी नहीं थी। किन्तु नयनी व उसके परिवार के बारे में तरह-तरह की बातें करते लोग सुने जा सकते थे। सभी यह स्वीकार करने लगे थे कि अच्छी शिक्षा का लड़की पर कितना अच्छा प्रभाव पड़ सकता है।

स्थिति एकाएक बदल गई थी। नयनी व मनोज के विवाह के विरोधी अब उनकी प्रशंसा करते दिखलाई देते।

ठाकुर हरपाल सिंह के लड़के व उसकी पुत्रवधू का स्वागत करने में होड़ सी लगी हुई थी। ठाकुर द्वारा आयोजित प्रीतिभोज के उपरान्त उन के मित्रों रवीन्द्र सिंह, ज्ञान प्रकाश व सुखवीर गहलौत ने उन्हें भोज पर आमंत्रित किया...। और फिर यह क्रम चलता ही रहा।

मनोज को लगा ही नहीं कि यह वही गांव है जहां नयनी को लेकर विद्रोह जैसी स्थिति बन आई थी। वह सचमुच चकित था।

उससे भी ज्यादा हैरान नयनी थी।

पन्द्रह दिनों का अवकाश बीतने को आया। मां के आग्रह पर ही वे दो दिनों के लिए मंसूरी भी घूम आये थे। लौटे तो वापसी दिखलाई देने लगी।

—पिताजी, इस शनिवार को हमें लौटना है...। उसने मंसूरी से लौटने पर रात

में कहा।

–अच्छा। छुट्टी खत्म हो रही होगी...? हरपाल सिंह ने निर्लिप्त भाव से पूछा।

–जी पिताजी...।

–फिर कब अवकाश मिलेगा...?

–पिताजी, प्राइवेट कम्पनी में छुट्टी कम ही होती है। पिछले एक माह में ओवर टाइम व छुट्टियों में काम करके एक वीक की लीव अर्न की थी, वो मिला कर ही आ पाया था।

–तो क्या छुट्टियों में भी काम करना पड़ता है?

–जी, कभी-कभी...। इसी तरह अवकाश बचाया जाता है।

–तब तो यह बड़ी वाहियात नौकरी है।

–जी पिताजी...। प्राइवेट कम्पनी में मेहनत तो ज्यादा ही करनी पड़ती है।

–और देते क्या हैं?

–करीब दस हजार...। मकान किराया मिला कर...।

–आजकल के समय में बम्बई में इत्ते पैसों से कहां काम चलता है। हरपाल सिंह परेशान दिखलाई दिए–तीन, चार हजार का मकान होगा...

–जी, साढ़े चार हजार के दो छोटे कमरे हैं...।

–तब...?

मनोज धीरे से मुस्करा दिया और बोला–नौकरी में तो शुरुआत ऐसे ही होती है। दो, तीन साल बाद कहीं अच्छी नौकरी मिल सकती है।

–पर तुमसे नौकरी करने को किसने कहा है...? अचानक हरपाल सिंह का स्वर बदल गया–यहां किस चीज की कमी है। ईश्वर का दिया सब कुछ है।

मनोज चौंक गया। वार्ता के इस अप्रत्याशित मोड़ के लिए वह कतई तैयार नहीं था।

–पिताजी...। वह अटककर बोला–जब आपने इतना पढ़ाया लिखाया है तो कुछ तो करना ही चाहिए...। यहां रहकर वही खेती बाड़ी...।

–कौन कहता है तुझसे खेती बाड़ी करने को...। हरपाल सिंह ने उसकी बात काट कर कहा–कुछ और भी कर सकता है।

–जैसे...?

–जैसे कोई फैक्ट्री डाल ले। शहर में अपनी जमीन है। जो पढ़ा लिखा है उसी से जुड़ा कोई काम शुरू कर दे...।

मनोज विस्मयभरी दृष्टि से हरपाल सिंह को देखने लगा। यह विचार तो कभी उसके जहन में आया ही नहीं था। पिताजी के मन में यह बात पहले से थी और सोच समझ कर कही गई थी, अथवा अकस्मात उनके अंदर यह सुझाव कौंधा था, वह तय नहीं कर पा रहा था।

–नौकरी में क्या रखा है? कुछ नहीं मिलता। जिसकी मजबूरी हो वो करे, समझ में आता है। पर तेरी क्या मजबूरी है। तू अपना काम क्यूं नहीं करता। एकाध साल में फैक्ट्री चल जायेगी तो पैसा ही पैसा है...।

–पिताजी, मैने इस बारे में कभी सोचा नहीं...। क्या आपके मन में किसी खास फैक्ट्री का विचार है?

–कोई विशेष तो नहीं...। पर जो पढ़ाई लिखाई तुम लोगों ने की है, उसका फायदा उठाओ।

–तुम लोगों...। विस्मय से मनोज बुदबुदाया।

–अरे, तू और बहू दोनों इंजीनियर हो। दोनों मिलकर फैक्ट्री चलाओ। अभी तो वह भी कुछ काम नहीं करती। इस बहाने वह भी कुछ करने लगेगी...। और काम न करना चाहे तो तू है ही...।

मनोज आश्चर्य से पिताजी का चेहरा देखता रहा। अब उसे लगा कि पिताजी के अन्दर ये विचार अकस्मात रूप से नहीं आये हैं। अवश्य ही वह इस पर सोच विचार चुके हैं अथवा अपने मित्रों से सलाह कर चुके हैं। क्या मालूम यह सुझाव किसी मित्र का ही हो...?

–पिताजी, इस बारे में कभी सोचा नहीं। पता नहीं क्या काम किया जा सकता है?

–अररे पचास काम है। बिजली के तार, या सामान बनाने की फैक्ट्री डाल ले, खांडसारी की कोई यूनिट लगा लो, सीमेंट की टाईल्स या लोहे की छड़ें बनाने की फैक्ट्री डाल लो, काम की क्या कमी है। शुरुआत में लगाने को पैसा चाहिए और काम करने की धुन...।

मनोज सचमुच इस प्रस्ताव पर गंभीरता से सोचने लगा।

–बहू से बात कर ले...। हरपाल सिंह उसकी दुविधा को भांप गये–फिर कौन आज ही निर्णय लेना है।

–जी पिताजी...।

–हां, एक बात और समझा देना बहू को। हम तुझे अपने पास लाना जरूर चाहते हैं। पर बहू को इससे कोई तकलीफ नहीं होगी बल्कि उसे आराम ही मिलेगा। बड़ा मकान, नौकर चाकर, खाने पीने का आराम...।

–जी पिताजी...। मनोज धीरे-धीरे मुस्करा रहा था।

–और गांव में तुम लोग न रहना चाहो तब भी मुझे कोई आपत्ति नहीं है। जैसे मित्रसेन का लड़का अलग कस्बे में रहता है वैसे ही कोठी बनाकर रहना...।

–पिताजी, ऐसा क्यों सोचते हैं? आपके पास रहने में हमें क्या परेशानी है।

हरपाल सिंह ने एक लम्बी सांस ली और तनिक रुककर कहा–बड़े शहर की लड़की है। गांव में रहना पसन्द न करे। इसीलिए मैंने कहा। साफ बात करना ठीक है बाकी जैसा तुम लोग ठीक समझो...।

13

मनोज के गांव आगमन के समाचार से रमेश अत्यन्त उत्साहित था। मनोज व नयनी का पूरे गांव द्वारा जमकर स्वागत किया जाना उसे बड़ा सुखद लगा। उसका मनोबल भी काफी बढ़ा था। लगता कि एक न एक दिन दलित समाज भी उसके प्यार को स्वीकृति प्रदान कर देगा। ननकू चाचा व अम्मा तो प्रायः सहमत थे ही। पिताजी भी अब सोचने पर विवश होंगे। जहां तक सरना चाचा व अन्य लोगों का प्रश्न था, उनकी कोई चिंता उसे कभी त्रस्त नहीं करती। पारिवारिक व व्यक्तिगत मामले में तीसरे पक्ष का हस्तक्षेप उसे बेहद गैरजरूरी लगता।

किन्तु बात जस की तस थी। न आशा कुछ बतला पाती और न ही गांव से उसे कुछ सूचना प्राप्त होती। एक गतिरोध सा पैदा हुआ लगता था। हालांकि यह ठहराव उसके हित में भी था। वह स्वयं चाहता था कि किसी तरह इन्टर की परीक्षा पास करके कोई छोटी-मोटी नौकरी पा ले जिससे आर्थिक रूप से स्वावलम्बी हो सके। तब आशा का हाथ वह साधिकार मांग सकेगा। किन्तु उसे यह विश्वास नहीं था कि आशा के विवाह को लेकर ननकू व बंसी इतने चिंता मुक्त हो सकते हैं।

...कहीं कोई गुप्त योजना तो नहीं बनाई जा रही? सोच-सोचकर वह बड़ा त्रस्त अनुभव करता।

ऐसे में मनोज का आगमन एक उत्साहजनक खबर थी। विचित्रसेन तो पहले ही ठाकुर के हस्तक्षेप का प्रस्ताव रख चुका था। मनोज उनके सम्बन्धों से अवगत था ही, इसलिए मनोज से बात करना लाभदायक साबित हो सकता था।

मालिक से एक दिन अवकाश लेकर वह गांव आया किन्तु मनोज से भेंट नहीं हो सकी। पता चला पत्नी के साथ मंसूरी घूमने गये हैं। दो तीन-दिन में वापसी अपेक्षित है। वह निराश हुआ। घर आकर ठस्स सा बिस्तर पर पसर गया।

लगभग डेढ़ माह बाद वह गांव आया था। चेहरे की रंगत बदली हुई थी। आंखों में उदासी का साया था और बदन में अजब सी मुर्दानगी...। उसे देखकर रामदेई बड़ी दुखी व परेशान हुई।

–बेटा, यह क्या हाल बना रखा है? इत्ते दिनों बाद आया और न कुछ बातचीत, न किसी से मिलना जुलना। बस खटिया पकड़ रखी है। तबीयत तो ठीक है न...?

रामदेई ने पास आकर उसके माथे पर हाथ रखते हुए पूछा।

—मेरी तबियत को क्या हुआ...। बिलकुल ठीक है...। अनमनेपन से कहा उसने।

—फिर घूमा फिरा कर। लोगों से मिला जुला कर...। सब लोग तेरे बारे में पूछते रहते हैं। कब आयेगा, कब आयेगा...। पर तूने तो घर को भुला ही दिया। हफ्तों बीत जाते हैं शक्ल देखे। ऐसा भी मरा क्या काम...।

धीमे से मुस्कराने की कोशिश की रमेश ने।

—पता नहीं क्या हो गया है तुझे। रामदेई कह रही थी—बदलता जा रहा है। अपने अम्मा पिताजी को ही भूल गया है, बस उस ...। कहते-कहते रामदेई चुप हो गई।

रमेश ने बड़ी तीखी नजरों से अपनी मां को देखा।

—अम्मा, रुक क्यों गई? तू आशा की बात कर रही थी न...?

रामदेई ने कुछ उत्तर नहीं दिया और सख्त चेहरा बनाए दूसरी ओर देखने लगी।

—अम्मा, देख ठाकुर के लड़के ने शादी की, दूसरी जाति, दूसरे प्रांत से...। कोई भी नहीं शामिल हुआ उसमें। पूरे गांव ने तिरस्कार किया, आलोचना की और अब वो ही लोग उसका स्वागत, सत्कार करने में लगे हैं। बता, क्या गलत हुआ?

—ठाकुर के बेटे से मुकाबला मत कर...। रामदेई ने झुंझलाए स्वर में कहा।

—क्यों न करूं, सिर्फ इसलिए क्योंकि हम गरीब हैं...। उसने चिढ़कर कहा।

—और नहीं तो क्या? उनसे क्या मुकाबला...? कभी सोचना भी मत वरना बड़ा दुख पाएगा...।

—क्यों, क्यों दुख पाऊंगा...?

—बहस नहीं करनी मुझे। पढ़ लिख गया है तो सबको बेवकूफ समझता है। पढ़ने से दीन दुनिया की तमीज नहीं आती। रामदेई गुस्से में आ गई थी।

—क्या बदतमीजी की है मैंने? सब लोगों के सामने हाथ पैर जोड़ रहा हूं। बार-बार प्रार्थना कर रहा हूं। कोई गलत काम तो नहीं किया...।

—पर यह सोचना ही गलत है बेटा। रामदेई का स्वर नम्र हुआ—अपनी पढ़ाई लिखाई में ध्यान लगा। इस चक्कर में तेरी जिन्दगी खराब हो जायेगी। हमारी सारी उम्मीदें खत्म हो जायेंगी...।

—अम्मा, ऐसा क्यों सोचती हो? विवाह ही तो है यह। उस बार तुम खुद मेरे विवाह की बात कर रही थीं। तुझे आशा पसंद भी है फिर क्या कठिनाई है?

—उफफो..., फिर वोई बात...। बार-बार मुझसे क्यों कहता है। अपने पिताजी से बात कर...। कहकर रामदेई पैर पटकते हुए बाहर चली गई।

रमेश चारपाई पर उठकर बैठ गया। एक बार पिताजी से बात तो करनी ही

है, उसने सोचा। वह उठकर बाहर चला आया। तेज, चिलचिलाती धूप थी। सूरज की किरणें जैसे अंदर तक चुभती महसूस हो रही थीं। कीचड़ भरी गलियों को पार करता वह गांव के उत्तर में पड़ने वाले अपने खेत की तरफ बढ़ गया। खेत पानी से डूबे हुए थे। धान की बुआई चल रही थी। दूर तक किसान, औरतें, बच्चे खेतों में काम करते नजर आ रहे थे।

–अरे तू, कब आया...? रमेसर उसे देखते ही चहक उठा।

–बस पिताजी, थोड़ी देर पहले...।

–इत्ते दिनों बाद...। सब कुशल है न? तेरी पढ़ाई-लिखाई, काम-धाम कैसा चल रहा है...?

–जी पिताजी, सब ठीक है।

पास आकर उसने रमेसर के पैर छुए और पेड़ के नीचे साए में बैठ गया। हवा एकदम रुकी हुई थी जिससे बदन में बड़ी चिपचिपी हो रही थी। पसीना पूरे शरीर को तर कर रहा था।

–अब तो छमाही परीक्षा भी होने वाली होगी...?

–अभी नहीं, पिताजी।

–इस साल तो फिर बोर्ड की परीक्षा है?

–जी पिताजी...।

–बस बेटा खूब मेहनत कर ले। इन्टर करके छोटी-मोटी नौकरी मिल ही जायेगी। लेकिन पढ़ाई भी जारी रखना।

–जी पिताजी।

रमेसर शांत हो गया। पास रखी चने लईया की पोटली खोलकर वे दोनों धीरे-धीरे खाने लगे...। रमेश की चुप्पी व गंभीरता पर रमेसर कुछ उलझन महसूस करने लगा। इस तेज धूप में रमेश का उससे मिलने आना भी उसे कुछ अटपटा सा लगा। रमेश की मुद्रा से स्पष्ट था कि वह कहीं खोया हुआ है।

–आशा...। वह सतर्क हुआ।

सरना चाचा के यहां ननकू से आशा के सम्बन्ध में अंतिम बार बातचीत हुई थी। बाद में वह सोचता रहा था कि रमेश व आशा के विवाह की योजना के पीछे कहीं ननकू का ही तो हाथ नहीं। रमेश जैसे प्रतिभावान लड़के को कौन अपनी लड़की का हाथ थमाना नहीं चाहेगा। अंदर ही अंदर ननकू के प्रति बड़ी वितृष्णा अनुभव की उसने।

–कुछ परेशान लगता है? रमेसर ने ही गतिरोध तोड़ा।

सीधा होकर बैठ गया रमेश मानो जोखिम से जूझने की कोई तैयारी हो। वह जानता था कि पिताजी बौखला सकते हैं। आग में हाथ डालने के समान था यह किन्तु इसके अतिरिक्त कोई विकल्प भी कहां था?

—पिताजी...। उसने गला साफ करके कहा—अम्मा ने तुमसे आशा के बारे में बात की थी।

उसके हृदय की धड़कनें तेज हो गईं।

रमेसर ने चुभती नजरों से उसे देखा। पूरा बदन जैसे जड़ हो गया, चेहरे पर कड़ुवाहट उतर आई।

—मना कर तो दिया था, आज फिर वोई बात...।

—पिताजी, मैं आशा से विवाह करना चाहता हूं। मैं...।

—पगला गया है...। रमेसर अब भड़क उठा—जब घर आता है बस एक ही बात करता है। न भाई-बहन से कोई प्यार, न मां बाप की हारी बीमारी की कोई चिंता, बस आशा...। शहर जाकर यही सीखा है तूने...। इसीलिए वहां पढ़ने गया है कि वहां की गलत बातें सीखे...। कित्ती बार समझाया कि पढ़ने की उम्र है, दो एक साल पढ़ लेगा तो कुछ आगे बढ़ सकेगा। अच्छी नौकरी लग जायेगी। घर गांव का नाम चमकेगा। पर तुझ पर तो बस उस कम्बख्त लड़की का भूत चढ़ गया है। जब आयेगा, वही बात...। क्या पढ़ता लिखता होगा वहां जब रात दिन इसी में डूबा रहता है।

क्रोध से हांफने लगा वह। कुछ पलों के लिए रुककर वह फिर बोलने लगा—ऐसा कर पढ़ाई छोड़ दे, गांव में रहकर काम में हाथ बटा। ऐसी पढ़ाई पर लानत है...।

रमेसर का चेहरा तमतमा उठा। आंखें तेज धूप की मानिंद चमक रही थीं। मन में आया अपने जवान पुत्र पर पिल पड़े...। अंदर की ज्वाला शांत करने का शायद यही उपाय था।

मानसिक रूप से तैयार होते हुए भी रमेश भयभीत अनुभव करने लगा। क्या कहे, कैसे कहे...?

—खबरदार जो मुझसे इस बारे में बात की...। रमेसर चीख रहा था—यह हो ही नहीं सकता...। खानदानी लड़की है। पाप है ये सोचना। मुझे नहीं कटानी अपनी नाक। उस दिन सरना चाचा ने भी मना कर दिया था...।

—पिताजी, रमेश ने साहस बटोरा—एक बार...।

—चल, घर जा। रमेसर उसकी बात काटते हुए गुर्राया—शर्म नहीं आती जबान चलाते...।

कहकर रमेसर उठकर चला गया।

एक अजीब सी मनःस्थिति से वह गुजर रहा था। कभी घोर हताशा उसे पूरी तरह जकड़ लेती और चारों ओर अंधकार व नैराश्य की सृष्टि नजर आती तो कभी विद्रोह

की ज्वाला से उसका अन्तर्तम धधकने लगता। अंदर ही अंदर एक उबाल सा महसूस करता रमेश और तब तमाम मर्यादाएं, सामाजिक मान्यताएं, पिताजी, सरना चाचा, ननकू चाचा उसकी चेतना से लुप्त हो जाते।

दो दिन बाद विचित्रसेन ने उसे बतलाया कि कल सुबह ठाकुर के पुत्र मनोज फैक्ट्री देखने आ रहे हैं तो उसे अत्यन्त प्रसन्नता हुई। उसने विद्यालय का अवकाश रखा और बेताबी से उनकी प्रतीक्षा करने लगा।

–अरे, मैं तो भूल ही गया था कि तुम भी यहां काम करते हो...। मनोज ने उसे देखते ही कहा और फिर उसके अध्ययन आदि के सम्बन्ध में अनेक प्रश्न किए।

मनोज द्वारा रमेश के प्रति प्रदर्शित आत्मीयता व सहृदयता से विचित्रसेन प्रभावित हुआ था। उसने भी रमेश की प्रशंसा में कोई कसर नहीं रखी।

रमेश अटपटा सा अनुभव कर रहा था। उसने जाने की अनुमति भी मांगी किन्तु मनोज ने इनकार कर दिया और एक मित्र की भांति ही पूरे समय उसे अपने साथ रखा।

वार्ता के दौरान ही रमेश को पता चला कि मनोज भी कोई फैक्ट्री लगाने की योजना बना रहा है और उसी बारे में सलाह लेने वह विचित्रसेन के पास आया था। सुनकर वह और भी प्रसन्न हुआ। एक तो मनोज उसे मित्रवत समझता था और दूसरे उसकी नई फैक्ट्री में वह कोई अच्छी नौकरी भी पा सकता था।

–आपके विवाह का समाचार सुनकर मुझे कितनी प्रसन्नता हुई, मैं कह नहीं सकता। अवसर पाने पर उसने कहा।

–शायद ठाकुरपुरवा में तुम अकेले होगे। मनोज धीरे से हंसा–मुझे भी तुम्हारी याद आई थी। पर एक तो तुम्हारा कोई पता मेरे पास नहीं था और दूसरे शायद तुम्हारे लिए आना भी संभव नहीं हो पाता। इसलिए निमंत्रण पत्र नहीं भेजा।

–आप ठीक कहते हैं...।

–और उस समय मैं काफी तनावग्रस्त भी था। परिवार का समर्थन था नहीं...।

–पर अब तो सब ठीक-ठाक हो गया। तीन दिन पहले आपसे मिलने गांव गया था। तब विस्तार से आपके स्वागत सत्कार की जानकारी मिली। मुझे बहुत ही अच्छा लगा, विशेषकर यह सोचकर कि सच्चा प्यार अन्ततः विजयी होता है। सच्चे प्यार के सामने दुनिया झुक जाती है। सच्चे प्यार की पवित्रता शनैः शनैः समस्त विरोधों-अवरोधों को तिरोहित कर देती है–स्वतः हिम शिलाखंड की भांति...। इतिहास में अनेक ऐसे दृष्टांत हैं।

–पर इसके विपरीत उदाहरण भी हैं जब सच्चे प्रेमियों को समाज में रहने नहीं दिया, तरह-तरह से प्रताड़ित किया है, सताया, मारा पीटा है, अन्ततः उन्हें अपने जीवन से ही हाथ धोना पड़ा। पता नहीं बात बढ़ाने अथवा रमेश को उकसाने के मकसद से विचित्रसेन ने कहा।

—साहब, जिसे आप हार कह रहे हैं, दरअसल वह पराजय नहीं है, बल्कि उनकी जीत है। अपनी मृत्यु से पूरी दुनिया को पराजित कर वे बहुत पीछे छोड़ जाते हैं। लैला-मजनूं, हीर-रांझा, शीरी-फरहाद किसी को ले लें—क्या उनका प्रेम आज अमर व चिरजीवी नहीं है? क्या पूरी दुनिया उनके प्यार के सामने झुकी नहीं है, उसे स्वीकार नहीं किया है?

मनोज हैरत से रमेश को देखने लगा। उसे याद आया कि रमेश ने भी अपने प्रेम प्रसंग के बारे में बतलाया था। जाहिर है इन विचारों के पीछे भावनाओं का प्रबल संबल है।

आशा व उसके प्यार की प्रगति के बारे में पूछने को उत्सुक था वह। किन्तु विचित्रसेन के समक्ष वह संकोच कर रहा था।

—चलो, तुम्हारा कमरा देखने चलता हूं...। कुछ समय बाद मनोज ने उससे एकांत में बात करने के उद्देश्य से कहा।

—मेरा कमरा। आप कहां जायेंगे...? रमेश सकपका गया—छोटी सी कोठरी में रहता हूं।

—कोई बात नहीं। चलो। कहकर उसने रमेश का हाथ पकड़ लिया और फिर विचित्रसेन से कहा—भइया, मैं अभी आया...।

आशा का यह दूसरा और अंतिम पत्र था।

पता नहीं क्यों, पत्र पाते ही उसके अंदर एक खदबदाहट सी होने लगी। पत्र लिखने का कारण अवश्य ही गंभीर होगा। किसी अनिष्ट व अशुभ की आशंका से उसके हाथ कांपने लगे।

थरति हाथों से उसने पत्र खोला और पढ़ते ही एक सिहरन सी उसके अंदर उठ खड़ी हुई। पैर कांपने लगे। अक्टूबर के खुशगवार मौसम में पूरा शरीर पसीने से चुहचुहा गया। दिल को जैसे धक्का सा लगा और धुकधुकी अपनी पूरी रफ्तार पर चलने लगी...।

वह वहीं बैठ गया...। मस्तिष्क के तन्तु उलझ से गये और कुछ देर के लिए सोचने समझने, कहने सुनने की शक्ति ही जैसे लुप्त हो चली।

यह सब इतना अचानक होगा, उसने सोचा भी न था।

अब वह क्या करेगा, किससे सहायता मांगे...। ऐसी स्थिति में कौन मदद करने आगे आयेगा...?

आशा ने लिखा था कि आज उसका विवाह तय हो गया और दीवाली के बाद सहालक में पहली लगन पर ही सम्पन्न होना निश्चित हुआ है। यानी एकाध माह में आशा उससे दूर, बहुत दूर, होने जा रही थी, हमेशा के लिए...।

आशा ने उससे क्षमा मांगी थी, भूलने की प्रार्थना की थी और खूब पढ़ कर, बड़ा आदमी बनने, जीवन में उत्तरोत्तर प्रगति करने की कामना की थी...।

—नहीं...। यह नहीं हो सकता...। एकांत में प्रायः चीखते हुए वह बुरी तरह फफक पड़ा। वह देर तक रोता रहा। आशा को हमेशा के लिए खो देने की व्यथा और जीवन में पराजय की कंटीली अनुभूति उसके अश्रुओं को थमने का नाम ही नहीं लेने देती थी।

ऐसा आभास हुआ जैसे कुछ देर के लिए उसके जीवन की संजीवनी ही एकाएक शुष्क हो गई हो...। चारों ओर अंधकार की गहन पर्त छा गई थी जो इतनी अभेद्य थी कि उजास की कोई गुंजाइश ही नज़र नहीं आती थी। उस घटाटोप में उसका दम घुटने लगा...।

न जाने कितनी देर वह ठस्स सा अपने कमरे में पड़ा रहा...। जड़वत...। जीवन एकाएक शून्य में परिवर्तित हो चला था जहां चारों ओर नैराश्य, वेदना व एकाकीपन का गहन तिमिर था।

दिन का उजास कब रात से बाजी हार गया, उसे पता ही नहीं चला...।

उसने घड़ी पर नजर डाली तो शाम के सात बज चुके थे।

पेट पूरी तरह खाली था, ठीक मस्तिष्क की तरह...। विद्यालय से लौटने पर ही तो फैक्ट्री के चौकीदार ने उसे वह पत्र थमा दिया था। तब सुबह बनाई दाल और चावल की सुध भला उसे कैसे रहती...।

क्या पराजय स्वीकारनी है, उसने अपने आप से प्रश्न किया।

—नहीं, कदापि नहीं...। उसका पूरा अस्तित्व मानो चीत्कार कर उठा।

वह उठा और बाहर लगे नल पर उसने हाथ मुंह धोये।

पूरा बदन जैसे ऊर्जाहीन व निष्प्राण हो चला था। पैरों में मनों बोझ बंधा था जैसे...।

वह फिर आकर जमीन पर लुढ़क गया। आशा का चेहरा आंखों के सामने तैरने लगा। बचपन से आज तक उसके साथ बिताए अनगिनत पल उसे याद आने लगे...। अम्मा, पिताजी और ननकू चाचा से की गई चिरौरियां भी याद आईं। और एक बार फिर उसकी आंखें छलछला उठीं।

... आंसुओं की तरलता के नीचे एक तेज जलन थी।

कुछ देर के बाद उसने अपने अश्रु पोंछे। वह उठकर बैठ गया। अपने दिमागी तंतुओं को बटोरा और अपने आप से कहा—मैं क्या करूं...? किससे सहायता मांगू...?

इस विशाल भीड़ भड़क्के वाले संसार में उसे केवल दो ही प्राणी याद आये...।

मनोज सिंह एवं विचित्रसेन गुप्ता...।

लगभग डेढ़ माह पूर्व मनोज अपनी नौकरी छोड़कर गांव आ गया। फैक्ट्री लगाने का काम तेजी से चल रहा था। सुनकर अच्छा लगा था उसे। मनोज ने उसे अपना मित्र कहा था और हर संभव सहायता का भी आश्वासन दिया था। बम्बई में रहते उससे किसी सहायता की आशा करना बेमानी था। किन्तु गांव में रहकर काफी कुछ संभव था। इसलिए मनोज की गांव वापसी व्यक्तिगत तौर पर रमेश के लिए एक उत्साहजनक खबर थी।

उस दिन रमेश के कमरे में आकर मनोज पहले उससे अध्ययन व भविष्य की योजनाओं के सम्बन्ध में बात करता रहा और तब आशा का जिक्र छेड़ा था।

रमेश ने उसे समस्त प्रगति व अब आये गतिरोध की जानकारी दी।

–हिम्मत मत हारना...। मनोज ने कहा था–प्यार में अक्सर किसी न किसी परीक्षा से गुजरना पड़ता है। कभी त्याग की मांग भी कर बैठता है प्यार। सच्चे प्रेमियों को इसके लिए तैयार रहना चाहिए। आरम्भ में कष्ट होगा, तमाम कष्टों व परेशानियों से जूझना होगा...। किन्तु अंत में जीत तुम्हारी ही होगी...।

...प्यार में ऐसे अवसर भी आते हैं जब घर, दीन दुनिया, मां-बाप, भाई-बहन, धन-सम्पत्ति सब पीछे छूटते नजर आते हैं। उनका मोह बार-बार मनुष्य को विचलित करने का प्रयास करता है। किन्तु आदमी जब उस मोहजाल से उबर कर अपने मार्ग पर अडिग रहता है तभी न प्यार की विजय होती है।

...प्रेम की दुनिया सभी के लिए एक जैसी है। ऊंच-नीच, अमीरी-गरीबी, शहर-देहात, शिक्षा-अशिक्षा–इनमें से कुछ भी प्रेमियों की कठिनाइयों में सहायक नहीं है। सभी को एक ही तरह की बाधाएं पार करनी पड़ती हैं...। सभी के प्रति समाज का नजरिया भी एक होता है...।

...जो तिरस्कार अपने प्रति तुमने पिताजी में देखा है, वही तुच्छता मैंने अपने पिता की आंखों में भी देखी है। मुझे ऐसा लगने लगा था कि नयनी से विवाह करके मेरे माता-पिता, गांव-घर, निकट-सम्बंधी सब मुझसे छूट गये हैं। एक अजीब से एकाकीपन व अलगाव की यातना से मैं गुजरा था। किन्तु उस समय लक्ष्य केवल नयनी थी। तुम्हें भी अपने लक्ष्य को प्राथमिकता देनी होगी। तभी प्यार की विजय संभव है।

रमेश ने शंका व्यक्त की थी। मनोज व उसकी स्थिति में भिन्नता है। मनोज दूर था, सेवारत था, आर्थिक रूप से आत्मनिर्भर था, नयनी के पिता विवाह के लिए सहमत थे, वहां के समाज का उसे कोई भय नहीं था आदि आदि।

–तुम चिंता मत करना...। मनोज ने समझाया था–कोशिश करो इन्टर पास कर लो। तब छोटी-मोटी नौकरी पा लोगे। नयनी के कई सम्बन्धी ऐसे पदों पर हैं जो तुम्हें कोई न कोई नौकरी दिला देंगे। विवाह करके तुम बम्बई चले आना। मेरे रहते तुम दोनों को वहां कोई तकलीफ नहीं होगी...। मैं अपना पता छोड़ दूंगा।

फोन नम्बर भी...।

फिर कुछ देर रुकने के बाद उसने बतलाया–और हो सकता है एकाध महीने में हम लोग यहीं आ जायें। पिताजी फैक्ट्री लगाने को कह रहे हैं। तब तुम उसी में काम करना...। कहकर वह मुस्कराया था।

मनोज से बात करके उसका आत्मबल बढ़ा था।

किन्तु आज आशा का पत्र पाकर उसे कोई रास्ता ही नहीं सूझा। अजब सी छटपटाहट महसूस की उसने...। उसका सिर भारी हो कर चकरघिन्नी की तरह घूम रहा था।

उसे तुरंत गांव जाना होगा, उसने निर्णय किया। गांव जाने का उद्देश्य क्या था–उसे स्वयं स्पष्ट नहीं था।

थोड़े बहुत रुपये जो उसने बचाकर रखे थे, उसने अपनी जेब में डाल लिए...। क्यों, वह खुद नहीं जानता था।

कमरे से बाहर निकला तो उसे विचित्रसेन की याद आई।

शायद सहायता लेने की घड़ी आ गई थी।

जब वह वहां पहुंचा तो पूरा गांव नींद की गिरफ्त में था। ग्यारह से ऊपर का समय था। अंधेरे पक्ष की गहरी अंधेरी रात थी। हवा में खासी ठंडक थी और पुरानी, खासी घिसी हुई कमीज पहने रमेश के बदन में सुरसुरी का अहसास हो रहा था। चारों तरफ घोर सन्नाटा छाया था। अंधकार के साथ मिलकर यह सन्नाटा काफी भयावह प्रतीत होता था।

पश्चिमी उत्तर प्रदेश की अंधेरी रातें अपराधियों के जघन्य व खौफनाक कारनामों के लिए कुख्यात हैं। आज से लगभग पच्चीस वर्ष पूर्व स्थिति काफी बेहतर थी। डकैती, राहजनी के अपराध तो उस समय भी ताबड़-तोड़ ढंग से होते थे किन्तु पकड़ के अपराध लगभग शून्य थे। खेतों, ट्यूबवेल पर लोग रात में काम करते देखे जा सकते थे क्योंकि लूट-पाट, मारपीट, हत्या के अपराध से तो वे आतंकित रहते थे किन्तु अपहरण का कोई भय उन्हें नहीं था।

किन्तु पिछले कुछेक सालों में अपहरण से ग्रामीण जनता बुरी तरह आतंकित अनुभव करने लगी थी। एक समय में कई-कई पकड़ अपराधियों के चंगुल में रहतीं जिनके लिए सौदेबाजी चलती रहती। कभी इनमें लाखों की बदली होती तो कभी बात कुछ हजारों पर आकर तय हो जाती। बड़े-बड़े, नामी-गिरामी नेता, माने-जाने पत्रकार और स्थानीय पुलिस अधिकारी इनमें मध्यस्तता करते और कभी हिस्से के भी भागीदार बनते।

किसी अलस्सुबह या देर रात अपहृत अपने घर पहुंच जाता और उसके सभी

संबंधी उसकी अनुपस्थिति की बड़ी साधारण कहानी गढ़ लेते–मसलन रिश्तेदारी करने जाना, बोर होकर बम्बई, कलकत्ता घूमने चले जाना या जीवन की भौतिकता से ऊबकर ऋषिकेश अथवा हरिद्वार में लम्बा प्रवास...।

सभी परिजन उसकी बात का समर्थन करते। तरह-तरह की अफवाहें गर्म रहतीं। फर्ज अदायगी के तौर पर पुलिस भी पूछताछ के लम्बे दौर चलाती और अन्ततः मामला ठप्प होकर बस्ता खामोशी में दफन हो जाता। कुछ समय बाद ही पता चलता कि अपहृत के परिवार की इतने बीघा जमीन अमुक को बेच दी गई। बहुत जल्दी पुलिस के साथ जन सामान्य भी इस पकड़ को भूल जाते। क्योंकि तब तक अन्य नए रोचक व सनसनीखेज प्रकरण घटित हो चुके होते...। इसीलिए अपहरण इस क्षेत्र में उद्योग के रूप में विकसित हो रहा था।

आज आम आदमी भी इसके दहशत की गिरफ्त में है क्योंकि अब अपहरण का उद्देश्य बहुआयामी हो चला है...। पैसे वसूलने से लेकर पानी, फसल के झगड़ों का निबटारा तक, गांव की छिटपुट रंजिशों के कारण, मजदूरी कराने के लिए दबाव, और तो और विद्यालयों में प्रवेश सुनिश्चित करने अथवा परीक्षाओं में नकल की छूट प्रदान करने तक के लिए...।

अंधेरी रातों में इनका विशेष भय बना रहता, इसलिए पन्द्रह दिन लोग बाहर निकलने से कतराते।

आज भी वैसी ही सुनसान रात थी। कभी-कभी तेज हवा का झोंका कानों में सनसनी पैदा कर जाता...।

–अपहरण, रमेश ने सोचा। शायद उसे भी इसी का सहारा लेना होगा...।

किन्तु मालिक ने समझाया था कि वह एक और प्रयास अवश्य करे। इस प्रयास की निरर्थकता का अहसास उसे था किन्तु दिमागी उलझन के चलते विचित्रसेन का सुझाव स्वीकार करने के अतिरिक्त और कोई चारा भी भला कहां था। हां, उन्होंने उसका ढांढस बंधाया था, धैर्य व संयम से काम करने का आग्रह किया था और इसके बाद हर प्रकार की सहायता देने का आश्वासन भी दिया था।

वह सीधे आशा के घर पहुंचा। अस्त व्यस्त दशा, बुझा-बुझा चेहरा, कंधे से लटका झोला और तेज रफ्तार से धड़कता दिल...।

दरवाजा खुलने में कुछ समय लगा।

–कौन...? ननकू का स्वर था।

–मैं, रमेश...।

–रमेश...। इस वक्त...? ननकू ने सांकल हटाकर पट खोल दिए–अररे इस टैम...। सब कुशल तो है न...?

दूर टिमटिमा रहे लट्टू के धुंधले प्रकाश में रमेश का चेहरा बड़ा रहस्यमयी लगा उसे।

–क्या बात है...? इस वक्त कैसे आया...? चौखट पर खड़े-खड़े ही उसने पूछा।

कुछ क्षणों की चुप्पी ही बड़ी झुंझलाहट पैदा कर गई ननकू में...।

–अरे, बात क्या है। बेवक्त क्यों आया है...? ननकू का स्वर तेज हो गया जिसमें क्रोध व खीझ दोनों का सम्मिश्रण था।

रमेश अब भी खामोश था। उसके अंदर कुछ उमड़ने-घुमड़ने लगा। शब्द उसी उफान में लुप्त हो गये। हाथ-पैर शिथिल पड़ गये...।

–तेरा दिमाग तो खराब नहीं है जो इत्ती रात में दरवाजे पर मुर्दे की तरह आकर खड़ा हो गया है। बेवजह परेशान करने...। जा, घर जाकर लेट...। सुबह मैं भइया से बात करूंगा...। यह भी कोई तमीज है...।

ननकू का स्वर और तेज व तीखा हो गया। दरवाजा बंद करने के लिए वह एक कदम पीछे हटा किन्तु तभी रमेश फफक कर रो पड़ा और उसके पैरों में गिर गया...।

ननकू सकपका उठा।

–अररे, यह क्या पागलपन है? न कोई बात, न चीत, आधी रात में इस तरह का तमाशा...। चल उठ...। उसने झुककर रमेश को उठाया–बता क्या बात है? चल, अंदर चल...।

ननकू उलझन महसूस करने लगा। रमेश के आने का मन्तव्य वह अच्छी तरह समझ रहा था। किंतु देर रात में इस प्रकार का दृश्य उसे विचलित कर गया।

आंखें पोंछकर रमेश आगे बढ़ा तो आशा की धुंधली आकृति बरामदे में खड़ी दिखलाई दी। वह तुरंत पीछे हटकर कमरे में चली गई।

–बता, क्या बात है? इस वक्त आने का क्या मतलब है...? कुछ कदम चलकर ननकू ने चिड़चिड़े स्वर में पूछा।

–चाचा, मैं आपके हाथ जोड़ता हूं, पैर पकड़ता हूं, आशा का ब्याह कहीं और मत करो। चाचा...।

–खबरदार जो इस बारे में कुछ कहा...। ननकू ने उसकी बात काटते हुए डपटते स्वर में कहा–तेरा दिमाग तो ठीक है न, या पागल हो गया है। तुझे समझा बुझा दिया। सबसे बात कर ली तूने और अब फिर वोई बात...। तुझे पता है कि उसका ब्याह तय हो गया है और अगले महीने शादी है।

–नहीं चाचा, नहीं...। उसने अपनी चीख को दबाया–ऐसा मत करो...। बड़ा अनर्थ हो जायेगा। हम एक दूसरे को चाहते हैं। आशा मुझसे ही ब्याह करना चाहती है। आप यह जोर जबरदस्ती क्यों कर रहे हो...? सुबकते हुए बोला वह।

–जोर जबरदस्ती...। ननकू भड़के गया–अपनी बच्ची पर कोई जोर जबरदस्ती करता है। चार दिन का छोकरा मुझे समझाने आया है। शर्म, हया सब

भूल गया तू। बेशर्म कहीं के...। आधी रात में मेरे ही घर आकर मुझे जोर जबरदस्ती करने का उलाहना दे रहा है। अब तेरी इत्ती हिम्मत हो गई...।

–चाचा...।

–खबरदार चाचा कहा...। ननकू उठ खड़ा हुआ–चल बाहर निकल। अभी तेरे घर चलता हूं। आज चाचा से भी साफ-साफ बात हो ले। उस दिन बड़े तेवर दिखा रहे थे। बड़ा नाज है न अपने लौंडे पर...। देखें अपने कपूत की करतूतें...।

–चाचा...। उसने पैर पकड़ लिए।

–फौरन खड़ा हो। वरना अभी धक्का देकर बाहर करता हूं। और कोई लड़का होता तो हाथ पैर तुड़वा देता...। चल उठ...।

अंदर से दौड़ती हुई आशा उनके बीच आ गई। हांफती, सुबकती...।

–जा रमेश, जाते क्यों नहीं...। वह टूटते स्वर में बोली।

रमेश ने उसके चेहरे को देखा और एकाएक उसके अंदर ऊर्जा की लहर सी दौड़ गई। कमजोर व टूटा रमेश एक नई स्फूर्ति व चेतना से जीवन्त हो चला। उसके आंसू एकाएक जम गये...। वह खड़ा हो गया।

–आशा, तू मत रो...। चाचा को कहती क्यों नहीं कि तू मुझे प्यार करती है, मुझसे ब्याह करना चाहती है। बिना मर्जी के तेरी शादी किसी दूसरे से की जा रही है...।

त ड़ ड़ ड़..., तड़ ड़ाक...। ननकू ने दो थप्पड़ उसके चेहरे पर जड़ दिए।

इस आकस्मिक प्रहार से रमेश बुरी तरह हिल गया।

आशा बुक्का मार कर रोने लगी...।

–कौन है बापू...? घर के कोलाहल से बंसी की आंख खुल गई। हड़बड़ाया हुआ वह बाहर आया...।

–क्या बात है...? कौन है...? वह ननकू और आशा को देखते हुए पूछने लगा–तू रो क्यों रही है? यह कौन है...। रमेश...। तू...?

–कुछ नहीं बेटा...। पढ़ लिख कर इसका दिमाग खराब हो गया है।

–पर हुआ क्या...? इस वक्त...? बंसी परेशान था।

–यह कहने आया है कि आशा की शादी मुझसे करो...।

–इससे...। बंसी का स्वर अचानक कड़क हो गया–क्या दिमाग खराब है इसका...? बहन जैसी लड़की के लिए ऐसे विचार रखता है।

–बंसी भइया...। रमेश ने कुछ कहना चाहा।

–हरामी, खबरदार जो मुझे भइया कहा। बंसी ने उसका गिरेबान पकड़ लिया–मुझे तो तेरी नीयत पर पहले ही शक था। तभी न बापू से मना करता था कि तुझे ज्यादा आने जाने मत दो...। ससुरे, तेरी वजह से मेरी बहन की बदनामी हुई, फिर भी बापू ने तुझे लाड़ प्यार दिया। उसी का यह सिला है कि आधी रात

में मेरे घर आकर अंट शंट बोल रहा है...।

—भइया, मैंने कोई गलत काम नहीं किया। मेरी वजह से आशा की बदनामी क्यों होती...। पूरा गांव जानता है कि वो सब बड़े लड़कों का खेल था...।

—पर साले, लोगों ने चार बातें तो कहीं। फिर भी तू घर आता जाता रहा। और अब जब इसका रिश्ता तय हो गया है तब ये सब तमाशा करने आया है। क्रोध से उसकी आवाज फड़फड़ा रही थी। संयम का बांध किसी भी पल टूटने के कगार पर था।

—भइया, मैं कोई तमाशा करने नहीं आया...। मैं पहले भी चाचा से कह चुका हूं।

—क्या...? बंसी चौंक गया।

—अररे हां, एक दो बार कहा इसने। बालक समझ कर समझा दिया था मैंने। मुझे क्या मालूम था ससुरा पगला गया है। ननकू ने सफाई दी।

—तूने मुझे क्यों नहीं बताया बापू...? इसकी इत्ती हिम्मत कैसे हुई कि मेरी बहन पर गलत नज़र डाले।

—बंसी भइया, मैंने कोई गलत नजर नहीं डाली है। कोई गलत काम नहीं किया, हम ब्याह करना चाहते हैं।

—ब्याह...। बंसी ने हाथ छोड़ दिया। और फिर वह रमेश पर पूरी तरह पिल पड़ा। लातों घूंसों के प्रहार से रमेश नीचे गिर पड़ा। बंसी कसे बदन का मजबूत लड़का था। रमेश के गिरने के बाद भी बंसी ने उस पर आक्रमण जारी रखा।

आशा जोर-जोर से रोने लगी। असहाय सी अपने पिता को पकड़ कर चीखने लगी—बापू, भइया को रोको...।

ननकू निर्लिप्त भाव से दूसरी ओर मुड़कर चल दिया।

—बापू...। आशा ने उसके पैर पकड़ लिए —बापू, भइया को रोको...।

—बंसी, चल हट...। छोड़ दे इसे...। कितनी बार समझाया इसे। मुझे मालूम था एक दिन यह होना था। पास आकर उसने बंसी को अलग कर दिया।

—साला, हरामी..., कुत्ता...। मेरी बहन से ब्याह करेगा...। बड़बड़ाता बंसी ननकू को ललकारने लगा—यह सब तेरी वजह से हुआ है। बड़ा सिर चढ़ाया था इसे...। देख ले करतूत इसकी...। फिर वह आशा की तरफ देखकर बोला—और तू, चल अंदर जा। घर की इज्जत मिट्टी में मिलाएगी। तेरे भी हाथ पैर तोड़ दूंगा जो घर से निकली...।

दौड़ती हुई आशा अंदर चली गई।

रमेश जमीन पर पड़ा-पड़ा कराह रहा था। उसके मुंह व नाक से खून बहने लगा। पेट, हाथ, पैर बुरी तरह दुख रहे थे। सिर चकरा रहा था। पूरा बदन जैसे शक्तिहीन हो चला था।

–जा बापू, छोड़ आ इसे अपने चाचा के पास...। उसे भी इस कुत्ते की हरकतें पता चलें। बड़ा नाज है न इस हरामी पर...।

रमेश धीरे से उठा, पास पड़ा झोला उठाया और बाहर चल दिया।

–और कुत्ते सुन ले, इसके बाद तूने कुछ हरकत की तो बोटी-बोटी चीर दूंगा...। बंसी चीख रहा था।

मनोज से सलाह करके विचित्रसेन से सारा कार्यक्रम तय कर लिया। रमेश की दशा देखकर उसे बड़ा दुख हुआ। पूरे बदन में जैसे आग लग गई। विचित्रसेन का सुझाव था कि इस मारपीट की थाने में रपट करा दी जाये किन्तु इस पर न तो रमेश सहमत था और न ही मनोज। उन्होंने एक वकील से भी मशविरा लिया। कानूनी अड़चन घटना स्थल को लेकर थी। दरअसल आशा के घर रमेश की मौजूदगी उसके पक्ष को कमजोर बनाती थी।

–कहीं उन लोगों ने इस पर ही डकैती, चोरी या अपहरण के प्रयास का क्रास केस कायम कर दिया तो यह परेशानी में फंस जायेगा। मनोज ने समझाया।

वे दोनों गंभीरतापूर्वक सोचने लगे। पास ही बिस्तर पर लेटा रमेश कराह रहा था। उसकी एक आंख बुरी तरह सूजकर काली पड़ गई थी। होंठ फट गया था। एक दांत भी टूट गया था। बदन में कई स्थानों पर चोट के निशान थे। दर्द से तो शायद ही कोई अंग अछूता हो।

कल रात घिसटते हुए वह गांव के मंदिर पर पहुंचा और वहीं बरामदे में लेट गया। अपने घर जाने का तो सवाल ही नहीं था। जानकारी मिलने पर रमेसर स्वयं इस पर पिल पड़ सकता था। मंदिर में रात काटने के बाद वह अलस्सुबह ही गांव से चलकर मुख्य मार्ग पर आ गया और कस्बे की ओर जाते एक जुगाड़ में बैठ कर अपने कमरे में आकर पसर गया।

प्रातः नौ बजे विचित्रसेन का एक आदमी उसे देखने आया और तब चारों तरफ खबर फैलने लगी।

–देख रमेश, विचित्रसेन काफी उत्तेजित था–अब कुछ न कुछ निर्णय लेना होगा। बोल क्या चाहता है?

रमेश काफी देर शांत रहा और तब उसने मनोज को बुलवाने की प्रार्थना की थी।

–तुझे हम पर भरोसा नहीं है...? विचित्रसेन को अच्छा नहीं लगा था।

रमेश ने टूटते स्वर में कहा कि उसे उस पर पूरा भरोसा है। किन्तु मनोज उसी गांव के निवासी हैं, प्रभावशाली व्यक्ति हैं, गांव, गांववासियों को बेहतर समझता है और सबसे मुख्य बात यह है कि वह स्वयं कुछ-कुछ ऐसी ही स्थिति से गुजर

चुका है, इसलिए उससे राय लेना मुनासिब रहेगा।

दोपहर तक मनोज उनके साथ था।

पूरी घटना सुनने के बाद मनोज ने प्रश्न किया–रमेश, तुम्हें पूरा विश्वास है कि आशा भी तुमसे उतना ही प्यार करती है जितना तुम उसे करते हो?

–जी...।

–क्या वह तेरे लिए कुछ भी करने को तैयार होगी?

–अवश्य...।

–घर, मां, बाप, भाई सब छोड़ सकती है?

–बिलकुल...।

'हूं उं उं' मनोज ने एक गहरी सांस ली और कुछ देर सोच में डूबा रहा। तब विचित्रसेन की ओर मुखातिब हुआ–भइया, जब मियां बीबी राजी तो क्या करेगा काजी...। दोनों एडल्ट हैं, समझदार हैं फिर इनको विवाह करने से कौन रोक सकता है?

–पर ननकू चाचा तो बिलकुल खिलाफ हैं...। रमेश ने भोलेपन से कहा।

–तो होने दो...। विचित्रसेन ने उत्तर दिया–तुम दोनों विवाह कर लो।

–कैसे...?

–अरे किसी भी अदालत में ब्याह हो जायेगा। सिविल मैरिज...।

–आशा की बिना मौजूदगी के...? रमेश ने नादानी से पूछा।

–नहीं, उसकी उपस्थिति तो अनिवार्य है। मनोज ने समझाया–उसे अपने साथ ले आना और बस ब्याह पक्का समझो...।

–लेकिन इस तरह वह कैसे आयेगी...? रमेश उलझन महसूस कर रहा था।

–अगर प्यार करती है तो जरूर आयेगी। क्यों मनोज? विचित्रसेन ने कहा।

–ठीक कहते हो...। उसकी योजना बनाई जायेगी।

रात की घटना से ननकू मन ही मन बड़ा क्षुब्ध था। रह रह कर रमेश का चेहरा उसकी नजरों के सामने घूमता रहता। पूरी रात एक पल भी सो नहीं सका वह। आशा का क्रन्दन अलग जारी था। घर का माहौल बड़ा मनहूस हो चला था। अंदर, बाहर क्लेश ही क्लेश...। साहस कर वह आशा को समझाने भी गया किंतु अपनी भोली भाली लड़की के बदले तेवर देखकर वह दंग रह गया–जानवरों की तरह पीटा है भइया ने, तुम्हारी शह पर...। सिर्फ तुम लोगों से बात करने ही तो आया था, पहले मना कर चुके हो, एक बार और कर देते। मार कुटम्मस की क्या जरूरत थी।

–पर बेटी, आधी रात को किसी के घर जाकर इस तरह हुड़दंग करना...?

—हुड़दंग तो तुम लोगों ने किया। उसने क्या किया। पिट पिटा कर चुपचाप चला गया...। उसकी रुलाई तेज हो गई, स्वर सिसकियों में डूब गया—अच्छा लड़का है तभी न... बार-बार तुमसे विनती कर रहा है।

—यह विनती है...? ननकू को पूरा घटनाक्रम याद आने लगा—मुझसे कहे था कि तेरे साथ जोर जबरदस्ती कर रहा हूं...। बता कौन बाप यह सुन सकता है?

—बापू...। आशा का स्वर बदला हुआ था—तुम जानते हो कि हम शादी करना चाहते हैं। फिर भी मेरा ब्याह दूसरी जगह कर रहे हो...।

—आशा, इसकी वजह भी तू जाने है। रमेसर कहां राजी हैं? मैं तो मान भी जाऊंगा पर समाज के लोग...।

आशा बुरी तरह बिलख रही थी। तेज हिचकियां आ रही थीं। उन्हीं के बीच अटकते स्वर में कहा उसने—बापू, एक बार तो बाबा से बात करो...। शायद मान जायें...।

—मैंने बात की थी न...। उस पर ऐसे भड़क गये जैसे मैंने ही रमेश को चढ़ाया हो...।

—पर क्यों बापू...?

—उन्हें लालच है। लगता है कि रमेश पढ़ लिखकर अच्छी नौकरी पाएगा और तब शादी में कुछ पैसा वैसा मिल जायेगा।

अविश्वास भरी दृष्टि से वह अपने पिता को देखती रही। बचपन से पिता को आदर्श मानने वाली आशा आज उन्हें संदेह की निगाह से देख रही थी। अंदर रमेश की याद हृदय को छीले जा रही थी। कहां होगा वह, किस हालत में होगा, उसकी चोटें कितनी गंभीर हैं, क्या उन चोटों के कारण वह..., नहीं...। उसके मुंह से हल्की सी चीख निकल गई...।

—क्या बात है बेटी...? ननकू ने परेशान होकर पूछा।

वह फूट पड़ी और देर तक कलपती रही।

ननकू ने आगे कुछ नहीं पूछा। वह उसकी पीड़ा समझ सकता था। बरसों से दबे कुंठा, क्रोध व अपमान से त्रस्त बंसी आज सममुच भयावह रूप से आक्रामक दीख पड़ा था। अपने बेटे का यह हिंसक रूप उसने भी पहली बार ही देखा था। जिस निर्ममता से वह रमेश पर प्रहार कर रहा था, सोच कर ननकू अंदर ही अंदर सिहर गया।

—बापू, कहां गया होगा रमेश...? आशा ने कांपते स्वर में पूछा।

—मुझे क्या मालूम...? उसके बारे में मुझसे कोई बात न कर। न चाहकर भी ननकू ने उसे जोर से झिड़क दिया और वहां से चला आया।

किंतु पूरी रात आशा का प्रश्न उसके कानों में गूंजता रहा, उसे बुरी तरह

बेचैन किए रहा। भोर के उजास के साथ उसकी बेचैनी भी बढ़ती गई...। आसपास के लोग, पड़ौसी, मुहल्ले वालों ने शोर शराबा अवश्य सुना होगा, हो सकता है रमेश को आते-जाते किसी ने देखा भी हो...। जो बात आज तक केवल कुछ लोगों तक सीमित है, अब पूरे समाज में चर्चा का विषय बन जायेगी...। रात में रमेश के आने का लोग गलत अर्थ भी निकाल सकते हैं। मारपीट की घटना को उसके किसी अनैतिक आचरण से जोड़ कर आशा के चरित्र पर कीचड़ उछालने की कोशिश भी कर सकते हैं...। ऐसी बातें फैलते देर कहां लगती है...? कहीं आशा के रिश्ते वालों को यह पता चल गया तब...?

उफ्फ... उसके अंदर एक अजीब सी बौखलाहट पैदा हो गई। उद्विग्न होकर वह घेर में इधर-उधर घूमने लगा। प्रातः की ठंडी समीर शीतलता के स्थान पर जलन पैदा करने लगी। चिड़ियों का प्रातःकालीन मधुर कलरव कोलाहल की भांति कानों को चुभने लगा...। भोर का सुंदर, स्वच्छ वातावरण एकदम दमघोंटू हो चला...।

एक कशमकश और भी थी...। क्या रमेसर को रात की घटना की सूचना दी जाये अथवा नहीं...? देर रात रमेश कहां रहा होगा? यदि अपने घर गया होता तो अवश्य रमेसर मामले की छानबीन करने उसके पास आता...। कहीं अपने बेटे को दोषी मानकर वह शर्म से सिर झुकाए घर पर ही न बैठा हो? किन्तु ननकू की चुप्पी का भी गलत अर्थ निकाला जा सकता था...।

और यदि उसे कोई जानकारी नहीं है, तब ननकू के बतलाने पर वह भड़क भी सकता है। ...रात में ही उसे क्यों नहीं बतलाया, रमेश को पकड़कर उसके पास क्यों नहीं लाए, इस तरह गुपचुप ढंग से उसे भगा देने का क्या आशय हो सकता है, कहीं आशा ने ही उसे रात में न बुलवाया हो...!!!

... कहीं आशा के चरित्र पर ही लांछन न लगा बैठे रमेसर...

एक जटिल ऊहापोह में जकड़ा रहा वह।

कल के मुकाबले आज हवा तेज थी। हवा में ठंडक भी ज्यादा थी। किंतु आज रमेश तैयारी के साथ चला था। आधी बांह का स्वेटर पहने था, फिर भी बदन थर थर कांप रहा था।

हाथ पैर ठंडे पड़ रहे थे किंतु माथे पर पसीने की महीन बूंदें भी चुहचुहा आईं थीं। कभी वह मंदिर के चबूतरे पर बैठ जाता तो कभी टहलने लगता। बेचैनी ने उसे पूरी तरह अपनी गिरफ्त में ले रखा था। चारों तरफ एक अजनबियत फैली थी। मन में जब असामान्य भाव हो तो सब कुछ उलट पुलट जाता है। गांव के लिए जैसे अजनबी बन गया था वह।

रात पूरी तरह गहरा गई थी, इतनी अंधेरी कि आदमी को अपने हाथ की

उंगुलियां ही न दिखलाई दें। चारों तरफ छाया अंधेरा आंखों के सामने पहाड़ की मानिंद खड़ा था। किन्तु वह चमरौटी के रास्ते पर नजरें गड़ाए था।

वक्त मानो थम गया था। पहुंचने के कुछ ही पलों में पूरी रात बीतने जैसा अहसास होने लगा। और उसी के साथ भय व चिड़चिड़ाहट भी अन्तस को कुतरने लगे...।

गाड़ी मुख्य सड़क पर खड़ी थी। विचित्रसेन का विश्वासपात्र चालक उसकी प्रतीक्षा कर रहा था। तय यह था कि रमेश व आशा को लेकर वह सीधे दिल्ली जायेगा जहां उनके रहने का प्रबंध विचित्रसेन के मित्र सतीश गुप्ता के यहां किया गया था। अगले दिन ही अदालत में उनका विवाह करा दिया जायेगा।

सुनकर एकबारगी कांप गया रमेश। विचित्रसेन ने उसकी घबराहट को भांप लिया–क्यों, डर लगता है...?

–जी...। उसने स्वीकार किया।

–देख, प्यार में जोखिम तो उठाना ही पड़ता है। और अब कल रात की घटना के बाद आर-पार की ही लड़ाई है। या तो उसे भूल जा अन्यथा उससे विवाह...।

–नहीं, मैं उसे भूल नहीं सकता। वह भी मुझे बेहद प्यार करती है...।

–तो फिर मैरिज के अलावा और क्या रास्ता है...? मनोज ने समझाया।

–हां, विचित्रसेन ने कहा–मैंने सारी योजना बना ली है। तेरे ठहरने, विवाह का सारा बंदोबस्त कर दिया है। बस एक समस्या है...?

–क्या...? मनोज ने ही पूछा।

–आशा को कैसे खबर हो...?

–उसे क्या खबर करनी है...? रमेश का सिर घूम रहा था।

–अरे, उसी को तो ले जाना होगा बेवकूफ...। विचित्रसेन ने झिड़कते स्वर में कहा।

–इस पूरी प्लानिंग की उसको भी तो खबर करनी है। मनोज बोला।

–पर वह कैसे संभव है...? अब मेरा उससे मिलना कठिन होगा...।

–उसे केवल एक बार ही तो साहस करना है। एक बार तेरे पास आ गई तो समझो काम खत्म...। मनोज ने चहकते स्वर में कहा।

–पर यार, यही मुश्किल लगता है...। विचित्रसेन ने चिंता जताई–उसे कैसे खबर हो...?

–तुम बताओ...। क्या कर सकते हो...? मनोज ने रमेश से पूछा।

रमेश सोचने लगा। आज उसके गांव जाने का तो प्रश्न ही नहीं था उल्टे उसे यह आशंका सता रही थी कि कहीं रमेसर किसी को उसे बुलाने न भेज दे अथवा खुद ही न टपक पड़े...।

किन्तु छोटा भय शीघ्र ही बड़े भय के सामने तिरोहित हो गया...। मनोज व विचित्रसेन ने आशा को गांव से भगा ले आने की योजना बना कर उसके अंदर हड़कम्प सी मचा दी थी। भय, उत्साह, उत्तेजना, नए जीवन की रंगीन कल्पनाएं, आशा का अपहरण (पता नहीं क्यों, बार बार यह शब्द उसके मुंह पर आ रहा था), देर रात आशा का घर छोड़कर चले आना, चमरौटी में हड़कम्प... सब कुछ उसके अंतरंग में इतने गड्डमड्ड हो गये थे कि एक अजीब सी जड़ता उस पर हावी हो चली थी।

–बोल भाई...? विचित्रसेन ने उसे चेताया।

केवल एक ही नाम उसके जहन में उभरा था। ... सविता।

–मेरी चिट्ठी एक लड़की सविता तक पहुंचा दीजिए वो आशा को दे देगी...।

–सविता कौन ...? मनोज ने पूछा।

–आशा के घर के पास रहती है। दुर्गा चाचा की लड़की है...।

–समझदार है...?

–हां, वो इस बारे में जानती है। अधिकतर उसी के साथ आशा मुझसे मिलने आती थी। अपने संदेश भी आशा उसी के माध्यम से भेजती थी...।

–ठीक है...। तुम चिट्ठी लिखो...। मैं उस तक पहुंचवा दूंगा...। मनोज ने कहा।

'प्रिय आशा', रमेश ने लिखा–'रात की घटना का मुझे कोई दुख नहीं, हालांकि तुम्हारे आंसू मेरी बर्दाश्त के बाहर हैं। रोती क्यों हो, तुम्हारा रमेश इतना कमजोर नहीं कि लात घूंसों से घबरा जाये। हां, मुझे यह पीड़ा अवश्य है कि चाचा ने हमारी भावनाओं को नहीं समझा। पर चाचा ही क्या, पूरा समाज हमारे प्यार का तिरस्कार करने पर तुला हुआ है। उनके अनुसार शायद हम कोई भयंकर अपराध कर रहे हैं।

आशा, अब बाकी सब रास्ते बंद दिखलाई पड़ते हैं। पहले पत्र में तुमने ठीक लिखा था–कुछ करना ही होगा, कोई अंतिम निर्णय लेना ही होगा...।

मैंने फैसला कर लिया है। अब हम दोनों को हाथ पकड़ कर चलना है, हरपल संग रहना है, पूरे जीवन भर...।

आज रात बारह बजे मंदिर पर मैं तुम्हारी प्रतीक्षा करूंगा।

यह हमारी अंतिम प्रतीक्षा होगी...।

केवल तुम्हारा
रमेश'

रमेश की आंखें पथराने लगीं। हृदय का स्पंदन अपनी पूरी रफ्तार पर था। सिर

फटा जा रहा था। गुजरता एक-एक पल उसके हृदय पर मानो गहरी चोट करता हुआ चला जाता।

—आशा! उसका मन चाहा कि वह चीखने लगे...। जोर से पुकारे कि मैं तुम्हारी प्रतीक्षा कर रहा हूं। तोड़ दो सारे बंधन और चली आओ मेरे पास...। किंतु उसे यह भी तो पता नहीं था कि उसका पत्र आशा के पास सुरक्षित पहुंचा भी या नहीं।

तब, तब क्या करेगा वह...?

इसी कशमकश में वह झूल रहा था कि एक आकृति सामने आती दिखलाई दी...।

—आशा, धीरे से उसने कहा और उछल पड़ा।

—रमेश...। आशा उसके पास आ गई।

—मुझे पूरा विश्वास था कि तुम अवश्य आओगी...। उसका स्वर भर्रा उठा—मुझे अपने प्यार का पूरा यकीन था...।

उसने आशा को अपने गले से भींच लिया। जीवन के अनन्त सुख का क्षण था यह...। जीवन की सबसे बड़ी और अहम् उपलब्धि थी यह...। उसकी आंखें भर आईं।

कुछ पलों की चुप्पी वहां ठहरी रही।

—आशा, मैं तुम्हें लेने आया हूं। हमेशा के लिए...। अब तुम मुझसे कभी दूर नहीं रहोगी...। दुनिया की कोई ताकत हमें अलग नहीं कर सकेगी...। आशा, मेरी आशा...।

आशा अलग हुई। धोती के पल्लू से आंसू पोंछे और लरजते स्वर में कहा—रमेश, कहां जाओगे...? कहां ले जाओगे मुझे...?

—उसकी चिंता तुम क्यों करती हो...। मैंने सब प्रबंध कर लिया है...।

—लेकिन रमेश...? उसका स्वर कांप रहा था।

—देखो आशा, तर्क या सोचने विचारने का समय हमारे पास नहीं है...। हम विवाह करने जा रहे हैं...। हमेशा के लिए एक दूसरे के बनने जा रहे हैं। यही चाहती थीं न तुम...?

आशा ने कोई उत्तर नहीं दिया। उसकी चुप्पी से रमेश तनिक परेशान भी हुआ।

—बोलो आशा...?

—रमेश, क्या इसके अलावा और कोई रास्ता नहीं है?

—और कोई रास्ता...? रमेश के स्वर में झुंझलाहट आ गई—तुम्हें कोई रास्ता दिखलाई पड़ता है? चाचा से मुझे काफी उम्मीद थी पर रात वाली घटना के बाद...।

—तुम्हें काफी दर्द होगा, रमेश...। रमेश की पिटाई उसे याद आने लगी।

—बिल्कुल नहीं...। वैसे भी इस बात का वक्त अब कहां है। हमें तुरंत निकल जाना चाहिए।

—रात में इस तरह...?

—चिंता मत करो। सड़क पर गाड़ी खड़ी है...।

आशा मानो जड़ हो गई...। रमेश ने उसका हाथ पकड़ा जो निस्पंद व मृतप्राय था।

—चलो आशा...।

उसके पैर गड़े हुए थे।

—बापू...। वह बुदबुदाई।

—इस समय तुम्हें एक को चुनना होगा। हो सकता है विवाह के बाद स्थिति बदल जाये। किंतु इस वक्त...? बोलो, समय कम है। रात बीतते देर नहीं लगती। हमें उससे पहले अपने ठिकाने पर पहुंचना है। बौखलाहट से उसके स्वर में चिड़चिड़ापन आ गया।

—रमेश...। वह फुसफुसाई।

अजीब सी खीझ महसूस करने लगा वह।

—चलो आशा, मेरे साथ चलो...।

उसने आशा का हाथ पकड़ा और चल दिया।

आशा पीछे-पीछे चल दी...। पहले धीरे, फिर तेज और फिर और तेज...।

बापू, घर, गांव सब छूटता महसूस होने लगा...। कहां, क्यों, कैसे..., कुछ भी समझने में वह असमर्थ थी। उसे लगा मानो कोई शक्ति उसे स्वत: गति प्रदान कर रही है...।

गाड़ी में बैठते ही उसकी तेज रुलाई फूट पड़ी और वह रमेश की गोद में ढह गई...।

14

अभी सूरज की किरणों का प्रकाश चारों ओर फैला नहीं था कि पूरे गावं में बवंडर सा उठ खड़ा हुआ...। कहीं एक अजब सक्रियता दिखलाई दी तो कहीं पूरा ठहराव...। कुछ लोगों की तो भागदौड़ शुरू हो गई तो कुछ परिवारों के बच्चे विद्यालय तक नहीं जा सके और न ही खेतों की सुध रही उन्हें। जो सुनता, पहले अविश्वास करता और फिर चकित/विस्मित/दुखी/चिंतित अथवा कभी उत्साहित होते हुए आंखें फाड़े रह जाता...।

...संतोषी की हत्या के बाद गांव में यह दूसरी अनहोनी घटित हुई थी...। ठाकुरपुरवा के इतिहास में एक नया अध्याय जुड़ा था। लड़के-लड़की का गांव से भाग जाना, गांव क्या पूरे क्षेत्र में नवीनतम विस्फोट था। एक बार फिर गांव के अधिकांश लोग एक अनजानी दहशत की गिरफ्त में आ गये...। एक विचित्र प्रकार के अनिष्ट की आशंका से ग्रस्त हो चले...।

बात फैलते देर नहीं लगी। सरना चाचा ने अपने लड़के चन्दर द्वारा गुलजार को खबर भेजी तो उसने भोर में बुलाने का कारण पूछा।

–ननकू चाचा की छोरी गायब है। चन्दर ने अजीब सी मुद्रा बनाते हुए कहा।

–क्या...? गुलजार विस्फारित नेत्रों से मुंह खोले उसे देखता रहा। इस नवीन प्रकार की सूचना को इतना जल्दी ग्रहण भला कैसे किया जा सकता था।

–क्या वो आशा...? गुलजार को जैसे झटका सा लगा। एकदम उठ खड़ा हुआ। फिर कब, क्यों, कैसे, किसके द्वारा आदि प्रश्नों की झड़ी लगा दी उसने।

चन्दर को अधिक कुछ पता ही कहां था जो कोई उत्तर दे पाता। वह स्वयं भी हैरत से कहां उबरा था। ये सारे प्रश्न तो उसके अंदर भी कुलबुला रहे थे। स्वयं को कटघरे में खड़ा पाकर उसने झुंझलाहट सी महसूस की–भइया, मुझे न मालूम कुछ। तुरंत चलो...।

पैरों में चप्पलें डालकर गुलजार उसी दशा में उसके साथ चल दिया। पत्नी ने अवश्य इस हड़बड़ाहट का कारण पूछा तो जितना जानता था, बतला दिया। और उसी से इस समाचार का प्रचार आरम्भ हो गया।

सरना चाचा के यहां रमेसर और ननकू पहले से मौजूद थे। चमरौटी के कुछ

अन्य लोग भी आ चुके थे। ननकू मुंह नीचा किए सुबक रहा था। रमेसर के चेहरे पर चिंता के काले बादल मंडरा रहे थे। एक मनहूस सी चुप्पी वहां पसरी हुई थी। सरना चाचा, मंगलू राम और भगौती प्रसाद एक चारपाई पर बैठे बारी-बारी हुक्के की निगाली मुंह से लगा कर धुंआ उगल रहे थे।

–यो चन्दर क्या बतलाए, चाचा...? वहां प्रवेश करते ही हड़बड़ाए स्वर में गुलजार ने पूछा।

–हां प्रधान, बड़ी विकट विपत्ति आन पड़ी है...। संतोषी की हत्या से कम गंभीर संकट नहीं है ये...। कहते हुए भी शर्म से सिर झुक जाता है। मुंह से बोल ही नहीं फूटते...। ऐसा लगे कि सबके चेहरे पर कालिख पुत गई है। ऐसा तो कभी ख्वाब में भी नहीं सोचा था। हे राम, हम लोगों को यह दिन भी देखना था...। सरना चाचा का स्वर भारी हो गया। दर्द व पीड़ा से चेहरा विद्रूप हो चला।

–पर ये सब हुआ कैसे? गांव से इस तरह...? अभी भी अविश्वास से जकड़ा हुआ था गुलजार।

सपाट चेहरों पर एक अजीब सी विकृति दिखलाई दी थी। सबकी नजरें जमीन में गड़ी थीं। वे एक दूसरे से नजरें चुरा रहे थे।

–यह हुआ कब...? कैसे पता चला...? किसके साथ...? गुलजार विवरण जानने के लिए आतुर था।

सरना चाचा ने नजरें उठाईं और उसे बैठने का संकेत किया।

–चाचा...। गुलजार को धैर्य कहां।

–प्रधान, सरना चाचा ने उसकी बात काटते हुए कहा–कल रात से गायब है छोरी...।

–गायब का क्या मतलब...। गुलजार उलझन महसूस करने लगा।

–अररे भइया, सुबह देखा तो दरवाजा खुला था और उसका कोई पता नहीं।

–पर आशा तो बड़ी भली व अच्छी लड़की है। इस तरह क्यों जाने लगी?

सरना चाचा चुप रहे। इस प्रकरण में काफी सोच विचार कर ही कुछ कहना उचित था। उन्होंने भगौती प्रसाद व प्रमुखजी की ओर देखा। किंतु कुछ कहना तो दूर, नजरें मिलाने तक से वे कतरा रहे थे।

सरना चाचा भी सतर्क हो गये। वह जानते थे कि यह समाज के दो परिवारों के बीच का मामला है और प्रारम्भिक जानकारी से कोई स्थिति साफ नहीं थी। ननकू ने अवश्य रमेश को आरोपित किया था। किंतु इसका कोई प्रत्यक्ष प्रमाण तो था नहीं। रमेसर ने प्रतिवाद भी किया, हालांकि दबे स्वर में।

गुलजार झुंझलाहट महसूस करने लगा। बोला–चाचा, इस तरह मुंह सिल कर बैठने से कोई काम नहीं बनता। मुझे सब कुछ बताओगे नहीं तो मैं क्या मदद कर सकूंगा। फिर मुझे बुलाने का मतलब ही क्या है?

—नहीं प्रधान, तुमसे क्या छिपाना। ननकू बैठा तो है, उससे पूछो...। बोलता क्यों नहीं ननकू, अब चुप बैठ के क्या फायदा...? सरना चाचा ने झिड़कते स्वर में कहा।

—हां ननकू, पूरी बात बता...। मंगलू राम ने अधिकार पूर्ण स्वर में कहा—यह मामला है कै...?

कल का पूरा दिन गहरे अवसाद में बीता था। रात की घटना से ननकू अंदर तक व्यथित व विचलित था। देर तक आशा बिस्तर में धंसी रही कलपती, सुबकती। ननकू का उससे कुछ कहने का साहस ही नहीं हुआ...। पूरे घर में मातम छा गया था।

आज कुछ देर तक वह आशा की शौच से लौटने की प्रतीक्षा करता रहा। हालांकि सूर्योदय तक उसका वापस न आना उसे कहीं अंदर ही अंदर त्रस्त भी कर रहा था। मन में आया सोते बंसी को झिझोड़कर आशा को देख आने के लिए कहे किंतु फिर टाल गया। परन्तु धैर्य की सीमा बहुत शीघ्र ही टूट गई।

वह सीधे सविता के घर पहुंचा। अक्सर वे दोनों साथ ही जाती थीं। सविता के बतलाने पर कि आज आशा उसके साथ गई ही नहीं, वह भागा भागा घर आया और तुरंत बंसी को झकझोर दिया।

कुछ पल बंसी मिचमिचाई आंखों से अपने पिता को देखता रहा।

—जा जंगल में देखकर आ...। मैं भी उत्तर की तरफ देखने जा रहा हूं।

लगभग एक घंटे बाद वे लौटे तो उनके चेहरों पर हवाइयां उड़ रही थीं। माथे पर पसीने की बूंदे उग आई थीं। ननकू के हाथ पैर कांप रहे थे। वह चारपाई पर ढह गया।

बंसी उबल पड़ा। उसके नथुने फड़कने लगे—यह उस हरामी की ही करतूत है...। वो ही बरगला कर उसे भगा ले गया है...।

ठस्स सा आंखें फाड़ ननकू शून्य में देखता रहा। एक टीस उसके हृदय को चीरती चली गई।

—चल बापू, उसके बाप से आज साफ-साफ बात कर ली जाये...।

वह उसी मुद्रा में बैठा रहा और शीघ्र उसकी आंखें छलछला उठीं।

—देख बापू, रोने कलपने से कुछ नहीं होता...। तू मेरे साथ चले तो ठीक है वरना मैं जाऊं।

अब ननकू सिसकने लगा। दोनों हाथों से अपना सिर थामे वह देर तक रोता रहा।

—भगवान, किस बात की सजा दी है तूने। मैंने किसी का क्या बुरा किया

है जो आज यह दिन देखना पड़ा। अब क्या करूं मैं? इससे पहले मुझे उठा क्यों नहीं लिया...। हे भगवान...।

पिता के विलाप से बंसी भी द्रवित अनुभव कर रहा था। अंदर उमड़ते अश्रु उसके नेत्रों में आकर जम रहे थे। अंतस में धधकती ज्वाला से चेहरा व आंखें तमतमा रहे थे।

—मैं अभी जाता हूं।

—नहीं... तू नहीं, मैं जाऊंगा। तू और खोजबीन कर ले। कहीं उसके साथ कोई हादसा न हो गया हो। जमाना बड़ा खराब है बेटा...। कहकर वह धीरे से उठा और लड़खड़ाते पैरों से बाहर निकल गया।

एक अर्से बाद ननकू को अपने घर पर देखकर रमेसर का चकित होना स्वाभाविक था।

सरना चाचा के यहां हुई मुलाकात के बाद उनका मिलना जुलना प्रायः बंद था। दोनों तरफ ही खिंचाव था। दोनों एक दूसरे को दोषी मानते थे व देखकर किलसते...।

आज ननकू की बहती लाल आंखें, मुर्दानी सफेद चेहरा व लस्त पस्त दशा देखकर रमेसर परेशान हुआ—क्या बात है भाई...? सब कुशल तो है...।

और ननकू बुक्का मारकर रो दिया। रमेसर बुरी तरह घबरा गया। पास आकर उसे नीचे बैठाया। उसकी धुकधुकी तेजी से बजने लगी—भइया, बात क्या है...?

—आशा...। कहकर ननकू की रुलाई और तेज हो गई...।

—आशा...? रमेसर ने दोहराया—क्या हुआ उसे...?

—आशा घर पे नहीं है...। हिचकियों भरे स्वर में उसने कहा।

—घर पे नहीं है। कहां गई...? कब...? रमेसर के अंदर हौल सा उठ खड़ा हुआ। उसके हाथ कांपने लगे...। सुरेश पानी का लोटा हाथ में पकड़ा खड़ा था। बड़ी कठिनाई से उसने ननकू को पानी पिलाया और कुछ अपने गले में उड़ेला...।

तब ननकू ने उसे पूरी बात बतला दी। एक रात पहले की घटना की भी जानकारी दी। हां, उसमें मारपीट वाला अंश डांट डपट व एकाध थप्पड़ तक तरमीम कर दिया।

—हो न हो, यह रमेश की ही करतूत है...। बहला फुसला कर वोई उस भोली-भाली लड़की को भगा ले गया...।

रमेसर को यह सब सुनना भला क्यों अच्छा लगता। दया व सहानुभूति के स्थान पर उसके अंदर रोष व उग्रता समाने लगे...।

—परसों रात इत्ती बड़ी बात हो गई और तुमने मुझे बतलाया तक नहीं...?

इस तरह डांट डपट कर भगाने का क्या मतलब था। मेरे पास पकड़ कर लाते...। उसने उखड़ कर पूछा।

–वो आता तब न...। उस पर तो न जाने क्या भूत सवार था...।

–भूत तो तुम लोगों ने ही चढ़ाया है। मैं तो शुरू से ही कह रहा था। तुम ही बरगला रहे थे।

–मैं क्यों बरगलाता। लड़का तुम्हारा...।

–पर मीठी-मीठी बातें करके तूने और तेरी छोकरी ने ही उसे पागल बनाया।

–खबरदार, जो आशा के लिए कुछ गलत बात कही...। उसने कभी कुछ न कहा। उसका तो ब्याह भी पक्का हो गया था। तब भी ननुकर न की। चार लफज पढ़ कर रमेश का ही दिमाग खराब हो गया था। उसी नें उस नादान बच्ची का भी दिमाग खराब किया।

–सो इत्ती बच्ची भी न थी। ताली एक हाथ से नहीं बजती ननकू...। तुमसे न बोलती होगी पर रमेश को तो उसी ने पगलाया...।

–सब सामने आ जायेगा...। अभी थाने पर रपट कराता हूं। पुलिस सब बात निकाल लेगी...। कहकर पैर पटकता हुआ ननकू वहां से चला गया।

सभी को सांप सूंघ गया। रामदेई जोर-जोर से रोने लगी। रमेसर परेशान सा आंगन में घूमता रहा। आवेश में भले ही वह कुछ कह गया था किन्तु अंदर ही अंदर बड़ा चिंतित अनुभव करने लगा वह। क्या सचमुच रमेश आशा को भगा कर ले गया..., सोचकर वह थरथरा रहा था।

...पुलिस...। ख्याल आते ही दहशत की झुरझुरी सी उसके अंदर दौड़ गई...।

–पिताजी, सरना बाबा से बात करो...। सुरेश ने सुझाया तो वह सीधे वहां चल दिया।

सभा में मौन छाया हुआ था। सभी लोग इस बुरी तरह स्तब्ध थे कि उनकी जिह्वा मानो पक्षाघात का शिकार हो गई थी। सूर्य का प्रकाश चारों ओर फैलने लगा था। सामान्यत: इस मौसम का गुनगुना सूरज सभी को भाता था किंतु इस समय हर किसी की नजरों में वह चुभ रहा था। दिल में आया कि ग्रहण समूची सृष्टि को लील ले जिससे वे एक दूसरे के मनहूस चेहरे न देख सकें, चारों ओर सोता पड़ जाये। लोग घरों में बंद रहे, पक्षी अपने आशियानों में शरण ले लें जिससे घटना का प्रचार प्रसार न हो सके।

किंतु समय की गति निर्बाध है। मनुष्य के चाहे न यह थमता है और न ही दौड़ता–हां, कभी भ्रम अवश्य पैदा कर जाता है। अपनी इच्छाओं व जरूरतों से हम उसकी गति का जायजा लेने की चेष्टा करते हैं।

–प्रमुखजी, क्या करूं मैं...? मैं तो बरबाद हो गया। कहीं मुंह दिखाने का नहीं रहा। ननकू ने बौराए स्वर में कहा।

मंगलू राम ने एक लम्बी सांस ली और बारी-बारी भगौती प्रसाद, सरना चाचा व प्रधान गुलजार की ओर देखा।

–प्रमुखजी, गुलजार ने कहा–यह तो सचमुच गंभीर संकट है। मुझे तो इस बात की कोई भनक ही नहीं लगी कि रमेश और आशा में कोई चक्कर चल रहा है। इत्ते दिनों से यह बात हो रही थी, किसी ने मुझे बतलाया तक नहीं...।

–हम ही कौन जाने थे, भइया...। मंगलू राम ने चिड़चिड़े स्वर में कहा।

–पर जानकारी होनी चाहिए न...।

–देखो प्रधान, लड़की का मामला था इसलिए सभी से छिपाया गया। कहा तो उसने मुझसे भी था लेकिन मैंने समझा बुझाकर भेज दिया। मुझे क्या मालूम कि ससुरा ऐसा भी कर सके...। सरना चाचा ने कहा। वह कुछ देर के लिए हुक्का गुड़गुड़ाते रहे और फिर बोले–भइया, अब तो बीती गई बिसार दे..., आगे की सुध ले...।

–चाचा, यह पुलिस केस है। थाने में रपट करनी होगी...।

–नहीं, अभी रपट मत करो प्रधान...। एकाएक खड़े होकर याचना भरे स्वर में रमेसर बोला–मेरा बच्चा नादान है। परसों रात ननकू ने उसके साथ जो किया उसी से जल-भुन कर शायद यह गलत काम कर बैठा है। ननकू ने मुझे उस बारे में बतलाया तक नहीं... वरना मैं कल ही उसकी खबर लेता और शायद...। उसका स्वर डूब गया और वह मुंह नीचा कर कुर्ते की बाहों से अपने आंसू पोंछने लगा।

–ननकू, तेरा यह काम तो ठीक नहीं भाई...। इत्ती बड़ी घटना को तू क्यों छिपा गया। सरना चाचा गुस्साए स्वर में बोले–कोई अजनबी तो था नहीं रमेश...। घर का बच्चा था, कम से कम रमेसर को तो इत्तला करनी थी।

ननकू मुंह नीचा किए सुनता रहा।

–पर रपट दर्ज कराने के अलावा चारा भी क्या है? गुलजार ने बात बढ़ाई।

–मैं ढूंढ कर लाऊंगा उसे...। जायेगा कहां। उसके पास इत्ते पैसे भी कहां से आयेंगे। आशा के पास कुछ हो तो न जानूं...। रमेसर दयनीय स्वर में बोला।

–वह कुछ न लेकर गई...। सिर नीचा किए ननकू बुदबुदाया।

–पर देरी करने से पुलिस खफा हो सकती है। यह गंभीर मामला है। लड़की भगाना सख्त जुर्म है। गुलजार ने समझाया।

–प्रधान, क्या मालूम दोनों मर्जी से गये हों। भगाने की बात क्यों करते हो...। रमेसर ने दलील दी।

–चाचा, अब इस वक्त बेकार की बातें मत करो। ननकू ने तीखे स्वर में आपत्ति की–वो ऐसी बच्ची नहीं है जो इत्ती हिम्मत कर सके। रमेश ने ही उसे

बरगलाया है।

–बच्ची नहीं है तो बरगलाने में कैसे आ गई? रमेसर ने बहस बढ़ाई।

–तो बड़ी भी नहीं है। कमबख्त रमेश ही उसके पीछे पड़ा था। तुमसे कहा, मुझसे कहा, चाचा से भी मिला। एक हरकत हो तो गिनाऊं, धीरे-धीरे सब पोल खुल रही है...। आशा ने कभी कुछ कहा हो तो नरक गति हो मेरी...।

–बार-बार यही कहे है। तुझसे कहने की क्या जरूरत थी। एक पगलैट मिल तो गया था जो इसके इशारे पर नाच रहा था...।

–झूठ बोल कर जबान काली मत करो। तुम सब जानो सच क्या है। न हो तो अभी उसकी मां को बुला लो, सच सामने आ जायेगा...।

–अरे भाई, बहस मत करो, गुलजार ने खड़े होकर हस्तक्षेप किया–बहस का वक्त नहीं है। रमेसर, तुम ढूंढने जाना चाहते हो, जरूर जाओ। इसमें कोई हर्ज नहीं है। शायद कोई अता पता चले। और हां, इस समय आपस में लड़कर एक दूसरे पर इल्जाम लगाकर इस मामले को उलझाओ मत। बच्चों का मामला है, उन तक ही सीमित रखो वरना बेवजह मामला पेचीदा होगा...। क्यों चाचा...?

–ठीक ही तो कहे प्रधान, सरना चाचा बोले–संकट में मिलजुल कर काम करो। मेरे ख्याल से तो दोनों साथ निकलो। कस्बे में छानबीन कर लो। रिश्तेदारों के यहां आदमी भेज कर पता करो। कहीं दूर तो वे जा न सकें...।

–सभी को जुटना होगा। कुछ लोगों को इधर-उधर भी भेजो...। गुलजार ने आगे कहा।

–प्रधान, भाई तू भी इनके साथ चला जाये तो बड़ा काम बन सके...। सरना चाचा ने सुझाव दिया।

–चाचा, मैं तो जहां कहो, चला चलूं। पर मैं सोचता हूं कि आज मुझे अकेले इस काम में जुटने दो। शायद कोई बात निकाल सकूं...। मुझे तो हैरानी है रमेश की हिम्मत कैसे पड़ गई? वह जा कहां सकता है? गांव व कस्बे से बाहर उसने देखा ही क्या है?

–सो तो एकदम ठीक है...। सरना चाचा बोले।

–इसलिए ये दोनों अलग जाएं और मैं भी इसमें लगता हूं। रिश्तेदारी वगैरा आप सब देख ही लोगे...।

सब लोगों ने सहमति में एक दूसरे के चेहरे देखे।

–ठीक है रमेसर। सरना चाचा बोले–तुम दोनों साथ जाओ। चाहे किसी और को भी साथ ले लो...। दो चार आदमी को हम भी दौड़ाते हैं, भगवान करे दोनों सकुशल मिल जायें। ईश्वर उन्हें सद्‌बुद्धि दे...।

वह और अगले कई दिन ठाकुरपुरवा का जीवन इस घटना के इर्द गिर्द ही सिमटा रहा। स्कूल, बच्चों की पढ़ाई-लिखाई, खेत-खलिहान, बीज-पानी, तीज-त्योहार यहां तक कि आने वाली सहालक की शादियां तक पृष्ठभूमि में चली गईं। चारों तरफ इस घटना की ही चर्चा होती सुनाई पड़ती।

समाचार फैलते-फैलते लोग अपने-अपने समूहों में एकत्रित होने लगे। लाला रामनिवास व सुखदेव शर्मा बदहवास से निरंकार चौधरी के यहां पहुंचे जहां गुलजार को भी बुलवाया गया हालांकि वह उपलब्ध नहीं हो सका। सुखवीर गहलौत और तिकड़ी के शेष दोनों मित्र ज्ञानप्रकाश व रवीन्द्र सिंह भागे-भागे ठाकुर हरपाल सिंह की हवेली पर गये। मास्टर टीकाराम भी हमउम्र मंगलसिंह के घर में लाठी टेकते पहुंच गये और बड़े उग्र स्वर में बोले—ठाकुर साहब, यह क्या विपदा आन पड़ी है गांव पर...। बताओ, जाटवों का इतना साहस बढ़ गया कि लड़का लड़की भाग जायें। और सुना है चाचा भतीजी लगे हैं रिश्ते में...।

—चि...चि...चि...। सचमुची कलयुग आ गया है मास्टर...। जो कभी देखा, न सुना, वोई आंखों के सामने हो रहा है। यह गांव तो अब नरक होता जा रहा है...। पर मास्टर, जाटव लौंडे की इत्ती हिम्मत कैसे हो गई...?

—ठाकुर साहब, ये वोई लड़का है जिससे हमारे बच्चों का झगड़ा हुआ था।

—क्या सच...? पर सुना था वो तो बड़ा जहीन लड़का था।

—तभी न यह हरकत की है...। आज की शिक्षा यही सब तो सिखलाती है। एक तो मास्टर लोग पढ़ाएं नहीं और दूसरे बच्चों का ध्यान फिल्म, टी.वी. पर इतना अधिक है कि असली शिक्षा तो भूल चुके हैं। अनुशासनहीनता, विद्रोह, अवज्ञा, असहयोग, अनादर—ये सब ही तो आज के छात्र विद्यालयों में सीख रहे हैं। नैतिकता, सदाचार, ईमानदारी, सच्चरित्रता—अब गौण हो गये हैं। तब बालक यही सब तो करेंगे...। मास्टर टीकाराम के अंदर का अध्यापक बोलने लगा।

—बताओ, पूरे गांव पर इसका कितना खराब असर पड़ेगा? हम तो हरपाल के बालक को ही रो रहे थे। यह जाटव तो और एक कदम आगे बढ़ गया...।

सभी चिंतित थे और चिंतित से भी अधिक रुष्ट और गुस्साए...। एक जाटव बालक ऐसा दुस्साहस कैसे कर सकता है? लड़की को भगा ले जाने का क्रांतिकारी कदम कोई दलित कैसे उठा सकता है...? उनमें पनप रहे विद्रोह का सूचक है यह जिसका प्रतिफलन अन्य क्षेत्रों में भी हो सकता है।

—आज लड़की लेकर भागा है...। लाला रामनिवास कहने लगे—कल को हमारे सामने भी सीना चौड़ा करके खड़ा न होगा। हिम्मत तो देखो ससुरे की। कल तक जो लोग गांव के बाहर कदम नहीं रखते थे वो आज शहरियों की तर्ज पर ये कारनामे कर रहे हैं। और पढ़ाओ इन ससुरों को शहर में...। वहीं सीखा होगा ये गुर...।

—ठीक कहते हो लाला। पंडित सुखदेव शर्मा भला मौका क्यों चूकते—पर

ये सोचो हममें से किसी की शह के बिना यह कैसे मुमकिन है।

–मैं समझा नहीं...?

–लाला, यह तो तुम्हें पता ही होगा कि इस बालक को बाहर भेजकर पढ़ाने में किसने मदद की थी।

–किसने...? गुलजार होगा...।

–न लाला, न...। मदद की हरपाल ने। सिर्फ वोटों के चक्कर में। न लड़का गांव के बाहर निकलता और न ही ऐसा पाप करने को सोचता।

–सो तो ठीक कहे भई तू...। चौधरी निरंकार ने समर्थन किया–लेकिन हरपाल इस पचड़े में क्यों पड़ा...?

–और लाला, इस काण्ड में भी किसी न किसी का हाथ जरूर निकलेगा...। सुखदेव शर्मा ने अपनी बात जारी रखी।

–सुखदेव कैसी बात कहे? निरंकार चौधरी चौंक गये–कोई क्यों मदद करने को रहा? यह तो जुर्म है भाई...।

–जुर्म क्यों, चौधरी साहब...। वो क्या कहें, मियाँ बीबी राजी तो क्या करेगा काजी...। दोनों मर्जी से गये होंगे...।

–तो फिर किसी की मदद की क्या जरूरत है...? लाला रामनिवास ने पूछा।

–लाला, बिना मदद के यो काम न हो सके...। लड़की के साथ भागने के लिए बहुत बड़ा जिगर चाहिए। बड़ी भारी योजना बनानी पड़ती है। जगह, पैसे, गाड़ी सबका जुगाड़ बिठाना पड़ता है। ये जाटव छोरा इत्ता सब अपने बलबूते पर कर लेगा, मुझे यकीन नहीं आता...।

–पर मदद कौन कर सके...? चौधरी ने चकित होकर पूछा।

–जाटवों की कौन मदद करता है?

–गुलजार...।

–वोई ये सब हरकत कर सकता है।

–पर इससे तो जाटव घने परेशान होंगे...। उन्हें यह पता भी चल गया तो गुलजार तो खत्म समझो...। लाला रामनिवास बोले।

–लाला, तुम उसे न जानो। बड़ा खुराफाती दिमाग है उसका। किस चीज में क्या फायदा नजर आये, कोई आसानी से भांप नहीं सकता। फिर अभी क्या मालूम कि लड़की खुद गई है या भगाई गई है। कहीं ऐसा न हो कि उनके विवाह को लेकर कोई गुटबंदी हो और गुलजार किसी एक का साथ दे रहा हो...।

निरंकार चौधरी और लाला रामनिवास विस्मय से एक दूसरे के चेहरे देखने लगे...।

–तू अच्छी राजनीति समझे है भई...। निरंकार चौधरी ने लम्बी सांस लेते हुए कहा–लेकिन अगर गुलजार ने ऐसा किया है तो बहुत बुरा किया...।

गुलजार के सामने एक बड़ी चुनौती आन खड़ी हुई थी जिससे वह परेशान कम उत्साहित अधिक था। उसे लगने लगा कि इस 'काण्ड' में सफलता प्राप्त करके वह दलित समाज के लिए बड़ा काम तो करेगा ही, शायद अपने अंदर बैठे अपराध बोध से भी मुक्त हो सकेगा।

संतोषी की हत्या का जख्म आज भी उसके अंदर हरा था। संतोषी उसका परम मित्र था और उसकी हत्या अक्सर उसे अंदर ही अंदर सालती। एक चूक व असावधानी का इतना घातक परिणाम हो सकता है, उसने कभी कल्पना भी नहीं की थी। हरपाल व उसके साथियों की योजना की भनक उसे पड़ गई थी किन्तु उसे विश्वास ही नहीं था कि संतोषी उसके प्रति ऐसा विश्वासघात भी कर सकता है। संतोषी के व्यवहार व रुख में परिवर्तन को वह कई दिनों से ताड़ रहा था। इससे वह दुखी तो होता और क्रुद्ध भी...। संतोषी जो कुछ था, उसी की बदौलत था...। विद्यालय में नौकरी हो या पंचायत सदस्यता–सबमें उसी की प्रमुख भूमिका थी। राजनीति व उसके निजी जीवन की तमाम गोपनीय बातों की जानकारी यदि किसी को थी तो केवल संतोषी को। ऐसे में संतोषी का अलगाव उसे बड़ा मंहगा पड़ सकता था।

वह परेशान था। सोचा संतोषी से साफ-साफ बात करना ही उचित होगा। इसीलिए वह उससे मिलने उसके घर भी गया और संतोषी को अनुपस्थित पाकर चकित व सतर्क हुआ था। सामान्यतः संतोषी गांव में कहीं आता-जाता नहीं था। संदेह का बीज अब पल्लवित होने लगा। पास के गांव से चार कारिन्दों को बुलवा कर उसने संतोषी को ढूंढ कर उसके सामने प्रस्तुत करने का हुकम दिया। कारिन्दे क्षेत्र के कुख्यात अपराधी थे। फौजदारी के कई मुकदमों को झेल चुके थे। उन्होंने सौदा तय किया और फिर पूछा–अगर वह न आये तो...?

–न आये का क्या सवाल है...। ऐसा करता है तब तो मेरा शक पक्का हो जायेगा। साले को घसीट कर ले आना...। भितरघात से झल्लाहट आना लाजमी था।

–पर उसने हल्ला मचा दिया तो सारा खेल खत्म हो जायेगा...। तुम्हारे साथ हम भी फंस जायेंगे...।

–कैसे पठ्ठे हो तुम लोग...। चार आदमी एक को नहीं सम्हाल सकते...। जाओ जो करना हो करो...। वह तैश में कह गया।

बस इसी असावधानी का दंश उसे आजीवन सहना है।

संतोषी नहीं आया, न ही कोई कारिन्दा उस रात लौटा। काफी देर वह प्रतीक्षा करता रहा और फिर सो गया।

देर रात चन्दर के आने पर वह सशंकित अनुभव करने लगा...। भोर में संतोषी की लाश देखकर उसे सब कुछ समझते देर नहीं लगी। वह सचमुच दुखी

था। अगली रात उसने सरगना को बुलवाया था...।

—चलने को कहा तो बुरी तरह ऐंठ गया...। गाली गुफ्तार करने लगा। फिर हाथ छोड़ बैठा। शायद हम लोगों को पहचान भी गया था...। तब खत्म करने के सिवा और क्या चारा था...। उसने बतलाया।

—लेकिन तुम लोगों ने यह क्या किया? मैंने तो यह नहीं कहा था। गुलजार द्रवित होकर बोला।

—प्रधान, तुमने ही तो कहा था जो करना हो करो...। जब झंझट फंस जाता है तो इसकी नौबत आ ही जाती है...। उसने अत्यंत सहजता से समझाया था...।

गुलजार गहरे अपराध बोध से जकड़ गया था। संतोषी उसका मित्र ही नहीं था, राजनैतिक क्षेत्र में उसकी खासी उपयोगिता भी थी। पुलिस द्वारा की गई विवेचना से उसका यह संदेह पुष्ट हो गया था कि संतोषी को उसके विरुद्ध चुनाव में खड़ा करने की साजिश सचमुच बनी थी। संतोषी के द्वन्द्व को भी वह समझ सकता था। इसी के चलते वह उससे बच भी रहा था। पर आज भी उसे लगता है कि एक बार बात होने से संतोषी इस कशमकश से उबर सकता था। वैसे भी उसके मन में था कि इस बार संतोषी को उपप्रधान बनवाया जाये जिससे अगले चुनाव तक, यदि उसे राजनीति की सीढ़ी की आगामी पायदान पर चढ़ने में कुछ सफलता मिली, तो ठाकुरपुरवा की पंचायत पर संतोषी के माध्यम से उसका वर्चस्व बरकरार रहे...।

गुलजार को लगातार यह अहसास भी था कि संतोषी की हत्या का रहस्योद्‌घाटन न होने से दलित समाज समूचे प्रशासन व कहीं उससे तनिक अप्रसन्न है।

यह नवीनतम घटना उनके संबंधों में एक नई ताजगी पैदा कर सकती थी।...उसके प्रयास से रमेश व आशा की वापसी चमरौटी से उसके संबंधों को एक नवीन ऊर्जा प्रदान कर सकती थी, संजीवनी की मानिंद उसमें स्फूर्ति, जीवन्तता व आत्मीयता पैदा कर सकती थी...।

वह उत्साहित था।

आसमान नीला व साफ था। तारों के झुंड के झुंड क्षितिज तक बिखरे पड़े थे। हवा में मामूली ठंडक थी। अंधेरा गहराता जा रहा था जब वे दोनों जुगाड़ से उतरकर चमरौटी की ओर चले। जाते समय दोनों के मध्य हुई थोड़ी बहुत बातचीत अब संवादहीनता में बदल चुकी थी। एक दूसरे से बुरी तरह झल्लाए थे वे। एक गहरा अवसाद उन्हें जकड़े हुआ था।

वे बुरी तरह हताश थे—मानसिक व शारीरिक दोनों स्तरों पर। पैरों में मानो मनो बोझ बंध गया था। सिर घूम रहा था और बार-बार संवेदनाओं के आवेग का

रेला उमड़ कर बाहर आने को उद्यत दिखलाई देता। किन्तु दूसरे के प्रति बलबलाते भीषण क्रोध के उफान से टकराकर वह कभी झल्लाहट में बदल जाता तो काफी हताशा व नैराश्य में...।

–कुछ खैर खबर...? वे सीधे सरना चाचा के घेर पर पहुंचे जहां उनकी बेताबी से प्रतीक्षा की जा रही थी।

निराश, थके व बुझे से वे जमीन पर ढह गये।

–कुछ बतला तो ननकू, क्या पता चला...? भगौती प्रसाद ने पूछा।

–कुछ न ताऊ, कुछ न पता चला...।

–अरे भई, पूरी बात ब्यान कर ननकू...।

–इसके लड़के की बात, येई बयान करे...। कड़ुवाहट भरे स्वर में उसने जवाब दिया।

तिरछी नजरों से रमेसर ने उसकी ओर देखा और फिर पूछने पर बतलाने लगा।

वे सीधे रमेश के कमरे पर गये थे वहां ताला बंद था। पास पड़ोस वालों ने केवल इतना बतलाया कि वह कल मौजूद था, सांझ तक...। रात के बारे में निश्चित तौर पर नहीं कह पाए...।

पूछताछ का दूसरा केन्द्र फैक्ट्री व उसके स्वामी विचित्रसेन थे। फैक्ट्री में केवल इतना पता चला कि कल काम पर नहीं देखा गया किन्तु विचित्रसेन ने आशा की कुछ किरण दिखलाई थी...।

–परसों रात शायद कहीं गया था वह। कल दिन में जब वह नहीं दिखा तो मैं उसे देखने कोठरी पर गया। वह लेटा था, बीमार सा...। ऐसा लगा उसका बदन टूट रहा है। नजदीक से देखा तो कुछ चोटों के निशान थे। मुंह सूजा हुआ था। पूछने पर कोई कारण नहीं बतलाया। मैंने कहा चल डाक्टर को दिखा दूं तो मना करने लगा...। बोला गोली खा ली है। ठीक हो जाऊंगा...। मैंने पूछा दवाई के पैसे वैसे हैं तो बोला हां...। फिर भी सौ रुपये छोड़कर आया था मैं...।

–बीमार क्या होगा। रमेसर कह रहा था–परसों रात ननकू और इसके लौंडे ने जो उसकी धुनाई की थी उसी से पूरा बदन टूट गया होगा। इससे पूछो कौन अजनबी था वह, या चोरी-चपाटी करने इसके घर घुसा था वो, जो बेचारे की यह दुर्गत बनाई...।

–चाचा, बेचारा मत कहो। देर रात इस तरह घर में आना कहां की शराफत है। ननकू ने गुस्साए स्वर में कहा।

दोनों विवाद में फंसने लगे तो सरना चाचा ने हस्तक्षेप किया–अब बहस में ही उलझे रहोगे या आगे भी कुछ करना है। सोचो क्या करना है?

–और खोज खबर का कोई नतीजा...। मंगलू राम ने जानना चाहा।

—अभी तो कुछ पता न चला...। सब रिश्तेदारियों में दिखवा लिया...। सरना चाचा ने उत्तर दिया।

सभी सोच में डूब गये। सभा में सन्नाटा छाया रहा। धीमे-धीमे हवा चल रही थी। मौसम सुहावना था किन्तु माहौल उतना ही तनावपूर्ण...।

ननकू धीरे-धीरे सुबकने लगा और बहुत जल्दी ही 'हाय मेरी बच्ची...।' कहकर जोर से फफक पड़ा।

—गुलजार ने कुछ पता दिया...? मंगलू राम को एकाएक याद आया।

—वो तो सुबह से निकला हुआ है। अभी लौटा कहां। सरना चाचा ने सूचित किया।

—तो फिर...। प्रमुख ने पूछा।

—वो आ जाये। तभी आगे की योजना बनानी होगी...। सरना चाचा ने कहा—क्यों प्रमुखजी?

—ठीक है। कल सुबह बात करेंगे...।

पूरे दो दिन की भाग दौड़ के बाद सफलता तो दूर, कोई सूत्र गुलजार के हाथ नहीं लगा। वह निराश था। पुलिस की सहायता लेना अनिवार्य लगने लगा उसे। तीसरे दिन सरना चाचा व ननकू को लेकर वह थाने पहुंचा...।

—तीन दिन बाद रपट लिखाने आये हैं। थानेदार ने भड़कते हुए कहा—बताओ प्रधान, एफ.आई.आर. में देरी को कैसे जस्टीफाई करेंगे...?

गुलजार ने समझाने की कोशिश की कि एक ही गांव के समजातियों के बीच मामला था, इसलिए पहले खुद ही खोजबीन करना जरूरी था।

—तो फिर अब रपट लिखाने की क्या जरूरत आन पड़ी...। थाने की अपराध संख्या में वृद्धि पर थानेदार परेशान था—जैसे तलाश कर रहे थे, वैसे ही करते रहो...।

—नहीं कोतवाल साहब, मामला गंभीर हो गया है। पूरा गांव उलझन में है। हमारे गांव के इतिहास में ऐसी घटना कभी नहीं हुई। अब तो आपकी तफ्तीश से ही मामला सुलझेगा...।

—हूंऽऽ। थानेदार ने एक लम्बी सांस ली और फिर तनिक सोचकर पूछा—क्या उम्र थी...?

—अट्ठारह पूरे कर चुकी थी...। ननकू ने कहा।

—फिर तो मर्जी से गई होगी...।

गुलजार कानूनी बारीकी समझता था, तुरंत बोला—अजी बच्ची है अभी...। गांव के लोग पढ़े लिखे तो हैं नहीं। ऐसे ही अंदाजे से उम्र बतला दी...। अभी तो आठवां पास किया था...। क्यों ननकू...?

–हां...। सिर नीचा किए वह बुदबुदाया।

–और लड़का...। कौन है यह...? क्या करता है? थानेदार ने पूछा।

–चमरौटी का ही लड़का है। ग्यारहवीं में यहीं पढ़ता है...।

–साला, इत्ता बड़ा बदमाश हो गया कि गांव से लौडिया भगा ले गया...। थानेदार ने टिप्पणी की और फिर पूछा–दोनों में कुछ चक्कर था?

–न साब, न। कोई चक्कर नहीं था। ननकू ने तुरंत सफाई दी–मेरी बेटी का तो ब्याह भी पक्का हो गया था। इसी महीने ब्याह हो जाता...।

–तभी तो भागी वह...। कोई गोद में बिठा के तो उसे ले नहीं गया होगा। थानेदार ने झल्लाकर कहा।

–सरकार, भोली भाली बच्ची है। नादान है। कुछ समझती ही नहीं...। बरगला कर उसे ले गया रमेश...। ननकू का स्वर आर्द्र हो गया, गला रुंधने लगा–हुजूर, रमेश ही उसके पीछे पड़ा था...।

उसके आंसू बहने लगे।

–क्यों प्रधान, तुम बताओ कभी कोई और लफड़ा हुआ हो...। थानेदार ने गुलजार को अपने समीप लाकर पूछा–कैसी लौंडिया थी...? चाल चलन कैसा था?

–कोतवाल साहब, भली लड़की है। पढ़ी लिखी है। मैंने तो उसके बारे में कभी कुछ भी नहीं सुना...।

–इत्ती भली और नादान है तो इस तरह क्यों चली गई। प्रधान आजकल के बच्चों को तुम नहीं जानो...। पेट में दाड़ी लेकर पैदा होते हैं। लड़का अच्छा, लड़की भली..., फिर भी ऐसी हरकत...।

थानेदार के चेहरे पर एक अजीब सी मुस्कान तैर गई...। उसने सिगरेट के लम्बे कश खींचे, दाहिने तरफ लगे शीशे में, जिसके ऊपर 'क्या मेरी वर्दी दुरुस्त है' लिखा था, अपने चेहरे को मुग्ध भाव से देखा और सब कुछ दुरुस्त होने की अनुभूति महसूस की, सिवाय इसके कि अभी दाढ़ी नहीं बनी थी। उसने गालों और ठोड़ी पर हाथ फेरा। अलस्सुबह कत्ल, डकैती, राहजनी की इत्तला के लिए तो मानसिक रूप से तैयार भी रहते हैं, ये ससुरे आशनाई के किस्से से दिन की शुरुआत कुछ जमती नहीं। दिन या रात में इसे सुनना अच्छा लगता है। प्रधान साथ में नहीं होता तो मुंशी उसके आराम में खलल नहीं डालते...। हालांकि इस तरह के आशिकी, रोमांस व भागने भगाने के किस्सों से एक उत्तेजक रस का भी आस्वाद मिलता है। इन्हीं मामलों के जरिये कभी खुद भी शारीरिक तृप्ति उपलब्ध हो जाती है या कम से कम एक दिशा तो मिलती ही है। उसे विकसित करना तो व्यक्तिगत क्षमता पर निर्भर करता है। वैसे भी सालों साल परिवार से दूर रहने पर यह सब जीवन में न हो तो विकृति ही आने की संभावना बढ़ेगी...।

–हुजूर...। गुलजार ने सम्बोधन को बदला। वह जानता था कि 'कोतवाल

साहब' की औपचारिकता इस बात में आड़े आ सकती है। थानेदार को 'हुजूर', 'सरकार', जैसे सम्बोधनों में एक अलग आनंद आता है–बड़े गरीब, मेहतनकश, मजदूर लोग हैं। अब आपकी शरण में आये हैं। इनकी मदद करो...।

थानेदार को 'गरीब', 'मेहनतकश', 'मजदूर', जैसे शब्द सुनना कतई पसंद नहीं था। अक्सर इससे लेनदेन का रास्ता बंद करने का प्रयास किया जाता। और कई नेता उन्हें केवल अधिकारियों के लिए ही इतना दयनीय बनाकर प्रस्तुत करने में महारत रखते थे। इससे अपनी फीस के साथ इस बचत का भी कुछ कमीशन पाने की संभावना बन जाती...।

–सब रिश्तेदारियों, जानने वालों में दिखवा लिया...? दरोगा ने मामले को समेटना चाहा...। पेट में गैस बलबला रही थी। अभी बेड टी ही तो पी थी।

–जी सरकार...। ननकू ने उत्तर दिया।

–रपट लिखाना चाहता है न। पर समझ लो फिर पुलिस सख्ती करेगी...। फिर चाहे जात बिरादर हो या भाई भतीजा, मैं किसी को नहीं बक्शूंगा।

–जैसे हुजूर की मर्जी...। ननकू ने कहा।

–ठीक है प्रधान, पूरी बात एक कागज में लिख दो। गुमशुदगी लिखवा देता हूं। बाद में लड़की के 164 के ब्यान के मुताबिक केस तरमीम हो जायेगा...।

गुलजार थानेदार का मन्तव्य ताड़ गया। फिलहाल अभियोग पंजीकृत नहीं होगा। मन में आया कह दे कि यह सीधा अपहरण का मामला है तब गुमशुदगी का प्रश्न कहां उठता है। किन्तु शांत रहना ही उचित समझा उसने। कहा–जैसी आपकी मर्जी...। हमारी तो बच्ची मिल जाये। दोषी को सजा तो मिल ही जायेगी...। क्यों चाचा?

–ठीक है भइया...। सरना चाचा ने सिर हिला कर कहा।

–और हां, जो खबर लगे, मुझे बतलाते रहना...। अब जाकर मुंशी के पास रपट बनवा लो...।

एक दस्ता कागज, एक पैन, चार कार्बन और सौ रुपए में गुमशुदगी की इत्तला सादे कागज पर दर्ज हुई जिसका कोई प्रमाण ननकू के पास नहीं था।

अगले कुछ दिनों पूरी चमरौटी में पुलिस का आतंक बुरी तरह छाया रहा। समय-असमय वर्दीधारी घरों पर आ धमकते, कभी पूछताछ करते तो कभी पकड़ कर ले चलते...। किसी का थाने से बुलावा आ जाता...। तरह-तरह के सवाल किए जाते...। ऐसा लगता चमरौटी के भूत, वर्तमान, भविष्य का गहन अध्ययन व विश्लेषण किया जा रहा है जिसका मुख्य विषय चारित्रिक व नैतिक पतन है। लोग इतने भयभीत थे कि कुछ तो अपने घर छोड़ कर संबंधियों में चले गये। जिनकी रमेसर

व ननकू से दूर की भी रिश्तेदारी थी, वे एकाएक नदारद हो चले।

रपट करने के बाद दिन भर पुलिस की प्रतीक्षा रही। रात के तीसरे पहर में गांव में कुछ हो हल्ला हुआ। बाद में रामदेई रोती कलपती सरना चाचा के पास गई और बतलाया कि रमेसर व सुरेश को पुलिस पकड़ कर ले गई है। सरना चाचा तुरंत गुलजार के पास गये। गुलजार तो इसके लिए तैयार ही था। वह जानता था कि पूछताछ और सख्ती रमेसर से ही आरम्भ होगी। पकड़ग्रस्त इस क्षेत्र में इस तरह के अपराधों में यही कार्यविधि पुलिस अपनाती थी जिसे 'काउंटर किडनैपिंग' की संज्ञा दी जाती यानी संदिग्ध अपराधियों के तमाम संबंधियों को हिरासत में लाकर पुलिस इधर-उधर रख देती और तब अपराधियों पर पकड़ मुक्त करने के लिए दबाव डाला जाता।

गुलजार ने सरना चाचा को समझा बुझा कर वापस भेज दिया। पूछताछ की शुरुआत तो रमेसर से होनी ही थी। फिलहाल कोई हस्तक्षेप अनुचित होगा, उल्टे इसके कुछ दुष्परिणाम भी हो सकते हैं...। पुलिस सिफारिशियों को ही संदिग्ध न मान ले या ननकू व उसके परिवार को ही प्रताड़ित करना न आरम्भ कर दे अथवा पूरे मामले में बेरुखी न ओढ़ ले...।

अगली रात ननकू व बंसी को थाने ले जाया गया किन्तु वे सुबह तक लौट आये थे। फिर तीसरी रात सरना चाचा का बुलावा आ गया। उन्हें रात में ही छुड़वा दिया गया। इसके बाद चमरौटी के कुछ और लोगों से भी पूछताछ का क्रम जारी रहा। लेकिन सब रात के अंधकार में...। ऐसा लगता जैसे पुलिस की कार्यप्रणाली में सूर्य की कोई भूमिका ही नहीं है...। प्रकाश व उजाले से उसका बैर है। इसलिए दिन में लोग राहत महसूस करते और रात होते ही दहशतज़दा हो चलते।

गुलजार पर रमेसर व सुरेश को छुड़ाने के लिए जोर बढ़ रहा था। वह खुद भी कम परेशान नहीं था। उलझन यह थी कि इस पूरे प्रकरण में उसकी भूमिका चमरौटी के एक वर्ग को अवश्य अप्रसन्न करेगी। यह भी संभावना थी कि यही नाखुश समूह बाद में औरों को भी अपने में समेट ले। अक्सर देखा गया कि दो गुटों के बीच मध्यस्तता करने वाला विजातीय व्यक्ति दोनों ही गुटों की नाराजगी का शिकार हो जाता।

गुलजार के राजनैतिक भविष्य के लिए यह घातक साबित हो सकता था। यही उसकी सबसे बड़ी परेशानी थी। रमेसर व उसका बेटा सुरेश इस मामले में निर्दोष थे, पूरा गांव मानता था। किन्तु पुलिस से उन्हें मुक्ति दिलाना इतना आसान कहां था। गुलजार के लिए यह बड़ा अहम था। सरना चाचा, भगौती प्रसाद, मंगलू राम सुबह शाम उसे टिकटिकाते रहते। रामदेई व चमरौटी की औरतें अक्सर उसके घर पर डेरा डाले रहतीं और बुक्का मार मार कर रोतीं। पत्नी अलग धिक्कारती-जब निर्दोष हैं तो उन्हें छुड़ाओ।

त्रस्त होकर वह स्थानीय विधायक के पास गया। विधायक से उसके संबंध ठीकठाक थे। किन्तु उसके खिंचाव को वह महसूस कर सकता था। शायद गुलजार की महत्वाकांक्षा व ऊर्जा में उसे अपना प्रतिद्वन्द्वी दिखलाई देता।

विधायक तुरंत चमरौटी चले आये। लोगों से मेल मुलाकात की। पूरी बात जानकर कुछ उत्साहित भी हुए क्योंकि जानते थे कि एक बड़ा काम करने जा रहे थे वह जिसे चमरौटीवासी कम से कम आगामी चुनाव तक अवश्य याद रखेंगे...। वह कहा करते थे–गांव में बिजली लगवा दो, पीने के पानी का इंतजाम करा दो, पक्की सड़क या नालियां बनवा दो, स्कूल पंचायत के भवनों का निर्माण करा दो, इस सबका वो असर नहीं जितना गांव के दो आदमियों को पुलिस की हिरासत से मुक्त कराने का। इसका प्रभाव तो अद्भुत व स्थायी है।

रमेसर व सुरेश लौट आये, काफी टूटे, पिटे पिटाये...। सभी की दया का पात्र थे वे।

उधर पुलिस फैक्ट्री व विद्यालय के भी कई चक्कर लगा चुकी थी। विचित्रसेन से भी तहकीकात हुई। अपनी मूर्खता व उत्साहातिरेक पर वह झल्लाया हुआ था। वह जानता था कि यह मामला गंभीर मोड़ ले चुका है। रमेश की वापसी के साथ पूरे घटनाक्रम में उसकी भूमिका के उद्घाटन की पूरी संभावना थी।

उसकी रातों की नींद उड़ गई। उसने मनोज से सम्पर्क साधा किन्तु एक तो मनोज की भूमिका केवल सलाहकार तक सीमित थी और दूसरे अपनी उम्र के चलते उसने इसकी गंभीरता को भी नजरअंदाज किया।

–भइया, क्यों परेशान हो? वो ही तो लेकर भागा है। आप तो साथ नहीं थे। जो उसने किया वो भुगतेगा...।

–मनोज, समझने की कोशिश करो। गाड़ी, ड्राइवर, रहने सब का प्रबन्ध मैंने कराया है। जब यह बात खुलेगी तो पुलिस मुझे भी इस अपहरण के षड्यंत्र में फंसा लेगी,..।

–क्यों भला...? कोई किसी की गाड़ी मांग सकता है। वो क्या प्रयोग करेगा, कौन जाने। मैं आपकी तरफ से सबूत दूंगा कि मेरे सामने उसने किसी जरूरी काम के लिए गाड़ी की मांग की थी...।

–और रहने आदि का इंतजाम...।

–कुछ भी कहा जा सकता है। आपका दोस्त यहां आया करता था, रमेश उसे जानता था, खुद लड़की को लेकर वहां चला गया। उसे क्या मालूम क्या चक्कर है।

–अरे यार, इतना सीधा मामला नहीं है यह। विचित्रसेन ने झल्लाकर

कहा—मेरा दोस्त मुझे नहीं बतलाएगा। तब मैंने क्या किया। पुलिस चौथे दिन ही मेरे पास आ गई थी।

—बतलाना जरूरी है? दोस्त को समझा देना कि वो यही कहे...। फिर रमेश तो जो हम कहेंगे वही कहेगा...। वह अलग थोड़े बोल सकता है।

—तुम नहीं जानते पुलिस का चक्कर...। थके स्वर में चिढ़कर बोला वह—जब आदमी खुद फंसने लगता है तो कोई किसी की मदद नहीं करता। पुलिस की मार के आगे अच्छे अच्छों की जबान खुल जाती है। रमेश तो एक थप्पड़ में ही सच उगल देगा।

मनोज से बात करने से न मन का बोझ कम हुआ और न ही कोई रास्ता सूझा। उल्टे उसकी नादानी पर अंदर ही अंदर झुंझलाता रहा वह। उस रात एक पल नहीं सो सका वह। हर क्षण पुलिस की दस्तक दरवाजे पर बजती सुनाई पड़ती। वह कांप उठता। इस कारगुजारी का तीसरा साझीदार सतीश था। उससे मशवरा करना आवश्यक लगा उसे।

सतीश गुप्ता खुद काफी परेशान था।

—यार, किस झमेले में फंसा दिया तूने। इन ससुरों के साथ हम दोनों भी फसेंगे...। पता नहीं तुझे क्या पड़ी थी इतनी दया दिखाने की। गाड़ी, रहने का इंतजाम करवाया, शादी भी करा दी। किस किस का सबूत मिटाओगे, कहीं न कहीं फसद होनी ही है...।

विचित्रसेन सिर झुकाकर सुनता रहा। घोर आशंका, भय और घबराहट ने उसे जकड़ लिया था।

—यार, मुझसे बड़ी चूक हो गई थी। मैंने सोचा था कि दो प्यार करने वालों को मिलवा दूं...। और दो क्या, मैं तो सिर्फ रमेश को ही जानता हूं। अच्छा लड़का है, परेशान था इसलिए ठाकुर के लड़के मनोज से सलाह करके यह सब कर बैठा। उसे तो कोई चिंता है नहीं। फंसा तो मैं हूं...।

—और मैं भी तो...। सतीश ने झल्लाकर कहा।

—हां यार, मेरे कारण ही...।

कई विकल्पों पर विचार किया गया। मसलन रमेश व आशा को गांव छोड़ आना, दोनों को पुलिस के सुपुर्द कर देना, उन दोनों को कहीं दूर व्यवस्थित कर देना अथवा यदि स्थिति सचमुच गंभीर बन जाये तो दोनों का खात्मा...।

दरअसल अपने मित्र से खासा नाखुश था सतीश। विचित्रसेन ने उसे केवल इतना ही बतलाया था कि उसकी फैक्ट्री में कार्यरत एक कर्मचारी विवाह करना चाहता है, जिसमें उसकी सहायता की आवश्यकता है। उसने दिल्ली में आने का कारण पूछा तो विचित्रसेन ने कोई साफ उत्तर नहीं दिया। केवल हंस कर कहा—गरीब लोग हैं उनकी मदद कर दे। मैं कचहरी वगैरा में उन्हें कहां ले जाऊंगा। और खुद

वो यह काम कर नहीं सकते।

सच तो यह है कि सतीश ने स्वयं भी इसे गंभीरता से कहां लिया था। उसे लगा कि वकील के नाते उसका काम उनका विवाह सम्पन्न कराना है। इस बात की उसे कतई भनक नहीं थी कि दरअसल वह अपहरण जैसे गंभीर अपराध के षड्यंत्र का हिस्सा बनने जा रहा था। उसे यह संतोष अवश्य था कि दोनों वयस्क थे व कानूनन अपनी मर्जी से विवाह कर सकते थे।

–फिलहाल तो इन्हें अपने यहां से भगाता हूं। कुछ पैसों का इंतजाम कर तो इन्हें कहीं घूमने भेज दिया जाये।

–ठीक है। पर इस बीच इनकी जरूरत पड़ गई तो...?

–तुमसे या मुझसे फोन पर बात कर लिया करेगा।

–ठीक है। पर आगे क्या होगा...?

–आगे, कुछ पुलिस से जुगाड़ बिठानी होगी। या तो पालिटिकली या फिर जेब गर्म करके...।

–पुलिस मदद कर सकती है...?

–क्या नहीं कर सकती...। बरामदगी कहीं से भी दिखा देगी...।

–अगर इन्हें सरेन्डर करवा दें तो क्या हमारी बचत होगी...?

–सब पॉसिबल है यार...। लेकिन या तो तगड़ा प्रेशर या फिर मोटा खर्च...।

–खर्च की अब किसे चिंता है...। अब तो ओखली में सिर आ ही गया है। कितना खर्च हो सकता है?

–यह तो पुलिस आसामी देखकर कराती है। पचासेक का इंतजाम तो कर ही ले...।

एक सप्ताह बीतने पर भी विवेचना में कोई उल्लेखनीय प्रगति नहीं हो सकी। सबसे बड़ी कठिनाई यह थी कि घटना का न तो कोई चश्मदीद गवाह था और न ही कोई ऐसा परिस्थितिजन्य साक्ष्य जिससे तफतीश की कोई दिशा बनती।

रमेश के पिता व भाई से ढाई दिन लम्बी पूछताछ व खासी यातना के बावजूद कोई मुफीद जानकारी नहीं मिली थी। यह अवश्य प्रमाणित हुआ कि अपने बेटे के कारनामें में बाप की कोई भूमिका नहीं है। उधर विधायक का जोर भारी पड़ रहा था। रमेसर व सुरेश को थाने पर रखने का कोई विधिक आधार तो था नहीं।

–पूछताछ के लिए दो दिन काफी होते हैं दरोगाजी। काफी दुर्गत बन गई इन गरीबों की। अब छोड़ दीजिए। प्रधान के सुपुर्द कर दो। जब जरूरत हो वह हाजिर करे...। विधायक ने टेढ़ी नज़रों से कहा तो थानाध्यक्ष बेबस अनुभव करने लगा। जनप्रतिनिधि की ये बातें न मानें तो एक सप्ताह भी थानेदारी चलाना कठिन है। रोज शिकायतें–अपराध बढ़ने, असुरक्षित होने, मुकदमें न लिखे जाने, दुर्व्यवहार

करने, गरीबों को सताने, गुण्डाराज होने आदि आदि...।

उधर दलित लड़की के अपहरण की जानकारी कप्तान तक भी पहुंच गई थी। थानेदार को खासी लताड़ पड़ी।

–सरकार आशनाई का मामला है...। थानेदार ने धीरे से कहा।

–मुझे सब पता है। पर लड़की की बरामदगी पर ही तो यह साबित होगा। अभी तक तो आप क्लूलैस हैं। जब यह सिम्पल केस वर्कआउट नहीं होगा तो फिरौती या डकैती के मामले खाक खोल पाओगे...।

–हुजूर लगा हुआ हूं।

–आई वांट रिजल्ट..., मिस्टर एस.ओ...। आपके इलाके में पुलिस का इकबाल एकदम खत्म हो गया है। तभी लौडों की इतनी जुर्रत होती है। यू बैटर वर्क हार्ड एण्ड रिपोर्ट प्रोग्रेस बाई सण्डे...।

थानेदार जानता था कि कप्तान की सख्त हिदायतें अंग्रेजी में ही जारी होती थीं। कप्तान से बात करके कुछ देर के लिए वर्दी की कड़क, थानेदारी का रोबदाब, लोगों में आदर सम्मान, आभा का वह वृत–सब एकाएक स्खलित होता दिखलाई देता है।

–मादर...। उसने भद्दी सी गाली निकाली–किसके सम्मान में, शायद वह खुद स्पष्ट नहीं था।

तुरंत मोटरसाइकिल स्टार्ट कर निकल पड़ा वह...। रमेश के दोस्तों का पता लगाना जरूरी है। अभी तक कोई भी ऐसा व्यक्ति सामने नहीं आया था जो अपने को उसका मित्र कहे। अपहरण जैसे गंभीर कांड में किसी न किसी का सहयोग अवश्य रहा होगा, कोई न कोई पीछे जरूर खड़ा होगा।

दो दिन की छानबीन के बाद केवल विचित्रसेन ही नजर आया उसे...। पहली मुलाकात तो बिना कारण ही कर ली थी–रमेश उनका कर्मचारी जो था–इस नाते। पर थानेदार की पैनी नजरों से विचित्रसेन के चेहरे की भयाकांत मुद्रा, आंखों में घबराहट, माथे पर उग आई नन्हीं बूंदें व हाथों का कंपन छिप न सका। उस दिन ही वह सशंकित हुआ किन्तु 'असली' दरयाफत का कोई ठोस आधार तो चाहिए था। मोटे आदमी पर हाथ डालने से पहले साक्ष्य की मजबूत कड़ी जरूरी है। जल्दबाजी कभी उल्टे पटकनी दे जाती है।

दो दिन बाद ही विचित्रसेन से दोबारा मिलने पहुंचा वह।

–क्या कभी रमेश ने आपसे इस बारे में बात की थी...?

–मुझसे, मुझसे क्यों बात करता? पार्ट टाइम एम्पलाई था, इतनी हिम्मत कैसे पड़ सकती है।

–पर सुना है आप उसका बहुत ध्यान रखते थे।

–ठाकुरपुरवा वाले चाचा की वजह से। उनके कहने से उसे रखा था मैंने...।

–कौन चाचाजी...?

–ठाकुर हरपाल सिंह...।

–उन्होंने क्यों सिफारिश की थी?

–गांव में गरीबों की वो अक्सर मदद करते रहते हैं, उनका लड़का मनोज भी इसे जानता था। उसी ने शायद कहा था।

–क्या मनोज रमेश का दोस्त है?

–नहीं, दोस्त नहीं। दोनों में काफी अन्तर है। वह इंजीनियर है। कुछ समय पहले नौकरी छोड़कर गांव आया है। यहीं फैक्ट्री लगा रहा है।

–फिर रमेश को कैसे जानता है...?

–ज्यादा तो वह खुद बताएगा। पर शायद रमेश की प्रसंशा सुनी थी उसने। पहली बार गांव के विद्यालय से रमेश प्रथम श्रेणी में उत्तीर्ण हुआ था, गरीब घर का है इसलिए मदद की होगी...।

–हूं उं उं...। थानेदार ने लम्बी सांस ली। फिर दोहराया–कभी इस चक्कर के बारे में उसने नहीं बतलाया तुम्हें?

–मैंने पहले ही कहा न, मुझसे क्यों बात करता। मेरा उसका संबंध भी अलग तरह का था। मैं तो उसे पढ़ने लिखने की सलाह देता रहता था।

–अच्छा, तुम उससे आखिरी बार कब मिले थे?

–घटना से दो तीन दिन पहले...। उसके मुंह से एकाएक निकला, फिर बात सम्हाली–नहीं, उस दिन सुबह ही...।

–क्या उसके बदन में चोट या जख्म वगैरहा थे?

–वह सुस्त था। कुछ तकलीफ जरूर थी।

–क्या तुम्हें पता चला कि पिछली रात वह गांव गया था और वहां इसी लड़की के घरवालों ने उसकी अच्छी धुनाई की थी?

–जी नहीं...।

–पर मैंने तो सुना है कि उसके बदन पर काफी चोट थीं। मुंह सूजा था। तुम्हें दिखाई नहीं दिया...?

–मुझे ध्यान नहीं...।

–उस रात में वह कहां गया, इसके बारे में कोई जानकारी...?

–न, बिलकुल नहीं...।

–लड़की के भगाने की बाबत तुम्हें कब पता चला...?

–अगले दिन दोपहर में गांव से रमेश व लड़की के पिता आये थे। उन्होंने पूरी बात बतलाई...।

–जाने के बाद उसकी कोई खैर खबर मिली हो?

–नहीं...।

—ठीक है। कभी कुछ पता चले तो मुझे तुरंत सूचित करें...। कहकर थानेदार लौट गया।

विचित्रसेन से वार्ता करके वह निराश हुआ। धीरे-धीरे एक बौखलाहट भी उसमें पनप रही थी। किसी जघन्य अपराध में असफलता क्षम्य हो सकती है किन्तु साधारण अपहरण के मामले में असहायता की अनुभूति बड़ी तिलमिला देने वाली थी।

इन दिनों थाने पर जो आता इसी घटना की चर्चा करता। दो, तीन दिनों से समाचार पत्रों में भी इस खबर को खासी अहमियत दी जा रही थी जिसकी खास वजह घटना में निहित प्रेम व रोमांस का पुट था। रुष्ट पत्रकारों, जिनमें से अधिकतर पत्र विक्रेता व संवाददाता दोनों की भूमिका निभाते थे, तथा जिन की आवभगत पर थानेदार ने पूरी तवज्जो नहीं दी थी, ने इसे स्थानीय पुलिस की अकर्मण्यता व निष्क्रियता का जामा पहना कर प्रस्तुत किया था।

अगले दिन वह फिर गांव गया। ठाकुर हरपाल सिंह व मनोज से भेंट की और विचित्रसेन द्वारा दी गई सूचना को प्रमाणित कराया। तब रमेसर के घर जाकर उसे विश्वास में लेने का प्रयास किया।

—देख भाई, मामला उलझ रहा है। अभी तो फिर भी बात सम्हाली जा सकती है, बाद में पता नहीं क्या हो। इसलिए कुछ अतापता हो तो फौरन बुलवा ले। डरने की कोई बात नहीं है। बच्चा है, गलती कर बैठा। मदद का कोई न कोई रास्ता निकालूंगा...।

रमेसर जमीन पर हाथ जोड़े बैठा था। उसके आंसू बह निकले —हुजूर, कुछ पता चले तब न...।

—देख, जल्दी ही उसकी कोई खबर जरूर आयेगी। या किसी रिश्तेदार पर पहुंचेगी...। अच्छा बता, उसका सबसे करीबी कौन था...?

—सो तो कोई नहीं हुजूर...। जब से कस्बे गया था तब से तो अपने मालिक के ही गुण गाता था।

—क्या गुप्ता उसके काफी निकट था?

—मालिक उससे बड़ा प्यार मानते थे। उन्हीं की कृपा से उसकी पढ़ाई चल रही थी। काम करे न करे, कभी कुछ नहीं कहते थे। और जहां एक दिन वह नहीं दिखलाई देता तुरंत खैर खबर लेते। उस दिन तो उसकी कोठरी तक चले गये...। काफी देर रहे...।

—क्यों...? थानेदार ने कुरेदा।

—क्यों, पूरा बदन टूट जो रहा था उसका...। दर्द से कराह रहा था बच्चा।

–गुप्ता ने रमेश को इस हालत में देखा था?

–हां सरकार, देखा था। मुझे खुद बतलाए वह। दवा के लिए सौ रुपए भी दिये थे।

–तुझे ठीक याद है न...?

–जी हुजूर...। ननकू भी तो साथ था। उससे भी पूछ लो...।

थानेदार अधीर अनुभव करने लगा। तुरंत ननकू से इस सूचना का सत्यापन किया और उसे आशा की किरण दिखलाई देने लगी...।

विचित्रसेन ने रमेश के चोटिल होने के बारे में अनभिज्ञता क्यों प्रदर्शित की...? दवा के लिए सौ रुपए देने की बात क्यों छिपाई...?

कई दिन बाद वह मन ही मन मुस्करा दिया।

गांव में बढ़ रही सरगर्मी से अब मनोज भी चिंतित रहने लगा। आरम्भ में विचित्रसेन की परेशानी को उसने जितना हल्के ढंग से लिया था, सोच सोचकर वह शर्मसार अनुभव करता। गांव में छत्तीस जातियों की महासभा आयोजित की गई थी। युवकों के नैतिक पतन, आधुनिक शिक्षा का शोचनीय कुप्रभाव, दलितों के कथित संरक्षण के नाम पर राजनीतिक चालबाजी की होड़ आदि अनेकानेक विषयों पर मास्टर टीकाराम, सुखदेव पंडित, लाला रामनिवास, भूपति यादव आदि ने जमकर भाषण दिए। आक्रमण का प्रमुख केन्द्र गुलजार था हालांकि हरपाल सिंह भी भर्त्सना से नहीं बच सके। महासभा की रात में ठाकुर हरपाल सिंह मनोज पर बरस पड़े–यह सब तेरे कारण हुआ है। न तू उस कमबख्त से मिलता और न मैं उसके पढ़ने लिखने, रोजी-रोटी का प्रबंध करता। नेकी कर कुंए में डाल वाली कहावत सिद्ध कर दी इस लड़के ने...।

नतमस्तक बैठा रहा मनोज...। अंदर का अपराध बोध इतना उग्र हो चला था कि एक शब्द भी कहने का साहस कहां था। हरपाल सिंह आगे की कहानी से अनभिज्ञ थे। वह रहस्य केवल उन तीनों के मध्य था और एक के भी टूटने से शेष दोनों का अपराध स्वतः सिद्ध होना था। कई बार मन हुआ कि पिताजी को सच सच बतला दे लेकिन हिम्मत जवाब दे जाती। एक आक्रांतकारी भय उसके अंदर पनपने लगा था। रात में उसे देर तक नींद नहीं आती। कभी पुलिस की खाकी वर्दी दिखलाई देती तो कभी अदालत का कटघरा।

वह सिहर उठता। विचित्रसेन का मुरझाया चेहरा याद आता था।

नयनी गांव की हलचल से अछूती नहीं थी। एक बार उसने मनोज से जानना भी चाहा किन्तु यह कहकर उसने बात टाल दी कि रमेश ने वही किया जो वह करता यदि नयनी के माता पिता उनके विवाह के लिए सहमत नहीं होते। किन्तु

पति की व्यग्र मनोदशा उससे छिप न सकी।

फैक्ट्री का निर्माण कार्य जोर-शोर से चल रहा था। रात दिन काम जारी था। दिन भर बाहर रहकर प्राय: रात में थका मादा मनोज घर लौटता। उसके बावजूद उसकी उचटती नींद से नयनी का चिंतित होना स्वाभाविक था। बिना कारण जाने समझाने लगी एक दिन–इतनी मेहनत क्यों कर रहे हो। फैक्ट्री लगने में दो चार दिन इधर-उधर होने से कुछ नहीं बिगड़ता। इतना थक जाते हो कि फिर ठीक तरह सो भी नहीं पाते...।

नयनी को सब कुछ बतलाने के लिए आतुर था वह। हृदय के बोझ को कम करने के लिए नयनी सर्वथा उपयुक्त माध्यम थी। दूसरे नयनी उसे सलाह देने में भी सक्षम थी और तीसरे इतनी गंभीर घटना को पत्नी से छिपाकर भविष्य में वह उसका विश्वास नहीं खोना चाहता था।

–नहीं नैना, मैं फैक्ट्री के बारे में बिल्कुल परेशान नहीं हूं। वहां तो काम चल ही रहा है। ईश्वर ने चाहा, एकाध सप्ताह में अपनी फैक्ट्री का शुभारम्भ हो जायेगा...। उसने कहा।

–फिर क्या बात है? नयनी ने उलझन भरे स्वर में पूछा।

–नैना, दरअसल तुमसे एक जरूरी बात शेयर करना चाहता हूं। यह जो आजकल गांव में तूफान खड़ा हुआ है, उसी के बारे में...।

–क्या...? वह बिस्तर पर उठ बैठी–यह जो लड़की भगाने का चक्कर है...?

–हां...।

–तुम्हें इससे क्या लेना देना...?

तब मनोज ने उसे पूरी बात बतला दी। कई दिनों से बोझिल हृदय आज कुछ हल्का हुआ...। किन्तु नयनी के चेहरे की रंगत बदल गई। उसने घबरा कर पूछा–अब क्या करोगे...?

–आगे...। आयम सो कन्फ्यूज्ड...। कल को जब वह पकड़ा जायेगा तो हमारा नाम जरूर लेगा...। उसका चेहरा स्याह हो चला।

–ओह नो...। नयनी का स्वर टूट गया। आंखों में भय का साया घिर आया और मनोज का हाथ जोर से थाम लिया उसने।

एक घबराहट भरी चुप्पी उनके बीच आकर थम गई थी। मनोज की नजरें नीची थीं, अंदर द्वन्द्व का झंझावत था।

–काल देम बेक...। काफी देर की खामोशी के बाद नयनी ने धीरे से कहा–पे दैम सम मनी एण्ड बाय दियर साइलेंस...। गरीब लोग हैं। पैसे और बच्चे पाकर और कुछ नहीं सोचेंगे...।

–लेकिन पुलिस रमेश से पूछताछ करेगी, तब...?

–उसी को तो समझाना है...। फिर तुमने कहा दोनों मेजर हैं। अगर लड़की

उसके साथ है तो पुलिस किसी का क्या करेगी...? अपने दोस्त से बात करके उन्हें बुलवा लो...।

चमरौटी का जीवन जैसे थम गया था। जीवन में अजब सा संत्रास विस्तीर्ण हो गया प्रतीत होता था। लोगों के चेहरे बुझे थे। आवश्यक कार्यों के सिवाय शेष कार्यकलाप प्रायः अवरुद्ध था।

इस घटना से सबसे भारी क्षति परिवारों के अन्तर्सम्बन्धों को लेकर हुई थी। लोगों के मध्य आपसी विश्वास में ह्रास हुआ था। निकट संबंधियों व मित्रों ने एक दूसरे के परिवारों पर नजर रखना शुरू कर दिया था। बच्चों की निगरानी बढ़ गई थी और विशेषकर ऐसे परिवार जिसमें किशोर बालक, बालिकाएं थे, मन ही मन अपने संबंधों की पुनर्समीक्षा करने लगे थे।

लोगों में बेचैनी बढ़ रही थी। गुलजार व पुलिस की असफलता पर वे विश्वास नहीं कर पाते। हर सुबह एक नई आशा व जिज्ञासा के साथ वे एक दूसरे से प्रगति जानना चाहते। फिर दिन भर के विचार विमर्श, सलाह मशविरा, आरोप-प्रत्यारोप के बाद घोर निराशा में डूब जाते।

गांव के अन्य लोगों के लिए यह एक रोचक प्रेम प्रसंग था, एक चटपटा किस्सा...। रमेसर व ननकू के अतिरिक्त यदि कोई व्यक्ति वास्तव में प्रताड़ित अनुभव करता तो वह विचित्रसेन ही था। अपने को नितांत अकेला अनुभव करता वह। न किसी से सलाह मशविरा कर पाता और न ही बातचीत कर मन का बोझ हल्का करने का ही उसे कोई अवसर था। आरम्भ में मनोज की भागीदारी से उसकी हिम्मत बढ़ी थी। शायद मनोज के समर्थन के बिना विचित्रसेन के लिए अकेले यह योजना बनाना और उसका क्रियान्वयन करना लगभग असंभव था।

किन्तु घटना के बाद मनोज से हुई भेंट से वह निराश तो था ही, बड़ा अकेला भी महसूस किया उसने।

इसीलिए उस दिन मनोज को अपने घर देखकर उसे कोई प्रसन्नता नहीं हुई। खीझ व क्रोध से हृदय लबालब भरा था जो किसी भी पल फट जाने को उद्यत था। मन में आया उसे चले जाने के लिए कह दे किन्तु ठाकुर परिवार की प्रतिष्ठा और पुराने पारिवारिक संबंधों ने उसे रोक लिया।

किन्तु मिलने के कुछ ही क्षणों में बड़ी राहत महसूस की उसने। मनोज को चिंतित देखकर वह बड़ा सुखी हुआ-एकाकीपन से मुक्ति मिल गई हो जैसे...। त्रास व पीड़ा की सहभागिता का एक विचित्र प्रकार का सुख है...।

नयनी का प्रस्ताव जंचा था उसे। कठिनाई इसे अमली जामा पहनाने की थी।

देखो, रमेश खुद तो जाने से रहा...। और शायद उसका इस तरह चले जाना ठीक भी नहीं होगा। पता नहीं गांववाले किस तरह रियक्ट करें। विचित्रसेन ने समझाया।

–जैसा चाहें करें, हमसे क्या मतलब...। इस जंजाल से हमें तो मुक्ति मिलेगी...। मनोज ने कहा।

कई वर्षों से निजी व्यवसाय कर रहे विचित्र ने दुनिया देखी थी। वह जानता था कि इस मामले का हल इतना सरल नहीं था। समस्या केवल रमेश व आशा के गांव लौट आने की ही नहीं थी, उससे कहीं बड़ी संकट अपने बचाव का था। मनोज के कथन पर वह झुंझलाया नहीं बल्कि गहरी सोच में डूबा रहा।

–बीच में किसी को डालना होगा जो गांव वालों को भी तैयार करे और रमेश को भी आश्वस्त करे...। उसने गंभीरता से कहा।

–गुलजार...।

–गुलजार प्रधान...? पर वह तो ठाकुर चाचा का घोर विरोधी है। तुम्हारी भूमिका जानकर वह ताउम्र ब्लैकमेल करेगा चाचा को...।

–ओह, यस...। यू आर राइट...। मनोज सतर्क हुआ।

–फिर...। और कौन हो सकता है जिसे दोनों पक्षों का विश्वास प्राप्त हो?

–तुम बताओ...? तुम बेहतर जान सकते हो...।

कुछ पल शांत रहा मनोज...। गांव के बुजुर्गों, अपने पिता के मित्रों के चेहरे उसके मस्तिष्क में कौंधते रहे। मनोज की सहायता करने के लिए वे क्या कुछ नहीं कर सकते थे लेकिन एक कसौटी पर आकर धराशाई हो जाते-दलितों का विश्वास, उनमें उनकी आस्था...।

–भइया, और कोई आदमी तो समझ में आता नहीं। प्रधान को ही बीच में डालना होगा। सोचना यह है कि हम कैसे बचें...।

–ठीक है। विचित्रसेन ने एक लम्बी सांस ली–मैं कोई रास्ता निकालता हूं।

सुनकर उछल पड़ा गुलजार...। पूरे तीन बार उससे पूछा–क्या वाकई में रमेश का फोन था...?

–हां प्रधानजी। विचित्रसेन सावधान था–सम्बोधन के चयन तक में –खुद बोल रहा था। दुखी लगता था। माफी मांग रहा था...।

–तुमसे? क्यों?

–मुझसे नहीं...। विचित्रसेन सतर्क हुआ–अपने लोगों से, अपने समाज से क्षमा मांग रहा था। अपनी भयानक भूल का अहसास है उसे।

–फिर...?

–फिर...। विचित्रसेन समझ नहीं सका।

–फिर क्या हुआ भाई...?

–बस फोन काट दिया उसने।

–फोन काट दिया? गुलजार को झटका सा लगा–कहां से बोल रहा था?

–मुझे नहीं मालूम।

–तुमने पूछा नहीं?

–इतनी बात ही कहां हुई। एकाध मिनट तो मुझे आपकी तरह विश्वास ही नहीं हुआ। वो अफसोस जाहिर करता रहा और बस बात खत्म कर दी उसने...।

–तुम तो पूछते...। कहां से बोल रहा था, इस वक्त कहां है? गुलजार ने झुंझलाकर कहा।

विचित्रसेन इतना ही सोचकर आया था। एक तो प्रधान का दृष्टिकोण जानना जरूरी था और दूसरे गांव की प्रतिक्रिया का पूर्वानुमान भी करना चाहता था वह।

–बताओ, अब उस फोन का क्या लाभ? मुझसे तो कह भी दिया, और किसी से बतलाना भी मत वरना तुम्हारे सिर हो जाएंगे लोग...। गुलजार का सारा उत्साह ठंडा पड़ गया था। चेहरा लटक गया था। चहकती आवाज बुझ गई थी–मैं भी क्या करूं? किसे बतलाऊं। लोगों को लगेगा जैसे मैं ही कोई खेल खेल रहा हूं।

विचित्रसेन भी परेशान हो चला।

धूप के गुनगुने टुकड़े के बीच सर्द खामोशी जमी रही। शायद दोनों की मौजूदगी एक दूसरे पर भारी पड़ रही थी।

–प्रधानजी, हो सकता है वो दोबारा फोन करे।

गुलजार ने नज़रें उठाईं। हल्की सी चमक उनमें कौंधी और उसी के साथ धीमी मुस्कान भी चेहरे पर आई।

–शायद तुम ठीक कहते हो। अगर उसे दुख व पश्चाताप है तो अवश्य वह जल्दी फोन करेगा। इस बार चूक मत करना भाई। बस तुरंत मुझे सूचित करना। आधी रात ही क्यों न हो।

–क्या वह गांव में आ सकेंगे...? डरी सी आवाज में पूछा उसने।

–कोई न कोई रास्ता निकाला जायेगा। मैं तैयारी शुरू करता हूं...।

–प्रधानजी, एक प्रार्थना करनी है मुझे...। सहमी सी आवाज में कहा विचित्रसेन ने।

–बोलो।

–मैं इस बवाल में न पड़ना चाहूं। व्यापारी आदमी हूं। ऐसे झंझट मैं न झेल सकूं। इसलिए सूचना मिलने पर आपको खबर कर दूंगा, किसी तरह बुलवाने की भी कोशिश करूंगा पर मुझे इससे दूर रखना...। मेरा नाम न आये। बड़ा एहसान होगा आपका...। उसने हाथ जोड़कर कर कहा।

गुलजार हंस दिया, अंदर ही अंदर प्रसन्न भी हुआ। रमेश व आशा की वापसी का पूरा श्रेय मिलने की कल्पना से वह रोमांचित अनुभव कर रहा था।

पूरी रात सो नहीं सका वह। अन्तस में घनघोर हलचल थी। रमेश व आशा की वापसी इतनी सहज नहीं थी, गुलजार बखूबी जानता था। चमरौटी को इस दूसरे हादसे के लिऐ तैयार करना होगा...। ... सवाल दर सवाल..., अनन्त जिज्ञासाएं..., असीम शंकाएं...।

एक नए किस्म की बेचैनी ने उसे घेर लिया था...। आशा की एक किरण दिखलाई पड़ी थी...। उस आलोक को अपने पास तक लाना था।

रमेश व आशा की अचानक वापसी विस्फोटक हो सकती थी...। उत्तेजना का उबाल चरम पर पहुंच कर क्या मोड़ ले ले, गुलजार खुद नहीं जानता था।

एक घबराहट सी उसके अंदर पैदा होती गई। किन्तु इस अवसर को चूकने का भी सवाल कहां था...।

फिर अपनी भूमिका को भी स्पष्ट करने की आवश्यकता थी...। कहीं इस पूरे कांड में उसकी हिस्सेदारी की ही बू न आने लगे...। लोगों की सोच अब काफी अन्वेषणात्मक हो गई थी–दूर की कौड़ियां बिठाने में उनका कोई सानी नहीं था।

क्या उसका इस कांड में इस सीमा तक लिप्त होना यथेष्ट था? कुछ उलटफेर होने से उसका राजनैतिक भविष्य खतरे में पड़ सकता था। वह योजना के पक्ष प्रतिपक्ष पर रात भर सोचता रहा और अन्ततः जोखिम उठाने की उसकी प्रवृत्ति उस पर हावी हो चली।

किन्तु यह सब दलित समाज के किसी व्यक्ति को विश्वास में लिए बगैर संभव नहीं था। रह रहकर सरना चाचा का नाम ही मस्तिष्क में उभरता।

सरना चाचा ने सुना तो चौंक गये।

–कहां हैं? ससुरों को पकड़ कर लाते क्यों नहीं...?

–चाचा, अभी मुझे कुछ पता नहीं...। कोशिश कर रहा हूं। पर आ जायें तो क्या होगा...? गुलजार ने उन्हें टटोला।

–क्या होगा? नासपीटों को सजा मिलेगी...।

–क्या...? कैसी सजा...?

–जो समाज चाहे। यह तो पंचायत में तय होगा।

–और तब तक कहां रहेंगे...?

–कहां रहेंगे...? जहां इस वक्त मुंह काला कर रहे हैं। सरना चाचा ने गुस्से से कहा।

–चाचा इस तरह वो आने से रहे। गुलजार ने एक लम्बी सांस ली–अदालत

की तरह पकड़ कर पेशी तो होनी नहीं है। लाया तो उन्हें बहला फुसला कर ही जायेगा...। वरना उनका आना असंभव है।

–लेकिन सजा तो उन्हें मिलनी ही है...। ऐसी घिनौनी हरकत के बाद क्या गांव में ऐसे ही आकर रहने लगेंगे? चाचा ने क्रुद्ध स्वर में कहा।

–दण्ड अवश्य दो चाचा, पर पहले उन्हें आने तो दो...। जब आने ही नहीं दोगे तो दण्ड कहां दे पाओगे?

–प्रधान, मुझे तो कुछ समझ में आये न...। सरना चाचा ने झुंझलाकर कहा–तू क्या चाहवे...। उन कम्बख्तों को माफ कर दें। अपने झुके सिर को हमेशा के लिए लटका लें जिससे गांव वाले कहें कि ये जाटव हैं–कमीने, लम्पट, लफंगे...। खानदानी लड़की को लड़का लेकर भाग गया और ये देखते रहे...। वो गांव में भी आ गया तब भी इन ससुरों की आंख न खुली...। वह बुरी तरह हांफने लगे।

–चाचा, गुलजार परेशान हुआ–मुझे गलत मत समझो...। आपके समाज का मसला है, जो ठीक समझो करो। माफी का सवाल कहां है। इस काली करतूत की सजा तो उन्हें मिलनी ही है। पूरे समाज की इज्जत का सवाल है।

–यही तो...। इसी से तो सबक सीखेंगे...।

–चाचा, एकदम ठीक है। पूरा गांव इस घटना पर नजर गड़ाए है। चाचा दण्ड तो ऐसा मिले जिससे आगे किसी की ऐसी हरकत करने की हिम्मत न हो...। सख्त से सख्त सजा...। गुलजार का स्वर कर्कश हो चला, चेहरे पर अजीब सी कठोरता आ गई।

–तो फिर बता, क्या करना है?

गुलजार कुछ पलों के लिए रुका। बेहतर यही था कि वे सीधे पंचायत में लाए जाते जिससे पूरे समाज के सम्मुख अपने अपराध का दण्ड सुनने के बाद ही वे घर में प्रवेश कर पाते। किन्तु कई कारणों से यह संभव प्रतीत नहीं होता था। एक तो इसके लिए उनकी सहमति कठिन थी और दूसरे दिन में पंचायत तक उन्हें लाना भी आसान नहीं था। उन्हें देखकर एकाएक आक्रोश भड़कने की भी आशंका थी...।

–चाचा, कहीं से खबर आई है उनकी। रमेश शर्मीन्दा है, माफी मांगना चाहता है। गांव आने को भी वे तैयार हैं। लेकिन डरे हुए हैं। मैं बुलाने की कोशिश कर रहा हूं।

–सच...। तो पहले क्यूं न बतलाया? सरना चाचा खिल उठे।

–पूरी और सही जानकारी नहीं है मुझे। लेकिन उम्मीद है कि जल्दी ही लौटेंगे वो...।

–प्रधान जल्दी बुला ले उन्हें। तेरे हाथ जोड़ूं।

–अरे चाचा, यह क्या ? इसी में लगा हूं। आप परसों सुबह पंचायत रखवा

लो। उन्हें भोर में लाने की कोशिश करूंगा। जब तक खबर फैलेगी पंचायत का समय हो जायेगा। खबर फैलने से लोगों को पता भी चल जायेगा और यह भी आरोप नहीं लगेगा कि दण्ड देने में विलम्ब हुआ...।

—प्रधान तू समझ ले, ठीक रहेगा न...। सरना चाचा को सुझाव जंचा था।

—मेरे विचार से यही ठीक है चाचा ...। पर यह बात अपने तक रखना। किसी और को भनक न लगे।

—ठीक है प्रधान, दोनों को बुलाकर राड़ काट...। मैं पंचायत बुलाने के लिए प्रमुखजी से बात करता हूं। कई दिनों से यह टल भी रही है। ठीक ही रहेगा। उसी बैठक में विचार विमर्श और हाथ के हाथ दण्ड...। किस्सा खत्म...। एक ही पंचायत में तिया पांचा हो जाये...।

15

सूरज की पहली किरन के साथ ही यह खबर पूरे गांव में फैली है। जो सुनता चमरौटी की ओर दौड़ा चला आता। ऐसा लगा कि पूरे गांव को एक भारी उद्वेलन प्रकंपित कर गया है। घर की औरतें जानवरों की सानी तक लगाना भूल गईं। पुरुषों ने हलों को एक ओर पटक दिया और जानवर खूंटों से बांध दिये...। न फसल याद आई और न ही निराई-बुआई। और तो और बच्चों के स्कूलों में भी लगभग छुट्टी सी हो गई है। छात्र-छात्रायें तो क्या स्वयं अध्यापकगण लगभग दस दिन से चले आ रहे इस सनसनीखेज एकांकी का रोमांचकारी पटाक्षेप देखना चाहते हैं।

स्वयं रमेसर ने ही अलस्सुबह सरना चाचा को खबर दी कि रमेश और आशा देर रात घर लौट आये हैं। सरना चाचा ने समाज के कुछ अन्य लोगों को सूचित किया और फिर ग्राम प्रधान गुलजार को। सभी बुजुर्गों ने राहत और संतोष की लम्बी सांस ली थी। रमेश और आशा को लेकर जो भूकंप आया था उसे लेकर मानो पूरा गांव ही असामान्य हो चला था। संदेह, विद्वेष, दुराभाव, मतभेद, अविश्वास, पूर्वाग्रह सब कुछ बढ़ रहे थे। गांव की कोई गतिविधि सामान्य नहीं दिखती थी। ऐसा आभास होता मानो संकट के काले बादलों का घटाटोप गांव पर छाने जा रहा है। शायद कुछ लोगों के लिये यह एक रोचक और रोमांचकारी प्रकरण भी था। पर ज्यादातर लोग अब इस त्रासदी से मुक्त होना चाहते थे। हालांकि कइयों ने यह कह कर मुक्त होने का प्रयास किया कि ऐसे दुराचारियों का गांव से दूर रहना ही बेहतर है, ऐसे कलमुंहों का स्मृति से ही विलोप कर देना चाहिये। किन्तु सच यह है कि इस पूरे घटनाक्रम की काली छाया गांव पर लगातार मंडराती रही है। हर किसी के दिल दिमाग में...,बड़ी मनहूस सी...।

रमेश और आशा की वापसी की खबर कुछ अर्थों में बड़ी सुखदायक थी। देखते ही देखते रमेसर के घर और उसके आसपास एक मेला सा जुट गया है। चमरौटी गांव के अनेक लोगों के लिये वर्जित क्षेत्र था। ऊंची जातियों का वहां जाना अपमानजनक माना जाता था। बालकों के लिये तो विशेष निषेध था...। पर आज कौन किसको रोकता...? जो सुनता वही उस ओर चल देता। वर्जित क्षेत्र आम स्थान में परिवर्तित हो गया। एक गजब का कौतूहल, उत्तेजना, आशंका व भय का मिलाजुला

प्रभाव इन लोगों पर देखा जा सकता है।

रमेश और आशा की वापसी अपने में कोई बड़ी बात नहीं है किन्तु यह भूत व भविष्य के अनेक प्रश्न अपने में समेटे हुये है। लोगों में जिज्ञासाओं का उफान था...। वे कैसे गये, कहां रहे, क्या किया और उनकी वापसी...? फिर समाज द्वारा उनके सम्बन्ध में निर्णय..., क्या उनके बहिष्कार का निर्णय लिया जायेगा अथवा साधारण दण्ड प्रदान कर उनके अपराध को सामाजिक मान्यता प्रदान कर दी जायेगी...? प्रधान व ठाकुरपुरवा के मुखियाओं की इस सबमें क्या भूमिका होगी...?

रमेसर के घेर में चारपाइयां पड़ी हैं। उन पर सरना चाचा, भगौती प्रसाद, मंगलू राम और समाज के तमाम लोग विचारमग्न से बैठे हैं। उनके चेहरों पर कभी तो संतोष झलकता है तो कभी एक परेशान करने वाली उद्विग्नता...। पिछले दस दिन किस बुरी तरह कटे हैं। सभी लोगों में चिंता, आक्रोश, छटपटाहट और हीनता की मिली-जुली प्रतिक्रियायें दिखलाई दी हैं। आपस में अविश्वास तक पनपता महसूस होने लगा है।

नवम्बर की गुनगुनी धूप घेर की दीवालों से लुका-छिपी कर रही है। एक समय में कई हुक्कों की गड़गड़ाहट घेर में यदा-कदा बजती रहती है। एक लम्बा घूंट खींचकर अत्यंत निर्लिप्त भाव से निगाला पड़ोसी की ओर बढ़ा दिया जाता है। घर के अन्दर फुसफुसाहट जरूर है लेकिन शोर नहीं। अलबत्ता बाहर जरूर काफी शोर-शराबा है। समाज का कोई बुजुर्ग आदमी यदा-कदा बाहर जाकर शान्त रहने का निवेदन कर आता है। कुछ देर के लिये आवाजें दबती हैं और फिर उभर जाती हैं और धीरे-धीरे तेज होती जाती हैं।

–चलो हटो, परे हटो...। प्रधानजी आवे हैं। पीछे से भीड़ में किसी ने कहा है।

लोगों ने पीछे मुड़कर देखा है। एक समूह से घिरा प्रधान गुलजार तेज कदमों से चला आ रहा है। छरहरा बदन, लम्बा कद, गेहुंआ रंग और चमकते चेहरे पर चौकन्नी आंखें...।

–चलो, रास्ता बनाओ...। हां, परे हटो...। और भीड़ कटती, छंटती सी जाती है।

प्रधान गुलजार रमेसर के घेर में आ गया है। मामूली सी हलचल हुई है। एक चारपाई को तुरंत खाली कर दिया गया है। उस पर एक चादर बिछा दी गयी है। प्रधान हाथ जोड़े हुये उस पर जाकर बैठ गया है। सरना चाचा और कुछ बुजुर्गों की ओर झुक कर अभिवादन किया है उसने। एकाएक एक चुप्पी चारों तरफ उतर आयी है। लोग गंभीर हैं, विचारमग्न हैं, कहीं डूबे हुए हैं। एक निश्चित अन्तराल पर हुक्के की आवाज उस चुप्पी को भेदती है। हर किसी को प्रतीक्षा है कि कोई तो बात आरम्भ करे।

–कब आये...? प्रधान ने ही चुप्पी तोड़ी है।

–देर रात...। रमेसर ने संक्षिप्त सा उत्तर दिया है।

लोगों ने एक दूसरे को देखा है...। उनकी नजरों में प्रश्नों के झाड़ उगे हैं। संशय, अविश्वास, आशंका से लिपे हैं उनके चेहरे। ऐसा लगता है मानो कोई गूढ़ रहस्य दूसरे के अंदर छिपा है। एक-दूसरे के चेहरे को देखकर उसे पढ़ने का प्रयास करते हैं।

–चलो। अच्छा हुआ। राड़ कटी। सबरा गांव परेशान था। है न चाचा...?

सरना चाचा ने गम्भीर मुद्रा में अपना सिर हिला दिया है। धीरे-धीरे फुसफुसाहट चारों ओर फैलने लगी है और फिर फुसफुसाहट आपसी वार्तालाप में परिवर्तित हो चली है।

–आज तो आप लोगों की पंचायत भी है, सरना चाचा...? प्रधान ने पूछा है।

–हां, अभी थोड़ी ही देर में। सरना चाचा ने उत्तर दिया है–वो तो पहले से ही तय थी। अच्छा हुआ ये लोग भी आ गये। आज इसका फैसला भी पंचों के सामने हो जायेगा।

–ठीक है, ठीक है...कइयों ने एक साथ कहा है–यह तो घना जरूरी था।

–ऐसे गंभीर मामले में तो पंचायत का निर्णय ही ईश्वर का निर्णय होता है। प्रधान बोला–रमेसर भइया, तुम भी पंचायत के साथ सहयोग करना। जो निर्देश मिले उनका पालन करना तुम्हारा फर्ज है। क्या उन दोनों को भी बुलवाया गया है?

–बुलवाया क्यों जाता? किसे पता था कि ये आ रहे हैं। पर अब आ ही गये हैं तो इनको पंचायत के सामने जवाब तो देना ही होगा। बनवारी ने उत्तेजित स्वर में कहा।

–वैसे भी पंचायत कभी एक तरफ की बात सुनकर तो निर्णय देती नहीं। इसलिये भी इनकी मौजूदगी जरूरी है। दलितों के प्रमुख मंगलू राम ने कहा है।

–अगर रमेश आनाकानी करे तो...? रमेसर ने धीरे से पूछा है।

–इसका मतलब...। सरना चाचा के स्वर में क्रोध है–कोई अपनी मर्जी है या सब काम अपनी मर्जी से करेगा। समाज का नियम कायदा पालन नहीं करेगा। फिर जहां रहना हो, रहे। इस समाज में तो नहीं रह पायेगा।

–यही ठीक है। बिलकुल ठीक, रमेसर भइया। दोनों को लेकर पंचायत में पहुंच जाना। गुलजार ने समझाया है।

वहां उपस्थित लोगों में एकाएक बातचीत तेज हो गई है। उनकी उत्तेजना व आक्रोश को साफ-साफ महसूस किया जा सकता है। कुछ लोग खड़े होकर कुछ बोलने का प्रयास भी करने लगे। किन्तु गुलजार ने उन्हें बैठने का संकेत किया है।

–भाइयो। आवेश और उत्तेजना से काम मत लीजिये। सब ठीक हो जायेगा।

गांव में इतना साहस कोई नहीं दिखला सकता। बेवजह की बहस और चर्चा से कोई लाभ नहीं। उन दोनों को पंचायत में उपस्थित होना ही पड़ेगा। इसका कोई विकल्प नहीं है...। प्रधान ने सरना चाचा व प्रमुख जी की ओर देखकर उनकी मौन स्वीकृति प्राप्त की और फिर कहा–और हां रमेसर भइया, आप भी अच्छी तरह समझ लो। पंचायत भगवान का दरबार है। उसका अपमान नहीं सहन किया जाना चाहिये। अब वे दोनों आपकी शरण में हैं। इसलिये आपकी भी पूरी जिम्मेवारी है। उनकी कोई भी हरकत फिर आपकी भागीदारी भी समझी जा सकती है।

–प्रधान सौ फीसदी ठीक कहा तुमने। अब तो सारी जिम्मेदारी इसकी और ननकू की है बल्कि ननकू की कम इसकी ज्यादा। वरना इसका भी हुक्का-पानी बंद...। सरना चाचा ने गुस्साये स्वर में कहा।

–नहीं चाचा, इसकी नौबत नहीं आयेगी। रमेसर समझदार हैं। ऊंच-नीच, रिश्ते-नाते, मान-सम्मान, सम्बन्ध-निभाव सब अच्छी तरह समझते हैं। मुझे पूरा विश्वास है इन पर...। गुलजार ने अपनी राजनैतिक दीक्षा का प्रभाव दिखलाया है।

सूरज धीरे-धीरे ऊपर उठ रहा है। धूप का एक बड़ा टुकड़ा कुछ लोगों के ऊपर फैल गया है। किन्तु बाहर की गर्माहट से कहीं अधिक अन्दर की ऊष्मा है।

–प्रधान, तुम भी तो पंचायत में आ सको? यह तो पूरे गांव के सम्मान से जुड़ा मामला है। सरना चाचा ने पूछा है।

गुलजार कुछ पलों के लिये सोच में डूब गया है। प्रस्ताव के पक्ष और विपक्ष में दिमाग दौड़ाया है। फिर सोच समझकर उत्तर दिया है–चाचा, नहीं मेरी उपस्थिति ठीक नहीं होगी। आप लोगों की पंचायत है और आप लोगों का ही निर्णय होगा। मेरे शामिल होने से न जाने लोग क्या अर्थ निकालेंगे। गांव की हवा तो आप देख ही रहे हो...। नेक काम में भी बुराई ही हाथ लगती है।

सरना चाचा हंस दिये हैं–बड़े अजीब ढंग से...।

–ठीक कहते हो भइया। वह बोले–यह राजनीति चीज ही ऐसी है। तुम जैसा ठीक समझो।

–अच्छा तो मैं चलता हूं...। कहकर प्रधान हाथ जोड़कर उठकर चल दिया है। वह जानता है कि वहां अधिक समय रहना उसके हित में नहीं है। कहीं उसकी पंचायत में उपस्थिति की मांग को ही न दोहरा दिया जाय या अन्य लोग भी उस पर दबाव देने लगें। ऐसे में पंचायत के सारे निर्णय की जिम्मेदारी उस पर ही आ सकती है। उसने तेजी से कदम बढ़ाये हैं और फिर एकाएक रुककर पूछा है।

–सरना चाचा, क्या पुलिस को खबर हुई?

–अभी तो नहीं...।

–वैसे खबर तो करनी चाहिए। मुकदमा कायम है न...। पर खैर, मैं देख लूंगा। पहले पंचायत निपटा लो आप...। कहकर गुलजार तेज कदमों से

लौट गया है।

प्रधान के उठते ही सभा उखड़ गई है। सभी लोग उठ खड़े हुए हैं।

'अच्छा भाइयो, पंचायत में समय पर पहुंचो...। प्रमुख मंगलू राम ने घोषणा की–ठीक दस बजे कार्रवाई आरम्भ होगी।

वह कुछ पल रुके हैं और फिर रमेसर की ओर देखकर कहा–तुम उन दोनों को लेकर पहुंच जाना वहां।

रमेश और आशा के घर से निकलते ही लोगों का एक समूह उनके पीछे-पीछे चल दिया है। रमेसर के आवास से पंचायत घर लगभग तीन सौ गज की दूरी पर स्थित है। इस दूरी के तय करते यह समूह एक भारी-भरकम भीड़ में परिवर्तित हो चला है। पहले अधिकतर बच्चे ही थे। पर अब नवयुवक और नवयुवतियां भी इसमें शामिल हैं। लाल रंग की साड़ी में लिपटी आशा का मुंह ढका है, पैरों में पाजेब और लाली दिखलाई दे रही है। मुंह नीचा किये वह सहमी सी चल रही है। ये गलियां, रास्ते कितने परिचित हैं उसके। अनगिनत बार इन रास्तों पर उछलती-कूदती, दौड़ती-भागती चली है वह...। पर आज, आज सब कुछ कितना बदला-बदला है। अपने को कितना अकेला महसूस कर रही है वह, चारों ओर अजनबियों से घिरी हुई...। किसी की आंखों में आत्मीयता व स्नेह तो छोड़ पहचान तक नहीं है। इसके लिये वह अपने को तैयार कर रही थी लेकिन फिर भी पूरी तरह कर नहीं सकी। इसीलिये कल प्रात: जब रमेश ने उसे गांव लौटने की सूचना दी तो एक अनजान आशंका और भय से वह अंदर ही अंदर सिहर उठी। बोली वह कुछ भी नहीं। आखिर चाहती तो वह भी यही थी...इस बहिष्कार, चोरी और उससे उपजे संत्रास से मुक्ति...। कब तक, कहां तक और क्यों वे इधर-उधर भागें, छिपकर जियें। इसलिये भयग्रस्त होने के बावजूद विरोध का एक शब्द वह अपने मुंह पर नहीं लाई थी।

भीड़ की फुसफुसाहट अब एक शोर में तब्दील हो चुकी है। संकरे मार्ग पर दोनों ओर लोग जमा हैं। सभी लोग उसके चेहरे को झुक-झुक कर इस प्रकार देखने का प्रयास कर रहे हैं मानो वह गांव की लड़की आशा नहीं वरन कोई नई नवेली हो...। आदमी तो आदमी स्त्रियां तक उसका चेहरा झांकने को उत्सुक हैं। बच्चे, लड़के, लड़कियां उसके आस-पास से घूंघट में झांकते इधर-उधर निकल रहे हैं। वह उन सभी बच्चों को पहचानती है...। काकू, सुरेश, कुदी, प्रिया, अनमोल, रसना सभी तो उसके आसपास हैं...। मन में आता है कि अपना घूंघट उघाड़ दे वह और चीख-चीख कर कहे–क्या है इस चेहरे में? कौन अजनबी हूं मैं या इन दस दिनों में ही बेगानी हो गई...? लो देखो, कितना देखना है...।

किन्तु वह शांत है। हालांकि अन्दर तक बड़ी घबराई हुई...। पूरा शरीर एक कंपन की गिरफ्त में है। कभी उसे लगता है कि वह गिर तो नहीं पड़ेगी। लड़खड़ाता सा अनुभव करती है वह...। मन चाहता है कि रमेश उसका हाथ थाम ले। पर दूसरे ही पल लोक-लाज के भय से इस विचार को त्याग देती है...। उसका सिर चकराने लगा है। अब वह और सहम-सहम कर चल रही है। बीच-बीच में कुछ ताने, फिकरे भी कानों में पड़ रहे हैं।

–चले तो ऐसे है जैसे पांव में मेंहदी लगी हो।

–वो तो है ही। पैरों की लाली नहीं देखे हो।

–जब ससुरी भागी थी तब कोई और पैर लगाये होंगे का...?

–अरे जब पहले शर्म-हया नहीं की तो अब ए लम्बा घूंघट काढ़ के क्यूं डिरामा करे है।

रमेश दो कदम आगे चल रहा है। निर्द्वन्द्व और निश्चिंत भाव से...। सांवला रंग, गोल चेहरे पर आत्मविश्वास से दिपदिप करती दो बड़ी आंखें, 15–20 दिन की बढ़ी दाढ़ी और बेतरतीब रूखे बाल...। चौड़ा सीना लिये रमेश किसी भी प्रकार की आशंका या भय से उद्वेलित नहीं दिखलाई पड़ता। उसके चेहरे पर संतोष व शांति के भाव हैं। आसपास घूमते लोग उसे बड़े फालतू और बेकार से प्रतीत होते हैं। किन्तु यह छोटा सफर कितना लम्बा और अंतहीन सा होता चला गया है।

पंचायतघर आ गया है। यह दलितों का पंचायतघर है, गांव के दक्षिण में खपरैल से घिरा 15 × 15 फुट का कच्चा कमरा है, इसका फर्श मिट्टी का और दीवारों पर गोबर लिपा है। कक्ष के सामने लंबा चौड़ा दालान है। अक्सर पंचायत की कार्यवाही कक्ष के अंदर ही सम्पन्न होती है पर आज दालान तो क्या, आसपास का क्षेत्र, पास-पड़ोस की छतें लोगों से खचाखच भरी हैं। आने-जाने के रास्ते भी प्राय: अवरुद्ध से हैं। दालान में एक ओर नीम का एक पेड़ खड़ा है, उसी के नीचे मिट्टी का एक चबूतरा है जहां प्रमुख जी, सरना चाचा, भगौती प्रसाद व अन्य पंचगण गंभीर मुद्रा में विराजमान हैं। उनके बीच में एक हुक्का घूम रहा है।

आगे-आगे रमेसर और उसके पीछे रमेश और आशा को देखते ही पंचायत में उपस्थित लोगों में खुसुर-पुसुर आरम्भ हो गयी है। यह धीरे-धीरे शोर में तब्दील होती चली गयी है। वे तीनों वहां बैठे लोगों के बीच में से रास्ता बनाते हुये पीछे की तरफ जाकर बैठ गये हैं। आशा वहां उपस्थित अकेली महिला है...। शर्म और हया से वह जमीन में गड़ी अनुभव करती है।

लोगों के चेहरों पर उत्कंठा, उत्साह व आशंका है। इस पंचायतघर के इतिहास में पहली बार इस प्रकार का मामला प्रस्तुत होने जा रहा है और पहली ही बार कोई महिला दोषी के रूप में मौजूद है। एकाध अवसरों पर महिलायें आईं अवश्य हैं किन्तु केवल तमाशबीन के नाते...। पर आज का मुकदमा तो बेइंतहा रोचक और

रोमांचकारी है...। दो लोगों के बीच प्यार, गांव से फरार, फिर अदालती करार और अब पंचायत में उसका फैसला।

–भाइयो। प्रमुख मंगलूराम ने खड़े होकर कहा है–आप लोग शांति बनायें। शांति बनाइये जिससे पंचायत की कार्रवाई आरम्भ हो सके...। उन्होंने हाथ जोड़े हैं–शान्त, भाइयो शान्त...।

–अरे भाइयो, अब चुप भी करो। कुछ अन्य लोग भी जोर से चीखने लगे हैं। धीरे–धीरे आवाज का बवंडर थमने लगा है। खड़े लोग बैठने लगे हैं।

प्रमुख और मंच पर बैठे अन्य पंचगण अभी भी हाथ उठा-उठाकर लोगों को शांत रहने और नीचे बैठने के लिये इशारा कर रहे हैं। धीरे-धीरे चुप्पी पसर रही है हालांकि बीच-बीच में फुसफुसाहट जारी है।

–प्रमुखजी, अब कार्रवाई आरम्भ करो। सरना चाचा ने खड़े होकर कहा है।

–भाइयो...। प्रमुख मंगलूराम अब खड़े हो गये हैं–पंचायत की इस विशेष सभा में मैं आपका स्वागत करता हूं। यह सभा खास मकसद से बुलाई गयी है। आप सभी उससे अवगत भी हैं। उसी मुद्दे पर आपकी राय जानने और पंचों का फैसला सुनने के लिये हम सभी यहां जमा हुये हैं। इसका अंदाजा आपकी यहां मौजूद संख्या से लगाया जा सकता है। समाज का हर जिम्मेदार सदस्य आज यहां मौजूद है। शायद ही कोई ऐसा परिवार हो जिसका प्रतिनिधि यहां न आया हो। यह हमारे समाज की एकता और बल को भी प्रदर्शित करता है। ये, यह भी दर्शाता है कि हमारा पाक-साफ, निष्कलंक समाज इस प्रकार की घटनाओं को कितनी गंभीरता से लेता है। हममें से ज्यादातर लोग गरीब हैं। कइयों के घर में दोनों वक्त चूल्हा भी नहीं जलता, इस सत्य को कौन नहीं जानता...। हमारे बच्चे पैसे के अभाव में स्कूल नहीं जाते और पैदा होने के कुछ ही सालों में काम-धंधे में लगकर दो पैसों के जुगाड़ में लग जाते हैं जिससे यह पेट भर सकें। मुझे यह सब बतलाने की जरूरत नहीं है। हमारे पास पक्के मकान नहीं हैं, सिर ढंकने के लिये कच्चे घर और टपकती खपरैलें हैं। हमारे बच्चों के पास जाड़ों के गर्म कपड़े तो क्या, साबुत बनियान और घुट्टने तक नहीं हैं। न जाने कितनी मांओं-बहनों के पास दो साबुत धोतियां नहीं हैं। पूरी जिन्दगी इसी अभाव और विपन्नता में जीते हैं हम...।

प्रमुख का स्वर तनिक भारी हो गया है। प्रमुख जी के भाषण की क्षमता से सभी परिचित हैं। सराहना भरी नजरों से लोगों ने एक-दूसरे को देखा है। चारों तरफ चुप्पी ठहर गयी है। केवल चिड़ियों और कौव्वों के स्वर यदा-कदा कानों में पड़ते हैं। माहौल बड़ा गंभीर और भारी हो चला है। मंच पर रखे हुक्के की गड़गड़ाहट दूर तक सुनायी देती है।

–भाइयो। प्रमुख ने तनिक विश्राम देकर फिर कहा है–मेरे कहने का आशय

यही है कि हमारे पास जीवन की मामूली सुविधायें, रोटी, कपड़ा और मकान कुछ भी तो पूरी नहीं है। फिर भी हम जिंदा हैं। सिर उठाकर चलते हैं। सीना चौड़ा कर काम करते हैं और आंखों में आंखें डालकर बात करते हैं। क्यों...? प्रमुख ने प्रश्नवाचक नजरों से चारों ओर देखा है—इसलिये क्योंकि हमारे पास अपना चरित्र है। सच्चरित्रता और नैतिकता के बल पर ही आज हम जीवित हैं। उसी के बल पर हम सिर उठाकर चलते हैं। यदि यही समाप्त हो गया तो फिर क्या रह जायेगा हमारे पास...। हमारा तो अस्तित्व ही संकट में आ जायेगा। गांव की अन्य छत्तीस जातियां वैसे ही हमें नीच और तुच्छ समझते हैं। हमारे चरित्र पर दाग लगते ही वे हमसे नफरत करेंगे, हमें हिकारत भरी निगाहों से देखेंगे...।

प्रमुख शांत हो गये हैं। सभी लोग मानो एक आघात से जूझ रहे हैं। संकट सचमुच इतना गहरा है, इस वास्तविकता को सभी ने महसूस कर लिया है। सबके मुंह पर ताले से लग गये हैं। किन्तु अंदर ही अंदर एक भारी उथल-पुथल और बेचैनी उन्हें घेरे हुये है। उनके चेहरे पर यह उद्विग्नता साफ-साफ पढ़ी जा सकती है।

—प्रमुख, आगे बढ़ो। अपनी बात तो पूरी करो। भगौती प्रसाद ने कहा है।

प्रमुख नीचा मुंह किये खड़े हैं...उदास व मुर्झाये से...।

—प्रमुखजी, असली बात तो कहो...। पंचायत का एक अन्य सदस्य बनवारी बोला है।

—आदरणीय पंचो, भाइयो मेरा तो हृदय ही भर आया है। शब्द गले में कांटों की तरह चुभ रहे हैं। समझ में नहीं आता कि इस शर्मनाक और पतनकारी घटना का बयान किन शब्दों में करूं। पर कुछ तो कहना ही पड़ेगा। आप सभी जानते हैं कि रमेसर का लड़का रमेश कुछ दिन पहले हमारी बेटी आशा को गांव से भगाकर ले गया। हमारे समाज ही नहीं, गांव में भी इस प्रकार की पहली ही घटना है। फिर इन दोनों में तो चाचा-भतीजी का सम्बन्ध भी है। अब इससे ज्यादा शर्मनाक घटना और क्या हो सकती है? इस घटना ने तो पूरे समाज की नैतिकता पर प्रश्नचिह्न लगा दिया है...। भाइयो, प्रश्नचिह्न नहीं, बल्कि एक बदनुमा दाग जिससे हम सब त्रस्त हो चले हैं। अब आप ही तय करें कि हम अपने को इस पाप से कैसे मुक्त करें, अपने समाज पर लगे इस काले धब्बे को कैसे दूर करें, चारों तरफ हो रही थू-थू को कैसे समाप्त करें...। सोच-सोच कर मेरा तो दिल ही डूब जाता है। इस बुढ़ौती में यह सब भी देखना था...। उनकी आवाज डूबने लगी है। वह चुप हो गये हैं। कुछ क्षणों के लिये नजरें नीचे की हैं और फिर चारों ओर देखकर वह बोले हैं—पंचगणो, मुझे जो कहना था कह दिया। अब कुछ कह भी नहीं सकता...। वह बैठ गये हैं। अपना चेहरा उन्होंने नीचे झुका लिया है। हुक्के का निगाला उनकी तरफ बढ़ा दिया गया है। उसे होंठों से दबाकर वह लम्बे-लम्बे

कश खींचने लगे हैं। कुछ पल सन्नाटा पूरी सभा को दबोचे रहा और फिर आपसी वार्ता का क्षीण स्वर शनैः शनैः उठ रहा है।

—भाइयो। सरना चाचा उठ खड़े हुये हैं—इस गंभीर मामले पर अभी बातचीत और निर्णय होना है। मेरे विचार से सभा की कार्रवाई आगे बढ़ाने के लिये हमें सबसे पहले ननकू से पूरी घटना का ब्योरा सुनना चाहिये। वही पूरे विवरण को प्रस्तुत भी कर सकता है।

सब नजरें ननकू पर केन्द्रित हो गई हैं। वह नीचा मुंह किये बैठा है...। आसपास के लोग उससे उठकर अपनी बात रखने के लिये कह रहे हैं। किन्तु वह अनिश्चय और असमंजस से लड़ रहा है। क्या कहे वह...? किसको दोष दे वह...? अपने सहृदयी रमेसर को या उसके लड़के रमेश को जो बचपन से उसके सामने खेला-पला-बड़ा हुआ है। दोषी उसको वह अवश्य मानता है। किन्तु इस भरी पंचायत में सब कुछ बखान करना उससे ज्यादा अपने परिवार पर छींटाकशी नहीं तो क्या है...? रमेश के साथ आशा का आचरण भी तो परीक्षणाधीन है—उसके चरित्र पर भी तो उंगलियां उठी हैं। वह जानता है कि गांव व समाज वाले उसे भी इसमें बराबर का दोषी मानते आये हैं। खुलकर नहीं तो दबी जबान से उसके चरित्र पर भी आक्षेप लगाये ही गये हैं। आज वे दोनों मौजूद भी हैं। किस मुंह से वह इन पर दोषारोपण करे...? वह सचमुच परेशान व दुःखी है।

—उठो चाचा। आपको पूरी बात बतलानी है। बनवारी ने मंच से पुकारा है।

ननकू अब भी ठस्स सा सिर नीचा किये बैठा है।

—चलो ननकू। अब चुप रहने का समय नहीं है। जो कुछ होना था, हो गया। अब तो उसे सुधारने का वक्त आया है। जो बात है कहो। भगौती प्रसाद ने कहा है।

ननकू अब उठा है। सदरी, आधी बांहों की कुर्ती और सफेद धोती पहने ननकू ने खड़े होकर चारों तरफ देखा है और फिर सिर नीचा झुकाकर कुछ देर जड़वत खड़ा रहा है।

क्या बोले वह, कहां से शुरू करे, किसको दोषी करार दे और सबसे ज्यादा यह कि इस सबके दौरान वह अपने परिवार के सम्मान की किस प्रकार रक्षा करे...? ननकू लगभग अनपढ़ है...। शब्दों का सीमित कोष है उसके पास। और फिर इस प्रकार भरी पंचायत में बोलने का अभ्यस्त भी तो नहीं है वह। वह अंदर ही अंदर कांप रहा है। उसे लगा कि कटघरे में रमेश और आशा नहीं वरन् वह स्वयं खड़ा है।

—चल ननकू। समय की बर्बादी ठीक नहीं है। अपनी बात जल्दी कह डालो। इस बार प्रमुख ने तनिक रोष भरे स्वर में कहा है।

—क्या कहूं प्रमुख जी, किसी से क्या छिपा है। सबरों को सब कुछ तो मालूम

है। ननकू ने परेशानी भरे स्वर में कहा।

—ननकू भइया। यह न्याय का घर है। यहां दोनों पक्षों को सुनना धर्म है। इसलिये तुम्हें अपनी बात रखनी ही होगी। भगौती प्रसाद ने समझाया है।

'बोलो-बोलो।' का एक शोर पंचायत के बीच में उठा है। प्रमुख ने खड़े होकर शांत रहने की अपील की है। शोर दबने लगा है।

—बोलता क्यूं नहीं बापू? इस बार ननकू का लड़का बंसी उत्तेजना भरे स्वर में चीखा है।

—बेटा, अब तू ही बयान कर दे इस कलमुंहे की करतूतें। मुझसे न कही जाती...। उसका स्वर भरनि लगा है। आंखें छलछला उठी हैं।

—ठीक है बंसी, तू बोल। प्रमुख ने कहा है।

बंसी उठ खड़ा हुआ है। उसका चेहरा तमतमाया हुआ है, आंखों से मानो आग बरस रही है।

—यह कमीना रमेश घर में बच्चे की तरह आता जाता रहा है। बापू के रिश्ते के चाचा का लड़का होने की वजह से हम लोग चाचा जैसा सम्मान करते थे इसका, हालांकि उम्र में मुझसे छोटा है। बचपन में आशा तो इसे चाचा कहती तक थी। बाद में जब इन दोनों ने साथ-साथ पढ़ना शुरू कर दिया तो स्कूल के बच्चे इन पर हंसते थे। सो आशा ने चाचा कहना बंद कर दिया था। पर कहने न कहने से रिश्ते थोड़े ही खत्म हो जाते हैं। पर इस हरामी...।

—अरे बंसी। प्रमुख ने टोका है—पंचायत का नहीं तो समाज के तमाम बुजुर्गों का तो सम्मान करो। यहां इस तरह की भाषा का प्रयोग वर्जित है।

—प्रमुखजी, इसने मेरी भोली-भाली बहन को बहकाया है, उसे गलत ढंग से फंसाकर ले उड़ा। ससुरे ने यह भी न सोचा कि इसका चाचा हूं। रात दिन साथ रहा हूं...। क्रोध व अपमान से उसका स्वर कांप रहा है।

—पर भइया, रमेश और आशा का कोई ऐसा सगा रिश्ता नहीं था। रमेसर बीच में बोला है।

—था क्यूं नहीं? तू मेरे बापू का चाचा नहीं लगे है। क्यों बापू, बोल...?

—इसे कौन न जाने...। ननकू बोला है।

—तो फिर रमेश तेरा भाई, हमारा चाचा हुआ या नहीं...? बंसी चीखा है।

—पर गांव में इस तरह तो चाचा, ताऊ कहते ही हैं। रमेसर ने दबे स्वर में कहा—

—तेरा यह कहना तो ठीक नहीं भाई। सरना चाचा ने आवेश भरे स्वर में हस्तक्षेप किया है—हमारा तो समाज इन्हीं रिश्तों पर टिका है। इन्हीं से आपस में प्यार, दुलार, इज्जत, आबरू है। इसे कैसे नकार सकते हैं...?

—यह ठीक है...। बिलकुल ठीक है...। मानो पूरी पंचायत मुखरित हो गयी है।

—आप सभी लोग शांत रहिये। भइया रमेसर, गांव और शहर में यही तो अंतर है। हां बंसी, तुझे और कुछ कहना है? प्रमुख ने पूछा है।

रमेसर नीचे बैठ गया है। बंसी की सांस धौंकनी की मानिंद चल रही है। वह चुप है। धधकती आंखों से वह रमेसर और फिर रमेश की ओर देखता है।

—बंसी, तेरी बात खत्म हो गयी हो तो बैठ जा। प्रमुख ने कहा है।

—प्रमुखजी, क्या शुरू क्या खत्म। ससुरे ने हमारी नाक कटवा दी। पूरे परिवार पर कालिख पोत दी। कोई भी सजा इसके लिये काफी नहीं है। कोई भी सजा...। वह फूट पड़ा है...। सुबकियां भर-भर कर रो रहा है।

प्रमुख और सभी पंचगण एक दूसरे को देखते हैं। वातावरण बड़ा गंभीर व बोझिल हो चला है।

—बंसी, बैठ जा अब। तुम्हारी तकलीफ से पूरा समाज अवगत है। इस मामले में हम न्याय करने ही आज यहां इकट्ठा हुये हैं। प्रमुख मंगलूराम ने समझाया है—हां रमेसर, अब तुझे कुछ कहना हो तो बोल...?

रमेसर गुमसुम सा बैठा है। विस्फारित नेत्रों से शून्य में ताकते हुए...। क्या कहे वह, किसकी रक्षा में खड़ा हो, क्या दलील प्रस्तुत करे। रमेश का कृत्य शर्मनाक है ही, माफी मांगने के अलावा विकल्प ही क्या है?

—बोलो रमेसर...?

—क्या बोलूं, प्रमुख जी। रमेसर उठ खड़ा हुआ है—पंच भगवान होते हैं। रमेश ने तो गलत काम किया ही है। अब जो चाहो दण्ड दो, मंजूर है।

—किस बात का दण्ड...? एकाएक खड़े होकर रमेश ऊंचे स्वर में बोला है—क्या अपराध किया है मैंने? अपने समाज की लड़की से प्यार करके विवाह करना कौन सा अपराध है? कोई जबरदस्ती तो नहीं की है। आशा मौजूद है। पूछिये इससे... मैंने कोई जबरदस्ती की है...। फिर हम दोनों बालिग हैं...।

—बालिग नहीं, बागी है यह...। बंसी चीख रहा है—साला कहता है क्या गुनाह किया है। वह उठकर रमेश की तरफ झपटने को उद्यत दीख पड़ता है—साले, कमीने, मादर..., कहता है क्या अपराध किया है।

अनेक लोग उसे थामे हुये हैं। पंचायत में अव्यवस्था फैल रही है। लोग चीख चिल्ला रहे हैं..., इसे फांसी दे दो, साले का मुंह काला करके गांव में घुमाओ, चोरी और फिर सीनाजोरी, पत्थर मार-मार कर गांव से भगाओ इसे, कुत्ता है साला...। पापी है...।

सभी पंचगण खड़े हो गये हैं। चीख चिल्ला रहे हैं—भाइयो, व्यवस्था बनाये रखो। अपनी-अपनी जगह बैठ जाओ। यह पंचायत का अपमान है। ईश्वर का अनादर है। पूरे समाज का अपमान है।

कुछ लोग व्यवस्था बनाने में जुट गये हैं।

—भाइयो, अगर यही सब करना है तो कैसी पंचायत, कैसा न्याय। ऐसा तो कभी नहीं हुआ इस पंचायत में। फिर तो पंचायत कभी जुटेगी ही नहीं और न ही कोई मामला पंचायत के सामने रखा जायेगा। फिर करिये कोर्ट कचहरी।

सरना चाचा चीख रहे हैं—चलो प्रमुख। आगे कार्रवाई चलाओ।

सभा में तनिक व्यवस्था व चुप्पी उतरी है।

—हां तो रमेश, क्या कह रहे थे तुम...? प्रमुख ने पूछा है।

—मैं तो केवल यह कह रहा था कि हम बालिग हैं, अपने बारे में निर्णय लेने योग्य हैं। कानून में भी इसकी मान्यता है।

—पर इस तरह गांव से लड़की के साथ भागना क्या समाज की मर्यादा के अनुकूल है? क्या इस प्रकार का आचरण अनैतिक नहीं है? यदि तुम्हें विवाह ही करना था तो उसका भी उपाय था। क्या तुमने अपने पिता या ननकू से कभी इस बारे में कुछ कहा...?

—खूब कहा प्रमुख जी। सबसे कहा, मिन्नतें की, चिरौरियां की। पूछो ननकू चाचा से। लेकिन कौन मानता मेरी बात। मिलने-जुलने पर पाबंदी लगा दी गयी। इसलिये मजबूरन विवाह करने गांव से गये थे।

—गये या भागे...? भगौती प्रसाद ने गुस्से से पूछा।

—गांव की लड़की को इस तरह देर रात में ले जाना अच्छे व भले लड़के का काम है...? सरना चाचा का स्वर उग्र है—सामाजिक मान-मर्यादा, समाज की इज्जत-आबरू किसी का ध्यान नहीं रखा तूने। और उस पर सीना तान कर सफाई दे रहा है।

—सरना, एक मिनट...। प्रमुख ने उन्हें टोका है—गांव से गया था तो साहस था तो अगले दिन विवाह करके लौट आता...।

—पर हमें यहां कौन स्वीकार करता। हमारी तो शक्ल भी कोई देखना नहीं चाहता था।

—इसलिये क्योंकि तुम्हारा काम मर्यादाओं और नैतिकता के विरुद्ध था। कोई समाज इस प्रकार के आचरण को मान्यता प्रदान नहीं करता। साहस था तो गांव में रहकर इसके लिये संघर्ष करते। रमेसर, ननकू नहीं सहमत थे तो गांव के अन्य बुजुर्ग भी थे। कोई तो तुम्हारी बात को स्वीकार करता। प्रमुख ने कहा है।

—प्रमुखजी, अब तो आप जो चाहे दोषारोपण कर सकते हैं। पर गांव का कौन बड़ा हमारी बात स्वीकार करने को तैयार था। कोई हो तो आज भी बतलायें...।

—अब बतलाकर भी कोई क्या करेगा? फिर गलत काम तो गलत ही है। प्रमुख ने कहा।

—मैं तो इसे गलत नहीं मानता। गांव में इससे भी कहीं ज्यादा गलत काम हो रहे हैं। उन पर तो कोई ध्यान नहीं देता...।

एकाएक बवंडर सा उठ खड़ा हुआ पंचायत में। मारो साले को..., साला समाज वालों पर लांछन लगाता है, पापी है, कुलटा है..., कमीना है..., चोरी और सीनाजोरी...।

लोग इधर-उधर दौड़ने-भागने लगे हैं। कुछ नवयुवक और अधेड़ उम्र के लोग रमेश की ओर झपटे हैं। दो-चार हाथ भी मारे हैं...। कुछ अन्य लोगों ने बीच बचाव किया है।

चारों ओर अराजकता सी छा गयी है। पंचायत के मंच से सभी पंचगण चीख-चीख कर लोगों से व्यवस्था बनाये रखने की अपील कर रहे हैं। रमेसर और ननकू रो-रोकर लोगों को रोक रहे हैं।

एकाएक एक बड़ा गंडासा लेकर बंसी बाहर से दौड़ता हुआ आया है। उसका रूप रौद्र है, आंखों में खून है। आतंकित होकर लोग इधर-उधर भागने लगे हैं।

—हटो, हट जाओ...। बंसी चीख रहा है—इस हरामी का फैसला मैं करूंगा...।

पलक झपकते वह रमेश के पास आ पहुंचा है। "ख...च्च्च" गंडासे का भरा पूरा वार रमेश के सिर पर लगा है। सिर दो फाड़ में कट गया है। खून का एक फौव्वारा ऊपर उठकर नीचे फैल गया है...। रमेश नीचे गिर पड़ा है। 'खच्च...' यह दूसरा वार है—कंधे से गुजरता हुआ वार सीने पर लगा है।

—बचाओ, बचाओ...। आर्तनाद करती आशा रमेश के ऊपर गिर पड़ी है।

—तू भी कमीनी है, कुलटा...। तू भी ले। गंडासे का तीसरा वार आशा की गरदन पर पड़ा है। गरदन दो हिस्से में कटकर एक ओर झूल गयी है।

दोनों शरीर बुरी तरह कांप रहे हैं। चारों ओर खून बह रहा है।

रमेसर एक ओर अचेत होकर गिर पड़ा है।

पंचायत एकदम खाली है।

दरअसल भगदड़ बंसी को गडासे के साथ भयावह रूप में देखकर ही मच गयी थी। सब कुछ पलों के भीतर ही घटित हुआ था। औरतें छतों से गिरती पड़ती अपने दुधमुंहों को जकड़े घरों की ओर बेतहाशा भागी थीं। बच्चे, लड़के-लड़कियां भयाक्रांत से इधर-उधर दौड़ने लगे। पंचायत व आसपास मौजूद सभी लोग सरपट वहां से कूच कर गये। और तो और दलितों के बुजुर्ग और पंचगण तक तो एकाएक वहां से भाग ही निकले। देखते ही देखते ठसाठस भरी पंचायत भुतहा हो गई...। रमेश व आशा के लहूलुहान शव और पास ही पड़ा अचेत रमेसर...। शेष बेतरतीब सी पड़ी चप्पलें, कुछेक चादर, गमछे और मंच पर सुलगता हुक्का...।

प्रमुख मंगलूराम व सरना चाचा घटना के बाद बदहवास से सीधे प्रधान के घर पहुंचे। रोते-बिलखते..., कांपते-थरथराते...। घेर में पड़ी चारपाइयों पर ढह गये हैं।

उनकी दशा देखकर गुलजार भौंचक है।

–क्या हुआ चाचा...? परेशान होकर उसने पूछा है।

सरना चाचा का स्वर सिसकियों से बंधा हुआ है। गुलजार के पूछने पर वह बुरी तरह फफक पड़े।

–चाचा, आखिर बात क्या है...? आपकी यह दशा...? गुलजार सचमुच भयभीत अनुभव करने लगा। एक कंपकंपी सी उसके अन्दर दौड़ गई...। न जाने क्यों आज प्रातः से ही उनके अन्दर किसी अनिष्ट की सुगबुगाहट थी। पंचायत में रमेश की पेशी कोई तूफान खड़ा कर सकती थी, वह समझ रहा था। इस घटना को लेकर पूरी चमरौटी में भावनाओं का जो उफान उमड़ा था, उससे वह भलीभांति परिचित था। बंसी व उसके मित्रों के आक्रोश व उनकी योजनाओं की भी जानकारी उसे मिल रही थी। इसलिये आज सुबह से मन बड़ा उखड़ा-उखड़ा था।

–कुछ तो बताओ प्रमुखजी...? गुलजार ने मुंह नीचा किये सुबक रहे प्रमुख से झल्लाये स्वर में पूछा।

मंगलूराम ने अपना चेहरा उठाया। उनके चेहरे पर दहशत जड़ी है। लाल आंखों में आतंक का साया है। होंठ पपड़ाये हुए हैं। गुलजार से आंखें मिलने पर उनकी रुलाई तेज़ी से फूट पड़ी...।

–स–ब...। कहकर उन्होंने अजीब सी मुद्रा में हाथ हिलाया...।

–हुआ क्या...? गुलजार के अन्दर भी घबराहट का ज्वार उठ खड़ा हुआ–चाचा, बोलो न...?

–क्या कहूं...। अटकते स्वर में सरना चाचा बोले हैं–सब खत्म हो गया...। सब...।

–क्या, क्या खत्म हो गया?

–दोनों बच्चे...।

–कौन, आशा और रमेश...?

सरना चाचा ने सिर हिलाया और जोर-जोर से रोने लगे...।

आश्चर्य व भय से गुलजार की आंखें फट गईं। पूरा शरीर थरथरा उठा है। दिल की धड़कनें कानों तक पहुंचने लगीं हैं। वह खड़े होकर बेचैनी से इधर-उधर घूमने लगा। सवालों के अम्बार उसके अन्दर जमा हो रहे हैं।

–चाचा, पर कैसे-क्यों...?

–प्रधान, अब जल्दी चल...। वक्त जाया न कर...। शायद बच्चों में अभी जान हो...। प्रमुख ने कलपते स्वर में कहा है।

बच्चों के नाम से सरना चाचा में मानो विद्युत का झटका सा लगा है। वह उठ खड़े हुये और बिना कुछ कहे बाहर की ओर चल दिये। प्रमुख और गुलजार भी तब पीछे-पीछे हो लिये।

रास्तों पर सन्नाटा उतर आया है। गलियां व चबूतरे खाली हैं। दुकानें या तो बंद हो गई हैं अथवा समेटी जा रही हैं। चारों तरफ एक भयावह किस्म की नीरवता फैल रही है। पक्षियों का कलरव तक थम गया है। इक्का-दुक्का लोग जो दिखलाई दिये, वे बड़े अजनबी और हड़बड़ी में हैं। चेहरों पर आतंक है उनके।

तेजी से बढ़ते कदम पंचायत घर को देखकर थमने लगे। कोई विश्वास ही नहीं कर सका कि कुछ समय पूर्व जहां तिल भर की जगह नहीं थी वहां इतनी जल्दी उजाड़ और अकेलापन अपना साम्राज्य स्थापित कर सकता है। हवा थम गई है। पत्तियां सुस्त सी लटकी हैं।

मंगलूराम व सरना चाचा कुछ दूरी पर रुक गये और तब गुलजार को ही आगे बढ़ना पड़ा।

गुलजार सहमे कदमों से पास गया। जघन्य हत्या के लोमहर्षक दृश्य से वह बुरी तरह आतंकित अनुभव करने लगा। वह तुरंत पीछे हटा और दूसरी ओर मुड़कर उसने अपना मुंह दोनों हाथों से ढक लिया।

वह कांप रहा है। पूरा बदन पसीजने लगा है। उसे लगा वह गिर पड़ेगा। पंचायत की कच्ची दीवाल पर वह बैठ गया। उसकी आंखों में आंसू छलछला उठे हैं।

कुछ ही क्षणों में कुछ अन्य व्यक्तियों का आगमन वहां होने लगा। लोग आते और तत्काल ही वहां से खिसक जाते। साथ ही अपने परिचितों, इष्ट मित्रों को भी चलने का संकेत कर जाते...।

तभी बिलखती औरतों का एक समूह वहां आया है। पूरा वातावरण मानो चीत्कार कर उठा। औरतें दोनों शवों को घेरे दहाड़ें मार-मार कर बिलखने लगीं।

सब सन्न हैं। कोई किसी से कुछ नहीं कह रहा है। 'अब क्या होगा' का सवाल सबको शूल की भांति चुभ रहा है।

गुलजार को लगा कि उसे अपनी भूमिका निभानी चाहिये।

—अरे चौकीदार को खबर करो...। उसने किसी से कहा।

—वो तो तभी दौड़ा थाने चला गया...। किसी ने उत्तर दिया।

तब वह सरना चाचा के पास आया।

—चाचा, बड़ा अनिष्ट हो गया...। ऐसी अनहोनी...चि...चि.। रुंधे स्वर में कहा उसने।

—अरे हीरे जैसे बच्चे चले गये...। सुबक रहे सरना चाचा बुरी तरह फफक पड़े। देर तक रोते रहे और फिर टूटे स्वर में बोले—एक गलती की कित्ती बड़ी सजा मिल गई...।

—सचमुच चाचा...। प्रधान की आंखें डबडबाई हुई हैं, स्वर गले में अटकने लगा—ऐसा किसने सोचा था...।

-और वो भी भरी पंचायत में...। प्रमुख मंगलूराम कहने लगे–हमारी तो पंचायत ही कलंकित हो गई...। हम सबकी आंखों के सामने...।

–किसी ने रोका नहीं उसे...? गुलजार ने धीरे से पूछा है।

–कुछ पता चला हो तब न...। कब आया, आकर वार कर दिया–सब कुछ पलों में हो गया। पीछे से कोई बोला।

–और फिर बंसी की आंखों में तो आज खून उतर आया था। आज वो किसी को नहीं बख्शता...। जो सामने आता उसका यही हश्र होता। एक अन्य अधेड़ उम्र के व्यक्ति ने कहा है।

–अपनी बहन तक को नहीं छोड़ा...।

–इसलिये क्योंकि दोषी वो भी तो थी...। कोई पीछे से बोला है।

–पापियों की यही सजा है...। भीड़ में धीरे से किसी ने टिप्पणी की।

सब चुप रहकर एक-दूसरे के चेहरे देखने लगे जैसे इस मन्तव्य पर एक-दूसरे की प्रतिक्रिया जानने के इच्छुक हों। गुलजार को लगा कि कोई न कोई अवश्य इसका विरोध करेगा। पर सब शांत हैं।

सरना चाचा नीचे मुंह किये सुबक रहे हैं। मंगलूराम शून्य में नजरें गड़ाये निस्पंद व जड़ से बैठे हैं।

उपसंहार

'किस्सा' सचमुच खत्म हो गया है। जैसा पंचायत जुटने से पहले सरना ने अपनी प्रतिक्रिया में कहा था—'राड़' कट गई है...। चमरौटी में भले ही दहशत व्याप्त है, शेष गांव व गांववासी तनावमुक्त हैं। अधिकतर लोगों का मानना है कि ऐसे जघन्य काण्ड की यह न्यायोचित परिणति है—सभी के लिए एक प्रभावी दृष्टांत...।

स्थानीय पुलिस अवश्य परेशान है। अपहरण की तहकीकात तो खत्म हुई किन्तु हत्या का नया मुकदमा कायम हो गया। हत्या भी ऐसी लोमहर्षक कि जनपद क्या देश की राजधानी तक के नामीगिरामी अखबारनवीज और कैमरामैन की अगले दिन से ही आमदरफ़्त शुरू हो गई और हफ़्तों चली...। उधर पहले जिले के आला अफसर, फिर कमीशनरी के हुकुमरान और फिर मंत्रियों के दौरे हुए। कई तरह के आयोग भी अपनी-अपनी टीम भेज रहे हैं—कभी राज्य अनुसूचित जाति आयोग, तो कभी राष्ट्रीय मानवाधिकार आयोग, कभी केन्द्रीय अनुसूचित जाति/जनजाति आयोग, तो कभी मानवाधिकार संरक्षण के क्षेत्र में कार्यरत स्वयंसेवी संगठन...।

चमरौटी का पंचायत घर भुतहा रूप अख़्तियार कर चुका है। दिन तक में लोग इसे देखने से कतराते हैं। और रात में तो उधर से गुजरने का साहस फ़िलहाल किसी में है ही नहीं। रमेश और आशा का आर्तनाद पूरे वातावरण में सांय-सांय कर बवंडर की मानिंद उठता है। पंचायत घर की रक्त रंजित धरती सभी को आतंकित करती है।

और आतंक पुलिस का भी कम नहीं है। रमेसर, ननकू, सरनाचाचा, मंगलू राम थाने में बंद हैं। बंसी अवश्य फरार है।

इन चारों के मुंह सिले हुए हैं। पुलिस की दरयाफ्त का कोई जवाब उनके पास नहीं है। थानेदार झल्ला गया है। उनकी चुप्पी पर बार-बार उग्र हो उठता है।

एक बार फिर विधायक की शरण में आ गया है गुलजार...।

सुबह शाम थाने जाता है वह। रमेसर व सरना चाचा की आंखों में बसी वीरानगी और जड़ता से दहशत महसूस करता है वह।

...अब अगला चुनाव जीतना सचमुच कठिन होगा...।

फैक्ट्री तैयार है...। उसका उद्घाटन ही शेष है। चमरौटी में हुई घटना का इतना असर जरूर हुआ कि लाल फीता काटने और नारियल फोड़ने में एक सप्ताह का विलम्ब हो गया।

अंदर ही अंदर भीषण टूटन महसूस करता है मनोज...। जिस दिन रमेश व आशा की हत्या हुई वह गांव से बाहर था। उसे पता चला तो बुरी तरह तड़प उठा। रात में नयनी की गोद में सिर रखकर देर तक सुबकता रहा था। एक गहरे अपराध बोध से जकड़ा हुआ है वह जिससे मुक्ति इतनी सरल कहां...?

ठाकुर हरपाल सिंह मनोज की मनःस्थिति को भला क्या समझते। जब अगले कुछ दिन वह फैक्ट्री के सिलसिले में घर से नहीं निकला तो उसके स्वास्थ्य आदि के बारे में पूछताछ करने लगे। कोई स्पष्ट कारण न बतलाने पर फैक्ट्री का उद्घाटन दीपावली के दिन करने की घोषणा कर डाली...।

निमंत्रण पत्र बंट गये हैं। विशाल भोज का आयोजन किया गया है। एक बार फिर पूरा गांव आमंत्रित है...। ले जाने के लिए ट्रैक्टर, जुगाड़, टैम्पो आदि की व्यवस्था की गई है।

दीपावली की वह शीतल भोर...। गुलाबी सर्दी का सुहाना मौसम...। त्योहार का गुदगुदाता माहौल, उल्लास व उमंग से सराबोर...।

पूरा गांव उमड़ पड़ा है..., सिवाय चमरौटी के जहां एक मरघटी चुप्पी पसरी है...। दीपावली के दिए तक नहीं जले हैं वहां...।

अंदर बाहर अंधेरा ही अंधेरा है...।

●●●